乡村志

土地之痒

贺享雍 著

四川文艺出版社

图书在版编目（CIP）数据

乡村志. 土地之痒/贺享雍著. —2版. —成都：四川文艺出版社，
2019.7
　　ISBN 978-7-5411-5468-3

　　Ⅰ. ①乡… Ⅱ. ①贺… Ⅲ. ①长篇小说—中国—当代
Ⅳ. ①I247.5

　　中国版本图书馆 CIP 数据核字（2019）第 127305 号

XIANGCUN ZHI TUDI ZHIYANG

乡村志·土地之痒

贺享雍　著

编辑统筹	罗月婷　王梓画	
责任编辑	陈润路　燕啸波	
内文设计	史小燕	
封面设计	叶　茂	
责任校对	韩　华	
责任印制	唐　茵	

出版发行　四川文艺出版社（成都市槐树街2号）
网　　址　www.scwys.com
电　　话　028-86259287（发行部）　　028-86259303（编辑部）
传　　真　028-86259306

邮购地址　成都市槐树街2号四川文艺出版社邮购部　610031
排　　版　四川胜翔数码印务设计有限公司
印　　刷　成都国图广告印务有限公司
成品尺寸　168mm×238mm　　　　开　本　16开
印　　张　22.75　　　　　　　　字　数　380千
版　　次　2019年7月第二版　　　印　次　2019年7月第一次印刷
书　　号　ISBN 978-7-5411-5468-3
定　　价　58.00元

目录

■ CONTENTS

第一章

一

天还没有亮，贺世龙就像耗子一样，摸摸索索地起了床。他记得昨天晚上睡觉时，衣服就脱到床里边的，伸手摸了半天却没摸着，倒把女人李春英弄醒了。李春英困得正香，她吃力地觑开眼睛，朝窗外瞄了一眼，然后又翻了一个身，这才嘟嘟哝哝地问："才擦粉粉儿亮，起来做啥子？"

贺世龙不爱多说话，一边摸自己的衣服，一边回答女人："反正困不着，在床上压床板啥子？"

李春英问："惦念着啥子困不着？"说完又补了一句，"又不出去偷哪个的！"

贺世龙被女人问住了，他想老老实实回答，又怕女人笑话，于是就说，"怎么不是欠到啥子！一眯到眼睛就做梦，一会儿梦到这个，一会儿梦到那个，陈古八十年的事都涌到脑壳里来了。"说完怕女人又追问扯了些啥子混老二，于是急忙岔开话题，问，"我的衣服裤子呢？昨晚上我脱到床上的，怎么不见了？"

李春英听见问，把身子翻过来，有些不耐烦地说："我晓得你放到哪里了，你各人划根洋火看嘛！"贺世龙所在的贺家湾，早在几年前就通了电，却是三天两头停。有时一停就是一两个月，那电灯就像聋子的耳朵——配盘，因此家家户户，都得备了煤油、火柴，以备不时之需。老百姓编了两句话，骂那供电的部门："供电所，供个球，牵起电灯点洋油！"十分难听。

贺世龙听了李春英的话，侧过身子，果然在床头柜子上摸到了火柴，划燃，点着了煤油灯。煤油灯是用儿子贺兴成读书时用过的一只墨水瓶做的，用火纸搓的灯芯，加上昨晚灯芯结了灯花，此时灯火昏黄，摇曳不定，给人一种蒙眬虚幻的感觉。贺世龙终于找到了他的衣服裤子，原来被他用脚蹬到李春英那头去了。他朝前俯过身子，把皱成一团的衣服裤子拿过来，先把褂子套在身上，然后跳下床，一边往腿上套裤子，一面急急地走到尿桶旁边，掏出裆里的家伙，对着尿桶便冲刷起来。那尿桶就放在柜子前边的角落里，经贺世龙一阵酣畅淋漓的冲刷，一股尿臊味儿马上便如林子里受惊的鸟儿，在屋子里狂飞乱舞。

贺世龙撒完尿，将那玩意儿抖了几下，舒服地打了一个尿噤。顿时，整个人从里到外，从上到下，顿觉一阵轻松。这才将裤子提上来，抄紧裤腰，用一根布带子系紧，也没趿鞋，便赤着一双蒲扇般的大脚，往歇屋外面走。走到堂屋里，从屋角摸到那把新打的月儿子冬瓜锄，正准备去开大门，忽然又想到了啥，重新返回来，把头伸进歇屋里对李春英吩咐道："早点把兴成和兴仁喊起来哟，现在莫得人来催工了哦！"

李春英把被子往上拉了拉，故意说："起来这么早做啥子？往常起来晚了，倒说要扣工分，现在又不扣工分了，三不打时的，还不兴叫他们困点宴瞌睡！"

贺世龙听了女人的话，有些生气了，说："不扣工分，你以为就没有活路了？叫兴成把前后阳沟的肥泥巴起出来，找个地方堆起，然后把灶屋门前那个凼凼跟老子再挖大些，以后好把牛吃不完的草和牛粪一起倒在里面沤肥！叫兴仁把牛儿牵出去吃点露水草，好长膘……"

李春英听到这里，忍不住在被窝里笑了，却假意做出不高兴的样子，打断贺世龙的话说："你成贺世忠来了！还有没有啥子？要安排就安排完！"

贺世龙一听这话，有些噎住了。他本来还要对李春英说，让兴仁一边放牛一边捡点野粪，狗屎箢篼（一种竹具，常用于挑土）他都补好了，就放在牛圈的墙脚下。但一听李春英的话，默倒是自己给娃儿指派了那么多活路，当娘的有些不安逸了——那当娘的，哪个又不惯着娃儿呢！于是，贺世龙只好翻了一会儿眼睛，就再没说啥，打开大门出去了。路过牛圈时，顺手提起了墙下的狗屎箢篼。

李春英听着男人开大门的声音，又听见那一双蒲扇似的赤脚踏在地上的踢踏声，忍不住在那铺盖窝窝里悄悄地笑了。自己的男人，她还不晓得他的肚子里有几根蛔虫？丈夫睡不着瞌睡，都是那分地给闹的！分地怎么闹的？先不先，自然是因为弄不明白，这地得不得分、又会怎么分，肚子里十五个吊桶打水——七上八下。那肚子里像有根绳绳绊着，当然困不安稳了！现在却是因为地已经分到了手，明明白白摆在那儿，心里犹如哑巴捡到一坨金子——说不出的快活，因此也困不着了！

那李春英想到这里，便在心里感叹了一声，说："地呀，地呀，你硬是比那痛心肝的幺儿子还让人牵挂呢！"然后也翻身爬了起来。

二

尽管早在几个月前，国家要把土地重新分给各家各户耕种的消息犹如三月里的春风，呼啦啦地刮进了村民的耳朵里，把那村民的心头弄得酥麻麻的。大队小学的校长、教书先生贺世普对大家解释说：报纸上不叫分地，叫"生产责任制"。村民对这新名词搞不大懂。"啥叫生产责任制？"贺世普就对问他的人解释说："就是包产到户！"一提包产到户，贺家湾的村民一下子就明白了。贺世普还拿出一张报纸，挑了一段用红笔画了杠杠的话，对乡亲们念了起来："山南公社的干部群众，最感兴趣的是生产责任制的问题，并且强烈要求实行包产到户。对于包产到户，不仅劳动力强的群众拥护，而且劳动力弱的、甚至'五保户'也都拥护。他们认为，只有包产到户，才能解决自己的吃饭问题……"贺世普的报纸还没念完，听的人就哗哗地拍了巴巴掌，好似这政策就是贺世普制定的！

但是，不管社员们心头怎样热乎和痒痒，也是剃头匠的挑子——一头热。大队小学旁边，那棵象征贺家湾风水、已经有三百年历史的老黄葛树上的铜钟，每天早上、上午和下午，照例被生产队长贺世忠敲响。伴着那激越、悠扬而深远的钟声，贺世忠会十分忠于职守地喊："上工了！上工了！男社员挑粪，淋黄泥巴地的苞谷，女社员割三层岩的麦子！麻溜点，迟到了扣工分，莫说我又仗势欺人哟——"喊完，仿佛害怕那社员没听明白，又重新敲一遍钟，再亮开嗓子喊一遍，直到看见大伙从那些破旧的木门里拱出一颗颗脑壳为止。

那段日子，除了黄葛树下的钟声和贺世龙的喊声，是外甥打灯笼——照舅（旧）以外，还多出了大队党支部书记郑锋训斥人的声音。郑锋五十多岁，新中国成立前夕被国民党拉壮丁，先和解放军打仗，被俘后参加解放军，调过头来，又去打国民党。不管是打哪一边，他都很勇敢，因为他的小名就叫"郑二球"。先不先在国民党里勇敢地打解放军的事，没人再去计较了，可在解放军里，勇敢地打国民党，解放军却很感激，给他记了功，新中国成立后转业，就转到县政府保卫科。"二球"到底是"二球"，后来反右倾时，别人都不说真话，他却处处都扛直巴锤。组织上便认为他思想右倾，不宜在政府部门工作，遂被解职回家，做了支部书记。因此，说他是全公社地地道道的老革命一点也没有吹牛。不管春夏秋冬，郑书记都爱在魁梧的身上披一件过时的旧军装，把腰挺得直直的，再加上一张雷公脸，即使遇到他心情好，和社员开玩笑的时候，社员们都有几分怕他。他的嗓门又高，说起话来隔几匹梁子都能听见，何况是训人的时候呢！

这不，也不晓得这个时候是哪个把郑书记的脾气惹发了，那横绷带嗔的声音传了过来："哪个日笼包说要分田到户？分不分田，未必我还码不实在？喊明叫现说，那是坏人造谣，你们可不要听！哪有分了地主的田地，现在又走回头路的？难道我们的革命就白革了？烈士的鲜血就白流了？我们是社会主义，分田到户就是复辟资本主义！党中央决不会答应的！哪个龟儿子再造谣，看老子怎么收拾他！"

旁边地里干活的人听见郑书记这番话立即不作声了。是呀，分不分田，干部们最清楚。郑书记说这是谣言，那就一定是谣言了！想想也是，分了田，那不是真的就回到了解放前？耳听为虚，眼见为实，报纸上的话毕竟没人见过，眼下，还是听干部的话没错！

其实，郑书记那番话并不是他一个人的意思，还代表了他的上级和上级的上级。要不然，他再"二球"也不敢说出那番话来。何况郑支书吃亏上当了几回，也不像先不先那么"二球"了。他喜欢看报、听广播。报纸上那些话他自然清楚，但在内心他确实不理解这场变革，甚至非常抵触。他不晓得究竟该站在哪边？于是便去请教他的直接上级——公社谢书记。谢书记给了他一句掷地有声的话："坚决顶住要求分田单干这股歪风邪气！"并且还说这不光是他的意思，还是区委王书记对他说的话。而王书记又是在参加完了县委扩大会议，回来传达县委丁书记的讲话时说的。郑支书一听领导这话，心里就明白了：原来那县、区、乡领导的想法都和自己一样！看来这包产到户确是走回头路，是搞不得的！领导要求他坚决顶住这股歪风，顶住就顶住，他郑锋执行上级的指示，啥时含糊过？因此，他回来才能对社员们说出那一番理直气壮的话。

但是，时代潮流毕竟不可阻挡。尽管有谢书记忠实执行着区里、县里的指示，"顶住要求分田单干的歪风"，但有一个队—— 二大队三生产队，还是悄悄地把田分了。虽然做得秘密，但坛子口好封，人口难封，还是有人说出来了。消息传出，不但公社谢书记气炸了肺，连区委王书记也哆嗦着嘴，气得半天说不出话来。等气稍微端匀净后，王书记当即决定在这个乡召开一次区、乡、大队的三级干部会，狠刹一下分田单干的歪风。当听说四大队人心浮动，有人也在闹着分田单干，而郑锋又是一个对党忠诚、有魄力的干部时，王书记就决定把会场放在四大队。

　　那天，贺家湾那棵象征风水的古黄葛树下，坐满了密密麻麻的来自全区各地的干部。学校停了课，凳子都端出来给干部们坐了。几张课桌拼起来搭成临时主席台，上面蒙着从社员家里借来的两床被面。区上领导和公社的谢书记，满脸肃穆端坐在桌子后面。主席台两边，架了两根贺家湾的慈竹，上面挂了一条长长的横幅——大垭区三级干部会，是贺世普的手迹。从黄葛树的枝丫上，又垂下来几幅大红标语，一幅写着"坚决刹住分田单干歪风"，突出会议主题。一幅写着"坚定不移地贯彻'三级所有、队为基础'的方针，坚定不移地走社会主义道路"，这条标语是照搬县上开会时用的。两条标语也都是贺世普的手迹。会议开始，区委王书记讲话。王书记对着话筒咳嗽一声，会场里的人都以为他马上就要发表一通慷慨激昂的演说，因为全区的干部群众都晓得，王书记是宣传部门出来的，口才极好，遇着他讲话，既不要稿子，也不看文件，就可以滔滔不绝一泻千里，还从不会跑题。大家正凝神屏息等待王书记的精彩演说时，却只见他从口袋里掏出了一张报纸，用不快不慢的声音说："今天我自己不想多说啥子！只是和大家一起，学习一下《人民日报》的一篇文章，听听党中央的声音。这是一篇啥子文章呢？文章的题目叫《'三级所有，队为基础'应该稳定》，是一篇读者来信。文章是怎么说的呢？大家听清楚了啊。信中说：最近，不少县社，已经正在或将要搞包产到组，听社员说，这是第一步，下一步还要分田到户，包产到户。如果从便利管理，加强责任心着眼，划分作业组是可以的，但轻易地从'队为基础'退回去，搞分田到组、包产到组，也是脱离群众、不得人心的；也会搞乱'三级所有，队为基础'的体制，给生产造成危害，对搞农业机械化也是不利的。文章后面，《人民日报》还加了编者按，大家又听听编者按是怎么说的？编者按说：为贯彻按劳分配原则，搞好劳动计酬工作，可以在生产队统一核算、统一分配和统一使用劳动力的前提下，包工到作业组，联系产量计算报酬，实行超产奖励。但这里讲的包工到组，主要是指田间管理，同分田到组、包产到组完全是两回事。人民公社现在要继续稳定地实行'三级所有，队为基础'的制度，不能在条件不具备的情况下，匆匆忙忙地搞基本核算单位的过渡；更不能从'队为基础'退回去，搞分田到组、包产到户！"读到这里，王书记才放下报纸，双手撑桌，目光锐利地扫了会场一遍，拿出了往日做报告的架势，声音洪亮地说，"大家都听清楚了吧？这可不是我王某人说的，《人民日报》是党中央办的，上面的文章就代表党中央！党中央说连分田到组都有悖于'三级所有，队为基础'的社会主义方向，更何况分田单干？可是今天，我们区里就出现了分田到户的事，这是啥子行为？这是复辟倒退行为，我们坚决不能容许！现在我宣布，对于那个生产队的分田单干行为，必须立即纠正！"

王书记讲话后，是郑锋代表参会的支部书记上台对组织表态。郑锋披着他的旧军衣，囊囊地走上台，看得出他的内心甚是激动。他笨拙地向台上的领导行了一个军礼后，才转身亮着他的大嗓门，声如洪钟，对台下说："先不先我脑袋还不醒豁，刚才听了王书记的讲话，我心里明白了！我代表四大队表态，我们坚决走社会主义道路，绝不搞分田单干！"说完，意犹未尽，忽然举起右手，像呼口号似的又喊了一句，"坚决反对分田到户！"喊完，这才红着脸下台了。

这次会后，贺家湾人彻底明白过来，他们想分田到户，是七月十四烧笋壳——没指（纸）望了，于是不再议论。生活又回到了原来的轨道，每日里踩着贺世忠那钟声上工、下工，如是而已。

区里来大队开会后没几天，县里又把区、公社和大队书记们通知到了县里学习。起初，社员们也没把县上这个四级干部会放到心上，那县里哪年不组织这一两次的学习？社员在私下猜测，说不定县上的这次学习，也和区上上回来开会一样，是整顿干部作风，刹分田单干这股风的！但令社员们没想到的是，一个多星期后，干部们从县上回来后，从区到公社立即掀起了一股包产到户的热潮。不但如此，原先受到谢书记和王书记严厉批评、下令整改的二大队三生产队，因为悄悄包产到户，一下成为全区的典型。王书记又带着全区的大小队干部，到二大队三队召开现场会，号召所有生产队都向他们学习，迅速把土地分下去。

这形势变化比那演员演戏变得还快，让社员们瞠目结舌。他们实在闹不明白，这到底是怎么回事？他们不晓得，就在不久前，《人民日报》又发表了评论员文章，明确肯定了包产到户有利于调动群众积极性，有利于突破"集体经济办不好、群众不积极，群众不积极、集体经济更办不好"的恶性循环。文章又说："凡有利于鼓励生产者最大限度地关心集体生产，有利于增加生产，增加收入，增加商品的责任制形式，都是好的和可行的，都应加以支持，而不可拘泥于一种模式，搞一刀切。"因此，对那群众要求包产到户的，各级领导都应当支持群众的要求。不但如此，文章还直言不讳、一针见血地指出，当前包产到户受到阻碍的根本原因，是因为在某些地方，中间隔着县级这个"顶门杠"，才导致迟迟不见动静，甚至百般阻挠这个受农民欢迎和中央支持的好政策。敏感而习惯于唯上的县里领导，一见《人民日报》这个评论，立即紧张起来。他们明白，这不是个一般性的评论，而是一个明显的信号！哪个如果还不能从这个信号中看出端倪，他一定是个"二球"，只有被历史淘汰！县委丁书记此时坐不住了，他自然不愿意自己管辖的领地，成为报纸上说的"某些地方"。于是，他马上组织区、公社、大队书记们，到县里集中学习一个星期，让大家通思想，提认识。学习完后，丁书记让每个区委书记上台表态，先上台去的，表态说一个星期分完。接着上台去的，表态说用五天时间分完，然后有表四天、三天的。最后是王书记，他咚咚地跑上台去，向丁书记表态说他们区一定在两天内，把土地、畜生、农具和其他该分的东西，全部分完！结果王书记受到了丁书记的表扬。

就这样，贺家湾的村民贺世龙在一个半天里分得了几亩地；在又一个半天里，和世凤、世海三家，一起分得了一头牛。第三个半天里，分得了一张犁，一把开山打石的二锤和一截钢钎；最后一个半天里，分得了保管室晒坝的几块石板。除了保管室和高温大屋窖房顶上的瓦片没来得及分以外，那贺家湾，分得真是迅速而干净！

三

李春英不但晓得，自己男人肚子里有几根蛔虫，而且她自己，就是贺世龙肚子里的一根蛔虫，男人有啥子心思，又怎么能瞒过她？那贺世龙确是因那几亩地和这变化困不着瞌睡的。在贺世龙看来，这世道就像耍把戏！他是看见过耍把戏的。那年县里剧团来演出，那个演员，明明是一张普通人的白脸，可一转身，就变成一张比猴子屁股还红的关公脸，再一转身，回过头来，又变成一张比木炭还黑的雷公脸，又一转身，变成一张小丑脸。几变几变，又回到了原来那张脸。三十年河东，三十年河西，一眨眼，这世道就回到了原来的起点上。前个天上午，他衔着烟杆，看着老二世凤往他们共同的地上埋界桩，他还默倒是在发梦冲：这地真的就是自己的了？以后，想种啥就种啥了……他掐了大腿一把，一股疼痛传遍全身，这才晓得，不是扯啥子混老二。这地，千真万确是自己的了！那么，二天该怎么来对待这些地呢？昨天晚上，他刚迷迷糊糊地闭上眼睛，忽然看见自己老汉朝他走来了。老汉还是原来的老样子，头上包着一块帕子，那帕子原本是白色的，可现在已看不出来原先的颜色了。因为那帕子包得很厚，把一张窄脸衬得更瘦。下颏巴上一撮山羊胡子，灰白灰白的，微微往上翘着。老汉走到他的床前，对他喊了一声："南瓜——"

"南瓜"是贺世龙的小名，老二世凤的小名叫"冬瓜"，老三世海的小名叫"豇豆"。贺世龙本来还有一个妹妹的，叫"白菜"。这样一来，贺世龙家里瓜果蔬菜都齐了。老汉怎么要给他们取这样土里土气的小名？贺世龙知道那是因为老汉怕他们兄妹不好带，故意取这样一些贱名来麻痹阴间那些小鬼的。那时，贺家湾人最喜欢给孩子起什么"狗儿"。贺世龙弟兄出生时，贺家湾已有了若干个"狗儿"，到吃饭的时候，家家唤"狗"声一片。甚至还有呼自家"狗儿"，而别家"狗儿"，也应声而至。贺世龙的老汉便另辟蹊径，给儿子们取了瓜果的名——那时，湾里以蔬菜瓜果为小孩取名的还不多。

贺世龙听见老汉叫他，答应了一声，问道："老汉，你怎么来了？"

老汉没回答，径直来到贺世龙床前，对儿子不满地说："你还不去挖地，困到啥子？"

贺世龙说："挖地？"

老汉说："这些年那些地被糟蹋了，要深翻，把泥巴盘活！"

贺世龙一下明白了，便响亮地答应了一声，说："是，老汉！"

老汉又说："要多上肥，才有好收成！"

贺世龙再次回答说："我晓得，老汉！"

老汉再说："跟冬瓜和豇豆也说一声，要把地经佑好！"

世龙又说了一句:"好,我跟他们说!"

老汉听了这话,说:"你都晓得,那我就放心了!我走了!"说完,转身就往外走。

贺世龙见老汉走了,大叫了一声:"老汉——"一下把另一头的女人惊醒了,说:"你发啥子梦仲?"

贺世龙睁眼一看,见自己还在床上,知是一个梦,苦笑了一下。他感到非常奇怪,这么多年,老汉都没来给自己投过梦,土地刚刚一分,老汉就来了。而且,老汉说的又都是土地的事!难道老汉在阴间也晓得了阳间分地的事,特地来嘱咐自己的?老汉土里刨食了一辈子,是被湾里湾外公认的种田把式,到头来却做了饿死鬼。一想起老汉死时的惨相,贺世龙顿时没了睡意。他就坐了起来,靠在床头裹了一杆叶子烟,划燃洋火吸起来。一边不慌不忙地吸,一边想起一些陈谷子烂芝麻的旧事来。

贺世龙的老汉叫贺茂前,种了大半辈子地,却没有自己的一寸土地,靠给人当丘二来维持全家人的嘴巴。能够拥有一厢地,成为他最大的一个心愿——哪怕是一厢瘦壳壳地,也会让他困着了都要笑醒!共产党坐了江山以后,闹土改,毛主席他老人家,大救星,把土地分给了穷人。因此,贺茂前也终于有了自己的地——其中一块在河沟背上,因为三面都是岩,像一只鸟窝,故而就叫了"窝窝地",面积将近三亩,另外还有山林。这地和山林,原是贺茂富的。贺茂富被村里农会和土改工作队定为了地主。贺茂前本来是可以分到贺茂富那块窝窝地下面叫扁担丘的干田的,因为他斗争贺茂富不积极,还和工作队、农会顶撞,故而工作队和农会就把干田换成了旱地分给贺茂前。贺茂前斗争贺茂富不积极的确有原因,原来贺茂富并不是一个坏人,也莫得多大的家产。他除了有一二十亩薄壳壳地以外,在湾里还开了一个小油坊榨油。既不见他们一家人怎么穿金戴银,也不见花天酒地,日子只是比一般人过得好一些罢了。平时,贺茂富两口子也和湾里的庄稼人一样,披星星、戴月亮,雨天披蓑衣、晴天戴草帽,在地里像蚂蚁一样劳作。只在农忙时候,才在湾里请了像贺茂前这样没地的农民,干一段时间的活。干活这段时间,贺茂富管吃管住,临了的时候再籴上几升或十几升粮食,作为工钱。不但如此,贺茂富还对给他干活的人做了一条特别的规定,那就是允许他们的家人——婆娘或是娃儿,可以跟在他们后面,捡拾掉到地上的粮食。那时,他贺世龙还小,只有七八岁的样子,却也跟在大娃儿屁股后头,去贺茂富地里捡粮食。捡麦穗时，他就背着一只像牛嘴笼式的小背篼，跟在大娃儿身后，看见一吊麦穗了，就不要命地扑过去，但往往是抢不过大娃娃的。或者被大娃娃撞在地上，就借势一倒，屙二连三地号叫起来。每到这时，贺茂富就要从地里伸起身来，对他喊道："是哪个哭兮狗儿又叫唤了？过来过来！"他正要起身，又听见爹在说："二哥，你莫理睬他！"但贺茂富说："管他的，细娃儿呢！"说完又叫："原来是南瓜！南瓜，快点过来！看你那鼻涕就要过河了！"于是他爬起来，不好意思地走过去，这时贺茂富就从地里捋下几吊麦穗，塞到他的小背篼里，说："拿回去，叫你娘跟你炕粑粑吃！"他这时才抿嘴笑了。爹看见，忙对他说："还不快谢谢二爹！"于是他就吸溜了一下鼻子，把"两条龙"吸进鼻子里，对贺茂富说："谢谢二爹！"说完就返身跑了。一边跑，一边听见贺茂富在对爹说："你这一屋鸡大马细，也不得了哦！"爹说："多靠二哥你帮衬了，要不是你三不打时地让我到你油坊里或地里干点活，我还硬是不晓得怎么养活他们呢！"

捡麦穗时是这样，捡稻穗时就不同了。小娃娃们都是拦腰拴着一只篾笆篓，男娃儿打着光胴胴，女娃子拴一件小兜兜，遮住肚子和大腿，模样都像是一个逮黄鳝的。稻子不像麦子容易掉穗，只有到稻草堆里去刨，把那些附在稻草上还没成熟的、没挞进拌桶里的谷粒捋下来，捋一点往篾笆篓里放一点。这不但需要耐心，而且捋不到一会儿，那被水泡得发白的小手，先是发红，继而被捋出了泡，疼得要命，谁也坚持不到多久，况且收获也像是从针上刮铁——有限得很。怎么办？于是就跟着大人的拌桶跑，躲到后面，把小手从挡席缝隙里伸进去，从拌桶里抓出一把谷粒，往腰上的篾篓子一放，撒腿就往后面跑，生怕被抓住的样子。可也奇怪，明明贺茂富就在拌桶旁边，可从来就没有抓住过他们这群"窃贼"。让贺世龙最喜欢的，还是点小麦时，爹帮贺茂富犁红苕地。那红苕像花生一样，无论你怎样架细挖，也总是挖不干净的。犁地只有爹一个人，也就没人和他争。他跟在爹的后面，爹跟在牛的后面，往往是爹先发现一根埋在土里的红苕，就用脚给他踢出来，他跑过去拾进背篼里。也有爹没有看见，而是他发现的，每当这时，他就要骄傲地叫起来："爹，是我看见的！"爹听了也会马上对他说："是的！是南瓜看见的！拿回去让娘切成苕片，二天莫得吃的了，也打得到一碗汤！"有时爹犁一天地，他能捡到一小背篼红苕，背不动，爹就接过去背，他看着心里特别高兴。

但在土地改革前，贺家湾那个有些民愤、真正够得上地主条件的贺银庭，却带着老婆孩子不知逃到哪里去了，工作队和解放军打起灯笼火把，县里县外、旮旯旯里都找遍了也没找着。没有了地主斗，那轰轰烈烈的改朝换代运动，就会缺少几分声势，况且群众也难以发动起来。这样大一个村子，除了贺银庭，难道就再找不出一两个地主了？村农会和土改工作队在上级的要求下，关在屋子里把手指头掰了半天，结果贺茂富和另一个也有十多亩瘦壳壳土地、又在团方四邻行医、当过国民党乡约的土郎中贺老五，被中了彩。地主这时有了，接下来就是开那两人的斗争大会。但贺家湾的人，大家都晓得这两人那点瘦壳壳地是怎么来的？那也是人家这代人和上代人，在泥巴里勤做苦扒、肩背磨破了几层皮做出来、省出来的呀！况且这两人在村里不但没有民愤，还有一些口碑。工作队和农会怕到时没人上去斗他们，于是便先来发动群众。那天，工作队队长和农会主席贺老跍找到贺茂前。贺茂前一听要斗争贺茂富和贺老五，便像被弄昏了头似的，鼓起眼珠子叫起来：“怎么要斗争他们？”

贺老跍对贺茂前说：“他们是地主！”

贺茂前仗着自己和贺老跍一样，也是穷人，就敢于和贺老跍顶撞，说：“老跍，我看你当了农会主席，就有点哈戳戳的了？你未必不晓得他们那点地是怎么来的？又不是别个拦路抢劫抢来的！再说，别个也没有做过啥子恶事，斗他们啥子？”

贺老跍听了贺茂前的话，有些不高兴了，沉了脸说：“贺茂富剥削你，你忘了？”

贺茂前听了有些不解，看着贺老跍和工作队队长问：“他什么时候剥削我了？”

工作队长启发贺茂前说：“你给他家里当丘二，给他当打油匠，这就是剥削你！”

贺茂前一听这话，更加有些搞不醒豁了，说：“你说些啥子话来扯哟！我给他屋里做活路，别个包吃包住，完了还籴粮食抵工钱，小把戏还三不打时地跟到我去捡点小便宜，也从没有亏过我们下力人，怎么是剥削了我呢？喊明叫现说，郑同志，要不是他让我隔三岔五去做活路，我这一家子人还不晓得怎么活呢！”

土改工作队长的脸一下黑了下来，说：“这样说，地主的剥削倒还有功了？你这是啥子样的觉悟？”

贺老跍见上司不高兴了，突然说：“你是不是因为也是三房的人，就帮他说话了?"

贺茂前也不是省油的灯,他压根儿看不起贺老踮!你贺老踮的底子工作队的人不晓得,未必还麻得过我贺茂前?你不就是一个二流子,过去到处吃黄骗的家伙吗?你压根儿就不是一个正经的庄稼人,这阵倒鸡脚神戴眼镜——充起正神来了!于是也说:"你怎么这样说?人要讲良心,不讲良心是要遭报应的!要照你这样说,你就是专门盯到我们三房的人整哟?"

一句话把贺老踮问得没法回答了。原来,贺家湾贺氏家族虽然来自同一个祖宗,没有宗族上的争斗,但老祖宗留下了六个房支,各个房支间有时难免暗地产生一些摩擦。贺老踮是大房人,大房人多,但穷一些,三房人少,发财的人多一些,那个从人间蒸发的贺银庭,也是三房的人。另一个被选中的地主贺老五,虽然不是三房人,但也不是大房人,他是四房的人,四房更是小房。过了许久,贺老踮才脸红筋胀地说:"不管你怎么说,上级都已经同意了,贺茂富反正是要斗的……"

贺茂前没等贺老踮说完,也梗着脖子,大声说:"要斗你们斗,莫得我一梁子的事,我反正是不得来凑人多的!"

贺老踮一听这话,呼地一下站了起来,在桌子上擂了一拳说:"你不来就不跟你分地!"

贺茂前听见贺老踮拿这话吓他,心里的抵触情绪更大了,就一边往外面走一边说:"分不分地在你们,但我贺茂前不能昧了良心!"说完又说,"为人不做亏心事,半夜不怕鬼敲门。亏心事做多了,是死不到好路的!"说完径直走了。

隔了几天,召开斗争贺茂富的大会,贺茂前果然没去。但贺老踮和土改工作队也不敢不给贺茂前分地,因为贺茂前是响当当的贫农,不给他分地说不过去,但却把原准备分给他的干田扁担丘,换成了里面巴岩的窝窝地。尽管分地那天,当土改工作队的郑队长喊他上台领地契时,贺茂前不但不上去,反而在下面回答:"我不要!"这时,贺茂富已经做了冤死鬼,人都不在了,贺茂前怎么会不要贺茂富的地呢?大家都有些搞不醒豁。满会场的人都掉过头来看着他,一片议论纷纷。贺茂前之所以不上去领地契,一是因为他已经晓得了贺老踮和土改工作队把本该属于他的干田换成了旱地,心里不安逸,二是因为他在贺老踮和土改工作队面前说过硬话,要了那地,就等于向他们低了头。郑队长等了半天,见贺茂前真没上来,感到尊严受到了挑战,于是大声说:"你要不要?不要就是反对土地改革，我们不但要把地收回来，还要斗争你！"听到这儿，会场一下安静下来。正在这时，一个女人的声音喊了起来："要！怎么不要？他是灌多了猫儿水水，糊涂了，工作队的同志可不要跟他一般见识呀！"说着跑上台去，从工作队长手里，领过那张盖着政府红戳戳的地契。众人一见，是贺茂前的婆娘贺张氏，又见工作队长没再发雷霆之怒，这才松了一口气。

就这样，庄稼人贺茂前终于有了自己的地。但因为自己晶光白天在全村人面前说过"不要"的硬话，白天里他不好去看自己的地，于是就等到晚上才披了一件衣服来到那窝窝地头。那晚，月亮挂在天上，光生生的，明光响亮，照得地上跟白天一个样。底下的水田里，映着两边山岩的倒影，青蛙在水田里呱呱地唱个不停。贺茂前坐在月光里，静静地看着眼前的地，心里有种说不出的感觉。有风从对面垭口吹来，摇得岩上的树枝簌簌作响，阴阴的，有如冤魂呜咽。贺茂前马上想到了贺茂富，一下子觉得心里很内疚，好像是自己抢了人家的地似的。于是喃喃自语地说："二哥，我是个见证人，晓得你是冤死的！你口积牙攒，平时用高粱米掺饭，就是在农忙时候，你也把萝卜颗颗掺到饭里面，让婆娘娃儿吃，把红苕干饭让给我们下力人吃！好不容易积了点家业，不但没保住，连命也丢了！"说完又道，"你的窝窝地分给了我，我不要还不得行！你放心，我会把地种好。三月清明七月半，腊月三十献年饭，我和婆娘娃儿会念叨着你！"说完，那风声又簌簌响了一阵，停息了。贺茂前又坐了一阵，感到身上冷了起来，知是下露了，这才起身回去。第二天，贺茂前就扛起冬瓜锄下地了。他先把地深翻了一遍，真所谓是挖地三尺。然后攀上崖壁，将三面岩上的泥巴，全刨了下来，将土整整垫厚了一层。这样，原本一块瘦壳壳地就变成了一块土质深厚的好地。

第二年，贺茂前收了一季好庄稼，自不在话下。收罢小春，贺茂前打算在地里栽红苕，地边再种两行高粱。这日走到地边，看见别人田里绿油油的秧苗，他忽然想到：经过挖大翻身和垫土，这地的土层已经比原来厚得多了。要是把这块地改成水田，那是多好呀！这个念头一冒出来，也不晓得是激动还是其他啥的，身子像打摆子似的颤抖了一下，牙龈都有些酥麻麻起来。又一想，你贺老跻和工作队不是有意给我小鞋穿，不给我分田，想让我和婆娘娃儿一年四季都屙红苕屎、放苞谷屁吗？我卖了娃儿买蒸笼——不蒸馒头争（蒸）口气，偏要吃上白米干饭让你们看看！可没过一会儿，这想法就蔫了。因为要改田，首先必须解决水的问题。他这块地下面是一道陡岩，即使别人同意从扁担丘过水，也没法把水戽上来。没有水源，想法再好，那也是沙罐做枕头——空想！但就在这时，他脑海里张开了一条缝，突然想起枷档湾的半岩岩上，常年都有一股泉水。枷档湾在上河，自己这块地在下河，上下河的落差好几丈。如果在枷档湾那里扎一个河堰，再修一条渠道，水不是就自己流到地里来了吗？一想到这里，贺茂前一下抑制不住自己的高兴劲了，像是已经瞄见了绿油油的秧苗和白花花的大米在眼前晃动一样，欢喜得挥着月牙子锄，发癫似的大叫了两声。

从这年栽完红苕、种完秋粮以后，农人贺茂前便开始了他伟大的改田工程。

这日，贺茂前突然跑到村里小学校，生拉活拽地将正在上课的儿子贺世龙拉了出来，叫道："跟老子回去！"

贺世龙问："回去做啥子，爹？"

贺茂前说："回去跟老子修水渠！"

贺世龙听了，急忙说："爹，我要读书！"贺世龙这年刚满十二岁，正和贺世普、贺贵等一干贺家湾的娃儿上着小学三年级。

贺茂前见儿子想甩脱他回教室，心里有些不高兴了，就推了他一下，鼓起眼睛问："你跟老子想不想吃白干饭？"

贺世龙犹豫了，可过了一会儿，还是大声说："不，我要读书！"

贺茂前这次是真正生气了，攘了儿子一把，说："还读你妈个皂角书！你已经认得到几个自己的名字巴巴了，就算了！"说着，不由分说拉着贺世龙，连推带攘给弄走了。贺世龙从此就再没有进过学堂了。如果说这辈子贺世龙对老汉有啥不满的话，那就是有些怨恨老汉，当时不该把他从学校拉回来，让他只上了个小学三年级。要不然，他也不会像今天这样只待在家里背太阳过了！

贺世龙一回到家里，贺茂前就丢一根钢钎在他手里，自己一手提一把十多斤重的大锤，一手提一把锄头，对贺世龙说："跟老子掌钢钎，这活儿累不死你！"说着，父子俩来到枷档湾，在自己看好的临河的石岩岩上，打响了修渠造田的第一锤。贺世龙虽然在读书期间一早一晚帮父母干些活儿，可大多是割草打柴一类。看见父亲手里那把十多斤重的大铁锤，心想：要是爹那一锤打偏了，落到自己手上或脑壳上，自己不马上就被报销了？越这样想，心里越害怕，两只手便紧紧握住那铁钎子，小胳膊死劲地往前伸，而屁股却直往后翘去。又把头偏向一边，不敢去看父亲手里的锤子。贺茂前一看，生气地往他屁股上踢了一脚，骂着："你怕啥子，打不死你！"说完又接着吼了一声："掌稳点！"说罢，口里发出

"嗨"的一声，大锤当地落到钎子上，溅出几星火花。贺茂前大锤落下的同时，只听得贺世龙也哇地叫了一声，丢了钢钎，直把两只手掌捧到嘴前，嘘嘘地吹个不停，眼里还痛出了一汪泪水。这又是怎么一回事？原来这掌钢钎也是有学问的，那就是不能握得太紧。你越死死把钢钎握住，那大锤砸在钢钎上的震动就越会把手掌震痛，严重的还会把虎口震裂。贺世龙又是一棵嫩秧子，手皮子也还没有磨起茧巴，因而经那大锤一震，便疼痛难忍。吹了一阵，贺世龙把那双手放到眼前一看，只见手掌已经红了。贺茂前不但没怜悯儿子，反而没好气地骂了一声："没出息的东西，你以为白干饭就是那样好吃哟？还不跟老子重新来！"贺世龙只好噙着眼泪，去地上扶起钢钎。偏那石头又是猪血石，硬得很，贺茂前一锤子下去，无论贺世龙怎么努力，那手里的钢钎都往上一跳，石头呈献出一个白印子。贺茂前每一锤子下去，贺世龙的身子便是一哆嗦，泪水直在眼里打转，却不敢流下来。过了一阵，手掌被震麻木了，也不觉得怎么痛了。可中午回家吃饭时，却发觉那十根手指根本没法拿住筷子了。娘掰开贺世龙的手掌一看，才发现儿子两只手掌全是裂口和血泡，满手血迹斑斑。娘心疼不已，埋怨贺茂前道："有你这样使唤儿子的吗？南瓜才多大？下午莫去了！"贺茂前一听，回头对女人呲道："敢！你默倒你儿子是公子少爷？这点苦都吃不得，还做啥子人，啊？"母亲自然犟不过老汉，下午便找来了两块白布，给儿子包在手上，贺世龙再去掌钢钎，这才觉得好了一些。再后来贺世龙也和贺茂前一样，手上长起了像树皮一样厚的老茧，也就感觉不到痛了。但这时，那岩上的石头，又变成了绵沙石，贺茂前一锤子下来，贺世龙手里的钢钎就直往石头里钻，但石头就是不破。钢钎陷进石头里，摇，摇不动，用另一根钢钎翘，把两根钢钎都掰弯了，也取不出来。没办法，贺茂前只好用十字镐一点一点地刨，把钢钎取了出来。

　　贺茂前在后来的三年时间里，只要地里的活儿一忙完，就带着贺世龙锲而不舍地去从事他的修渠工程。终于从沿山的崖壁上，修通了从上河栁档湾到他窝窝地的水渠。但谁也没有想到的是，就在他打算扎河堰、愿望即将实现之时，农业合作化运动潮水一般涌来了。在上级和干部反复动员、号召、劝说加批评下，贺家湾那些刚分到地不久的农民，又把手里的地契、农具、牲畜，在一片锣鼓声中，送到村里书记贺老跶的手里。到后来，全湾又只剩下贺茂前这个固执的人，还把地契攥在手里不放，想搞单干。这天，贺老跶又来了，先前他已来过很多次，但不管他怎么说，贺茂前都是一副冷水烫猪——不来气的样子。贺老跶想收拾一下这个老顽固、老落后，但又是天狗吃月亮——找不到地方下口。因为贺茂前是响当当的贫农，咬他脑壳很硬，咬他屁股很臭，弄得贺老跐也莫得抓拿。这天，贺老跐不客气了，他在地里找到正在给小麦施粪肥的贺茂前，也不等贺茂前说啥子，就态度生硬地大声问："贺茂前，你到底走不走合作化的道路？"

贺茂前桶里的粪水已经不多，正用一只沾满泥土和粪便的赤脚勾住粪桶笃笃，将桶里的粪往粪瓢里倒，听见贺老跐的话，连头也没回，就瓮声瓮气地问："人又怎么，不人又怎么？"

贺老跐说："走合作化道路，是党的号召，全湾、全乡、全县的人都听了党的话，就是你还在单干！我看你是矮子过河——安（淹）了心，成心和党对着干了！"

贺茂前把粪瓢里的粪，分别倒在麦窝里了，这才对贺老跐说："我怎么是和党对着干？我的地未必不是共产党给分的？共产党把土地分给大家了，怎么又要归到一起？共产党做事，总不能屙尿的工夫就变了吧？"

贺老跐的嘴都气歪了，看见贺茂前挑起粪桶要走，急忙红了眼睛对他说："我晓得你为啥子不想入社，不就是想到那块窝窝地可以改成田了，你一下子就有两亩多水田了！我月亮坝坝里耍刀——明砍，你不入社可以，但休想从合作社的地上过水！"

贺茂前一听这话愣住了，过了一会儿才回头对贺老跐说："我那水渠又没占哪个一寸土地！"

贺老跐说："石岩岩也是合作社的石岩岩，你想占合作社的便宜，门都莫得！"

贺茂前以为贺老跐是在吓唬他，就说："你莫在这里脓垮水垮的，我在那半岩岩上打堰沟，又没有侵害到哪个，你想怎么做嘛？"

贺老跐说："我不和你多说，你自己看嘛！"

贺茂前怎么也没有想到，第二天，贺老跐果然带着村里的民兵，把贺茂前父子费了九牛二虎之力修成的水渠呼啦啦地给填了。看着自己三年的心血毁于一旦，贺茂前咬着牙齿，恨不得上前和贺老跐及那些填渠的人拼了。但他也晓得即使去拼死了，那也是拿鸡蛋往石头上碰。本来，贺茂前是那种你敬他一尺，他就会敬你一丈的角色，还是一个服软不服硬的人。现在见那贺老跐为了逼他入社，故意采取这样的手段，下蹩脚棋收拾他，即使他晓得独木难成林的道理，但又岂肯下贱地来求贺老跩？况且，他再一想，眼下，他贺茂前一家也没有非到求人不可的地步。几年前分给他的那几亩地，经过挖大翻身、垫土，施底肥，早已不是原来的瘦壳壳地了。再说劳动力，南瓜现在已成为半大男子汉，过不两年，就是一个使牛动耙、挑抬不论的好把式了。何况他下面还有冬瓜和豇豆（那时还莫得白菜），一高一低，早晚放学后，也能够使得到一些力了！至于农具畜生，这两年该添置的也添置得差不多了。我就不相信不入那个合作社，就硬是活不了人！这样一想，贺茂前更是铁了单干的心。以后乡上的书记、区上的书记都来动员过他，他都只有两个字：不入！贺老跩填了他的水渠，让他改不成田，他就继续在几亩地上精耕细作，又用扩大边边角角的办法，来和合作社竞争，竟然每季收的粮食都比那些入了社的人装进仓里和坛坛的多。贺茂前便感到了前所未有的骄傲和自豪。

但作为庄稼人的贺茂前终究抗不过时代的潮流。在激情燃烧的大跃进的前夕，快满十七岁的贺世龙，并不因为自己是单干户，就没有年轻人的理想和追求。他看见村里和他一样的年轻人，当民兵的当民兵，入团的入团，同年同月生的人大成、东川还被选到公社和区里供销社去了。那颗年轻的心也蠢蠢欲动了，便怀着几分羞赧与激动的心情，给大队团支部交了一份入团申请书。大队团支部书记对贺世龙的印象还是很好的，但因为贺世龙家里至今还没有入社，共青团能不能发展像他这样的人？团支书拿不定主意，就去请教支部书记贺老跩。贺老跩立即坚决地说："不行，发展他要得个铲铲！坚决不能发展这样的人！"可说完又对团支书说，"除非他老子跟党一条心，入了社，还是可以考虑的！"团支部书记把这话转告了贺世龙。

这天晚上贺世龙回到家里，眼睛肿泡泡的，看见老汉，也脸不是脸、头不是头，消夜都没吃，就跑到床上困了。世龙的娘不晓得发生了啥事，进来问他怎么了？他也不答，把铺盖扯上去盖住脸。贺世龙的娘在床前待了一会儿，出去了。没多久，贺茂前进来了，只见他一把掀开了贺世龙身上的铺盖，恶声恶气地说："你盖得这样紧，害了夹湿伤寒要焐汗水呀？哪个惹了你，你说呀，跟老子发啥子气？"话音刚落，贺世龙忽然就从床上坐了起来，没好气地冲老汉说："就怪你！你死落后……"一语未了，刚才在眼睛里打转的眼泪水，就吧嗒吧嗒地往下掉，像是打开缺口的江河，弄得一屋子人都愣了。过了半天，贺茂前才说："怪老子啥子？老子又没有背哪个屋里的娃儿下油锅！"贺世龙扯起衣襟角角，揩了一把泪水，才继续说："怪你不入社，害得我……"便把入团的事说了一遍。说完，又抽泣起来。贺茂前听后有些木了，正想对大儿子说点啥子的时候，忽然听得老二冬瓜也嘟着嘴说："就是，爹，你不入社，我在学校里，同学们尽喊我单干户，他们老是欺负我！我跟老师告，老师也不理！"冬瓜这么说也就罢了，没想到老三豇豆小小年纪，也跟着抽后尾子道："就是，爹，我们班上每个同学都发了红领巾，老师就不给我发！老师说，红领巾不能发给单干户的儿子！"

贺茂前原先是打算训斥老大贺世龙一顿的，可一听完后面两个儿子的话，又看见三个儿子，都在眼巴巴地望着他，他那心突然就一紧一紧地抽搐了起来，将目光从大儿子身上移到小儿子身上，又从小儿子身上移到老二身上，最后，又落到啥子也不懂的小女儿白菜的襁褓上，那眼睛里，也渐渐起了一层潮湿的雾。他心里突然感到非常愧疚，觉得有些对不起这些孩子！是呀，自己争气、逞强、不入社，怎么没想娃儿们，他们是生在新社会里，他们的前程会因为自己的斗气而被耽误了呢？这天下父母，莫不是为儿女着想，像现在这样，娃儿还没长大，就因自己受了委屈。要是再大些，还不晓得要受些啥子气呢？一想到这些，贺茂前忽然有了一种负罪的感觉。他把目光再次从儿女们的身上扫了一遍，突然对贺世龙说："入，你爹入社，明天你就把地契拿去交给你老踣叔！"

贺茂前入社那天，队里召开了隆重的大会，连公社书记、区委书记都来了，庆祝全区消灭了最后一户单干户，这是农业集体化的伟大胜利。开完会那天晚上，贺茂前坐在房子前面的地坝里，一袋一袋地抽叶子烟，很久都没有回屋睡觉。贺世龙心里醒豁得很，老汉并不是真心实意想放弃单干，而是因为他们这些细娃儿，才不得已入社的。他心里体贴老汉，也端了一根矮板凳，来到地坝里陪老汉坐。二更天的时候，天上一颗彗星，忽然拖着一道长长的尾巴，从头顶划过，沉到对面马鞍山下了。贺世龙听见老汉长长地叹了一声，他以为爹要说啥子，爹却没说。但过了一阵，贺茂前在板凳腿上磕掉烟灰，这才像是忍不住似的对贺世龙问："刚才天上落祸殃，你瞄见没有？"

贺世龙说："瞄见了，是绿的！"

贺茂前又叹息了一声，才忧心忡忡地说："兆头不好，人世间要出灾祸了！"

贺世龙懂得老汉这话的意思，他还在很小的时候就听大人们讲，天上出现流星，如果发出的光是绿色的，就是人间要出灾祸的预兆；如果发出的光是白色的，人间就要死人；而红色的光，就是要发生火灾。可这时，因为老汉已经入社，贺世龙正在积极争取入团，于是就对父亲说："老汉，那是迷信，不要信它！"

贺茂前听了，却说："老辈人的话，莫得好大错的，你娃儿不信，就等着看吧！"

贺世龙万万没有想到，爹的嘴巴真的有毒。三年以后，爹的话就变成现实——全国出现了大饥荒！在那场大饥荒中，贺世龙屋里死了三个人：先是自己唯一的妹妹、生下来被爹娘含在嘴里怕化了，捧在手里怕飞了，疼爱不够的白菜被活活饿死。白菜死的时候才四岁，从出世就没过上几天好日子，真是阎王老爷把她放到人间来受罪的。接着是娘。娘是捧着一只瓦钵去食堂里打"饭"，脚杆像薅秧一样，几薅几薅，就咚的一声倒在地上，再也没有睁开眼睛，到阴间找她的宝贝女儿去了。最后就是爹！贺世龙至今仍记得爹死的时候那副吓人的样子。爹本来是个身材瘦小的人，但死的时候全身肿得比黄桶还粗，皮肤亮得跟透明似的，仿佛轻轻一捏，里面的水就会喷出来。可唯独脸没有肿，两只眼睛圆溜溜地睁着，深深地陷进眼窝里，满含怨气地瞪着天。嘴巴张得比牛嘴巴还大，两排黑黄相间的牙齿，向外龇着，像在等啥子东西吃。贺世龙后来才慢慢想明白，爹确实是心有不甘呀！他种了一辈子庄稼，一辈子把土地当儿女一样爱戴，像先人一样经佑，到死却成了一个饿死鬼！

事情过去几十年了，可只要贺世龙一想起爹娘和妹妹的死，心尖子就有一股儿一股儿的疼。毕竟是自己的亲人呀，要想把这些往事从心里抹脱，哪有那样容易？

四

清晨湿漉漉的露水打在贺世龙一双赤脚上，令他觉得十分清爽。他来到牛草湾那块过去曾经属于父亲、现在归在他和世凤、世海三弟兄名下的祖业地边，天已经开始大亮了。播鼓山后面，太阳早早撒开了一片像是膏脂的红颜色，又像是要把天给燃起来似的。贺世龙听别人聊天说，太阳和月亮是一对兄妹，太阳是哥哥，月亮是妹妹。这会儿西边跑马梁天上的月亮，似乎看不惯哥哥这副爱出风头、张狂的样子，歪着脸在一边怄气。过了一会儿，晓得自己怄气也是白怄，干脆把自己所有的光，都收了起来，躲到跑马梁的后面去，眼不见心不烦，让你个毛头毛脑的人，去发羊角风吧！

贺世龙跳到地里，这块地朝南，又处在一个背阴的湾里，尽管那太阳迫不及待地在东边擂鼓山头发出了光芒，但湾里还是有些麻杂杂的。不过，地里的景色已经能看得分明了。这块地上季种的是清一色的高粱。现在高粱收了，连高粱秆也早挖了。高粱收获早，距种小春作物还有差不多两个多月时间。在这个时间里，贺世龙本来还可以种一季早萝卜，等卖了咸菜萝卜，种小麦正合适。但贺世龙不打算种萝卜，他想把地翻过来，炕一两个月，直接种小麦，这样地的热力和肥力都会大大增加，明年的小麦肯定会获得好收成。贺世龙来到地中间属于自己名下那部分，看见有几株倒藤刺，已经从坡上长到地里来了，还有地瓜藤、茅草，也在往地里窜。贺世龙先用锄头把窜到地里的倒藤刺和另外几株再生高粱苗给铲了，朝手心里吐了泡口水，搓了搓，然后才举起锄头，嗨了一声，开始挖起地来。

这是一把才新打的冬瓜锄，有五斤多重，昨晚上吃消夜前，贺世龙才给它的把上好。他最先给它上的是一根柏树锄把，可想了想，又给它换上一根最结实的青冈树锄把。也就是说，贺世龙一开始就是要这把板子又厚又长的锄头出大力的。也不晓得是因为新锄头刃口不够锋利，还是诚如爹在昨天晚上的梦中对他说的那样，这些年，这地被糟蹋了。尽管贺世龙使出了很大力气，可锄板子吃土并不深。贺世龙把土翻过来，又在原地重挖了一锄，把挖出的土刨到脚尖前一看，果见那土生板板的。贺世龙也像爹当年那样，叹了一口气，心里说："老汉，真让你说着了，大集体干活时，哪个都怕出力，不管是挖地的，还是犁地的，都做表面活路，让下面的土层都板结了！"说完又说，"不过，老汉你放心，这块地又回到我们手里了，我会像你当年一样，给它挖大翻身，给它下底肥，让它变得又疏松又肥沃！"这样一想，好像爹也在给他使力一样，手上充满了劲，就大锄大锄挖了起来。

这两天，贺世龙怎么也想不明白，大队郑书记为啥要坚持按老祖业分地，让土改时各家分的地，都各归原位，然后在这个基础上，才多了的退，少了的补。其他大队可不是这样分的呀！这究竟是豌豆滚进磨眼里——遇了缘，还是郑大书记有别的用意？如果是遇了缘，那又是遇了啥子缘？如果说郑书记的葫芦里装得有其他啥子药，却又不晓得里面，是生姜还是大黄？地分得虽然快当，却也留下很多疑问，让贺家湾的庄稼人像猜谜语一样去猜。

贺世龙们不晓得，他们的郑支书虽然也到县上学习了七天，也听了区上王书记在大会上的表态，但他对分田到户的抵触情绪仍然很大。甚至在心里还骂县里丁书记、区里王书记，是他妈的墙头草两边倒。昨天还开大会号召要坚决抵制分田单干风，今天就屁颠屁颠地表态要马上把田分下去，真他妈嘴巴不值钱，说话屙尿变！如果是战争年代，这些人准他妈要当叛徒！他实在想不通，共产党的天下，怎么说变就变了？因为思想不通，所以散会回到贺家湾后，并没有按照区委王书记和公社谢书记的要求立即分田。几个生产队的小队长，看见别的大队分田分得热火朝天，自己大队却还是夜蚊子滚岩——莫得响动，坐不住了，这才一齐拥进郑大书记的家里，问道："郑书记，我们大队究竟采取啥子措施分田？"当时分田的办法上面没有做统一规定，但周围各大队大多采取的是抓阄的办法。即先把队里田地统一丈量了，然后按等级搭配好，社员每个家里出一个人，到队里规定的地方抓阄，然后按抓阄的顺序丈量田地。社员们把这叫作卵大卵小，各自撞到，显得公平合理。小队长们以为郑书记听了他们的话，也会叫他们回去依葫芦画瓢，按此行事的。可是，没想到郑书记听了小队长们的话后，又拿目光扫了他们一遍，知是大势已去，自己纵有日天的本领，也顶不住这滔滔潮流了。也不晓得他是怎么想的，眼珠子一转，突然对他的下属们瓮声瓮气地说了一句："怎么分？就按老祖业分嘛！"

小队长们一听这话，以为自己听错了，都一齐把目光投向自己的上级，一副神情痴呆的样子。

郑锋一见，把肩膀上的旧军服往上提了提，不耐烦地说："眼睛鼓得像牛卵子一样大做啥子？老祖业你们未必都不懂？"

小队长们说："怎么会不懂？不就是土改时分得的地和山林嘛！"

郑锋说："懂了还那样绿眉痴眼的啥子？我说按老祖业分，就是各家有权利，优先得到土改复查时分的田地，这叫大菩萨、小菩萨，各归各的原地方，免得说长道短，哪个又亏欠了哪个！"

郑大书记的话刚完，一个小队长就有些不安地问："那还重不重新丈量呢？"

郑锋说道："那土改的时候，都有面积产量，还丈它捞球！"说完又不满地说，"吃多了莫球得事干，才去丈量……"

但话还未说完，另一个小队长说："可这些年人口增加，有的一家分成了几家，有的人家又成了绝户，怎么办？"

郑锋说："这有啥子不好办的？不是还有集体时期新增加的地吗？以老祖业为基础，用集体时期新增加的地和绝户的地，来做找补，多的进，少的退！"

众小队长听了这话全都不吭声了。过了一会儿一个老队长叫了起来，说："按老祖业分田的方法，做起来倒是容易，可是怎么公平呢？"

其他小队长也说："就是呀，这会不公平的！"

郑锋听了他们的话，盯着小队长们反问："怎么不公平？"

先前那个老队长说："新中国成立前水利条件很差，不同耕地间因为水源和土质不同，产量的差别很大。地主收租的数量是根据产量的百分比来计算，而不是依面积来计算。现在大家都还记得吧？那时同样是一亩耕地，有的瘦壳壳地，一亩有90多平方丈，有的肥地，特别是水田，却只有50多平方丈。那时候看起来田亩很混乱，其实在当时是有合理性的。土改分田地的时候，也仍然是按这个办法来分配土地的。后来在大集体时期，对那些新开垦出来的土地，又是按66平方丈折合成一亩来计算面积。这时按老祖业分田，而且还不丈量，肯定不合理嘛！经过这些年的水利建设，不同田块间的产量，已经没有原来那样大的差别了。这样一来，那些面积大的人户不就是明显捡便宜了？"

郑锋等老队长说完，不但没收回自己的决定，反而对老队长说："家家都有老祖业田，又能捡多大便宜？你们难道还没听说过，其他地方为分田打架，把人都打摆起了呢！你们未必也想打架？"小队长们见郑锋一味坚持自己的意见，也不好和书记唱对台戏。又一想，分了总比不分好，于是也便同意了，回去分头行事不提。

那么，郑支书为什么要在他这个大队按老祖业分田呢？难道他不晓得用这种方法分田毛病很多？个中原委其实十分简单。这一是因郑支书对分田到户，思想上有点擀面杖吹火——不通，但顶又顶不住，这几天心情正不好，他才没心情像其他大队一样，去做那些笨活路！你想想，要是像其他大队一样分地，又要去把全大队的土地重新丈量一遍，又要给地定三六九等，又要叫大家抓阄，最后还要去把土地按等级给一家一户丈量。这样多道手续，哪个环节出了一点儿纰漏，都会是顶起碓窝耍狮子——费力不讨好！要是大家都把矛盾集中到他这儿，他搁平了倒好，如果遇到不讲理的，还不怪他郑某一个人？按老祖业分多好，管它公平不公平，合理不合理，反正土改时的政策又不是他制定的，有意见找地下的贺老� 提去！第二，这是最重要的，是郑大支书压根儿不相信，这分田到户的政策会长久！在郑大支书的意识里，一定是上面出了奸臣，蒙骗了党中央，党中央才做出这个分田到户的决定的。等中央明白过来，除掉了奸臣，肯定又会把田收回去！开玩笑，红色江山就这样容易变色了？既然中央很快就要把田收回来，重走集体化的道路，那眼前又何必斤斤计较，把田分得那样细？如此这般，那如贺世龙一般的乡野小民又不是郑锋肚子里的蛔虫，又怎么能明白他们的村支书心里这些弯弯拐拐的想法？

按照郑大支书"大菩萨、小菩萨，各归各的原塌塌"的分田方法，不但这块寄托了贺茂前无限希望和梦想的窝窝地，包括其他土改时贺世龙的爹分得的地，这时都回到了贺世龙他们弟兄三人的手中。然后他们弟兄三人再按每家人口多少来分了爹当年分得的地。当然，除了老祖业外，因为人口增加，三弟兄还各自分到了其他几块山坡地和一头合伙喂养的耕牛。只不过属于他们弟兄的"老祖业"的林地，早在人民公社时代就被毁了，然后到1972年的时候，生产队在那儿建了高温大屋窖和保管室。眼下，队里地不够的可以用新开垦的地补，林地却没法补。因为正是这些年毁林开荒，集体耕地才有所增加。除了少数人以外，很多人的老祖业林地都不足了，又哪来林地给他们补？身为大队长的贺世海便来劝大哥算了，说只要地分了，没有那点林地就算了！又说：一把篾条扯不齐，你莫得的要补，那些老祖业林地少了的也要补，大家都吵着要补，郑书记又当甩手掌柜，你还不是跟我添麻烦！世龙听了世海的话，一是沉浸在分地的喜悦中，二是不忍心刁难老三，于是便按下林地的事不提，而把全副身心都投到分得的几亩地上了。

且说贺世龙挖了一会儿地，太阳就爬上了擂鼓山顶，湾里一下子豁亮起来。左边被太阳光照着的坡如被涂了红黄的油漆，此时红是红，绿是绿。树叶子和草尖尖上都挂着露水，好像刚从水里洗过了一般。鸟儿也起了窝，跳到桐子树或柏树的枝叶间啾啾鸣唱，鸣声既响又乱，很激动的样子，也不晓得它们在说些啥子高兴事。贺世龙感觉身子热了起来。这身子一热，后背上就像有痱子在炸似的，手反过去又抠不着，怪不舒服。于是他就脱了外面的衣服，只剩了贴身的一件汗褂儿。这汗褂儿还是今年春上头李春英用他的一件旧衣服，拆了肩头和袖子上的疤给他缝的。布褂儿没有扣子，只从腋下拴两根带子，穿好穿，脱也好脱。而且带子可松可紧，特别适合庄稼人开山打石、挖地盘土时穿，两条膀子无牵无绊，使起力来特别利落。果然，一脱下外面的衣服，贺世龙感到皮肤一阵清爽，再举起锄头来时，那一把五斤多重的冬瓜锄，似乎轻了许多。

又挖了一阵，贺世龙忽然听见贺兴仁在岩上头扯起喉咙喊："爸，爸——"

贺世龙没有停下手里的活儿，但还是冲喊声传来的方向闷声闷气地吼了一声："喊啥子喊?"

兴仁说："妈喊你回来吃饭了!"

世龙嗨的一声把锄头落到地里，他挖地挖得正起劲呢! 说："你们饿了，各人吃嘛，等我啥子?"

兴仁说："妈说红苕稀饭冷了不好吃，叫你回来吃了又来挖!"

听了这话，贺世龙才说："你回去到嘛，我一会儿就回来!"说完这话，像是想起啥了似的，停了手里的活儿，抬头对岩上的儿子问， "早上你是不是在放牛?"

兴仁回答："是!"

贺世龙接着问："牛屙没屙屎?"

兴仁说："屙了!"

贺世龙又问："屙到哪塌的?"

兴仁说："青冈林笆!"

贺世龙立即大声对儿子说： "下来把狗屎篾篼拿去捡回来，看被别个捡走了!"

兴仁显然不愿意，嘟哝着说："我要上学!"

贺世龙听了这话，用了当年爹吼自己的语气对儿子凶爆爆地吼道："你屁眼里莫得屎屙了，还上的个学! 快点去给老子捡回来，不然老子打断你的脚杆骨!"

贺兴仁自是晓得胳膊拧不过大腿，过了一会儿，这才翘着嘴，噙着眼泪水儿，气鼓鼓地从岩头下来，提起地边的狗屎篾篼，嘴巴里嘟哝着走了。

五

兴仁走后，贺世龙又挖了一锄把多宽的地，这才往屋里走。清晨出来时，露水把裤脚打湿了，挖地时又沾上了一层泥土，这时走起路来，不但裤子像有人往下拉一样，沉甸甸的，而且裤边把踝骨绞到绞到的，走起怪不利落。但光天白日，他也不好把长裤子脱了，只好弯下腰，将裤脚往上挽了两圈。但没走多远，挽起来的裤脚又掉了下去，只得忍了。

回到家里，李春英和娃儿果然在等他吃饭。贺世龙没有刷牙的习惯，李春英见男人回来了，急忙用一个已经脱了瓷的洋瓷盆给他打来一盆水，放到阶沿上。贺世龙随手扯了一块晾在竹竿上的帕子，丢进盆里，随后站在地坝里弯下腰，将脸埋进水里，哗哗啦啦洗起来。只听见兴成在不高兴地说："爹扯的是我的帕子！"

贺世龙脸埋在水里不好答应，却听见李春英在对儿子说："扯的你的帕子又怎样呢？你爹脸上一莫得病，二又没有在哪里糊上狗屎牛粪！"

兴成听后就没有声了。

原来乡下人洗脸，不像城里人那样讲究，要一人一块帕子。况且乡下人手头紧，过日子得算着过，即使让他们一人一块帕子，他们也未必舍得用。因此，在贺世龙家里一直是一大家子人用一块洗脸的帕子。只是前不久，因贺兴成已渐渐成为半大人，晓得爱好了，才缠着李春英好说歹说要了几毛钱，自己去买了一块毛巾，和父母、弟妹分开了用。刚才贺世龙没看清楚，把儿子的帕子扯来用了。

在贺世龙洗脸的当儿，李春英已经去把饭舀到了桌子上。果然是掺了红苕和苞谷米的稀饭，还抓了一碗泡萝卜，另外炒了一盘南瓜丝儿下饭。原来，当地人都有吃稀饭的习惯。传说在很多年以前，有位皇帝佬来县邑视察，看见满县邑的人，一个个神清气爽、康健矍铄，八十岁的老太还在太阳底飞针走线，用手里的根根丝线绣鸳鸯荷包。一百○一岁的老公公，还扭着腰肢耍火龙，身姿不亚于蛟龙出洞。皇帝佬甚感奇怪，便问县人平时吃的啥子，县人齐声回答："稀饭!"皇帝佬大惊，于是龙飞凤舞，信笔写下了"稀饭县"三个大字。自此，县人皆以稀饭为食。此为野史，实不可信。县人喜以稀饭为食，皆为情势所迫。想这县邑，虽面积广大，却是穷山恶水，田瘦土薄，加之人口众多，产出有限，何来那样多塞牙缝的?特别是面朝黄土背朝天的农人，因有一天活计，讲究的又是"早上吃饱，中午吃好，晚上不少!"一日三餐都要图个肚儿圆，哪来那样多粮食?于是便在米里多加水，久而久之，这喜吃稀饭的习惯便养成了。农人要一天劳作，如果只一味往米里加水，即使当时肚儿盉圆了，几泡尿一撒，肚皮又瘪了，又哪有力气干活?于是就又跟山吃山，跟水吃水，往那水里加些经饿的杂粮——红苕、洋芋或蔬菜，一锅烩了来吃。有俗语道：荞翻山，麦打坐，红苕洋芋最经饿!又道：小菜半年粮，离了小菜饿断肠!殊不知此等吃法，倒真是养得一方男儿，钢筋铁骨、英勇顽强，养得女儿闭月羞花、鱼沉雁落。近年县人生活由饱而好，但对稀饭仍一往情深，真是江山易改，禀性难移，此为后话，不提。

且说贺世龙上了桌，没看见兴仁来吃饭，便问李春英："兴仁呢?"

李春英道："上学去了!"

贺世龙说："饭都没有吃，就上学去了?"

李春英就不高兴地回答说："哪个叫你喊他去捡牛粪嘛?你明晓得娃儿上学还要走好几里路，不捡牛粪都要迟到了，还硬是估倒人家去捡!他怕迟到了，回来放下筬篗就跑了!"原来贺兴仁今年才考上公社的初中班，从贺家湾到公社有六七里路，早晨吃了早饭去上学，中午在学校里蒸一顿饭吃，下午放学又回家来。

贺世龙听说了这话本想发作。但马上想到儿子饿着肚子上学，要到中午才能吃上饭，这半天时间里还不把肚子饿巴背了?一想到这里，那做父亲的慈爱心肠就压倒了肚子里的火气，直为自己的行为后悔不已。但后悔归后悔，却也不在嘴上说出来，反盯了兴成说："吃了饭跟老子一起翻地!"

兴成说："阴沟里的肥泥巴还没有起完!"

贺世龙说："没起完算了，放到一早一晚起，先跟老子去把地翻过来!"

兴成最不愿干的农活就是挖地了。尤其怕跟老子一起干活，要是稍微偷一点懒或出点纰漏，都要遭受老汉一顿劈头盖脸的臭骂。于是就嘟哝着说："别个都没有这样早翻地，再说我们还有牛……"

可话还没有说完，贺世龙就发起气来了，大声说："你管别个捞球！那地下面都死板了，牛犁得到好深？要是犁头犁得到笃笃，我吃了饭气力莫得消化的地方，要去挖大翻身？你是不是猫盖屎做惯了，还想铺盖窝窝里眨眼睛——自己哄自己……"

兴成没等贺世龙话完，拈了几块泡萝卜在碗里，端着到外面阶沿上吃去了。这儿李春英见了，用胳膊拐了贺世龙一下，责备地说："你哪里那样多的话？这样粗的红苕节节，都把你嘴巴塞不到呀？叫他吃了跟你去就是了嘛！硬是，地分了才两天，你就巴不得细娃儿都不困瞌睡！"

贺世龙听了这话，停止了训斥儿子，回头对李春英说："我是为哪个好？还不是为他们二天好！"又说："你也不要一味惯他们，都十六七岁了，要是像过去那样兴开童子婚，娃儿都晓得叫爹了！"

李春英说："你要说就好好地说嘛，一开口就吼，还像不像个当爹的？"

贺世龙岔开话题说："你今天上午做啥子？"

李春英说："怎么，又想给我安排活路了是不是？"说完又说，"莫得做的呀？你看这屋里，哪里不是一把抓的活路？原来只说有猪，这阵又有了牛，自留地里的草也该薅了，三升胡豆积一钵，都赶到一起来了，你还怕我耍了呀？"

贺世龙说："哪个说怕你耍了？我是说，你有了空，看哪些田坎地边，坡坡坪坪有草，都给我连皮铲了，堆到那里。等我和兴成有空了，把它挑回来沤肥！"

李春英说："你不是在叫兴成起屋前屋后的阴阳沟泥巴吗？"

贺世龙说："那点肥泥巴够啥？铲草皮子沤肥，又快当又容易，做底肥肥效又久，老汉当年就是这样做的！"

李春英说："好嘛，我看你一锄挖不挖得到一个金娃娃嘛！"说着，见贺世龙的碗空了，便接过碗，又给他舀了一碗稀饭来。贺世龙接过碗，不再说啥，一家人默默吃饭不提。吃得快结束的时候，贺世龙看见女儿兴琼一双筷子在碗里把几节红苕刨来刨去，寻着里面的米粒吃。贺世龙就把自己碗里的红苕刨到一边，将剩下的饭倒在女儿碗里，又把女儿碗里的红苕拈到自己碗里，这才对女儿说："快吃，吃了去上学！"

兴琼感激地看了父亲一眼，甜甜地答应了一声："是！"就呼哧呼哧地喝起稀饭来。原来这兴琼才十一岁，就在村里的小学上。就像当年爹娘把死去的妹妹白菜当成心肝一样，贺世龙夫妇也是把这个女儿当宝贝似的疼着。李春花一连生下两个儿子后，无论是李春英还是贺世龙，都还想要一个女儿，这样品种才齐全。但这时计划生育已经来了，虽然不似后来那样严格，但李春英是第三胎，那也是不允许的。李春英生下兴琼后，贺世龙被队里罚了一个月的工分。因此，兴琼小时候就被李春英和贺世龙称作"工分娃儿"。"工分娃儿"生下后，贺世龙晓得他们再想生肯定不行了——尽管他们夫妻年纪都还不大，机器也尚完好，但国家要让你计划生育那也是没办法的事。于是兴琼便成了一个小幺儿。俗话说，皇帝爱长子，百姓爱幺儿，何况这幺儿又是自己久盼的、被罚了一个月工分的掌上明珠，贺世龙夫妇俩自然疼爱不已了。但农人虽然疼儿疼女，却又不似城里有钱人。兴琼小时也只是李春英在煮红苕、洋芋稀饭时，往那鼎罐里放一只小洋瓷盅，等水开之时，那米会跳进盅里面，煮成一盅白米饭，这就是小兴琼的特殊食物。现在兴琼大了，李春英不再为女儿搞这样的特殊化，但夫妻俩也常常是在吃饭时，把女儿碗里的红苕、洋芋疙瘩，拈到自己碗里，把自己碗里的饭又倒回女儿碗里。如此这般，那疼爱之情也是昭然可见。

贺世龙看着女儿吃完了饭，将嘴巴一抹，跳下桌子，背起书包蹦蹦跳跳地就往外走，心里泛起一股抑制不住的温暖之情，但又盯着女儿的背影说："中午放学回来，把牛儿牵出去喝水哟!"

兴琼头也没回，只脆生生地回答了一声："哎!"十分听话的样子。说完往前跑了。脑后两条羊角小辫，一闪一闪，如两只蜻蜓跟着飞舞一般。

这儿贺世龙也吃完了饭，刚一放下碗，就催兴成和自己一起走。李春英有些心疼儿子，于是一边收碗筷一边对贺世龙说："你忙啥子嘛? 几节红苕筒筒还在喉咙管就嚷着要走，也不等消化一下!"

贺世龙听了这话，只得稍事歇息。他裹了一杆烟，就坐在大门门槛上，看着外面天空，悠悠地吸起来。兴成暂时无事，像是想报复父亲一样，又去屋后的阴沟里起肥泥巴。他把起出的肥泥巴挑到院坝边上，立时就有一股酸臭酸臭的气味传进贺世龙鼻孔里。偏从那肥泥巴里，又拱出一条又肥又大的蚯蚓。李春英养的那两只生蛋母鸡正在院坝外边觅食，一见肥堆里露出的美食，立即叫唤着扑过去，你争我夺起来。一面争抢一面扑扇着翅膀，让那酸臭的味道更浓了。贺兴成以为爹要生气，却见爹眯着两只眼看着肥泥堆，嘴角含笑，一副陶醉了的样子。

正在这时，老二贺世凤趿着一双露出大脚趾头的破布鞋，喉咙里像拉风箱似的喘着气过来了。世凤比世龙要小六岁多，看上去却比大哥还老，也莫得世龙身体好。贺家湾的人都说世凤小时候得过肺病，落下病根，所以现在时不时就犯病。世龙记不起世凤小时候是不是真的害过童子痨，但他很清楚地晓得，世凤这痨病，是在大集体时候得的。那时，世凤是只冒冒鸡，喜欢被人表扬，大队修大寨田，人家挑一箢篼土，他把两只箢篼合起来一起挑。大队郑支书在大喇叭里一表扬他，他干脆三只箢篼垒到一起挑，结果把一根柏树扁担都挑断了。郑支书把他评为学大寨标兵，报到公社，公社又报到县上。县上开大会，县长亲手给他戴了红花。回来后就更加积极了，不论是抬石头、挑毛谷子，哪样活重就抢哪样活干。有次挑起两箩将近三百斤重的毛谷子，往保管室晒坝走，担子刚上肩，脚杆就在打翘翘，一些人高叫："冬瓜，挑不起就莫挑，撮些出来！"但世凤听后却咬着牙齿说："哪个说我挑不起？"话音刚落，突然噗的一声吐出一口鲜血，人也栽倒在地上。自此，世凤便落下了哮喘病。虽然这些年也吃了不少药，可断断续续的，也没见好。郑支书见世凤干重活不行了，让生产队给他安排了一个喂牛的活儿，算是照顾他。可眼下地又分了，牛也分到各户了，世凤自然又只好重操旧业，种田了。

世龙见世凤张开嘴巴喘气，脸色又像是涂了黄蜡，一副病恹恹的样子，就从嘴里取下烟杆，在门槛上磕掉了烟灰，关心地问："又犯病了？"

世凤扶着墙壁喘了一阵，然后才在李春英端来的凳子上坐下来。过了一会儿，这才觉得气顺畅了一些，于是说："昨天，整……整凉了……"

世龙又问："去弄了药的嘛？"

世凤说："昨天晚上……叫万山来打了一针，好……好多了！"

世龙说："病了就好好歇着，不要忙出来！"

世凤说："大哥，你看我这样儿，出……出来又能干啥子？"说着又看着世龙问，"大哥你挖……挖地去了？"

世龙说："我想早些把地挖过来，炕一段时间！"说到这里，突然想起昨晚上梦见爹的事，于是就对世凤说，"昨晚上老汉来给我投梦了，叫我也跟你们说一声，那些地被集体糟蹋了，要深翻！"

贺世凤苦笑了一下，说："我晓得要深翻，可你看我这个损……损坛子破缸子的样子，我……我正在愁今后的庄……庄稼，怎么种得出来呢？"说完又对世龙说，"哥，你急、急急忙忙挖那些地，做……做啥子嘛？"说着，忽然咳了起来，喉咙里咕噜咕噜地响了一阵，咳出一口浓浓的痰来，里面还夹一点血丝。世凤正准备用脚上的破鞋底板去把那脏物擦了，却不想刚才在肥泥巴上争夺蚯蚓的两只鸡见了，又飞跑来，抢着把那痰啄进了嘴里。

世龙等世凤咳完，这才问："你刚才那话是啥子意思？"

世凤一张脸被咳嗽咳得通红，平息了一阵才接着说："湾里好多人都说，这政策怕不会长……长久呢！要是过……过两个月，就把地收回去了，你还不是白……白挖了！"

世龙又盯着世凤问："哪个说的政策要变？"

世凤说："听……听说，前天晚上，郑书记在屋里，大声小声地哭呢……"

世龙觉得稀奇，忙问："他大咚咚一个男客，又没有死人，有个啥子哭的？"

世凤说："我也是昨天晚上听万山说的，说他在屋里，就像哭……哭丧似的，还长一声、短一声地喊……所以这政策……怕是真的不长久！你想想，辛辛苦苦三十年，一下回到解放前，能长……长久吗？"

世龙问："这话也是郑支书说的？"

世凤说："是我……我瞎猜的！大哥你要不信，去问问老三，他是干部，就晓得政策会不会变，免得你跟集体帮……帮干忙……"

贺世龙听到这儿，正要回答，突然听到老二的女人毕玉玲站在他们的房门口冲这边喊："你说你病了，又到处去串门，药倒起都冷了，还不回来喝药！"

世凤听了女人的话，急忙站了起来，对世龙说："大哥，都是兄弟，我是好心来跟你打一声招呼，你听……听就听，不听就当风……风吹过！"说完，又呼哧呼哧地喘着气走了。

世凤走后，贺世龙心里有些乱了起来，拿不定主意该不该听世凤的话。不听，打虎还靠亲兄弟，世凤抱着病，显然不是为害自己而来。可听，他又把不准这政策究竟会不会变？一时想不出答案，就又裹了一杆烟，想在喷云吐雾中好好思忖一下。一袋烟毕，还是没有结果，于是世龙就准备去问问老三。可刚一站起来想走，马上又犹豫了。想那老三，虽是干部，却也只是一个泥腿子官，这政策会不会变的大事，莫说他不晓得，就是他上面的那些官——比如公社书记、区委书记、县委书记，恐怕也不一定说得准。这话又何以见得？你想，要是上面那些官晓得政策会变，又不会这样连声催促地催下面把地分了哦。才分了又收，不是寻些背时活路做？既然上面的官也把不准政策会不会变，那么即使去问世海，那也和世凤一样，只晓得瞎猜了！想到这里，世龙就打消了去问世海的念头。可是，他还是拿不准该不该继续去挖地？最后，还是庄稼人的本分占了上风。他转念再想，庄稼人就是挖泥盘土的命，离了到泥土里取食，我们还能到哪里找填肚子的？管它政策会不会变，农人种地，哪年哪月不是在押宝？春种一粒谷，农人会晓得天干天湿、丰收歉收吗？如果因为害怕旱灾水涝，有种无收，就不去撒谷播种，岂不让天下人骂你先人？这样一想，贺世龙便一下豁然贯通了，决定继续去把那地挖出来！如果哪天政策真变了，那地被集体收了回去，他也没有损失啥子，只是出了一点力。庄稼人别的没有，一身蛮力倒是用不尽的。可要是政策不变，他那地挖出来，炕上两个月，播种前再饱饱施一道底肥，每亩地少说也要比别人多打百把斤粮食！这样，岂不是让我赚着了？如此一想，贺世龙便高兴了，就对兴成高喊了一声："走——"带着儿子下地去了。

第二章

一

　　过了立夏，一夜黄一坝，老一辈总结出来的经验，真是错不了。几天以前，小麦才在打黄影，从远处看去像是小鸭儿身上的淡黄色。可几场南风一吹，这小麦便从梢黄到了脚，麦芒阳光似的刺向天空，一粒粒鼓胀饱满的麦子，欲挣脱麦壳，要跳出来的样子。满地金黄，如遇微风吹来，荡起一片金色的海洋。贺世龙的腰上别着镰刀，站在麦地里，如将军视察他的士兵，看不够，喜不够，爱不够。他时而用手捋住麦穗，将脸凑过去让麦芒轻轻在脸上摩擦；时而张开鼻翼深深地呼吸着，将那淡雅香甜的新麦味道吸进肺腑之中。最后，他干脆用手搓了几颗麦粒，放进口里细细咀嚼起来。随着咀嚼，从两边嘴角一直往上延伸到额头的细细的皱纹，也如麦芒似的张开，里面溢满金色的阳光。咀嚼完毕，他将嘴里的麦浆慢慢吞咽下去，随着粗大的喉头的一动一动，嘴里发出轻微的咕嘟的响声，像是被新麦美好的滋味陶醉了似的。突然，他弯下身，从麦丛中捧起一捧土凑到眼前，目不转睛地看了起来。这土黄中带黑，十分疏松，散发着一种植物烂了的酸腐味道。看着看着，贺世龙的双手像有些抑制不住地颤抖了起来，嘴里喃喃地说："地呀，你真是活宝，活宝呀……"

　　是呀，多好的麦子、多好的土地呀！想去年，贺世龙没听老二世凤的话，在湾里很多人都担心政策变，互相观望、不敢往地里投入的时候，他带着儿子兴成继续给地挖大翻身。挖到里面时挖不动了，因为越往岩靠土质就越薄。父子俩就用钢钎二锤打，把打出的大石头抬到外面砌地边，小石头就用二锤砸碎，让它慢慢风化。干了几天，贺兴成和贺世龙当年一样，手上起了血泡，肩膀也磨肿了，就想开小差，早上起来便苦着一张脸，做出痛苦万分的样子，说："爹，我脑壳痛得很，要到万山叔那儿弄点药！"世龙晓得儿子是在撒谎，但一想起儿子这几天和自己一道打石头、抬石头，累得皮塌嘴歪。他还是嫩秧子，哪能和自己这把老骨头比？俗话说：人老骨头绵，正好帮长年呢！因此也早就有心放他一天把假了！于是就说："脚长在你身上，你问我做啥子！"又说："年纪轻轻的，还莫得老子硬朗！"说着就走了。一个人来到地里，没人给他掌钢钎，他就一手扶钢钎，一手先用锤将钢钎在石头上砸稳后，再双手挥舞二锤使力。石头打出来后，小块的仍然用二锤砸碎，大的就一个人往地边滚。石头打完了，见当年被父亲铲过的岩上又有了一些泥土。于是，他又爬到崖上，将那些泥土铲下来，再一挑一挑地挑到打完石头的地方，加厚土层。

在那些日子里，贺世龙一边干活，一边总会鬼使神差地想起在大饥荒年代里死去的爹娘和小妹，尤其是爹死时那副模样。有时甚至还会感到爹就在身旁，一双眼睛在犀利地看着自己干活，嘴里也在不断地说着："快点干，莫偷懒，偷懒害自己！"贺世龙自己也闹不清这是怎么一回事。一想到那几年没饭吃的日子，他的肚子里就会条件反射般咕咕地叫起来。接着，一种饥饿的感觉马上就会袭上心头，恨不得立即抱起一锅饭，倒进肚子里。最初产生这种感觉时，他还以为是早上没吃饱，中午特意多吃了一碗，而且还尽捞红苕疙瘩吃，可下午仍然如此。这时他才晓得不是没吃饱，而是过去那种饥饿的印象已经深入到骨髓里，太难忘了！

三年大饥荒中，贺世龙还短暂地当过一段时期的小队长，那是大饥荒最后一年的春三月。那个时候，就是正常年份，也是被农人叫作青黄不接的时候，何况又是大饥荒年代？那时，贺世龙也是饿得前胸贴了后背，奄奄一息，坐在门槛上去按腿上的肉，一按一个窝儿，半天起不来。照这样下去，他迟早要去阴间和父母、妹妹会合。但这天，时任队长的贺长林来喊他去公社粮站挑救济粮。一听说有救济粮挑，贺世龙马上起身，拿起扁担和口袋跟长林去了。大队让安排几个人去挑，可长林却叫了十几个汉子去。这原都是年轻力壮的汉子呀，可是去时，一个个却饿得连路都走不动，只得把口袋死死缠在腰上，把扁担放下来当拐杖，一步一步拄着往前挪。走了大半天才走到公社粮站。所谓的救济粮，只是一些不晓得从哪里调运过来的、已经发霉和生虫、有些甚至是变了质的干红苕片。粮管员把仓库的大门打开，让他们自己进去往口袋里装，装好再过磅。这些人一走进散发着一股发霉和苦茵茵气味的屋子里，看见堆在地上的红苕片，突然像是从阎王殿里跑出的饿鬼，丢了手里的扁担和口袋，不顾一切地朝那堆苕片扑过去。然后，就大把大把抓起来直往嘴巴里塞。粮管员一看这群人吃起来狼烟直冒的阵势，吓住了，过了很久才明白过来，过去站在他们背后吼道："要不得！要不得！你们这样贪馋要不得！"可这些人哪里肯听，继续大把大把地往嘴里塞着。粮管员急了，过去抓住他们的衣领想往外面掀，嘴里说："你们这样吃，我短了秤怎么办？"可他抓了这个，那个又扑过去了。粮管员没法了，只好去把站长找来。站长来一看这个架势，也害怕了。他晓得如果不让他们吃个够，哪个也别想把他们拉开，于是就对粮管员说："算了，让他们吃吧！如果不让他们吃饱，怎么把粮挑得回去？"粮管员听了这话，于是不再赶他们了，只是不断地在他们后面提醒说："慢点吃，别哽到了！"又说，"吃得合适就算了，别胀着肚子！谨防等会儿出去一喝水，干东西一发涨，把肠胃胀坏了！"

贺世龙是老实人，听了粮管员的话，就不吃了，一些人也停了下来。可长林几个人，尽管已经吃得伸颈伸颈的了，还在不甘心地往嘴巴里塞。挑起苕干回来的路上，粮管员的话就应验了。先是大家的肚子都觉得胀，里面像有火烧一样。尤其是长林、光银几个人的肚子，往外凸着，像是怀了七八个月的娃儿一样。走着走着，看见前面有一口水塘，于是就都放下担子，扑到水塘边咕嘟咕嘟地灌起水来。可让大家都没想到的是，水还没有喝完，就见长林抱着肚子在地上哎哟哎哟地打起滚来，脸上的虚汗直冒。大家一看急了，忙问："怎么了？"长林鼻子嘴巴都痛歪了，说："疼死我了，快扶我起来——"众人急忙把他扶起来，这时他的肚子已经大得像一面大鼓了。他刚挣扎着往前走了两步，突然听见他肚子里发出一声哑屁似的闷响，从鼻子、嘴巴里都往外冒出血来，咚的一声倒在地上，蹬了几下腿便断气了。原来，长林原先的胃就不好，曾经得过胃穿孔。此时，经干苕干一胀，便把胃撑破了。大家一见，再不敢动弹，怕一动弹也会跟着长林去了似的，赶紧带信回家，让家里人来把他们接了回去。

因为有了几百斤烂红苕干，集体的锅里又有了一点糊糊，贺世龙算是活了过来，可腿上的肿还是消得很慢。这天，他正端着瓦钵在食堂打饭，贺老跛忽然对他说："贺世龙，你娃儿当不当生产队长？"

贺世龙抬头看了贺老踮一眼，见贺老踮虽为大队书记，可也和湾里人一样，被饥荒饿得脱了人形。他的脸本来就又长且瘦，现在越发像张猴子脸，被褶皱包围着，苍白中现出肿态，说他是人也行，是鬼也行，半人半鬼也行。贺世龙想起前两年的贺老踮还不是这个样子，脸上有血有肉，湾里的人都得了浮肿病，就他们几个干部没得。现在贺世龙一看贺老踮的模样，便晓得集体这只油篓子里也没一滴油了。既然连贺老踮都偷不到油了，那生产队长至多只是一个名。大家命都顾不到，哪个还想来干这出力不讨好的差事？世龙于是说："我还不晓得活不活得过去，当啥子队长哟？"

　　贺老踮听了，说："就是看你年纪轻轻的，饿起可怜，我才叫你当的！"

　　贺世龙听贺老踮话里有话，于是就问："当起队长就不挨饿了哟？"

　　贺老踮说："你也不是外人，我明跟你说，过两天，公社要开三级干部会，中午要留干部在那里吃一顿好的！好多人颈项都望落了，你想不想吃嘛？"

　　贺世龙一听这话，喉咙里咕咚冒上一口口水，又使劲地咽下去了，同时舌头留下一种酸叽叽和涎打打的感觉。他晓得这东西是从胃里泛上来的。他眼睛顿时亮了，对贺老踮说："老踮叔，那我当！"

　　贺老踮拍了贺世龙一下，说："那好，开会我通知你！"贺世龙为了一顿饭，就当了队里的生产队长。多年以后，贺世龙和李春英摆龙门阵，提起当年的事，还不好意思地说："硬是丢人得很，为一顿饭，我当时感动得真想对贺老踮下跪！"事实也确是这样，一直到这时，贺世龙都在心里认为贺老踮是个好人，尽管他后来死在监狱里。

　　隔了几天，贺世龙果然和贺老踮一起到公社开会去了。不但世龙去了，他还把世海也带去了。那时世海都快满十二岁了，可个子不高，瘦得干柴棍棍的样子，穿了一件世风的破夹袄，又长又大，像戏袍一样。贺老踮一见世海，就冲世龙叫了起来："让你去都不错了，你还要搭一个带头呀？"

　　世龙一听这话，急忙把世海拉到身边，像老母鸡护小鸡似的，用胳膊揽在怀里，才对贺老踮说："老踮叔，你让他去吧！世风到外面讨饭没有回来，我怕他一个人在屋里出了啥事，我怎么跟死了的爹娘交代？"

　　贺老踮还是板着脸，说："不是我不想让他去，公社开会，吃饭都是定了位置的，连筷子都莫得多的一双，他去吃啥子？"

　　世龙又赔着笑脸说："莫来头，老踮叔，他不吃，只跟到我就是！"

贺老踮想了一阵，又看了看世海，那时世海正瞪着一双大眼睛，期盼地看着贺老踮。贺老踮被贺世海那双眼睛感动了，于是说："跟到我们后头走吧！不过到了公社大门口，守门的不让进去，你娃儿就不要怪我了！"

　　到了公社，果然有两个背枪的基干民兵在铁栅栏的小门前站岗。世海一见民兵枪上的刺刀，就直往世龙怀里躲。世龙用手紧紧护住他说："不要怕，跟着我走，你如果进不去，哥哥也就和你一起回去！"

　　说着，弟兄俩和贺老踮都来到了门口，站岗的民兵不认识世龙，立即把肩上的枪取下来，如临大敌般挡住世龙，大声说："干啥子的？出去！"

　　世龙还没回答，后面的贺老踮立即过来，对两个民兵说："他是我们大队三生产队新任的队长！三队队长贺长林被烂苕片胀死了，你们没听说吗？"

　　两个民兵一听贺支书的话，立即把枪收了，对世龙说："原来是贺队长呀，请进！"贺世龙正要朝门里进去，但两个民兵看见了世海，又马上把奉承放了下来，说，"细娃儿不能进去！"

　　世龙忙说："他是我弟弟！"

　　民兵说："除了干部，天王老子也不行！"

　　世龙又说："他又不吃饭！"

　　民兵说："不吃饭也不行！"

　　这时，贺老踮又对两个民兵说："守啥子死八字？他爹借粮去了，娃儿没地方安置，就叫他哥暂时带到一会儿，他爹借粮回来，就来带！你们认我，等会儿我亲自把他送出来！"

　　两个民兵听了，这才犹豫着把枪收了，对贺老踮说："贺书记，你说话可要算数，等会儿一定要送出来哟！"

　　贺老踮拍了拍胸膛，说："放心，放心！"

　　两个民兵这才放他们进去了。到了里面院子，贺老踮才对贺世海叮嘱道："你娃儿一定不要乱跑，不管到哪里，都要紧紧跟着你哥，看被别人把你撵出去了，晓得不？"

　　贺世海点了点头，贺世龙也对贺老踮说："你放心，老踮叔，我一定看好他！"

　　到吃饭的时候，贺世龙才明白民兵为啥要那样防卫严密？也许是公社干部开会要加餐的消息早就传了出去；也许是饭菜的香味使饥肠辘辘的人们更加难以忍受，此时，整个街上的人都集中到了公社的铁栅栏门外面，无声而又愤怒地看着院子里。公社领导怕他们冲破栅栏进来抢饭，又临时增加了几个荷枪实弹的民兵去站岗。这儿干部们从会议室里拥出来，也朝摆在院子里的桌子跑去，根本不顾啥子位置，看见哪儿有碗就拿过来，拥挤着到盛饭的桶边去舀饭。贺世龙也从桌上抢了两只碗，本来他已经为世海准备好了一只碗，就藏着世海宽大的夹袄里，但那只碗比公社的碗小，世龙就决定不用它。他挤到桶边，先舀了一碗递给世海，然后自己也舀了一碗，挤出人群，两弟兄躲到人多的地方，呼哧呼哧地吃起来，像是做贼一样。所谓吃一顿好的，也只是在烂苕片里加了一些米罢了。但这已经是当时能吃到的最好的东西了！幸好，大家都只顾穷吃饿吃，谁也顾不得别人，一直到吃完，躲进干部队伍里混吃的贺世海都没被人发现。干部们吃完饭，公社领导才叫民兵把铁栅栏打开，聚集在外面的人立即像蝗虫样涌了进来。顿时院子里乱成了一团……那一幕，贺世龙这辈子再没见过，但它给世龙留下的震撼和印象，比用刀子刻上的还要深刻……

　　此时，贺世龙一边在自己的地里劳作，一边不由自主地想起那些往事，除了肚子里有时会条件反射般产生一种饥饿的感觉外，他没有想到去刻意地发泄过啥，更没想到要去控诉或追究谁——尽管家里死了三个亲人。有时候，他和湾里的老人或同龄人，也会在摆龙门阵时谈起那些日子，但也仅仅是日日白、感叹一下人生，表达一种已经过去了的心情而已。有时在默默承受和忍耐之余，想起在饥荒中死去的那些人，甚至还会产生一种非常欣慰的感觉，觉得自己能够活到今天，已经是很庆幸的事了。不是阎王老爷不要，是自己命大，因而活了下来。还娶了女人，有了儿女，又便对这个世界，不但没有怨恨，反而心存感激。而感激的方式，便是对脚下的土地越来越敬重，越来越不敢怠慢。在贺世龙看来，这黑黢黢、黄澄澄、酸溜溜、沙叽叽、腥腻腻、苦茵茵的土地，才是解决人有饭吃，有衣穿，依靠它活下去的基础呀！贺世龙不晓得，他对土地的这份重视与感情，在潜意识里都源于他对那个饥荒年代的害怕和规避呀！是呀，哪一个经历过那个年代的人，不明白粮食和土地对于一家人的生活、生命和生存的重要意义呢？不但如此，贺世龙还明白，土地不但是人能够活下去的基础，还是能够让人的生活条件得以改善和提高的神奇之物。它是传说中的活宝物，别看它不说一句话，但它和人一样，也有生命、灵性，能够把粮食由少变多。它甚至有情感，你开垦得越多，对它照顾得越好，它对你的回报就越多。正是在这种思想支配下，贺世龙对重新分到土地，才感到由衷的高兴！也正是在这种思想支配下，尽管他也不晓得上面的政策会不会变，但他没有听老二世凤的劝，也没有像其他社员一样犹豫观望，而是把分到自己名下的土地全部进行了挖大翻身，遇到挖不动的地，就用钢钎二锤打。把翻出来的石头进行筛选，大石头和硬石头用来砌地边的坎子，小石头就留在地里等它风化。这个过程也是对地进行坡改梯的过程，经过改造的地，那保水保肥能力自然会比原来强多了！假如再在播种前施上一层底肥，那更是哑巴见到妈——莫得话说！在贺世龙的心里，他把土地当活宝，要像先人一样把它经佑好。怎么去经佑？就是增加对地的照料和投入！他因此照这样做了。这时，土地终于给了他丰厚的回报：同样一块地里，看看自己这麦吊吊，这麦吊吊里面的颗粒，都要比世凤和世海地里的长许多、大许多！同样的地，比世凤和世海一亩多打百把斤小麦，一点也不成问题！真像当初自己所想的，他这大半年虽然比别人多流了一些汗，但这一宝确实押对了！

贺世龙把手里那捧泥土看够了，嗅够了，然后将它放到右手掌心里，十指并拢来，稍微用力捏了捏，泥土便被捏成了一团。接着，贺世龙又用左手手指轻轻一搓，土便又散了。这正是好土的标志：不黏、不沙、不干、不湿、保水、保肥，就是插根干柴棍都能发芽！一个庄稼人看见自己精心侍候的土地能成为这个样子，怎么能不高兴呢？

贺世龙笑着，将手里的泥土像电影中的慢镜头一样，慢慢地往地里撒去。泥土碰着麦穗，发出沙沙的响声，像是召唤贺世龙一样。贺世龙又看了看已经成熟的麦穗，在心里叫了一声："开镰了——"然后从腰上抽出镰刀，弯下腰，刷刷地割起麦来。

二

不但贺世龙开镰了，全贺家湾的庄稼人也都跟着开镰了。这是土地到户后的第一季庄稼，虽然湾里别的人家在分到地后，因为担心政策变，没像贺世龙一样往地里投入，但大家还是取得了比大集体时好得多的收成。后来，有人把当时和后面两年粮食连续获得丰收的原因归纳成了三句话，叫作"政策好、人心顺、天帮忙！"政策好不用说了，指的是国家把地分给了农民，大家不再窝在一起受穷了。人心顺指的是农人有了种庄稼的自主权，想在自己的地里种啥就种啥。并且当时还有三句话，叫作"交足国家的，给足集体的，剩下自己的。"交足国家的，自不用说，皇粮国税，历朝历代都是少不了的，庄稼人明白这个理，不会赖账。可这给足集体的，就是一句空话了。这集体连一片瓦都分完了，只剩下了一个空架子。再说，土地到了户，庄稼各自做，集体也不能给社员啥好处了，社员还给它个啥？因此，三句话就只剩下"交足国家的，剩下自己的"两句话了。庄稼人交完国家的后，看着自己家里仓满钵满的粮食，人心还有不顺的？这天帮忙就更有说道了！那几年，老天爷也乖得很，庄稼人想啥子，它就来啥子。庄稼人想风了，于是一会儿风就吹过来了。庄稼人想雨了，于是一会儿大地上就起了雾罩，天就黑下来了。接着就又是扯火闪，又是打炸雷，跟即雨就哗哗而下。那雨润了山，肥了水，胖了五谷禾苗。庄稼人看见雨下得差不多了，说一声："出得太阳了！"于是马上就是天干大晴，日头笑眯眯地挂在天上。庄稼人形容那几年的气候，说老天爷硬是比我们养的儿还听话！但贺家湾的神汉兼风水师的贺凤山，却另有说法。他说："历朝历代的新皇帝登基，都要减赋税，行仁义，做事合老百姓心愿，天上的玉皇大帝，就要帮助他坐稳江山，所以就风调雨顺！要是哪个皇帝不为老百姓着想，只一味横征暴敛，欺压百姓，天上的玉皇大帝要惩罚他，于是地上就要闹各种灾害！"乡间野叟所言，有无根据，自然可以不做理论。但那几年，确是天遂人愿，故而有天帮忙一说。

当年，贺家湾的庄稼人一边将已经成熟的小麦、油菜等收割回去，脱粒归仓，一边又要忙着将水稻、红苕、苞谷、高粱等大春作物种下去，忙得晕头转向。夏季作物生长期短，季节性强，农人稍不注意，不踩在点上把庄稼种下去，便会错过季节，造成人误地一时，地误人一季的白忙活。贺家湾农人准备大春，先是从秧田开始，大约在雨水前后就要做好秧田。接着是殡红苕，育红苕苗。殡红苕的时间是在惊蛰前后。惊蛰一过，春分来到，庄稼人就往秧田里下谷种，这可是庄稼人一年里最重要的种子，一点马虎不得！除了下谷种外，春分时节还可以开始种一些瓜豆了，如落花生，如果种在此时，便有好收成。过了春分，便是清明、谷雨。"清明谷雨紧相连，浸种耕田莫迟延"，农人从这时起，就要渐渐忙碌起来。而立夏小满到，早起晚睡觉，农人最忙的也就是这个季节。这时不但要抢时，还得抢水。因为立夏小满这段时间也是老天爷雨水最多的时候，如果错过了这个季节，老天爷不下雨，你的田收不上水，就别想把秧子插下去。故而农谚说："立夏不下，犁耙高挂！"为了种下季庄稼，许多庄稼也只能收过八九成熟，因为必须抢在芒种前把秧插下去。如果芒种以前都插不上秧，这一年一家大小，基本上只能靠红苕洋芋和苞谷来打冲锋了。在这样的季节里，庄稼人只想到怎么把该收的收回来，把该种的种下去，即使有如贺世龙把土地像先人一样经佑的农人，想在这时增加一些对土地的投入，也来不及了，只能等种子下地后增加一些田间管理而已。

但等大春作物一收完，情况就不同了。因小春作物这季生长时间长，虽也有节令管着，却不像大春那样，误了一点季节，庄稼便没有收成。何况有的大春作物从收完到小春播种，还有一段时间。这时，贺家湾的庄稼人对土地投入的热情一下爆发出来了。经过一年的观望，不但没看见政策变，上面的领导和广播匣子里反而一遍一遍地对老百姓说，政策不会变。因此，贺家湾的庄稼人吃了一颗定心丸。担心政策变的心态开始转变为对土地的照料和投入。先是掀起一阵家家户户对空出来的土地像贺世龙一样挖大翻身的热潮。遇到挖不动的地方，也用钢钎打，用镐头刨，有的甚至到城里去买回炸药，用炸药炸。在男人对土地挖大翻身的同时，女人们又掀起了一个割青草、铲草皮沤肥的运动。一时间，无论山坡岭坎也好，沟渠河畔也好，凡有青草的地方，都被女人们耐心地剐去了一层皮。贺家湾被铲得红扯扯的一片，像是被剥了皮的动物的尸体。

在贺家湾的庄稼人挖大翻身和大积肥的热潮中，贺世龙却没有去追逐潮流。因为他的土地在昨年就已经挖过大翻身了，经过一年的种植，泥土基本盘熟，不再需要挖大翻身了。而绿肥，他是先下手为强，早已沤了几大堆。他这时把目光瞄准了新的方向——开荒！在他青冈林巴的一块地旁边，有一块乱石坪坪，大约有五分多，里面除了石头就是杂草丛生，有野兔常在里面出没。贺世龙带着兴成先把里面的乱石头清理出来，抬到地边上，砌好坎子，然后将下面的土翻过来。土层不够，又从周围其他有土的地方，挑来泥巴加厚。两爷子忙了半个月，一块又平整又厚实的土地就出来了，和原来那块连在一起，颇为壮观。但凡庄稼人，看见别人怎么做，自己也会不甘落后的。于是乎，挖大翻身和积肥的热潮尚未结束，一阵开荒垦地的热潮接着掀起。人们首先将自家地盘上的荒山荒坡开垦出来，变成耕地。继而又把目光瞄准了那些没有主儿的不长庄稼的山梁、石骨子坪坪，有劳力的人家先占山为王，用钢钎二锤将那石坪打了出来，让它们风化，这季不种庄稼，可下季随便种点啥，也能有点收成了。不是有俗话说："瘦坡瘦地不要丢，豆子花生都有收"吗？大家把这种开荒出来的地，叫作"油水地"。因为这部分地没在承包地面积内，不需要缴粮纳税，这不是"油水"是啥？自然，湾里因为开荒，发生了不少口角纠纷。有些人家还因此结怨，发誓今生今世不再往来。农人对土地的挚爱和投入，由此可见一斑了！

三

且说这日下午，贺世龙正在楠木树地的地尾巴翻地。这块地原来也是一块石坪坪，被他和兴成用钢钎二锤打出来的。这石坪和红石骨子石坪不同，这是一块泡沙石坪坪，石头颜色呈深灰色，也极易风化，风化过后的土比红石骨子土肥一些。这时上面的一些石头已经风化，世龙的任务，就是将下面还没有风化的石头翻上来，将上面已经风化的土翻下去。等翻上来的石头再晒上几个太阳，经几场霜打，然后淋一场秋雨，今年就可以在里面撒两把绿豆了！时值太阳落坡，红霞满天，地边的桐子树、青冈树树叶，早被秋霜染成紫色，现在被落霞一照，就变成了姑娘害羞时的脸色，红彤彤一片了。世龙置身霞光之下，宛如画中，也变成一个紫红的人了。

正在此时，却见世海胳肢窝底下夹了一只人造革的拉丝包包，也披一身红霞朝这里走来了。来到世龙面前，喊了一声："大哥，你一个人翻地，兴成呢？"

世龙抬头一看，世海像城里干部一样，梳着光生生的分分头，里面一件白衬衣，翻出衣领，外面一件中山服，领子扣得严严实实。上衣口袋里插着一支自来水钢笔，满脸喜气，恰如捡到了金元宝似的。

世龙一见，就停下了手里的锄头，说："我让兴成和他妈去窝窝地边上扯豆子去了！"说完，又对世海问："散会了？公社又有些啥子新说法？"

世海把包包放到地上，刚想坐下，又改变了主意，拉开包包的拉丝，从里面取出一张报纸放到地上，再把包包垫上去一屁股坐下，这才对世龙说："大哥，以后你要改口了！今天会上传达了中央关于实行政社分开，建立乡政府的文件，以后公社不叫公社，大队也不叫大队了！"

贺世龙见世海坐了下来，便晓得他有龙门阵和自己摆，于是也把锄头横到地上，坐到锄把上，从口袋里掏出两匹叶子烟，一边裹一边漫不经心地问："公社不叫公社，大队不叫大队，那叫啥？"

世海见大哥裹烟，急忙掏出一盒纸烟，抽了一支递过去，说："抽这个嘛，大哥！"

世龙急忙伸手一挡，说："你那个洋盘货，好看不好吃，味道寡淡，我还是抽这个！"

世海也不勉强，自己点燃那烟，抽了一口，才回答世龙的话："公社今后叫乡，大队叫村了！"

贺世龙一边吧烟，一边又问："那有啥子不同的？"

世海弹了一下烟灰，口气显得很冲地说："那可不一样了！这就说明，我国实行了二十多年的人民公社制度，已经彻底解体了，二天再也莫得人民公社这个说法了！"

世龙问："乡上还有莫得书记？"

世海说："怎么莫得呢？书记永远都是有的，还是叫书记！只是公社主任不再叫主任，而是叫乡长。大队这一级的大队长，也不叫大队长了，叫村主任，也叫村长！"

世龙说："说一半天，还是一样的！莫得公社，但有乡了，莫得大队，但有村了！莫得公社主任，但有乡长了，莫得大队长，但有村长了！捆到绑到是一样，只是叫法不同，就像兴成管我叫爹，兴仁兴琼洋盘一点儿，管我叫爸，管他们是喊爹还是喊爸，反正我都是他们老汉！我们老百姓，该交皇粮国税的，哪朝哪代都是一样的交，你说是不是？"

世海见一时半会儿和大哥说不清楚这个事情，于是转换了话题，把身子向世龙凑了凑，面带微笑，像是告诉机密似的对世龙说："大哥，跟你说一个好消息，我要当大队书记了！"

世龙一听这话立即停住了吧烟，回头看着世海，像是不相信地问："真的？"

世海还是微笑着，不慌不忙地回答说："谢书记上午找我话都谈过了，过两天公社就要来人宣布！"

贺世龙忙问:"郑锋犯了啥错误?"

世海说:"也没有犯啥子错误,就是因为思想跟不上形势了!公社的谢书记、区委的王书记,原先也是不赞成分田到户的,可他们思想转弯快,很快就跟上政策了!就是这个郑锋,到这时思想都转不过来,一到公社开会就跟谢书记抱怨,说辛辛苦苦几十年,一下回到解放前,这时已经不是共产党领导了!谢书记先还看到他是老革命的面子上,也没怎么批评他,可后来觉得再不能把这样思想僵化的人留在干部队伍里,就找了一个干部要实现年轻化、知识化的理由,决定换他了!"

世龙听明白了,也露出了高兴的神色,说:"原来是这样一回事,既然上头找到了你,你就好好干吧!"

世海喷出一口烟圈,脸上仍然喜滋滋的,嘴里却说:"唉,大哥,我也不瞒你说,这时当干部不比大集体时候了!大家各种各的庄稼,有的地方还说,庄稼到了户,何必要干部?干部也不怎么吃香了!"说着又猛吸了一口烟,把一截烟屁股狠狠扔到地上。

世龙朝世海扔掉的烟屁股看了一眼,有些责备地说:"还有那么长一截,你就丢了?你把它吧完嘛!"

世海说:"再吧,嘴皮都要烧起颗子泡了!"

世龙把自己手里的烟杆举了举,说:"还是我这个烟杆好些,不怕烧嘴巴!"说完,才接了刚才世海的话说:"哪朝哪代都需要干部,国民党时候,还兴保长、甲长呢,政策再怎么变,也是要人当干部的!你又不是小娃儿了,莫去听别个那些话,就安安心心当你的!"

世海说:"好,大哥!长哥当父,这辈子要是莫得大哥,也就莫得我了,我一定听大哥的!"说完,世海突然话锋一转,对世龙问,"哎,大哥,你今年窝窝地打算种啥?"

贺世龙说:"还能种啥?外甥打灯笼——照旧(舅),种小麦嘛!"说完又盯着世海问:"怎么?"

世海立即说:"大哥今年就再也不要种板板地了!今天开会,公社要求推广旱地改制,介绍了一种新的耕作技术,叫双二五或双三五对开,说是可以增产的,大哥今年不妨试试!"

世龙一听这话,立即在锄把上磕掉烟灰,一边把烟杆往口袋里装一边看着世海，有些好奇地问："啥叫双二五、双三五？"

世海说："就是种小麦的厢宽二尺五寸或三尺五寸，不种小麦、留着下季种苞谷、红苕的厢宽，也是二尺五寸或三尺五寸，这就叫作对开……"

世龙还没听完，就说："这样多浪费地，怎么还能增产？"

世海说："大哥你这就不明白了，这叫带状轮作！就是说今年种小麦的这厢地，明年就换成了种其他的，而明年种苞谷、红苕的地，后年又换成小麦，这样以此类推，地就换来换去种！再说，空行留得宽了，也有利于小麦通风、通光，也能提高产量。更重要的，因为地空着，下一季庄稼便可以提前种下去，不但不会在农忙时三升胡豆积一钵，裤裆里打麻将哈不开，还因为庄稼提前种下去了，延长了生长期，也会获得好收成！再有一条，不种小麦的那厢地，也不是真正空着，你可以在上面栽些青菜、白菜、大头菜，可吃可卖，还可以喂猪。"说完，怕贺世龙还没有听懂，又从地里拾起一根枯树枝，在地上画起来。

贺世海还要继续讲解，世龙却笑着拦住了他，说："老三你不要一直说了，我听醒豁了，倒是有些道理！"

世海一听这话，高兴了，说："大哥说得太对了！公社要求各个大队今年都要开展试点，用典型带动大家。我们湾我首先就想到了大哥！我想我回来跟你一说，你保管要带头试验的！"

世龙像是还沉浸在世海的话里，故意问："你又不是我肚子里的蛔虫，怎么就那样有把握？"

世海说："你是啥子样的人，未必我这个做兄弟的还不晓得？你虽然文化少，但相信科学，就凭这点，我就晓得叫你带头，是穿钉鞋、拄拐棍——把稳着实！"

世龙听了这话也没回答，只是咧开嘴唇淡淡地笑了一下。确实如世海所说，贺世龙虽是乡野一介村夫，一辈子挖泥盘土，却不愚昧保守。原因何在？皆因他做过几年小队的农技员，在到上面开会和推广农业新技术中尝到过甜头。后来因为没多少文化，不做农技员了，但凭着他几十年与土地、庄稼打交道中，通过亲身经历或耳闻目睹的事实，确信了上面所推广的科学种田对庄稼人是大有好处的。这时贺世龙一听世海说的带状轮作，不但感到新鲜，而且觉得非常有理。这时他又想起老一辈人传下来的一句话，叫作"耕地轮换种，粮食仓里关不拢！"既然上面和老辈人都想到一起了，肯定错不到哪里，不妨今年就试一试！一想到这里，世龙便对世海说："那好吧，今年我就把窝窝地拿来试一次看嘛！"说完又对世海问，"你呢？你那几分地是不是也种双二五？"

世海说："当然哟！我来动员你种，我却不种，怎么说得过去？"

世龙说："那好，我们就一起种！"

说完，贺世龙拍了拍身子站起来，准备干活。世海见了也站了起来，做出不好意思的样子对世龙说："大哥，还有一件事，我想请你帮帮忙，不晓得你会不会不给面子？"

世龙听了这话，看着世海认真地说："有啥子你就说嘛！弟弟兄兄的，又不是外人，我为啥不给面子？"

世海这才说："大哥你二天去窝窝地犁地，能不能把我那几分地，也半夜打摆架子——顺带犁了？你看我这一天东跑西跑的，周萍又在学校里代课，也抽不出时间。再说，即使她抽得出时间，一个女人家哪犁得来地？所以，大哥你看能不能代个劳？"

世龙听清是这事，就说："我明天就打算去犁呢！犁就犁吧，我一头牛是放，两头牛也是放，免得牛在中间掉头！再说，牛也是我们三家的，又不跟哪个借！"

世海感激地说："那就多谢大哥了！"

世龙说："反正地也犁出来了，干脆点麦子时，我们伙到一起点！人多好种田嘛！"

世海一听这话更高兴了，说："这样最好，也让别人看看我们弟兄的团结！"

世龙说："那就这样说定了！"

世海一边从地上拿起垫屁股的包包，一边笑容满面地对世龙说："好，大哥，说定了！"说完转过身要走，可又像想起啥子似的，回头对世龙问，"天都扯麻影了，大哥你还不收工呀？"

世龙说："你先走到嘛，离天黑还有一会儿，我把这点地翻完！"

世海说："我就不等你了，大哥，你也要早点收工，啊！"说着走了。

这儿世龙又翻了一会儿地，直到天完全黑了，这才回到家里。吃夜饭的时候，把世海要做支部书记一事对一家人说了，一家人都替世海高兴。李春英还说了一通是贺家祖坟风水转了的话，要世龙明天去找凤山看看，让祖先也保佑保佑自己一家人，一直叨唠到上床睡觉，方才停止。

四

第二天一起床，世龙就去世凤家里牵牛，准备去犁地。牛是三家人合养的，按人算，一个月里每人摊两天半。世凤家里四口人，每个月正好养十天。世龙家里五口人，每月养十二天半。世海家里三口人，每月养七天半。遇到大月，牛在哪家，哪家就把多出的那天养满。世龙和世海家里的半天，规定中午十二时交牛。但周萍和李春英合得来，两妯娌计较，有时在早上就把牛交了，有时也延到晚上才交。这段时间，正轮着世凤家里喂养。世龙一走进世凤家里的牛圈，看见那头黄牸牛还躺在地上，眯着眼像是在打瞌睡，嘴巴轻轻嚅动着。世龙在它肚子上轻轻踢了一脚，喊了声："起来！"牛这才像是很不情愿地站了起来，往上拱了一下腰。世龙见牛肚子瘪瘪的，晓得昨晚上老二女人毕玉玲没有给牛喂草。世龙不忍心让牛就这样饿着肚子去拉犁，于是就对毕玉玲说："上午我要去犁地，你把牛喂饱！"

毕玉玲正在灶屋里忙活，一听这话，立即干脆地回答说："要得，大哥，我就去割草！"说完，又马上冲里面歇屋喊道，"兴燕，你个死丫头还不起来，还想困到哪个时候？快点起来烧火，娘和你哥要去割牛草！"

世龙听见这话，才返身回去挑起一担草木灰，去斜坡地边点胡豆了。正点着，看见毕玉玲母子俩正在屋后的竹林笆里把竹子掰下来，割上面的竹叶。世龙晓得在这个季节，百草本已枯萎，加上大伙儿不要命地铲草皮积肥，山坡都被刷了一层皮，这时到哪儿割草？心下不觉替牛惋惜！想这人只为自己着想，把边边角角、坡坡坎坎都种尽了，却完全忽视了这些哑巴畜生的利益！现在，家家户户竹林里的竹子都被割成一把刷刷了。那牛只靠几把竹叶又怎么能够吃饱？待吃过早饭再去牵牛，果见那牛肚子还是瘪着。想了想就回来对李春英说："今天牛要犁地，你不要去做啥子，去多割点草来让牛吃饱！"

哪晓得李春英一听这话，气就不打一处来，大声说："怎么要我去割草，啊？

又不该我喂牛！"

世龙说："是不该你喂牛，可牛是共同养的！再说，是我犁地，又不是别个，你就不去分这个彼此，多出一把力又会怎样呢？"

李春英还是气鼓鼓地说："你要出力，就自己出去，莫用花言巧语骗我！晓得牛是共养的，又该她喂牛，你怎么不去叫她割草，却来叫我？我晓得，你是心疼她……"

世龙一听李春英又把话题扯到一边去，不觉动怒了，就咬紧牙关对李春英怒目而视，愤愤地骂道："龟婆娘，你又故意生事了，是不是？你不割就算了嘛，哪里那么多的话？"

李春英见丈夫黑起了一张脸，话也不好听了，这才闭了嘴，扛起一把锄头出去了。

原来李春英和毕玉玲早在几年前就结下了梁子。那年李春英过生，娘屋里七姑八姨来了一干亲戚祝贺。晚上住不下，李春英就叫自己娘屋两个侄女儿到毕玉玲家里和兴燕睡。谁晓得没几天，从毕玉玲嘴里传出一件事来：那天她到街上卖鸡蛋和小菜的两块钱不见了。她说她赶场回来，把钱放到立柜的抽屉里，然后就到大哥大嫂家帮忙来了。那天除了大嫂两个侄女儿到过他们家睡外，也没其他人到家里踩过脚印。言下之意，她怀疑是李春英的侄女儿偷了她的两块钱。那时的钱值钱，是她二十多个鸡蛋和一背小菜换来的！这话经过若干好事者的嘴传到了李春英的耳朵里。李春英性子急，又偏着娘家人，心想，娘家侄女儿都十三四岁了，传出去名声不好听不说，日后还会影响到她们的婚姻大事。于是便气冲冲地跑去质问毕玉玲，道："毕玉玲，你说是我侄女儿偷了你的钱，是你亲自看见的，还是抓到的？你无凭无据的，凭啥就污赖我侄女儿？"

毕玉玲看见大嫂怒气冲冲的样子，丢了钱心里本来就不好受，于是也不甘示弱地说："哪个污赖你侄女儿了？我丢了钱未必不是事实？我也没有指名道姓，说是你侄女偷的钱。我提名不提姓，狗都不敢问！哪个偷了的心里明白！"

李春英听了，稍微忍耐了一下，对毕玉玲问："这么说，你硬是怀疑是我侄女偷的哟？"

毕玉玲说："哪个来搭白，就是哪个偷了的！"

李春英气得扭歪了脸，说话就越来越没有遮拦了，说："哪个晓得你蚀没蚀钱？说不定你把那钱给哪个野老公用了，再来栽污我侄女儿！"

毕玉玲一听这话，就朝李春英扑了过去，抓住她，要她说出哪个是她的野老公。原来，这乡下女人吵架有一个不成文的规矩，叫作宁说人家一坝，不说人家一胯。也就是说，人家肚脐眼以上的地方，你任可以说，但肚脐眼以下的地方，却是不能随便说的。由此可见，乡下人也是懂得要尊重别人隐私的。毕玉玲嫁给贺世凤以前，曾传出过跟别的男人相好过。现在春英性急之中去揭了毕玉玲隐私，毕玉玲不依了，结果两个女人打了一场。双方都分别抓下了对方一绺头发，并在各自脸盘上留下几道指印。

　　自此，两妯娌在心中都埋下了对对方不满的种子。过后不久，一日，李春英到三婶的代销店买盐，碰着了淑芬、碧芳等几个女人，便聚在一起闲聊。女人的话题也无非是些针头线脑、柴米油盐之类的琐事。正聊到兴头上，李春英突然看见毕玉玲也朝这儿走来，便突然住了嘴。淑芬、碧芳等几个女人见李春英正说到高兴处突然不说了，不知何事，也都住了嘴。毕玉玲一见，疑心生暗鬼，就以为是大嫂在背后说她的坏话。要不，先个儿还说得那样热闹，这时见了她就突然不说话了？毕玉玲也是来三婶代销店里买肥皂的，一见这样，气得肥皂也不买了，脸一沉转身就往回走。可走了几步，又觉得不能就这样便宜了李春英，于是便回头没好气地喊道："有话就明说，有屁就当面放，在背后头烧阴蔸火，放烂药，算不得能干！"

　　李春英一听，晓得这是在说她，马上就接过话来，说："你诀啥子花鸡公？有种的你也明说！哪个在烧阴蔸火？我们摆我们的龙门阵，你河那边搭个猪麻×做啥？"

　　毕玉玲听了李春英这话，不甘示弱，又伶牙俐齿还击道："你才是猪麻×，拨弄是非，以为我不晓得！"

　　李春英说："我哪里拨弄事非了？有种的，你过来跟我说清楚！"

　　毕玉玲听了，果然往这边走来，一边走一边说："过来就过来，你以为我怕你？"

　　这儿众人见两妯娌吵起来了，急忙拉的拉、拦的拦，但两人还是互不服输地往中间碰，最后还是三婶出来吼了几声，才算把场面压住，没使事态升级。以后，诸如此类的嘴巴仗又时有发生。

　　当两个女人互相猜疑，或争吵不休，或打肚皮官司的时候，真正作难的是他们的男人。爹娘死得早，长兄当父，世龙带着两个弟弟，不但度过了三年的大饥荒把他们拉扯成人，还都给他们娶了亲，有了自己的家。在这一点上，世龙恩大于山，世凤心里自然明白。弟兄间就犹如牙齿和舌头，虽然难免不磕碰一下，但总归是休戚与共、生死相依的。现在见自己的女人和大嫂一个钉子一个眼，三天两头地吵架，世凤觉得很对不起大哥。但他因为有病，毕玉玲从一嫁过来就肠子都悔青了。世凤又感到自己这个病身子对不住人家，因此家里都是毕玉玲说了算。这时，毕玉玲哪会听他的？他只要一说，毕玉玲就劈头盖脸将他一道骂了。世凤想力挽狂澜，也只有那份心，没那份力了。至于世龙，虽然在家里的地位比世凤高，但女人的小肚鸡肠，又哪里是他几句话就能劝得了的？有时候他说得多了，李春英反过来说他胳膊肘向外拐，不帮自己婆娘说话，反而拿自己婆娘当奸臣办，又动不动闹着要回娘家。世龙见劝不转李春英，也只有在心里叹息，想不晓得啥时候，这笔账好一起算！果然，世龙后来找到了这样一个机会。那是在庄稼到户前一个收小春的季节，那天，男人们在插秧，女人们在家打豌豆，世凤在集体牛棚里。傍晚分柴火时，世凤家的一捆豌豆梗，毕玉玲左搬右搬，都无法搬到背上去。世龙一见就走过去，将豌豆梗往上一提，就扛到自己肩上往世凤家走去了。毕玉玲跟在后面，心里十分感激。在世凤的柴屋里，世龙放下豌豆梗转身走了出来，可没走几步，毕玉玲在后面喊住了他，说："大哥，你等等！"世龙不晓得毕玉玲喊他有啥子事，就站住了。没想到毕玉玲过来，却是解下自己的围裙往世龙身上掸了起来。原来，世龙的头上、肩上都布满了柴草的灰尘。毕玉玲掸完以后又踮起脚，扯着世龙后面的衣领，把世龙后颈窝里的灰尘给吹了出来。这本来也没啥子，只不过是一个女人对一个帮助了自己的男人表达内心的一种感激之情而已。但不巧的是，这一幕正好被李春英看见了。李春英当时没有发作，收工回家以后才越想越不是劲，就去床上躺下了。世龙回来看见贺兴成在做饭，就对他问："你娘呢？"

兴成说："困去了！"

世龙不晓得发生了啥子事，走到歇屋里问："你不做饭，怎么了？"

李春英把头埋进棉絮里，半天没有说话。世龙正打算出去，却见李春英一把掀开被子坐了起来，像是十分委屈又十分愤怒地冲贺世龙说："你要我做啥子饭？你去找你的嫩婆娘给你做饭嘛！"毕玉玲比李春英小了十多岁，故李春英这样说。

世龙最初没有明白李春英的话，有些摸不着头脑地说："你说些啥子？"

李春英仍然气昂昂地说："说些啥子？你以为我没有看到？我眼睛又没有瞎！

拉拉扯扯的，都亲热得往身上吹气了，怪不得那样巴她哟！"

世龙明白了，也不觉生气道："龟婆娘，我以为你啥子羊角疯又发了，原来才是这么一回事！她给我掸了一下身上的灰，哪里就巴到了哇？"

李春英说："巴没巴到，你们才晓得！没有巴到，你为啥要那样帮她？为啥要把自己的婆娘当奸臣办？别个嫩些，你当然要喜欢她哟！"

世龙一听这话，直觉得血往上涌，气也不打一处来，于是就指了李春英说道："龟婆娘，你再扫你男人的面子，看我不捶死你！"

世龙本想警告一下女人了事，没想到这两口子吵架，也和外人吵架一样，被气顶着都会互不相让的。李春英一听世龙的话，不但没被吓倒，干脆跳下床来，迎着贺世龙说："我就要说！就要说，明天我就到外头说，看你能怎么样？"

世龙突然忍不住了，咬了牙道："龟婆娘，老虎不发威，你还以为是病猫！你要逗猫惹骚，背壳壳发痒，看来我不收拾你一下，你不晓得锅儿是铁铸的！"说着，也不待李春英回答，就一把将她掀到地上，骑上去，先是抓住头发，在脸上左右开弓，然后将头在地上又是磕又是碰的。这一顿好打，直打得李春英在地上喊爹叫娘，哭声震天。兴成、兴仁、兴琼见爹娘打起来了，过来劝劝不住，兴仁才去开了门将左邻右舍的人叫来，方才拉开了他们。李春英被人从地上拉起来时早已鼻青脸肿，全没有往日的形象了。

第二日，李春英便回了娘家，将娘家母亲、嫂子、弟媳妇等一干女人喊了来，向贺世龙讨说法。世龙煮饭给她们吃了，这才不慌不忙将打架的前因后果说了出来。娘家兄弟媳妇是读过书的，和周萍一样也在大队代课，明白事理，一听便知是大姐心眼狭窄，黄鳝打屁——泥（疑）心过重，没事生事，便把世龙喊到一边，说："我姐怕是更年期提前到了，你日后可要好些待她才是！"

世龙不懂得啥叫更年期，那小舅母子又说："啥叫更年期，说了你也不懂。反正每个女人都有这样一个过程，这是一种病！到了这个时候，总是疑神疑鬼，嘴巴也话多，又容易发脾气。你们男人，要女人的时候，巴不得把人家供到天上，一旦人家有病了就不晓得谦让一下？"

世龙打了李春英后，心里就有了几分愧疚，这时一听舅母子说这是病，心下就更是失悔了，说："只要她二天不再像这样，吊起下颏巴乱说，哪个打她啥子？"

小舅母子一见姐夫哥已经有了悔意，便过去和老人婆及大嫂嘀咕了一阵，回头象征性地批评了李春英几句，便打道回去了。自此以后，李春英果然晓得锅儿是铁铸的了，不再像先前那样随便出言语伤人了。毕玉玲见为自己让人家两口子闹纠纷，也自觉过意不去，一下收敛了许多。从此，两妯娌像是好了一些，至少没再像过去那样，遇到一点鸡毛蒜皮的小事，就吵得个没完没了。但贺世龙明白，梁子易结不易解，要彻底解开女人们心里的疙瘩，不是一件容易的事，得天长日久，慢慢来。

现在，贺世龙见李春英扛着一把锄头走了，晓得要让她帮毕玉玲割牛草已经是不行的了。于是就在心里说："你不割算了！你不割就以为我莫得办法了哟？"说着，就在阶沿上抓起一只稀眼背篼，到旁边自留地边的桐子树上，收了一背篼晾在树枝上、已经半干的红苕藤，背到背上，回屋把枷档放到背篼的红苕藤上面，扛上犁，又去世凤牛圈里解了牛，往沟头那块窝窝地去了。

五

到了地头，贺世龙从肩上放下犁头、枷档，然后放下背篼，那犁头不但把大腿打得生疼，还把肩膀压得发麻。但因为背上背着一背牛的口粮，想换肩不容易。现在把犁头和背篼，从肩膀、背上放下来，就有一种解放了感觉。他想："牛还没有被枷上，自己倒先被枷上了！"想着，先甩了甩手臂，又揉了揉肩膀和大腿，才说把牛的口粮拿去倒在一边的桐子树下，却没想到牛早已经伸过脖子，张开大嘴到背篼里叼了一把苕藤就往外扯，把背篼也拉倒了。世龙见牛馋成这样，心里可怜，就干脆让它吃一会儿，自己也不慌不忙地裹起一杆烟来。

慢慢地把一袋烟吧完，贺世龙才去拍了拍牛的脸，说："等会儿再吃，伙计伙，我们先干活吧！"说着，把背篼从地上扶起来，背到桐子树下将苕藤倒出来，过来将牛枷了。那牛口里还在嚼着剩下的苕藤，像是很感激世龙似的，不断地甩着尾巴。世龙轻轻地提了一下牛绳，牛就很听话地走了起来。但没等牛走上几步，世龙又将牛唤住了。世龙是将犁扣扣在犁杆的第二个扣上的，可由于世海的地没有挖大翻身，即使扣在第二个扣上，犁铧还是吃土不深，把表土下面板结的土耕不上来。原来，这庄稼人耕地，在犁头和犁法上都是有许多讲究的。这犁头一般有三个扣，如果是将犁扣扣在犁杆最前面的扣上，下面犁铧就吃土最浅。如果把犁扣扣在犁杆最后面的一个扣上，犁铧吃土最深，虽然是好，耕地的速度却慢，牛拉起也非常吃力，犁地的人一般不常用。庄稼人常用的是犁杆中间那个扣，犁铧吃土不深不浅，速度适中，牛拉起也不觉得太吃力。有经验的老把式会在这几个扣中间游刃有余，该抬的抬，该压的压，让牛拉起来轻松省力，地也会耕得恰到好处。凡此庄稼经，虽琐碎而不显眼，却是一个合格的庄稼人必须掌握的。

这时，贺世龙见自己把犁扣扣在犁杆的中间扣上，还是没把世海地下面的生土给翻上来。自己的地挖过大翻身不觉得，现在一看世海的地，才晓得这地不但在大集体时代被猫盖屎糟蹋得十分厉害，就是上一季在世海手里，也没有多大起色，心里不觉暗暗可惜。于是，他走到犁头前面，让牛后退了一步，然后弯下腰，把犁扣扣在了犁杆第三个扣上，过来重新扶住犁把，让牛拉着犁头走了。这时，世龙才感觉到犁铧吃进了生土里，从铧尖发出的声音，不再是听惯了的沙沙声，而是一种生涩的嚓嚓声。世龙满意了，但他还是不断把犁把手往上抬，试图再犁深些。但看那牛四蹄紧踩着地，躬起了背，一溜马弯绳骨清晰可见。世龙又不觉可怜起牛来，又把犁把手往下按了按。刚犁过世海的地界，进入他挖过大翻身的地里，那牛便大步走了起来，背也直了，世龙扶犁把的手也明显感觉轻松了许多。

犁过自己的地界，唤住牛，正想转弯，贺世龙看着旁边世凤的地，一下又站住了。他想："既然给世海把地犁了，世凤的地也是一堆一块，牛也是三家共同养的，何不把世凤的地也一下犁了？"又一想，反正牛在地中间转头是转，到地边转头也是转，如果今天不把世凤的地顺带犁了，二天世凤来犁他的地，牛转头时还会踩到自己的地。如果那样自己还得来松一次土，岂不是像俗话所说的，是脱了裤子打屁——多一道麻烦？一想起世凤，世龙心里就有些隐隐作痛。他觉得世凤当年为了得表扬、当先进，而去逞能，落下那哮喘的病，他这个做兄长的没有及时制止，也是有责任的。如果爹娘在世，还不晓得要怎么责怪他呢！世凤的地也没有挖大翻身，但世凤的地没有挖大翻身，不是因为他懒。世凤本来是一个种庄稼的，如果他不是因为一身病，庄稼种得一点不会比他差。他这时有病，重活干不了，家里家外只靠毕玉玲一个女人家顶着，娃娃又小，能把家里的几亩地广种薄收，都已经很不错了，还指望啥挖大翻身？一想到这里，世龙就决定把世凤的地也一下犁了，于是又对牛吆喝一声，继续往前走了。

正犁着，贺世凤就扛着一把锄头来了。尽管这段日子他没犯病，可老远还是能够听见从他喉咙里传来的那种拉破风箱似的呼哧呼哧的声音。他一到地头，看见世龙把他的地也犁了，就显得十分感动地说："大哥，你把我的地也犁了呀！"

世龙说："我反正要转头，在地中间转，还不如到地边去转！"

世凤说："那我这个当兄弟的，就感谢你这个大哥！要不是我这个损坛子、破缸子身体，怎么得给大哥添这样多麻烦？昨年子看见大哥挖大翻身，沤肥料，自己也想做，可就是身体不争气，结果地里的麦子和大哥的麦子相比，真是一个在天上，一个在地下，羞死个人了！"

世龙一边扶犁，一边说："老二，话莫那样说，人，哪个莫得个三灾八难？再说，十根拇指还不一般齐呢！"接着又说，"我晓得你和世海的地都没有挖大翻身，所以我犁扣扣的是三扣，把地的老底子都给你们翻起来了！"

世凤感谢地说："我都看见了，大哥，也只有你，才能犁这样深！"

世龙说着话，犁到了地头，他把犁头转过来，看见世凤已经跳到了地里，这才问："老二你扛把锄头打算做啥子？"

世凤说："我打算到和尚坝去把田坡上的草铲了，好点胡豆！这阵我不去了，你犁地，我来挖两边没犁到的当头！"

世龙说："胡豆点在寒露口，一升打一斗。这阵点胡豆都有些迟了，你还是去吧！这当头点麦子的时候，也可以挖！"

但世凤像是很过意不去似的，说："算了，我还是来挖当头！"说着，走到地边就开始挖起来。

世龙晓得世凤身体虽然有些不争气，但还是一个很要面子的人，见他坚持要挖当头，也就不再劝他了。世凤只要一干活，就会很仔细地干，也算得上湾里一个做好庄稼的把式。你看他眼下挖地就挖得十分认真，地里的一根鱼鳅串、一截茅草根，他都会认真地捡起来，在锄头上磕尽上面的土，然后把他们放到一边。挖出来的土也磕着细细的，一边挖，看见世龙又犁过来了，于是又问："大哥，你今年子打算在地里种啥？"

世龙说："还是种麦子嘛！"

世凤说："我晓得是种麦子，我问你种啥子麦种？"

世龙说:"世海从公社开会回来,给我介绍了一个新麦种,叫川育18号,说是能增产的!管它增产不增产,我也想换一下种子,种子换起用,总是好的!"

世凤说:"你说得对,那我们就种一样的种子嘛!"

听到这里,世龙又想起了世海关于旱地改制、"双二五"的话,于是又对世凤说:"老三还给我介绍了一种旱地轮作的方法,我觉得有些道理,老三也决定今年照那样做!你看需不需要我们三兄弟都做到一样?"说着,就站下来把世海说的旱地轮作办法也给世凤说了一遍。

世凤一听,很干脆地说:"一样就一样吧,大哥,我拗啥子独立?"

世龙听了显得很高兴,说:"那好,我们三弟兄就点到一样!"

世凤却没有世龙那样高兴,而是有些焦虑地说:"点是点到一样,可点的时间,我就不能和大哥你们一样了!我这个病身子,虽然你把地给我犁出来了,但还不晓得哪时才点得下去?"

世龙一听世凤这话,心情有些沉重,他又朝世凤看了一眼,突然说:"既然点到一样,那就啥都一样嘛!我今天把地犁出来,明天正好是星期天,周萍也不上课,我回去和世海商量一下,看他明天有莫得空?如果有空,我们三家就合起来!人多好种田,一天就把这块地的麦子点下去了!"

世凤一听,晓得这是大哥在帮自己,于是就说:"好倒是好,可是明摆着大哥你们家就吃亏了!"

世凤说:"弟弟兄兄的,说那些做啥子?"说完,这才将牛转过来走了。等牛再转过来时,世凤已经将当头挖完。世龙见了,又说:"老二,你真的去铲草点胡豆!我犁出来的当头,你已经挖完了,没有犁的,你前头挖,后面牛又踩紧了,点的时候还得挖一遍!"

世凤听了,觉得是这样,于是就说:"好吧,大哥,我回去叫毕玉玲给牛背草来!"

世龙指了指旁边的桐子树,说:"不用了,牛的中午饭我已经背来了!"

世凤也朝桐子树下看了一眼,但还是说:"先个儿我出来时,看见她已经背起背篼出去了。既然已经割起了,那就背来吧!"说完,不等世龙回答就走了。

世凤一走,沟里就寂静下来,犁铧下那不断的嚓嚓声,和偶尔从世龙嘴里发出的一两句吆喝牛的嘘声,都显得格外的轻柔。正如俗话所说:人是内行,畜生也会少费许多力气;这时,世龙将犁把或抬或压,犁头在他手里犹如开一台机器，运用自如，手上扶得稳，脚下步伐也走得匀。那牛遇到这样的主人，自是一种福分，那肩上力量均匀，下面四蹄也就走得匀当。因而耕出的地也就不深不浅，犁沟不偏不歪，犁坯不薄不厚，均是恰到好处。回头看去，阳光照在泥坯上，熠熠闪光，有如大海中的细浪，像是一幅风景，煞是好看。那一牛一犁一耕夫，也自在画中了。

世龙正专心致志地犁着自己的地，毕玉玲果然背牛草来了，人还没到地边，声音就传到了地里："大哥，牛草倒在哪里？"她的声音又尖又快，像是有意在大伯子哥儿面前讨好一样。

世龙朝兄弟媳妇看了一眼，见背篼里也是只有几把苕藤和半背竹叶子，便朝自己先前倒红苕藤的桐子树下指了指，说："就倒在那里一起嘛！"

毕玉玲就将背篼里的牛草背去倒了，却过来对世龙说："大哥，今晚上到我们家来消夜，啊！"

世龙说："又不是外人，我是顺便帮忙做的，还消啥子夜哟？你不要去淘那些神了！"

毕玉玲听了，还是说："就因为不是外人，大哥你就不要那样客气了！"又说："大哥帮了我们这么多的忙，我都不晓得该怎么谢你了，吃一顿饭哪里还不应该？本来中午我们就该招待你吃饭的，可屋里啥子都莫得，只有等晚上了！"

世龙听到这话，就笑着说："请我，你们还要准备个七七八八的呀？"

毕玉玲说："虽说莫得七七八八的，可菜还是要有一碗嘛！就这样说定了，大哥，到时候我喊娃儿来叫你！"说完，就急急地走了。

世龙看着毕玉玲的背影，心里有一种异样的情愫。觉得这个兄弟媳妇虽然嘴巴厉害了一些，但人还是很能干的，也很会为人。世凤要是莫得她，还不晓得会怎么样呢？又想：要是她和李春英，不是这样一个钉子一个眼，那弟兄就像小时候一样，患难与共，生死相依，那该多好呀！也不晓得这辈子能不能回到那样的时代了？世龙这样想着，心里就多了几分惆怅。

六

晚上收工回到家里，贺世龙叫兴成给他打了一盆水放到阶沿上，又叫兴琼给他把榻凳儿上的鞋子拿来。霜降已过，老天爷在早上和夜间开始往地上撒那种白粉粉儿霜了。在地里干活时，一双赤脚板被泥巴裹着，不觉得凉，一回到屋里便感到有些寒气了。贺世龙把一双大脚泡进水里，立即有一种融融的暖意从脚底生起。正用手搓着脚上的泥垢，老二家的兴燕果然过来叫了，说："大爹，我爸爸叫你过去消夜！"

世龙一听，把手从水里拿起来甩了甩，说："硬是要消夜呀？"

兴燕说："爸爸叫的！"

世龙不再和小孩子说啥子，说："要得，你先回去到，大爹把鞋子穿起就来，啊！"

兴燕一听，果然转身就往回走了。这儿世龙随手扯过李春英搭在阶沿上的一根围裙，擦干了脚，把两只脚拱进了一双小船似的鞋子里，站起来正要走，却看见李春英站在他面前，说："随便啥子都揩，那围裙是我明天要围的，揩湿了我围啥子？"

世龙说："晾干就是嘛，有好大来头？"

李春英就一边去晾那围裙，一边又对贺世龙问："不是年不是节，老二喊你去消夜，为啥子？"

世龙说："弟弟兄兄的，吃个饭，还要有个啥子哟？"

李春英已经晾好了围裙，回过头来，目光审视地盯着世龙说："莫得啥子才怪！莫得啥子会叫你去消夜？"

世龙晓得瞒不过女人，那样大一块地摆在那里，李春英今天没看见，明天也会看见的。于是，世龙就用十分平淡的语气说："有个啥子嘛，昨天世海喊帮把地犁一下，今天我去犁，看见老二的地和我们挨在一起，就顺便把他的也一起犁了。就是这么一回事，我叫他们不麻烦了，他们偏要叫我去吃顿饭！"

李春英一听，脸顿时阴得十分难看，说："我说他们这顿饭，不会白叫你去吃嘛！"又说，"你有力气嘛，你有力气就去帮嘛！"

世龙明白春英心里又不高兴了，于是说："哎呀，弟弟兄兄的，又不是外人，帮忙做点活路，有啥子来头呀？"

李春英听了世龙这话，不但没消气，反而大声说："我又没有说你不该帮，你只要有气力，看你帮哪个我都莫得意见。但你把我自留地边的苔藤收了，你要给我收回来！那是我辛辛苦苦背回来搭在树上的，你才拿去讨好卖乖哟！"说着，像是伤心得要哭的样子。

世龙晓得和女人一时说不清了，担心再说下去，春英不但不会消气，说不定七个三，八个四，像麻布口袋一样拧不干，两口子越说气越大，最后又要发生纠纷。于是喉头咕咚一声，咽下了一口气，说："要得，要得，我二天给你收回来！"说完，不再说啥，径直走了。一边走一边摇头，心里说："女人呀，硬是斤斤计较得很！"

心里想着，就进了世凤的门，却见世海也在这里。世龙就喊了声："老三也在呀！"

话音刚落，毕玉玲从灶屋伸出脑袋，对世龙说："大哥来了！你们坐一会儿，他爹打酒去了，一会儿就回来，啊！"

世龙说："打啥子酒？我们又不喝酒。"

毕玉玲说："再不喝酒，也抿一点嘛！"又说，"你们弟兄虽说住在一堆一块，但也难得聚会，莫得酒有啥子意思？"说完，急急地又把身子缩回到灶屋里，立时从锅里传来炒菜的油爆声。

这儿兴燕正伏在桌子上写作业，世龙就笑着摸了一下她的小脑袋，说："你说是你爸爸叫我来消夜，可你爸爸都不在家，你哄你大爹！"

兴燕听了这话，却抬起头说："我没有哄大爹，是我妈教我这样说的！"

世龙一听，心里明白了，肯定是毕玉玲怕打翻了李春英的醋坛子才让女儿这样说。好个老二婆娘，也鬼精得很呢！正这样想着，世凤怀里抱了一个酒瓶子回来了。见了世龙、世海，打了招呼，把酒瓶子放到桌上，让兴燕收了书本，就要去摆杯子碗筷。毕玉玲却说："哪个要你去摆杯子瓢羹嘛？周萍一个人在屋里，难得烧火，你去叫她过来，一起吃了算了！"

世海一听，急忙说："莫去莫去，她中午有冷饭，我先个儿过来的时候，她就热起吃了！"世海心里十分明白，大嫂和二嫂不和，周萍夹在中间，两个人都想把她拉到自己一边。但周萍很聪明，两个嫂嫂她都不得罪，也不对其中哪一个显得格外亲热。因此，她才落得两个嫂子都喜欢。如果今晚她过来吃了二嫂的饭，大嫂晓得后，会对他们两口子有看法。再说，毕玉玲请了周萍，不请大嫂，就是有意妥大嫂的眼皮，会让大嫂对毕玉玲更有意见。但如果让毕玉玲也去请大嫂，大嫂肯定又不会来，这又是故意妥二嫂的眼皮让二嫂心里有气。总之，周萍不来是最好！

毕玉玲听了世海的话，像是还不相信，说："是不是哟？兴燕你过去看看三妈吃了莫得！"

兴燕听了，把书本一合，站起来就要走，但被世海一把抓住了，说："不要去，兴燕，听幺爸的话，幺爸今后给你买本子！"然后又对毕玉玲说："不管吃没吃，真的不去了，二嫂！今晚上就是我们三弟兄，好清清静静摆点龙门阵！"

毕玉玲听了，这才罢了，说："那就算了吧！"又说："我可是真心实意要去叫的！"说着，才叫世凤去摆杯子瓢羹。

世龙听了毕玉玲去喊周萍的一番话，心里先有些生气，暗想：明晓得你们两妯娌不和，你请一个不请一个，不是逗猫惹骚，制造矛盾吗？但赓即就明白了：这个老二婆娘，并不是真想去喊老三的女人过来吃饭，而只是想在老三面前，做个虚假的礼节，讨好老三罢了。

这样一想，世龙心里也就没气了，趁世凤往桌上摆杯子瓢羹的时候，想起白天和世凤说过的三家人合起来点小麦的话，于是就问世海明天有没有空？世海一听，说："大哥，先个儿二哥已经对我说了，我开先还不敢相信！大哥家里劳力多，我和二哥家里只有两个人，而且二哥有病，我和周萍平时也没参加多少劳动，合起来做，只怕大哥要吃些亏！"

世龙说："弟兄间，就不说吃亏这些话了！打碎骨头连着筋，亲弟兄都不互相帮衬，还叫啥子一个娘生的？"说完又说："就这样定了，明天大家起来早点，吃了早饭才下地。世海你晓得怎么开厢，你就把开厢用的尺子和绳子比好。上午大家都整地、打坑、丢些种子，做不完的，下午她们半劳力继续做，我们几个全劳力，就抽出来挑粪，淋多少算多少，淋不完的后天接着淋！"

世海听了，高兴地说："好，大哥。有事问大哥，有风吹大坡，我们听你的！

回去我就把绳子尺子比好！"

　　说着话，世凤把菜端上来了，也没啥特别好的，除了一盘回锅肉——那肉显然是毕玉玲或世凤下午才上街割的，看起来肥歪歪、油泡泡的，很是诱人。其他的也是几样农家菜：有一碗盐水胡豆，一盘胡萝卜，一盘洋芋片，一盘空心菜。毕玉玲娘家祖上是开饭馆的，大概是得了祖传，这些菜经毕玉玲的手做出来，要红有红，要青有青，有盐有味。加上那胡萝卜、洋芋片的刀工也好，细的细如粉丝，薄的薄如蝉翼，还没吃，世龙和世海两弟兄就觉得肚子里的馋虫在蠕动了。世凤因为哮喘，酒是绝对不敢沾的，他给世龙和世海各斟了一杯，正待劝他们喝，毕玉玲却端了一钵汤上来。世龙最初以为只是一钵下饭的，等放到桌上一看，才看见里面煨的是一只鸡。世龙一见，就说："你怎么这样没事，把鸡杀了做啥子？又不是外人，这样破费做啥子嘛？"

　　世海也说："就是，把它喂起生几个蛋，换点油盐钱也好嘛！"

　　毕玉玲在桌前坐了下来，说："也不怕大哥和老三笑话，也确实莫得啥子招待你们！一个抱鸡母，老是困不醒，又不生蛋，就杀来进肚家坝了！等明年开了春，再买小鸡儿来喂就是！"说着，拿过一双干净筷子，站起来，把一只鸡腿拈进了世龙的碗里，说，"大哥，你吃呀，莫客气哈！说实话，大哥，我这心头不晓得该怎么谢你呢！今天帮我们犁了地，明天又伙到一起点小麦，我晓得大哥这是在帮我们！你不晓得，上午我还在发愁呢！即使你帮我们把地犁出来了，他那个气吼包，挑不到两挑粪，就只有出的气，莫得进的气。他回来一说合起来做，我这颗心才一下子落到肚子里了！莫说杀只抱壳壳鸡招待你，就是有龙肉也不够的！"一番话说完，又夹起另一只鸡腿，放到世海碗里，又说，"老三，你要当书记了，你晓得二哥是个病砣砣，人又生得笨，二天你就多拿个眼睛角角把我们一家人照看到一下哟！"

　　世海听了毕玉玲的话，说："二嫂，你不要出去乱说，还没有宣布，宣布了才得作数！"又说，"我照看得到的，肯定要照看你们，你们一万个放心！"

　　世龙听了毕玉玲一番动情的话，禁不住想起了爹娘死后，在那个大饥荒的年代里，自己拉扯着两个弟弟相依为命的日子，不觉眼睛就红了。但又一想，都几十岁了，当着兴春、兴燕这些后人面流泪，觉得不合适。便啥子也没有说，只端起酒杯把里面的酒一饮而尽，然后才说："说那些做啥子？越说倒越把弟兄说生疏了！你们也各人吃菜，不要光管我们，早点吃了去睡，明天早点起来，不要把活路耽搁了!"

毕玉玲听了,也往世凤碗里夹了一块鸡肉,说:"好的,我们不说了,晓得他大伯和幺爸都是好人!"说着,又招呼兴春和兴燕,各人到钵里去拈,自己却只夹了两筷子胡萝卜丝,放到碗里,呼哧呼哧吃去了。

吃完饭,世龙回到了家里,李春英已经困了。看见世龙进来,急忙翻了一个身,把脸朝向里面。世龙晓得她还在为他帮老二家里犁地和收苕藤的事生气,也不说啥子,脱了外面的衣服裤子,就钻到另一头的被窝里。刚要睡下的时候,又想起明天合伙点粮食的事,于是就对李春英说:"明天早点起来,吃了早饭我们三家人合在一起点窝窝地的小麦!"说完,见李春英像是没听见似的,没吭声。世龙晓得她是假装没听见,忍了一会儿,又提高了声音问:"你听到没有?"

这时李春英才气鼓鼓地回答:"你要搭伙做,就各人去搭伙做,问我这个傻婆娘做啥子?我晓得啥子?"

世龙说:"我要跟你说一声嘛!"

春英说:"要合伙你去合,我不得去!"

世龙问:"你为啥不去呢?"

春英说:"他们屋里去几个人?别个去多少,我们去多少!"

世龙一听,心里又生起女人的气来,但又怕和她吵架,于是又忍了,有些无可奈何地说:"你实在不去,我也不能把你背起去,你想得通就去,想不通就不去,看你!"说着,将身子一缩,躺在了被窝里。两只脚刚靠近李春英的身体,就被李春英狠狠地往外面一推。贺世龙为了息事宁人,就在被窝里把脚蜷了起来,没再去碰女人了。

第二天,李春英果然没有跟着贺世龙和儿子兴成去干活。一到地里,周萍便问:"大哥,大嫂呢?"

世龙不好意思说得李春英生气的事,于是便说:"她身子有些不舒服。"

周萍不晓得大哥说的是假话,便又急忙追问:"那是怎么的了?"周萍是教书先生,虽然不像其他教书先生那样一开口就是京腔京调,但课堂上读课文惯了,也不像世龙世凤那样一张嘴就是满口土话。

世龙听见周萍问,就又有些不好意思地回答:"哪晓得是怎么回事?昨晚上就说脑壳晕,我们先个儿走的时候,还在床上睡。"

周萍信以为真,正想接着问去万山那儿看医生没有,却见毕玉玲一旁直对她眨眼睛，周萍一下醒豁过来，于是不再问，和二哥、二嫂平地去了。所谓平地，就是把地里的泥巴用锄头整碎。因为世龙已经把地犁得很平整了，用不着再怎么平。

世龙、世海和兴成，从世风的地开始，去搭灰划厢。首先世海拿出两根早已准备好的长二尺五寸的竹棍，竹棍上都分别缠了绳子。他自己拿一根，另一根交给世龙，两弟兄拿了竹棍就往地的两边走，一边走一边放竹棍上的绳子。走到地边，用竹棍比出一个印子，然后将竹棍插下去绷紧绳子。最后兴成提起一只装有草木灰的箢篼，沿着绳子撒灰。再接着依此办理，地里便出现了非常规范的、等距离的二尺五寸的土厢。这样忙了将近半个时辰，双二五的厢已经画完，一行人便隔一厢一个人，开始打麦坑。世风见这样隔厢打坑，有些心疼土地，对世海说："这样太浪费地了，怕不会增产吧？"

世海说："怎么会浪费？你把活儿一忙完，就可以在空行栽菜，明年又可以早些把地翻过来，种苞谷，种洋芋这些，肯定会增产的！"说完又对世龙问，"是不是，大哥？"

世龙只顾埋头打坑，连身子也没有直，说："管它增不增产，今年子试一盘就晓得了！"又说，"反正老辈人也说过这样的话：庄稼换起种，粮仓关不拢，即便错，我想也错不到哪里去！"

世风听了这话，才不说啥子了。

到了晌午时，周萍看了看剩下的地，又揣测了一下进度，突然对地里的人说："你们先打到坑，我回去做饭，今中午大家就一起吃！"

世龙听了，说："大家在一起吃啥子哟？又不是哪个一家的地，还是各自回去吃，吃了又来就是！"

但周萍还是坚持说："又没有什么好的招待你们，我还不是煮红苕稀饭！"说完，不等世龙、世风和毕玉玲再说啥，把锄头往地边的坡上一挖，就往回跑去了。

周萍回到家里，却并没有去烧火做饭，而是从柜子后面拿出两个大橙子。这还是周萍上次到一个学生家里做家访，孩子的母亲从自己地坝边的树上摘下来的，一共四个，周萍已经吃了两个。这时，周萍拿着两个橙子，径直往大哥家里来，人还没有走拢院子，就老远喊了起来："大嫂，大嫂，你在家吗？"喊了几声，屋里答应了一声，便一边推门一边又问，"大嫂，你在哪？"听见李春英在里面歇屋里应声，又对直走进歇屋，才看见李春英坐在床上，用被子盖住大腿。

李春英见周萍进来了，显得有些不好意思，问："你怎么来了？"

周萍没马上回答，将两个橙子放到床头柜子上，在床沿上坐下了。这才把李春英的手拉到自己手里，说："我刚才听大哥说你身子不舒服，就特地回来看你了！是怎么回事，大嫂？"

李春英说："你来就来嘛，拿橙子做啥子？"

周萍这时松开了李春英的手，却把头靠在了她的肩头，像一个撒娇的孩子样亲热地拍着李春英的大腿，一边拍还一边轻轻地晃着，说："哎呀，大嫂，也不知道你身子不好，没有什么东西来看你，实在不好意思！听说病了的人多吃水果有好处，所以把别人送的两个橙子给拿来了！千里送鹅毛，礼轻情义重，大嫂就千万不要见外了！"说完，不等李春英说啥，又马上关心地问，"大嫂，听大哥说你昨晚上脑壳就有些晕，是不是感冒了？"

春英犹豫了一会儿，只好顺着她的话说下去："可能是受了点寒，感冒了吧！"

周萍又拍了一下李春英的手，叮嘱道："大嫂，这个天气，一早一晚气温低，最容易感冒了！以后大嫂可要注意了，早晚多加件衣服，啊！"

春英听了周萍的话，很感动，说："是呀，我记住你的话了！"说完，怕周萍再就这个话题说下去，于是想了想，就把话岔开了，问，"地里怎么样了？"

周萍明白大嫂问的是地里点麦的情况，于是马上把眉毛皱成了一堆，显得很着急地说："哎呀，大嫂，这合起来做呀，人多，一人打一厢坑，就是好几厢，是好！可毕竟也有将近三亩地，也不是一下子就点得完的！"

春英听了这话，急忙问："点到哪儿了？"

周萍说："点还说不上，因为还没有丢种子，只是打坑。先从二哥那边打起走的，我回来看你的时候，在打你们家地里的坑了……"

春英打断了周萍的话，说："为啥从他那边开始打坑？"

周萍说："大哥说，从左到右，纽子一顺，不然就倒起了！"

春英说："道理是这个道理，从右手边开始打坑，不好打。"

周萍说："就是呀！下午大哥他们几个男劳力，要抽出来挑粪，就剩下我和二嫂，还要拿一个人出来，往坑里丢种子，我估计呀，我那地会点不完！大嫂，我那地要是点不完，剩又剩得不多，明天我又要上课，你那兄弟又是个到处跑的人，今天好不容易才抽一天时间出来！你说，剩下的，我哪个时候才点得下去？硬是愁死我了！"说完，眼睛看着窗外，似是叹息，又似无心地又说了一句，"唉，要是再多一个人就好了，那点活路就能够做完了！"

春英听完，心里一下明白了，马上从床上坐了起来，拉住了周萍的手，说："周萍你莫着急，下午带我一起去点！"

周萍一听，又急忙说："别，别，大嫂，你人不舒服，我怎么敢麻烦你呢？你就在家里好好歇着，啊！"

春英说："你放心，今早上喝了一碗酸萝卜汤，刚才焐了一身汗，现在一身轻松了！"

周萍却仍然客气地说："那怎么要得，大嫂？"

这时春英却显得十分义气了，说："有啥子要不得的，又不是外人！"

周萍听了这话，不再坚持了，又摇了摇春英的肩，笑着说："那好，大嫂！我知道只要有了大嫂，我那点地就不愁点不完了！等过年的时候，我给大嫂买件衣服，好好谢谢大嫂！"说完，又说，"大嫂，我是回来做饭的，中午大家就在一起吃，免得耽误时间。这样，我把东西办起，大嫂去帮我烧烧火，我呢，再到地里做一会儿，能做多少做多少，哪怕打半厢坑也好！"然后盯着春英问："你看呢，大嫂？"

李春英听了，说："各人的锅头灶脑，各人摸熟了的，我看，还是你在家里煮饭，我到地里帮你打坑！"

周萍忙说："那怎么行，大嫂，你身子刚好一点儿！"

李春英说："莫得来头了，出去晒会儿太阳，还好得快些！"说着，李春英就跳下了床，一边往脑后拢着头发，一边往外走。走到堂屋里，正要去屋角拿锄头，周萍说："大嫂，不用拿锄头了，我那锄头还在地里！"

李春英一听这话，果然不拿锄头了，拍打拍打衣服走了。

这儿周萍看着大嫂的背影，咧开嘴角，不觉暗自乐了。原来，刚才周萍打着坑，抬起头来看了看还剩下的地，又按目前的进度揣测了一下下午几个男人去挑粪后，剩下她和毕玉玲，还能干多少活？晓得如果不增添人手，自己的地就会点不完，心里着急了，这才回来在大嫂面前演了这场戏。这时见李春英下地去了，她一颗心才放了下来。

果然，下午毕玉玲去丢种子，李春英和周萍两人打坑，忙到天打麻影时，把地里打坑的活儿忙完了。世海在三家人的茅坑口出粪，世龙和兴成父子俩担任了最重的活儿——往地里担粪。世凤因为不能做重活，便在地里往麦坑里淋粪。当天没把粪淋完，第二天又忙了半天，终于把一块地里三家人的麦子种完了。

第三章

一

转眼到了第二年初夏，贺世龙三弟兄"双二五"轮作的效果初步显露出来了。那小麦因为通风、透气，不但吊吊儿大，而且颗粒儿也大，产量一点不比人家按常规种植的差，而且白捡了一季蔬菜。蔬菜收获后，三弟兄尤其是世龙，就把预留的空行挖了出来。当别人的小麦还在黄梢的时候，就把苞谷点下去了。等别人开始点苞谷的时候，他们地里的苞谷，已有两根筷子高了。苞谷这个庄稼有两个特点，一是不怕粪，再怎么施肥，它也受得住，就像一个消化能力特强的大肚罗汉一样。故农谚说：苞谷不怕粪，高粱闭眼睛。高粱是懒庄稼，肥料稍微施多了一点儿，不但不会增产，反而会减产。苞谷的第二个特点，是松土、垒兜要趁苗嫩。别看给庄稼松土除草是最简单的农活，学问也是极深。俗话说：秧薅早，豆薅花，高粱不薅有个疤。薅要薅得恰到好处，过早过晚对禾苗都有损害。苞谷和秧一样，也是要薅得早的，所以农谚又说：苞谷薅得嫩，当淋一道粪。这个中根据，恕作者愚痴，不能道个明白，读者诸君尽可持怀疑态度。但农人却是对这老祖宗就传下来的土谚俗语不容置疑的。

这日上午，世龙就扛了锄头打算去那块窝窝地里薅自己的苞谷。因为他比别人提前忙完了农活，这时进入了田间管理的阶段，所以他显得有些悠闲的样子，嘴里衔着烟袋，一边吧烟，一边不慌不忙地往地里走。天空很蓝，阳光明媚，虽然已经进入夏天，那些背阴地方的阳雀儿花，这时才开始怒放，因此空气中有一种糖醋味加鱼香味的味道，好像婆娘炒菜时放混了作料。走到父亲当年打算建引水坝的柳档湾时，突然瞄见湾里的贺松林、贺国宪、贺华平围着一个人，像开斗争会一样，正你一言我一语地大声说着啥。世龙觉得有些奇怪，于是就走了上去，这才看见被贺松林、贺国宪、贺华平三个斗争着的人是贺世浩。贺世浩也是三房人，已经六十多岁了，此时蹲在地上，像是做了啥亏心事一样把头埋在裤裆里，任凭他们怎么说，只是一字不吐。世龙心里闹不明白，一个和自己一样只晓得挖泥盘土的人，哪样会得罪这么多人呢？他们都比他年轻得多呀！于是就有些不平地看着领头的贺松林问："怎么回事？"

话音刚落，贺松林、贺国宪和贺华平，就怒气冲冲地叫了起来："世龙叔来了，你来给我们评评理！他太不自觉了，占我们的土地！"

世龙朝他们背后的地看了一眼，说："他怎么占了你们的土地？"

贺松林见世龙怀疑的样子，说："这地是我们的责任地，你晓得嘛？"

贺世龙说："我当然晓得了。除了你们四家，还有贺海富，一共五家人的责任地！"说着，世龙指了指贺世浩，像是评理地接着说："他的地，在靠岩的地方，挨着他的，是海富的地，然后才是你们的地。即使他要占，也只能占海富的地，怎么会占得到你们的地？"

话一说完，贺松林还没回答，贺国宪和贺华平就大声叫了起来，"世龙叔，你不晓得，这就是他奸猾的地方！我们原先也以为他很老实，没想到他才是一个老不落教的！你猜他是怎么占我们地的？你一万年都猜不出来！从前年土地下户后，他为了多侵占一点我们的地，就在庄稼收割后，把我们四户人的界桩一并往左边挪动一点。挨到他的海富，面积没有变，但我们三户，每家各减少一点。我们哪里想得到他会做这样的手脚？所以大家都没有警觉得。这样一来，他的胆子更大了。昨年犁地时他又这样做，一次占我们一点，一次又占一点，经过这样几轮，他的土地神不知鬼不觉地宽出了一锄把长！我们三户总感觉有点不对头，但又闹不明白。要说占我们的地，应当是海富才对呀？可海富的地也没有增加。我们就怀疑是这个老不落教的占了我们的地，但我们又不晓得他是怎么占了我们的地的？我们就来悄悄侦察，终于被我们抓到把柄了，原来是他往前移动了界桩……"

话还没有说完，一直在地上蹲着，把头埋在裤裆里的贺世浩老汉，突然抬起头叫了一声："我没有……"

贺世浩还要说，但被贺国宪怒气冲冲地打断了，说："哼，还煮死的鸭子——嘴硬！不是你是哪个？"说完又说："要不是看你年纪大，又是老辈子，我硬是想攘你几腔子！"说着，硬是把攥紧的拳头，伸到贺世浩老汉的鼻子前晃了晃。

　　贺松林见状，急忙拉了一下贺国宪，说："先不忙管他，等海富把队长喊来，用丈竿丈量了，看他还怎么嘴硬！"

　　贺世龙听后，有些明白了，但心里却还有些不敢相信这是真的。是的，自从土地到户以后，湾里几乎天天都在为争地发生纠纷。一些人为了多占一点田边地角或别人的地，想尽了各种办法。有的是犁地之前，先偷偷地把别人的界桩移一两尺。如果别人没发觉，犁地时就顺理成章地把别人那一两尺地据为己有；有的是先在犁地时故意犁过边界一行两行，如果别人没有发现，等庄稼长起来后，再去移动界桩。还有一些人更有办法，他们在犁地时故意把边界线犁得像是曲蟮滚沙似的，从而导致一端越过边界线，或者两端都在边界线上，但中间却弯出了边界。一犁两犁，固然不容易被对方发现。而故意把边界线犁得曲里拐弯，造成部分越界，部分不越界的现象，又会给人造成是当事人无意中所为的印象。即使被对方发觉，也有理由搪塞：哪个活路做得到那样到家？如果对方没警觉得，那当然是捡了天大的便宜！但像贺世浩这样同时移动几个人的界桩，越过自己紧邻的地去侵占别人的地的情况，世龙不但没听说过，连想也想不到。他正想去问问世浩这是不是真的时，忽然听得贺华平大声叫了起来："来了，来了，世忠叔来了！"

　　世龙抬头一看，果然是贺世忠朝这儿来了。他前面跑着贺海富，手里提了一根长长的竹竿。几个人不再斗争贺世浩了，一齐朝贺世忠围了过去，纷纷叫着说："世忠叔，这太不像话了！没想到像他这样的人，泥巴都埋到喉咙管了，还想吃混糖锅盔，占我们的便宜！"

　　贺世忠四十岁，长得敦敦笃笃，他当过兵，嗓门很大。听了贺松林几个人的话没回答，径直走到贺世浩面前，有些生气地问："你占没占他们的地？"

　　贺世浩没有回答，却把头勾得更低了。贺世忠一见贺世浩这副哭丧着脸的样子，就有些明白了。同时心里的气也更大了，他用脚在贺世浩屁股上用力踢了一下，才大声说："说呀，你大姑娘打屁——稳起啥子？老都老了，还做这号事，丢不丢人？"

但贺世浩还是没有吭声，把双手抄过来放到膝盖上遮住了脸，一副受伤的可怜相。

贺海富见了，说："队长，他不说算了，丈竿在这里，丈一下不就晓得了！"

贺松林等人也说："对对，队长你帮我们丈一下，看丈了过后，他还有啥说的！"

贺世忠又看了一眼贺世浩，然后真的跟贺松林等人去丈地了。世龙也跟着他们，他一方面想看看世浩真的占他们地没有？另一方面，如果丈出来世浩真的占了他们的地，他从中也好为世浩说点好话。没想到丈的结果，贺海富的地没有少，但贺松林、贺国宪和贺华平三家人的地，各少了两尺，而世浩的地，不多不少长了两米。这说明世浩确实占了人家的地！

丈量完毕，松林、国宪和华平就围住贺世忠，问："队长，你说这事怎样处理？"

贺世忠又看了一眼地上的贺世浩，心里有些同情起他来。虽然两人不是一个房支，但他晓得世浩是一个老实巴交的人，于是就回头对贺松林等人反问："你们先说看怎样处理合适？"

贺松林等人急忙说："要他赔我们这几季的粮食！"

贺世忠突然朝地上呸了一口，说："赔屁的粮食！你们的眼睛遭球日瞎了，这时才发现他占了你们的地，早些时候做啥子去了？"训斥完以后又才说："算了，你们就看到他泥巴都埋到喉咙管的分上，又是长辈子，就当孝敬了老年人！现在重新去把界桩埋好，以后不再发生这样的事就是了！"

那时干部还是有权威的，贺松林几个听了贺世忠的话，果然不再说啥子，去搬了几块大石头，重新埋了界桩，各自散开了不提。

等贺松林等人都走远以后，世龙这才裹了一杆烟，点燃了后递给世浩，说："你是怎么想起的？儿女都长大成人，另开门、另烧锅了，你还抠这点鼻子锅巴吃啥子嘛？"

世浩接了世龙的烟，却还是羞愧万分，不敢抬头看世龙，说："世龙老弟，你不要说了，说起来羞死个人了！我也不晓得是怎么想的，只是太喜欢土地了！"

世龙说："喜欢土地不假，像我们这些在三年大饥荒中没有被饿死的人，哪个不把土地当命根子？可喜欢也不能去占别人的便宜呀！好了，你回去吧，以后不要这样就行了！"

可世浩还是没有起身，说："好丢人哟！我这张老脸怎么好在湾里现面？"

世龙说："这有啥子？以后不这么做就是了！好了，你回去吧，我要去薅苞谷！"说着，接过世浩还给他的烟杆，离开世浩走了。

来到地边，心想着刚才的事，世龙心里有种说不出的滋味。他又掏出烟袋，想再抽袋烟，来排遣开脑海里这些乱七八糟的东西。他一面慢慢地裹着烟，一面看着闪着墨绿色光芒的苞谷叶片。看完自己的地，又去看世凤和世海的地。和去年点小麦一样，今年点苞谷时，三弟兄也是合起来干的。点苞谷比点小麦省事，三家人一天就把地里的苞谷点完了。所以这时地里的苞谷看起来高矮都差不多。但世凤和世海的苞谷底肥却没有世龙上得足，他们两家的苞谷，不但没世龙地里的苞谷叶片肥硕，甚至连颜色都浅了一些。贺世龙看了一阵，忽然也发现有点不对劲：好像世凤的地要比自己的地宽些？这块地虽然名叫窝窝地，但却方方正正。因为是"老祖业"，当初三弟兄分时，都是平均分的，怎么世凤的地看起来要比自己宽一些呢？贺世龙最初以为是眼睛看花了，或者是因为刚才的事让自己变得疑心重了起来。为了证明不是自己看花了眼，或者是疑心作怪，就把烟杆含在嘴里过去数苞谷行。他数完世凤地里的苞谷行，又来数自己地里的苞谷行，没错，世凤地里的苞谷是比自己地里整整多出了两行！世龙感到吃惊了：地是平分的，苞谷行又是统一开的厢，他怎么会比自己多出两行？世龙这样想着，又去世海地里数，数的结果是世海地里的苞谷比自己地里多一行！也就是说，自己地里的苞谷行最少。这说明啥？说明自己地的面积都比他们少！世龙这时连烟也忘记了点，又拿过锄头用锄把沿地边去丈量。把三家人的地都丈量完了，结果还是自己的地最少，世海的地次之，世凤的地最多。世龙一下明白了，先个儿看见的世浩变着手法占别人的地，这时在自己家里上演了！世龙不用去推想，就明白一定是昨年或前年，世凤在犁地时把自己的地多犁去了几犁！想到这里，世龙急忙去寻找当初和世凤一起埋的地桩。他记得当时埋在地边的是一块不大的石头。而里边因为是岩没法埋桩，就用锄头在岩石上挖了一道印迹作为分界线。可现在，地边的界石虽然还在，却不是当初那块小石头了，而是一块升子大的圆石头。地里边岩石上虽然也有一道印迹，但世龙一看，也不是原来那一道了。因为在印迹前边的石壁上，明显的有被锄头铲过的痕迹。

看到这里，世龙气得胡子颤抖了起来。他想，别人争地，那也是和外人争，可他们是亲弟兄，是一家人，怎么也搞起这些鬼名堂来了？又一想，你贺世凤要是能把庄稼种好，从我这儿挖点地去也还罢了！可你一个病身子，连自己的地都种不好，还来抠自己大哥的鼻子锅巴吃，不是把地糟蹋了？更使世龙感到愤怒和伤心的是，自己一心想着他们，想方设法帮助他们，心掏出来是可以见得天的，他们却是这样对自己，良心到哪里去了？世龙越想越委屈，也越气愤，于是连苞谷也不薅了，把锄头往地边一挖，就往家里跑，决心去对世凤问个明白。

　　跑到自己院子里，见家里大门开着，也没进去，直接拐到世凤的门前，却见大门锁着。世龙明白世凤下地去了，但不晓得在哪块地，于是就站在世凤的院子里，怒不可遏地扯开嗓子冲天空叫了起来："贺世凤——"像是哪儿着了火似的。喊了两声，终于听见世凤在上面的坟山地头答应，于是不等世凤回来，又蹬蹬蹬地朝上面跑去。

　　到了地头，见世凤穿着一件背心，正在阳光下呼哧呼哧地打红苕行子。那面孔不晓得是因为喉咙憋气，还是被太阳晒的，有些发紫。世龙此时见了世凤，就像见了仇人，眼睛也红了，不等世凤问话，就怒气冲天地问："贺世凤，你多犁我的地没有？"

　　世凤早停了手里的活，听了世龙的话，挂着锄把，小眼睛眨了几眨，看着世龙，像是不明白地问："哪个地方的地？"

　　世龙眼睛里仍冒着火，说："还有哪个地方？窝窝地！"说完又大声说，"只有窝窝地，我们才是巴到一起的，你还能去犁哪个地方的地？"

　　世凤的小眼睛又眨了几眨，像是进了沙子似的，片刻才说："昨年点小麦时，不是你帮我犁的地吗……"

　　世龙没等他说完，仍大声武气地说："不是昨年点小春时的事，是昨年点小春以前，你就多犁了我的地，我还蒙在鼓里！你说，是不是你干的？"

　　世凤的脸红了，却嚅嗫着说："没有，我没有干……"

　　世龙没等他说完，就又骂了起来："你没有？你没有是鬼干的！是背时鬼干的！如果不是你干的，你手插到屁眼里，发一个死儿绝女的愿！"

　　世凤听了这话，也像是气住了的样子，说："我没有做那号事，跟你发啥愿？"

　　世龙见世凤死不承认，气更不打一处来，又盯着世凤凌厉地问："你没有干，你地里的苞谷怎么会比我地里多两行？"

　　世凤的脸红了，可还是抵赖着说："我怎么晓得？不是有界石吗？"

世龙说："你还想骗我呀！那界石也是你偷个摸个移了的，你以为我没有看出来呀？"说完，又厉声说："你只是说，是不是你干的？"

但世凤还是那一句话，说他不晓得。世龙见世凤死不认账，一时也没了主意，便数落起世凤来："你摸到良心想一想，我哪点对不起你？要不是我，三年饥荒里，你骨头早腐烂了！你做不得重活路，我想方设法帮你！你却把我当傻瓜耍，是不是？"

世凤被世龙数落得无地自容，但越是这样，他越不好意思承认自己多犁了世龙几犁地，仍是说："我晓得你对我好，但我没有做那些事，我怎么承认？"

世龙听见世凤还是那句话，气得一下跳了起来，像是要冲过去扑倒世凤一般。过了一会儿，他咬紧牙齿地说："好，我晓得你也是煮死的鸭子——嘴壳硬！你不承认算了，我们一起去找贺世忠，让他拿丈竿丈量一下，看你还怎么说！"

世凤却说："要去你去，我不得去！"

世龙吼了一声："你为啥不去？"

世凤说："我又没有说我的地少了！"

世龙听了这话，又在地上跳了一下，指了世凤说："你这是怕了！"

世凤说："我又没多占你的地，怕啥子？"说完又说，"你莫这样缠住我不放，以为这样就把我压得到？"

世龙见世凤不但不承认自己的错，反而还说自己不是了，就真的冲了过去，一把抓住世凤的手腕，一边把他往外面拖，一边说："你说我在压你，就算是压你，反正你今天去也得去，不去也得去！"

世凤见世龙拉他，屁股往后翘，脚紧紧蹬住打好的苕行，死活不肯去。越是这样，世龙就越是不肯放开他。才打的苕行很疏松，两弟兄拉扯一阵，世凤顶不住，脚步开始往前面滑。世龙见世凤招架不住了，猛一用力，世凤往前一跌，扑倒了。世龙因为用力产生的惯性，身子往后一仰，也跌倒了。爬起来，见世凤坐在地上，脸色发紫，胸脯一起一伏，从喉咙里喘出的气比牛喘的声音还大。世龙怕世凤犯病，终于不再去拉他了。

正在这时，忽然从沟下面传来一个小孩子锐利的呼喊："不好了，打架了！春英婶和玉玲婶在窝窝地打起来了！打架了——"

小孩的声音在天空中盘旋，像水波一样一波一波地荡开，终于把地里的两个男人都荡醒了。世龙首先从地里站了起来，嘴里骂了一句："龟婆娘，她又怎么晓得了？"骂着，一边拍打着屁股上的泥土，一边朝下面跑去了。世凤一见，也跟在后面去了。

到了那块地里一看，果然见李春英和毕玉玲还扭做一团，地里的苞谷也被压倒了一片。世龙和世凤一见，过去各自拉各自的女人。李春英还想扭住毕玉玲不放，世龙在她屁股上踢了一下，嘴里狠狠骂道："龟婆娘，你又哪股水发了？"

春英见世龙踢她，松开了毕玉玲，反过来抓世龙，嘴里说："龟犯人，你以为我没有听到，是不是？你平时那样为他们，怎么没有讨到好？悄悄默默把地给你占了，你还当碗宽面吃，还要帮他们犁地、帮忙，落得让人家婆娘老公看笑话！"

原来，刚才世龙回家找世凤，春英正在家里，她听见丈夫在世凤院子里喊小叔子，就觉得有点不对劲，正想出来问问丈夫喊世凤做啥，却见世龙又怒气冲冲地往上面世凤干活的坎山地去了。春英便跟着世龙后面，想听听丈夫这样急匆匆、气昂昂地找世凤说啥子？她躲在坡下把上面两弟兄的话都听得一清二楚了，于是回身便往这块是非地跑来，想看看丈夫说的是不是真的？一数苞谷行，果真老二地里要比自己地里多两行！这女人家，大抵是更不容易吃亏的，何况心里对老二家里还结有梁子，哪容得下这样的事？所以就在地里指桑骂槐地骂起来，以解心头之恨。也碰巧了，这日，毕玉玲正在上面的桐子树坪坪里，一边放牛一边割草。听见下面地里李春英骂人，先不晓得她在骂哪个，侧起耳朵一听，才听出是骂自己家里占了他们家里土地。毕玉玲并不晓得世凤做的事，于是便站在岩边问："你骂哪个？哪个占了你的地？"李春英正找不到地方出气，听见毕玉玲答话，就说："占没占你眼睛瞎了？你各人下来数看苞谷行，占没占不就晓得了！"毕玉玲果然就下来，数了一遍苞谷行后，连自己也有些不明白了，就说："哪个晓得是怎么回事，总是原先就是这样子的嘛！"又说，"庄稼都种两年了，你才说占了你的地，莫癞子找不到擦痒的地方，又来生事哟！"春英一听这话，忽然弯下腰，将世凤紧挨着自己地边的一窝苞谷苗拔了起来，往毕玉玲面前一扔，说："就要生事，你想怎么样？你们占欺头还有理了？"那毕玉玲见春英拔了她家地里的苞谷，一步冲到李春英面前，叉了腰吼道："你为啥要拔我家苞谷？"这李春英还嘴道："这哪里是你的地？这是我的地，被你们占去的！我就要拔，就要拔！我拔的是我的！"说着，真的弯下腰，两手并用，将满腔的怒气都发在那些无辜的禾苗上。毕玉玲一见，也是怒发冲冠，指了李春英，咬牙切齿地叫："你个母夜叉，我晓得你的母猪疯又发了，你以为我怕了你？"说着，一下扑过去压在了李春英身上。跟着毕玉玲一起放牛的贺国全的二丫头贺丹丹，一见下面地里两个女人扭在了一起，吓住了，就不要命地喊叫了起来。

这时，世龙见女人来抓自己，就返手把李春英一推，将她推到一边，这才对她吼道："龟婆娘，你来抓我啥子？未必是我叫他们来占的？还不回去叫队长贺世忠，把丈竿拿来量一量，光跟他们两个说，今天说到明天，难道说得明白？"

李春英一听，醒豁过来了，一边骂骂咧咧一边往回跑去了。

没过一阵，李春英果然把贺世忠叫来了。贺世忠一脸不高兴的样子，见了贺世龙就头不是头、脸不是脸地说："先个儿，你还在看别个为争地扯筋撩皮，这样快当，就轮到你自己了！"又说，"你屋里不是还有个大队书记嘛，怎么找起我来了？"

世龙晓得世忠跟世海有些不和，对他们三房的人，也莫得啥子好脸色，就气咻咻地说："世海到公社开会去了，没在屋里！"说完又说："就是他在屋里，也要你解决，上回大队开群众大会，公社干部不是在会上说了吗？社员间发生了扯筋撩皮的事，要生产队先解决！队长解决不下来的事，才是大队干部解决；大队干部解决不下来，才是公社解决……"

贺世龙还要说，贺世忠挥了一下手，打断了他的话，不耐烦地说："好了，说那么多啥子？遇到你们这一杆子，我是过不到清静日子了！"说着，走到世凤面前，对他大声问，"你究竟占没占你哥的地？"

世凤像先前世浩一样，在地上蹲着，但却没把头埋在裤裆里。听了贺世忠的话，不但没有丝毫认错的意思，反而还显得有些冤枉的样子，说："没有！"

世龙见他嘴巴还硬，真想过去抽他两耳光，忍了忍，才对他说："等会儿丈出来了怎么说？"

世凤仍然说："我不晓得！"

贺世龙气得牙根痒痒，就和贺世忠一起去丈地。丈的结果，世海的地还是原来那样多，世龙的地少了三尺，世凤的地多了三尺。世龙走到世凤面前，盯着他问："你怎么说嘛？"

世凤没有抬头，盯着脚尖说："看你怎样都要得！"

世龙拿世凤没法，就回头对贺世忠说："千人吃饭，主事一人，你是队长，你说怎么办？"

世忠盯着世龙问："你真听我的？"

世龙说:"你是队长,我当然听你的!"

贺世忠又走到世凤面前,对他问:"你呢?"

世凤说:"他都听你的,我还不听你的?"

世忠说:"那好!"说着,走过去,在刚才丈量好的新的地界两边,各又量出一尺,然后拿过世龙挖在地边的锄头,也不管是不是会伤着苞谷,就沿着量好的界铲起沟来。一边铲一边愤愤地说:"我让你们争!让你们争!"好像也要把心里的气撒在地里似的。铲完,把锄头往地里一丢,便用了命令的语气对世龙、世凤大声说道:"你们现在沿着我铲的界,从各人的地里往上面提土,筑成一条路,看你们二天还怎么去占别人的便宜?"

世龙心里明白了,世忠想用这样的方法来防止双方犁地时犁过地界,十分心疼自己损失了一尺地。但因为说过要服从他的解决,也不便说啥,于是就走过去,拾起锄头,说:"要得,这就叫××上头一把屎,大家都搞不成!"

世凤一见,也不愿服输地站了起来,说:"筑就筑,以为我怕哪个!"说着,咚咚地回去拿来了锄头。

贺世忠站在地边,像是监工一样,看着两弟兄各自从自己地里提土筑路,心里也并不好受。这一两年经常发生争地的纠纷,他今儿个在帮别人调解,明儿个又在帮别人丈地,瞎耽误了时间不说,还得罪了人。他老早就想找一个法子,让那些争地的人不但地争不到,还要他们黄泥巴揩屁股——倒巴一坨。今儿个这法子让自己想出来了!虽然这样做,有些好脚连到痛脚、眉毛胡子一把抓的味道,但实在莫得办法了!二天哪个再为几犁地争嘴角孽、扯筋撩皮,就照此办理,看他们还争不争?后来,贺世忠这一着果然奏效:不是因为争地的少了,而是很多人为了不发生争地纠纷,主动在界桩的地方筑起一条埂子,或一条小路。这样,村里的地便被切割成各式各样的长方形、正方形或几何形图案,形成了地中有地、路中有路的奇特景观。不过此是后话,在此按下不提。且说当日,贺世忠一直看着世龙和世凤把中间的路筑好,这才又对世龙、世凤警告地说:"你们给我记好了,我可是有言在先:哪个也不准在这路上种庄稼,听到没有?莫耳朵又打牛蚊子,二天又来扯筋撩皮,啊!"世龙、世凤同时像是发泄般说道:"不种就不种!"说着,各自气冲冲走出地里。从此,世龙、世凤两家,不但李春英和毕玉玲两个女人矛盾加深,连世龙、世凤两弟兄,心里因为对对方都有了气,全不似往日那样亲热了。

二

　　自从和世凤发生争地纠纷以后，世龙、世凤的兄弟情分生疏了起来。世龙每逢看见窝窝地那条筑在地中间的路，心里都会特别难过。好像那条路不光像一堵墙似的竖在了地中间，也竖在了两弟兄的心里。世龙现在也不再像过去那样经常去帮世凤了。话说回来，即使他还想像过去那样犁地时一并将世凤的地犁了，可因为那条筑在地中间的路，也没法去犁了。不但如此，世龙甚至对世海都没有过去那么亲了。经过了和世凤的纠纷，在世龙心里形成了这样一种烙印：弟兄又怎样？你对他们再好，他们还不是照样当面喊哥哥，背后使拌子！这年头还是只有自己才靠得住！世海是个聪明人，自然也看出了大哥感情上的变化，也晓得自己眼下真帮不上大哥啥子忙，也就不再像过去那样，动不动就去喊大哥帮自己做活儿了。

　　这季节轮换，天行有常，不以人的意志为转移。收罢秋不久，就又到了去年点小春这个时候了。世龙家劳力足，几天前就把地里的小麦种下去了。这日吃过午饭，世龙背了一背菜秧去窝窝地那预留的空行栽菜。刚走到地边，看见世海在犁自己的地。世海虽然也身为农民，但他从学校一回来就当团支书，副大队长、大队长，这朝又是支部书记。过去安排起别人做农活来，倒是有条有理，但如论起自己做农活的技术，却是弹花匠的女——会谈（弹）不会纺，不甚精通。庄稼一到户，就有些难为他了。过去，像犁地、耙田这些技术活，总是求大哥帮忙。可是现在，见世龙因为世凤的事心里有气，弟兄间的感情生分了一些，便不好多去求大哥了。俗话说，有山靠山，没山自己搬，世海只好自己上阵了。可他犁地又实在不在行，将那地耕得像曲蟮滚沙一样弯弯曲曲。且深一犁、浅一犁，到处都是一些坑坑凼凼。地没犁好，人却吃了力，尽管天气已经有些冷了，世海却是累得脱了外面的衣服，只穿了一件圆领衬衫，头上还在冒汗。那牛也跟着人受罪，一面躬着背拉犁，一面嘴里吐着泡沫。世龙见了，于心不忍，就对世海说："看你犁的啥东西地？犁不来就莫犁了！"

世海一听大哥笑话他，就喝住牛，抹了一把额角上的汗水，然后才一边喘气一边不好意思地对世龙说："这是啥子犁头哟，一点也不好使，该找木匠收拾一下才是！"

世龙一听，心里笑了笑，说："自己技艺不精，还怪犁头不好使！这犁头哪里不好使？"说着就放下锄头和背篼，走到世海身边，往掌心里吐了一口唾沫，两只手掌合拢来搓了搓，然后右手接过犁把手，左手接过世海手里的牛鼻索，轻轻对牛唤了一声，牛便四平八稳地走动起来。世龙右手将犁把手扶端正了，人和犁头保持了一步多远的距离，那犁铧吃土，便既不薄不厚，又不深不浅，人和牛均是一副轻松的样子。犁了几犁，将世海弯弯曲曲的犁沟犁得笔直了。世龙边犁边说："我跟你说，像这样竖起犁的地，往上走的时候，手掌要把犁把手往下压到一些，不然犁铧吃土会深，牛拉起吃力。往下走的时候，手掌要把犁把手这样抬起一点，不然犁铧吃土会浅，牛倒是跑得快，但你的地只会犁得到一点皮皮。另外，手要把犁头掌端正，不要一会儿左，一会儿右，这样犁铧吃土就会一会儿宽，一会儿窄，所以就要犁成曲蟮滚沙！"

世海听了，像个小学生一样心悦诚服地说："晓得了，大哥，我再来试试看！"说着，重新去接过世龙手里的犁头和牛鼻索，犁了两犁，不但仍是外甥打灯笼——照旧（舅），连牛也不听他的话，站在地里不动了。

世龙看见世海犁地时笨拙的样子，猛地想起爹娘死后，三弟兄挤到一张床上互相抱着睡觉的往事。想起饥荒年月，自己去公社开会，带上他去混饭，他牵着自己的衣襟角角，可怜的样子，心一下就软了。看见世海举起手里的斑竹棍要朝牛抽过去，世龙又忽然走过去，说："算了，你回去吧，让我来跟你犁！"

世海一听这话，像是不相信似的，放下手里的斑竹棍子看着世龙说："这怎么要得，大哥？你不是要栽菜吗？"

世龙一边去接世海手里的斑竹棍子，一边说："我那点菜啥时候栽都要得！"说完又说，"看来一时半会儿，你想把地犁好还不得行！"说着，又去接过世海手里的犁把。

世海见大哥是真心帮自己，忙感激地退到一边，把犁头交给了世龙，说："那我去给你栽菜，大哥！"

世龙轻轻抖了一下牛鼻索，又扬了扬手里的斑竹棍，嘴里嘘了一声，说也奇怪，那牛就很温驯地走了起来。等牛走起来后，世龙才回头对世海说："不用了！

我那菜今天栽、明天栽、后天栽都要得，反正冬天又不赶季节！"说完停了一会儿，像是突然想起了似的，才接着说，"你要是莫得啥事，我那锄头在那儿，你倒是可以先把两头没犁到的当头挖了，把地里不平整的地方弄平，明天你们打坑，也少花些时间！"

世海听了这话，说："行，那就要耽搁大哥的活路了！"说着，过去拿起世龙的锄头就要下地。

世龙一见，又提醒他说："把衣服穿上，莫把人搞凉了！"

世海听了，果真又去把脱在地边的衣服穿在身上，这才下地来，一边挖地一边和大哥聊天。世海问："大哥，你还生二哥的气呀？"

世龙说："不是我生他的气，是他不该那样做！"

世海说："他是不该那样做，不过你也莫生他的气了！人穷志短，马瘦毛长，他呀，本来有病，屋里娃儿又小，越是困难就越是爱占点小便宜！"

世龙说："我不是生他其他啥子气，是生他像茅坑的石板——又臭又硬的气！明明是他把我的地犁过了界，我问他的时候，他跟我说实话，弟弟兄兄，我能把他怎么办？这下好，打破篱笆让狗钻，不但让贺世忠看了笑话，还在地中间筑起一条路！"

世海说："世忠晓得你两个老实，所以先拿你们开刀！"

世龙说："要不是因为老二，我怎么会损失一尺地？"

世海说："过了就算了，大哥！人都有面子的，二哥就是怕承认了，别个会笑他连亲哥哥的便宜都占，所以死不承认！不过我过后去问他，他倒是承认了的。"

世龙急忙问："他真的承认了的？"

世海说："真承认了的，我也批评了他一顿！"

世龙说："一把胡椒顺口气，一颗胡椒也是顺口气，只要他承认了，就算了嘛！"

一边干活一边闲扯，到天擦黑时，世龙的地犁完了，世海两边的当头也挖完了，两弟兄就各自收拾自己的东西回家去了。回到家里，春英一见世龙背着一背菜秧出去，又背着一背菜秧回来，一根也没有少，奇怪了，就对世龙问："你专门出去栽菜，怎么没栽？"

世龙说："下午帮世海犁地了！"

春英一听，露出了不高兴的样子，说："你气力好嘛！不帮那一个了，又冒出一个！"又说，"他们有手有脚的，不晓得种庄稼，要你去帮？你是不是喜欢当丘二？"

世龙说："我看他犁地犁得七拱八翘的，人费力，牛也跟到造孽，看不惯，就去帮他了！弟弟兄兄的，又不是外人，哪儿那样小见八式？气力用出去了，又不是长不回来！"

李春英说："你只顾帮这个，帮那个，自己儿子的事，看你管不管嘛？"

贺世龙问："我怎么没有管儿子的事？"

李春英说："你管了？我跟你说，今下午有人来给兴成说媒了，未必让娃儿结婚还住在这破房子里？"说完，也不等世龙答应，就嘟着嘴去灶屋做消夜了。

贺世龙听了女人的话，心里像是被啥子敲了一下，有些吃惊的样子。这时间过得真快，好像没过几年嘛，儿子就要讨婆娘了！但仔细一算，一开年兴成满打满算十九岁了，是讨得婆娘了。要不是遇到三年大饥荒，把自己的婚事耽搁了，说不定早就抱上孙子了！一想到抱孙子，世龙心里就有一种甜蜜蜜、酥痒痒的感觉。洗过了脚，也不去做啥子，就坐在堂屋的椅子上，一边慢条斯理地吧烟一边想着兴成的事。吃过消夜，两口子在床上一边一个菩萨似的坐着，都在等着对方开口问话。过了一会儿，贺世龙果然问了："你说有人跟兴成说媒，是哪个？"

春英看了世龙一眼，回答说："还有哪一个？是他大表婶娘！说的是她的一个表侄女，叫李红，和兴成是一年的，也是初中毕业。他大表婶娘说，这女娃子是要人才有人才，要身材有身材！不但人长得乖，做啥子也能干，人的品行也好……"

春英还要往下夸未来的儿媳妇，世龙却打断了她的话说："媒人的话你都信得过？"

春英一听丈夫这话，有些不高兴了，说："亲老表你都信不过，还信得过哪个？未必只有你一个娘×生的才信得过呀！"

世龙说："我又没有说信不过，只是说媒人的话嘛，多少有些夸张！"说完，马上又问，"这么说，她已经跟女方说过了哟？"

李春英说："哪里那么快！他表婶娘今下午才来打听一下我们的口气。说如果我们莫得啥子意见，她就去跟女方说！他表婶娘说，如果从人来看，我们兴成配那个女娃儿，一点问题都莫得！就怕那女娃儿的娘老子，来看了我们的房子，会找些坡坡坎坎爬，那就麻烦了！"

世龙听到这里，忽然一下坐直，瞪圆了眼睛说："有啥子麻烦的？不就是修几间房子嘛！量得虾子无二两血，未必我贺世龙修几间房子还修不起？"

李春英听了世龙的话，说："他表婶娘也这样说！说现在兴这些，年轻人结婚都要盖新房子。他表婶娘说，只要我们这边一准备盖房，她就过去跟女方说！"

世龙非常爽快和坚定地说："叫她尽管放心地去说！眼下活路已经不多了，明天我就去借两副砖盒子回来，后天我们两爷子就开始漕泥巴。我不相信，这样长的冬天，两个大男人会把盖几间房的砖挞不起！等明年开了春，把砖一烧出来，收完麦子栽完秧，找几个泥水匠来，要不到几架火就把房子盖起来了！"

李春英听了立即高兴起来，却说："你莫说起这样容易，修房造屋，不脱几层皮才怪！"

世龙说："脱皮倒是要脱几层皮，但变了泥鳅还有怕糊眼睛的？反正当娘老子的，一辈子都是在给儿孙做牛做马！"说着，老两口子才拉了灯躺下去了。

第二天一早，贺世龙果然去郑家湾郑蓑衣那里，借来两副制砖坯的砖盒子。自从土地到户后，建新房的人陆续多了起来，催生了一个新的行业——烧窑师傅，乡下人把他们叫作砖匠或瓦匠。这郑蓑衣兄弟三人就是远近闻名的砖匠。按说，这制砖坯的活儿正是该砖匠干的，但庄稼人舍不得花这钱，一般都是自己干。因为制砖坯是粗活，自己能干，只在烧窑的技术活上才请烧窑师傅来看火候。这郑蓑衣兄弟也乐得让主家自己去挞砖坯。因为他们此时烧窑都忙不过来。但兄弟三人立了一条规矩，凡去向他们借砖盒子的，日后必得请他们烧窑！否则，得另付他们砖盒子钱。贺世龙去向他们借盒子，他们也把这话跟世龙说了。世龙答应了下来，但也提出了一个条件，让他们来一个人帮他看看泥色，要不然二天砖烧出来质量不好，还会把他们手艺说差。郑蓑衣觉得世龙说得有些道理，就跟着来了。

世龙陪着郑蓑衣，在自己房前屋后和责任地里，一连看了好几个地方，不是土质不合适，就是没水源和没摆放砖坯的场地。最后，郑蓑衣看中了世龙屋子下面一块窄溜溜的水田，说那儿不但土色好，本身就是冬水田，把埂子一做，漕泥巴时要多少水都有。更理想的是，那周围田坎半阴半阳，几面透风，正适合摆放砖坯。但那田却是世凤的。世龙想起要去跟世凤下话，却又是茅坑边捡根帕子——不好开（揩）口，便去跟世海说了，想让世海在中间圆下场。世凤因为占大哥地的事心里有愧疚，也正想找机会改善和世龙的关系，听世海一说马上就答应了，说："大哥要打砖坯，叫他们尽管去打！"又说，"侄儿讨婆娘，当不当我自己的儿讨婆娘？说拿田来换，就把我这个叔爷当外人了！"

世海过来说了世风的话，世龙心里一热，想："到底是弟兄，脑壳打烂了都镶得起！"但还是说，"亲弟兄，明算账，我还是要拿田换的。我和尚坝也有一溜窄田，正好挨着世风的，你再去传个话，就说我说的，就用那田换！"

世海听了，觉得大哥说的是，这人亲财不亲，于是又过去给世风说了大哥的心思，世风再不说啥，同意了。世龙听了世海的话，就和兴成扛了锄头，来到下面世风的溜溜田里。先从中间做了一道埂子，一半蓄水一半放干，然后在放干的半边田里翻起土来。这不是一般的翻土，直翻有两尺深左右。翻完，兴成回去牵来了他们三家合伙喂的牛，世龙从另一边田里放出适量的水，父子俩便牵着牛，在田里踩起来。这是制砖坯的第一道工序，就是要把生土踩成熟土。这活儿看似简单，却是十分吃力。就像打糍粑一样，随着那糯米越熟、越匀和，撅起来越费力。那牛被主人齐鼻梁拽着牛绳，先还随主人在泥土走着。可走着走着就停下来了，任凭主人怎么拽绳子，只把颈子犟着，四条腿却不动。世龙一看，也停了下来，对儿子说："这黄牛不过烂，你回去跟书成叔他们说一下，把他们的水牛借来用一用！"

兴成说："要是他们不借呢？"

世龙说："你跟他们说，他们要是做地里的活，就把我们的牛牵去使。另外，这几天他们的牛，我们都帮他们喂了！"

兴成听后，果然去了。这儿世龙慢慢把自己的黄牛牵出了田里，拴在里面的竹林里让它吃草。没一时，兴成牵来了贺书成他们的水牛。这水牛果然过烂，蹄子也大，在田里踩一脚当黄牛的两脚。兴成在前面牵着牛鼻索，世龙在后面赶，父子俩像推磨一样，赶着牛反反复复地在田里踩，踩到中午过，终于把那泥巴踩得又匀又软，如糯米团般。这才将牛牵出来，父子俩趁热打铁，在田坎上摆开架势，嘿嘿地打起砖坯来。

兴成开先干时，觉得十分新鲜，也肯舍力。可只干了一天，就喊吃不消了。第二日一早，便对贺世龙说："爹，干脆请砖匠来打算了！"

世龙一听，剜了儿子一眼，说："请砖匠来打，那要你做啥子？"又说："格老子条条蛇儿都咬人，你以为那房子就那么好住？"说完，没再说啥子，就又拿了砖盒子走了。

这儿兴成还磨磨蹭蹭一副痛苦的样子。春英一看，晓得打砖的活儿是十分辛苦的，一方面在心里疼着儿子，一方面又想不出办法，便也对兴成说："你呀，是不当家不晓得柴米贵！请砖匠来打，好是好，可未必不花钱么？你也不想想看，二天烧窑要花钱，盖房子要花钱，你结婆娘又要花一坨钱！到处都要花钱，能省的不省一点，哪找那么多的钱？"又说，"你老子那么大岁数了，都在挺起肋巴做，他是跟哪个做的？还不是跟你们！慢慢地多做两天，做惯了就好了！"

兴成听了娘的话，没办法，只好跟在世龙屁股后头又去了。但毕竟人年轻，骨头嫩，人虽去了，却没有那份耐力，打一会儿砖，不是甩手腕，就是把手反过来用手背捶着背，又不时地回家屙屎撒尿。世龙晓得儿子想偷懒，嘴上虽然在骂他懒牛懒马屎尿多，心下却是体谅儿子的。以后兴成再借口要怎么怎么，世龙也当没看见，能让儿子歇一歇就让他歇一歇！世上哪个当爹的能是铁石心肠，连自己的骨肉都不疼的？

这一日天气很冷，早上起来，田里都打起了冰，兴成不想出去，说他腰杆痛得很厉害，要到万山的医疗室里让万山用药酒给他揉一揉。世龙晓得他又想偷懒了，也没强迫他，一个人出去了。李春英去割猪草，看见丈夫一个人在寒风中牵着牛在田里打着圈踩土，裤腿挽到大腿根，半截肉露在外面。想这时已经到了三九的天气，自己穿起绒裤还冷得清鼻子长流，他这样光着大腿怎么受得住？一时鼻子发酸，眼泪就掉下来了。回去把兴成骂了一阵，强迫他出来了。吃过中午，李春英逮一只鸡杀了，先用猛火烧开，然后舀到瓦罐里，又用文火慢慢煨了，打算晚上让世龙补补身子。

到了晚上，刚打算吃消夜，没想到世海像只好吃的狗儿，循着味儿、披着棉衣过来了。一进屋便问李春英："大嫂，你做的啥子好吃的，香了几间屋！"

春英一见世海过来了，也不好说得啥，只说："有个啥子好吃的？年猪也没杀，要是杀了年猪，还有点好吃的！"说完，晓得是瞒不过世海，于是又说，"看你哥哥一天那样辛苦，就把打算过年杀的那只鸡杀了，给他补一下！"

世海听了这话，就说："哦，原来是这样呀！那你们有好吃的，我就走了！"说完果真往外退。

世龙见世海来了又要走，晓得他的心思，于是说："来都来了，走啥子？管它有啥子吃的，先坐！"

世海听了又假意推辞说："那多不好意思！"

世龙说："有啥子不好意思的？弟兄家又不是外人，碰到啥子就吃啥子！"

李春英也笑着说："就是，算你大年三十晚上把脚洗得干净！"

世海听了，这才说："好嘛，既然大嫂叫我留下，我就留下嘛！"说着在板凳上坐下了。

这儿世龙想了想，又像想起了啥似的，说："我们三弟兄，也有好久没有打堆了，干脆去把老二也叫过来，今晚上打个堆！"说完也不等世海回答，就叫兴琼去喊世凤。李春英听见喊世凤，先心里有些不高兴，但后来想起人家让自己在他田里打砖的事，于是也不说啥。倒是兴琼磨磨蹭蹭地有些不想去，世龙就吼道："叫你去就去，爷亲有叔，娘亲有舅，如果连叔都不认，是要遭雷打的！"兴琼一听，这才去了。

没过一会儿，世凤果然和兴琼一起过来了，身上裹了一件厚厚的衣服，手里还提了一只竹烘笼。进了屋，像是有些不好意思似的，轻轻喊了一声"大哥"，又朝厨房里喊了一声"大嫂"。李春英听见世凤喊她，先给了世凤一个台阶，说："老二你过来了呀？你过来了就去跟你大哥和老三摆会儿龙门阵，我来炒把花生给你们下酒！"

世凤果然过来坐了，世龙见他提着烘笼，就说："你开始烤火了呀？"

世凤说："一人冬病就容易犯，丁点儿都不敢着凉！"

世海说："是要警觉点！这个天气，好人都容易凉，何况你本身就是一个气吼吼！"

世凤说："是呀！"说完，才抬起头对世龙问，"大哥，你们屋里有啥子事呀？"

世龙故意淡淡地说："有个啥事？好久没有在一起摆龙门阵了，喊你过来摆几句龙门阵。"

世凤听了，有些将信将疑的样子，正想答话，世海却抢先说了："二哥你还不晓得呀？大哥大嫂要当寒老婆婆、寒老公公了！"说完，又冲灶屋里喊起来，"是不是，大嫂？"

李春英正在灶屋里炒花生，铁铲把锅擦得沙沙响，听了世海的话，大声回答说："是又怎样？你这个当幺爸的，是不是还要跟他办个几七几八的？"声音中透出一种亲昵和自豪之情。

世海说："办几七几八，幺爸没那个出息，不过那天晚上抓一把盐鲊你这个寒老婆婆，还是做得到的！你怕不怕鲊嘛？"

李春英听了，还是喜滋滋地说："只要你们想鲊，就让你们怎么鲊就是！"

世海说："那好，到时候可莫跑哟？"

话刚说完，兴琼却仰起了脸问："幺爸，啥子叫鲊寒老婆婆？"

世海说："细娃儿家，我跟你说你也不明白！"

原来，这当地有风俗，庄稼人娶儿媳妇，在儿子新婚的当晚，那些和公婆平辈的兄弟、姑嫂、老表、姊妹，会用食盐、米粉、面粉、豆粉等物，像腌鱼、肉、菜那样撒在公婆的脑壳上。一边撒还要一边问："咸不咸？"直到公婆大声喊道："不咸！不咸！"这"咸"是取"寒"的谐音，意思是儿媳妇嫁进门来了，不是你们亲生，你们对人家应当像自己子女一般，千万不能冷淡了人家。因此，无论那盐巴在头上有多咸，也要回答"不咸（寒），不咸（寒）！"众人听见这话，方才会松手。虽是取乐，却是很有人情味儿。

当下兴琼听了幺爸的话就嘟起了嘴来。世凤见侄女儿不高兴了，就对兴琼解释了一番。兴琼一听幺爸要把盐撒在妈妈的头上，立即把小手握成拳头，在头顶上扬了扬，十分认真地说："我不准哪个鲊我妈！"

世海、世凤一见，都扑哧一声笑了。正笑着，世龙却想起另外一件事来，说："正好你们都在这里，我跟你们商量一件事。我们那块窝窝地，老汉在世时就想把它改成田。费了一肚子的力把渠道打通了，合作化就来了！现在那地又回到了我们手里。我去看了一下，柳档湾半岩岩上的泉水还在，要是我们三弟兄把当年老汉打的渠道刨出来，再在柳档湾扎个河堰，就可以把那块地改成田，就看你们有莫得这个想法？"

世海和世凤一听，立即止住了笑声，互相看了一眼，都没有说话。过了一会儿，世海才说："大哥你这个想法很好，改出来了就可以栽秧，比点小麦、苞谷，确实划算得多！不过也不是那样容易的。不但要扎河堰，掏那些渠道，还要把那地挑平，不是一天两天的事！"

世龙说："老汉当年一个人都把渠道打通了，何况我们现在有三家人？只要想改，挑点地有啥费力的？"

世海听了，又停了一会儿，才做出一副发愁的样子，说："大哥，我改是想改，可你看我这个三脚猫，一天东一下、西一下，现在地里的庄稼都没有种好，又哪有时间去改田？我看就算了，大哥！"

世龙听了世海的话，晓得他一是怕吃苦，二是他说的也是真话，他现有的地都没有种好，即使改出来了一样种不好，所以他是不愿意去出这份力了。于是就掉头问世凤："你呢，老二？"

世凤低了头，像是在思考啥，听见世龙问，才抬起头，对世龙说："大哥，我改是想改，可就是怕这身子，有始无终，干到中间干不下去了，还留些后遗症在那里。我看再等一两年，再来说这盘经也行！"

世龙听了，晓得他们两兄弟都因为各自的原因，不想去淘那份神，费那份力，心里隐隐地不高兴起来，说："我的地卡在中间，你们都不想改，我一个人拗不起独门冲，那就算了吧，算我的话没有说！"说完住了嘴，可心里总有一种丢了啥东西似的感觉。后来，世龙没再对两个兄弟说起改田的事，只一心一意为儿子的婚事操起心来。

三

这天，天气很好，前两天老天爷断断续续地落了几个钟头的水雪。落雨天气不利于打砖，贺世龙和儿子就在屋里歇了两天。今个起床一看，天放晴了，但天气却比下雪时更冷，哈口气都成霜。吃过早饭不久，天空还现出了阳烘烘太阳，这在冬天是少见的。世龙一看太阳出来了，像是憋不住了，就又要去打砖。李春英说："你忙啥子？凌冰儿都没有化！"

贺世龙说："这有好厚的凌冰儿，一踩就化了嘛！"说完，也不等李春英再说啥子，拿了砖盒子便走。到了田边，看见泥土上果然凝着凌冰儿，有的像破碎的玻璃，有的像六菱形的雪花。贺世龙在田边脱了鞋，脚刚一踩到地上，嘴里不由自主地发出嘘的一声，又立即把脚抬了起来。如此这般反复几次，便不感到那么冷了，这才跳进泥土里去。双脚一落土，凌冰儿便发出一阵嚓嚓的破碎声，小腿上的皮肤像有千万根钢针往里面扎。世龙一不做二不休，干脆在泥里跳起来。跳了一阵，身上发热了，小腿方感觉好一些，就开始打起砖坯来。

正打着，贺凤山肩膀上挎了一只布口袋，手里拿着一本记账的册子忽然来了。在贺家湾人的精神世界中，凤山是一个颇为特殊和略显神秘的人物。他今年五十六岁，育有一子两女，是"文化大革命"前的老牌初中生，能说会道，口才较好。湾里人都说，凤山是朝里莫得人，要是有人培养他当干部，能力肯定比郑锋强。正因为没人培养，当干部这条路不通，凤山便走上了另外一条路。由于他喜欢阅读奇门遁甲、拆字打卦一类的书籍，"大四清"开始那年，他便声称自己开悟了风水术和算命术，开始给人算命和看风水。但在那革命的年月，哪儿能容许他这样的封建迷信存在？为这，凤山没少被抓上台挨批斗。到了"文化大革命"，凤山不但被打倒在地，还被踏上了一只脚，戴了一顶牛鬼蛇神的帽子。但三十年河东，三十年河西，"四人帮"一垮台，凤山就解放了。特别是土地到户以后，凤山的生意一下火爆起来。由于紧挨着贺家湾的王家湾，有两个祖传下来的、擅长看风水的先生，凤山便避其所长，不与他们争夺看风水的生意，只把针对个人运程好坏的算命拆字作为自己的主攻方向。当然，也有即将建房的村民，在邀请他测运程的同时，从节约成本出发，往往不再去请风水先生，而是请他一揽子地把活儿干完。这时，凤山也不会推辞，把算命和看风水的事都一肩挑了。总之，在贺家湾村民眼中，凤山具备同神秘力量打交道的能力。大凡能和神秘力量打交道的人，村民也就不得不尊重了。

凤山朝世龙走来，还在老远就喊："世龙呀，这样冷的天，你还出来打砖呀？"

世龙听了，也没停下手中的活，说："有啥法子呢？带儿带女，反正一辈子都该他们的！"

凤山走近了，把肩膀上的口袋往上挎了一下，接了世龙的话说："我说世龙你呀，儿孙自有儿孙福，莫与儿孙做马牛，你焦那么多做啥子？"又说，"我先个到你屋里去，说你出来打砖了，这三九的天气，不在屋里烤烘笼火，还出来打砖，要是把人冻坏了，儿女才莫得那份孝心来服侍你呢！"

世龙听了这话，想了一会儿才回答："是那样一回事，但人是贱皮子，越躲在屋里越是怕冷！没有听说过吗，火是一把灰，越烤人越萎，出来动到还热和些！"说完又问："你拿个本子出来做啥？"

凤山说："不瞒你说，这些日子老祖宗天天晚上给我托梦，说现在世道又变回从前了。外头不少地方，都把过去毁坏的庙子给重新建起来了。老祖宗说，为啥不把我们湾里的土地庙给建起来？老祖宗在地下怨我们这些不肖子孙呢！"

世龙一听这话，停了手里的活儿，像是不相信地问："真的？"

凤山说："我还哄你？"

世龙说："可庙里的老祖宗石像，'文化大革命'一开始，就不晓得到哪里去了。就是把庙修起来，哪里去找老祖宗像？"

凤山说："这你不要担心，只要把庙一修起，老祖宗的石像自然就会回来！"

世龙问："你晓得老祖宗的石像在哪里？"

凤山说："天机不可泄露！"

世龙又问："你就是为这事来的？"

凤山说："正是，我是为修那庙出来化缘的！"

世龙再问："化到了？"

凤山抖了抖手里的本子，说："当然化到了！上湾、中湾、新房子我都去了。一听说修庙，有的出五元，有的出十元，还有的出三十元，已经化了五百多元了，就剩下我们老湾！我来看看你愿不愿出钱？"

世龙听了说："修庙是积德的事，我怎么不愿出钱？我出不起多的，就出十元，你看少不少？"

凤山一听，急忙说："不少不少！修庙积德的事，全凭自己的心。心到了，就是只出一分钱都不少！"

世龙说："要不是明年我屋里要修房子，我至少也要出三十元！不过，我包儿里没带现钱，回头我叫兴成给你送过来，要不要得？"

凤山又急忙说："要得要得，未必我还信不过你？那就这样了，我给你写上了！"

世龙说："写上写上，我说话算数，要不然这是欺菩萨，是要遭报应的！"

凤山就在本子写上了。写完了才说："说起遭报应，我这儿就有一件遭报应的事，你想不想听？"

世龙说："啥事，你倒是说来听听！"

凤山在寒风中站久了，冷得从两只鼻孔里窜出了两道清鼻涕，他用手擦了一把才说："你晓得大房里贺良毅、贺良礼兄弟，一到冬天就扛起两把鸟枪，天天晚上出去打野兔子。你说那野兔儿，那些年大集体时哪儿看得到影子？也是这两年，山上的草长起来了，才有了这小野物儿。人家在山上活得好好的，也没啃你庄稼，也没惹着你，你只为了好吃那一口野味就打人家。昨个晚上，这两弟兄又出去了，到山上转了半夜没看到兔儿影子。正往家走时，突然听见前面草笼笼里传来噗噗的声响。仔细一看，瞄见两只比兔子大得多的野物从草笼笼里钻了出来。两弟兄一看，欢喜麻了，以为是碰到野猪儿了，急忙端起枪就是砰砰两下。听见那两个野物嗷地叫了两声，身子往空中一跳，分明是打中了。收了枪过去打起手电筒一看，地上却啥子都没有，既没看见一根毛，也没看见一滴血。两弟兄找了一遍，把周围的草都踏绒了也没看见啥，两弟兄才往屋里走。走到屋里却听见贺良毅和贺良礼的婆娘在屋里喔二连三地叫唤。原来，两个女人的肚子都胀得像一面鼓。两弟兄忙问她们是怎么回事？两个女人说：'也不晓得是怎么回事，半个钟头前，这肚子就突然痛起来了，看到看到又胀了起来，像怀了娃儿一样！哎哟，胀死我们了哟……'两弟兄着了急，急忙去把万山叫到家里。万山一看，却不晓得是啥子症状，不敢下药，只叫他们天亮后赶快往医院里抬。这两兄弟见万山都说不出啥病，更毛焦火辣，后来贺良毅连夜赶到我这里来，要我给他们算一下，他们婆娘究竟是怎么回事？我掰起拇指一算，哎呀，那缠住两个女人的根本就不是一般的鬼，而是贺良毅和贺良礼冲撞了神，这时报应到了他们女人身上！我就对他说：明天天亮的时候，你和贺良礼各背上一捆火纸，出门对直往东南方向走。每走一百步，就烧一刀纸钱，跪下来磕三个响头。一直走到把背着的纸钱烧完，你们会看到被你们冲撞的神！在那儿，你们各自再给它们磕七七四十九个响头，乞求它们谅解，神就会原谅你们了！今天早晨，他们按我的话去做了，你猜他们最后看见了啥？他们在烧最后一刀纸的时候，正好去到了土地坪被毁掉的土地庙废墟前，一眼看见庙门前那对石狮子身上满是被鸟枪铁砂子打出的洞洞眼眼！弟兄俩凑近一闻，还闻到了火药味儿。这两弟兄一见，明白了，急忙跪在地上磕头，说：'菩萨在上，请原谅我们的贪心，我们二天再不上山打野兔儿了！'烧了纸，磕了头，回来一看，两个女人的肚子一下就消下去了！你说这是不是遭报应？"

世龙听了，惊得目瞪口呆，说："有这种事？"

凤山说："当然有，我还会哄你？"又说，"这人呀，就是要莫贪心，多做好事！那野兔儿命虽贱，却也是老天爷放到人间的生灵，你杀它们干啥？再说，这六道轮回，说不定哪只被你打的野兔儿，还是你哪个祖先呢！"说完，打了一个响亮的喷嚏，这才紧了紧衣服，走了。

按下这凤山修庙不提，只说这时间像是安了轮子一般，一眨眼就要驶完一年了。这日已到了腊月二十三，晚上要过小年，送灶王爷上天。上午贺世龙去请了砖匠郑蓑衣来看打的砖坯，够不够盖三间房？郑蓑衣一看，忙说："够了够了！打了这么多，就算烧坏一成两成，修三间屋也完全够了！"砖坯算是打出来了，可还要接着打瓦坯。但打瓦坯是技术活，非那郑蓑衣兄弟才行。于是定下过年以后，郑蓑衣兄弟就来给他们打瓦坯。贺世龙忙了一个冬天，终于结束了打砖坯的活儿。

第二天，贺世龙就拿着弯刀要上山去砍柴。李春英一见，就说："你硬是歇不惯是不是？屋里又不是莫得柴烧，要你去砍啥子柴？"

贺世龙说："有啥子歇的？"

李春英看见丈夫脚上、手上的一道道裂口，心里自是体贴，说："你忙了一年到头，丢了这样就是那样，就是过去给地主帮丘二，到过年这几天还要歇一下呢！你啥子事哟？"过去抢了丈夫手里的刀，把他按到椅子上了。

世龙晓得女人是心疼他，可要让他这样静静地坐着，那也是当受罪的。哪个叫他是农人呢？农人一辈子，春夏秋冬，一年到头，崇四时，重季节，遵农谚，守祖训，啥子时候耕田播种，啥子时候除草施肥，啥子时候积肥藏种，啥子时候收割入库，记得清清楚楚。俗话说背太阳过山，背了就背了，也不记得有多辛苦，也不觉得有多受罪。该做的时候就去做，不该做的时候就等时候到了再做，自自然然。做过就做过了，即使当时再苦再累，困过一晚上，身子恢复了过来，又回到原来的样子。何况农人心里，时时都有盼头。就像这贺世龙一样，想着就要娶儿媳妇、当爷爷了，心里高兴，因此那打砖的活儿再苦也便不觉得苦了。

贺世龙坐了一阵，一连吧了两袋烟。这人要是不活动，就感觉寒气直往身子里钻，脚趾尖冷得生痛生痛，清鼻涕也从鼻孔里直往下掉。贺世龙实在是感到无聊透顶，终于还是拿起弯刀出去了。

世龙沿着屋后小路对直往山上走，走了约莫一里路的样子，远远看见土地坪里围了一群人。走近了一看，凤山果然把那座毁掉的庙按原来的样子给重新盖起来了。庙不大，长有两米多，宽也只有两米多，高只比一个人稍高一点儿，人得弓着身子进去。贺家湾的庙为啥只有这样小？这里有一个传说。说的是唐朝皇帝李世民，在没当皇帝以前，被程咬金几个人撺掇着想夺他哥哥的太子位，被他哥哥晓得了，率兵追杀。李世民一路逃窜，就逃到了贺家湾，精疲力乏，已是十分狼狈。这时，正好有一个贺氏始祖，身披蓑衣，头戴斗笠，手执牛鞭，在山坡上耕地。李世民情急之中，乞求贺氏始祖保护。贺氏始祖是个侠义之士，一看自己和这人长得倒有几分相像，于是便叫他脱下衣服，把自己一身衣服换给他，让他在这儿执牛鞭耕地，自己穿了李世民的衣服，却往一边跑去。李世民哥哥的兵丁追上穿了李世民衣服的贺氏始祖，一刀砍了，以为杀了李世民，得胜收兵，高奏凯歌还朝。就这样，李世民躲过一难。李世民后来当了皇帝，为了感谢贺氏始祖的救命之恩，就来到当年贺氏始祖遇难的地方，要为他造一座土地庙以永做纪念。李世民决心要造一座天下最大的土地庙，便拿出弓箭，表示箭射出多远，土地庙就造多大。李世民只一心想造大庙，恨不得把那弓拉成一轮满月，哪晓得用力过猛，弦嘣的一声就断了，那箭只落在了两米之外。李世民金口玉牙，说了的话不能改变，所以贺家湾的土地庙只能造那么小。这个故事尽管荒诞不经，但贺家湾人代代相传，一是显示家族历史久远，二是表明自己始祖曾是唐朝皇帝的救命恩人，那是沾了龙恩的。后世子孙要记住祖先舍生取义的善良品质、恩及君王的辉煌经历。三是告诫后人，福佑村子的土地爷，不是别人，而是自己的始祖，敬起来须全心全意。只不知此等想法，只是修庙人一厢情愿。这传说也是那前人杜撰。贺氏家族只是明朝末年湖广填川时，从湖北来的一支移民，何来那始祖救唐朝皇帝的事？

但贺世龙见庙真的修起来了，心里也十分高兴，忙拨开人群朝庙门前走去。贺凤山正在给庙门挂红布，一见贺世龙来了，急忙说："你来了，世龙！你看看，这庙是不是和原来一样？"

世龙看了看，笑着说："一样，一样，完全一样！"说着，想起凤山给他说的贺良毅弟兄遭报应的事，忍不住去看门前那对小石狮子，那背上、腰上果然有很多坑洼。但贺世龙晓得那坑洼只是平时那些小孩子在山上割草，没事时用镰刀在上面錾的。由是，那贺良毅弟兄遭报应的事，也便不晓得是真是假了。看了一阵，贺世龙才抬起头，对凤山说："庙是修起了，可没有菩萨，你让人们对着哪里烧香？"

凤山听了，又神秘地笑了一下，说："你莫焦，到时候了，自然就会有菩萨！"说完，把嘴巴凑到世龙耳边，悄声说："菩萨在我家里！那年'文化大革命'一开头，我就晓得这庙保不住，就悄悄把菩萨抱回去藏起来了！"

贺世龙说："原来是这样，怪不得你要修庙，这也是该修的！菩萨都在，庙怎么不该修？"

凤山说："你说得完全对！我看了一下日子，腊月三十天是黄道吉日，又是过大年，正好把我们祖宗请出来！这天，你让兴成来抬菩萨，要不要得？"

世龙忙说："怎么要不得？我叫兴成来，叫他来！"

凤山说："那就这样说定了！子时祖宗从我家里出发，丑时游湾，寅时准时在庙里落座。我叫各个湾的人，都准备香烛纸蜡和供品，祖宗走到哪个湾，哪个湾就放鞭炮，烧香烛纸蜡，上供品！祖宗这么多年都没出来看看他的后人了，让他好好看看！"

世龙说："应该的，应该的！我回去跟兴成说！"说着，这才告别凤山走了。

四

从分田到户后，这两三年过年都有些冷清。先个大集体时，大队要组织文艺宣传队演节目，公社也要组织各大队调演，哪个大队的节目演得好还要奖励。现在庄稼各做各，大家的心思都在各人的土地上，加上集体财产分得挺干挺净的，村里莫得钱了，把人组织不起来。别说宣传队排戏，就是狮子龙灯也莫得人去耍了。但要说一点不热闹那也不是事实，哪点还热闹？就是现在吃的不缺了！一到腊月，只要哪家一杀年猪，就开始请客。今天你请我一家，明天我请你一家，乡下人重礼节，讲的是礼尚往来。因此，一个腊月里，差不多家家都在吃转转会，坐流水席。吃得红光满面，喝得二麻二麻，说话结结巴巴，办事光出错。湾里这样的酒癫子一多，自然热闹。但这样你吃过来，我吃过去，吃多了，喝多了，肚子里有了油水，也就对那些肥肉不再感兴趣。反倒觉得这样吃来吃去成了一种负担，这时，倒又思念起大集体时那看戏的热闹来。不过这年不同，这年贺家湾因为抬土地菩萨游湾，着实热闹了一番。

贺世龙一家对抬土地菩萨十分重视。腊月三十这天，很早就祭了祖先，吃了午饭，还给院子边的几棵果树灌了年饭。兴成在贺世龙的催促下，把那套准备正月初二走人户才穿的新衣服拿来换上。又用梳子蘸着水梳理了一遍头发，打扮得整整齐齐、精精神神，这才往凤山的家里去了。

　　凤山的院子里早已聚了很多人，有男有女，更多的是小孩，在院子里乱窜，像是看稀奇似的。阶沿上坐了一班五六十岁的老者，手里有操了锣鼓的，也有操了唢呐这些响乐的，脸上都十分庄严虔诚。另有一些四十多岁的汉子，手里或提了鞭炮或怀里抱了火纸，神情也是十分肃穆。院子中间摆放了两把古色古香的木椅子，椅子的后背上都披了红。每把椅子的两边腿上绑着两根竹竿，竹竿的当头又绑着一根横杆，像是绑滑竿一样。兴成晓得那椅子就是等会儿土地公公和土地婆婆两夫妻的座椅。兴成答应来抬土地菩萨，与其说是对土地菩萨的尊重和虔诚，倒不如说是好奇。因为长这么大，他还没有见过抬土地菩萨游湾。兴成见人们都来了，就有些不好意思地说："大家都来了，我来晚了，不好意思！"

　　话音刚落，一个汉子就和他开玩笑，说："不晚不晚，何家小姐嫁到郑家屋头——正合适（郑何氏）！"说着，就向屋里喊了起来："凤山叔，贺兴成到了，可以动手了！"

　　凤山伸出头来看了看，果见兴成来了，于是就对阶沿上操锣鼓、唢呐的人说："你们做好准备，等我在屋里烧完纸，你们手里的家伙就响起来，啊！"又对提鞭炮和抱火纸的人说，"你们听见锣鼓一响，就放火炮和烧纸钱，啊！"

　　众人都答应了一声，各自紧了紧手里的家伙。凤山见大家都做好了准备，于是把脑袋又缩回屋子里，开始在里面做起法来。兴成想进去看看，却见细娃儿已经把门封住了，只好在阶沿上踮起脚趾往屋里瞧。也没瞧见个啥，只是见凤山在对着两尊披了红的石菩萨一边烧纸一边喃喃自语，但听不清说的啥。过了一会儿，只听得凤山对外面叫了一声："响起来！"话音一落，外边的锣鼓声、唢呐声便响了起来。接着又是鞭炮声大作，震得那些细娃儿纷纷往地坝外面跑，或用手指塞了耳朵。这时，只见两个身体强壮的汉子，抱了那只有一尺多高、从上到下披了红的土地公公和土地婆婆，从屋里走了出来，安放到院子中间的椅子上。凤山也跟着出来，手里举了一根绑在棍子上的红布条，让兴成四个抬椅子的年轻人各就各位。又去指挥了那些打锣的、敲鼓的、吹器乐的、放鞭炮的、烧纸钱的，最后还有一个提红鸡公和酒瓶的，都站好队伍。凤山是开路先锋，举着红布条走在最前面，随后是打锣敲鼓的，再随后便是土地公公和土地婆婆两位菩萨，然后才又是吹响器的、放鞭炮的、提红鸡公的，最后才是看稀奇的。队伍排好以后，随着凤山一声"起"的号令，队伍便动了起来。兴成等也把椅子抬到了肩上。那土地公公和土地婆婆是石头凿成的，虽然也有几十斤重，但在兴成这些小伙子肩头却感觉不到重量，因而也觉得十分好耍，就故意在肩上颠了起来。旁边有几个老者看到，便道："你几个日笼包调皮起些，看把土地菩萨颠滚了，晚上让你们肚子疼，以为不兴哟！"兴成等人这才收敛了一些，但心里仍觉得好笑。

队伍一路走来，锣鼓、唢呐、鞭炮声和喊声不断，煞是热闹，到了各个湾头又是一番景象。那大院子地坝前面的路上，早聚了接神的男女老少人等，队伍还没走过来，人就在开始沸腾了。及至队伍走到面前，凤山高喊了一声："先人菩萨过来了！先人菩萨保佑贺家湾五谷丰登，大家迎神！"话音一落，人群中有放鞭炮的，有拿酒往地上倒的，有烧纸钱的，也有摆供品的，都道："求先人菩萨保佑五谷丰登、六畜兴旺！"当然也有喊"老少平安""无病无灾""财源猛进"之类的，好像这先人菩萨，真是神通广大、无所不能似的。

队伍沿贺家湾几个大院子走了一遍，在下午五点左右来到新建的庙子前，停了下来，但锣鼓吹打仍在继续。在锣鼓鞭炮齐鸣中，凤山去扯了庙门前披挂的红布，两个汉子过去从椅子上抱起土地公公和土地婆婆，安放在正前神位上。凤山过去先在神位前面摆放了供品，然后喊人把红鸡公提了进去，从另一人手里接过刀，一刀把鸡脖宰了，将一腔鸡血喷了两位菩萨一身，然后烧纸、用酒奠地，口里念念有词，花了半个钟头才祭奠完毕。从此，贺家湾的先人菩萨土地公公和土地婆婆，在下岗二十多年后重新上岗，担当起荫庇贺家湾子孙的重任来。

正月初一，世龙一家人哪儿也没有去，在村里互相拜年，因为这是当地风俗，正月初一必须待在家里。初二，世龙和春英带领儿子、女儿，到李春英的娘家拜年。先是孩子的外婆家，然后依次是大舅、二舅、姨娘等。这也是规矩，叫作先大后小，纽子一顺。世龙只有光杆几弟兄，兴成等莫得姑家，也就少了一房拜年的亲戚，至于叔家，初一天就已经礼节性地去拜了。本来兴成还有几个表叔，可一辈亲、二辈表，已不大通来往，所以没去。只在外婆家耍了两天，初四一家人就回来了。初五，砖匠郑襄衣三弟兄就带了两个打下手的小工，来给世龙家里做瓦坯了。这段日子正好有空，世龙非常高兴，就带着兴成，有时也叫兴仁帮忙，去田里漕泥巴。应了人多力量大这句俗话，到正月十三，一伙人就把世龙盖房子的瓦坯给打出来了。

按下世龙家里这些零零碎碎的琐事不提，单说正月十四这日晚上，兴成、兴仁、兴琼兄妹，听说县城明日要抬亭子，耍龙灯、狮子，踩高跷，还有旱船，十分热闹，都吵着要去看。世龙在父亲参加合作社后，有一年到县城里去看过抬亭子，那确实是十分惊险的。想孩子们长这么大，还没看过这样的稀奇，又想这些天孩子们天天跟在自己后面，给砖匠郑襄衣提瓦筒子、漕泥巴，连过年都没有耍好，现在有机会就让他们去看看吧，于是便答应了。只叮咛兴成、兴仁要带好兴琼，不要让人把她踩到了，还有就是看完要早点回来。兴成、兴仁自是满口应承，三兄妹高兴得一晚上都没睡好。

第二天天还没亮，三兄妹就起了床，热了一些剩菜剩饭吃了便直奔县城而去。到了县城，已是上午十点多钟，看热闹的人早已把大街小巷挤得水泄不通了。三兄妹费了很大的劲才挤到老车坝的广场边，就再也挤不动了。兴成只得牵了兴琼的手，在街边人行道上寻了一个人缝站下来。因那街道中央一会儿要让抬亭子的表演队伍走，不准站人，看热闹的人只能站在警戒线两边的人行道上。因此，人就显得更挤了。这时，那抬亭子的队伍虽然还没来，可大街上不时跑着巡逻警察的摩托车，两边警戒线上隔一段距离又站着一个值勤的警察。所以，尽管人群挤得有点发臭了，也没人敢往街道中间去透口气。兴琼在人群中有些受不住了，便朝兴成叫道："大哥，闷死我了！"

兴成一听，便浑身使劲，又是用手往前推又是用屁股往后抵，给兴琼开辟了一个透气的空间来。

兴仁也被挤得满头是汗，于是也说："哥，我们换一个地方吧！"

兴成说："到处都是人，往哪里换？人走江山失，你等会儿连这样的地方都会找不到！"

兴仁听了，便不再说走的话。这时，人群突然骚动起来，有人惊喜地喊了起来："来了！来了！"随着喊声，人们一齐朝前面的街道望去，也有人使劲往前面挤。

过了一会儿，果然人群稍安静下来，听见锣鼓声从前面传了过来，众人又是一阵骚动，但有警察在旁边监视着，没人敢挤。锣鼓声越来越大，而且节奏也听得十分分明："冬不隆冬，锵锵；冬不隆冬、锵锵……"那锣鼓声犹如敲在人们心上，人群虽不敢挤动，但全都伸长了颈项，踮起脚尖，像鸭子般朝前面看着。

看了一阵，队伍终于过来了。先是一辆警车开道，上面的喇叭威严地响着："让开些！让开些——"接着是六辆警用摩托，上面坐了全副武装的警察，虎视眈眈地看着街道两边，随着警车缓缓而行。再后面便是抬亭子的队伍了。一看见抬亭子的队伍，尽管有警察维持秩序，人们还是不约而同地叫了起来。一时，街道两边人声鼎沸，欢呼雷动，如那江水潮涌，难以描述。兴琼在人群中听见人们的欢呼声，自己却啥都看不见，就叫了起来："大哥，我看不见！"

兴成听见妹妹叫唤，心里也着了急，想去抱她却抱不起来，急中生智，他像疯了似的左拐右撞，撞出一点空间，忽地弯下腰，用手托起兴琼的胳肢窝，往上用力一举，便将兴琼举到了自己肩头，又让她横过一条大腿，让她骑在了自己的颈子上，这才问："看不看得到了？"

兴琼高兴地回答："看得到了！"说完回过头去看着大街上，和人们一样，欢喜得大呼小叫起来。先看见一队彩旗开路，接着是旱船紧随其后，然后那亭子便出现了。只见那亭子有高有矮，一共有四台。矮的是一块长宽一丈多的平台，高的却有两丈到三丈多高。那矮的平台上，一个天真可爱的娃娃，约莫八九岁左右，骑在一条大鲤鱼上，小孩的头上还挂了一幅标语，上面写着"责任制好"四个字。第二台亭子上的人装扮的是《红楼梦》里的人物。站在平台箱子上的是贾宝玉，贾宝玉上面站的是林黛玉。但看不出她站在哪儿的？因下面贾宝玉手里的折扇正好顶着了她的脚，因此，那黛玉就好像是站在贾宝玉那薄薄的折扇上面似的，十分危险。但这也不是最危险的，最危险的是那台《火焰山》的亭子。只见亭座上第一层站着三个人物，左右两边是两个小妖，两人手里都握了一把三叉戟。中间是牛魔王，穿着一身红衣服，头两边长着一对弯牛角，头顶上斜撑了一把芭蕉扇。扇角上有一个铁环，铁环中活跃着火眼金睛的美猴王孙悟空。铁环上面又站着芭蕉扇的主人——铁扇公主。这时，这铁扇公主却是花翎凤冠，一身珠光宝气，一点不像妖怪的样子。正当人们集中注意力屏息仰望，看孙悟空和铁扇公主是怎么站稳了的时候，忽见那孙猴儿脚踏机关，在铁环中连续翻起筋斗来。本来，那亭子闪闪悠悠，上面人物似坠非坠，观众已是牵魂撩魄，惊叹不已，把心都提到了嗓子眼上。看见这一翻筋斗，以为就要掉下来了，都不由自主地叫出了声，有的人还吓得用双手蒙了眼睛。但等惊叫声一过，松开手一看，人却是安然无恙，那亭子在悠扬的耍锣声中仍在闪闪悠悠地行走。簇拥在亭子四周的，还有舞狮子、龙灯、踩高跷和拉旱船的队伍，如众星拱月，更增添了热闹气氛。

亭子队伍缓缓前行，兴仁还要跟着去看，却哪里挤得动？兴成问他："你没有看到？"

兴仁听了，十分沮丧地说："瞅都没瞅到一眼，白跑一趟了！"

兴琼听后却十分自豪地在兴成肩头说："我看见了，好好看哟！"

兴仁心里正为没看着而沮丧，听了妹妹这话，不免妒忌起来，就用手指在脸上刮了一下，撇起了嘴说："羞哟，这样大了，还要人搭马马架！"

兴琼听了果然红了脸，急忙从大哥肩上跳了下来，却说："搭了马马架又怎样？我又没有要你搭马马架呢！"说着，把头扭到一边去了。

兴仁这天没看着热闹，心里不高兴，连对妹妹说话都有些横绷带噌的样子。直到十年后，他进了城，才终于领略了当年没看见的亭子的风采。

原来，这亭子又叫彩亭，是县邑北部一个古镇的民间艺术。这古镇建于明代，位于巴河、洲河、渠江三江交汇之处，上承千里巴山、下接万里长江，是川东北一带有名的"水码头"。自建镇以来，皆是商贸繁荣，物产丰富。由于它的地理位置特殊，使古镇产生了独特的文化氛围。商埠码头引来各派势力和各路大爷，在此争名逐利。他们用于争名逐利的手段，不是靠偷靠抢靠武力，而都以文化崭露头角。于是在那小小的码头之上，每年除了有官办的祭祀与节庆外，还有推船的、行医的、经商的，以及各种庙会，如王爷会、药王会、三圣会、土地会等民间举行的祭祀活动十余种。加上民间传统节日，像赛马、舞狮、说书、演戏、拉旱船、踩高跷等文艺表演，数不胜数，竞相争奇斗艳。至清初，这亭子会就产生了。初由居民自动组织，自备穿戴，自筹资金，于3月15日抬彩亭。随后行帮商会，集工匠之精华，专攻彩亭技艺，并定于每年3月16日—18日举办"彩亭会"，以后便逐步形成了民间固定的传统民俗活动。在"文化大革命"中，彩亭会曾作为"四旧"被扫除过。但改革开放一来便又恢复了。先是由工商企业或民间团体主办，群众来参与，后来政府参与打造，于是便迅速成为川东北一带最负盛名和最有影响的民俗民间文化艺术节目了。

这彩亭的艺术最有说头，融铁工、木工、刺绣、缝纫、建筑于一体，汇文学、绘画、雕刻、力学于一炉，结构巧妙，造型奇特，色彩绚丽，工艺精湛。若说它的特点，无外乎高、雅、险、奇、巧五个方面。啥子叫高？你想想，高亭三到四层，高的达三丈多高，矮的也有两丈多，这还不算高吗？北方的高台社火，无论再高，也没有高过这彩亭的。这第二，雅在哪里？雅在人物造型上，不用假人，全用真人。尽管是孩童，但化装、脸谱及背景，均构成折子戏中一场景。这险，自不用说了。亭上人物造型给人一种玄乎感，加上彩亭在行进中闪闪悠悠，似坠非坠，似斜非斜。观众提心吊胆、惊讶万分，生怕孩子从上面掉下来。殊不知，观众没见过扎亭子的过程。原来那小演员已被牢固定位，看起来险，实际上一百个放心，不会掉下来的。再说那奇，又奇在何处？原来彩亭下端是一块四四方方的平台，平台上面竖了一根悉心打造的铁杆，这铁杆细长，分有很多节，相互首尾衔接，杆上有支架横伸斜展。将化了装的孩子都绑在支架上，然后用大衣大袍的戏装，把支架和绑扎部位遮盖起来，观众看不出来，因而称奇。最后的巧，便是技巧。彩亭平台长宽有一丈多，上加三层，形成一个两立方米的三度空间，下面由四位脚夫抬着行走。因此，不但这抬的人行走时要注意重心，而且彩亭制作时，要涉及数学、力学、锻造、绑扎、运载等多种科技知识的运用，因而便需要巧了。这些知识，当十年后的兴仁了解后，愈发地在心里惊叹起那民间能工巧匠们的创造来。

当日，兴成等人群稍微散开一些后，带着心里不高兴的兴仁和满脸都是激动喜悦神情的兴琼正打算回家，忽然听见前面人堆里一个人在喊他。往那人堆里一看，却是那个跟他说媒的表婶娘。兴成、兴仁、兴琼一看，也都喊了起来："表婶娘！"

那表婶娘三十来岁，个子不高，身材壮硕，穿一件米黄色的涤纶衣服，像是把身子箍着似的。听见喊声走了过来，说："你们三个都来了？先个儿我就看到你们了，可挤不过来！"

兴成说："我们只顾看到街上，却没有看见你们！"

女人说："兴成你过来，我跟你说句话！"说着把兴成拉到一边，指了人堆中一个穿淡紫色上衣、扎着一条独辫子的姑娘说，"那就是我想跟你介绍的女娃儿，叫李红，你仔细瞅一眼，看不看得上？"

兴成听了，脸突然发起烧来，又认真地往那姑娘身上看了一眼。只见那女娃儿一张苹果脸，皮肤红润，一双大眼睛水灵灵的，很是中看。只这一眼，兴成心里就像被啥子撞了一下，有些说不出啥滋味来的感觉，两只眼睛只盯在了那叫李红的女娃儿身上。那表婶娘一见兴成这副模样，心里就明白了。急忙又走到先前的人堆里，把那姑娘拉到一旁，一边在她耳边说着一边又向她指了指这边的兴成。却见那李红只往这边瞥了一眼，一张脸顿时羞得绯红，挣脱兴成表婶娘的手跑开了。

兴成只看了李红一眼，心里就忘不了她了。回到家里，无论干活还是睡觉，眼前都晃动着李红的模样儿。一天，他实在忍不住了，便对李春英说："妈，表婶娘说给我说媒，怎么到现在还没有响动，你去跟我问问嘛!"

李春英一听，晓得儿子是想女人了，于是说："好，妈就去跟你问问!"便抽时候回了一趟娘家。没过几天，娘家表嫂就陪了李红的母亲，借口肚子胀气，到贺万山这儿来弄药，悄悄地来访了人户。那李红的母亲见世龙家里果然打了那么多砖坯、瓦坯，要修新房的消息不假，当即就表态答应了这门亲事。但正式订婚却要等到世龙家里把砖瓦烧出来以后。至于结婚，当然又是新房盖好以后的事了。兴成一听，巴不得马上就把房子盖起来。从这天起，也不待父亲安排、吩咐，便今天到这个亲戚家里，明天到那个邻居家里，去筹措烧窑的柴草，像是一下子懂事了许多。贺世龙见了，心里自然高兴不提。

第四章

一

正月十五一过，庄稼人又投入到紧张的春播中了。农谚说："一年四季在于春"。这句话意思就是说，春季的农活很关键，要为一年的耕种、生产打好基础。俗话又说："误了一季春，十年还不伸"，可见春季对庄稼人的重要。春季准备从哪儿开始？就从泡谷种、做秧田、殡红苕种开始。所以，春季的准备工作做得如何，决定了秋季是否能取得丰收，那农人自然不可小觑。

这天上午，贺世龙正在家里往一只装满温水的瓦缸里倒谷种，世海忽然过来了。泡谷种是育秧苗的第一个阶段，既要把准备做秧苗的稻种放到温水中浸泡一到两天，让它充分吸饱水分，准备发芽。同时，浸泡谷种的过程也是给种子消毒的过程。现在推广的都是杂交水稻，先不先大集体时，实行的是温室两段育秧。即先把谷种浸泡好了，放在一尺见宽，两尺或三尺长铺了报纸的篾笆子上，用通过在温室里增温，促使谷种发芽的方式育出秧苗，等秧苗长到有四到五片叶子时再移栽到秧田里。待正式插秧时，再移栽到大田里。这种育秧方式出苗整齐，秧苗分蘖多，又抗病，自然增产。但现在大集体没了，温室两段育秧自然也没有了。不过，这人倒是聪明的动物，温室两段育秧没了，却又想出了一个新的办法，叫地膜育秧。就是把浸泡催芽后的稻种撒在秧田里，上面铺上塑料薄膜，增加秧田里的温度。这样不但也能长出好秧苗来，而且少一次小苗移栽，比温室两段育秧还要省力，故很受一家一户耕种的庄稼人欢迎。但这地膜育秧也有一个弱点，那就是人要十分细心和勤快。白天有太阳时，要到田里把塑料薄膜揭起来，防止温度过高，把秧苗烧坏；晚上温度低了，又要去把塑料薄膜盖下去，防止秧苗冻死。稍有懈怠，便会功亏一篑，闹得田里没秧栽。

世海过来，看见世龙往瓦缸里倒谷种，就没话找话地问："大哥，泡谷种了呀？"

世龙把谷种倒进瓦缸，又挽起袖子，在里面搅动了一阵，然后一边甩着手上的水珠，一边回答着世海的话说："都啥子时候了，还不泡谷种？"

世海搭讪着："是呀，是呀！"

世龙看了世海一眼，晓得他肯定有事。不用猜心里便已有八九分明白，便故意问："你的谷种泡了没有？"

世海脸色一红，说："还没有呢，大哥！"说完又马上接着说，"你晓得的，大哥，昨年我谷种发烧了包，撒到田里稀稀松松几根秧苗，莫说别个看了笑话，就是我自己看了脸也觉得没处放。要不是四处讨秧，那田都要空起，说出来真不好意思！"

世龙当然晓得世海昨年把谷种发烧包的事，于是说："你昨年谷子烧包，是因为该浇水时没浇水，今年就细心一些，水浇勤点，就不得烧包了。"

世海做出一副愁眉苦脸的样子，说："哎呀，大哥，我是一朝被蛇咬，十年怕井绳！我这个三脚猫，今天要去乡上开会，明天要陪乡上下来的干部到各小组检查工作，后天又碰上扯筋撩皮的事要去解决，你说怎么细心？我想不当这个干部呢，又怕上级埋怨；当起呢，又顶起碓窝耍狮子——费力不好看，倒把自己的活路耽搁了！"

世龙听了，停了一会才问："那你打算怎么办，就不种庄稼了？"

世海说："我又不是国家干部，不种庄稼吃啥子？我就是过来求大哥帮下忙……"

世龙不等世海话完，忙问："帮啥子忙？"

世海看着世龙，脸上露出了难为情的神色，说："大哥一斤谷种是泡，两斤谷种也是泡，你就帮我把谷种一起泡出来，要不要得？"说完，不等世龙回答，又做出一脸苦相，接着说，"要是我栽不下秧，一家人就莫想吃米了！"

世龙听了世海的话，想了想，就说："你去把谷种拿过来吧！你说得也有道理，反正我也要泡谷种，一头牛是放，两头牛也是放。你把秧田做好，到时候来拿谷芽子去撒就是了!"

可世海听了世龙的话,并没有露出高兴的样子,却自嘲地笑了笑,说:"大哥,我要是能把秧田做好,又好了哟!"

世龙听了,觉得世海说的是真话。做秧田可是一门技术活,讲究的是烂、平、齐。烂,便是田要耙得烂。耙到啥程度才叫烂?要把泥土耙成汤汤泥才叫烂。这样才利于秧苗的根系生长,在移栽时也好淘净根上的泥土;平,便是厢面要平,平得如镜子一般。如果厢面坑坑洼洼,才发芽的稻种十分小气,撒上去,有水的地方便淹死了,无水的地方便干死了;齐,便是厢宽要齐,不能想宽就宽,想窄就窄,不然那塑料薄膜不是盖不住就是浪费了。想这技术活,尤其是那烂和平,世海怎么做得到?于是世龙又想了想,就又说:"你啥时做秧田,跟我说一声,我和兴成过来帮你做!"

世海听了这话高兴了,急忙说:"那就多谢大哥了!我回去拿谷种!"

世龙说:"你去拿吧,我再去烧点热水。"

世海听后就转身回去,提来了自己的稻种。世龙把锅里的热水,又舀了一些在瓦缸里,才接过世海手里的谷种往里面倒。一边倒一边说:"这杂交水稻,增产是增产,可就是这种子贵得咬人,像是金包卵!"

世海也搭讪着说:"大哥你不晓得,人家要好多田才制得到一斤种子!"

世龙又挽起衣袖在瓦缸里搅了搅,然后拂去了水面上漂浮的几片瘪壳,才对世海说:"就这样吧,啥时做秧田就过来喊我们!"

世海却看着世龙,欲言又止地说:"大哥,还有一件事,想和你商量一下,看要不要得?"

世龙听见他还有事,有些不高兴了,心想:"我都答应帮你泡谷种、做秧田了,你还有啥事?还要不要我给你喂饭?"于是说:"还有啥事你就说,不要砂罐头煮牛脑壳——放不下脸的样子!"

世海听出世龙话里不高兴的意思,急忙说:"大哥,不是别的事。在大哥面前,我也不说假话。你是晓得的,我种庄稼是个技艺不精的人,又加上当了这个干部,整天东一下西一下,想把庄稼种好都难!我想,反正种不好,不如少种点,也少操点心。所以,我想把窝窝地拿给大哥你一起种。一来挨到一堆,你种起来也方便,二来大哥家劳力又多,多那么一块地,也不会把大哥你们累倒!大哥你看要不要得?"

世龙一听说是这事，心里就像注射了一支吗啡针，有些兴奋起来了，但没有在脸上表现出来，却像不相信地问："你是不是和大哥开玩笑哟？这可是大事，你可要想好，莫开口打哇哇，过后又失悔！"

世海说："大哥，你看我像开玩笑的吗？我可是裁缝的脑壳——当真（针）的！"又说，"这不是我一个人的意思，周萍也是这个想法。她说，与其种得稀孬，不如让大哥一起种了，还少让人看笑话！"

世龙见世海不像开玩笑的样子，于是就说："要说大哥一块地是种，两块地也是种，多你那一块地，也莫得啥子！但你总不可能让大哥白种吧？"

世海说："自家弟兄，啥子都好商量！我想大哥也不会亏我们。"

世龙说："人亲财不亲，你还是先说条件，先说断后不乱，免得二天扯筋撩皮！"

世海说："那我就说过刻刻，沙坝上写字，要得就要，要不得就抹了！大哥真的要种，首先是那块地该缴的皇粮国税，当然是大哥缴了。至于大、小春的小麦、苞谷，你各给个两百斤就行。红苕我就不要了！"

世龙听了，迅速在心里算了一下。那地差几厘一亩，小春一季可打五百到六百斤小麦，大春一季可收五百多斤苞谷，一千到两千斤红苕，还有一季蔬菜，大春的苞谷地里，还可以间种一点绿豆。皇粮国税并不重，劳力不算，除了种子、农药、化肥，赚头还是很大的，于是便对世海说："你如果真要给我种，我也不会亏你！我小春一季，给你三百斤小麦，大春一季，给你二百斤苞谷，晒干扬净，像交粮站的一样交你！"

世海一听，急忙说："那就让大哥吃亏了！"

世龙说："多点少点，肥水没流外人田！就是怕今个天说了，明个天又屙尿变，让外人看笑神！"

世海说："大哥放心，你兄弟在社会上跑，还不是那种说话屙尿变的人！就这样定了，地里的小麦我自己收割，大春作物就由大哥你去种了！"

世龙说："那好吧，我来安排大春的事！"说完，两弟兄才各自走开做事去了。

中午在饭桌上，贺世龙把上午和世海商量的事对李春英、兴成说了。李春英和兴成对世海把挨到他们的窝窝地一并给他们种，并不反对。但李春英对贺世龙答应给粮的事，却有看法，说："他自己才要四百斤，你却要多给一百斤，别人还要说傻乎乎的!"

兴成听了母亲的话,也跟着说:"就是,不该答应多给一百斤粮!"

世龙狠狠瞪了儿子一眼,说:"啥子多给了?你以为是外人?即使是外人,人也要讲良心!那地我算了一下,即使全年给五百斤,还是有很大赚头!"说着,就把账细细地给李春英和儿子算了一遍。

算完,兴成不吭声了,但李春英却说:"还有人工,你没有算!"

世龙说:"人工也要算钱?自古以来,都是养儿不算饭食钱的!哪里庄稼人种地,出的力也要算钱?这出力也算钱,该怎么算?"

一番话把李春英也问住了,于是也住了声。吃过饭,一家人又各做各的去了。世龙扛了锄头打算去翻收了蔬菜的预留行,走到世凤家门口,却突然被毕玉玲叫住了:"大哥,挖地呀?"

世龙头也没抬,回答说:"是呀,把预留行早点挖出来,炕几天!"

毕玉玲见世龙埋着头,只顾往前走,急忙又叫道:"大哥,你过来一下,你兄弟有话对你说!"

世龙听了这话,这才站住了,问:"有啥子事?"

毕玉玲说:"有啥事,你们两弟兄当面说吧!"

世龙见毕玉玲不愿说,果然就返身往回走,一边走一边问:"老二这两天没见人,他到哪里去了?"

毕玉玲说:"他这个小气鬼,一打春,老毛病就要犯!这两天喉咙管又拉起破风箱来了,像新媳妇一样在屋里躲着呢!"

贺世龙一听这话,以为贺世凤是要开口向他借钱,于是把锄头往阶沿下一放,跨了两步台阶,进了世凤的屋子。屋子里光线有些昏暗,世龙适应了一会儿,才看见世凤坐着床头呼哧呼哧地喘着气。床面前搁着一只罐子,里面散发出一股腥气。因为屋子里很暗,看不清世凤脸上的颜色,但世龙明白世凤果真犯病了,于是便问:"怎么又病了?"又说,"这打了春容易凉人,你注意点嘛!"

世凤听了,艰难地喘了一阵,这才回答说:"老天爷要、要你病,注、注都注意得到!"说完才问:"你泡谷、谷种了?"

世龙说:"泡了!"

世凤说:"我还没没、没泡,秧、秧田也没做,也不晓得这身、身子啥时才好、好得起来……"

世龙见他说话上气不接下气的样子，就急忙打断他的话，问："身子总要好嘛，你焦个啥？你找我到底有啥事，就说吧！"

世凤听了，这才抬起头，看着世龙说："听说世海把他那窝窝地，给你一、一下种了？"

世龙说："是呀，这么快你就晓得了，听哪个说的？"

世凤说："是中午世海来看我，亲、亲口给我说的！"说完，两眼还是乞求般看着世龙，说，"大哥，我们也不、不是外人，我也想把窝、窝窝地那、那点地，一下给、给你种……"

世龙一听这话，就惊得打断了世凤的话，叫着说："啥子，你也想把那地给我种？"

世凤等世龙说完，又吭哧吭哧地喘了一阵，朝罐子里吐出一口浓痰后，又才说："你看我这个样、样儿，即使想把庄稼种、种好，也是羊子滚、滚粪凼——咩、咩（默）不得！所、所以，我说的是真、真的！你怎么给的世海的粮，就怎么给、给我，就是少、少点都要得！"

世龙等世凤说完，又想了一会儿，觉得世凤这个样子不像说假话，于是就问："你说的这些，毕玉玲晓得不？"

世凤说："就、就是她的主、主意！"

世龙说："我不信，我要喊她进来，当面说。要真是她的主意，我倒可以把你们那点地接过来一起种！"

世凤说："你喊她来问嘛！"

世龙果然朝外喊了起来："他二母，你进来一下！"

屋外毕玉玲听见世龙喊，进来了。世龙把世凤的话说了一遍，那毕玉玲忙说："大哥，你放心，这确实是我的主意！你看他那个样子，反正把庄稼也种不好，多得不如少得，少得不如现得，人还不操那么多心！再说，大哥也不是外人，把地给你们种，我们也放心！"

世龙听了，说："既然你这样说，我这个当大哥的就答应了！不过，我还是要把你们喊醒。你们两个人的地都给了我，我想把那地改成田，你们答不答应？"

世凤喘息着说："地都给、给你了，你想怎么种，就怎么种，只要不、不少我们的粮、粮食就行！"

毕玉玲也说："就是，大哥，你想改就改，我们莫得话说！"

世龙听了，说："粮食你们放心，我红口白牙说的话，不会少你们一两！"说着，站了起来，继续说："那就这样定了，我也要回去和屋里的人说一下！"说完，就走了出去。

二

贺世龙答应种世海、世凤的地，想的就是将地改成田。先不先自己想改，但世凤和世海不答应，他的那块地被卡在中间，即使自己拗独门冲去改，费的事大，改成功了耕种起来也不方便，只好把那份愿望压了下来。上午听世海要把挨着他的地给他种，心头那份愿望就又浮起来了。他想，只要有世海这块地，即使世凤不改，他也可以把两块地连起来改成田了。只要改成田，光稻谷一季，将近两亩的田就可以收一千八九百斤稻谷。何况稻谷收获以后，还可以水改旱，再种一季小麦，又可以收获一千斤左右。所以，他才主动把给世海的粮食提高了一百斤。现在，世凤也要把地给他种，这真是太好了！他就可以一打鼓，二拜年，把整块地全改过来，既实现了老汉在世时没实现的愿望，又多打了好多粮食。哪个庄稼人不希望从地里多打粮食呢？所以这天下午，贺世龙啥子也没干，只扛着锄头来到那块窝窝地，坐在地边一边吧烟，一边看着土地发呆。越看，越是像掉进了糖缸里——里外都甜透了。晚上回去跟李春英、兴成一说，李春英也像是哑巴捡到一坨金子——心里有说不出的快活。倒是兴成不像爹娘那样高兴，说："收了麦子就要栽秧，只有几天时间，怎么改得过来？"

世龙听了儿子这话，就说："这样几把手，就是像大跃进和大集体时代那样，打起灯笼火把，也要改过来！"想了一想又说："怎么要等到收了小麦才改？我们现在就可以先去把当年你爷爷打好的水沟挖出来，再找郑石匠把河堰扎好。等小麦一收，我们只是把地里面高的土挑出来筑田坎，这样高扯低填，就弄平了！"

兴成听了父亲的话，晓得不是那么容易的事，不流几身臭汗，不脱几层皮，休想把那田改成功。但想起自己今年又要订婚，又要结婚，要顺着爹的毛毛抹，于是只好忍住不再说啥了。

果然，等稻种一下田，贺世龙就抓住从春分到谷雨这一段短暂的农闲日子，来实施自己的改田计划了。他和兴成先到城里买回了两担准备砌坝用的石灰，这才去把本队郑家塝的郑石匠找来，打算就在枷档沟上面的岩上开山打石，准备建堤坝的石料。没想到郑石匠刚在岩上打好楔子眼，将那大铁楔子塞进去，抡起大锤，口里叫唤着："嗨呀吔嘿嗬哪要打烂吙哇哟嘿——"正要落下去时，湾里贺良毅忽然跑来，气冲冲地骂道："郑石匠，你龟儿子随便哪里都在嵌大楔呀？你跟老子停下来，不能打！"

　　贺世龙在给郑石匠打下手，听了贺良毅的话，便问："怎么不能打？"

　　贺良毅气冲冲地回答："不能打就是不能打，还有啥子为啥？"说完这话后，又盯着郑石匠骂，"郑石匠你龟儿子眼睛遭球日瞎了，没看见下面是哪个的地？"

　　贺世龙晓得贺良毅拿他没办法，想故意找郑石匠的茬子，于是便说："贺良毅你不要骂他，是我请他来的！我晓得下头是你的地，但我修堤坝，关你地啥子事？你的地那样高，未必我堤坝里的水还把你的地淹得到？"

　　贺良毅这才说："大地是淹不到，没看见我那地里边还有一块小地？"

　　贺世龙一看，果然那地里边还有一溜小地，大约有三丈多长，一丈多宽。原先那儿是一块邻河沟的乱石坪，是后来被贺良毅开出来的，地势比贺良毅那块大地要低得多。如果贺世龙的河堰蓄满了水，肯定要把那点地淹着。世龙想了一下，于是就说："我赔你粮食，淹多少我赔多少！"

　　贺良毅却说："我不要哪个的粮食！我又不是讨口子，要哪个的粮食？我就要我的地！"说完，又对郑石匠警告说："龟儿郑石匠，老子跟你明说了，你敢在这儿打石头，老子不把你行头把子撂到山那边去就不是人！"

　　那郑石匠一听这话，立即说："好，好，我不打了，不打了！"贺良毅是湾里的大户，一共有五弟兄，平时又好逞强使狠，湾里没多少人敢惹他们。郑石匠是外姓，单身一人，自然更不敢惹他。于是一边回答，一边把工具乖乖地收了起来。

　　贺世龙见了也没有办法，自己堤坝里的水要淹人家的地，本身自己就输了理，这时只能求他不能蛮来。退一万步说，即使蛮来，自己也不是贺良毅几弟兄的对手。他想了一想，就让郑石匠先回去了。

　　回到家里，世龙去对世海说了这事，希望世海能够出面去做做贺良毅的工作。可是世海一听，却说："他这是故意收拾你，想让你改不成田！他们大房人一直对我们三房的人有意见，这阵见我做了支部书记，他们更不服气！所以只要寻到我们三房人一点缝缝，就要拼命钻！我去说，他肯定也不会听，说不定还会说我以权压他们！"

世龙一听这话，着急地说："那怎么办？我去找贺世忠，贺世忠是他们一房的，肯定要一推六二五叫来找你，未必我费了一肚子的力，那田就不改了？"

世海说："大哥，实在改不成也就算了，反正现在又不是莫得吃的了……"

世龙没等世海说完，急忙说："那怎么行？既然已经开了头，湾里的人也已经晓得了，改不出来，别个还会说我们两代人都没出息。老汉那一辈想改没有改出来，儿子这一辈想改还是改不出来！就是不输这口气，我也要把田改出来！"

世海听了这话，想了半晌才说："大哥，你实在要改，我跟你说一个居中调解的人，看他能不能说服贺良毅？"

世龙忙问："哪个？"

世海说："凤山！"

世龙一听，眼前一亮，高兴得手在大腿上拍了一下，心里说："是呀，我怎么没想到他呢？别看凤山只是个看相算八字的，可他具有和鬼神打交道的能力，湾里人都敬着他呢！何况前不久，贺良毅、贺良礼冲撞了土地庙的神，被神把他们的婆娘缠住，半夜突然起病，是凤山帮他们化解困境，转危为安。贺良毅肯定还感激着凤山，自然会领他的情了！"一想到这里，世龙急忙告别了世海，往凤山家里来。

贺世龙来到凤山家里，凤山才给贺友乾的孙子收了魂。

友乾的婆娘抱着孩子刚刚从凤山的屋里走出来。世龙等友乾婆娘走远后，这才把自己的事跟凤山说了。果然，凤山一听就爽快地说："这有啥子难的？与人方便，与己方便，看在你一辈子老实种庄稼的分上，我这就去跟贺良毅说！你回去等到，我一会儿就跟你答复！"

世龙听了这话，又对凤山说了一通感激的话就回去了。没过多久，凤山果然来了，却对世龙说："贺良毅这个不成器的东西，狗坐轿子——不识抬举！他下蹩脚棋，要你拿地换！"

世龙说："只要他肯换，我莫得说的！"

凤山说："他要你最好的楠木地！"

世龙稍微停顿了一下，狠了一下心说："楠木地就楠木地，要得！"

但凤山又说："他要你用双倍的地，他才换！"

世龙一听这话，咬紧牙关骂了起来："龟儿子，他这是敲棒棒，心比过去贺银庭还黑！他是踩到我想改田的痛处，故意刁难我！"说完，又想了一下，然后说，"他刁难也就刁难这一回，管他妈的，双倍就双倍，老子当被扒手偷了一盘！"当下便请凤山做了中人，拿了丈竿，先去枷档沟，把贺良毅那块窄溜溜地量了，又到世龙的楠木地，按双倍的面积给贺良毅丈了地，又当着凤山的面，重新立了界石。贺良毅才心满意足地答应贺世龙在枷档沟建堤坝。

第二天一早，贺世龙又去叫了郑石匠在枷档湾岩上打起石头来。这样过了半个多月，一道长七八尺，高一丈多的石坝终于建起来了。看着那半岩岩上的泉水，清粼粼地流进堤坝里，汇成汪洋洋的一片，贺世龙心里煞是高兴。然后他又带着贺兴成开始刨当年父亲已经凿通、后又被合作社填了的渠道。想当年贺老踮带领民兵填这渠道时，一定是怀了对贺茂前的满腔怨恨，不但填了土，而且还填了许多石头，现在刨起来，一不小心锄头就挖在了石头上。但毕竟比贺茂前当初打这渠道容易多了。父子俩只刨了三天就全部刨通了。刨通后，贺世龙还试了一下水。没问题，那水在渠道里唱着歌，一路欢快地流进地里，喜得贺世龙张着个嘴，像个笑和尚一般。

现在，万事俱备，只欠东风，就等着小麦收获后将地改成田了。这段时间，连贺世龙都有些性急起来。南风还没有吹几场，贺世龙就天天往那块窝窝地跑，看小麦是否打了黄梢？好在这时过了立夏，地里的庄稼是一天一个样。跑过几天以后，那地里的小麦虽然麦秆还有些青，但麦穗却已从鹅黄色变成了金黄色。这天，贺世龙不等世凤、世海邀请，便主动提出帮他们收小麦。世凤、世海明白大哥要急着改田，又见是大哥主动提出帮忙，正求之不得，哪有不答应的？于是世龙便率了全家，包括放了农忙假回家的兴仁和兴琼，一齐上阵，用了两天时间，把三家人地里的小麦全收回来了。接着，贺世龙便指挥全家把里面高处的土挑到外面地边，一层一层地往上垒。垒完一层，便和兴成一起用夯石夯踏实，然后又垒。垒了三层，田坎成了。贺世龙用眼睛目测了一下，见那里面的土还是比外面高，又指挥着将高处的土挑到低处。见大致差不多了，才叫他们停下来。因为那田平不平，最终得关上水后才能看得出来。这样连续干着，虽不说像大集体时代，要打起灯笼火把干，一家人却也是顶着日头出去，背着月亮回家，累得个腰酸背痛的。直到贺世龙从上面堤坝里放下水，把田犁了，一家人又在田里干了一天，才把田弄平。这样像是赛跑似的，干了好几天，终于在小满前把秧子栽了下去。直到这时，贺世龙才像了了一桩心愿似的，手按着腰长长地出了一口气——他终于实现自己的愿望了！

按下贺世龙改田成功不表。且说小春一收割，天气就逐渐热了起来。太阳晒在人的皮肤上，有种往肉里钻的感觉。去年腊月和正月，贺世龙家里打的砖坯和瓦坯，已经干透了，正是烧窑的好时节。一是正月间，贺兴成不待父亲吩咐，去向三亲六戚和团方四邻，借的柴草，此时出来了。二是这时气温升高，可以节省一些柴草。三是这时气温还不是太高，要是放到三伏天烧，窑子周围就会去不得人。因此，世龙决定一不做，二不休，把砖瓦烧了。他去把郑蓑衣兄弟找来，一起到凤山那里，择了动土的良辰吉日。在屋后竹林笆的空地上，箍了一口大土窑。然后又叫凤山择了装窑和生火的时间。在动土箍窑的时候，世龙宰了一只红鸡公，在箍窑的地方祭了土，然后又用这只红鸡公招待了郑蓑衣兄弟。在正式装窑的时候，世龙又提了一只红鸡公，到土地庙的先人菩萨前宰了，把鸡血洒在先人菩萨——土地公婆身上，乞求先人菩萨保佑烧出一窑好砖瓦来。那郑蓑衣兄弟将贺世龙家的砖坯和瓦坯装进土窑去，经过两天一夜的柴火猛烧和半个月的闭窑，出窑那天，世龙一家人把心都提到了嗓子眼上。值得高兴的是，出来的全是颜色发青，敲起来声音发脆的上等砖瓦，这让贺世龙当场欢喜得跳了起来。接着，世龙又带着兴成将自己承包地边那些能做建房材料的树都砍了回来，他们打算一进入冬天就请人建房。

这儿砖瓦已经烧成功，李春英立马就回了一趟娘家，去对表嫂催了一下兴成订婚的事。李红的母亲倒也说话算话，过来看了一下，见未来的女婿家里，青砖青瓦码了好几垛，回去跟李红老子一商量，就答应订婚了。这日，和媒人带了女儿及女儿的七大姑、八大姨等一干妇道人家来到了贺家湾。世龙家里办了酒席，也请了兴成的两个叔父世凤和世海和三个舅舅及贺凤山、贺万山等湾里几个有头有脸的人物作陪。吃过饭后，双方拿出了兴成和李红的八字给凤山合。凤山一合，八字不但相合，而且都有旺夫和旺妻运，自是天造地设的一对。李红的母亲和李春英听了，又是欢喜得合不拢嘴。兴成一见李红来到家里，就立即像一只公狗闻到母狗的荤味一样，总是挨挨擦擦地往李红身边凑。李红虽然羞羞答答，粉面桃腮，一副不好意思样，但一双大眼睛秋波盈盈，也不时往兴成身上瞟。两个年轻人宛如上辈子就缔结了姻缘一样，却碍着父母、亲戚，不好说得啥子。两家人和双方亲戚陪客说了半天闲话，兴成按规矩给了李红定情礼物。又隔了几日，媒人带信来，让兴成去李红家上门。李春英便带了儿子赶到媒人家里，和媒人一道到了李红家。李红家里也是办了酒席，除了已经见过面的李红的七大姑、八大姨外，李红的父母也请了自己湾里几个有头有脸的人物作陪。吃了饭后，李红同样回了兴成的定情礼物，一对姻缘便这样在月下老人的牵引下缔结成功。下一步，只等着贺世龙家盖好新房，准备花轿迎李红过门了。

却说这年秋天，功夫真不负有心人，贺世龙窝窝地新田的稻子，取得了比和尚坝老田还要好得多的收成。第一，因为那地过去都是种小麦、苞谷、红苕等旱地作物，现在头茬改种水稻，肥力足。第二，是因为有枷档沟的堤坝做保证，田里从没断过水。第三，是贺世龙舍得往田里施肥。一家人把稻子挞回来，自己的院坝晒不下，世龙又去借了世凤和世海的院坝。看着那几院坝黄澄澄的稻子，看见的人莫不伸出大拇指，对贺世龙交口称赞。贺世龙和李春英两口子尽管很累，可累得心里舒畅，整天都绽开着一张笑脸。

这天天黑的时候，贺世龙在自己的院坝里将最后一箩筐晒干车净的稻子扛进仓里，正打算坐下来吃袋烟歇息歇息时，世凤和毕玉玲忽然来了。来了，却又没有进门，只站在大门口，世凤怯生生地喊了一声："大哥……"

世龙见是世凤两口子，就说："有啥事，进屋来说吧！"

世凤听了，又抬头看了世龙一眼，一副没有勇气的样子。毕玉玲就在他的腰上捅了一下，说："进就进去吧，又不是外人，大哥会把你吃了？"说着，带头跨进了屋。世凤这才有些迫不得已地跟着进去，在一只矮板凳上坐了。

世龙见他们进来了，这才又问："啥子事，你们说吧！"然后看着世凤，等他说话。

世凤张了张嘴，欲言又止，眼睛落到世龙的仓门上，看着里面黄澄澄的稻子，口里却敷衍着说："也、也没啥，过、过来看、看看。"

世龙晓得世凤说的是假话，又见他眼睛落到仓里，一下明白了，说："我原来说的大春这季给你们二百斤苞谷，你们是不是不想要苞谷了？"说完，不等世凤回答，就接着大大方方地说，"不想要苞谷也行，我就给你们稻谷，你们拿口袋来，我称二百斤谷子给你们！"

可世龙的话刚完，世凤就急忙说："大哥，不、不是那个意思！"

世龙听了，问："那是啥子意思？是不是说二百斤少了？那好，弟弟兄兄的，不是外人，我再加一百斤，一共称三百斤谷子给你们，这要得了吧？"

世凤一听，仍然一边摇头一边说："大哥，真的不是那个意思，不是……"

世龙闹不明白了，提高了声音说："那是啥子意思，你就明说，莫像含了三十六牙，怕说得的样子！"

听了这话，毕玉玲才在一旁说了："大哥，说出来你也莫要生气哈！原先，他身体不好，把那地给你们种了。现在他身体好些了，我们，还是想自己种那地……"

世龙一听原来是为这事，不觉火了，一下站了起来，说："你们是不是看见我改田成功了，就眼红了？你们眼红，先不先做啥子去了？"

世凤和毕玉玲听了这话，红了脸，把头低了下去。半天，毕玉玲才抬起头，看着贺世龙喊了一声："大哥！"正准备说话，没想到李春英在灶屋里早已听清了他们的话，这时一步跨了出来，气咻咻地叫着说："勤人做起懒人爱，懒人看了不自在！想要回去，莫得那么容易！"

毕玉玲看见李春英出来参战了，忍了忍却没忍住，但又晓得自己没有理，于是便低声地咕噜着说："那地本来是我们的……"

李春英听了这话，自恃有理，又咄咄逼人地叫道："是你们的不假，可是那时是哪个张起嘴巴，说的把地给我们种的话？那说话的嘴巴，未必比下面屙尿的东西还不如？"

毕玉玲一听李春英的话难听起来，也就有些不甘示弱了，说："未必我那地，你们就想长期霸占不成了？"

李春英说："我们是霸占吗？我们改田那分辛苦，你们未必没有看见？"

毕玉玲说："那是你们愿意，活该！我们又没有叫你们去改？未必就只准你们过老财的日子，就不许我们吃饭了？"

李春英说："就是不给你，看你敢怎样？你总不能搬块石头打天！"

毕玉玲："我就是要要，不给我，我就去挖田缺！"

李春英双手把腰一叉，往前一跳，叫道："你敢！"

毕玉玲一见，也把双手往腰上一叉，同样也往前一跳，跳到了李春英面前，也叫道："就敢！就敢！"

贺世龙一见两妯娌又要打架的样子，心里本来有气，这时重重地把手往桌子一拍，大声叫道："吵啥子吵？要吵滚到外头去吵！"

李春英和毕玉玲听了世龙的话，这才各自退了下来。这儿世龙让兴琼去喊世海，让他来评评理。那兴琼便去了。

没一会儿，世海便过来了。世龙一见世海，不等世凤开口，便有些委屈地说开了："老幺你来评评理！当初是他们主动把地给我种的，现在见我把田改过来了，他们又想来要回去，你说说，这世上还有这样的兄弟吗？"

那世凤听了，只把头埋在裤裆里，也不说话。世海见了，便问："二哥，真有这事？"

世凤这才不得不把头抬起来，看着世海，有些可怜地说："老幺，你是晓得的，我那个家，娃儿大了，到处都要花钱，我也莫得办法……"

世龙听到这里，仍是非常生气地说："你现在才晓得莫得办法？先不先啥子去了？好，我也不说啥子，你要把地拿回去，我给你！不过我话要说清楚，从今往后，你也莫得我这个大哥了，我也莫得你这号兄弟了，我们井水不犯河水，不要再往来……"

世凤听到这里，急忙说："大哥，你也不要说这号的话，我晓得对不起你！你就是不认我这个兄弟，但那两个侄娃儿还是要喊你大爷的！那地，我只想种大春一季，小春我还是给你种，也不要你啥粮食了……"

话还没完，世龙还是气鼓鼓地说："哪个还想种你的地？算了，我还是那句话，永世不跟你打交道了！"

世海见了，在他们中间坐下，说："大哥二哥，我看你们都不要把话说得那样死！反正离点小春还有一段时间，先看一看再说。不瞒你们说，前个天我到乡上开会，听到一个消息，说是这地可能会变一变……"

听到这里，贺世龙像是忘记了跟世凤的事，急忙对世海问："怎么变？是不是又要把地收回去，重新回到大集体种庄稼？"

世海说："回到大集体是不可能了！但地要动一动却是真的。听说上面已经下了文件，有的地方已经在动了。怎么动，听说是把土地全部收回去，要留一部分地做公田，又叫机动地。其余的才是按人重新分配。为啥要这样办？主要就是说，当初分地时，为了图方便一刀切，分得越光越好，结果集体就成了一个光架子，啥子都莫得了。现在要买一根大头针都莫得钱，更莫说办公益事业！所以上头想了这样一个办法，收一部分田回来做公田，租出去，租金归集体，好为大家办点事。另一个呢，哪家生了孩子，娶了婆娘，也从这里面给他们补土地，所以

111

才叫机动地！这个办法，总的叫作'两田制'。所以，我叫你们暂时不要争，看一看，如果重新打乱分，我们还分不分得到那块地都难得说！如果分不到，你们现在争得个脸红脖子粗，不是白争了？"

贺世龙听了世海这话，心里一下紧了，但还是气呼呼地对贺世凤说："管它分不分得到，我都不种你那地了，你自己拿回去！"

世凤听了，却说："算了，大哥，你也莫生气了，我们都听老幺的话，先看一看，现在不说这件事了！"说着，急忙和毕玉玲走了出去。世海等世凤走后，又劝了世龙一阵，也回去了。剩下贺世龙一个人坐在椅子上，想着贺世海的话，像是呆了一般。

三

果然，刚刚交完公粮，正准备小春生产的时候，上面新的政策下来了。这天一大早，贺世海就在大喇叭里喊："大家注意了，上午在老黄葛树下开村民大会，乡上谢书记要亲自来传达上面的重要文件……"自从分田到户后，挂在黄葛树上的那只大钟没了用场，不晓得是啥时候被人偷去卖了。所以，现在村里有了啥事只能通过大喇叭喊。幸好有了大喇叭，要不然贺世海就得一个院子一个院子地去通知。

吃过早饭，大家果然就往学校旁边的黄葛树走去。村里已经有一年多没有开过村民大会了。即使开会，也是东到西不到，你来我不来，稀稀拉拉几个人。今天听说乡上谢书记要亲自来传达重要文件，眼下又不是太忙，于是就都来了。世海已经叫人从学校搬来几张桌子，搭了一个主席台，又架起了大喇叭。乡上谢书记带着一个秘书也来了，没多久就开会了。世海做了开场白后，让大家鼓掌，欢迎谢书记做重要讲话。谢书记也不推辞，就坐到前面来，对着麦克风讲了。谢书记说："今天这个会，就是关于贯彻落实上面有关农村土地第二轮承包的会。这次承包过后，土地要保持十五年不变。十五年不变，这是一个新政策！还有一个新政策，是啥呢？简而言之，就是实行两田制！就是将原来生产队的土地，一部分划分为口粮田，一部分划分为责任田。口粮田按人均分，责任田又叫'公田'，实行招标承包和规模经营……"

听到这里村民们明白了，土地要收回去重新分配，还要留一部分田不分，还要十五年不变。先前按"老祖业"方式得了便宜的人，一下就吵起来了，大声说："为啥子要收回去重分？不行，我们不重分！"而另一部分按"老祖业"方式分地没有得到便宜甚至吃了亏的人，也跟着叫了起来："好！要分，要分，就要重新分！"

谢书记见自己刚讲几句话下面就乱了起来，很不高兴地看了贺世海一眼。世海见了，就走到前面，拿过麦克风吼道："吵啥子？这儿又不是猪儿市场！大家安静点，听谢书记给大家讲为啥要实行两田制？"

人们听了，这才渐渐安静下来，谢书记对着话筒咳了一下，就又接着讲了："为啥要实行两田制？一言以蔽之，就是为了壮大集体经济呀！我们还是不是社会主义？还是不是共产党领导？当然都是！可是现在我们的基层党组织是个啥样了，啊？连买张红纸写标语的钱都莫得了，还怎样坚持党的领导？所以要拿出部分田做公田，其收益用于党支部办公和为大伙办事！既然拿出了一部分田做公田，剩下的这部分当然要重新分配哟！不然，哪个的地愿意拿出来？"说完，见下面村民在认真听，于是又说，"至于你们村的土地，更应该认真进行一次重新分配！为啥？因为当年你们分地时，有人思想不通，抵制上面的政策，搞自由化，闹无政府主义，不重新丈量土地，搞啥子按土改时期的'老祖业'分田，多的多了，少的少了，肥的肥了，瘦的瘦了，极不合理！这个人我就不说了，现在正好纠正过来……"

正说着，忽然人群中一个声音愤怒地叫起来："你龟儿子说嗫！老子不怕，当年就是我叫按'老祖业'分的，你敢把我拉去剖背？"

人们扭头一看，见是老支书郑锋一张脸涨得通红，再看谢书记，这时脸也气得铁青了，说："郑锋，你太不像样了！你还是不是共产党员？"

郑锋还是怒气冲冲地说："老子是党员，你又怎样？当年，不是你要我们坚决顶住分田单干风的吗？现在怎么把罪都怪到我头上了？你他妈一棵墙头草，风吹两边倒！"

谢书记气得哆嗦起来，一拳砸在桌子上，说："癫子打伞——无法无天了！"

郑锋今天也似乎豁出去了。这么些年，他心里也憋着一口气，尤其是对谢书记捋了他支部书记的职务一直耿耿于怀。这事情过去也就算了，可哪想到今天姓谢的在大会上又揭起他过去的伤疤，还给他戴了一大堆帽子。他的性格本来火暴，再仗着老革命的身份，心里憋着的那口气于是便爆发了。听了他原来顶头上司的叫喊，郑锋说："无法无天了又怎样？老子革命那时，你他妈还在你爹那杆枪筒子里没有出来呢！"说完又说，"你他妈称二两棉花纺（访）一纺（访），老子要是不回来，现在享受离休干部待遇了呢！老子闹了自由化，你敢不敢把我党籍开除了？"

那谢书记被郑锋骂得抬不起头，半天才对世海喊道："贺世海，给我找人把他拖出去！"

世海从一看见郑锋和谢书记顶牛，心里就很作难。一方面，他了解郑锋的脾性，这是一个服软不服硬的人物，宁输一颗脑袋不输一口气；另一方面，他又是郑锋培养出来的，郑锋对他有恩。他如果去制止，郑锋说不定连他也会骂！不去制止吧，谢书记日后追究起来，自己也是难逃一顿批评！正不晓得该怎么办，听见谢书记喊他，才不得不硬着头皮，打算过去把郑锋拉开。正在这时，郑锋的侄女，原大集体时期的赤脚医生郑虹忽然对台上说："他今天早上喝了酒，请领导莫跟他一般见识，我去把他劝开！"说着挤了过去，在郑家塝其他人的帮助下，连拽带推，终于把郑锋拉走了。

经过这样一闹，谢书记也没心思继续往下讲话了，简单对村里提了一些要求后，便带着秘书气冲冲地回乡上去了。谢书记一走，贺世海见会场闹哄哄的，晓得人多嘴杂，这会再往下开也开不好。于是便宣布散会，只留下村和小组的干部到学校教室里继续开。说是继续开，贺世海也无非是照本宣科，把从乡上开会听来的条款一一传达。诸如按上面要求的比例，哪个组该留多少公田？全村从啥时候起重新丈地，又到啥时候结束？要做到公平、公正，干部不能徇私舞弊，各组的"公田"要尽快落实等等。

按照上面的统一要求，贺世龙这个村民小组要留四十亩"公田"。晚上就传出了消息，公田的位置就是贺世龙窝窝地那一片湾。

世龙一听，有些傻了的样子。自从世海对他说了土地可能要变的话以后，他的心一直没有放下来。晚上做梦也是梦见他的那些土地。不久前，他还去找凤山给他算了一下。凤山将他的八字一排列，就说："你今年的运程有点不顺！"世龙听了，忙问他是哪点不顺？凤山又回答说："可能要丢点财，还要防小人作怪！"

114

世龙又问是啥子样的小人？凤山却不肯说了。世龙听了，心里更是十五只吊桶打水——七上八下的。这时见凤山的话果然应验了，心里很不是滋味。可又不甘心就这样，把那块刚改出来的田交给队里做公田。无奈之下，他把和世凤的不快放到一边，想叫世凤和他一起去阻拦。但世凤听了他话，虽也显出愤愤不平的样子，却是说："胳膊扭不过大腿，他们要收就收吧，有啥子法？"又说："这人讲的是命！命里该吃屎，跑到天外头，捡根干萝卜，一看还是屎！我是认命了！"

世龙听了世凤这话，晓得指望不上他。并且听出了他的话中还有点看笑神儿的意思，于是不再说啥子，转身走了出来。晚上看见世海回来了，又去找世海。一走进世海的家里，不等世海问话，就急匆匆又气昂昂地说："贺世忠硬是要把窝窝地那个湾的地，收回去做公田了！"

世海一听世龙的话，就明白了他的来意，说："我听说了，但我虽然是支部书记，可确定公田，是各小队的事，我不好去管！我一去管，他说我拿权压他！再说，那窝窝地我也有一份，更不好说了。我要去说，他就会到处去造谣，说我这个支书推行两田制不积极，或者说我是马列主义做电筒，只照别人，不照自己。是蜘蛛的肚子——尽是丝（私）！"

世龙听了，仍愤愤不平地说："队里这样多地，贺世忠不收，单单收那个湾的地，这是癞子脑壳上的虱子，明摆着，冲我那块才改的田来的！"

世海说："大哥，也不是我埋怨你的话，你根本就不应该去改那田！"

世龙问："怎么不该改？"

世海说："这点你都不明白？你想一下，队里每个人只有三分水田，你这一改，就凭空多出了几亩水田，哪个又不眼红？人家一眼红，不给你收了才怪！"

世龙听了这话，心里还是有些不服气，说："我把一块瘦壳壳地改造成一块旱涝保收的水田，队里总不能不付我一点报酬吧？劳力钱不说，我算猫爬甑子——替狗搞了！但我买石灰和请郑石匠打石头、修堤坝的工钱，总该给我吧？"

世海想了想，说："你要这样说，倒有一些道理。你去跟贺世忠说一说，看他怎么回答你吧。"

世龙听了世海的话，第二天吃过早饭就去找贺世忠，把自己对世海说的话给贺世忠说了。贺世忠说："按说，你买石灰和请郑石匠修堤坝的工钱，队里是该给你！但世海书记昨天在会上没有说，所以我也不敢答复你。这样，我去请示一下世海书记，中午时候我再答复你吧！"

世龙说："这是队里的事，大队他也不管！"

世忠说："是倒是队里的事，可他是领导，不管怎样说，总该去请示一下吧？"说完，也不等贺世龙再说啥子，真去请示世海了。

世海没想到世忠会这样狡猾，把球又踢到他这儿来了。他怎么表得了态？于是又给他把球踢了回去，说："这是你们队里的事，你们自己研究决定吧！"

这样的答复似乎早在世忠意料之内。他回来就对贺世龙说："支书让我们自己决定，可我一个人又怎么做得到主？这样，晚上开个社员代表大会，让大家都讨论一下再说吧！"说完，又对世龙问，"你看呢？"

贺世龙说："就这丁点儿事，还开啥子社员大会？人多嘴杂，说的说给，说的说不给，到时候还得要你做主！"

世忠说："我也不瞒你说，要是像原先队里有钱，我一个人表态，给了就算了。可现在你是晓得的，庄稼到了户，集体只剩下一个空壳壳，大队连买张纸的钱都莫得，何况我们生产小队？如果要给你钱，也是要全队的人从包包里掏出来。如果不开会把大家叫醒，我到哪个地方去给你收钱？"

世龙听了这话，也明白世忠说的是真话。但要全队的人从自己口袋里掏钱给他，只怕羊肉没吃到，反惹一身膻，于是就说："那就算了，大不了，我算是扒手把包摸了那样想！蚀财免灾，你也不要去开那个社员大会了！"

世忠听了，却还是说："会还是要开！要是大家都通情达理，同意给你钱，我要是不开会，到时你就埋怨我了，是不是？"

世龙见世忠坚持要开会，也就不好说啥，只好由着他了。吃了夜饭，他就披了一件衣服去世忠家里开会。会场在世忠的堂屋里，一家来了一个主事的，坐了满满一屋子人。在一片叶子烟的烟雾缭绕中，贺世忠说了世龙的事。会场先是沉默，过了一会儿，才有人发言。发言的是大房的人，也不晓得世忠在会前是不是与他商量过，他没就给世龙补偿的事发表意见，而是像提醒贺世忠似的说："队长，你要在这件事情上想好！要是这队里都是姓贺的人，倒也没啥子。只是还有姓刘的，姓余的，姓郑的，这些外姓会不会有看法？"

贺世龙一听，晓得有人开始把事情往一边扯了，就看着贺世忠，想听听贺世忠怎么回答。没想到贺世忠并没有表态，只是看着屋子里几个外姓的人问："那你们先说，究竟是同意给贺世龙补偿，还是不同意？"

世龙一见，晓得补偿的事是七月十四烧笋壳——没纸（指）望了！这些外姓人长期生活在贺氏家族的压力下，怎么会同意从自己口袋里掏出钱来给他？可是他没有想到，正因为这些小姓人长期生活在大姓的压力下，晓得今晚有人要拿他们当枪子使，让他们去得罪贺世龙。可他们不想做这样的傻瓜！于是正当贺世龙感到没希望的时候，他们却异口同声地叫了起来，说："我们没意见，别个花了钱，是该补给人家嘛！"

这戏剧性的一幕不但把贺世龙给弄愣了，包括贺世忠在内的屋子里所有的人，都像没料到似的张着嘴。过了一阵，贺世忠像是才回过神，看着最先说话的那人，说："人家同意了，那你们说嘛！"

世龙看着那些大房的人，以为屁股抵到墙，他们没别的退路了。可没想到，那人想了一想，突然站了起来，说："哎呀，不晓得是开这样的会，出门时也没和婆娘商量一下。要是我们在这里答应了，回去婆娘不答应，找我打架角孽，哪个来帮我解决？我还是回去和婆娘商量了，再跟队长扯回销吧！"说着，就一边拍打屁股一边离开了会场。其他大房的人一见，也跟着说："是呀，是呀，我们回去商量一下吧！"说着都离开了会场。

那些人一走，屋子顿时空了一半，世忠扫了扫剩下的人，说："人都走了一多半，还开啥子会？散会吧！"又对世龙说，"明天我挨家挨户去问，问完了我再跟你回话，你看要不要得？"

世龙说："还去问啥子，脱了裤子打屁——多一道麻烦！"说着，不等贺世忠说啥，就埋头走出了会场。

隔了两天，世忠果然找到世龙对他说："你说的那事不行了，我挨家挨户去问过，没人同意拿钱出来。说改田是你自愿的！再说，他们也都挖了'大翻身'，开了'油水地'，要是给了你补偿，他们也要补偿！所以，你都是看见的，我是巫士捉鬼——啥法都使尽了，大家都不答应，我也莫得办法了。"说着，还做出了一副苦脸。

世龙听了世忠的话，丧气地说："会怪怪自己，不会怪的才怪别人！我哪个都不怪，就怪自己为啥要去改那地？费了一肚子力不说，还倒贴了修堤坝的工钱！改出来的田还没种热，就又要被收回去做公田，你说我这是不是场后头落雨——该（街）背时（湿）？"说完，就气冲冲地走了。

四

　　接下来，队里开始第二轮分地。这次分地的方法是先丈量面积，包括那些新垦出来的"油水地"，一律按上面的文件被队里收了回去。起初有人想不通，特别是那些开垦得多的人户，先去找贺世忠闹，后来见家家都有，又奈何不了政策，也就罢了。也取消了老祖业按产量折算面积的方法，一律按实际面积丈出多少是多少。贺家湾的耕地面积，从土改到现在一直都是一本糊涂账。准确的数据，用湾里人自己的说法，是鬼大爷才能够说得清楚。土改时期就不用说了，用产量折算面积，本身那面积就不准确。人民公社时期，对于以前就有的耕地又一直没有重新丈量，还是按原先的办法计算，只是将新开垦出来的耕地，按照六十六平方丈折合一亩的办法进行统计。村里的实际土地面积比在册面积要多。为啥册子上的土地面积会比实际的面积会少呢？原来农人把土地视为生命，经过了20世纪60年代的饥荒后，晓得了浮夸是要付出惨重代价的！所以，即使是像郑锋这样对党忠心不二的老革命，也吸取了教训。不但不再吹牛浮夸，反而千方百计地隐瞒住部分土地，以尽量向国家少交一些粮食征购的任务。向国家少交了千儿八百斤粮食，每个农人手里便会多分几斤。如果再遇到像三年饥荒那样的年馑，这几斤粮食便可以救命了！当然，那土地随着人口的增加也真的在减少。一是因为在大集体时，开垦了一些地，但这些地后来因为水源无法保证而荒芜了部分。二是几十年间，建房、修路和兴修水利占用了部分耕地。这些减少的部分在每次政府的土地统计中，会被干部如实地报告上去。但对于新开垦出来的地却会三缄其口，瞒住不报。反正上面也不会亲自拿了丈尺来量，怕啥子？这样就造成村里实际土地面积比上级册子上的统计数字要多的情况。及至到了税费改革，不但种田免除了税费，而且对种田发放补贴，贺家湾人才发现他们吃亏了。原来，那补贴正是按上面掌握的册子上的面积来发放的。于是贺家湾人又要求上面来丈量面积，按实际面积补贴。那上面的人，尤其是乡上的干部，何尝不晓得农人过去这

118

些小伎俩，于是就说："好呀！那你们就把这二十多年偷逃的国家税收和征购任务包括罚款给补起来，我们就按实际面积给你们补！"农人一算账，自己要补的多得多，于是不再坚持按实际面积补了，这是后话。总的来说，经过这轮土地承包的丈量，贺家湾的实有土地面积一下子出来了。丈量完了土地后是第二步，就是确定土地等级。贺家湾的地一共确定为五个等级：土层深厚，地势平坦，质地适中，耕性良好，保水保肥能力强，肥力水平高，地里无障碍物，宜种度广的为第一级；土层较深厚，质地较适中，保水保肥能力较强，肥力水平较高，水势较协调，宜种度较广的，为第二级；土层较深厚，保水保肥能力一般，剖面构型欠佳，对作物有选择性的，为第三级；土层较浅薄，有障碍层次，保水保肥能力弱，宜种度较窄，如黏、酸、瘦、板的黄泥土，粗、薄、旱、瘦的石骨子土和砂土，冷、烂、毒、串的深烂田和冷浸田，为第四级；剩下的坡陡土薄，冲刷严重，肥力水平极低，作物生长不良的，为最后一个等级。把等级确定好以后，再根据全队人口确定每个等级分到每个人头上的面积，这个账算得十分细致。第三为抓阄。第四是按人口丈量土地。这种办法看似比按老祖业分地公平了，可每家每户分到的土地却更加零散。值得高兴的是，尽管队里留了四十亩"公田"，但因为这几年开出的"油水地"，贺家湾这轮承包，每人分得的土地并没有减少，还是一亩三分面积。丈地那天，世龙晓得很难再分到自己原来的地，就没去参加量地，而让兴成去了。丈完地后，果然没有一块地是他原来的。

这次分地，更让贺世龙想不通和气愤的，就是兴成下半年就要结婆娘。这是全湾大小人等都晓得的事。那天在村民大会上，贺世龙听得十分明白，谢书记说的这次调整过后，土地在十五年里都不得变。如果要变，也只能在现在的基础上，实行"大稳定，小调整"，而且还要全体社员同意才行！这队里是大房的人多，如果以后大房中有人作梗，不同意给兴成的女人和娃儿调整土地，那样一来，兴成的女人和娃儿在十五年内都会没有一寸土地，那他们娘儿母子吃啥？世龙就想趁眼下分地的机会也给李红分一份地。他去找贺世忠，世忠却对他说："不行！上面文件说得很清楚，是按实有人口分地！就算兴成下半年要结婚，现在也分不到地呀？你要不信，去问问世海书记你就晓得了！"

世龙没法，果然去问世海，世海说："没错，大哥，文件是那样规定的，我也莫得法！"又说，"分不到就算了，大哥，反正二天还有人要结婚和生娃儿，他们能活，我相信兴成的婆娘娃儿也能活！"

世龙听了这话，觉得也是这个道理。再说，既然文件这样规定了，哪个也把文件奈不何！于是不再去求哪个了。可没想到的是，那天丈地时却听见有人说，世忠家里多丈了一个人的地，就是他下半年即将娶进来的儿媳妇的。世龙一听，心里的火气冒了起来，急忙跑去找贺世忠，对他问道："你说按实有人口分地，你怎么又把自己儿媳妇的地给分了？"

世忠说："她该分呀？"

世龙说："怎么该分？她还不是和我家兴成一样，要下半年才结婚？"

世忠说："你原来是问这事，那我也跟你明说，他们是下半年才结婚，可他们先前已经打了结婚证，就算是结了婚！下半年只算是举行一个仪式，所以她应该分地！"说着，还去拿出了儿子的结婚证书给贺世龙看。

贺世龙看了，问："打了结婚证就能分地？"

贺世忠说："那当然！打了结婚证就算是结了婚。没打结婚证，即使举办了婚礼也不能算结婚。"

世龙又问："那我叫兴成也去打结婚证，能不能分到地？"

世忠说："只要分地没有结束，他把结婚证拿出来了，我就给他分地。但如果分地结束了，我就莫得办法了！"

世龙听了，就说："那好，我现在就回去叫他们去打结婚证！"

说完，世龙果然跑回家里催兴成去找李红打结婚证。兴成有些犹豫，说："房子还没有盖，人家答应打结婚证呀？"

世龙吼道："你晓得个屁！房子没有盖，老子要盖嘛！莫得结婚证，你婆娘和娃儿十五年都莫得土地，你们二天吃个屁呀？"吼完又说："你嘴巴长起，不晓得跟你岳母岳父说呀？过了这个村就莫得那个店了。结婚证迟早是要打的，哪个时候打不是一样？"

兴成被世龙骂得无话可答，于是进屋换了衣服，果真往李红家去了。到了下午天打麻影时，贺世龙还没看见兴成回来，满心欢喜，以为儿子真和李红打结婚证去了，要不然，怎么这么晚了还没有回来？只要儿子把结婚证一拿回来，看你贺世忠还敢不敢不给他分地。心里正这样想着，忽然看见兴成没精打采地回来了。一进屋，脸黑着也不说啥。世龙心有些不安起来，问："怎么了？"

兴成说："我说不去，你偏要叫我去，害得我白跑一趟！"

世龙说："怎么回事？看你这副丧气的样子，未必他们不想答应这门亲了？"

120

兴成说："倒不是不想答应，只不过他们村里也在调整土地。我好说歹说，李红倒是答应和我一起去打结婚证，可她父母死活不同意！说如果把李红的户口开走了，他们也就会少一个人的土地！"又说，"不但不答应，还把李红说了一顿，害得人家跟着受气！说还没结婚，就这样巴婆家了，以后结了婚，那娘屋还靠得你啥子？真是白养了！"

世龙一听这话，一口气从脚下冒上来，只觉得亲家算盘打得比他还精。田留在了娘家，以后女儿再是没吃的，好意思回娘家挑粮么？女儿不会回娘家挑粮，所以女儿那份便永久归他们了。可今后兴成的负担却是压在他肩头上的呀！真是女儿好养，媳妇难娶呀！这么一想，便感到心里堵得慌，上床去躺了。在心里一会儿骂亲家小气，不是人，一会儿又骂贺世忠做事，是砒霜伴辣椒——又毒又辣。最后才是生自己的气，早晓得打了结婚证可以分地，就该叫兴成提前去打了！

贺世龙在家里生了两天闷气，眼睁睁地看着队里把地分完了。分完地后又出了一件让世龙没有想到的事——他和世凤两家又吵起来了。事情原来是这样的：这次分地，贺世龙没有分到自己原来的地，却分到了世凤原来的一块水田。田不大，只有五分多面积，狭长狭长的，一头大，一头小，像一根黄瓜。但这田的两边都有点阳阳坡。世凤在第一轮分到这块田后，为了以后给儿子兴春讨婆娘时盖房子，就在两边的田坡上栽了十多棵桉树。桉树是速生木材，又临着田边，水源充足，几年过去，这十多棵桉树长势不错，正处于要大不大、要小不小的关键时刻。要是不重新分地，这树长在自己田边，啥事都莫得。可现在田分给了人家，按照情理，世凤要么移走自己的树，要么砍掉，要么折价卖给世龙。反正你的树不能再长在别人的田边影响人家的庄稼。但世凤看着那树干笔直、枝叶茂盛的树，既舍不得砍，又不肯折价卖给世龙。仗着亲兄弟的关系，去找世龙商量，想让那些树继续留在那里，等再长两年可以做椽子再砍掉。世龙因为分地的事，心里正不舒服，加上本来又对世凤有气，于是便闷起不开腔，既不说要得，也不说要不得。但李春英态度却是非常坚决，一口就回绝了世凤："老二，你还不晓得占便宜嘛！你想得树，却来影响我的庄稼，世上哪有这本书卖？不行，要么你马上把树移到你那地边去栽……"

世凤听到这里，晓得自己是在求人，也不生气，只像开玩笑似的笑着说："大嫂，你说到哪里去了？那样大的树了，莫说移不动，就是移得动，又怎么栽得活？"

李春英听了，马上又说："栽不活那就砍嘛！反正你的树不能长在我的田边！你婆娘老公要吃饭，我一家大细娃儿也要吃饭！那田坡我要铲出来点胡豆，你赶快把树搬走！"说完，像想起了什么似的，马上又接着说，"反正弟兄是分了彼此的，要不然，你也每年补我一百斤胡豆，二百斤谷子，我就让那些树长在那里！"

世凤一听，有些生气了，但还是用小叔子的口吻笑着说："大嫂，你那×硬是金包卵呢！那点瘦坡坡，就是点胡豆，也打不到一百斤嘛！再说，桉树是直起长的，肯定要影响些庄稼，但也影响不到那么多嘛！总共才五分田，挞四百到五百斤谷子，少了二百斤还了得？"

李春英听了，却不和世凤嬉皮笑脸，还是一口咬定说："你答应就答应，不答应就砍树！过两天我要去点胡豆，先跟你打个招呼，你不砍我就要砍了！"

世凤听到这里，真的生气了，一下子站了起来，说："那就看你们的嘛，大不了鱼死网破！"说着就往外走，一边走一边嘟哝："硬是像俗话说，最狠不过妇人心……"

李春英听见世凤这话，追出去叫道："贺世凤，你说哪个狠毒？你吃屎的还想把屙屎的估倒，是不是？"

世凤听见也没回答，只顾埋着头气呼呼地走了。李春英本想找贺世凤理论理论，见贺世凤已经走远，这才算了，也愤愤不平地回了屋。弟兄俩这事便僵持了下来。

没过两天，李春英真的要到那田坡上点胡豆。去的时候，见世凤家里的大门开着，就绕到世凤的地坝里对着屋里喊道："老二，去砍树哟，我要去点胡豆了！"喊了几声，屋子里没有答应，春英便以为是老二两口子故意冷水烫猪——不来气，妥她的眼皮。便跑回去拖出一把斧子，一边往田边跑一边嘴里叫着说："你不砍算了，你看我敢不敢砍？"她跑到田边抡起斧头，果真咚咚地朝一棵树砍了起来。

一棵树还没有砍倒，毕玉玲就一边骂一边怒气冲冲地赶来了。和上次在窝窝地一样，两个女人先是互相你一言，我一语地骂着骂着，然后便是互相指了对方鼻子公开骂了起来，再然后便是互不服输地往中间走，接着就是扭打在一起了。这田边却不似上次的窝窝地里，这儿地滑，地方窄，又是一个斜坡，扭着扭着，春英不晓得是怎么回事，脚下一滑，身子站立不稳，就倒在了水田里，不但衣服裤子全湿透了，还糊得像个泥人一样。幸好不远处有干活的人，过来把她从田里拉起来，把毕玉玲也劝开了。

但事情并没有到此结束，春英回家换了衣服，就哭兮兮地回了娘家。对娘家爹娘和兄弟一把鼻涕一把泪地说，她在贺家湾受了贺世凤两口子的欺负，娘家兄弟不跟她做主，她就去死了。上一回李春英和世龙打了架，她也回去向娘屋人告了一回状。却没有直接跟兄弟告，而是跟兄弟媳妇几个女人告了，让兄弟媳妇等几个女人来向贺世龙示一下威，因为毕竟是两口子的事，一家人。可这次不同了，这次是外人，因此她要向兄弟告。告的目的自然是希望兄弟们给她伸张正义。果然，兄弟三人听了姐姐的哭述，真以为她在贺家湾受了莫大的欺负，又去叫了几个堂弟兄，七八条汉子便摩拳擦掌地朝贺家湾来了。

他们到了贺家湾的时候，正值中午学校放学。周萍上午上课不久，便听说了大嫂和二嫂在田边打架的事。这时一看大嫂从娘家搬来了这么多人，叫叫嚷嚷地朝二哥家去，一下便明白了是怎么回事。于是赶紧去地里把正在干活的毕玉玲拉到学校自己的办公室里躲起来，不让她出去，然后又赶紧叫人去找世海。世海平时对大哥二哥间的矛盾，都是睁一只眼闭一只眼。想弟兄间的矛盾大也大不到哪儿去，说一个不说一个，反倒得罪了人。可这时听说大嫂从娘家搬来了一群汉子，叫喊着找二哥算账，一下子觉得不管不行了！于是急忙往回跑。跑到世凤院子里，果见七八个汉子围在世凤大门前，一个个像是哪个欠了他们啥子一样，满脸怒气，七嘴八舌地高叫："贺世凤，你两口子快点滚出来！""躲得过初一，躲不过十五，快点出来！"

世海见世凤的大门从里面闩着，便晓得世凤在屋子里，便不那样着急了，不慌不忙地走过去，装作啥子也不晓得地问："哎呀，李大哥，大嫂，这是怎么回事？"

李春英见世海来了，有些不好意思，忙说："老幺，这事与你无关，你不要管！"

世海说："我怎么不管？客来了，不到屋里坐，却在这里闹闹嚷嚷的，人家见了，问我这个支部书记是怎么当的，我如何回答？"

李春英这才气呼呼地说："毕玉玲打我，把我打到水田里！"

世海听了，又急忙问："啥子，她打你？她为啥要打你？又打得有多严重？是伤了脚，还是伤了手？你把伤给我这个当兄弟的看看，兄弟来给你做主！"

李春英被世海问住了，张口结舌地不晓得该怎么回答。世海见了，又用了批评的口气对李春英说："大嫂，不是当兄弟的批评人，弟兄妯娌间，争点嘴，角点孽，有多大一回事嘛？牙齿和舌头那样好，有时候还要咬到一下噻，是不是？你还让兴成这几个舅舅跑一趟，人家就莫得一家人，不干活呀？说得不好听一点，你这是看不起我这个当兄弟的！当兄弟的再无能，还是这个村的支部书记嘛！人家要是晓得了，就会说贺世海连自己家里的事都管不好，还管啥子村里的事？你说看，你是不是故意让外人来说我的坏话嘛？"

一番话把李春英说得哑口无言。一个妇道人家，她哪里想到了那么多？世海见大嫂红着脸一言不发的样子，于是又回头对大嫂叫来的娘家兄弟说："各位舅舅，我就依着我侄儿这样来叫你们了！你们也不要这样冲动，话冷了说得，铁冷了才打不得。弟兄妯娌间的矛盾，是弟兄妯娌的家务事。闹得再凶，一觉瞌睡困醒，弟兄还是弟兄，但你们出面就不同了！我那二哥是啥子人？一个病砣砣，气吼包，大集体时代就做不得重活，生产队只好照顾他喂牛。你们今天要是动了他一下，他来个借势一倒，说这儿不生肌，那儿不告口，那他下半辈子和婆娘娃儿的生活，你们就来负责嘛！"

李春英娘家来的汉子一听这话，倒真的被吓住了。春英的大兄弟说："贺书记，我们也不是来打架，我们只是想来说一下理。"

世海听了忙说："说理好哇！先不说我这个当兄弟的身份，就说我现在，还是这个村主事的人，就欢迎几个舅舅到我家里去，看我把两个哥哥间这点鸡毛蒜皮的矛盾，解不解决得下来？要是解决不下来，你们朝我脸上吐口水！"

春英娘家几个兄弟听了世海的话，便借势说："既然贺书记这样说了，我们当然听你的！"说着，也不待姐姐说啥，便跟着世海走了。

走到世龙家门口，李春英要回去做饭，世海说："做啥子饭？都是亲戚，在你家里吃我家里吃还不是一样！"说着，把一干人带到家里，一面叫人到学校里喊周萍回来做饭，一面叫兴燕去把她的父母和大爸喊来。兴燕去了一阵，世凤就吭哧吭哧地来了，却不见毕玉玲。世海问世凤："二嫂呢？"

世凤憋红着脸说："不晓得她、她到哪去了。"

世海说："去找，她不回来，我解决了，她不服怎么办？"

周萍一听，晓得二嫂在家里，只是不好意思来见大嫂的娘家人。因为刚才世海找人来喊她回去做饭时，她就把办公室的门打开让毕玉玲回去了。这朝一想，二嫂不来也是好的，如果来了，和大嫂两个人面对面，勾子抵到墙反倒不好。于是就对丈夫说："二嫂不在屋里就算了，反正有二哥在这里，二嫂今后要怪，也只能怪二哥！"

世凤也说："老幺你说的，她有啥子意见！"

世海听了这才说："那好吧！"

但这时兴燕回来了，却对世海说："大爸在挖地，他不回来！"

世海问："他为啥不回来？"

兴燕说："不晓得，但大爸说，他眼不见心不烦，看你们在屋里怎么闹！"

世海一听，顿时明白大哥对大嫂的做法肯定生气，于是又对兴燕说："你再去喊大爸回来吃饭，就说在幺爸这儿吃！"那兴燕又跑去了。

这儿世海决定不等大哥了，就快刀斩乱麻地说："那我就说了：第一，二哥你的树长在大哥田边，影响人家的庄稼，这肯定是不对的！第二，那树半大不大，这朝砍掉也可惜，大嫂你也不要马上逼着二哥去把那树砍了。外人都可以通商量，未必弟兄不可以通商量？第三，二哥也不能让大哥的田边白给你蓄树！那树再长个两三年，能做椽子的时候，你就必须要砍了。这两三年，我做个调解，你一次性付给大哥一百块钱，你看怎样？"

世凤一听，低低地说："我莫得钱，二天砍树时，我给他四棵树，一棵树也值得到二十多块钱，看他答不答应？"

世海听了，说："行啦，我还没有想到这个办法！如果这样，那树还可以多蓄几年，蓄得越大越值钱，反正都是四棵树嘛！"说完，又对李春英问，"大嫂，你看呢？"

李春英说："我有啥子意见，你说了的，就按你说的办吧！"又说，"那就看你哥哥有莫得意见？"

世海说："只要你莫得意见，大哥那里我去说！"说完，又对大嫂娘家几个兄弟问，"几位舅舅，你们还有啥子说的？"

春英娘家几位汉子见当事双方都没有啥子说的了，自己还有啥子意见？于是都说："我们都没有啥子说的，双方和好了就算了！"

正说着，兴燕又回来了，世海见还是只有她一个人，于是又问："大爸没有回来？"

兴燕童言无忌地说："大爸说他不吃饭，他气都吃饱了！"

春英娘家几个弟弟听后，脸上有些挂不住了。大弟就说："他总是躲我们嘛！"

世海听了，急忙打圆场说："话不能那样说，老亲老戚，他躲你们干啥？他这个人呀，一辈子都把活路收到心里，生怕把活路做不完！我们不管他，该吃饭时就吃饭！"

吃过午饭，那李春英娘屋的一干兄弟各自回家去了。李春英进厨房帮周萍洗碗，周萍这才说她："大嫂，今天这事，你确实做得有点欠考虑！你看，把大哥都气得连午饭都不回来吃了！"说完又说，"人家说亲弟兄，脑壳打烂都镶得起。你也不想想，从娘屋喊那么多人来，大哥回来怎么说？再说，如果真把二哥哪里绊倒了，又跟哪个摆的祸事？还不是跟你们自己摆！"说完又叮嘱李春英说，"大哥回都不回来，说明他心里肯定有气！今晚上他回来，管他说什么，你都装作没有听见，不要和他争，免得你们两个又来吵吵闹闹的！"

果然，到了天黑尽后，贺世龙才扛着锄头从地里回来。李春英这时已经晓得自己上午的事是做得有些过火了，心里已经有了愧意。见丈夫连午饭都没吃，一直饿到现在，心里又有了几分疼痛，于是就早早做了消夜，等着贺世龙回来吃。一看见丈夫回来了，就赶紧走出去想去给世龙接下锄头。却没想到那贺世龙如同看见了仇人，突然将锄头往地上一扔，咬紧牙关骂了一句"龟婆娘"，紧接着抓住李春英的头发，扬起巴掌就直朝她脸上叭叭地扇去。同时嘴里又恨不得吃了李春英似的骂道："龟婆娘，老子让你扫我的皮！让你扫我的皮！"

兴成见父母这儿打起来了，急忙跑过来插进李春英和贺世龙中间，对父亲不客气地说："有话好好说嘛，一回来就动手动脚的啥子？"

贺世龙还想朝李春英扑去，但被儿子铁塔般的身子挡着，只好从兴成的肩膀上，伸了手去指了女人骂道："你从娘屋里弄他妈些人来，以为就讨到面子了是不是？你不但扫了老子的皮，连你儿女的皮都被你扫了！你个婆娘晓不晓得？别人二天在外头一议论，说我们连自己弟兄都打不拢堆，还莫说和团方四邻！这话打到你那亲家耳朵里了，你儿子脸上未必还有光呀？"

李春英先是被打蒙了，愣愣地站在那里。听了贺世龙的话，又进一步意识到是这么回事。醒过来后，又记起周萍告诫她的话，也不和贺世龙争辩，只坐在门槛上嘤嘤地哭。兴成把父亲拉开后，又去劝了母亲好一阵，终于把李春英劝得不哭了。

贺世龙几巴掌把李春英打了后,突然觉得这几日因那第二轮分地憋在心里的郁闷一下子没有了,浑身上下都有种轻松的感觉。不但过去舀了自己的饭,也舀了李春英和儿女的饭,端到桌子上。又不好直接叫李春英来吃饭,却对着兴成和兴琼说:"你们不来吃饭,还站着等老子一个一个来请呀?"声音已是极其温柔。

自此以后,李春英吸取了教训,不再动不动就回娘家搬兵了。听了世龙那晚几句话后,脾气也改了许多。心想也确是这样,儿大女大,二天该结进来的要结进来,该嫁出去的也要嫁出去,老这样和老二家里一个钉子一个眼,说出去是不好听!于是,在一些小事情上便懂得了忍让。毕玉玲见那日李春英从娘屋搬来了救兵,也被吓住了。原来她娘屋只有一个哥哥,年纪也大了,人又非常老实。要是二天再出这样的事,贺世凤一个病砣砣靠不住,娘屋又没人帮她,她就只有等着挨打的份了。自此,她该蜷脚时就蜷脚,该忍让时也就忍让一下。这样一来,两妯娌就不再像过去那样,碰到一丁点的事情就争得个脸红脖子粗了。又过了些年,终于抛弃前嫌又成一对姐妹了。不过这已是后话,不提。

五

这天,贺世龙犁地回来,路过队里过去的保管室、高温大屋窖和两段育秧的温室,突然看见雷家湾雷长安和雷长合两弟兄正站在那几间房子前面朝屋子指指点点。这三间屋子,只有原先的保管室,因为怕盗贼偷盗集体粮食,是用石条砌的墙外,贮藏红苕种的高温大屋窖和两段育秧的温室,因只有冬春才各用一次,因此墙全部是土墙。自从分田到户后,这几间屋子便废弃没用了。现在,那几间屋子的顶上开了几处天窗。有的是被那些发情的野猫把瓦蹬掉的。有的是被那些放牛的小娃儿比赛手劲,用石块将瓦砸烂的。总之,房子如果不用,坏起来是很快的。那土墙也有好几个地方被雨淋得豁开了口子,像老太婆掉了牙齿的嘴,很难看。石墙虽然没有豁口,却被雨淋成了黑斑,一样的难看。墙脚下耗子打洞时,刨出的一堆堆泥土,小山似的,上面长满了野草。屋子前面本来还有一个大坝子,是过去队里晒粮食的,但在前两年挖"油水地"的热潮中,被人东一块、西一块地开出来种了庄稼，这次也被收了回去，一同参与了第二轮土地承包的分配，眼前就剩下这几间破烂的屋子了。世龙见雷家两兄弟看着这几间孤零零的破房子说得正起劲。觉得奇怪，便喝住牛，对两兄弟大声问道："哎，两个老表，你们在看啥子稀奇？"

雷氏两弟兄听了，立即停止了说话，回过头来看着贺世龙。其中老大雷长安说："贺老表，你还不晓得呀？这房子你们队里卖给我们了！"

世龙一听，吃了一惊，说："卖给你们了？真的呀？"

雷长合说："那还有假呀，我们把定钱都给你们队长了！我们就是来看看这房子，怎样拆划算？"

世龙相信了，说："卖了好多钱？"

雷长安说："两千块！"

世龙说："两千块，这么便宜呀？"

雷长合说："老表，你硬是吃饱了不晓得放碗呀！这么贵还说便宜，也不看看这房子上有些啥？除了房顶上几片破瓦，几匹桷子板板，几根木头棒棒，还有个啥子？说实话，要不是我们起房子还差点瓦和木头，送给我们都不要！这么远，我们要找人来挑瓦，豆腐搬成肉价钱，你以为还便宜呀！"

世龙听了，一边开玩笑一边说："还有墙泥巴，你如要，也可以找人来挑回去！"说着，在牛屁股上打了一棍子，急急忙忙地走了。

回到家里，贺世龙放下犁头拴了牛，连屋子都没进，就去找世凤和世海。把他们找到一起后，贺世龙对他们说："贺世忠把保管室、高温大屋窖和育秧室，卖给雷家湾雷长安兄弟了！"

世海说："他跟我说过这件事，房子也不用了，烂在那里可惜，他要卖就卖嘛！"

世龙说："你晓得那里叫啥子？叫苏麻地坪，原先是土改时分给我们家里的林地，黑蓊蓊的树林。后来入了社，大集体时候人增多了，那儿又处在队里的中心位置，便在那儿修了保管室、高温大屋窖和育秧的温室。"

世凤听了这话，便问："你说这些是啥子意思？"

世龙说："啥子意思你还不明白，那儿是我们家的老祖业林地！最先分地时，郑书记不但是按老祖业分的地，林地也是按老祖业各回各的。我们那老祖业林地被生产队建了房子，所以就没有分到林地。这一回，地虽然被重新丈量，拿来统一分了，可是林地还是按原来那样没有动。所以说，那房子拆了后，那地我们要去要回来！"

世凤听了，看了看世海，说："是倒是这样，可水都过几摊了，我们去要得回来吗？"

贺世龙语气愤愤地说："要不回来我们就这样一辈子都莫得山林地吗？"说完也看着世海。

世海心里明白，当年大哥要他去向郑锋要林地，他不但没去，还劝大哥也放弃了。大哥心里一直为这事耿耿于怀，只是碍于情面，他不放在嘴上说罢了。现在有了机会，他如果不帮大哥把林地要回来，道理上说不过去，于是便说："大哥说得有道理，如果房子不拆，我们去要地说不过去。但现在房子拆了，林地又都是按过去老祖业没动，那当然该锣还锣，鼓还鼓！不过，我把话说到前头，要，也是你们两弟兄去要，我不好出得面！"

世龙说："你怎么不好出面，这是正当的，又不是去抢哪个的？"

世海皱了一下眉头，说："哎呀大哥，你又不是不晓得？我如今这张皮皮披起的，小组的事情归小组管，我这个支书去插手，人家说我管得宽！还有，这事情本身牵涉到我，我当然应该回避！"

世龙说："你这个支部书记，当得有些窝囊！"

世海说："不是窝囊，你晓得大房的人多，我处事稍不小心，他们就会抓住我的痛处把我搞下台。倒不是我舍不得这个讨口子职业，人都有一张面子嘛，是不是？"

贺世龙听到这里，于是便不再勉强世海了，说："你不去算了，但怎样才要得回来，你出点主意还是应该的嘛！"

世海说："背后出点主意，倒是可以的，我正想跟你们说呢！"说完，便把自己的想法给世龙和世凤说了一遍。

贺世龙听完，决心按世海说的办，临走时突然想起了啥似的，又对世海和世凤问："地要回来了，你们说怎么分？"

世海听后想也没想地说："啥子怎么分？地要回来了，你各人种嘛！你又不是不晓得，我把我现在这点地种好就不错了！"

世凤也说："就是，我们现有的地种起都困难，要回来了大哥你种！"

世龙听了说："那好吧，既然你们都心甘情愿把地给我种，我也不要你们去得罪人了！我一个人去要，要得回来我就种，要不回来我就当莫得这回事！"说完，这才走了。

回到家里，世龙对兴成和李春英说了要地的事，又把世海的主意说了一遍，要他们这几天把眼睛放尖一点，只要瞅到雷家兄弟来拆房子，就全家齐上阵，把事情闹大，让贺世忠来解决。果然，没过两天雷长安兄弟带着一帮人来拆房子了。世龙和兴成就一人拿了一条扁担，堵在雷家兄弟带来的楼梯下面，不准人上房子。雷家兄弟急了，雷长安说："这才是生吃卵子活吃球——欺负人，我买的是你们生产队的房子，又没有买你的房子，你为啥不准我拆？"

贺世龙说："这房子没有经过我的同意，管他哪个舅子都不能拆！"

雷长合说："是你说了算，还是你们队长贺世忠说了算？"

贺世龙说："这会儿就是我说了算！你要不服气，就去把贺世忠找来！"

那雷氏兄弟没有办法，果然去找贺世忠了。没一时，贺世忠来了，脸上挂着怒火说："这才怪了，生产队卖房子，你在这里出啥子洋相？硬是奇怪的！"

贺世龙说："哪个怪眉日眼的？你才是怪眉日眼！我问你，这个凼位叫啥子名字？"

贺世忠说："全湾大细娃儿，哪个不晓得叫苏麻地坪？"

贺世龙说："既然晓得叫苏麻地坪，你再称二两棉花去纺（访）一纺（访），这块土改时的林地，是分给哪个的？是我家老祖业的林地！后来大集体在这上头建了房子。现在老祖业林地各还各，也就是说，这房子是我家地上的房子！"

贺世忠一听明白了，急忙问："那你打算怎么办？"

贺世龙说："这房子我要买！"

贺世忠听了，忽然笑了起来，说："你要买，那好哇！别人给多少钱，你也给多少钱，我也不涨一分，两千块，你拿钱来！"

贺世龙说："我买，只拿八百元！"

贺世忠一听生气了，大声说："别个买两千块，你买八百块，你那钱不同些？想估吃霸赊吗？"

贺世龙说："哪个想估吃霸赊？我问你，土地到户几年了？队里占了我的地，我没法栽树，如果栽树，树都建得房子了，难道队里不该赔我损失？所以我只能给八百元！"

贺世忠见和贺世龙说不清，想霸王硬上弓，便对雷家兄弟说："你们各人上去拆，我看哪个敢搬石头打天？"

贺世龙听了这话，把扁担一横，大叫一声，说："我看哪个敢来拆！"

雷长安一看，便对贺世忠说："算了，贺队长，房子我们不要了，你退我们的钱！"

雷长合也说："就是，退我们的钱！按照先说好的，房子我们不要，押金五百块算我们蚀。但如果你们不卖，也要多还我们五百块，一共两千五百块，你把钱给我们！"

贺世忠听了这话，急忙对雷氏兄弟说："哪个说的不卖？"说完又回头对贺世龙大声问，"贺世龙，你究竟想做啥子？"

贺世龙说："啥子也不做，我打开窗子说亮话，要吗，这房子八百块卖给我！要吗，房子卖了，这地要还给我做林地！"

贺世忠算是明白贺世龙的意思了，但他并不想把地还给贺世龙。因为他已经在心里把这块地派了用场，那就是他想在这儿建一个卖百货的小店。这儿地处全湾的中间位置，开个小店，虽不说赚大钱，但保自己家里的油盐开支还是没有问题的。因此，听了贺世龙的话，他又说："那不行！房子是集体的，地也是集体的，房子拆了后，地该怎么用应该由集体说了算，不是你想要就要得成的！"说完又说，"这房子也不是今天才建的，建起这么多年了，现在竟然说队里无权卖房子，这不是无理取闹吗？"

贺世龙说："哪个是无理取闹？你掰起拇指数一数，如今没有将老祖业山林完全恢复的，全湾有几户？尽管如此，如果队里一直要在这块地上建房子，我愿意为全湾人做贡献。但这朝队里把房子卖了，那块地就该还给个人！虽然土地是第二轮承包了，可林地还是按的老祖业。要不你就把林地也打乱，按人均分，我也没话说！我为队里做了这么多年贡献，没有要队里一分钱的补偿，现在队里要卖房，我只提出拆了房子后，把土地归我，已经算是高姿态了！这个道理，拿到哪去说都是说得通的！要不然，任何人都休想拆房子！"说完又说，"你说这房子是集体的，土地也是集体的，你拿出国家发的土地证，我也认账，不和你争，你拿出来嘛！"

贺世忠一听贺世龙这番话，有理有据，如果不是背后有高手给他出主意，他是说不出这样的话来的。背后的高手是哪个？癫子头上的虱子——明摆着，不是贺世海，还能有哪个？一想到这里，贺世忠一是觉得如果不把地还给贺世龙，自己理亏，二是感到也会明显地得罪贺世海。虽然大房的人多，但不管怎么说，人家毕竟是支部书记，老是和他过不去对自己也不利。加上他又收了雷家兄弟的钱，如果不答应贺世龙的条件，雷家兄弟叫了这么多人来，不费灯草也费油，也肯定是不得依的。想到这些，贺世忠只好忍痛舍弃了自己的计划，对贺世龙说："好，好，我答应你，房子拆了，地给你做林地！"

贺世龙听了，说："口说无凭，你写个字据！"

贺世忠没法，只好从口袋里掏出一个破本子和一支笔，蹲在地上，撕下一页纸搁在膝盖上写起来。刚写两个字，笔又没水了，使劲甩了几下又接着写，才把一行字写完。交给贺世龙，他气冲冲地走了。贺世龙等贺世忠走后，才过去对雷氏兄弟说："对不起了，两个老表，你们也瞧见了，我不是针对你们的！"说完，又对他们问，"那石墙的石条子，你们也抬走吗？"

雷长安气呼呼地说："拿钱买了的，为啥不抬走，总比到山上现打划算些！"

贺世龙说："抬走就抬走，要是不抬走，我家里也正要起房子，我就帮你们收拾！"说完就和兴成一起走了。

雷氏兄弟把房子拆掉第二天，贺世龙就去把地整理了出来，长长条条一块地，估计也有一亩五六。贺世龙很高兴，他打算在这块地里，还是实行麦——苞谷——红苕轮作。因为是种头茬庄稼，这三季作物不用施肥，都能取得好收成。可正准备种时，世凤又找了过来，说："哥，当初收地时，我答应过你收回来你要。我们弟兄倒是没说的，可我那死婆娘，生怕吃了亏，成天在我面前唠唠叨叨的，弄得我也很作难……"

世龙没等他说完，就没好气地问："你是啥子意思嘛？是不是看见地收回来了又想要了嘛？"

世凤听了忙说："大哥你也不要生气，我不是那个意思！我种啥？我现在的地都种不好！我是说，地还是由大哥你种，你象征性地给点粮食，把我那死婆娘的嘴巴搪塞到！"

世龙听了这话，觉得世凤说得也有理。虽说要地时，他没有出面唱黑脑壳，但说到底，地是老祖业，他占一份。想了一想，世龙于是说："那我就一年给你两百斤粮食吧！"

世凤说："怎么都要得，大哥，就依你的吧！这下我那死婆娘就莫得话说了！"说完满意地走了。

世凤走后，世龙又想起世海，既然给了世凤粮食，世海也不能不给。再说，要不是世海给他出主意，教他说的那些话，这地说不定还收不回来呢！于是，他又去给世海主动说了给粮食的事。世海起初推辞说不要，后来还是默认了。

第五章

一

　　这年小春作物种下后，贺世龙就请来了石匠、木匠和砖匠，开始为儿子建房。房子就建在老房侧边的竹林笆里，和老房只隔一条阳沟。因为那竹林笆是自己的，不用到乡上去批土地，也不用和别人换土地。那时贺家湾建房还不时兴楼房。一则那时的贺家湾还没人走出去，大家都窝在屋里种庄稼。虽然家家粮囤里都有了余粮，可手里的票子并不多，还算不上富裕。第二，贺家湾人普遍都有一个认识，认为人住在楼房里就隔绝了地气。这人没有了地气滋润，那还不干枯吗？所以，他们认为人住在平房里比住楼房安逸。平房不但冬暖夏凉，而且天天有地气滋润，人的血脉就通畅，就精神。第三，贺家湾人喜欢往后看。他们觉得，先不先住茅草房，屋子又矮又黑，年年翻盖，又费力又淘神。后来在大集体后期，一些人开始改造住房，却也只是把房顶上的草换成瓦而已。墙还是土墙，有的房顶上的桷条还是用毛竹代替。过不了两年，毛竹就生虫，虫屎面面落得满屋都是，又得去更换。现在能住上砖瓦房，这就很不错了！过去贺银庭那样有钱，还没有住上砖瓦房呢，这人就要会想。这样一想，贺家湾人觉得只要一住进砖瓦房就是住进了天堂。所以，当时建房就只建平房，没人想到要去攀比，建座楼房啥的。贺世龙也一样，为儿子建的是三间平房。每间屋子一丈二宽，一丈八深。中间是堂屋，两边是歇屋。歇屋又从中间隔开，实际上一间又是两间屋子。前面一间用作装放粮食和堆放杂物的仓库，只有后面一间才是真正的卧室。房子的左手边还盖了两间耳房，做饭的灶屋和茅厕都在那儿。这样宽敞的房屋，会令今天的城里人羡慕不已。但那乡下，锄头犁耙、筇篼簸箕等杂物多，更不用说那些柴柴草草，啥东西往屋子里一塞，就塞满了，反倒觉得屋子不够用。尽管这样，那贺世龙给儿子造的屋还是十分宽敞。房子造好，又找来泥水匠上了白灰。远远看去，更是十分气派，引得湾里人啧啧赞叹。

房子建好以后，贺世龙便又紧锣密鼓地开始张罗儿子的婚事。他先让李春英回了一趟娘家，让兴成的表婶娘去李红家里向李红的父母讨话。李红的父母见亲家那边催结婚，倒一点也不弯酸，说："我们上半年就把话说出去了。只要起了房子就可以结婚，我们说话算数，不扯五拌六的!"又说，"男大当婚，女大当嫁，迟也是结，晚也是结，反正是要结的!"一副通情达理的样子。

贺世龙听说亲家那边答应结婚了，就立即遣了兴成到李红家去把李红叫来，一起去凤山那儿择结婚的日子，这兴成便去了。到下午太阳落山时，李红随了兴成，一路说说笑笑、亲亲热热地来了。这时，贺世龙和李春英还在地里忙着，兴仁已经到县城念高中了，不到星期天不会回来。兴琼早到了乡上念初中，这时虽然已经放了学，可还要走几里路，不到天黑是不会回家的。兴成从墙洞里掏出钥匙打开了门，和李红进了屋子。屋子里没有别的人，此时十分安静。兴成突然一个转身，猛地将李红紧紧地抱住了。然后那手一边性急地想往李红的衣服里摸，一边嘴又慌乱地在李红脸上啃。李红先是脸臊得像块红绸子，嘴里也胡乱地说着："不嘛，不嘛!"脚却稳稳当当地站着，没有动弹。没过一会儿，李红也便觉得全身上下像被炙烤一般，身子也酥软起来，不但任凭兴成的手捏住自己胸前的两只小鸽子，而且还主动地去迎住了兴成那两片火炭似的嘴唇。兴成此时只觉得呼吸困难，身子像要爆炸。大腿间那玩意儿胀得似根铁棒，难受得像要死了，便拉了李红往自己屋子走。李红自然明白接下来将会发生啥子，嘴里还是喃喃地说着："不嘛，不嘛!"身子却像小绵羊似的随了兴成的力走。到了床边，兴成也不说啥子，只用力一推，将李红推到了床上，接着就动手扒拉李红的裤子。李红的两只手还是拉着裤腰，嘴里说："不嘛，不嘛，还没结婚……"

兴成听了，喘着气说："有啥子关系，就要结婚了，马上就要结婚了!"一边说，一边又用了力气拉。李红就渐渐松了手，在床上躺平了，用手蒙了脸。兴成就呼地一下，将李红的裤子拉到了膝盖下面……

平时李红到兴成这儿来，都是和兴琼睡在一起的。这天晚上，兴成却说：

"李红在家里，是一个人困惯了的。她说平时和兴琼困，多大一晚上都困不着。今晚上就让她困我那个铺，我去兴仁的床上困！"

李春英听了，说："怎么要不得，反正床空起的！"说完，就让兴成去整理一下床铺，让李红去睡了。

但没睡多久，李春英便听见兴成从兴仁屋里起了床，窸窸窣窣地像做贼一样，往李红睡的屋子摸去了。她晓得儿子在干啥子事，却只装作啥也没听见。

第二天吃过早饭，兴成和李红便去贺凤山那儿。凤山将两人的八字排了一遍，又翻开一本纸张都已经发脆的老皇历，仔细地看了一阵，然后对两个年轻人说："要说结婚日子，最好的还是明年正月间……"

兴成一听要明年正月间，就急忙打断了凤山的话，说："要那么久呀？凤山叔，你往近处看看，今年有莫得日子？"

凤山抬头把兴成看了一眼，嘴角微微一笑，把头重新埋在老皇历上又看了一会儿，再次抬起了头，说："要说今年子嘛，也不是莫得，但这日子和明年正月间也挨到不远，是腊月末尾……"

兴成又不等他说完，又着急地问："凤山叔，冬月间就莫得日子了哇？"

贺凤山又将兴成望了一眼，然后又看了看李红。李红一旁红着脸，虽是一副羞报状，却不说话，只嘴角含笑地看着兴成。贺凤山心里已然明白，年轻人都等不得了。于是马上说："要说冬月间，也不是莫得日子。冬月二十就是一个结婚日子！但比起腊月末尾和明年正月间的日子来呢，要稍差一点。不过也莫得啥子，要结婚也结得！何况你两个的八字都好，更莫得啥子了。"

贺兴成一听，便马上说："凤山叔，那就是冬月二十了！"说着掏出几块钱来，放到贺凤山那本老皇历书上。

贺凤山朝那钱看了一眼，问："大侄子给我这么多钱做啥？"

兴成说："好事成双嘛，凤山叔！"说完又嘱咐说，"凤山叔，如果我爹问起你，就说只有冬月二十才有日子！"

贺凤山听后呵呵一笑，说："明白！明白！"说着，收了钱，合上书，把兴成和李红送出了屋。

走出凤山的屋子，李红悄声责怪兴成说："把日子看得这么近，你爹妈怎么来得及准备？"

兴成说："还近呀？我巴不得今晚就结婚，然后我天天晚上都骑你的马马，一晚上骑你一百回！"

李红一听，一张脸臊得绯红，看看四下无人，伸出手在兴成身上打了一下。然后低下头，一面嚼着兴成刚才的话，一面想起昨晚跟兴成在床上的事，心儿既慌慌又甜蜜，说不出是啥味道。

兴成回家把结婚的日子跟贺世龙和李春英说了。贺世龙只埋着头，吧嗒吧嗒地抽他的叶子烟，啥子话也不说。倒是李春英急了，叫了起来："看得这样近，就莫得其他日子了？"

贺兴成说："凤山叔说，就这个日子最适合结婚，其他日子都莫得这个日子好！"

李春英说："这还有几天？一个月都莫得了，啥子都没有准备，现片现逗，怎么来得及？"

贺兴成说："这有啥子法，只有将就一下嘛！"

李春英不再说啥子了。过了一会儿，贺世龙才从嘴巴里取出叶子烟杆，对李红问："李红，你爹妈跟你说过彩礼的事没有？"

李红红了红脸，像是不好意思似的，声音细细地说："没有。"

贺世龙说："你回去问一下你爹妈，彩礼他们打算要多少？要些啥子？"

贺世龙话才完，贺兴成急忙说："她回去怎么好跟父母说得这些？我看这样，明天我去跟表婶娘说一下，让她去问一下李红的父母，将就送李红回去！"

李春英想了想，说："这样也要得，让媒人去传话，有啥子也好圆一下！"

第二天，贺兴成一方面送李红回去，一方面去了媒人家里，把彩礼的事对表婶娘说了。没过两日，那表婶娘便来到贺世龙家里，对贺世龙和李春英说："李红父母的意思，啥子米呀、面呀、猪肉、鸡鸭啥的，都不要过，他们屋里都有！叫你们把所有东西都折成现金，一共给五千块钱就行了！"

贺世龙和李春英一听，以为是自己耳朵出了毛病，听错了，都惊得叫了起来，说："啥子？"

媒人又把先个说的话重新说了一遍。那贺世龙和李春英听完都像呆了似的，一时说不出话来。原来，那时结婚，乡下的彩礼还不是很高。不管是前几年流行的旧"三转一响（缝纫机、自行车、手表和收音机）"，还是后来流行的"新三件（电视机、电冰箱、洗衣机）"，都只限于城里，或城郊那些经济条件好的地方。至于偏远的农村，男方付给女方的彩礼，给还是要给，但多是以物质为主，如稻谷、猪肉、鸡鸭等等。乡下人有句俗话，叫作"养女不赔本，烧起锅儿等"，说的就是这个意思。千百年来，庄稼人娶儿媳妇，过的彩礼也多是谷米粮食这些东西！这些东西，庄稼人本来不缺，即使是女方狮子大开口，所有东西的价格再加上现金，少的不过几百元，多的也只有千把两千元钱，并不会给男方的家庭造成太大的负担。但现在贺世龙和李春英听了媒人的话，都被吓住了。过了半天，李春英才愤愤地说："哼，他们硬是在卖女呀！即使是卖女，也要不到这么多钱嘛！"说完又对娘屋表嫂不满地说，"表嫂儿，你都没有在中间说点圆场的话呀？周围团转这么多娶儿媳妇的，哪个像这样要彩礼的？"

媒人觉得委屈，说："我怎么没有说他们？我说，俗话说，上得媒人脸，过得亲家门嘛，你们要这么高的彩礼，让我怎么去说？但你们那两亲家听了却说：这高啥子？我们虽然没吃过油，却听到过榨响的嘛！人家外面结婚的，大方的，要给姑娘买金戒指、金项链、金耳环啥的！我们李红莫得穿金戴银的命，可买一个带金的，总还消受得起吧？再说，你们拿了这钱，就不用再置办啥子了，该办啥子，他们晓得办，反正都是用在李红身上！"

李春英听了，说："这是把我们的屁股都拿给他们做脸了！"

媒人说："我也只是过来跟你们过一个话，成与不成，你们也可以去和李家当面说。反正生米都要煮成熟饭了，有啥子不好得口的？"

贺世龙觉得媒人这话说得有些道理，于是说："要得，明天就让你表姐到李红家里去一趟，当面锣、对面鼓地说好！"

第二天，李春英便提了礼物亲自登亲家门去了。那李红父母见亲家母上门，自是十分欢喜，忙去捉了鸡来杀，招待得很周到，但一说到彩礼却是寸步不让。李红的母亲说："亲家母也不是外人，我就直话直说了。我是嫁第一个女儿，你们家里呢，也是娶第一个儿媳妇，总不能让人笑话吧？再说，这彩礼钱从哪里来，最终也会到哪里去，都是用到女儿身上，我们也不贪一分一厘！"

李春英听了，说："亲家呀，你说的道理，我们都明白！亲家和亲家母，你们都是为女儿好！只是我们家里头，你们也是晓得的，今年又烧砖，又修房子，手里有两个现钱，都花到房子上了。眼下，实在莫得那么多钱。要是手头有钱，哪个都想挣个面子。所以，还求亲家、亲家母体谅一些！"

李红的父亲说："亲家母呀，你说的这些我们也晓得。我们都是种庄稼的，哪个手里有几七几八，放到屋里搁起的？该挪借的，三亲六戚间，就挪借一点吧!"

李春英又皱起了眉头,说:"哎呀,亲家呀,要是借得到,我也不得来向你们叫苦了,丢人巴沙的!现在是借都借不到!"

李红的母亲听后有些不太高兴了,说:"亲家母呀,你再莫这样说了,好像是我们逼你们似的!俗话说,生得起儿子,就娶得起媳妇。我们晓得你们今年起了房子,有困难,要么就不忙结婚,等你们啥时候日子好起来了,再结也不迟!"

李春英见亲家母把话说死了,便不再说啥子,回到家里,把李红父母的话跟贺世龙说了。贺世龙又一连抽了几袋叶子烟,然后把兴成找过来,说:"明天你再去你岳父家里,跟他们说,钱能不能少些?只要能少,我把圈里的过年猪儿过给他们都行!"

兴成本不想去,可听了父亲的话,不去又不行,第二天果然去了。但他刚把父亲的话说完,那李红的母亲便有些恨铁不成钢地对他说道:"我的傻儿,说你老实,你硬是老实!你也不想想,我们这么做到底是为了啥子?你未必会跟父母一辈子?结婚以后,你们必定得分家过日子。这一分家,和父母就是各家门,各家户了!这结婚是一辈子的事,你都不从父母身上挤点出来,以后还有啥子机会?你以为他们二天还会帮你几七几八哟?那才不得会了!他们只会去顾幺儿幺女了!"说完又说,"你以为这钱是我们要的?老实跟你说,这钱到红儿出门那天,我会一分不少地给她,让你们过小日子时也少受些苦!你要觉得今后有那个能力能让我红儿跟着你不受苦,不受累,我现在就答应,不要你爹娘一分彩礼!"

兴成听完岳母一番话,立即明白了,原来岳父岳母是在为他们争取"转移支付"。想一想,岳母说的话,句句在理,便虚心接受了岳母的批评教育,啥话也没有说就回去了。回到家里,闭口不提岳母那些话,只对贺世龙和李春英说:"不得行,他们不要你们的过年猪,钱是一个子也不答应少!"

李春英一听,真的生气了,说:"又不是皇帝老倌说话,硬是死鱼的眼睛——定了呀?就是皇帝老倌说话,还要变呢!他们要这样弯酸人,算了,这婚不忙结了!她女娃儿都不怕拖,你怕啥子?看他们拖到哪年哪月,我们都奉陪!"李春英晓得李红已经跟兴成睡了。她的意思是说,你现在不答应结婚,等李红的肚子大了,看哪个来求哪个?

但她的话刚完,兴成不干了,一下子跳了起来,脸红筋胀地和母亲吵道:"你说的啥子话?我就要结,就要结,你们快去找彩礼钱!哪个娶媳妇不花彩礼钱？你们既然连彩礼钱都花不起，当初把我生下来做啥子？怎么不把我按在尿桶里闷死？你们不答应冬月二十结婚，我就去死！"说完这话，就跑去困了。当天晚上和第二天早上，也不起来吃饭，闹起了绝食抗议。

李春英见儿子两顿没吃饭，急了，问贺世龙怎么办？贺世龙想了半天，说："还能怎么办？生儿生女是冤孽，我们前辈子欠他的，现在要账来了，借吧！明天，你就回娘屋跟你几个兄弟说说，看他们每家能不能借个几百块出来？我到城里找一下世普，他是公家人，估计从他那儿借个一两千块钱莫得问题。回来我们自己再凑一点。如果还不够，再跟世海和凤山下个话，把这场祸事了了吧！"

第二天，夫妻俩就四处出去借钱，终于把五千元彩礼钱凑齐了，交给了李红父母。说话间就到了冬月二十，因贺世龙是娶头一个儿媳妇，自然是要大办。半晌午时，兴成把李红迎娶回来了。可贺世龙和李春英一看，自己过了五千元彩礼，李红的父母却啥子也没给李红置办。一过门，还得自己给小两口置办过日子的东西，心里气鼓鼓的，却又不好发作。他们不晓得，此时，他们四处挪借的五千元彩礼钱，正在他们儿媳妇的箱子底下。李红父母确实说话算话，没用一分女儿的钱。并再三嘱咐女儿，一定要把这钱保管好，任啥人也不能给！这便是为人父母的一番苦心。

贺世龙和李春英心里有气归有气，想着是儿子的喜事，又当着这么多宾客，还得做出一副喜气洋洋的笑脸四处应酬。中午开席不久，李春英娘家几个老表和表嫂和贺家湾与贺世龙、李春英平辈的中年男女，趁贺世龙和李春英来给他们敬酒的机会，突然把他们按在两把事先准备好的竹椅上，要他们正襟危坐。一些人忙提了两只烘笼跑到灶屋里，去灶膛中往那烘笼里挟了木炭。贺世龙夫妇晓得，这些老表和平辈兄弟是要逗他们这对老新郎官儿和老新媳妇儿取乐了。两人站起来想跑，却早已被人团团按住。说时迟，那时快，早有几个老表、兄弟，把那椅子抬了起来，在空中直晃荡。吓得贺世龙和李春英急忙抓住了椅子两边，叫道："背时的些，快放我们下来！"但抬椅子的人不但没放他们下来，反而晃得更凶，一边晃，一边叫："落不落轿？"贺世龙夫妇在上面一边惊叫一边回答："落轿落轿！"众人这才把椅子放了下来。

原来在那传统时代，因为男女不平等，在代际关系里，父母占据绝对优势。婆婆比较狠，对儿媳妇总是挑三拣四，似乎只有自己儿子好。做任何事情都偏袒儿子，而将儿媳妇当作外人，虐待儿媳妇。那儿媳妇百般受气，只得忍受。这抬椅轿的风俗，和鲊寒（咸）老婆婆一样，都是劝导做公婆的要善待儿媳妇。那"落轿"二字，取的是"落教"的谐音。意思是做公婆的须心胸宽大，通情达理，要将儿媳妇当作女儿一样看待。此为旧时风俗的寓意，渗透着很多善良人的愿望。今日时代风气已变，父母手上已无了旧时的财产，即使稍有一点积蓄，为年轻人盖房和操办婚事，已被消耗殆尽。年轻人因为经济上的独立，当他们把父母榨得差不多的时候，便只顾小两口过日子，也不管父母生活。哪还有婆婆欺负儿媳妇的事？更有那没孝心的年轻人，嫌父母年老体衰，不能劳动，拖累了自己，百般虐待老年人，恨不得老年人早死。故此，那"落轿"的风俗实该倒过来才是。

此为闲话，却说那椅子落地之后，贺世龙和李春英站起来又想跑，却又是被众人抓住。这时，早有人手里准备了锅灰和食盐跑过去，给贺世龙脸上打"摩登儿粉"和鲊李春英这个寒（咸）老婆婆去了。众人只一味拿贺世龙夫妇取乐，却一点也不晓得两人心里的苦楚。

二

兴成把李红娶过来就直接住进了新房子里，这让兴仁很不高兴。新房子建成时，他就想过去住一间。因为新房子光线比老房子好得多，又清静，星期天和放假回来，他可以在里头安静地读书、做作业。但贺世龙和李春英没有答应。贺世龙说："那是跟你哥哥起的房子，你去住啥子？"

贺兴仁说："就算是跟他起的，他们两个人也住不下那么宽的房子嘛？再说，房子是你们起的，又不是他起的！我虽然没有出主要的力，但星期天和假期回来也是出了力的，未必一间都住不得？"

李春英一听，就说："不是住不得，是我们不让你去住！你想想看，人家结了婚，两口子亲亲热热的！你一个小叔子，成天在他们面前走来走去，把人家岔倒岔倒。你嫂嫂还会说你不懂事。弄不好，还会说你有啥非分之想！"

那兴仁虽说已上高中，可对男女之事还不是完全醒豁。听了母亲的话，便说："这才怪了，他们住他们的，我住我的，一个一间屋，我岔倒他们啥子了？"

李春英见小儿子还不谙男女之事，便说："你不晓得算了，等你二天结了婆娘，不要老师教，自然就晓得了！"

房子没让兴仁住也就罢了，最让兴仁看不惯的是，自从兴成一结婚，就像变了一个人。只要一放下碗，就回到新房子里关上门，守着李红，连出工都喊不出来，像是有人会把李红给偷走一样。李红更是不像样，吃了饭，嘴巴一抹，连碗也不替母亲收一下，屁股一扭就走了。兴琼小小年纪，就来帮母亲洗碗、刷锅、喂猪。都说新媳妇，才来三天是客，三天过了，就应该当主人了。可是一连三个月都过去了，李红还是这样。这让兴仁心里有些生起大哥大嫂的气来。但生气归生气，嘴上却说不出来。因为他晓得自己在念书，说不起硬话，只在心里觉得父母太辛苦了。

三月的一个星期天，兴成又回到了家里。李春英炒了过年时的老腊肉，又做了一碗白菜鸡蛋汤。兴仁每周星期天回家，李春英就要做点好吃的。做出来虽然是大家吃，但其中蕴含的给小儿子改善生活的意思，也是十分明显的。兴成一上桌子，朝满桌的饭菜看了一下，便有些不满地大声说："妈，二天生活要开好点，李红有喜了！她现在是双身子人，一个人吃的要管两个人，吃孬了不得行！"

按说，贺世龙、李春英和兴仁等，听见这个消息应该高兴才对，可他们却高兴不起来。贺世龙瞪了贺兴成一眼，没说话，只埋头吃饭。李春英却感到委屈，说："还要吃啥子？我也没有把好的藏起来不拿来吃。家里有的就煮，莫得的，我也不能去偷！"

兴成听母亲的话有些不对，便说："我不是说你把啥子藏起来了，我是提醒一下！"

兴仁明白大哥这话，是针对他每个星期天回来母亲要改善一下生活这事说的，好像母亲是顾了他一样，便不满地说："要吃好的，各人到一边去吃……"

话还没说完，兴成便叭地放下筷子，瞪着兴仁说："三辈人打人命，只有你吃的，莫得你说的，你搭啥子白？"

兴仁也不示弱，说："我啥子搭不得白？"

兴成说："你一天锄头把都不摸，却又要吃又要喝，还要拿钱去念书，哪个在养活你？"

兴仁正要搭话，被李春英制止住了，说："快点吃饭，吃了各人上学去，哪

142

里那么多话？大哥说的是事实，你各人要受到！"说完又说，"你就要当叔叔了，未必不该高兴？"

兴仁听了，这才不开腔了。晚上，贺世龙坐在床头，李春英对他说："幸好李红今天回娘屋去了，要是她在家里，还不晓得会出啥子事？一天百草不掂，还说生活孬了！才这样一点时间，就说这号话，以后时间长了，不更说小话了？"

贺世龙说："我原打算过了端阳，就把家分了。可现在看来，这家又分不得！"

李春英说："为啥分不得？"

贺世龙说："人家身怀大喜的，你才去分家，人家会说我们待不得人！"

李春英想了一想，说："那倒也是！那你说怎么办？"

贺世龙说："还能怎么办？像照顾先人一样照顾到，等她生了娃儿再说！"

李春英说："那起码也要等到明年了！"

贺世龙说："明年就明年，有啥法？"

闲话少说，到这年九月，李红果然生了一个大胖小子。全家皆大欢喜，连兴成和李红的许多不是，也被贺世龙、李春英、兴仁等忘记了。兴成和李红给儿子取的名字，叫贺华斌，那"斌"字里含有文武双全的期待。兴仁给侄儿取的名字，叫贺喜喜，因为他给家里带来了欢喜。兴琼一会儿叫他"斌斌"，一会儿又叫他"喜喜"。贺世龙夫妇则按过去的叫法，把他叫作"贺狗儿"。一家人沉浸在添人进口的喜悦中，那些"打三朝"、"吃满月酒"、过百日的风俗，也过得一丝不苟。这人逢喜事精神爽，时间也就觉得过得快，转眼就到了第二年春节了。李红嫁到贺世龙家里来已经一年有余。先是当新媳妇，后是当孕儿婆，再是坐月子、奶娃儿，一年当中，还没有下地干过一天活，连家里的地在哪些地方她也搞不清楚。贺世龙和李春英，欢喜虽然欢喜，却也没有被孙子的到来冲走了庄稼人过日子的理性。这年正月十五一过，贺世龙终于将分家的事提到了家庭的议事日程上。

兴成一听分家，嘴上说不行，心里却早想分了。虚情假意地反对一番后，终于答应了下来。于是第二日，贺世龙就叫李春英去把娘屋里三个兄弟都请了来。为啥乡下人分家要把娘家舅舅请来呢？因为庄稼人常常说，娘亲有舅，爷亲有叔，舅舅对外甥是最公允的。贺世龙又去把世凤、世海请了来。分家还要有干部在场的，世海虽然是村里干部，却又是兴成的叔父，不能一身两任，贺世龙便又去请贺世忠。但贺世忠不愿参与到贺世龙的分家琐事中来，借口不空，不来。贺世龙便去把贺凤山叫了来，让他做个中人。分家议事定在晚上，因晚上时间充裕，也少耽误参与人的一些活儿。一桌子人高高兴兴地吃过晚饭，便开始议了。分家其实也很简单，因为房屋是已经建好了的，新房就归了兴成。但贺世龙提出了一个条件，以后兴仁建房时，兴成要给予帮助。三个舅舅和两个叔叔就看着兴成，兴成当场表态，说："那没问题，我该帮的，肯定要帮!"但怎么帮，却没有说过一二。接着是家具和现有的粮食，按人口平分。这些兴成都无话可说。但一涉及土地，这家就差点分不下去。贺世龙说："这有啥子说的? 队里只给兴成分了一个人的地，他带走他那份就是了哟!"

话音刚落，李红就像事先演练好了似的，突然哭了起来，一边哭一边说："只给他一个人的地，那我们娘儿母子吃啥子? 你们也太狠心了，早晓得我一嫁过来就要饿饭，还不如嫁给讨口子!"又说，"我饿死了就算了，可是娃儿是你们贺家的种，看你们怎么办?"

她这一说，兴成的舅舅和世凤、世海都作难了，看着世龙。贺世龙说："全家大冬冬几个人，把他们的地给了你们，我们又吃啥子?"

李红说："我不管那么多，你们娶得起就养得起。全家的土地，要按人平分! 不然，我和贺兴成离婚!"

听了这话，兴成的大舅说："莫吵莫闹，一家人，有啥子商量得!"

二舅和小舅听了也说："就是，慢慢商量，慢慢商量!"然后看着世海说："贺书记你是领导，又是长辈，你看怎么办好?"

世海想了一会儿，说："那我就来说一下，要得就要，要不得沙坝上写字，抹掉就是! 李红是没分到土地，可大哥你们后来把大屋窖那块林地收回来了，不是也有一亩多吗? 我看就把那块地分给李红，你看要不要得?"

贺世龙说："那块地不是你和世凤都有一份吗? 如果是我一个人的，我拿给他也就是了，可你们那股，也舍得拿给他?"

世海说："一家人就不说那些话了! 既然我们答应给你种，就不会再要回来了!"说完又对世凤问："二哥你说是不是这样?"

世凤听了，说："当然是那样，大哥，你就把这地给他们!"

贺世龙听了世凤、世海的话，便说："给他们也行，不过，我每年还要给你们一家两百斤粮食。这两百斤粮食，也就由他们给了!"

李红一听这话又哭了起来，说："我地还没有种，就该起债来了! 我不要那地了，那地还是你们种去！家里还有那么多的地，我要其他的地！"

事情到这儿又僵了下来，最后兴成的大舅又对世龙和春英说："姐姐姐夫，我看就让年轻人一步算了！他们才兴家过日子，也不容易！就让他们种那块地，该给两位叔爷的粮，你们也不向他们要了！"又对李红和兴成说，"你们也不要要一个整坛子了！你爹把那块地给了你们，也就当李红分了一份地，至于孩子没地，以后慢慢说。"

舅爷一锤定音，双方不再表示异议。当下让凤山写了分家协议，兴成和贺世龙都在上面按了手印。又让三个舅爷、两个叔父以及贺凤山也在上面按了手印。分家一事便这样定了下来。贺世龙还想把儿子结婚借的账提出来，让兴成分担一部分。但见李红为给世凤、世海两百斤粮食的事都哭兮奶兮的，要是给她分两三千元债务，那还不马上拿刀抹了喉咙？于是便忍住了没说。

财产和土地一分好，接下来的事便是看日子给兴成和李红打分家灶，在贺家湾也叫立灶头。立灶头是庄稼人的大事，在贺家湾人的心目中，灶才是家，家就是灶，有灶才叫家，没灶叫啥子家？只有立了灶头，各自烧火燎灶，才算真正分了家，官方的户头是以派出所登记的为准，可庄稼人心中的户头却是以灶头为准的。灶头同时还是管家的，一家人都靠它吃饭过日子。在乡下人眼里，灶头是时来运转的重要因素。贺家湾人不轻易打灶，除了像贺兴成这样，结婚分家，不得不另立灶头外，贺家湾人如果重新打灶，一般都是因为家里运气太差，希望通过重新打灶后，为今后几年赢得一个好运气。或者是过去几年运气虽好，但现在运气已经消失得差不多了。于是便挖了老灶重打一个新灶，再图好运。由此可见，那乡下人把起灶看得何等神圣！

当下，贺世龙便要贺凤山给兴成起灶看一个黄道吉日。凤山说皇历本本在家里，要兴成明天一早到他家里听候消息。第二天一早，兴成果然去了。贺凤山对兴成说："昨晚上回来我就看了，今天就适合动土，不犯凶，也不犯煞，是个好日子，看怎样打都莫得问题！"

兴成听了，却还是有些不放心，急忙从口袋里掏出五块钱来塞到贺凤山手里，说："凤山叔，你也晓得的，这灶关系到我们年轻人今后好几年的运气，就麻烦老叔走一趟，还是给侄儿看一下方位、安个神啥的！"

凤山听了，说："那好，我就去给你看一下嘛！"说着，进屋拿了罗盘随兴成去了。

凤山一去，就摆开罗盘，为兴成择了灶的方位。所谓灶的方位，实际上就是灶膛朝哪个方向烧的位置。吃过早饭，兴成的三个舅舅要回去，贺世龙听了，便用了责怪的口气说："这才怪了！看到都给你们外甥、外甥媳妇打灶了，你们才要走，别个还说专门要请呢，你们来都来了却还要走！"

李春英听了，也出来说："就是！屋里的活路再忙，也要吃了你外甥、外甥媳妇的分家饭才走嘛！"

这儿兴成、李红也出来挽留，那三个舅舅才不说走的话了。贺世龙和李春英为啥要苦苦挽留兴成的三个舅爷？原来这又是一个风俗：起灶不但要选良辰吉日，还得请至亲做客，这叫作"旺灶头"。不但有热闹灶神菩萨的意思，还意味着今后家庭的"旺"与不"旺"。贺世龙见兴成的三个舅爷不走了，又叫李红去叫了世凤、世海，让他们中午也过来，一起旺灶头。说完，急忙去找了工具，到屋后竹林里取土。那打灶不能用好泥巴，乡下有句俗谚，叫作"好心得不到好报，好泥巴打不到好灶"，说的就是这个意思。打灶最好就是竹林笆里的泥土，因为那泥土里有很多竹根，就像上了钢筋一样，再怎么烧都不容易裂。李春英见丈夫挑着筻筐和兴成一道到屋后取土去了，也急忙找出一块红布挂在厨房门口，这叫"启利市"，乞求平安的意思。在兴成把土挑回来准备倒第一筐土之前，贺凤山叫李春英舀了一碗米出来，一边在屋子里撒，一边念起了安神咒安神。那安神咒是这样的：

原始安尊，普告万灵，

玉手贞观，土地祈灵。

社稷左右，不得安惊，

四向正道，内外澄清。

各安方位，闭守家庭。

太上有令，普扫邪精，

皈依大道，元亨利贞。

念完，贺凤山把米碗交给李春英，提起兴成挑来的土倒在筑灶的位置上。安神完毕，筑灶就正式开始了。兴成的三个舅舅见不能走了，也不能白吃外甥和外甥媳妇的"黄锅巴饭"，便也一齐过去帮忙。没多久，贺世凤和贺世海也来了，见筑灶的人已经够了，便去小卖部买了几挂鞭炮，等一会儿新灶起火时燃放。

人多力量大，不到半晌午，灶台便筑成了。贺世龙这大半辈子已不晓得打了多少个灶，对挖灶膛、开烟筒已经是非常有经验了。便去拿来年前就给兴成和李红买回的新锅新鼎罐，比了大小，自己动手挖起灶膛来。见丈夫挖灶膛了，李春英便把那些锅儿鼎罐拿去反复洗刷，准备等灶膛一挖好，就用这新行头把子做"黄锅巴饭"。在一家人忙上忙下时，李红只是抱了儿子在一旁观看，好似父母所做这些都与自己无关一样。好在贺兴成干得十分起劲，头上冒着毛毛汗。贺世龙挖灶膛时，自己又去买了几串鞭炮回来。

灶膛挖好，李春英把洗干净的新锅儿鼎罐拿来扣在灶眼上，就要准备试灶了。这时，凤山又去写了一道符拿来贴在新灶的背后，请了灶王菩萨。世凤和兴成的三个舅舅就在门外点燃了鞭炮。一时，那鞭炮哔哔剥剥炸了个满地红。在鞭炮声中，李春英在锅底点了火。那火也像是呼应外面的鞭炮似的，在灶膛里轰轰隆隆地笑起来。众人便晓得这灶是极其的好烧，便都乐了。李春英早已把准备做"黄锅巴饭"的东西拿了过来，正式开始做起饭来。把米从锅里漉进鼎罐里后，李春英把柴草稍微递进烟筒一些，让那文火慢慢去烧那鼎罐的锅底，好焖出一鼎罐"黄锅巴饭"。果然，没多久，从那鼎罐里便飘出一股米饭被煨出锅巴的特别香味。为啥非得要把米煨成"黄锅巴饭"？原来这又是乡下人的一个风俗，说新人分家，头顿煮出了黄锅巴饭，便寓示着以后鼎罐里顿顿都有煮的，永远不会缺少饭食。吃了"黄锅巴饭"后，贺世龙当着兴成三个舅爷和两个叔爷的面，把家里的谷米粮食都过了秤。又把家里的家具也搬了出来，按昨天晚上分家协议上写的，给兴成和李红称了粮食，点了家具，让兴成把这些东西搬到新房子里去了。晚上，兴成和李红便在自己房里单独开了伙。从此，兴成和贺世龙虽仍是父子，却是两家人了。李春英做好了晚饭，舀到桌上，贺世龙像是忘记儿子已经分家，又像往常一样对女儿说："还不去叫你哥哥嫂嫂来吃饭！"

李春英听了，急忙说："你老晕了嘛怎么的？各家门、各家户了，还叫他吃啥子饭？"

贺世龙一听，喉头一哽，心里就像被人掏走了啥一样，有种酸溜溜、苦茵茵的感觉，连这屋子也一下冷清了许多。鼻头抽了一下，就想落泪了。想那儿女小时，就像那些鸦鹊儿一样，有丁点儿事情就往父母的翅膀下跑，生怕父母把他们庇护不到一样。现在长大了、成家了，父母想庇护却是庇护不成了。

三

　　分了家后，兴成两口子只在自己家里煮了不到半个月的饭，便经常借口不空做饭，或人少懒得烧火，到父母这边蹭饭吃。贺世龙虽然心里有气，当着李红的面却又不好说得啥子。于是便装眼睛瞎，只当自己前世欠儿女的，这世该还账。李春英有时也说，却只是当着儿子的面咕嘟几句。只要一看见李红抱了孙子过来，便啥都忘记了，接过孙子又是亲又是拍。那模样，好像这一辈子只要有孙子抱，便啥都满足了。兴成两口子踩准了父母的短处，来得愈是勤了。不但在吃饭上揩父母的油，还养成一个坏德性，时时跑到父母这边来借东西。大到一二十元钱，三五斤米，小到一只筛子、一个簸箕，大凡居家过日子用得着的东西，甚至连刷锅用的竹刷，都跑到父母这边来拿。却又是只见借，不见还。有次下雨，贺世龙出去放牛，到处找斗笠找不着。李春英跑到兴成的新房子里，一下子拿回三只斗笠来，全是贺世龙家里的。对儿子媳妇的揩油，贺世龙可以装眼睛瞎，李春英也可以让孙子把心里的不快冲走，但兴仁却不能忍受了。兴仁高中快要毕业，已经懂事了。晓得大哥大嫂已经分家另过日子，家里现在的一切都是他的。大哥大嫂来白吃白喝白拿的，不是揩父母的油，也不是揩兴琼的油，兴琼迟早是要嫁的，说到底，都是揩自己的油。先前只在星期天，偶尔地回来一次，还眼不见，心不烦，不把这些事放在心上。可暑假一到，回到家里看见大哥大嫂天天都来家里白吃，就有些忍不住了。这日中午，李春英刚把饭煮好，就看见兴成两口子牵着娃儿又来了，兴仁便没好气地说："你们家里的灶，爸爸给你们打好了的，锅儿鼎罐也是买好了的，你们不晓得自己煮呀？"

　　兴成一听这话，便立即说："你是啥子意思，未必我们来吃的你的呀？"

　　兴仁黑起脸问："那你们是吃哪个的？"

　　兴成也黑着脸回答："我们吃，也是吃的父母的嘛！爹妈都没有说啥子，你倒说起来了！"

　　兴仁见大哥来白吃白喝，还有理了，便说："我说不得呀？各家门，各家户，

148

你都分家了，也不是这个家里的人了，就不给你吃，你想怎么办？"

兴成一听这话就像放连珠炮似的，对兴仁说道："你说我不是这个家里的人，那我又是哪里的人？早晓得你这样不认人，小时候我才不该带你！你以为我这个老大，没有为家里吃苦是不是？出头的椽子先烂，我为这个家吃苦的时候，你还在哪里？你以为你能够读高中，就是你的能干？莫得我这个老大在屋里做苦活儿，你读屁的个书！"

李红见丈夫和小叔子吵起来了，急忙拉了男人一下，表面上是劝兴成，实际上却是帮丈夫说："算了，说那些啥子？自己莫得出息读书，眼红别个！别个有那个福气嘛！"

兴仁到底还嫩，被大哥一顿连珠炮就打蔫了。听了大嫂的话，又不晓得该怎么回答。正在这时，李春英从灶屋里走了出来，在两个儿子中间打起圆场来。先对小儿子说："莫得话说，大哥大嫂又不是外人，要来吃就来吃嘛！你要嫌他们来吃了，二天你又到他们家去，看他们煮不煮起给你吃？"又对兴成说，"你也是，大不大，小不小的，和他计较啥子？别个说长兄当父，你辛苦了那是应该的嘛！"把弟兄间一场争吵给平息了。

吃过饭，兴成和李红走后，李春英才单独教训兴仁，说："你晓得他们爱占小便宜，和他们争啥子？你比他们多读几年书，要是有能干出息，明年不说考大学，就考个中专，离开这农村，才算你有本事！"又说，"要是啥都考不起，又回来当农民，那才让他们看笑话。"

兴仁的成绩不太好，特别是数理化十分糟糕，别说考大学，就是考个中专，他也没往那方面想过。听了母亲的话，就说："就是考不起大学、中专，我也不得回来修地球了！"

李春英说："你不回来修地球，未必到天上修月亮？说你妈些混账话！"

兴仁说："我的好多同学家里都有人到广东打工去了。我如果啥子都考不起就跟同学一起，也到广东打工！"

李春英说："出去帮人帮得到一辈子呀？到时候你还是得回来，还是一个打牛胯胯的！各人要争气，才是对的！"教训完毕，这才收起碗筷走了。

转眼间，这抢收抢种的大忙时间又到了。这天一大早，兴成就又来到贺世龙和李春英屋子里，对父母说："爹，妈，李红的父母带信来，让我们去帮他们做几天活儿……"

贺世龙一听，急忙打断儿子的话问："你们家里的活路呢？"

兴成说："我就是过来和你们商量一下，我们不去呢，又不好，逗起她父母说这说那。去呢，自己家里的活儿又摆起了。季节又不等人，所以我们家那点地，你们就帮我们搭把手，顺便种了！"

恰好这天又是星期天，兴仁昨天下午就回来了，一听大哥这话，年轻人气盛，不等父母开口，就生气地叫了起来："你呀，茅坑边捡根帕子——怎么好揩（开）口？都分家了，还要爸妈做起来服侍你，美死你砂罐大爷了！"

兴成一听，又急忙说："我又不是求你，你搭啥子腔？"

兴仁说："大路不平旁人铲，你岳父岳母才是父母，我们爸爸妈妈未必不是父母？你去帮得他们，为啥不先帮我们爸爸妈妈把活儿做了再去？不但不帮，还要我们爸爸妈妈跟你做，差不羞哟？"

李春英见大儿子脸沉了下来，又要和小儿子吵架的样子，便马上对大儿子说："要去快去，在这里斗啥子嘴巴皮？去做一两天，了个愿，各人早些回来！"

兴成听了这话，狠狠瞪了兴仁一眼，转身出去了。

兴成虽然走了，可兴仁心里仍然为父母愤愤不平，就对母亲说道："妈，看你这样惯他，把他们搞惯了德性，二天你就给他们一辈子当老丘二嘛！"

李春英听了小儿子的话，心里很感动，却说："你现在没有讨婆娘，才会这么说，二天讨了婆娘，和他是一样！"

兴仁听了，心里气鼓鼓的，说："我不得像他们那样，你们不信看到嘛！"说完走出去了。

兴成说是快去快回，可到第二个星期天，兴仁回来，还没见到大哥大嫂。那贺世龙已经枷起牛在为大儿子耙田，准备给他栽秧了。母亲李春英也在大哥的地里顶着日头给他们割麦子。兴仁体贴父母，拿了镰刀也下地去，一边帮母亲的忙一边嘀嘀咕咕。李春英听了，就说："有啥子法？你爹说，春争日，夏争时，百事宜早不宜迟，又不是外人，不跟他们做，硬是眼睁睁看着他们误一季庄稼呀？"

兴仁说："我哥没讨婆娘以前，不像这个样子，一讨婆娘就变了！"

李春英听后笑了一下，对儿子说："你二天还不是一样的！我现在是你的娘，一讨婆娘，婆娘就成你的娘了！"李春英把这话一说完，心里就有些酸楚起来。又看了儿子一眼，见他脸上已晒出汗水来了，便又说："你没有晒过太阳，回去歇着，这些活路让妈来做！"

兴仁割了一会儿麦，就感到自己的腰有些直不起来了。割麦这活儿不像其他活，忙不起。左手薅住麦子，右手挥舞镰刀，撅起屁股，从左往右一棵一棵地割，动作简单、机械，有些像是考验人的耐心和意志力。当然，也有人力。兴仁最怵的就是割麦子。与同样是弯腰的插秧比起来，他宁愿插秧，不愿割麦。因为插秧有半截腿陷进稀泥里，腰实际只是半弯，不会怎么疼。即使弯累了，还可以将分秧苗的左手肘支在膝盖上，分担一些腰椎的疼痛。可割麦就不同了，这是在旱地里，要么将屁股抬起来，那是真正弯下你的腰，低下你的头，成九十度的直角；要么蹲下来，屁股擦着地，像屎壳郎似的往前推动。不论是将腰弯成直角还是蹲成屎壳郎，他都觉得这不是在干农活，而是在经受苦刑的煎熬。他早已感到受不了这样的刑，想走，却又不好走得。此刻听了母亲的话，就像获得解放似的，马上就回去了。回到阴凉的家里，这才感到有多舒服。

再下一个星期天回去的时候，兴成两口子还是没回来。但他田里的秧已经插上了，地里的麦也全部收回去了，连地里的苞谷，贺世龙也帮他管了一遍。到天黑的时候，两口子终于回来了。一回来，兴成就像报到似的，到父母屋子里来了，喊了一声："爹，妈，我们回来了！"

兴仁早就忍不住了，听了兴成的话，便讥讽地说："你们真会算，比凤山叔还会算！晓得把你们地里的活路忙完了，就回来了！"

李春英也说："我以为你们就跟在岳父岳母家不回来了呢！"

连贺世龙也非常不满地说："一去半个月，把你岳父家里的活子活孙都做完了，是不是？他们要是莫得你这个女婿，还种不种庄稼了？"

兴成听了也不生气，还蛮有理地说："爹，妈，你们也不要这样连炮的话，我也不是懒人。上个星期我们就说回来，哪晓得娃儿的外婆又病了，还送到医院去输了两天液。你说我们怎么好走得？"说完又嬉皮笑脸地说，"爹，妈，你们这么计较做啥？今年你们帮了我的忙，明年我帮你们的忙，我说话算数！"

李春英："你算屁的个数？大话莫说早了！"

兴成却认认真真地说："真的，妈，我一定算数！你们不晓得，我们这回在李红妈那边，看见别人用机器绞麦子，一天要绞几亩地的麦子！明年我也去买这样一个机器，你们那点麦子，就包在我身上，啊！"说着，还啪啪地拍了两下胸膛。

李春英听后，似乎相信了，说："买机器？你平时称盐打油，都到我这儿来要钱，还有钱来买机器!"

兴成大大咧咧地说："那你就莫管了嘛，妈!"说完，却又马上做出一副愁眉苦脸的样子说，"妈，先个把华斌抱到路上，走到走到，就又是哭又是闹，怎么也哄不住。我们摸他额角，又有些发烧。李红这几天累倒了，身子也不舒服，你帮我们把娃儿抱到万山叔那里看看嘛!"

李春英一听，就惊得叫了起来，说："怎么搞的，这娃儿又闹病了?"

李春英说着就要往外跑，兴仁听了，却对兴成说："又占妈的便宜来了，要看病你把钱给妈嘛!经常都是这样，又要妈帮你们跑路，还要妈跟你们贴钱!"

兴成一听，又瞪了兴仁一眼，说："妈愿意，关你啥子事?"说完，就和李春英一道走了。

李春英走到儿子屋子里一看，果见宝贝孙子脸蛋儿潮红，鼻孔下面发干，又像是刚吐过不久。又用手一摸脸蛋儿，果然有些发烧，便一把抱过来，心疼地叫："我的好孙孙，怎么又当狗狗了，啊?哎呀，来，婆婆抱去看看!"说着，抱了孩子就往外走。

但李春英却没把孩子往贺万山的诊所抱，而是抱到了贺凤山的家里。在李春英的意识里，这娃儿走的时候，还活泼调皮，回来就生病了，一定是在他外婆家里闯倒啥邪气了。因此，得找凤山看看，是他外婆家里啥子鬼怪作怪了自己的孙子。凤山也正在屋里，李春英进屋，向凤山说明了来意，接着便把孩子抱给凤山看。凤山将孩子看了一遍，肯定地说："这孩子确实是闯到啥子了，让我先看看，是他哪位先人，还是某位过路神在日怪他。"

说着，凤山去打来半碗清水和两根干净筷子，先用手指在水面上画了一阵符，一边画，一边口里念道：

筷儿神，筷儿神，说你筷儿有神灵。
是男子，请拢来，是女子，两边排，
不男不女拱起来!

念完，将两筷子忽然插进水中。那两根筷子也怪，虽在水中摇摇晃晃，却不倒下。摇晃一阵，向两边分开，竟立住了。贺凤山在水面上看了一阵，才拊掌说着："我晓得了，日怪这娃儿的，不是过路神，原来是他外婆那边一位远房的表婆。这表婆一生没有生育，因而格外喜欢娃儿，尤其是那长得乖、又活泼可爱的娃儿。前个天，这娃儿在他外婆的院子里摇摇晃晃地走路。那表婆见他随时都要跌筋斗的样子，就在他身后拍了一下，原想提醒他注意一点，不要跌倒了，没想到惊动了这娃儿。这娃儿小气，所以就不舒服了！"

李春英听了这话，忙问："那该怎么办？"

贺凤山说："你不要担心，那表婆虽然是鬼，也是面慈心善的，她只是喜欢孩子，并没有想到要日怪孩子。我这儿就跟你收拾一下！"说着，去那问神的香灰炉里随意掐了一撮香灰，拿过来扔进刚才立筷子的水里，用手指搅了搅，便端到李春英面前对她说："把这水给孩子喝了，就没事了！"

李春英还在怀疑，说："他叔，这行吗？"

贺凤山说："疑者不信，信者不疑，你让他喝了试试！"

李春英这才不犹豫了，把碗递到孙子嘴边。也怪，那孩子见了，竟然双手捧着碗将碗里的水咕咚咕咚都喝了下去，像喝蜜糖水一样香甜。喝完，贺凤山又过来在孩子背上轻轻一拍，说了一声："好啦！"随后就让李春英抱走。

李春英见凤山说得那么肯定，心中半信半疑，也就没再把孩子往贺万山的诊所抱，而直接抱回来了。兴成和李红一看，急忙说："妈，这么快就回来了，万山叔怎么说？"

李春英这才把没抱孩子到贺万山那儿，而是抱到了凤山那儿的事说了一遍。没想到还没把话说完，儿子便没好气地冲着她大叫了起来："妈，我说你是老晕了！让你抱到万山叔那儿看看，哪个叫你信迷信？你让他喝那香灰水水，想害我儿子呀？"

李红也怒气冲冲地说："要是耽误我儿子的病，我和你没完！"

两口子说完，李红也不喊身子不舒服了，抱起儿子就往村医贺万山那儿跑。这儿李春英听了儿子儿媳妇的话，脸颊发烧，像是做了一件十分错误的事一般。心儿顿时悬在了半空，快快地走回去，啥子话也不说就上床躺下了。一会儿想起孙儿的病，一会儿又想起儿子和儿媳妇那些难听的话以及难看的脸色，一晚上也没有睡好觉。第二天一早起来，想过去看看，又怕儿子和儿媳妇再给她脸色看，便叫兴琼过去看。兴琼去看了一阵，就回来说："娃儿莫得事了！大哥说，万山叔弄的中药，华斌回来只吃了一次，就不哭不闹，也不发烧了！"

李春英听了这话，在心里念了一声"阿弥陀佛"，一颗心才放了下来。把心落了地后才想:"中药才吃一道,病就好了,哪有那么快?一定是凤山那碗香灰水起了作用!"但想是这样想,却不敢对儿子和儿媳妇说。不但不敢说,这事过了很久,她都觉得在儿子、儿媳妇面前抬不起头来,像欠了他们啥子一样。

四

俗话道:家家都有一本难念的经。这乡下人家,本身并不富裕,过日子难免斤斤计较,自然会引出一些说长道短的事来,本在情理之中。按下贺世龙家里这些家长里短不说,只说这年收了秋,乡上突然来了很多干部,和村干部一起动员村民种黄姜,说这是上面引进的一项产业结构调整项目。这是贺家湾村民第一次听到"产业结构调整"六个字。乡上的干部对村民解释说:"啥叫产业结构调整?就是光种粮食已经不行了。粮食效益低,卖不起价。卖不起价,你们就富不起来。因此,县上决定要产业结构调整,在土地上不光要种粮食,还要大力发展经济作物。经济作物效益高,卖得起价钱,你们才富得起来!"对乡上干部前面的话,贺家湾人深有同感。这两年的粮食确实卖不起价了。拉一大车到粮站去卖,七扣八扣,不但换不回来钱,到年底还要倒补国家和村上一坨。不但如此,化肥、农药、种子的价格都在涨,种庄稼已经不划算了。但对于乡上干部后面的话,村民们心里还是持怀疑态度。可乡干部都信誓旦旦地说:"你们放一百个心,我们敢打保票,种黄姜一定能致富!这黄姜品种是我们乡上专门到外地购买的优良品种,一亩黄姜最少能抵三亩小麦的效益。到秋天挖黄姜的时候,会有专门的人来收购,有多少收多少,保证不得骗你们!"

但不管乡上干部如何把种黄姜的好处说得天花乱坠,贺家湾人还是不肯相信。这其中有两个原因,一是因为这黄姜当地人并不陌生。贺家湾的田边地角,只要土质湿润就长这个东西。当然这不是人有意去种的,这东西不能吃不能用,专门去种它做啥子?贺家湾过去长在田边地角的黄姜,都是野生的,到了秋天,一些半大的学生娃儿便提了一把小锄头去挖。挖出来淘洗干净后,拿回去让大人切成片,晒干了卖给贺万山做中药。往往一大篮子,只够卖两本本子钱。因为贺

154

万山的诊所并不需要那么多黄姜，如果需要，他自己就要出来挖。可现在政府让家家户户都种，种出来做啥？政府只说有专人来收，可没有说收去做啥，要是二天人家不收了，那这东西放到家里还占地方。第二，如要种黄姜，今年就要把地留出来。因为黄姜明年开春不久就要种。在此之前，要翻地、打墒，如果种了小麦就肯定种不了黄姜。种地的庄稼人如何舍得让一季土地啥庄稼都不种？粮食现在再贱，可种一点就会有一点，一点不种就啥也莫得。所以，庄稼人即使相信种黄姜能卖钱，却仍不肯留地。有了这两条原因，那村民任凭干部怎么宣传，却只是观望。

贺世海是村里的主要干部，自然要和乡上保持一致。况且，乡上和村上又是签订了责任书的，完不成任务，村干部别想拿到今年的工资。见村民们都犹豫不定的样子，贺世海着急了，于是就家家户户地上门做工作。这村干部和乡干部又有些不同。乡干部虽说官比村干部大，可如果到了村民家里，村民不一定理睬他。为啥？你官虽然大，和村民却隔得远。村民认得他是乡上的啥子啥子官，但乡干部却不晓得这村民是张三还是李四。村民只要条条路儿走得正，不犯法，你官再大也把他莫得办法。可村干部就不同了。村干部就土生土长在村里，和村民抬头不见低头见，何况在一个湾里都是一个姓。那村干部不是辈长就是岁长，即使是晚辈，也是一个祖宗下来的。除非部分和村干部实在过不去的人，一般的村民都会碍于情面，买村干部的账的。贺家湾村民也一样，见贺世海亲自上门来求他们，一些人抹不过面子，便答应种多少少黄姜，且留出了地。

贺世海做完了村里其他人的工作，便来做贺世龙的工作。贺世龙过去响应政府的科学种田是非常积极的，可这次却不一样了。他对贺世海说："如果这黄姜种起，真的卖不脱怎么办？"

贺世海说："大哥这回是怎么的了？过去你那么相信政府，推广啥子都带头，这回怎么不相信政府了？"

贺世龙说："过去我带头，是因为政府推广的那些良种、肥料和耕作办法，能使粮食增产。粮食不怕增产，增产得越多越好，因为它可以吃。人吃不完，可以喂猪，喂鸡喂鸭，还可以卖！可这回的黄姜就不同了，它又不能吃，如果没人收，种得越多、越增产就会越倒霉！"

贺世海说："哎呀大哥，乡上不是说了吗，到时候会有人来收的！"

贺世龙鼻子里嗤了一声，说："你也不小了，怎么忘记了老辈人说的'逢贵莫赶，逢贱莫懒'的话？你也不想一想，全县铺起种黄姜，黄姜都要堆成几座高山。这么多的黄姜，价钱还不跌下来？即使有人来收，给的钱恐怕连挖的人工钱都收不回来！"说完这话，又对贺世海坚定地说："你叫他们种吧，我不种！"

贺世海听了贺世龙的话，不作声了。他也是庄稼人，何尝不晓得大哥说的这些道理？在动员村民种的时候，他不是没有这些担心。但他是干部，必须和上级保持一致。现在听了世龙的话，便不再劝他了。要是二天种出的黄姜真没人要，不是害了自己亲大哥？

晚上，贺世龙到大儿子那儿去，问兴成种不种黄姜？兴成回答说："种呀！上级号召种，又能赚到钱，怎么不种？再说，我们也要给幺爸点面子嘛！"说完又说："我们就打算把你分给我们那块林地留出来种！"

贺世龙一听就叫了起来："你硬是三文不值两文，那样大一块地，就拿出来打水漂呀？"

兴成却不以为然，说："爹，怎么是打水漂？乡上干部不是说了吗，一亩黄姜比三亩小麦的价钱还高！"

贺世龙问："要是卖不脱呢？"

兴成听了，还是大大咧咧地说："那怕啥子，这么多的人都种，吃亏上当又不是哪一个人！反正这朝粮食也莫得前几年卖得起价了，即使空这一季也亏不到哪里去。可真要是像乡干部所说的，那就是赚到了！"

贺世龙见儿子铁了心要种，也就不再说啥了，只说："即使要种，这一季也莫把地空起嘛！你就种些萝卜或白菜，说不定还能卖到一点钱。"

兴成听了父亲的话，种了一地萝卜。他原来打算种白菜的，可白菜比萝卜费工，又费肥，并且容易生虫。现在的杀虫剂越来越杀不死虫，反咬得菜叶子到处都是洞洞眼眼，挑到市场上没人敢买。于是兴成就全部种了萝卜，并获得了空前的大丰收。丰收是丰收了，可却是卖不出去。原来那些准备种黄姜的人和贺世龙想的都一样，在留出的地里种了萝卜或其他蔬菜。这菜一多，自然是滥市，别说卖钱，就是白送都没人要。一时，贺兴成的几间屋子里到处都堆满大白萝卜。人自然是吃不完，于是便煮了喂猪。猪先还吃得夸夸的，可没吃上几天便腻了，一张嘴在槽里拱来拱去，把萝卜块块拱得满猪圈都是。一直吃到第二年三月里，萝卜在屋子里发了芽、长了须，也没有吃完，只得挑出去扔了。而这时，已到了种黄姜的季节。兴成将地翻过来，打了厢，去乡上买回了黄姜种，种到了地里不提。

把黄姜种下不久，兴成趁农忙时间还没有到来，果然进城去买了一台手摇的脱粒机。这机器也是十分简单，一个长方形铁架，一个手摇的铁把手，两个齿轮，一个用木条制成的转筒，转筒的木条上，交错地钉着许多用粗铁丝弯曲成∩字形铁齿。用手摇动把手，齿轮带动转筒转动，上面的∩字形铁齿便把麦粒或谷物脱掉了。贺世龙围着机器转了半天，然后才对儿子问："这东西能把麦子和稻谷绞落呀？"

兴成说："绞不绞得落，二天看看嘛！"说完，兴成又对父亲说，"今年的麦子，我们搭伙收，等全部收回来后，我们才绞。先绞你们的，后绞我的，我保证你们那点麦子一天就绞完了！"

贺世龙听了这话，心里还是存了疑虑。心想，要是真的一天能把麦子打完，那就太好了！原来，贺家湾人先个打小麦，全凭手工和力气。小麦收回来后，要忙着插秧和种别的庄稼，麦捆一般码在屋檐下，只能抽空时间打。打麦子的方法，是将两条大板凳拼在一起，一边一个人面对面站着，手持了麦把在板凳上，一下一下地摔打，将麦粒打下来。这不但费力，往往摔打一天，胳膊就酸得抬不起来了。而且那烟尘和麦芒都直往对方身上钻，打上半天麦子，人就变得像只灰包似的，吐口痰在地上如墨汁一般。麦捆放的时间越久，麦秸和麦穗回了潮，摔打起来更吃力。一家人的麦子，往往要打上好几天，甚至十天半月。现在贺世龙一听儿子说一天就能把他们家的麦子打完，自然高兴，但又不肯相信，只留待打麦时再看究竟。

到了麦收时候，贺世龙果然听了儿子的话，两家人合在一起，趁着大太阳把地里的小麦全割了回来，都码在院子里。第二天，贺兴成便来给父亲打麦。这天正好是星期天，兴仁和兴琼都在家里。兴成和父亲一道，把家里挞谷子的拌桶抬到了院子里，将机器固定在了拌桶上。又拿了挞谷子用的挡席，从三面围住拌桶，然后叫兴仁过来和他一起摇把手。叫父亲和母亲握了麦把往那转筒的铁齿上放。兴琼拿了一把铁耙，准备着随时将拌桶里的麦草往外面捞。李红负责将绞干净的麦秸秆往院子两边的空地里抱。安排完毕，兴成叫先试试，过去和兴仁摇动起把手，贺世龙和李春英也早握了麦把在一旁等候。看见机器转动起来了，就按照儿子吩咐的，将麦把往那转筒上一放。没想到刚一挨到机器，李春英手里的麦把随着那铁齿拉走了。世龙手里的麦把虽没被铁齿拉走，却紧紧按在机器上，让兴成和兴仁摇起来非常吃力。兴成看了，停了下来对母亲说："妈，你两只手要把麦把握紧!"又对父亲说,"爹,你不要把麦把死死压在机器上,轻轻地挨到铁齿就行了!"

说完,兴成让兴仁一个人摇把手,自己来做了一下示范。只见他拿起一把麦,手腕稍往上抬高,将那麦穗轻轻往那铁齿间一碰,就将麦秸秆扔了出来。贺世龙一见就叫了起来:"这么快就打干净了?"

兴成将麦秸秆往父亲面前一递,说:"你看看打干净没有?"

贺世龙一看,果然干干净净,于是说:"硬是干净了哒嘛!"

听说兴成用机器打麦,许多人都围在院子边看稀奇。这时见了,一些人便怀着好奇之心要过来试。兴成也不拒绝,凡是要来试的,都让他们试。一边让他们试,一边对他们讲解着要领。这技术本来就不复杂,掌握起来很容易,没多久,一些年纪较轻的人就能轻松地操作了。掌握了技术的人从机器前走下来,兴犹未尽地说:"这家伙比起用手打,不晓得快了好多!"一边啧啧称赞,一边又十分渴望地说,"兴成,等你们把麦子绞完了,就借给我们用一用!"

兴成听了,也不说行,也不说不行,只说:"到时候看情况再说吧!"

那些人得了一个模棱两可的话,离开了。

那些人一走,一家人又行动起来。贺世龙和李春英也很快掌握了要领,操作起来轻松自如了。倒是兴仁,摇了一会儿摇把,不但气喘吁吁,头上冒汗,而且手上打起了几个血泡,叫痛不止。贺世龙看见,便叫兴仁去往转筒上喂麦把子,他来摇把手。兴仁果然换了。但没过多久,那血泡又被麦秸秆刺破,流出了血来。李春英看见,便叫兴成停了下来,进屋去找出一块布,过来一边给儿子包扎,一边说:"让你受点苦也要得,你以为做活路那么轻松呀!"

兴成也说:"才做这么一会儿,就这也喊痛,那也喊痛,我初中毕业就回来下苦力,又怎么过来的?"

兴仁听了大哥话里幸灾乐祸和自我炫耀的意思,就狠狠地瞪了他一眼,说:"哪个在叫苦?我不相信这么一天就把人累死了!"说着,不服气地走过去,抱起一把麦子就往机器上按。那兴成看见,又和父亲一起摇动起摇把来。

真像兴成说的,贺世龙家里几亩地的麦子一天就给绞完了。尽管剩下的活儿还很多,譬如从拌桶里捞出的乱麦草还要用连枷打,麦粒也还要用风车将麦壳扬出去。麦秸秆也要晒干打捆。但比起过去一家人断断续续要打十来天麦子,不晓得轻松到哪里去了。麦子一打完,李春英不顾腰酸背痛,爬上楼梯,从屋梁上割了一截过年时熏的老腊肉、一段腊香肠和干萝卜煮了，又烧了一罐嗺酒，炒了花生，来慰劳全家人。

一家人正吃着饭的时候，世凤突然过来了，看见大哥和侄儿们正在吃饭，便有些不好意思，说："大哥你们吃饭呀？"

世龙见了，问："是呀，你吃没有？没吃过来一起吃！"

兴成和兴仁也说："就是，二爸，你过来坐！"说着起来让出了位子。

世凤一见，忙说："我吃过了，你们吃！"说完又说，"你们也晓得的，我也喝不得酒！"

世龙说："喝不得酒不喝酒，吃点菜嘛！"

世凤还是说："不了，菜也不吃了，我来和兴成说点事！"

兴成说："二爸有啥子事，你就说吧，又不是外人！"

世凤听了，就期期艾艾地说："那好，我就说了！兴成你能不能把你那机器借我用一天？"说完就看着兴成。

兴成听了，却说："二爸，别的啥子事情，侄儿都答应你，可这借机器却是不行！"

世凤一听，像是有些没想到的样子，张了半天嘴巴，这才嗫嗫着问："怎么不能借？"

兴成说："这机器不比锄头镰刀，不是点把点钱。你今个都是听见的，好多人都想来借。要是大家都来借，不说借去弄坏了，就是那消磨，哪个来付我？"

世凤听了这话，就说："那我付你消磨费，你说多少钱？我当租那样想。"

兴成听了又说："租也不行，我不租！"

世凤就有些不明白了，又问："那你想怎么办？"问完又说："反正你们把麦子打完了，放也是放到那儿，租几个钱怎么不行？"

兴成说："二爸，叔侄面前不说假话，机器买回来，我是指望靠它挣几个活钱的！昨年我们在李红娘家那边看到，人家也是买了这样的机器，然后哪家要绞麦子，去一个人，和机器一起，一天三十元钱。你也看到的，这机器绞麦子，是又快又好，何况我还要来一个人？二爸真要想绞的话，我一天收你二十块钱，别人我三十块，一分也不少！"

世凤一听这话显得很不高兴了，说："帮二爸做一天，还要收钱呀？"

兴成说："没办法，二爸，我答应少收你十块钱，并且答应我明天把麦子绞了后，就给你绞，就算对二爸照顾了！"

世凤一听，还是黑起脸站起来说："算了，我也莫得那个福分享受你的照顾，我还是长工活，慢慢磨吧！"说完就往外走。

这儿兴成还是看着世凤的背影，大声说："二爸，你好好想一想吧，要绞就早点过来跟我说，不然我答应别个了就不好改变！"

世龙看着世凤满脸不高兴地走了，觉得像是自己对不起世凤似的，便忍不住训斥兴成说："他是你亲二爸，又不是外人，再说他又有病，就算帮他一下，还收啥子钱嘛？自己的话不拿别人说，老实的滚进钱洞洞里去了，是不是？"

兴成听了这话，有些不满地说："爹，嘴巴长到别人身上，别人想说啥就让别人说！人亲财不亲，就是亲二爸，我也不能坏了规矩！再说，我已经让了他了，还想怎么样？"

李红也说："就是，爹！那机器买来不是做好事的。他也不想想，虽然出了二三十块钱，可省了好多力，又节省了好多时间？把这节省的时间拿去做其他事，要做多少事？"

贺世龙一听这话，觉得又在理。是呀，就拿自己家来说，往年的麦子要打七八天，甚至十多天，一家人累得皮塌嘴歪，天天都在灰尘里过日子。可用这机器一天就打出来了，节约的时间和劳力，岂是二三十块钱可以买的？可一想到亲侄儿给叔父做点事，就向叔父要钱，又有些悖理。几千年来，这邻里相助都是不谈钱的，何况还是亲叔侄间？到底是悖理，还是在理，贺世龙一时又说不清楚了。想了一会儿，才对兴成说："明天去跟你二爸说说，要是他不忙，就等一段时间。如果湾里有人来找你去绞就去绞，如果没人，去跟他绞就是！"

兴成听了，却说："我才不会去跟他说，他愿意用人打，就让他打，到时候他就要来找我了！"

果然被兴成说着了，贺世凤回去对毕玉玲说了兴成不借机器要收钱的事。两口子虽然在嘴头上把兴成狠狠地骂了一阵，可骂完过后，在心里细细一盘算，觉得还是请他来用机器绞小麦比自己慢慢打划算得多。世凤呛不得灰尘，一呛就会把气喘病引发。一旦引发了病，吃药都要花去许多钱，何况还会耽误地里许多活儿。现在虽说出了二十块钱，却节约了许多时间和体力，一天的时间就把麦子绞完了，有啥子要不得？这样一想，两口子就心平气和了。第二天一早，世凤就到兴成家里说他答应兴成的条件，叫侄儿今天把自己的麦子绞了，明天就去跟他绞。兴成听了，就对他说："二爸，这用机器打麦，你也是看见的，快是快，却至少需要有五六个人。你有病，累不得，你们屋里只有二妈一个人，加上我也才两个人。你去联络一下，看还有哪些想用机器打麦的，互相换一下工。后天让他们来跟你帮一下忙，他们绞的时候，你和二妈又去帮他们的忙。"

贺世凤一听，果然就去湾里问。湾里的许多人，原都是等着向兴成借机器的。现在一听要收钱，心里都愤愤的，觉得贺兴成实在不仗义，太自私自利了。先在背后把兴成咬牙切齿地骂了一通，可又禁不住机器打麦又快又好的诱惑，骂完过后，又都很乐意地接受了兴成的条件。不但如此，好多人都想早些把麦子打下来，好做别的事。于是，往往是一家人的麦子还没打完，旁边就有人等着抬机器了。贺兴成看着大家争先恐后请他去绞麦子，心里非常高兴。但他丝毫没有想到，他正在做的，却是一件意义十分重大的事，那就是他把城里市场经济的观念引入到了贺家湾，让贺家湾人在一种既恨又爱的矛盾心理中，慢慢改变了过去的观念。使村民们逐渐懂得了时间、效率、金钱，这些和市场经济紧密相连的规则。在日后的生活中，这些市场经济的规则，不断地影响和改变着贺家湾这些芸芸众生的观念。

五

且说贺兴成，一个麦收季节，带着他的机器，今天在东家打麦，明天又到西家打麦，整整忙了差不多二十来天，赚了五百多块钱，喜得嘴巴都合不拢。兴成忙着到外头挣钱，自己地里的活儿自然又落到了贺世龙身上。兴成赚了钱，还算有良心，大忙过后，到乡上的酒厂给父亲打了一壶高粱酒，又到肉摊子上割了三斤腿筋肉，拿回来交给李春英。贺世龙本不怎么喝酒，但看见酒是儿子孝敬的，心里也是喜滋滋的，却全然忘了自己的付出。

夏天的庄稼，长得快，成熟得也快。时间似乎也溜得比冬天快。转眼间，就过了立秋的季节。春季种的黄姜，因为是专门留的地来种，不和其他作物争水争光争肥，又是种头茬，加上农人赚钱心切，不但加足劲往那地里施肥，而且管理也细，像经佑先人一样经佑。因此，哪块地里的黄姜都是长势喜人，一派丰收在望的景象。可是，随着收获的时间越来越近，收黄姜的事却是夜蚊子滚岩——莫得响动。贺家湾人急了，都纷纷去向贺世海打听。世海心里也是着急，却又对众人说不出个所以，便去乡上询问。乡上干部也和贺世海一样，说不出个究竟来，只对贺世海说："叫村民莫慌，乡上正在跟县上联系！"贺世海回来把乡上干部的话给村民们说了。可村民又如何不慌？因为那地得赶快腾出来，种下茬庄稼！乡上干部叫大家莫慌，敢情占的不是他们的地！有村民实在等不及了，就跑到县城市场上去看有收黄姜的没有？这一看村民就傻眼了：市场上到处都是黄姜，收倒是有人收，价格却只有三分钱一斤。三分钱是啥概念？也就是说，连挖它的劳力钱都不够，且不说还要靠肩挑背驮，把它运到县城来。那样多的黄姜，用一根扁担，又要挑到猴年马月？村民回到贺家湾，对湾里的人一说，顿时，那些种黄姜的人就叫苦连天，后悔不迭，说："早晓得是这样，说啥子我都不得种！"可有钱难买早晓得，现在种都种了，后悔也没用。于是，那些种了黄姜的人，一边埋怨，发誓永远不种这劳什子了；一边扛了锄头去到地里，将那些黄姜挖出来随手往山坡上、地沟边或草坪里一扔，任它们自生自灭去，这儿腾出土地好种下季庄稼。那些被农人随手扔掉的黄姜，大多数烂在了地沟里，做了野草生长的肥料。一些命大、没被烂掉的黄姜，就在山坡上、地沟边或草坪上重新生根发芽，繁衍新的后代。黄姜是一种繁殖力极强的植物，即使农人在挖时非常认真，也有一些不起眼的小姜被遗留在了地里。这些小姜又随着第二茬庄稼一同生长，农人怎么去锄也锄不干净，一时弄得怨声载道。

且说那兴成，将父亲分给他的那块林地也种了一地黄姜。可当别人都把地里的黄姜刨光扔尽，把地整理出来准备种第二茬庄稼了，他还没动。贺世龙见了，就过去问他："你还不把地里的黄姜挖出来，想让它们烂在地里呀？"

兴成见父亲问，不以为然地说："烂就烂呗，烂在地里好做肥料！"

贺世龙听了儿子的话，有些噎住了的样子，半天才说："你莫三文不值两文的，那样好的地，早点去挖出来，好种下季庄稼！"

兴成听了父亲这话，才正儿八经地说："爹，我倒是想去挖，可我现在正事都忙不过来呢！"

贺世龙听了，有些不高兴地问："你啥子正事忙不过来？"说完又说，"庄稼人除了种地，还有啥子正事？"

兴成听了，也不正面回答，却对贺世龙振振有词地说："爹，你一辈子就只晓得种地才是正事！未必除了种地，就莫得其他比种地更重要的事了？"

贺世龙听了儿子这话，更有些生气了，便恼怒地说："我看你还有啥子事比种地更重要？"说完，又像是撒手地说，"管你怎么做，你想种就种，不想种就不种，饿也饿不到我！"说完便气冲冲地走了。

贺世龙说了儿子，以为儿子要去把那黄姜挖了出来，等着种下茬作物。可等了两天，兴成还是没去挖黄姜，倒是进城又去买了一部装有小发电机的电动脱粒机回来，把上半年才买的手摇脱粒机给淘汰了。原来，贺兴成在上半年的麦收季节里，靠他的手摇脱粒机赚了几百块钱，心里好不惬意。正在他摩拳擦掌，打算在秋收季节里再狠狠地赚上一把时，村里的贺江海也去城里买了一台和他一模一样的脱粒机，准备和他展开竞争。贺兴成明白，湾里多了一台这样的机器，他的生意起码也得下降一半，但他又不能不让人家买。苦苦想了半天，兴成又进城去，在卖小型农机具的门市上转了半天，看见了这款小型的电动脱粒机。贺兴成先是详细地向售货人员询问了机器的性能、价格、操作技术，售货人员不但一一对贺兴成讲了，还往油缸里倒了一些汽油，发动起机器，做了一次演示。贺兴成见那技术也不复杂，向售货员要求自己亲自操作一遍，售货员也答应了，将手里的一根绳子交给贺兴成。兴成接过绳子，按售货员刚才做的，将绳子缠在发动机上轻轻一拉，机器就发动起来了。兴成非常高兴，觉得价钱也不贵，回来和李红一商量，第二天两口子一道进城，就把这机器给买回来了。眼下，两口子正想着怎么在挞谷中赚到大钱，哪有心思去管地里那些卖不出去的黄姜呢？贺世龙看不下去了，想去帮儿子挖出来。可一见儿子成天在屋子里鼓捣他的机器，贺世龙想，儿子自己的地，自己都不着急，我着啥子急呢？心头一生气，就又没有去。等他再想去时，田里的稻谷一夜之间变得金黄，那农忙也就跟着来到。也就再没有时间去给儿子挖地里的黄姜，那地就这样荒着了。

兴成有了上次打麦的成功经验，这回也就不显得那样羞羞涩涩了。机器一买回来，就用红纸写了几张大广告，在村子显眼的地方四处张贴。上面写着："电动脱粒机打谷，不用人摇机器，省时省力，打得干净。机器加人，每亩收费三十元。联系人：贺兴成。"贺家湾人已经有了一次用机器打麦的经历，对兴成提出的三十元一亩的收费，倒没有说啥。只是对那不用人摇机器的自动脱粒机，究竟怎样省时省力还心存疑虑。兴成也晓得湾里的人心里有怀疑，却并不着急，在湾里说："你们哪家的谷子黄了，要挞？第一天我免费，分钱不收！"话音一落，就有好几家人争着要挞。兴成选了一家，把机器抬到田里，扣到拌桶上，叫了几个女人把半边田的谷子都割下来，一把一把放好，然后才叫三个男人和自己一道组成了两组。他先去把机器发动了，只见那机器果然不用人摇就快速地转动，而且转速均匀。兴成和田主人拿了谷把，往机器上轻轻一搁，稻粒便全在拌桶里了。他们迅速退下，另两个男人拿了谷把又马上上去。如此周而复始，没多久的工夫，就赶上了割谷子的女人。那些女人已经割不赢了，兴成还故意在后面催，说："快点，快点，不然抱你们脚杆了！"

田主人见了，说："耳听为虚，眼见为实，这家伙真的是又快当又省力！"

田边站着看稀罕的人，也相信了兴成所说的话不虚。相反，江海买的手摇式脱粒机却没这样好使了。原来，那手摇脱粒机用于脱旱地的小麦尚还可以，可这挞谷子就不同了，谷穗比麦穗重，加上贺家湾大部分是水田，当本身就比麦穗重得多的谷穗又从水田里捞出来，一把谷把比一把麦把不晓得重了多少倍。因此，当湿淋淋的谷把往那转筒上一放时，两个摇机器的男人顿时就会感到铁齿像是咬住了啥子不放一样，会万分吃力。相比之下，兴成的这机器当然更具备核心竞争力了。因而，江海好不容易买回来想和兴成竞争的机器，只挞了两三户人家，便没人请他了。相反，兴成这儿，请他挞谷的人又排成了长队。兴成为了抢时间，也为了多挣钱，只要有月亮，就叫一些人晚上就把谷子割好。因为机器不用人摇，转得快，绞得也快，常常是割稻的人割不赢，机器得停下来等他们，这样就耽误了时间。实行了晚上割稻后，效率果然提高了不少。

兴成带着他的脱粒机，不但在本湾给人挞谷挣钱，还到雷家湾挞了好几天。一个秋收下来，又挣了一千多元，不但把机器本钱挣回来了，还赚了不少。当兴成把钱赚足了，回过头再打算来刨地里的黄姜时，却已经晚了。没指望从地里赚钱的兴成，干脆一不做、二不休，不去管它们了。那黄姜的枯叶，在瑟瑟寒风中颤抖了一个冬天以后，第二年一开春，嫩芽又从土里蓬蓬勃勃钻了出来。没几天便是翠绿一地，然后在春风吹拂下尽情地生长了起来。到了夏天，一地阔大的绿叶，汪洋恣意，像是绿色的海洋，煞是壮观。贺世龙每从那儿路过都脸颊发烧，仿佛被人扇了几巴掌似的。只以为这好不容易要回来的地，永远会是野生黄姜的世界了。

令贺世龙万万没有想到的是，这年的黄姜，价格却陡地一下上去了。去年两三分钱一斤都没人要的东西，今年连泥巴都不洗，从土里一挖出来就能卖到三角钱一斤！不但县城里，到处都是收黄姜的老板，连乡上也有人来建了收购站。不但如此，乡下还游走着许多小贩，接二连三地叫喊着收黄姜。面对这戏剧性的变化，不但是贺世龙，许多人都惊得瞠目结舌。那些去年把黄姜挖出来扔到山坡上、地沟里和草坪上烂掉的人，如今肠子都悔青了，气得在地里直骂老天爷没长眼。贺家湾也还有一些人，因为那时价格太低，没有挖的动力，便也像兴成一样，让黄姜长在地里任它去了。此时高兴得眉开眼笑，生怕价格又降，连挖都怕来不及，只枷了牛，把有黄姜的地犁了一遍。先将犁出的黄姜捡去卖了，再用锄头细细来刨，深深地挖，恨不得将地来个底朝天。兴成又因祸得福，也急急忙忙把父母、兴仁、兴琼全请了去，帮他刨黄姜。兴仁去年高中毕业，大学自然没有考上，可离县上师范学校的录取线却只差了两分。贺世龙不相信祖坟就不冒吉瑞之气，又让儿子到原学校复习了一年。今年参加考试，倒是高出了县里师范学校的录取线十多分。看完分数回来，一家人都沉浸在了高兴中，心想兴仁从此就可以脱离农门，端上公家人的饭碗了。可左等右等，却等不来那师范学校的录取通知书。兴仁跑到学校一问，这才晓得有应届生将他告了，说他是复读生。原来上面有政策，复读生是不可以参加中专考试的。兴仁回来伤伤心心地哭了一场，又在家里整整睡了几天。至此，世龙才真正明白"命里有时终须有，命里无时莫强求"这两句话的意思，遂不再对儿子跳出农门抱啥子希望了。倒是那兴仁，在屋里睡了几天后，便要和同学一起到广州打工。同学已经给在广州打工的哥哥写了信去，可哥哥却回信说，广州这眼下很乱，工作也不好找，让他们在家里等着，以后社会治安好了，再写信叫他们去。就这样，兴仁便留在了家里。现在兴成叫他去帮着挖黄姜，也不和大哥顶嘴了，乖乖地跟了去。一家人刨了整整一天多，刨出了几千斤黄姜来。兴成高兴得像是蟑螂落油锅——全身都酥透了，赶紧去找了一辆板车来，叫上父亲和兴仁，连推带拉，拉到乡上收购站，一下子又卖了一千五六百元钱。

看着有黄姜的人发了财，李春英便开始埋怨贺世龙，说他当初不该只守死八字，结果现在看着别人白花花的银子往家里流。贺世龙被李春英说得心里乱乱的，便对女人吼道："有钱难买早晓得！要是早晓得，昨年那些人又不得把黄姜挖起甩掉了！"又说，"啥子叫命？这就叫命！该你得的，棒棒都打不脱，不该你得的，就是到手的财喜，你也保不住！"

李春英觉得丈夫说得也是，就说这兴成，是懒人有懒福。要是当初听了贺世龙的话，把黄姜挖了，怎么能够赚得到这一千多块钱？这道理李春英虽然明白，可看着别人赚钱，心里还是痒痒的。于是她就挎着一只篮子，到村里那些山坡、地沟、草坪上，去刨昨年被别人扔下的黄姜。她把那些黄姜当成了野生的，殊不知那些黄姜也是有主的。第一天出去，便和别人吵了一架。但功夫不负有心人，一个多月时间里，她到处刨搂，到处和人吵架，最终刨回了几十斤黄姜，卖了二十多块钱。到过年时，买了一件新衣服，穿在身上喜滋滋的。

黄姜的悲喜剧刚刚结束，乡政府的人又到贺家湾来了。这次，政府的人不再号召村民种黄姜，而是动员大家又把土地留出来，明年开春后种生姜。他们对村民说："你们不要种黄姜了，种生姜比种黄姜更赚钱！"说完又说："你们不要看到今年黄姜卖了个好价钱，大家就全部去种。种多了，明年就又卖不起钱了！"政府的人终于懂得一些市场经济的规律了。可是，他们却又把自己陷入了一个悖论中：采取如此运动式的方法，动员农民种生姜，明年生姜多了，是不是又会出现黄姜的悲剧？但政府的人似乎早已想好了对策，他们对村民说："你们放心，明年的生姜再不会出现昨年个黄姜的事了！我们乡新来的王书记一心想让全乡人民富裕起来，打算招商引资，在我们乡上建一个加工生姜的蜜饯厂，现在正在和一个浙江的大老板谈判。大家都想一下，这蜜饯厂就办到我们乡上，到时候县上不收，我们的蜜饯厂也把你们那点生姜收了！"

其实，黄姜事件后，村里人开始相信政府的话了。特别是今年赚到钱的人，逢人就对人说："到底还是政府看得远，让我们赚到钱了！"又说，"二天政府的人说种啥子，我们就种啥子，相信政府不会错！"即使是那些在头年就把黄姜挖出扔掉的人，也不再怀疑政府的话。因而，贺家湾人种姜的热情非常高，连贺世龙也留出了一亩最好的地。有的人家还留出了两三亩地。这在人均耕地才一亩三分的村子里，可以说投入是非常大的。

然而，贺家湾人这次可是真正的失算了。秋天，生姜成熟了，乡里对村民承诺的蜜饯厂却还没有影影。一时间，全县的生姜卖不出去，出现了和前年黄姜一样的命运，最后连五分钱一斤都没有人要。生姜不比黄姜命贱，很容易烂，村民又不懂得储藏，大堆的生姜很快就烂了。最后不但村民的院子里，连河沟和垃圾堆里都是烂掉的生姜。自然，受损失的也不是贺家湾一个村的村民。听说有的地方，受损失的农人把那些烂姜背到乡政府去，往政府办公室乱扔，有的还扔到了党委书记和乡长的身上。那个当初雄心勃勃、要引资办厂的王书记，怕村民也来找他的麻烦，便整天都窝在乡政府里，连门都不敢出。可奇怪的是，没有一个村民跑到乡政府来抱怨。村民只是哀叹"自己的命不好"，或者责怪生姜这玩意儿实在娇贵和小气，此地民风之淳朴，由此可见一斑。

从这以后，乡上有两年时间没再让农民"产业结构调整"了。两年后，乡上又来了一个李书记，李书记一上任就号召农民种烤烟。而且开展了比当年种黄姜和生姜更为声势浩大的宣传攻势和严厉的罚款措施。到处都是"要致富，把烟务"、"不种烟，要罚款"的大幅标语，甚至把学校的小学生都放回去动员家长种烤烟。家长如果不与村上签种烟合同，学生就不能到学校上课。但这时，贺家湾的农民变得成熟和理性了起来。他们迫于政府的行政压力不得不种植，但又不想真种，就和政府的人玩起了猫和老鼠的游戏。为了不让罚款，他们按干部的要求到乡上买回烤烟种子，并将种子播在苗床里。政府的人下来检查，发现村民都育了烟苗，心里甚是高兴。邀功请赏的经验材料，也如雪片般飞到上面领导的办公桌上。可是没过多久，干部们再下来一看，发现许多苗床里的烟苗，要么全部枯死，要么部分枯死。政府的人急了，追问村民这烟苗是怎么死的？村民倒打一耙，气冲冲地说："我晓得是怎么死的？你们卖些假种子给我们，我们没来找你们要种子钱，就已经便宜你们了！"

政府的人并不晓得死苗的真正原因，还真怀疑起是不是自己提供的种子有问题。又怕农民真来找自己的麻烦，于是不敢再说啥。而农民自己是晓得那烟苗死亡的原因的。种了一辈子庄稼，要你那烟苗死还不容易？只要稍微不加管理，烟苗就死了。没有了烟苗，当然就不能种烟了。没有种烟，或者种植面积不够，不是我不想种，而是烟苗死了。烟苗死了，原因也不在我，是你的种子出了问题！如此一来，你政府的人，还想罚我啥子款？农人把这叫作你有七算，我有八算，你有长萝菜，我有翘扁担！农人的狡黠，在此不做过多描绘，只提醒如今握有权柄的人，千万不可小觑了农人的智慧。

第六章

一

　　接着说贺兴成在种生姜失败后，过来对贺世龙说："爹，你不是想种庄稼吗？你把我们的地拿一些去种吧！"

　　贺世龙问："那你们干啥？"

　　贺兴成说："我们不想种那么多的地了！"

　　世龙像是不认识儿子了似的，把他看了半天，然后才说："你不种那么多庄稼，一家人吃啥子？"

　　兴成鼻子里哼了一声，说："爹，看你说的，这个社会还有会饿死人的？"说完就走了。

　　兴成在春上又去城里买了一台小水泵和几十米长的塑料胶管回来，给湾里的一些高塝田抽水。过去，贺家湾人往高塝田打水，靠的是一只竹筤往上打，贺家湾人叫作戽水。戽水人不但腰力、臂力要好，还需要配合默契，不然水便打不上来。如果那田的地势很高，还需要几拨人一级一级地往上赶，那是很花时间和体力的。兴成的水泵一买回，贺家湾人一见这家伙不管田的地势有多高，只要一开动机器水就上去了，又是省时省力的事，自然又十分欢迎。所以，一个春天和初夏季节，兴成白天晚上都在外面抽水，又狠狠赚了一笔钱。现在，兴成从拢谷机、小水泵等小型农业机械中尝到了甜头，也看到了希望。因此，他决心甩开膀子大干一场。

向父亲说过不种那么多地的第二日，兴成就去县里买回一辆微耕机。他把微耕机开进自己的院子里，世龙、世凤和世海马上围了过来。几个老辈人还没开口说话，兴成便咋咋呼呼地叫了起来："爹，二爸幺爸，你们还养啥子牛哦，从今以后，你们那点田地我跟你们包了！"

贺世龙听了兴成这话，心里头还是为儿子感到高兴的。从儿子买手摇脱粒机，到现在买带着犁铧的机器，儿子干的虽然不是啥惊天动地的伟业，却一波一波地让庄稼人原来繁重的体力劳动变得轻松起来，因而得到了全湾人的拥护和赞扬，他自己也挣了钱。贺世龙觉得这也是儿子的出息。现在看着儿子新买回的机器，又听了他的话，尽管心里高兴，却不在脸上表现出来，说："说你妈些外行话，有了你这铁疙瘩，就不养牛了？"

兴成说："爹，你怎么不相信科学？别个邓小平都说，科技是第一生产力！有了这家伙，还养啥子牛？"说着，骄傲地在机头上拍了拍。

贺世龙还没答话，世凤接了话说："你娃儿这机器好是好，可也不是白使。用牛犁地，虽说慢一点，可不要钱！"

兴成一听这话，就说："二爸，原来你还是这样想的哟？这第一回我当打广告，不收你的钱！过后，当然还是要收钱的，不过我还是可以优惠你！"说完，想了一想又说，"即使我收钱，也要比你们养一头牛省多了！这点账，未必你们算不过来？"

世海起初啥话也没说，一听了兴成这话，才对世龙和世凤说："大哥二哥，你们不要把兴成这话当聊斋听了。我觉得他的话是可以考虑的！"

世龙听了这话，有些吃惊地看着世海，说："啥子，你硬是把他的话，裁缝的脑壳——当针（真）了？"

世海说："如果真用兴成的机器耕地，确实不需要养牛了！"

世龙说："机器转弯抹角，哪有牛耕得到？到时候还是需要牛耕的！"

世海说："大哥，为耕点边头角墒，就要养头牛，那太不划算了！你不是常说豆腐搬成肉价钱这句俗话吗？这就是豆腐搬成肉价钱！"说完又说，"这是大事，晚上跟大嫂二嫂她们都商量一下，看她们怎么说？"说完，三弟兄就分开了。兴成把机器开进了屋子里不提。

隔了两天，世海走进世龙的屋子，正儿八经地对世龙说："大哥，我和周萍商量了两天，觉得是没必要养牛了。所以我过来和你商量一下，要么把牛卖了，要么把牛折成钱，哪个想养，哪个就补钱出来。"

世龙见世海认真的样子，问："真的不养了呀？"

世海说："养起不划算了！再说，为养牛，三妯娌也没少打肚皮子官司。不养了，妯娌间也就不说啥子了。"

世龙想了一会儿，就说："那好吧，你去把世凤喊过来，听听他是啥子意见？"

世海果然去把世凤喊了过来。世龙把世海的意思跟世凤说了，然后问世凤养不养？世凤竟也很干脆地说："既然老幺不打算养了，那我也不想养了！前个晚上我和毕玉玲算了一下账，觉得兴成说得对，把养牛花的时间和精力折成钱，拿来付几个兴成犁地的工钱都够了！"

世龙听了这话，就说："你们都不打算养了，那我来养吧……"

世龙的话还没说完，忽然听见兴仁在屋角里气冲冲地说道："要养就你一个人养，我们不得养！"

世龙听了，觉得儿子当着两个叔父的面这样顶撞他，有点没面子，便也大声武气地对兴仁吼道："你不养算了嘛，老子又没有强迫你养！"又补充了一句："你不养跟老子滚出去！"

没想到兴仁一听父亲这话，呼地一下站了起来，仍是气昂昂地说："滚就滚，你以为我稀罕在这屋里？"说着，果真朝屋外跑了出去。李春英、世凤和世海在他身后大叫，他也没有回头。

兴仁为啥生这样大的气？原来，他回到贺家湾已经做了将近一年的农活。觉得这农活又苦又累不说，更重要的是，他看不见任何前途和希望，心里郁闷至极。盼望同学的哥哥早日来信，好去广州打工。没想到同学的哥哥却在广州犯了事，给抓起来了。兴仁好几次想自己出去独闯天下，可贺世龙却还是像老母鸡一样，一心只想把儿子护在自己翅膀底下，怕他出去也像那同学的哥哥一样犯事。于是无论兴仁怎么说，只是不让。兴仁已积了一肚子怨气，只想找机会发泄，听到父亲说要把牛拿过来独养，那怨气便趁机爆发了。

这儿世凤、世海见兴仁头不是头、脸不是脸地离家走了，便也顾不得议论牛的事了。世凤问："大哥，兴仁是怎么了？像是吃了火药！"

世龙心里同样有气，听了世凤的话，也气呼呼地说："管他的，他要生气就让他生，我又不怕他！"

世海说："大哥，兴仁好像满二十一岁了吧？男大当婚，这娃儿是不是想讨婆娘了？你该给他操心得亲事了！"

世龙听了世海这话，心里咯噔了一下，嘴里却说："像他这个样儿，我怎么给他操心亲事？"

弟兄说了一会儿闲话，便各自散去了。到了晚上，贺世龙却噙了烟杆往兴成的房子去了。兴成两口子正在消夜，见父亲过来了，兴成忙问父亲吃过没有？世龙答应吃过了，让他们吃，吃过了他和他们商量一件事，说着便在椅子上坐下来。兴成听说父亲有事，就端了碗过来，在父亲对面坐下，一边吃饭一边问："爹，有啥子话，你就说吧！"

贺世龙从嘴里拿出烟杆，吐了一口烟雾，这才说："今个下午我和你二爸、幺爸在一起摆龙门阵。你幺爸说，兴仁今年都满二十一了，该给他操心得婚事了。你看呢？"

兴成的眼睛落到世龙脸上，看了半天才说："是操心得了。"然后又小心地问："爹，你是啥子意思，就明说。"

世龙想了想，果然把话挑明了，说："你是晓得这结婚的规矩的。当年你结婚，老子累死累活，算是给你把房子盖起来了。现在兴仁要结婚，也是要盖新房的。莫得新房子，哪个姑娘瞎了眼睛，会嫁过来？分家的时候，你也是当着三个舅舅、两个叔父的面，说过要帮兴仁的！我这就过来问问，你打算怎么帮？"

兴成一听父亲这话，就马上说："爹，你不说我也晓得了，你是不是想让我出些钱给兴仁盖房子？"

贺世龙听了，反问道："你说呢？你这个当大哥的，该不该出点钱帮兴仁盖房子？"

兴成还没答话，李红在一旁却连珠炮似的说了起来："爸，你是不是以为我们赚了很多钱？你都是看见的，我们是赚了几个钱，可都贴在买机器上去了，哪来的钱嘛？"

兴成也马上说："就是，爹，我刚买了耕田的机器。这家伙，又不是点把点钱，李红还跟她爹妈借了一些。华斌眼看就要上学了，李红又怀上了，你不能只要一个孙子，就不要孙女了吧？缴计划生育罚款的钱，我还没有呢！"

贺世龙听他们两口子一唱一和，在他面前叫苦，就把烟杆往椅子腿上使劲地敲了敲，然后黑了脸对兴成说："老子给你把新房子盖起，让你成家立业了，你就不管兴仁了，是不是？"

李红一见公公生气了，急忙帮丈夫说："爸，你老人家生啥气嘛，哪个做父母的不是这样？俗话说，生得起儿子，就盖得起房子。兴成那些年跟你们未必就是在吃闲饭？他苦做苦磨，还不是养了弟弟妹妹的。"

兴成听了女人的话，向她瞪了一眼，才对贺世龙说："爹，我管肯定是要管的，只不过眼下没有钱。你老人家要是马上忙着给他盖房子的话，先去挪借到，二天我有钱了，帮你还些账都行！"

贺世龙晓得他说的是假话，指望他们出钱给兴仁盖房子，看来是七月十四烧笋壳——没纸（指）望了，想了一想又说："莫得钱也算了，算我白说。你就把兴仁带到一起，让他给你打打下手，做点啥，也挣点钱！他比你多读几年书，你干得下来的事，未必他干不下来？"

兴成一听这话，急忙说："哎呀，爹，他来能做啥？耕田也好，抽水也好，脱粒也好，都是季节性活儿，我也只是忙那么几天。一忙过我都没活儿了，需要啥下手呀？"

贺世龙见大儿子是死了心不想帮自己，就呼地一下站起来，骂了一句："你这号六亲不认的东西，老子算白养你了！"骂完，才怒气冲冲地走了。

兴仁在同学家里住了几天，心里的气也慢慢消了。回到家里，听母亲说了大哥不愿借钱给自己盖房子的事，心里的气一下又爆发了，马上气咻咻地说："他不借给我算了，我自己出去挣。我这就出去打工。"

贺世龙一听小儿子又要出去打工，就说："外面的钱，也不是那样好挣的……"

他的话还没说完，兴仁立即叫了起来："你莫管，这回看哪个也挡不住我了！我算看明白了，啥子弟兄感情，都是假的，只有自己有了才是真的。我一定要活个样子出来给他们看看，在这屋里，我迟早会被憋死！"

贺世龙一听这话，立即露出了不高兴的神色，说："我们又没有虐待你，你怎么要被憋死？"

兴仁听了一下跳起来，对父亲一边挥舞手臂一边大声说："你不懂，你不懂，说了你也不懂……"

话音未落，忽然世海的声音在门口响起，问："啥子不懂？"

世龙见世海来了，急忙起身让座，说："老幺你来得正好！你来评评理，他要到广州打工，我没有答应，他就说在这屋里要被憋死了。你听听这话，好像他是前娘后母带的，我虐待了他一样！"

世海一听，笑了起来，说："大哥，他说的不是这个意思！"

世龙忙问："那是啥子意思？"

世海在世龙让出的板凳上坐下来，这才说："他是嫌农村日子不好，想出去闯闯！"说完就问兴仁："你真的想出去打工？"

兴仁仍然是气鼓鼓的，朝父亲努了一下嘴，说："要不是他拦着，我早就出去了！"

世海说："那好，想打工，你也不必走那么远，近处也可以打，我来给你找个工作……"

兴仁一听，没等世海的话完，眼睛就亮了，急忙问："幺爸，啥子工作？"

世海说："啥子工作，我先不说，等我跟你爸爸把龙门阵摆完，你就晓得了。"说完，世海回过头，对世龙说了起来，"大哥，我这支部书记就要当到头了。"

世龙听了这话，吃了一惊，忙问："怎么当到头了？"接着又马上问了一句，"你犯啥子错误了？"

世海笑了一笑，说："啥子错误也没犯，但有人想当，人家朝里又有人，买通了乡上的李书记，正在找我的坡坡坎坎爬。这是癞儿头上的虱子——明摆着，想赶我下台……"

世龙听到这里，心里有些明白了，问："你说这想当的人，是不是贺世忠？"

世海说："除了他，还有哪个？他一直看我和我们三房的人不顺眼，想把我搞下去，在背后下了我很多烂药。只不过过去的谢书记和王书记都信任我，他才莫得办法！"说完，话锋一转，又接着说，"不当就不当嘛，我早就不想当了！你说现在当干部有啥子好处？不是催粮，就是收款，还有计划生育，得罪死人了！几个草鞋钱还兑不到现，这干部有啥当头？"

世龙听了，沉吟了半晌，才说："不当也好，免得以后把人都得罪光了！"说完，又问了一句："那你以后打算怎么办？"

世海说："我就是过来跟你说一说呢！我有个同学，过去住在一个寝室的上下床上，好像是亲弟兄。他现在发了，是县上的一个建筑大老板。先不先，他一直叫我到他公司去帮他打点业务，我因为有这个讨口子职业绊着脚，没去。昨天我跟他打了一个电话，把我要下台的事跟他说了，他立马叫我过去，说绝对不会亏待我……"

兴仁听到这里，明白了，立即说："幺爸，你是想叫我一起去呀？"

世海说："你娃儿还算聪明！我那同学叫我去帮他管理公司，可我手下莫得一两个信得过的人，怎么管？你娃儿读了这么多年书，脑瓜子也不算笨，只要你娃儿不跟幺爸扯五绊六，有老子一碗饭，就有你的一碗饭！"

兴仁一听，高兴了，立即说："幺爸放心，侄儿肯定听你的！"

世龙听了也非常高兴，一则兴仁有世海在一起，他放心；二则县城离贺家湾不远，他时不时也能看着儿子。于是也对世海说："就是，老幺你放心，他要是敢跟你打翻天印，看老子不打断他的腿！"说完又问："你打算啥子时候到城里去呢？"

世海说："这要看大哥的态度了？"

世龙不明白世海话里的意思，又忙问："看我啥子态度？"

世海说："那我就明说了，大哥，我答应带兴仁走，但我也有一件事，要大哥帮助我！"

世龙说："啥子事，你就直说，大哥做得到的，当然要答应！"

世海就说："大哥，我这一走，家里那几亩田地，周萍肯定是种不出来的，你就把它们接过去种了吧！"

世龙一下明白了世海的来意，要在过去，他肯定会答应下来，可这时他却犹豫了起来。一是因为现在粮食卖不起价，向国家交的皇粮国税，和村里、乡里的各种提留也越来越重，种得越多就赔得越多。二是兴仁一走，家里会少一个主要劳力，他已经接了兴成一些地，再增加地，恐怕会种不过来了。于是就对世海说："兴仁走了，兴成分家了，我的手脚也一天天莫得啥力气了！这阵已有的庄稼，我种起来都吃力了，怎么还敢接你的地？"

世海说："大哥，如果找不到接土地的人，我就不敢走。我一不敢走，兴仁也就更走不成，所以你想想吧！"

世龙想了一会儿，终于说："弟弟兄兄，我也不是不答应你！你虽然走了，可家里的人还要吃粮，是不是？我看这样，你就学村里其他外出打工的人的样，把那些薄地、瘦地丢到一边，不种了，只种点田和好地。遇到使犁动耙、杀虫打药这些重活和技术活，我帮忙去做，平时，就让周萍照看一下。这样，既没丢地，你又出去挣了钱，不是更好？"

世海要的就是哥哥这话，于是说："看来只有这样了！"又说，"大哥，你可要说话算话哟！我这一走，就照看不到家里。你晓得周萍那身体，可是根丝线藤藤！"

世龙说："大哥这身体只怕也做不了几年了！不过你放心，只要大哥能做一天，说话都算数！"

世海听了这话，这才放心地站起来，对世龙说："那好，大哥，我们就这样说定了！我走的时候，就过来叫兴仁！"又对兴仁说，"兴仁，你各自也做好准备吧！"说完高兴地离开了。没过几天，乡上果然下来免了世海的支部书记职务，让贺世忠上了。世海二话没说，就带着兴仁往城里去了。

二

兴仁走后，农忙接踵而至。家里少了一个主要劳动力，兴成忙着出去抽水、耕田挣钱，世龙既要忙自己的地，又要帮兴成、世海家的忙，成天不得歇息。好在耕田耕地有了兴成的机器，减少了世龙的一些劳动强度。那头分田到户时，分给世龙、世凤和世海三家人的老牛也卖了。把秧子和红苕栽下去后，贺世龙就病了。先是腰酸背痛，手脚无力，咳嗽打喷嚏，后来身子又发烧。在贺万山那儿吃了几剂中药，都不见好转。李春英便去把贺凤山叫来。贺凤山来问了世龙犯病的日期，掐指算了一遍，又在世龙的屋子里转了一圈，然后才对世龙和李春英问："你们有好久没去土地庙给祖宗菩萨上香了？"

凤山这一问，贺世龙和李春英都同时说："哎呀，一天忙来忙去，都把这事忘记了。从你重修了土地庙，把祖宗菩萨请了回来，我们还没有专门去烧过香呢！"

凤山一听，忙说："我说是嘛，这不，土地菩萨怪罪了，说你们不敬鬼神，就是不敬祖宗。祖宗菩萨一生气，就决心不管你们的事。祖宗菩萨一撒手不管，下面的小鬼，尤其是那些游魂野鬼，便气焰嚣张跑出来日怪你们了！"

李春英一听，忙骇住了似的问："那该怎么办?"

贺凤山说："不要紧，幸喜世龙老弟平生为人和善，好事做得多，祖宗菩萨还是在暗中保护。这回缠住他的，还不是一个厉鬼。等我先在你们屋子里收拾一下，然后你们再备了香烛纸蜡，到土地庙祖宗菩萨面前祭奠一下，就没事了!"

说完，他让李春英到屋后去砍一枝桃树枝回来，另外再捋几大把桃树叶，扯一箢篼丝茅草，割一抱粉葛藤，再挖几窝牛网刺蔸回来。李春英费了小半天工夫，一一去照办了回来。贺凤山趴在桌上画了两道符，然后又化了水，端起来，用桃树枝蘸着，沿着屋子里里外外洒了一遍。一边洒一边口里念了一道咒语。那咒语念的是：

吾神不是非凡神，玉皇殿下金刚神。玉皇赐我驱鬼诀，驱天天开，驱地地裂。驱人人长寿，驱鬼鬼消灭。驱得庙前生青草，驱得邪神难动轳。若有强神并恶鬼，驱到北阴丰都城。吾奉太上老君，急急如律令敕。

撒完五谷杂粮，贺凤山又将其中一道符折好，叫李春英拿来一块干净的布包了，让贺世龙揣在贴胸的衣服口袋里。然后对贺世龙和李春英说："好了，日怪世龙老弟的鬼，已经被我从屋子里赶了出去，并且再也近不了他的身了!你们自去备了香烛纸蜡，求祖宗菩萨保佑。"然后又拿起另一道符，继续对李春英嘱咐说，"晚上，你将这些桃树叶、丝茅草、粉葛藤、牛网刺蔸放在煮猪食的大锅里熬一锅水，倒在黄桶里。再把这符烧了，也化在黄桶里，让世龙老弟脱光了衣服坐进去，泡个半个时辰。直到身上出了毛毛汗，就没事了!"嘱咐完毕，便回去了。

李春英等凤山一走，果真去买了香烛纸蜡，回来又备了一些供品，装到一只篮子里，提到土地庙，对先人土地菩萨进行一番祈祷。晚上仍按凤山说的，将那桃树叶、丝茅草、粉葛藤、牛网刺蔸倒进锅里，烧了半天火，将水烧开了，漉出那些渣渣草草，将水倒进黄桶里，兑进了一些凉水，又把贺凤山给她的那道符用打火机点了，将纸灰化进水里，让贺世龙脱了衣服坐进去。说也奇怪，那水李春英摸起来，明明还有些烫手，气味也是苦茵茵、辣乎乎的，但贺世龙一坐进去，却忽然感到一阵清凉将身子包围了，水里像有啥子看不见的东西，直往皮肤里钻，而从身子里面又有一阵阵发热的气体往外面钻了出来，全身酥麻，像是过电一般。又像是小时在河里洗澡时，躺在水中不动，无数的小鱼便来啄自己的皮肤似的。他说不清那是一种啥子感受，反正这辈子都没经历过。正静静享受时，李春英在旁边说话了："要不要我来给你搓甲甲？"

贺世龙本不想让李春英来打扰他，但还是说："你要来搓就搓吧！"

李春英果然去拿来一块毛巾，在水里泡湿了，让贺世龙把背拱起来，弯下腰，双手拧住毛巾，用力地在贺世龙的背上搓起来。贺世龙觉得李春英手上的力不够，便大声说："用力！用力！"

李春英又用了一些力，说："我是怕把你肉皮子搓痛了！你这身上再也不像原来那样有肉了。背上的这根脊椎骨鼓起多高了！"

贺世龙说："啥子年龄了，还像原来那样有肉？"说完又说："你也一样，手上的力也莫得年轻时那样大了！那时给我搓甲甲，把我背上都搓裂了皮！"

李春英说："孙子都那么大了，我们还不老怎么的？"

李春英又在贺世龙背上搓一会儿，然后让贺世龙转过身来，又在他胸膛上搓。直搓得贺世龙上半身一派紫红的颜色，宛如刚出生的婴儿一般，李春英才住了手，贺世龙又泡了一阵，身上真的起了毛毛汗，这才爬起来，用干毛巾擦干身子，一下就觉得腰不酸、腿不软、咽不干、头不疼，上下通泰，一身轻松了。第二天，世龙便扛起锄头下地了。

秋收过后，贺世文突然从城里回来了。贺世文也是贺家湾一农人，种了大半辈子地，但现在却住进了城里。他的儿子贺兴明原先是县汽车运输公司一个司机，本是端铁饭碗的，可两年前公司改制，把铁饭碗给打破了。公司把车子和线路都承包给个人，个人只向公司缴管理费。贺兴明一下承包了两辆客车，除了自己和老婆跑一辆外，还雇了一个司机开另一辆车。但他对雇来的司机有些不放心，怕他在途中收了钱不交给他，自己私下吞了。便把妹妹贺兴娥从家里叫了去，跟着那车卖票。这件事解决了，可又出现了新的麻烦，就是儿子上小学了，要人接送，还要人做饭。兴明又回来把他妈接进城里为儿子做保姆。贺世文一辈子没做过饭没洗过衣，也没离开过老伴。女人这一走，日子就过得狼狈不堪，没多久，也就进城去了，一家三口的庄稼便荒在了那里。贺世龙和贺世文虽然不同房分，但同一个辈分，又是一年出生的，所以平时两家走得还算近。世龙一见世文，便开玩笑道："你在城里享福享腻了，想回乡坝坝头收风来了？"

世文一听，说："享啥子福哟？把人都憋死了！"说完又说，"我要是煮得来饭，洗得来衣，打死我都不得到城里去！"

世龙说:"那你回来做啥子?"

世文说:"我回来就是专门找你的!"

世龙有些糊涂了,说:"找我?找我有啥子事?"

世文说:"为我那点庄稼的事。"说完,不等世龙问,世文就接着说,"你把我家里三个人的地,拿去一下种吧,我算转包给你!"

贺世龙一听,急忙说:"你那地荒都荒两年了,怎么现在想起要转包给我?"

世文听了,这才告诉贺世龙说:"你不晓得,地虽然荒着,可我得照样缴农业税和'三提五统'!前几天,世忠带着人,收钱收到我儿子家里来了。我说我地也没有种,还缴啥子农业税和'三提五统'?世忠说,地没有种,只要你没有转包出去,还是你的,所以该交的皇粮国税和'三提五统'还得照样交。世忠还说,不但要交皇粮国税和'三提五统',上头已经下了文件,从明年开始,还要交土地抛荒费!你说我土地荒到那里,是不是一个祸事?"

世龙明白了,说:"怎么是祸事呢?先不先分田到户的时候,为一点边边角角都争吵不休,这才几年,土地就不值钱了?"

世文说:"你莫跟我讲大道理,我回来就是求你的。我想把地转包出去,但转包给哪一个呢?在城里想了好几个晚上,觉得你最合适……"

世龙还没等世文说完,就打断了他的话说:"你还是打的这个主意呀?你都不想承担这个祸事,却想让我来承担!我也打开窗子说亮话,我现在是心有余力不足了!"

世文说:"你才好大的岁数,就说这号的话?"

世龙说:"好大不好大,和你一年的,你掰起拇指算看?这且不说,是我已经种了好几个人的地了!"接着就把自己的家里的情况跟贺世文说了一遍。说完,才像对不住贺世文似的说:"不是我不想包你的地,只是我现在实在种不过来了!"

贺世文一听,有些着急了,说:"哎呀,也没有多到几个人的地嘛!全湾的人哪个都晓得,你是种好庄稼的,一头牛是放,两头牛也是放,我们弟兄一场,好歹你帮个忙!地荒在那里,我白贴皇粮国税和'三提五统'不说,看着一地的狗尾巴草比人还高,我心里也不好受!"

世龙听了,还是不肯接受,说:"我要是种得下来,不要你来求我,我也要来求你了!想当年庄稼才下户,千方百计地去挖大翻身,挖油水地,都是想多打点粮。现在看着这些大田大地荒在那里，如果种得过来，我早就去种了！"

世文听了，觉得世龙的话已经有些松动，便急忙说："你要嫌种不过来，就只种那几块好田好地，种好多算好多！瘦田瘦地没种的，该摊多少皇粮国税、'三提五统'还是由我来缴，要不要得？"

世龙听了世文这话，心才真是有些动了，但还是在嘴上推辞说："这不是钱的事，我如果要种，岂能光种好地，让人家说我不厚道？我是担心我这把老骨头，越来越是损坛子、破缸子，别说使牛动耙，就是举那月儿子锄，也莫得年轻时举得高了，真的种不过来了！"

世文听了，又急忙恭维世龙，说："现在不都是兴成的机器耕地了吗，怎么还要你老哥去使牛动耙？再说，你老哥子身体还硬扎得很呢！要是政策允许，你还要生个老幺儿出来呢！"

世龙一听这话，扑哧一下笑了起来："还生他妈个青蛙！"

世文见把世龙说笑了，马上抓住这个机会，又对世龙说："要不，我也不分好地、瘦地，每亩再给老哥倒贴一百元的肥料钱，你愿意不愿意种？"说完，又生怕世龙不答应似的，立即又说，"你老哥不看僧面看佛面，就看到一笔难写两个'贺'字上，也一定要帮我这个忙！"世文为啥死缠住世龙？原来世文回来已经走了好几家，人家都嫌种地不划算，不愿意接他的地。现在世龙是他唯一的希望，所以他要像蚂蟥缠住鹭鸶脚一样缠住不放了。他宁肯每亩倒贴一百元钱，也比交皇粮国税、'三提五统'少得多，何况真要是收抛荒费，损失就更大了。说完，他看着世龙，等待他的回答。

贺世龙听了世文的话，心彻底动了。他本来就是一个种庄稼的人，对土地有种说不出的感情。一听有这样优惠的条件，种了人家的地，不但不向人家交租子，人家还倒给你的钱，这样的好事哪去找？心里一激动，便马上说："你要这样，我如果都还不答应，就是我不讲交情了！我也不跟家里的商量了，从下一季开始，我就去种！"

世文一听，高兴了，说："说话算数哟！"

贺世龙说："我一辈子，答应别个的事，你啥时看见过我吐出的口水，又舔回去的？"

但世文还是有些不放心似的，说："我也说话算话，先把下一季的肥料钱给你！"说完，果真从口袋里掏了钱，给了世龙。世龙也不推辞，收下了。

刚把小春粮食种下去，兴仁从县城回来了。时令已是冬天，昼短夜长，天黑得早，贺家湾人的晚饭也吃得早。兴仁到家的时候，贺世龙、李春英和兴琼正在桌子上吃消夜，一见兴仁回来，一家人欢喜极了，急忙搁下筷子站起来迎接。贺世龙瞥了一眼儿子，只见他头上梳得油光水滑，身上西装革履，右边胳肢窝里夹了一只公家人黑得发亮的公文包，左手提了一盒花花绿绿的礼品。贺世龙看见儿子的变化，想说点啥，却又一时不晓得该说啥。倒是春英看见儿子手里提的东西，就问："你提的啥子？"

　　兴仁听了，将手里的盒子提得高高的，炫耀似的让父母和妹妹看了一下，然后才重重地往桌子上一放，憋腔憋调地说了一句："今年过年不送礼，送礼就送麦乳精！"

　　世龙、李春英和兴琼都被兴仁的话逗乐了。但世龙还是忍住满肚子的高兴，对兴仁说："学你妈些洋洋腔，你以为你老子夸奖你哟！"

　　兴仁听了这话，才换了一副正经的语气说："爸、妈，这是麦乳精，高级营养品，城里人喜欢喝的。你们二天口渴了，就舀两瓢羹兑到开水里，不要再喝白开水了！"

　　李春英听了，急忙说："你花这些钱干啥？我们农村人的命怎么能和城里人比！"

　　兴仁说："怎么不能比？城里人又不比乡下人多一根肋巴骨！"说着，又从公事包里抽出一条围巾，丝织的，十分漂亮，递给了兴琼，说，"这是你的，给你！"

　　兴琼接过围巾，高兴得跳了起来，又把围巾贴在胸前，在原地转了几个圈，喊道："太好了！太好了！谢谢二哥！"

　　这时，李春英才想起问兴仁吃消夜没有？兴仁说："哪儿去吃呢？路上又没个店！"

　　李春英听了，急忙去为儿子煎了两只鸡蛋，下了一碗面条。贺世龙一边看着儿子吃，一边说："出去这么几个月了，都没有回来过，老子还以为你把家忘了呢！"

　　兴仁一边呼哧呼哧地吃面，一边含混地回答："爸，你不晓得，我们才出去打天下，忙着呢！"

　　李春英一听这话，急忙问："外面的活儿累不累？"

兴仁把一口面条吞进了肚子里，这才摇了摇头，说："累啥子，比屋里的活儿轻松多了！"

兴琼听了，又忙问："挣不挣得到钱呢，二哥？"

兴仁将碗里的面汤喝完后，从西装的口袋里掏出一包餐巾纸擦了嘴巴，才回答兴琼的话："怎么挣不到钱呢！不过，我们现在还是给人打工，等我们二天自己当了老板就好了。"

世龙听了儿子这话，就说："你跟老板能打一辈子工也是好的，还想当老板……"

世龙的话还没完，兴仁就不满地说："我们为啥就不能当老板？你看着，我迟早会当上老板的！"

李春英见儿子说话粗里粗气的，又怕和贺世龙争了起来，便急忙岔开话题问："你这样大一晚上回来，有啥子事哟？"

兴仁一听这话，脸上又恢复了之前骄傲的表情，抬起了一只手，在空中挥了一下，然后响亮地说出了两个字："招工！"

"招工？"李春英和兴琼听了这话，吐出了同样的两个字。

世龙同样也感到意外，但他没有像妻子和女儿那样感到吃惊，只淡淡地问："招啥子工？"

兴仁这才说："我跟你们说嘛，幺爸的同学，也就是我们公司的老板，承包了十多公里的县道改造工程。可他在城里又有几个大工程，忙不过来，就把这修路的工程给了幺爸。也就是说，他是这个工程的大老板，幺爸是二老板。我呢，就专门给幺爸管理这工地。幺爸一接这工程，就叫我回来招工。他说，叫外面的人做是做，叫贺家湾的人做也是做，肥水不流外人田。幺爸实际上还是忘不了一个湾的人的！他说，愿意到工地上干活的，给二十五元钱一天……"

一听到这里，兴琼立即叫了起来："二哥，我也去！"兴琼在兴仁考上县师范学校又没被录取那年，就已经初中毕了业，没考上高中，回来已经干了两年多农活。和兴仁当时一样，也早就闹着要出去打工，但贺世龙和李春英都没让她出去。现在她听了兴仁的话，所以就这样叫了起来。

但她的叫声刚落，贺世龙就白了她一眼，说："修路的工地上，要啥子女娃儿？"

兴琼正想答，却见兴仁举起手，朝她挥了挥，说："错，爸！这回我回来，就是要把兴琼带走的。修路虽然不是女娃儿干的活，但几十个人的饭，总是要人做的……"

兴仁的话还没说完，兴琼一下泄气了，嘟了嘴说："你原来是叫我去当伙头军呀，我不去！"

兴仁听了，又马上十分优雅地挥了挥手，说："不，不是叫你当伙头军，是叫你跟伙头军司令一起去市场上买菜。伙头军司令把价钱讲好了，你付钱。幺爸说，凡是涉及经济上的事，都不让外人插手！"说完又对兴琼说，"你也该出去淘精灵些，不要老在屋里当红苕花！"

兴琼听兴仁把她叫作红苕花，有点不高兴了，说："红苕花又怎么啦？红苕花还不是人！"

兴仁见兴琼不高兴的样子，又看了看兴琼说："我说你是红苕花，你心里还不舒服，你就是红苕花嘛！你看看自己穿的衣服，红配绿，苕得哭，别个一看就晓得你是土包子！"

兴琼一听这话，脸顿时红得像只苹果。贺世龙见了就训儿子说："你自己肚子里的红苕屎还没屙完，就嫌别个土气了？离了土包子，你吃个屁！"

兴仁说："我是为她好，关心她，也没说其他啥子！你要不相信，过两年回来，兴琼就变得比宋祖英还要好看了！"说完又对兴琼问："是不是这样，兴琼？"

兴琼听了这话又高兴了，急忙对兴仁问："二哥，我们啥时候走？"一副迫不及待的样子。

兴仁说："把工招起了就走！"说完，又对贺世龙说："爸，幺爸还有一件事让我告诉你。这一期放了假后，幺爸打算让幺妈把代课教师辞了，也到城里去。他屋里的包产地，你愿意种就种！该缴的税费他照样缴，你种只是白种。如果你不愿意种，就让它们荒起算了……"

听兴仁说到这里，世龙一下叫了起来："哎呀，他怎么不早说？"

兴仁一听这话，就盯了父亲问："怎么了？"

世龙说："我前不久，才把你世文叔家里三个人的地转包了……"

兴仁也没有等父亲说完，脚就在地上顿了一下，显得很气的样子，对世龙不客气地吼道："爸，哪个叫你去转包的嘛，啊？我这次回来，就是叫你们在屋头少种一些地，各人养好身体！现在种地有啥子好处嘛？除了锅巴莫得饭，还要倒贴一坨！"

贺世龙听了儿子的话，心里自然有些感动，嘴里却说："我们是种庄稼的，不种庄稼做啥？"

兴仁说："我不和你们说了，你们想种就种吧，反正累的是你们自己！"说着，果然生气地去睡了。

第二天一早，兴仁像当年兴成买回电动脱粒机那样，在湾里显眼的地方到处张贴招工启事。招工启事贴出去不久，湾里就像炸了锅一样。兴仁刚回到家不久，就有人脚跟脚地来了。最先来向兴仁问底细的是贺世凤。世凤一到世龙家里，就对兴仁问："兴仁，你们真的给二十五块钱一天？"

兴仁说："二爸，我们叔侄，我还哄你做啥？你信不过我，未必连幺爸也信不过？"

世凤一听，脸上马上荡出了笑纹，急忙又问："我去行不行？"

兴仁把世凤看了一眼，见世凤脸上的气色不错，也不怎么喘，便说："为啥不行？那公路的工期短，需要的人多，又不是搞尖端科学，只要能出力就行。二爸愿意去，我们当然欢迎！"

世凤听了，立即笑着说："那好，你马上给二爸把名字写上！"说完又对世龙说，"反正冬天活儿又不多，在家里也是混过了，不如出去找两个现钱！开了春，又要买肥料、种子，娃儿又要缴学费，哪来的钱？"

世龙听了，也说："就是，如果不耽搁，挣到过年还能挣一千把元！"说完，又对兴仁说，"二爸不是外人，他来了，你们要照顾到一点！"

兴仁说："那是当然！"

世凤还没走，兴成又来了，对兴仁说："二十五块钱一天，是不是真的？"

兴仁说："怎么不是真的？"

兴成说："那好，你把我的名字也写上，反正冬天在屋里也莫得啥事，还不如出去挣点现钱！"

兴仁记着大哥不借钱给自己盖房子的事，就讥笑地说："你还要出去打工哟？你本身就是老板了，还出去打啥子工？"

兴成不明白兴仁是在讽刺他，还正正经经地问："我是啥子老板？"

兴仁说："你开微耕机的时候，是微耕机老板；抽水的时候，是抽水机老板；给别人打麦子、谷子的时候，是脱粒机老板。这样多的老板集一身，怎么不是老板？"

兴成这才晓得兴仁是在讽刺他，便说："你挖苦我啥子，是不是不想要我去嘛？"

兴仁说："你要来可以，但你是在我的手下干活，可得听我的！"说着，把兴成的名字写上了。

接着来了更多的人，来的人想法都和世凤、兴成一样，反正冬天在家里也没多少事，不如出去挣点现钱。有的人一来，就要求兴仁把名字写上，有的人也表示了怀疑，问到时要是工钱兑不到现，怎么办？兴仁就信誓旦旦地给大家保证，说："都是一个湾的，抬头不见低头见，我们敢哄你们？我们的家还在湾里，即使哄了，也是跑得了和尚跑不了庙，有啥子不放心的？"人们听了这话，觉得也有道理，就不再说啥。只一天的时间，就有七八十个人在兴仁这儿报了名。第二天，兴仁便带着这支家乡的劳务大军进了城，然后开进了修路的工地。

三

贺世凤满怀希望地跟随贺兴仁而去，以为会得到世海的照顾，挣一笔钱回来，开了春补贴家用。但没干几天就被贺世海毫不客气地赶了回来。世龙一见世凤回来了，就过去问："你为啥回来了？"

贺世凤听了，脸立即沉了下来，咬着牙齿说："贺世海这个没天良的，怕我死在他的工地上，要连累他，把我放了！"

世龙听了世凤的话，又见他呼哧呼哧地喘气的样子，心里就明白了，说："放了就算了！命里只有八合米，走遍天下不满升。你想去挣点钱，可老天爷不让，有啥子办法？都几十岁的人了，又有病，还是身体要紧！"

可世凤还是咬牙切齿地说："从今往后，我和贺世海一刀两断！他莫得我这个当哥哥的，我也莫得他这个兄弟了！"

世龙听了这话，又忙说："话不能那么说，他放你，就肯定有他的理由！再说，即使没有理由，弟兄间打碎骨头连着筋，也不能说这样的气话！"

世凤还是气咻咻地说："我不是气话，大哥，你看着！"又说："他有啥子理由？七八十个人，他都不放，独独把我放了，这不是看不起我么？他现在有钱了，就看不起我这个有病的哥哥了。他有钱又怎样？有钱我不求他！我不相信他一辈子都有钱！"

世龙听了世凤这些话，觉得世海这回把世凤的心伤得不浅。他在暗处，也不晓得是怎么回事，所以不好说啥，便又劝了几句就回去了。

隔了两日，世凤披着棉袄过来了。坐下后，便对世龙问："大哥，爹埋的时候，请阴阳看地没有？"

世龙听了世凤的话，一下愣了，看着世凤，过了半天才问："爹都死了几十年了，你为啥现在才想起问这话？"

世凤说："这两天我一直在想，我们弟兄三个，为啥子你们两个不但家里顺顺当当，而且身体也健健康康？可我从年轻时候，身子就是损坛子、破缸子，一直不顺遂？肯定是爹死后埋的地方不对，亏我们二房！"

世龙听了，心里想说："你的身体有病，是你各人当时要出风头闹下来的，怎么能怪爹的坟？"可想了想，却没这么说，只是说："乱说！都这么几十年了，我们三家人也没出现啥三灾八难，爹的坟埋得哪里不好？"说完，又问："即使埋得不好，你现在打算怎么办？"

世凤说："我想找个阴阳，重新看一块地，把爹的坟迁一下……"

世龙听到这里，顿时沉下了脸对世凤大声说："我看你是穷骨头发烧了！别个说入土为安，爹死了这么多年，你才要去把他掏起来！"

世凤也急了，脸红筋胀地和世龙争辩说："我就晓得，你要说这样的话。你看你，大儿子买了脱粒机、抽水机后，又买了拖拉机，在湾里成了人物。小儿子比大儿子还有出息，一下子管了几十号工人！那没良心的老三，不当支书了，马上就当了老板。可我一家人有啥，啊？病病歪歪的，一年到头没有离过药罐！俗话说，有风吹大坡，有事问大哥，你这个大哥总不能只管自己，不管别人吧？"说完，又说，"管你答不答应，我反正过来打个招呼。我找人看了过后，你们同意，我要迁，不同意，我还是要迁！"

世龙见世凤决心已定，不想和他争论，便说："老二，不是我不答应，迁坟是大事，不光关系到我们，还关系到子孙后代。迁得好，大家都发，那当然好。可要是迁得不好，连现在的风水都会被破坏！"说完，想了一会儿，才接着对世凤说，"这样，你让我去和世海商量一下后再答复你，要不要得？"

世凤说："你要去商量就去商量。反正这坟，我是迁定了！"说完就回去了。

第二日，世龙果然进了城，找到世海。世海看见世龙，便问："大哥，你怎么来了？"

世龙明白，世凤就是生了世海的气才动了迁爹的坟的念头，于是便没好气地对世海说："我能不来吗？爹死得早，我把你们带大，人家说，长哥当父，我今天就假装当一回父亲。我问你，老二家里那个样儿，到你手下下点苦力，好挣点钱明年开春买肥料，可你是怎么回事，这么多人你不放，独独把他放了？"

世海听了，立即说："大哥，你就是为这事专门跑一趟呀？我跟你说，我也不想放他的。可他一来病就犯了，吭哧吭哧地，干一下就要坐半天。天越来越冷，我这活儿又全是露天的活儿，不是搬石头就是挖土方，又重。我是怕他继续干下去身体会越来越吃不消，我是关心他，叫他回家里养病。可他呢，倒把我的好心当成驴肝肺了。他想就在这儿，干不干，我每天都给他开二十五块钱！你说哪有这样的事儿？他走的时候，我给他两百块钱，让他回去弄药，他把钱甩到地上，就和我翻脸了！"

世龙听了，说："原来是这么回事，我还以为是你真的不要他！"

世海说："大哥，你说我有那样绝情吗？弟弟兄兄的，如果他能干，别人我都没放，会单单放他？"

世龙说："话说清楚就算了，回去我也说说他。我今天来，还有一件更重要的事要和你说！"说着，便把世凤想迁爹的坟的事给世海一一说了。

世海听了，既没说同意，也没说反对，报着嘴想了半天，却突然对世龙问："大哥，爹死的时候我还小，不晓得那时是不是请人给他看过阴地？"

贺世龙说："怎么没找人看过？是凤山的爹贺茂名看的。不过那时贺茂名的那两条腿也饿得肿起黄桶那般粗，只来草草瞥了一下就埋了。"

贺世海听了，又想了一阵，然后盯着贺世龙问："大哥你的意见呢？"

世龙说："世凤走了以后，我想了一晚上。那个时候活人都顾不了，哪还顾得上死人？饿死那么多人，只图怎么挖个坑坑埋了，根本没有去考虑啥子风水、地气、向山，说不定老二说得还真有些道理。现在，老二把话已经说得很死了，我们同意，他要迁，不同意，他还是要迁！与其这样，不如干脆就答应他算了！"

世海听了，也说："我也是这么想的。啥子风水不风水，我倒没往那方面想。但爹苦了一辈子，死了草草埋葬，现在那坟包包都只有一点点了。既然二哥想迁，不如趁这个机会重新给爹买口大棺材，把坟垒高些，再在坟前给他立块碑，也不枉带了我们一场！”

世龙听后，也说：“说得也是，那就这么定了！我回去叫凤山重新在湾里给爹看块墓地。如果凤山能寻到一块比爹这朝更好的风水宝地，那就把他的坟迁过去嘛！到时候你们都要回来哟！”

世海说：“我们当然要回来，不过要麻烦你和二哥了！迁坟和立碑，包括重新买棺材的费用都算我的，你们不用操心了！”

世龙听了这话，笑了起来，用开玩笑的口气说：“你现在是大老板了，不算你的算哪个的？”说完，又对世海问，“你屋里的庄稼，真的白拿我种？”

世海说：“我不白拿你种，你愿不愿意种？”

世龙说：“你真的不要我交农业税和‘三提五统’的款，我就种。如果要我承担税费，我当然不会种！现在化肥、种子、农药钱这么高，粮食又卖不起价，就是不交农业税和‘三提五统’款，除了锅巴就莫得啥子饭了，如果还要交税费，哪个愿意种？”

世海说：“既然你晓得，还说啥子？弟弟兄兄的，我就是考虑到这一层，才说白给你种的。我听兴仁说，你又转包了世文家里三个人的地，现在又想种我的地，你种得过来就种，种不过来就让它们荒起长草，没关系。”两人又说了一会儿话，世海把世龙带到一家饭店里，招待世龙吃了饭，世龙便回家了。

世龙回家把世海和自己的意见给世凤说了。世龙叮嘱世凤去找凤山给爹重新看地，可世凤却不答应，他要去找王家湾的王阴阳来看。世龙问为啥要找王阴阳看？世凤不答，只坚持自己的意见。原来世凤心里存了小九九。因为贺凤山是贺家湾人，对他们三兄弟的情况，那是知根知底。现在的人都是势利眼，哪个都爱有钱人。凤山明知老大和老幺都比自己有钱，要是他偏向他俩，那罗盘只需偏一根线，还不照样亏自己？因此，他要去请王家湾的王阴阳来看。世龙见他坚持，也就作罢。因为王阴阳也是远近闻名的地理先生。世凤就去把王阴阳请来，先在贺家湾的祖坟地——上、下马坟寻找，没找着风水宝地。后来，终于在上马坟旁边的一块尖角形的小地里找着了。找着了后，世龙心里却又怀疑起来，又悄悄找了凤山去看。贺凤山去看了，对世龙手舞足蹈地说：“好，好！左青龙，右白虎，前朱雀，后玄武，好地！好地！”

贺世龙听了，还显得有些怀疑，又问：“比我爹原来那块地，如何？”

贺凤山看着贺世龙，认真地说："按照我们风水书上所说，这地叫'金龟地'，茂前叔原来那地怎么能和这地相比？"

世龙高兴起来，说："只要比我爹原来的墓地好就行，就怕还赶不上原来的！"

贺凤山听了，突然话锋一转，说："这地好是好，但有一个缺点，就看你们三弟兄守不守得住？"

贺世龙心里咯噔地跳了一下，忙问："啥子缺点？"

贺凤山说："这地葬人过后，不能祭拜！"

世龙大吃一惊，叫了起来："啥子，不能祭拜？"

凤山说："不但不能祭拜，还要让这墓上和墓周围尽量长草长刺，长得越多越好。如果那刺刺草草能像鸟巢一样把墓地紧紧包住，那就更好。这在我们风水学上，叫作蜘蛛结网！只有这样，这金龟地的风水才能发挥出来。如果有人把这刺刺草草破坏了，你们兄弟挣再多的钱也是守不住的！"说完又说，"这地我曾经看出来过，但考虑到一般人守不住，所以不敢让人把先人往这个地方埋！"

世龙一听这个地方这么好，动了心，便又问贺凤山："有没有办法，即使有人动了坟上的刺刺草草，风水一样不坏？"

凤山想了半晌，才说："办法是有，不过很麻烦！你是晓得的，风水先生如果把地看真了，眼睛都是要瞎的！我倒不是怕眼睛瞎，只怕神会怪罪我！这样，迁坟那天，我来跟你们请一下五方龙神。我请了以后，你们沿着我撒石灰的地方，里三层、外三层地栽树，最好栽些铁篱笆。这样，即使有人进去，破坏了坟上的刺刺草草，外面的树也能够笼住风水不散！"

世龙一听，忙说："那好，那就麻烦你了！弟弟兄兄的，我们绝对不会亏待你！"

世龙得到凤山的确切证实，那地是风水宝地后，就又进了城把情况给世海讲了。世海一听那墓地的风水如此难得，自然也是十分欢喜。当即就叫人去大柏林的棺材铺订了一口满尺的柏木棺材。又亲自到县城专办丧事的"巫记丧行"订了一块墓碑，把弟兄三人和配偶、子女的名单，给了那刻字的先生。又给了世龙一些钱，让他回家置备香烛纸蜡和鞭炮。

到了迁坟那天，世海、兴成、兴仁、兴琼都回来了。迁坟的一切仪式都按初葬时举行。世龙、世凤、世海夫妇是正孝子，头上都包了长长的白孝帕。兴成、兴仁等孙子一辈，孝帕稍短。最小的华斌和他的妹妹，只在头上戴了一顶白帽子。八个请来帮忙的汉子，抬了空棺材来到贺茂前先前的墓地。贺世龙先上去给老汉烧了纸，磕了头，放了一通鞭炮，又献了香蜡。凤山且唱且跳，请了神，八个抬棺汉子开始破土挖坟。孝子孝孙在坟前一排溜跪了下来。那坟只是一个土堆，很快便挖开了。原来的棺木已经朽烂，两个汉子把上面的朽木捡掉，便露出贺茂前的森森白骨。一见白骨，世龙、世凤、世海哽着嗓子，喊了一声："爹——"爬起来，争着上前去烧纸。这儿李春英、毕玉玲、周萍象征性地哭了几声。凤山便过去，从墓地里捡拾起贺茂前的白骨，按原来的样子放进新棺材里，然后闭了棺盖，仍由原来的八个汉子抬着，跟着贺世龙的引魂幡后面，一路鸣鞭放炮，撒钱丢纸，往那"金龟地"走去。

"金龟地"那墓穴，早已由抬棺的八个汉子挖好。棺材到了新的墓地却并没有先下葬，贺凤山拿起罗盘，以新挖的墓穴为中心，在四周堪舆了一遍。然后，提起早已准备在那儿的一只装有石灰的箢箕，在四角撒上石灰。一边撒一边念："东方龙神、南方龙神、西方龙神、北方龙神、中央龙神急急听令！"念毕，放下箢箕，过来拿起一把香点燃，插在四只角上，又拿过一叠火纸点燃，烧在四只角上。一边烧又一边念：

前朱雀后玄武，左青龙右白虎。沙水合局儿孙满，男女皆发大吉利！龙要弓，虎要关，是如仙人坐江山。更有三阳财禄进，儿孙自挂紫袍还！天皇皇，地皇皇，五方龙神坐中央！八大金刚两边排，仙人高高坐华堂！

凤山请完五方龙神，贺茂前的遗骸这才重新下葬。凤山校正了棺材的位置，又是一通鞭炮炸响。八个抬棺汉子开始往新墓穴里回填泥土。这儿世龙、世凤、世海等一干人，又在新坟前齐刷刷跪下，牵起衣襟或口袋，等凤山给他们撒粮米。这是丧事中最重要的一环，据说哪个接的粮米多，哪个发的财就越大。几个兴字辈的年轻人，比他们父母都更急着发财，都往前挤。只有华斌不谙世事，瞪了一双大眼茫然地看着这一切。但他母亲李红却是不甘落后，一手牵了自己的衣服，一手举了儿子的帽子来接。凤山一碗水端平，不管前后，每人都均匀地发，一边发一边口里念念有词。撒完粮米，坟已垒成，那一干孝子贤孙，便又在新坟前烧纸、上香，然后原路返回，迁坟之事便告完成。

到了第二年春天，贺茂前的新坟上果然蓬蓬勃勃长出许多茅草来。不到立夏，茅草便长到了一根筷子高。接着，又凭地冒出许多牛网刺、倒藤刺、地瓜藤等植物，突突地往上长，很快便把那坟如蛛网般盖住了。世龙见凤山的话果然现了，喜不自胜，急忙和世凤一起去那河边、自己和别人的屋子周围，挖了铁篱笆树苗，沿贺凤山去年撒石灰的路线，里三层外三层地栽了个密密麻麻。只两年工夫，那铁篱笆树便又筑起了一道屏障，把那坟墓又包围得个严严实实，别说人，就是雀鸟也飞不进去。

贺世龙兄弟把父亲的坟迁了不久，便进入了农历的冬月。这一日，世凤又走了过来，期期艾艾地望着世龙，想说啥子却又欲言又止。世龙晓得世凤有事要对他说，便说："有啥事你就说，这样碍口时羞的，倒见外了！"

世凤便说了："大哥，你不这样说，我还硬不好开口！"说完便说，"我想跟你借点钱。"

世龙听了，问："借钱做啥子？"

世凤说："大哥你是晓得的，毕玉玲的爹过去是个厨子，还在城里开过店，后来公私合营，才把他放回来。但他还是把手艺传给了我那舅老倌。现在我那舅老倌办了一个餐饮服务队，玉玲想去给哥哥打下手，好歹也挣几个化肥钱。但我那舅老倌，也没个杷杷烙煳了的，说要去就入股。玉玲说，入股就入股，等把手艺学到了，就回来自己干！但入股我手里又没钱，所以，只有来跟大哥下话了！"说完，便眼巴巴地望着世龙。

世龙看见世凤这样望着他，心里突然一酸，想这老二一辈子没有过个顺利日子，如果不是他和世海，那真的是墙上挂乌龟——四脚无靠。满心指望去世海工地上挣点钱，却又被世海放了回来。这样一想，心就软了下来，对世凤问："想借多少？"

世凤吞了一下口水，像是下了半天狠心，才说出来："如果有，大哥借我五百块。如果不够，我再到别的地方想点法！"跟着说，"大哥放心，这个生意不会赔本。如果挣到了，我过年前就还你！"

世龙听了这话，立即进屋拿出了五百块钱，对世凤说："这是好事，先把这五百块拿去用吧。管你啥时还，我也不催你！"说着，把钱交给了世凤。世凤接了钱，又像外人一般，说了一大通感谢的话，这才去了。世龙看着世凤的背影，想起"人穷志短，马瘦毛长"这句古话，心头一酸，愈发同情起世凤来。

四

世凤把钱借走后，世龙扛起锄头想去看看狗屎地儿里种的冬洋芋长草没有？刚拐过屋角，却看见贺世忠笑嘻嘻地朝他走来。贺世忠不但是支部书记，现在还兼着他们这个村民组的组长。他一见贺世龙要下地，老远就招呼道："世龙大哥，这么冷的天不在屋里烤烘笼火，还出去干啥？"世忠自从当上支部书记后，待人和气了，即使是看见世龙、世凤这些三房的人，也是一副笑佛爷的样子。

世龙虽然清楚是世忠把世海搞下台的，但世龙同样很明白，世海和世忠间的过节是他们间的事，他只是一个老实本分的庄稼人，不管哪个当政，他都一样地种地，一样地向国家交粮纳税，何况人家现在对自己和和气气的？过了的事就让它过去。所以，听了世忠的话，就回答说："烤啥子火哟？火是一把灰，越烤人越萎，还不如出去活动活动！"

世忠说："也是这个道理！"说着，就走到了世龙面前，从口袋里掏出了一支烟递到世龙面前。

世龙见了，忙掏出自己的叶子烟杆，对贺世忠说："你那洋货，好看不好吃，抽起不过瘾，我还是抽这个！"

世忠说："你老哥子呀，要改变观念了！你看现在还有几个人在抽叶子烟？那个尼古丁重，会得癌症的！"说完，又把手里的烟递到世龙面前，接着说，"来，还是抽老弟这个！"

世龙见世忠这样热情，便接了。世忠也抽出一支叼在嘴上，然后掏出打火机打燃，先给世龙点了，然后才自己点上。世龙抽了一口，才看着世忠问："世忠你有啥事呀？"

贺世忠同样喷出了一口烟，说："就是有点事，要对老哥子你说说。"

世龙听了这话，重新把挂在地上的锄头扛到肩上说："那就进屋说吧！"

贺世忠听了也不推辞，说："好，好，进屋要得！"说着，便和贺世龙一起往屋子里去了。

贺世龙打开门，扯出两条大板凳，两人便面对面地在大门口坐下了。贺世忠一边抽烟，一边朝世龙屋子里看。手里的烟抽完后，世忠才对世龙说："你老哥子，不是我夸你的话，论种庄稼，全湾硬是莫得哪一个能种得过你！你看现在，好多人都嫌种庄稼不划算，不把庄稼当回事。可你地里庄稼，还做得那样认真！"说完又说，"也是现在不兴评农业上的劳动模范了，评的都是些会赚钱的企业家。要是还兴评农业劳动模范，我一定把你报上去当劳动模范！"

　　世龙听了这话，笑了笑说："啥劳动模范？庄稼人不种庄稼做啥？"

　　世忠一听，又急忙伸出大拇指晃了晃说："这就是你老哥子的觉悟，高！"

　　世龙晓得世忠今天绝不是来表扬他的，便问："你先不先说有事跟我说，是啥事？"

　　世忠听了，这才收敛了刚才的神情，做出了一副有求于人的脸色对世龙说："大哥既然这样问我，我就不绕弯子了。我今天来就是要求你一件事，你一定要给我点面子！"

　　世龙见世忠说得这样正经，便说："弟弟兄兄的，你有事就说，我做得到的，就一定会答应你！"

　　贺世忠听了这话，又高兴了，立即说："你老哥子做得到，一定做得到，有你这话，我就放心了！"说完，这才正儿八经地对世龙说，"你老哥子是晓得的，那年上面来个政策，要实行两田制。我们组里也划了四十亩地做公田，把你刚改成田的窝窝地也收回来了。现在想起来，真是不好意思！可那公田包出去，集体还没收到两年租金，一些人就把地荒在那儿，跑出去打工了。即使一些种着的人，也不向集体交租金了。你要他交租金，他就要求退地，那地退回来，哪个又种？你那窝窝地也荒在那儿了。现在，上面又要求不能出现土地撂荒的情况，还说要下来检查。你说我这个当书记的，自己组里的撂荒地都解决不好，还怎么去要求其他组？所以，我就只有厚起脸皮来跟老哥子你下话，你还是把那块窝窝地拿回来种吧，就当帮兄弟我一个忙！"

　　尽管贺世龙不愿去计较过去的事，可一听世忠来找他是为这事，就想起了世忠收他地时的情景，心里便有些不快起来，马上就说："你说的原来是这事？真是对不起，我倒是想种，可是我不久转包了世文三个人的地。周萍马上就要进城，他们屋里三个人的地，我也答应了种。还有我们自己屋里，兴成一会儿给人家耕地，一会儿给人家抽水，他那些地也是我给他们种。你晓得，这朝兴仁、兴琼也都出去了，屋里就我们老两口，实在种不下来了，你还是找其他人吧！"

世忠一听马上说："哎呀，你老哥子掰起拇指想一想，这湾里还有哪个在像你一样种地？我要是找得到人，也不得来跟你下话了！你老哥子不看僧面看佛面，一定帮我把那块地领到！"

世龙还是说："不是不想帮你，是我实在种不下来了！"

世忠听了，还是缠着世龙说："莫来头，我晓得多那样一块地，你老哥子展把劲，也是种得下来的！"说完又说，"你老哥子就是不想帮我的忙，也要想一想当初改那地是费了多少力？好不容易把一块斜坡地改成了田，旱涝保收，可现在却让它长野草，你看着心里也疼嘛！"

世龙听了这话，突然不吭声了，掏出烟袋慢慢裹起叶子烟来。世忠一见，又急忙掏出烟往世龙面前递了过去。世龙不想接，世忠像先前一样，把烟塞到世龙手里，又替他点上，这才又说："我晓得老哥子舍不得那地！"说完，把头凑到世龙跟前，压低了声音，像是说悄悄话似的，又对世龙说，"我晓得现在种庄稼不划算，你在上面随便种点啥子，把地遮住，只要上面来检查时没有撂荒就行，我也不向你要承包费了。不过这话，你我晓得就行了。"

世龙还想推辞，可见世忠把话都说到这个分上了，不答应以后怎好见世忠的面？心里一时很矛盾，便对世忠说："你让我想一下，明天再回答你，要不要得？"

世忠听了，立即说："当然要得！"马上又说，"不过你老哥子，一定得帮我这个忙！你好好想想，明天一早，我来听你回话，啊！"说完，站起来走了。

世忠离开后，世龙心里乱纷纷的，扛了锄头重新走出来，却像有人拽着他的腿一样，不是去狗屎地儿看洋芋，而是不由自主地来到当年那块窝窝地的湾里。站在地边往地里一瞧，只见一地乱糟糟的野草，有的已经倒伏，有的正在干枯，把地全盖住了。荒草萋萋，遮人望眼，看着看着，在这块老祖业的土地上，发生过的一切事情，像过电影一般——从贺世龙的脑海里过了一遍。想起老父亲对这块土地曾经寄予过的希望。想起自己改田时经历过的曲折和辛酸，竟有一种想流泪的感觉。看了一阵，又像有人牵着他一样，又跳进地里锄起地里那些荒草来。

第二天一早，贺世忠果然又来了。贺世龙没等他说啥，答应种那块地。但却又对世忠声明说，他只是暂时种着，如果种不过来，他也就不种了。贺世忠怕他变卦，也急忙说："行，你先种到再说！"

正应了那句"世事如棋局局新"的古话，贺世龙答应把那块窝窝地暂时种到不久，中央又下了一个文件，要继续完善和巩固农村土地承包责任制。那文件规定，农村耕地承包期延长到三十年不变。其中开垦荒地、营造林地、治沙改土等从事开发性生产的，承包期还可以更长。这个规定后来被农民和农村基层干部简称为"三十年不变"政策。政策一出来，各级政府自然是要大张旗鼓地来宣传传达、贯彻落实。乡上又来村上开会了。这次来的，也是乡上的主要领导——李书记。会场也是在村里的老黄葛树下，和那年谢书记下来开会一样，也用学生的课桌搭了一个主席台，也用红纸写了几幅标语，一幅标语写的是："搞好农村土地承包，建设社会主义新农村！"一幅写的是："坚决贯彻执行中央三十年不变政策，走中国特色社会主义道路！"也在主席台上架了大喇叭。会议一开始，便由李书记做报告。李书记在大喇叭里先慷慨激昂地批判了一通"两田制"。他说："前些年，一些人不顾中国国情，在农村搞啥子'两田制'，这是耗子踩到钢琴上——乱弹琴！怎么是乱弹琴？大家都晓得，为啥子大集体时期生产搞不好？就是因为大集体时期，土地都姓公，所以搞不好！'两田制'，把一部分田收回来做'公田'，想法是好的，想解决集体资金。可实际上呢，有几个人向集体交了租金？不但没交，还导致了田地撂荒。因为这些租种了公田的人，划得来时就种，划不来时，屁股一拍就走了，集体把他也莫得办法！即使是按时交了租金的，也没用到给村民办实事上，倒给一些干部提供了中饱私囊的机会……"说到这儿，李书记看了贺世忠一眼，急忙刹住了话，继续说，"所以这回上面取消了这个政策，所有原来留下的'公田'，这次一律承包下去！"说着，李书记有力地挥了一下大手，然后端起桌上的茶杯喝了一口茶，才接着说，"从这次承包以后，在三十年的承包期内，增人不增地，减人也不减地！"然后看着会场问："大家听明白没有？"

村民听了，懒洋洋地回答："听明白了。"

村民们的文化虽然不高，但对李书记的话真的听明白了。也就是说，这次土地承包后，一些现在分不到地的人，在更长的时间内都会成为彻底的"无产阶级"。但奇怪的是，不但会上没有出现上两轮承包时那样脸红脖子粗的争吵，甚至连悄悄的议论也没有。大伙儿的态度就像这冬天的天空一样，十分冷清，似乎都麻木了。

会后，贺世忠积极行动，贺家湾村又开始分田。按照上面的要求，湾里那些有子女考上学，有女儿已经出了嫁，有父母已经过世的人家，要将这些人的土地拿出来交给集体重新分配。但贺世忠一口咬定，上一轮土地承包时，规定的十五年不变的期限仍然有效。现在离十五年还远，所以那部分人的地该由他们家里人种的仍由他们家里人继续种。这回只是把原来那四十亩"公田"，按照新增的人口分了下去。有的人家不愿要，但贺世忠不管你愿不愿意，先把地丈了，把土地承包证书填了，交给你再说。贺兴成一家，除了在上一轮分地时李红没分到地外，又新增了两个孩子，这样一来，兴成就进了三个人的土地。那块窝窝地名正言顺地分到了他的名下，这让兴成感到非常不快。新添人口分完地后，还剩下了两亩。这时，世忠又找到了世龙，对他说："老哥子，我把那两亩地就分给你了！"

世龙一听，觉得十分奇怪，说："我屋里又莫得新增的人口，怎么分给我？"

世忠说："老哥子，你屋里虽然眼前莫得新增人口，但兴仁都那样大了，你说还等得到几年，就要添人进口？"

世龙虽然觉得世忠的话在理，但分地是按现在的人口，于是就说："话倒是这个话，可兴仁的婆娘还不晓得养到他哪个岳父家里，为啥就把地给他分了？"

世忠说："老哥子，儿子大了，反正是要讨婆娘的，你未必想让他当一辈子光杆司令不成？"说完，又压低了声音对世龙说，"老哥子，你眼睛要看长远点，不要看到眼前种庄稼不划算，就不想要地！你没听见文件上说吗？三十年不变，三十年呀，老哥！过了这个村，就没那个店，你晓得这三十年里，世事又怎么变化？"

世龙明明知道，世忠把田分不出去，有些乱摔的意思，才把剩下的两亩地分给兴仁来的婆娘。可想想世忠的话也有一定道理，哪个也不晓得这几十年里，世事如何变化？反正人活在世上就得吃饭，要吃饭就得有地，没地哪来的饭？这样一想，于是便答应世忠，先把这两亩地给兴仁种着。那世忠听了，也就高兴而去。

晚上，兴成过来了，一进屋就对世龙说："爹，进这么多地，我怎么种得过来？你想种，我新进的三个人的地，你拿去种吧！"

贺世龙早就晓得指望不上儿子种那田，也没打算让他种。听了兴成的话，只是说："我的年纪也逐渐大了，那地我种可以，可那使犁动耙、拢谷打麦这些重活，你反正有机器，要跟老子共同做。"

兴成说："这莫得问题，就是不是我的地，我未必不跟你做？"

世龙就又把大儿子新进的三个人的田地，拿过来种了。

读到这里，读者诸君，难免心里会纳闷儿：那贺世龙年事一天比一天高，他一个人即使加上李春英，也不过是两个上年纪的老人，怎么种得了那么多人的地？读者诸君有所不晓，此时乡下的农作已不是彼时的农作。

如今，贺兴成们把小型农业机械引进到了湾里，大大减轻了农人劳作的强度。如那戽水、耕田犁地、挞谷打麦这些之前又苦又累的活，都实现了机械化。不但省了体力，也大大缩短了劳动时间，农人就显得轻松起来。国家又在不断推广科学种田，减轻农人的劳作负担。如那水田，政府推广了免耕法；又如那除草，有了化学除草剂；再如那施肥，只在播种时将那复合肥往地里撒一遍，待庄稼长出时，视其生长情况，再择机往地里施一遍尿素，便等着收粮食了。还如那插秧，几年前，政府下来推广抛秧技术，农人栽秧不用下田，一个人一天能抛好几亩。你说那农人是不是轻松了许多？所以贺世龙虽说种了那么多人的田，且年事又渐高，但除了农忙稍累一点外，平时竟还有闲暇时间去赶场、走亲戚。此为社会变迁之一斑也。但有一点不足，就是粮食卖不起钱，化肥、农药和上缴国家、集体的税费，又节节见涨。那机器耕田耕地、挞谷打麦、提水灌溉，虽让农人省了力，但每项却都是要掏钱的，这又大大增加了种地的成本。如此一来，那种地虽美，却真是除了锅巴没有饭，甚至还要倒赔。如若不要那机器耕田耕地、挞谷打麦、提水灌溉，农人又把庄稼种不出来。如此，那农人想对庄稼说个"爱"字委实不易。

第七章

一

农历腊月二十三,是过小年的日子。过了小年,农人便要按照乡下习俗,打阳尘、磨豆腐、推汤圆、挑阴阳沟,打扫屋前屋后卫生,准备迎接新年的到来。加上沙石和水泥的供应商停止了原材料的供应,贺世海便把修路的工人放了,让他们回家准备过年。世海果然没有骗工人,在他们回去之前,把所有的工钱都给了大家。世海能够把工钱准时结算给工人,是因为政府讲信用,按工程进度准时把工程款给了贺世海。那些工人在两个月不到的时间里,多的拿到了一千五六百块钱,少的也是一千块以上,一个个喜笑颜开,夸世海是能人,为贺家湾人做了一件大好事。在这五六十天里,一些人为了多挣钱,一直没回过家。明晓得家里的小春粮食今年必减产无疑,但现在手里捏了一叠厚厚的票子,心里对可能造成的小春粮食减产也就在所不惜了。因为算起来,即使一季庄稼颗粒无收也没啥来头!手里握的这笔钱,比种一年庄稼赚的还要多!世海不知道,他的这一举动在不知不觉中改变了贺家湾人对种地的看法。之前,他们认为自己种地是命中注定,庄稼人不种地便没有活路。可现在,当手里握有这一叠通过打工挣来的钱的时候,他们才发现原来他们并不是只有种地的命。也不是不种地就不能活下去,而是还可以通过除种地以外的其他途径来谋求生路。而且这其他途径比那唯一的途径前途还要光明!这样,庄稼人像是重新认识了自己,有了信心,也有了力量。他们开始对钱以及和钱有关的一切敏感起来。一沓沓崭新的票子拿到手后,

197

他们并没有离开工棚，而是围在贺世海周围，一面说着感激的话，一面又充满期待地说："世海，过了年，你还要不要我们来了？你可不能把我们放了哟！"

世海当了几十年干部，从没得到过村民如此的尊重和拥护，更不用说在众人眼里，如今他仿佛就是救世主了，一时间虚荣心得到极大满足。听了大家的话，他大手一挥，显得既优雅又有力，大声表态说："没问题，你们全部回来，我一个不放！"说完，又接着说，"这个活儿干完后，我老同学又承包了一个新工程——县里要建污水处理厂，实现城里的雨污水分流。老同学又将下水道改造工程全部交给我做。到时候，只要你们愿意跟着我贺世海干，我保证你们明年每人挣个万儿八千的回去过年！"

众人听了，立即欢呼起来。那模样，恨不得把贺世海抬起来抛到天上去似的。世海见众人这样，就有意想把以后的工钱压低一点，等众人的欢呼声停息以后，就说："不过，我要把话说明白，那活儿是通过招标获得的，价格被压得很低，质量要求又高，不能偷工减料。所以，就不能像这修路一样，给大家二十五块钱了！一天只有二十块钱，你们愿不愿干？如果不愿干，我就好到外面去招人！"

众人听了这话，只沉默了一会儿，立即叫了起来："愿干！愿干！"

世海听了非常高兴，就对众人说："那就这样，我们说定了！大家现在回去，过个快乐年！"

众人手里拿了现钱，又得到了世海明年来继续干活的保证，一个个欢天喜地地离开工棚，往家奔去了。

世海是在腊月二十七把工地和公司里的事料理完了以后才和兴仁一起回贺家湾的。回到家里屁股还没坐热，一伙贺家湾的老少爷们便闹哄哄地拥到世海家里来了。世海以为他们又是来说打工的事，忙端了凳子让他们坐。可他们却不坐，站在屋子里七嘴八舌地说开了："世海，你可回来了，你看这事该怎么办？你可要给大家做个主！"

世海丈二和尚——摸不着头脑，忙问："啥事？"

众人中一个人大声说："你拉一下电灯线，看有电没有？"

世海就去拉了一下灯绳，没电。世海一下明白了，这乡下停电是常有的事。尤其是在冬天的枯水季节，电厂发电量减少，电力部门晓得城里人不好惹，他们不敢停城里的电，就往往找借口停庄稼人的电。于是世海就说："原来是停电了。

不要紧，这大过年的，他们会送电的！"

人们却说："世海，这回他们是不会给我们送电的了。你不晓得，都停十多天了！"

世海听了这话，不明白地问："是为啥停的？又怎么不会给我们送电了？"

人们听了，七嘴八舌地述说起原因来。世海看见这么多的人说，就说："你们不要吵麻了，像是麻雀打破了蛋一样，找一个人慢慢地说。"

人们听了这话，果然静了下来，其中一人便对世海说了起来。世海也渐渐听明白了。原来十多天前，不晓得湾里哪个私接线路偷电，不小心造成了电线短路，把三星岩变压器上的保险丝烧了。那三星岩的变压器，管老湾、新湾的上头房子、下头房子三个村民组，一百多户的村民用电。自从烧了以后，一直停电到现在。眼看还有两天就过年了，未必这一百多户村民要过一个黑灯瞎火的年？世海听到这里，便说："电停了，你们该去找村里干部嘛，你们去找没有？"

村民说："怎么没有找！我们找了世忠，世忠也给乡上电管站打了电话。可电管站的人说，变压器上保险丝被烧，是因为有人偷电造成的，是哪个偷的电，叫他把新保险丝买来，他们就下来换。我们叫他们下来查是哪个偷的电？可他们又不下来查，要我们自己查。偷电的人脸上又没有写字，我们怎么查得出来……"

世海听到这里，打断了那人的话，说："这也不该我们查！如果我们都能查出来，还要他们电管站啥子？电管电管，就是管电的嘛！"

那人马上接了嘴说："就是！我们查不出来，电管站就又叫我们停电的三个组，凑两百多块钱来买保险丝……"

世海又问："你们愿不愿意买呢？"

人们听了纷纷说："我们又没有偷电，为啥要我们买？"又说，"这不是钱的事，是道理不合！"

世海说："对，这不是钱多钱少的问题，是道理不合！"说完，然后又问，"电管站每月收取电费，不是每一度电都加了两角钱的电网维修费吗？这笔钱本来就是用来维护农村电网的！现在一个变压器上的保险丝坏了，又花不了多少钱，为啥还要大家交钱来买？"世海离开农村才几个月，对村里的事了如指掌，何况又是当过这么多年干部的，村里的方方面面怎么瞒得了他？因此，听了村民的话，他这样说。

村民一听又马上叫了起来："就是，所以我们觉得道理不合！我们没有交钱，他们就把我们的电停下去了！世忠也莫得办法，说他也管不了这些电霸。他屋里也和我们一样，打了十多晚上黑摸！"

　　世海听了这话，说："他管不了电管站，有人管得了嘛，为啥子不去找那些管得到电霸的？"

　　众人听了，又纷纷叫着说："世海，你说去找哪个？今年过年，看不看得成春节联欢晚会，就指望你了！"

　　世海望着这些期盼的面孔，其中有很多人都是在他工地上打工的。无疑，他们又把他当成了可以一呼百应的英雄。此时，世海除了虚荣心得到很大满足外，自己也是强烈地渴望春节能用上电。这么多年来，虽然平时供电所会时不时停庄稼人的电，可春节期间却从没有断过的。现在农村又没有其他文娱活动，那中央电视台的春节联欢晚会就是大家的节日。世海也是爱看那春节联欢晚会的。看联欢晚会，他不喜欢看那些扭屁股的节目，尽管那些扭屁股的演员个个脸蛋儿都长得很漂亮。他最喜欢看的是小品，小品当中又最喜欢那个光头陈佩斯。这么多年来，他一次也没有落下过陈佩斯的小品。每回他的小品演完，自己的肚子也笑痛了。今年，不晓得这个光头又会演啥子？再说，即使不为了看那光头的小品，黑灯瞎火、冷冷清清过个年，也实在没意思嘛！世海这样一想，便对众人说："这事呀，不能再去找电管站了！要找，得马上去找乡政府闹一下，才会引起重视！"说完又说，"今天都二十七了，如果不去就来不及了！所以我提议，下午每户出一个人，到乡政府找书记、乡长，不解决问题我们就不走！要过年大家都过年，要不过年大家都不过年！"

　　众人一听这话就叫了起来："好，世海，我们听你的，不去的不是人！你说怎么做我们就怎么做！"

　　世海听了，却说："你们不要说听我的，我现在连配角都不是，还是要听世忠的！他是村上主事的，你们哪个去把他叫来，看他怎么说？"

　　人们一听，觉得是这个道理，于是有人便跑去找世忠了。他们不晓得，世海这样做有他自己的目的。一是他对乡上，特别是那个姓李的书记把他的职务免了，还组织人查他的账，想寻他的坡坡坎坎爬，一直耿耿于怀，趁这个机会，他要发泄一下心里的怨气。另一方面，也想给贺世忠一个难堪：他要是不和大家一起去，湾里的村民肯定会骂他；如果他去了，姓李的又绝对不会给他好脸色看。

但世海的如意算盘也没按预计的来。世忠听了去喊他的人的话，把正在读大专的儿子兴涛喊回来嘱咐了一通，兴涛就到世海家来了。兴涛一到世海的屋子里便对世海说："世海叔，我爸感冒了，还睡在床上，去不了，我代他去！我爸说，让我完全听你的！你说，该怎么做？"

世海一见，这才感到自己低估了贺世忠。他把在外读书的儿子叫来，既使村民不好骂他，如果乡上以后怪罪下来，他又可以推卸责任，这一着实在是高。但事已至此，世海也不好说啥，便对众人说："那就这样，吃了午饭，大家来这儿集中，我们一起去找乡政府！"

众人听后，一边议论一边散开了。

吃过午饭，不再等人打招呼，人们就自动聚集在了世海的院子里。世海上午说一家去一个人，可因为是春节期间，那些在外打工的、读书的，甚至当兵的都回来了。他们都为停电的事愤怒不已，又急切地希望能用上电。加上又是大过年的，没啥活儿，在家闲着也是闲，不如一起去看热闹，也好壮个声势。因此，有的家里来了两个、三个，又特别是那些在世海工地上干活的人，想着世海刚为自己做了好事，又想着以后还要在世海手里讨生活，所以，像是特别效忠世海似的，显得非常积极。何况这本身就是为自己做事呢？世海见自己振臂一呼，就一下子来了这么多的人，也很高兴，便带着众人浩浩荡荡地朝乡政府去了。快到乡政府时，世海把兴仁叫过来如此这般说了一阵，兴仁便代替世海走到了队伍前面。

这日下午，乡干部正在开这年最后一个会。熟悉农村工作的人都明白，这最后一个会也就是一个放假的会。会议结束后，近一点的马上就可以回家；远一点的明天一早也可以离开。和农人一样，这些乡干部忙了一年，也只有过年这段日子可以放放心心地回家休息几天，所以，人人都是归心似箭。但他们没有想到，会议正要结束时，贺家湾上访的村民突然一哄而进，把个会议室挤得满满当当，门口还堵着很多人。一进屋子就把书记和乡长给围住了。也不等他们问，先做出十分气愤的样子，冲两个领导叫了起来："李书记，张乡长，过年了，你们管不管群众死活？""就是，我们的问题你们不解决，我们就到县上去了！"

李书记和张乡长摸不着头脑，看了一眼怒气冲冲的村民，忙问是怎么回事？村民们一听，又七嘴八舌、唯恐落后似的诉说了起来。会议室里乱哄哄的声音一遍。书记、乡长听了半天也没听明白是怎么回事？乡长火了，跳到椅子上对人群大吼了一声："你们吵麻了啥子？叫一个人说要不要得？"

人群这才安静下来。兴仁便把村民要求解决的事，不慌不忙、不卑不亢地一一对乡上两个领导说了。说完后又绵里藏针地说："不让我们点灯可以，但不让我们听党中央的声音，那可不行！"

群众听了，似是声援兴仁似的，又跟着喊了起来，说："对！哪个不让我们过好年，我们也不让他过好年！"

李书记也想早点回家和妻子儿女团聚，如今一看出了这样的事情，心里恼怒起来，便立即叫人去把乡电管站站长喊了来。没一时，电管站站长就来了。贺家湾的村民一见那胖乎乎的站长，心里的气就不打一处来。还没等他进门，门外的群众就指了他，嘴里不客气地骂了起来："你当的啥子站长哟？只晓得向群众收钱，却不干事，占着茅坑不拉屎的东西，怎么不滚开？"还有人向他质问："你三个代表学到哪去了？"

站长心里明白了是怎么回事，走进屋子，正想向乡上领导解释，但心里十分气愤的李书记根本不听，当着村民们的面大声地训斥说："你们电管站，简直是癞儿打伞——无法无天了！怪不得群众说你们是电霸！你们自己吐泡口水照一照，是不是电霸？你们平时收的两角钱一度的电网维修费，到哪里去了，啊？一个保险丝也要村民去买？"说完，又立即说，"马上去给他们修好！不修好我立即换人，想当站长的人多的是！"

站长一听，不敢多说，嘴里诺诺，脚就迈出了会议室，带着人奔贺家湾去了。兴仁立即叫了十几个人跟着电管站站长，怕他们阳奉阴违，又节外生枝搞啥子鬼名堂。

电管站站长一走，李书记就对众人说："乡亲们，这下你们可以放心了吧？大家都回去吧，啊，电管站一定会跟你们修好的！"

可兴仁听了却说："不行，李书记，我们还不能走。要是他们没有修好，我们还得跑回来。与其那样，我们不如就在你这儿等！"

李书记有些不高兴了，说："你们愿等就等吧，大家都要过年，我们可得回家了！"说完，收起桌上的本子就打算往外面走。

但兴仁又一把拦住了他，说："过不起，李书记，你也不能走！"

李书记的脸一下沉了下来，大声问："你们想软禁我呀？"

兴仁笑了笑说："我们怎么敢软禁书记？我们这是信得过你李书记！李书记

你是好人，我们一来你就把我们的问题解决了！可我们信不过你下面的人！要是到时他们不给我们修好，这儿不生肌，那儿不告口的，李书记你又回家过年了，我们找哪个？到时候还不是让我们过一个黑灯瞎火的年！"说完又说，"只有你才管得到他。你说揭他帽儿，他就吓忙了，别人说揭他帽子，他当个屁不疼！"

其他村民听了，也说："就是，李书记，你不能走！"

李书记十分恼怒，却又是没法发作，忍了半天才问："那你们打算怎么办？"

兴仁说："我们只想请李书记和我们一起等一等。如果他们三个代表学好了，要不到一会儿，就能修好。要是他们修不好，李书记你也听一听他们的解释！"

李书记说："你们这不叫软禁叫啥子？"

兴仁说："我们觉得，这应该叫干部和群众同甘苦、共患难！"

那些乡干部晓得他们的顶头上司急着要回家，就也纷纷过来说："你们放心，电肯定要给你们修好！"

还有一些人过来一边簇拥着李书记往外面走一边说："你们让李书记走，我们在这儿等电管站的，修不好，还有我们在！"

可村民早已把会议室的大门给堵得严严实实了，说："不行，你们又不是李书记，我们怎么敢相信你们？"

李书记走不出去，一眼看见了外面的世海，便说："贺世海，你虽然不是干部了，但还是党员，快过来做做群众的工作！"

世海听了，在门外大声说："李书记，我要是做得通工作，他们又不会来了！"说完又说，"李书记，他们也是没法了，大过年的，没有电，搁在哪个身上都是一样的！"

李书记没法，只好退回来在椅子上坐下了，一脸的沮丧。

这样过了一个多钟头，电管站站长和跟着他去的贺家湾村民终于回来了。贺家湾村民一回来，就愤愤不平地对大家说："龟儿子，爬到变压器上，几分钟都不到就跟我们修好了，害得我们打了十多天黑摸，过年都差点用不成电！这是不是故意弯酸我们农民嘛？"

兴仁和贺家湾村民一听，晓得变压器已经修好，过年能用上电了，就对电管站站长说："二天如果还故意弯酸我们，便没你好果子吃！"说完，这才呼啦一声，撤出乡政府会议室，各自高兴地回家。

天擦黑时，世海回到贺家湾，看见家家户户果然都亮着灯。又从每家屋子里传出电视里的声音，一派莺歌燕舞、祥和的节日气氛。想起刚才那李书记被兴仁拦着不让出会议室的情景，不由得笑了。进到屋子里，周萍正在做晚饭，世海闻见饭的香味，才感到肚子真的饿了。正想问周萍煮的啥子，突然一个人闯了进来，说："回来了，世海老辈子！你从哪条路回来的？我到村口去等你，也没等着！"

世海一看，原来是在工地上打工的贺西，便问："你等我做啥子？"

贺西说："我等老辈子回来，到我家吃饭！"

世海说："吃饭，吃啥饭？"

贺西说："过年了，我也莫得啥子感谢老辈子的，就请你到我们家吃一顿饭！要不是你我今年到哪里挣得到一千多块钱过年？不哄你说，大细娃儿看到我把钱拿回来，就欢喜麻了！"

世海明白了，说："那是你的劳力钱，正该你的，感谢我做啥子？"

贺西说："话是这样说，可要是没有你，我这个劳力又到哪里挣钱？"说完，接着说，"你老辈子看怎么办，都要到我家里吃顿饭，不然就是看不起我了！"

周萍听了，从灶屋里出来说："贺西，你回去吧，我饭都煮好了！"

贺西听后，有些着急了，说："那怎么办？我们家里也煮起了！"想了想，又接着说，"煮好了就明天吃吧，反正今晚上一定要到我家里去！"

世海还是推辞说："一个湾的，又不是外人，一定得吃顿饭不可呀？"

贺西说："你老辈子，是不是明年不打算要我了？"

世海一下明白了，说："我怎么会不要你呢？"

贺西听了，就过来拉世海，说："那就一定要去！"说完又冲灶屋里喊，"周萍老辈子也一起去！"

世海看见，晓得推不掉了，就说："那好，那好，我们来就是！"

贺西这才露出高兴的样子，松了世海说："那好，我过去喊兴仁！"

喊兴仁时，贺世龙说："你喊世海吃饭，又叫兴仁做啥子？他一个细娃儿，还值得你来请他？"

贺西说："值得，值得，你老辈子还把他当细娃儿，他可不细了！"说着，便硬拉着兴仁，又过来叫上世海、周萍一道走了。

可没走多远，迎面又碰上一个在世海工地上打工的，也是来请世海吃饭，一见世海被贺西请走了，便说："世海，那我就早点打个招呼，明天中午到我家里，啊！"

世海照例推辞，可哪里推辞得掉？费了半天口舌，还是答应了下来。其他一些在世海工地上打工的，见前面有人请了世海，自己不请不好意思，便又纷纷来约定日期。就这样，世海从回家到正月十五过元宵，家里都很少烧火做饭。尽管如此，有的人家还没有轮上。

二

一个春节期间，世海被人请来请去，好听的话听了几大箩筐。可有一个最该请世海的人却没有请，也没和他说一句话，这便是世凤。世凤心里对世海的疙瘩一直没有解开。正月初五这天，世龙去世凤家里，看见只有世凤一个人在家，便问："毕玉玲呢？"

世凤说："到街上打电话去了。"

世龙一听，忙问："到街上打电话，打啥子电话？"

世凤说："过年前，她哥跟她说，初八有人办酒，她去打电话问问，日子变没有？"

世龙说："就这么点事，跑那么远打电话。老三不是有部手机，借来打一下不就行了吗？"

世凤愤愤地说："他是发财人，我们穷人高攀不上！"

世龙听了这话，晓得世凤为世海不让他在工地上干活的事心里还有气，便说："你呀，死要面子活受罪！弟弟兄兄的，有啥子何必记在心里呢？我不相信你们就这样一辈子不说话了？"

世凤说："他不跟我说话，我也一辈子不跟他说话！"

世龙见劝不转他，就说："好了，我过来想跟毕玉玲说点事的。她是个女人家，现在又在外头给人办席，跑的地方多。她回来你跟她说一声，叫她在外头留意一点，有合适的女娃儿跟兴仁介绍一个！"

世凤说："兴仁现在有出息了，人又长得周周正正的，又有文化，还愁莫得女娃儿跟到他?"

世龙说:"天上无云不下雨,地下无媒不成亲,再有,也要有人牵个线嘛!"说完又说,"你大嫂今天又回她娘屋去了。兴仁的二舅母说给兴仁介绍一个女娃儿,也不晓得成不成?她去问一下消息。管她成不成,让毕玉玲留心一些,也不得错!成了就算了,不成,又多个人牵线嘛!"

世凤说:"说得也是,他二妈回来,我跟她说一声!"说完,又对世龙说,"毕玉玲打算和她哥哥把这台酒席办了后,出来各干各的了!"

世龙忙问:"各干各,她全部手艺都学会了?"

世凤说:"她爹虽然没教她,但她在当姑娘家的时候也多少淘到一些,加上跟了她哥哥这么几个月,她说莫得问题了!"

世龙听了,停了一会儿,才说:"如果学会了,出来单独干也可以!再是亲哥哥,合伙的生意都做不长久。"

世凤说:"就是,迟早是要各干各的,趁兄妹没把人搞生疏,早点出来干比迟出来干好!"

世龙说:"那还要添置些东西哟?"

世凤说:"是要添置一些,到时候再说嘛!"两弟兄又摆了一会儿龙门阵,世龙告辞了。

世龙回到家里坐下不久,世海从别人家里吃过饭回来了,一张脸红得像关公一样。世海有这样一个特点,一喝酒就上脸,但却不轻易醉。世龙一见世海,喊了一声,说:"世海,你过来,我有话跟你说!"世海听了,果然过来了。

世龙等他坐了,说:"世凤因为你不让他在工地上干活,现在心里还有气,你也不找他疏通疏通。两弟兄,未必打一辈子肚皮官司?"

世海说:"我跟他打啥子肚皮官司?是他看见我,头不是头,脸不是脸的,他都不跟我说话,我怎么好跟他说话?"

世龙听了这话,心里有些不高兴起来,便沉了脸说:"新年大节的,我也不该说你。吃甘蔗都要分个大头小头,何况人呢?你小些,他大些,不说别的,就看在你小时候,他背你抱你,你也不该和他斗气!"停了一会儿又说,"爹娘死得早,就剩我们三弟兄,好不容易才长大成人。想起那时是好造孽!但我们几弟兄都过过来了!现在不管哪个有出息,哪个没出息,都该团结得像一个人样!你晓得老二那个臭脾气,人又穷,又想争饿气!你主动跟他说句话,未必你就矮了一簦片？弟兄，只有今世，莫得来世，那样不团结做啥？你晓得吗？你二嫂跟娘屋里哥哥打个电话，明明你有手机，她都不来借，却跑好几里路到街上去打。这事传出去，晓得的会说她不对；不晓得的，会说你挣到钱了连哥哥嫂嫂都不认了！"

世海听了世龙这一番话，忽然觉得自己错了，于是马上对世龙说："大哥，你说得对，也可能是我没有跟二哥把话说明，让他生了气。"

世龙又把毕玉玲想单独出来给人办席的事给世海说了。说完才说："话明气散，你就抽个时间去跟二哥疏通一下吧！"

世海说："行，大哥，我都听你的！"说着，世海就走了出去。

世海出来，没有回家，而是直接到了世凤家里。世凤看见世海来了，故意装作没看见。世海也不管，扯过一根板凳径直在世凤面前坐下，才说："二哥，我晓得你还在生我的气！也怪我，当时没有把话跟你说明。一呢，我是关心你的身体，怕你在工地上干下去，虽然挣了点钱，但加重了病。第二呢，我晓得你是想让我照顾你。可你也不想想，我招的人都姓贺，一个湾的，有的喊我叔，有的喊我爷，有的呢，反过来，我又该喊他们叔或爷！要是我都讲情面，你说还怎么管理？我都照顾了，自己又挣啥子钱？"

世凤听了这话，没吭声。停了一会儿，世海突然从口袋里掏出两千块钱放到桌子上，才接着说："二哥，弟兄归弟兄，打工归打工，打工就要按打工的规矩办！你干不下来，我就不要你，你偷懒耍滑，我就扣你工钱。哪怕亲爹，都是这样，这就是打工的规矩！可弟兄呢，又是一码事。你有困难，我该帮助的帮助，该支持的支持，这就是弟兄！"看了世凤一眼，然后又说，"刚才听大哥说，二嫂要出来单独干，这是好事！但出来需要本钱，这两千块，就是我做兄弟的给你们的一点本钱，你千万不要嫌少了，啊！"

世凤听了，嗫了嗫嘴，想说啥子，却没有说出来。世海看出了世凤的窘态，马上转移了话题说："二哥看起来，脸色比先不先好多了！"

世海这话果然把贺世凤从窘态中解救了出来，他看了一眼世海说："我也觉得，今年不像往年那样喘了！我还在想，是不是真的把爹的坟迁对了？"

世海一听这话，就顺着他的话说下去："迁对了就好嘛！如果你今后身体也好了，二嫂出来又挣到了钱，我们当弟兄的当然替你高兴！"

世凤听到这里，心里感动了，于是说："老三你回来，这个请那个请，还没有尝到你二嫂的手艺！你看哪天空了，叫大哥一起来尝尝她的手艺！"

世海一听，晓得世凤这是主动认错了，便说："那好哇！随便哪一天，二哥你只要说一声。别个屋里就是吃龙肉我也不去了！"说完又说，"你们是哥，应该先吃我的才对！我回去跟周萍商量一下，你和大哥先到我家里来吃了才是！"说完，这才出去了。自此，世凤和世海又像先前一样了。到底是从一个娘胎出来的，那手足之情，真应了那句古话：脑壳打烂了，都镶得起！

且说这天晚上，世海和周萍在别人家吃过饭，刚回到家不久，世龙和李春英便喜气洋洋地来了。世海一见，便开玩笑地问道："大哥大嫂，啥事把你们欢喜得这个样子？"

贺世龙没有说话，李春英却笑着从怀里掏出一张照片，递给世海说："世海，周萍，你们两个来看看，这个女娃儿要不要得？"

世海摸不着头脑，问："啥女娃儿要不要得？"

李春英说："兴仁的二舅母跟兴仁说的婆娘呀！"

世海和周萍一下明白了，忙把头凑在一起看了起来。原来，兴仁回来过年，交给了贺世龙一万块钱。贺世龙一辈子都没见过这么多钱，心里顿时乐开了花，就又想起了儿子的婚事来，于是就和李春英四处去放话、求人，给兴仁介绍对象。正月初二，李春英回娘屋给老母亲和兄弟拜年，又给三个兄弟媳妇说了这事。三个兄弟媳妇都晓得兴仁在给他幺爸管理工地，也算是二工头，钱不会少挣。再说，这娃儿有文化，模样也周正，这样好的条件也是周围团团转少找的。二舅母当场便说："我娘屋那边，倒是有一个女娃儿叫范春兰，我看跟兴仁倒是很般配的。那女娃儿中专毕业后在深圳打工，比兴仁还小一岁。模样儿也是莫得说的，水嫩水嫩的，很招人喜欢。姐你要是不嫌弃，我就去问问！"

李春英一听，喜不自禁，忙说："我嫌弃啥？娘亲有舅，爷亲有叔，你当舅母的，也是半个娘！你看得上的，我就看得上，你快回娘屋去给我问问！"

二舅母听了，忙说："那行，姐，明天我回去给爹妈拜年，就去问问，过两天我就跟你回信！"

李春英回来等了两天，像是等不及了，今天一早就又回娘屋问，便拿回了这张照片。

世海和周萍把照片看了一会儿，只见照片上的女孩，一张瓜子脸上嵌着两只水汪汪的大眼睛。两条眉毛细细的，又弯又长，像那月初的弯月牙儿似的。嘴唇有点翘，正冲世海和周萍甜甜地笑着，两颊上的酒窝儿圆圆的。周萍看了一会儿，便说："行呀，这样漂亮的姑娘，怎么不行？"

世海却问："兴仁的意见呢？"

李春英说："他说，光从照片上还不能看出一个人乖不乖？有的人照相受看，有的人照相不受看！"

世海说："那倒也是！叫他当面去看看不就行了？"

李春英听了这话，急忙说："到哪里去看？那女娃儿过年没有买到车票，现在还在深圳！要不然，他二舅母怎么会拿一张照片回来？"

世海听后明白了，说："原来是这样！"

世海说完，李春英却又高兴地说："不过，那女娃儿的父母听他二舅母说了兴仁和我们家的情况，有心答应这门亲事，已经给他们女儿打了电话，叫她马上回来。说过年前回来的车票紧，过年后是回去的车票才紧。那女娃儿也答应马上回来，说她也想家得很！"

世海听完，又笑着说："那好哇，大嫂，你又要当咸（寒）老婆婆了，看你高兴的！"

李春英听了，一边继续笑一边说："操心死了，还当咸（寒）老婆婆！"说完，才和贺世龙一道回去了。

没几日，范春兰果然从深圳回来了。双方约好就在兴仁二舅母家里见面，因那女孩和兴仁的二舅母也有亲戚关系。这日，李春英和兴仁便去了兴仁二舅家，那女孩也是母女二人。刚一见面，兴仁眼睛便亮了。原来范春兰到底是读过中专又是在大城市打工的，脸上略施淡妆，穿着时髦，和那城市姑娘毫无两样，比那照片上还好看得多，说话做事也是落落大方。兴仁自然也是不甘落后，他虽然只是在县城打工，却管理着一个工地，接触过各种各样的人，说话也是不卑不亢，落落大方。两个年轻人一说起打工，就有说不完的话题。一个把远方大都市里光怪陆离的事说得绘声绘色，一个把近处小城镇上忠奸善恶的人讲得栩栩如生。两个人侃侃而谈，全不似当年兴成看见李红那样不好意思。两人越说越投机，倒把两个母亲和媒人给晾在一边了。李春英和范春兰的母亲见了，便也到一边去拉起带儿育女的话题来，也有说不完的话。兴仁的二舅母见没自己说话的份，便去准备午饭了。

吃过午饭，范春兰母女俩要急着回去，说家里还有事。兴仁有些恋恋不舍，却又没有办法，因为这才是第一次见面，不能造次。兴仁的二舅母送了范春兰母女回来，才对李春英和兴仁问："姐，兴仁，你们有没有啥意见？"

李春英看了一眼儿子，说："我们有啥意见？就看她们女方呢！"

兴仁的二舅母说："她们也没意见，就看你们！春兰的妈说了，如果你们莫得意见，她们想在正月十五前把婚定了！"

李春英一听这话，就叫了起来："正月十五前，这么快呀？为啥要这么快？"

兴仁的二舅母说："姐姐你有所不知！现在的女娃儿不是原来的女娃儿！她们出去打工，那工厂里都是来自全国各地的人。打工辛苦，年轻人又是干柴烈火，在一起久了就要生出感情，所以出现了许多跨省婚姻。跨省婚姻当初觉得很美满，可当女娃儿一生孩子，要回婆家去住的时候，却发现因语言、生活方式不同，加上女娃儿是一个人生活在很远的婆家，身边又没有亲人，便觉得十分孤独。久而久之，便和丈夫闹起了矛盾，有的离了婚。即使不离婚，那父母和女儿因为隔了几千里，好多年都见不上一面。娘在想女，女又在想娘，十分辛酸。春兰的爹娘就怕春兰在外面给他们找一个说话广里广气的外省女婿，从今以后见不着女儿了，日夜担心！现在她们看上兴仁了，就想急着把婚定了，免得夜长梦多！"

李春英听了，说："道理是这个道理，可是实在太急了！"

兴仁却是想早点订婚，以便早些和范春兰在一起，便说："妈，这有啥子？屋里啥子都是现的。再说，我们可以把席包出去，一点也不要你操心！"

李春英见儿子也巴不得立即订婚的样子，便说："那好吧，反正也是要订的，十五以前就十五以前！等我回去和他爸商量好了，就马上过来跟你回信！"

兴仁的二舅母说："姐你们就抓紧点！"

李春英和兴仁就回家了。回到家跟贺世龙一商量，贺世龙竟和兴仁的看法一样，说："订就订吧，这年头，反正是请人办席，又不要你劳神费力地去办了！"

李春英听了这话，不再说啥了，便问时间定在哪一天，她好去跟娘家兄弟媳妇回话。兴仁想了一想，就说："那就放到正月十三吧！"

李春英一听，急忙摇头，说："为啥要选一个单日子？要么十二，要么十四，双日子才吉利！"

贺世龙说："还是找凤山看一看。"

兴仁听了，急忙说："爸，你怎么还信迷信？看个啥子？那城里人结婚，哪个看过日子？"

李春英也说:"就这几天了,腊月三十天的磨子——莫得多大推头,还看啥子?再说,只是订个婚,又不是结婚!"

贺世龙听罢,不再说找贺凤山看日子的话了。三个人商量了一会儿,觉得放到正月十二日子太紧了一点,于是决定放到正月十四,订完婚后,年轻人好出去打工。

订婚的日子确定后,李春英便又急急忙忙地回娘屋复信去了。兴仁等母亲一走,便对父亲说:"爸,我去城里找人来办席!"

贺世龙一听这话,就很奇怪地看着兴仁问:"怎么要到城里去找人来办席,你二妈不是一个现成的厨子吗?"

兴仁一听,"唔"了一声,似乎想说啥却不好说的样子。世龙一见,便又说:"你是不是怕你二妈手艺不行?我跟你说,她爹过去就是有名的厨子,没开过酢坊,也闻到过酒香的!再说,她已经跟着她哥办了好多台红白喜事。不管白案红案,都亲手做过了的。现在她从她哥那里分出来,各做各,前个天才到城里去买了行头把子。光那汤盘、条盘、圆盘、品碗、扣碗、扣钵、蒸碗、火锅、掌盘、瓷品锅,都买了几大挑,我看就叫她来办!"

兴仁听了,又沉默了好一会儿,才终于红着脸说了:"爸,我不是说二妈手艺不行,我是觉得,找她还不如找外人!反正是给钱,外人一给钱,人情也就了了,不像沾亲带故的人,明明给了钱,还要欠人情!"

贺世龙说:"你说得对,现在不像先不先,有事可以叫人家来帮忙。现在就是亲戚,也不存在白帮忙了!我叫你二妈来做,是想把钱给了外人是给,给了你二妈也是给,肥水没流外人田!你二爸有病,权当帮了他们。要不然,你二爸二妈会生气的,说弟兄侄子还不如外人!"

兴仁听了,又推心置腹地说:"爸,你的这些话我都懂。我只是想,要是二妈来做后,她不要我们的钱,我们就欠下人情了!"

世龙问:"欠了又怎样?"

兴仁说:"他们这个人情好欠,只不过出点力,要是他们今后有事求到我们,我们要还这个人情,就不是出点力的事情了!"

世龙一听这话,心都冷了,像是不认识似的把儿子看着。他不相信这种话是从自己儿子嘴里说出来的,可又明明是从儿子嘴里说出来的!他不晓得这一代人是怎么了,为啥把算盘打得这么精?听这话就让人有些寒心。照他们这样打算盘，那兄弟也好，叔侄也好，还有啥亲情了？想到这里，他不由得生气了，说："他们不收也就罢了！我田里地里帮了他们那么多忙，他们未必不该还我的人情？他们要收钱，别个给多少，我们照样给多少！这个事情，老子说了算！"

兴仁见父亲不高兴了，这才作罢。贺世龙便急忙叫女儿去把她二妈喊来，把兴仁定亲办酒席的事跟她说了。毕玉玲一听，就立即大包大揽地说："大哥，你们放心，我一定把侄儿的酒席办得巴巴适适。办得不好，你们吐我口水！"说完，才问世龙打算怎么办？

原来，贺家湾过去办红白喜事，都是主家自己操办。本房乃至湾里一些亲近的人，会来这个村民家中帮忙。如果哪位村民家有事没人来帮忙，是一件极丢面子的事。因此，那时人们帮忙体现的是一种关系、一件与面子息息相关的事，做得非常自觉。可最近两年，也不晓得是何人倡导出了这个风气，专门有了为红白喜事操办宴席的队伍。这专职操办宴席的队伍，先在贺家湾以外的村子里流行，从昨年起也传到贺家湾来了。开始是那办酒席的一概所需，如菜肴原料、桌椅板凳、打杂人员，均由办事的主家提供，办宴席的只去一两个掌勺师傅，负责调制作料、提升饭菜工艺和口味等技术活儿。这种办法被乡下人称为包工不包料。大师傅操办一天，可获得五十元左右的劳务费。发展到后来，由以大师傅全面承包宴席，宴席队的劳务费就含在酒席的价格里了，这叫作既包工，又包料，和城里举办宴会相差无几。只是那城里举办的宴会，一定得去餐厅酒店，而乡下这样的宴会是在主人的院子里，也俗称坝坝宴。但也和城里宴会一样热闹，还多了一种别样风味。这宴席承包，自是减轻了主家的负担，免除了还人情之累，便深受办事人家欢迎。同时办宴席的人也赚了钱，实在是两得其所。要是办宴席的人贪心太大，在原料上克扣太多，把宴席办差了，以后就莫得人请他，也就当失了业，因此也不敢造次。

当下兴仁听了二妈问他们打算怎么办？便说："二妈，还怎么办？也像别个一样，我们就按每桌两百元的标准承包给你，这样省事一些！"

毕玉玲一听，忙说："大哥，兴仁，不是外人，我看还是不要承包。因为现在才过了年，屋里豆腐、卤菜都有，加上庄户人家，那些豆粉、绿豆啥的也不缺，能节约就节约一点。差的东西，我开个单子，你们去买回来我来做就是！"毕玉玲心里其实是想全面承包的。但又正因为是给大哥家做，熟人不好说话，到时客人说没吃好，大哥一家肯定会怪她偷工减料，落下埋怨，因而便提出了这包

212

工不包料的办法。

兴仁听了，还没答话，兴琼却在一旁高兴地说："要得，二妈，我跟你一起去买，保证没人敢在我面前要秤！"兴琼在工地上买了几个月的菜，不但人学精了，而且对买菜似乎也上了瘾。因此，听了毕玉玲的话，她这样说。

贺世龙听了，先看了看兴琼，接着又看了看兴仁，然后说："那就这样吧，今晚上我们看看屋里有些啥子，差的，你就开个单子，既然兴琼想买菜，大后天赶场，她就和你一起去买吧！"

毕玉玲一听，说了一声："行，你们把屋里的东西清了以后，就跟我打个招呼，我才晓得差啥子！"说完就回去了。当天晚上，贺世龙和李春英果然就把屋里有的东西做了一个清点，然后告诉毕玉玲。毕玉玲看了，根据酒席的需要也很快拟定出了需要购买的原料。正月十一逢场，贺世龙便让兴成把微耕机后面的犁铧卸了，装上拖斗，开上和兴仁、兴琼一道，到场上买了满满一车东西回来。

三

按下毕玉玲给兴仁办席不表。却说那几十号在工地上打工的村民，一听说兴仁订婚，便纷纷要来朝贺。按乡下风俗，男女青年订婚，除了招待双方的主要亲戚外一般不会大办酒席。但现在人家要来，又是本湾本土，一笔难写两个"贺"字。贺世龙又是一个极要脸面的人，不好拒绝，便让他们来了。幸好贺世龙和李春英在准备酒席时已经考虑到了这些，一时倒不显得捉襟见肘。到了开席世龙去招呼客人入席时，才发现贺兴成两口子还没有来！弟弟订婚，做哥哥嫂嫂的，不管分家没分家，都应该是主人。尽管办宴席的事有毕玉玲操持，但因为毕玉玲采取的包工不包料的办法，那锅头的焯水、过油、走红、码味、穿衣、勾芡等，和煸、炸、滑、挂，灶上的汽蒸，以及砧板上的片、切、砍等刀功活计，该她锅儿匠负责，其余帮忙打杂的事就不该她管了。贺世龙看见兴仁的舅舅、舅母，先个都在帮忙擦桌子，摆杯子瓢羹，可兴成两口子，却像婆娘死到娘屋里——莫得他们一梁子事似的，到现在连面都没有现一下，心里不觉就有了气。他急忙跑到兴成的房子去看，却看见一把铁将军把着兴成屋子的大门。世龙明白这两口子没在家里，便又回来，让兴琼到湾里去找。兴琼去上湾、中湾、对门院子，一边问，一边喔二连三地喊，找了半天，这才把大哥大嫂找到。原来，他们还在贺桂花的麻窝子里打麻将，早把兴仁订婚一事忘到一边去了。

和兴成自己把小型农业机械引进贺家湾、政府在贺家湾推广新的劳作方式、世海和兴仁把贺家湾的庄稼人带出土地打工、毕玉玲操起专职厨师职业一样，这几年，麻将进入贺家湾庄稼人的生活，也是一个历史性的事件。读者如嫌这些烦事，大可翻过这一节，跳过不看。但作者既为村庄写志，就不得不记了。这麻将何时进入贺家湾，没有人能够说得醒豁。据湾里无所不知的土秀才贺贵讲，麻将是中国人的老祖宗给传下来的。老祖宗啥时发明的麻将？据说是明朝，发明人姓万名秉迢。万秉超常看《水浒》，他被那水泊梁山的一百〇八条好汉所折服，就想做一副娱乐工具来纪念他们。于是经过多年设计，精心制造出了基数为一百〇八张的麻将牌。这一百〇八张麻将牌，就暗喻《水浒》中的一百〇八条绿林好汉。水泊梁山的一百〇八位绿林好汉来自四面八方，于是麻将牌中就有东、南、西、北各四张。而那梁山聚义中的群雄又有贫有富，出身各异，因此麻将牌中又设中、发、白三张牌。发，指的就是发财之家，富人阶层；白，指的是白丁、贫下中农；中，指的是中产之家，吃穿不愁，但后来也走上革命道路。麻将牌又有万、筒（饼）、索（条），即是发明人万秉（饼）迢（条）的谐音。此等说法，亦不知真假。但贺贵却信誓旦旦，说麻将在世界上流传甚广。何以流传甚广？因为中国人多，世界上只要有人的地方就会有中国人。有中国人的地方，就一定会有麻将，因此这麻将在世界上就流传甚广了。

贺家湾人打麻将，最初是在贺大龙的百货店里。这个麻窝子，是引领全湾麻窝子的龙头老大，它资格最老。百货店又是全湾最大的公共场所，因而生意格外火爆。最初打得很混，男男女女都打，赌资有的桌大，有的桌小。因那搓麻的生意火爆，又带动了店里生意的兴隆。所以，贺大龙常常乐得张开嘴巴笑。常在贺大龙百货店里搓麻的人，不但有贺家湾本土村民，也有其他湾的人经常出没其中，赌资也是全湾麻窝子中最高的。到后来打麻将的多了，湾里又发展起了几个窝子。打麻将的人便依据金额的大小，渐渐形成了固定圈子，也将那搓麻人的身份分出了贵贱。

第二个麻窝子，是在寡妇贺桂花家里。贺桂花是贺良毅、贺良礼的姐姐，就嫁在本村。她的丈夫死得早，两个儿子又出去打工了，家里房子宽敞，就专门腾了两间出来，一间做麻窝子，一间做打扑克牌的牌场。她是湾里唯一既开麻窝子又开牌场的人，通常是麻将和牌场同时进行。两手都抓，那麻将，参加的人主要是妇女，一块钱或两块钱一个码，一场下来，输赢不大。牌场则有男有女，混合双打，有时男多女少，有时女多男少，不一而足。赌注也和麻将一样。因为是两手抓，比单纯只有麻窝的人多一种赌博方式，生意也是十分不错。

　　第三个麻窝子，是郑家塝的郑习文开的。因郑家塝处在贺家湾新湾和老湾的夹角地带，又是在一个石盘地上，到那儿去，得先下了一道坡后再上一道坡，位置相对封闭和偏僻。郑家塝人又习惯把自己称为是贺家湾的"少数民族"。来此打麻将的人一般都是郑家塝的杂姓。除郑姓外，雷、余、刘姓皆有。充分体现了贺家湾人在搓麻的事情上能够做到人不分姓氏，地不分南北，全面协调地发展。郑习文家里用做麻窝子的屋子很窄，只摆得下两张桌子。遇到屋里两桌子坐不下时，郑习文便会临时在阶沿上再摆上一桌或两桌，充分利用资源。一方面自己挣了钱，另一方面又满足了"少数民族"麻友的需要。利在自己，功在麻友，一举两得，岂不善哉！

　　第四家麻窝子，是跛子贺少奎开的。少奎是贺家湾最后一个开麻窝子的。由于行动不便，少奎的庄稼自是种得不好，又不能出去打工，日子自然过得紧巴巴的。看见别人开麻窝子，自己便也腾出一间屋子来，摆上三张桌子。但前面三家麻窝子已经有了固定的麻友，他这麻窝子即使摆了桌子也没人来光顾。后来倒是有人来了，却是湾里的一些老头。老头哪来的钱？打的都是一角、两角钱的小麻将。如此小的赌注，少奎想抽点赌头，又怎么好开得这个口？但既然桌子摆都摆起来了，来搓麻的老头又实在是无处可去，才到这儿来消磨时光的，又怎么好撵得他们？于是只好作罢。赚钱不赚钱，只图热闹，从老头的消遣中，自己也赢得一点快乐，如是而已。

　　贺家湾人打麻将，一般情况下是男性和男性打，女性和女性打，就像城里的公共厕所一样，分得很清。在这点上，贺家湾人还保持了祖宗传下来的规矩。但在人手不够或赌资较小的情况之下，也会把男女有别的规矩抛在一边，来个男女混合双打。即使混合双打，贺家湾的男男女女，也很少在麻将桌上打出风流韵事。最多在开打以前，如果是叔嫂平辈，开开玩笑，过点嘴头子瘾。一旦进入战斗之中，哪还顾得上开玩笑？贺家湾人打麻将，也分为农忙和农闲两个时节。农忙时，如果还有人去打麻将，不但会被家人骂得个狗血淋头，也会遭到湾里人的耻笑。可见贺家湾人还没有因麻将乱性，分得清孰轻孰重。当然，在这个时候，也还是有人有这个雅兴，聚在贺大龙的百货店里继续搓麻不止。这些人要么是村里的主要干部，要么是家里有人在外头做生意发了财，手头有钱，又把庄稼抛荒了的人。这时他们搓麻，不单单是搓麻，而且也是一种身份和地位的象征了。就像城里开宝马车的一样，是交通工具，又不完全是交通工具。那在地里累得直不起腰的农人，会对这些搓麻的人投去一丝羡慕的目光，却又奈何不得，徒是眼红而已。好在农村如前所述，因了机械化和农作方式的改变，农忙已大大缩短。所以留在家里的农人，有大量时间还是可以泡在麻将桌上的。

　　贺家湾人打麻将，也有一定之规，就是上午一般不打。因为农人一般九点多钟才吃早饭。吃过早饭，刷锅、喂猪、洗碗，然后再去地里割几把猪草，或摘两把蔬菜，一上午时间就过去了。但在割猪草、摘蔬菜的时候，则会相互约好下午搓麻的麻友。一旦约好麻友，便会回到家里早早把中饭做好，吃了午饭后迅速赶往约好的麻窝子里去。男人自然单纯一些，嘴巴一抹，人就走了。女人还要刷锅洗碗，心里十分发毛。有那等女人，生怕误了时间，连碗也来不及洗，堆在那儿待晚上战斗回来后再洗不迟。因此贺家湾人除农忙以外，一年四季便在一片"幺鸡""白板""三万"……的吆喝声和稀里哗啦的洗牌声中，上演着这些煞是有趣，却又无惊无澜的乡村生活图景。

四

　　却说兴仁订婚那天，贺世龙派兴琼去找大儿子两口子，兴琼找了一遍，最后看见大哥大嫂还在贺桂花的麻窝子里打麻将，便有些生气了，过去大声说："大哥，爸爸在四处找你！屋里都开席了，你们还在这儿打麻将？"

　　兴成一听，突然想起了，急忙叫道："哦，老实今天兴仁订婚的嘛，搞忘了，搞忘了！"说着站了起来，对身边的人说，"哪个来顶起，我们要走了！"

　　兴成说完，还没等身边那些看客答话，李红却牌兴正浓，手里的牌又好，不想离开，竟说："忙啥子，再打两把才走！"又回头对兴琼说，"你回去跟爸爸说，叫客人先吃到嘛！未必硬要等我们回来了才开席？"

听了这话，兴成又重新坐下了，也对妹妹说："要得，兴琼，你先回去，我们把这一把摸完了，马上就回来！"

兴琼听了，心里气鼓鼓的，当着那么多的麻友，自己一个女娃儿，又是做妹妹的，又不好说啥子，果真嘟着嘴回去了。世龙见只有女儿一个人回来，便问："你找的人呢？"

兴琼说："他们还在贺桂花的麻窝子里打麻将，说等一会儿就回来！"

贺世龙一听，脸顿时黑得三斧都砍不透，愤愤地骂了一句："狗日的些，让了他们四两姜，还说老子不识秤了！以为今天有客，老子就不敢发威了，看老子怎么收拾他们！"说完，拿了屋角的一根扁担就往外走。

李春英一见，急忙过去夺了扁担，说："屋里这么多的客，你吵起闹起好听？他们要回来就回来，不回来就算了，哪儿离了胡萝卜就不成席了？"

兴成的大舅见了，也把姐夫拉到了一边，悄悄说："你要管他们，也要等客走了再管嘛！现在就闹起来，你让范家怎么看你们？"

就在这时，兴成两口子满面笑容地回来了，一看便知是赢了钱的表情。一走进院子里，嘴巴便像抹了蜜似的，朝亲戚又是打拱又是问候，又是对自己来迟表示歉意，倒一点也不觉得难为情的样子。贺世龙见儿子、儿媳妇已经回来了，便压住了心里的气，吩咐立即开席。

席散客走以后，李春英才把儿子喊到自己面前，沉下了脸说："兴仁一辈子的大事，还莫得你们赌博重要，是不是？"说完又没好气地接着说，"你们的脸是啥子蒙的？你们两个赌儿，是不是想把我和你爹气死？"

兴成听了，却不以为然，说："妈，哪个叫你们气的？我们也没有气你们！"

李春英说："你们还没气？哪个像你们这样，男人赌，婆娘也赌，两个赌儿出到一屋了！"

兴成还是嬉皮笑脸地对李春英说："妈，你不要一句一个赌儿赌儿的，没你说得那样严重，打点小麻将，算啥子赌？"说完，又正儿八经地跟李春英说，"老实跟你说，妈，我和李红要不去打麻将，还揽不到那么多活儿呢！你们老眼光，只晓得打麻将是赌博，其实我们是交往呢！"

李春英说："这样说来，你们还有理由了是不是？"

兴成说："妈，你要不信，你去问李红！"

恰在此时，李红进来了，兴成立即对李红说："李红，妈说我们是在赌博，你说，我们是在交往呢，还是在赌博？"

李红听了，果然也对李春英说："妈，兴成说得对，我们这是在进行社会交往！要是不打麻将，我们就没有这样多的朋友。没有这样多的朋友，自然也就揽不到这样多的活儿！妈，你也是晓得的，湾里一些人看见兴成买了脱粒机、小水泵和手扶拖拉机赚了钱后，也依样画葫芦去买，现在有小型农机具的就有好几家。机器多了，可那活儿又只有那些，于是你也争，我也争，这中间就看哪个朋友熟人多！因为这乡下做生意，首先都是做朋友熟人的，你说是不是？"

李春英听了，对李红说："你说这话还有点道理，现在做生意，当然是朋友熟人越多越好做。"

李红得到婆婆夸奖，心里很高兴，于是又马上说："就是，妈！我先不先也以为兴成只是在赌博，后来发现，怎么他越打麻将，我们家里的生意越多了起来？后来我才明白，兴成在麻将桌上确实交了一批朋友，揽到了这批人的生意。这也不能说兴成打麻将没有一点好处，所以我就不再指责他了！"

李春英说："你们要把这道理跟你们爹说，你们爹就是担心你们把家赌败了！"

兴成信心十足地说："妈，怎么可能呢？我们自己心里有个打米碗！"说完，又涎着脸皮悄声对李春英说，"妈，屋里还有啥子剩菜，你跟我们收拾一些，今晚上贺建、长军、兴禄、善怀几个要得好的，该到我们家里来打堆了！"

李春英说："要打堆，不晓得各自去买菜？这点事也来占老年人的便宜？"

兴成还是嘻嘻地笑着说："妈，反正剩下也是剩下了，又莫得冰箱，还不如让我们帮你消灭了！"

李春英听了，说："你们去看看兴仁回来没有？让他看见，两弟兄又来说东说西的。"

兴成说："兴仁送他女娃儿去了，一时半会儿怎么得回来？"

李春英于是就说："要要，还不回去拿个盆子来倒，未必用手捧得回去呀？"

李红听了，马上就回去拿来两只盆子，一个不锈钢锅。李春英接过来，把那些像样一点的剩菜倒了一些在他们的盆子和锅里，两口子端着欢欢喜喜地回去了。

晚上，贺建、贺长军、贺兴禄、贺善怀几个人果然带着他们的女人到兴成家里打堆来了，这又是贺家湾麻将带来的一景。原来那打麻将，每个麻友不但有固定的麻窝子，固定的圈子，而且在固定的麻友圈子里，每个麻友还有几个最讲得来、最信得过的铁杆麻友。这几个铁杆麻友和自己，又形成了一个圈子中的圈子。因为志同道合，这个圈子中的圈子，除了打麻将以外，还会经常聚在一起交流聊天。当然，也会提出一些相互帮忙的事。后来便发展为相互行人情，相互请吃，这便是贺家湾人称作的"打堆"。一般来讲，一个圈子中的圈子，通常只有四五个人。如果隔过三五天打一回堆的话，每一个月，平均打二至三回堆。每月的花销，加上烟酒大概得两三百元，这大大超过了打小麻将输赢的标准。但打堆的人却乐此不疲，因为这增加了圈子中人的友谊。

兴成和李红看见打堆的客人来了，十分高兴。从父母家里端来的现成的饭菜早已热好，李红又新做了几个菜。饭菜一端到桌上，客人都有些急慌慌的，兴成晓得他们心里想的啥子。原来，打堆不光是吃饭、喝酒、日白，相互交换信息。酒足饭饱之后，聚在一起搓麻，才是打堆的一个重要内容。兴成急忙招呼他们入座。因这样的打堆，已在这个小圈子中循环很多次了，大家嘴里虽然还在说着客气话，屁股却已经落在了板凳上。兴成给每个人的杯子里斟上酒，然后端起酒杯，以东道主的身份致祝酒词，说："来来来，大家都端起杯子！今天才是正月十四，年要明天才完，所以我一是给大家拜个晚年，二也祝贺大家在新的一年里，万事如意，发财发财发大财！"

众人听了，也说："对，大家都发财！"说着，除女人以外，男人都把杯子里的酒一口干了。

兴成又给男人们倒上第二杯，端起来说："这第二杯酒，是我们拜托你们一件事。你们都是晓得的，年一过，春耕生产就要来，那抽水、耕田的事，几位哥子、嫂子，可得跟我多拉点活儿！"

众人一听，不分男女都一齐回答说："没问题，你不说，我们也要跟你介绍的！"

兴成听了，又高兴地说："那就好！把这杯喝了，我再敬几位哥子两杯！"说着，自己带头又把杯子里的酒喝了，其他几位男人也跟着喝了。

兴成又去跟他们倒满，端起酒杯又要喝。这时，其中的长军说："兴成，又不是外人，莫喝这么急，等会儿还要打麻将的！"

贺健、兴禄、善怀听了，也说："就是，兴成，你不要劝了，我们自己晓得喝！"

兴成听了，也果真不劝了，说："那就好，我也不劝了，你们自己喝，喝好为原则！"

眼下农人的生活虽不说十分富裕，但肚子里已是不缺油水。尤其是过年这段时间，天天有酒，顿顿有肉，油水把肠子都灌得满满的了，打堆的吃喝也就成了一种象征。没一时，客人们便说吃饱喝好了，一个个放下了筷子。兴成和李红见了，也不再劝，急忙就收了桌上的碗筷，拿过抹布来擦了。又在里屋去摆上一张桌子，拿来麻将桌毯铺在上面，就摆开了两副场伙。男人立即到了里面屋子，女人留在外面屋子。兴成和李红各去提来一副麻将，众人立即就开始活动起来。一时，哗哗的洗牌声便在这农家小屋里清脆地响了起来。每桌五个人，四个人打，一个人轮流监督、记账，显得有条不紊。此时那夜色之下的乡村，随处可见农家小院，几处灯明火亮，几户麻将声声，几家欢歌笑语。打到十二点，兴成他们便不打了。原来，这又是贺家湾打麻将的一个不成文的规矩。如果是打夜麻将，无论是赢是输，都不能超过十二点，因为第二天大家还要下地干活。如果因为打夜麻将耽误了第二天干活，也是要被人谩骂的。由此可见，农人打麻将也真还是自有分寸的。贺健、长军、兴禄、善怀夫妇走出来，天上的月亮将圆未圆，极其皎洁，地下银光如水。那月光照着古老的乡间小路，也沐浴着一对对踏月而归的夫妇，那份温暖、甜蜜和祥和，自是不表。

且说时间老人的脚步，在农人的麻将声中又匆匆忙忙走过了两年。在这两年中，贺兴仁在外面挣到了钱，贺世龙终于为小儿子修起了新房。现在盖新房，已经不像先不先给兴成盖房那样，只修几间平房了。现在早兴起了盖楼房。兴仁的房子也是这样，上下两层，里外装修，自是比兴成的房子气派。房子一盖成，兴仁就和范春兰办了喜事。其实范春兰和兴仁订婚以后，就没再去深圳打工，而是和兴仁一起到了县上，早睡在一张床上了。两个人本还不打算这么快就结婚的，可范春兰的母亲怕女儿这样下去，如果有一天兴仁生厌了，将她一脚踹开又怎么办？于是便催着女儿和兴仁快快结婚。因而兴仁和范春兰这才忙着来将这仪式履行了。虽是仪式，却因为两个年轻人自己手里有了钱，又喜欢热闹，自是把这仪式办得十分风光。兴成两口子看见，难免眼红起来。兴成过来对贺世龙老汉说："爹，你看兴仁现在的房子，盖得多漂亮！当时给我们建房子时，只盖了几间平房，土里巴叽的，难看死了！就像别人讨了一个乖婆娘，我却娶了一个丑八怪一样。这丑八怪，还是我出力盖的！"

贺世龙听了，说："房子盖得漂亮，是他们自己挣钱盖的，如果不是他们挣钱，我哪来的钱跟他们盖房子？再说，又没有要你出一分钱，你有啥子想不开的？"说完又说，"你盖房子时，兴仁兴琼放了假回来，还帮你端砖坯，他盖房子，你出了啥子力？"

兴成听后不高兴了，说："爹，你这样说就不对了！他们还在穿叉叉裤时，我就在地里劳动了，莫得功劳也有苦劳的！"

贺世龙听后，有些没话说了，过了半天才说："哪个叫你是老大，你老大都不多吃些苦，哪个吃苦？"

兴成说："吃苦也就罢了，可哪个记得？当年我结婚，李红的妈要五千元彩礼钱，闹了不少意见。你看兴仁现在，才五千块钱呀？"

贺世龙听大儿子翻起旧事，马上想起了当年给他借钱娶亲的事，于是说："你还好说得？当年那五千块钱，我和你妈是借了好几个地方才好不容易借齐。后来又背了好几年账，老子没有要你还一分，你现在怕还说亏欠了？"

兴成说："爹，不是我说亏欠，是事实摆在那儿的！特别是李红，人家眼睛长在额头上，是看得到的！"

贺世龙听了这话，便说："就算是亏了，你两口子又打算怎么办？"

兴成说："爹，一家人不说两家话，明年我也打算把现在的房子扒了，就在现屋基上也盖一座楼房。我过来跟你老人家打个招呼，到时候可要帮点！"

世龙听大儿子要盖楼房，心里自然高兴，却说："我怎么帮你？老了，人也莫得力气了，钱也挣不到。如果你要粮食，倒可以来挑些！"

兴成说："到时候再说吧，反正我先跟你打了招呼的！"说完就走了。到了第二年冬天，贺兴成果然扒了旧房盖新楼，世龙老汉除了支援粮食外，还帮衬了三千块钱，兴仁也支持了五千块给大哥，兴成两口子这才不说啥子了。

第八章

一

　　兴成盖好楼房，就又到了岁末年尾。这天，贺世凤和女人毕玉玲拉着装有蒸笼、刀具和各种碗碟的三轮车往村外走。这几年，毕玉玲的"锅儿匠"生意越做越红火。女人对烹调都有着天然的爱好，加上毕玉玲又出生在"锅儿匠"世家，又肯钻研，很快就成为远近闻名的厨师，手艺早超过了她的哥哥。在农闲期间，办喜事的人多，所以生意特别兴隆。贺世凤也不晓得真是迁了爹的坟，那风水起了作用，还是因了现在日子好转，不再为一家老小的开支犯愁，又有了钱到城里大医院看病买药，"气吼包"的毛病也竟然好多了。除了感冒时能听见他喉咙管里还有喘气声外，其他时间再也听不到那种吭哧吭哧的拉破风箱的声音了。脸色也红润起来，给人一种越活越年轻的印象。毕玉玲的生意一红火，需要人帮忙，世凤也便抛下一些瘦坡瘦岭的地不种，专给女人打起了下手。两人走到村口，却碰到了从侧面来的贺世忠。贺世忠一看到世凤两口子，就笑着问："二哥，你们这又是去哪里发财呀？"

　　世凤听见世忠问，便回答说："发啥子财哟，汤家湾汤明富的妈，明天八十大寿，要大办，去挣两个油盐钱！"说完又问，"你这是到哪里去？"

　　世忠说："我还能到哪里去？我又不像你们，一挣钱就是大把大把地挣。一年到头了，我是到乡上去问问我们几个村干部的草鞋钱，和乡上该返还村上的提留，啥时候给我们？"说完又提醒地说，"二哥，你这是托了改革开放的福，能挣

222

钱了，可也不能忘了国家，是不是？你家里欠的农业税和提留，累计起来不少了！你啥时候还是把钱拿来交了吧，反正欠着也不是一个事，是不是？"

世风一听世忠要他交农业税和提留心里就生气，说："世忠，你不说交钱我还没气，一说交钱，我卵包都是气！我这气也不是冲你的，你也莫见怪哈！我卖粮的条子粮站也没给我，说是直接给村上，村上抵扣农业税和提留，我怎么还欠国家的钱？"

世忠说："你交粮的条子我们收去了不假！可粮食的价格低，国家的税收，集体的提留，这几年又涨了不少。你卖粮食的钱根本不够抵扣，所以你连续好几年都差村上的钱了！"

世风说："我不管那么多！反正我辛辛苦苦种了一年的田，不说落个几千几百，总不能让我黄泥巴揩屁股，倒贴一坨吧？再说，哪个不晓得我这个病身子，风都吹得倒。大集体时候，大队和生产队都照顾我，现在就一点也不照顾了？我田里的庄稼不如人，即使要我贴，也要我贴得起！"

世忠听了，心里有些不高兴了，说："交多交少，这政策是上面定的，也不是我们想收多少就收多少！说实话，二哥，你这几年的欠款都是我们几个村干部用工资和借款给你垫上的。我们也有一大家子人，也要穿衣吃饭，上养老下养小的，总不能就让我们给你垫一辈子吧？"

世风听了，心里有些愧疚，于是又改口说："世忠，你不晓得，今年我去卖谷子，明明我的谷子一连晒了好几个大太阳，放到嘴里咬得嘎崩嘎崩响。可龟儿子那个验粮的，硬说老子的稻子还没有晒干，要我拉回去再晒几天，要不然就打九折。后来我去买了几盒烟塞给他，他一下子就不说拉回去晒了，也不说打九折的话了！兄弟你当干部的，你给评评理，这是个啥世道？为啥外面粮贩子出的价，明明要比粮站高，却不许人家来收，硬要我们低价卖给粮站？"

听了世风的话，贺世忠也深有感触，但却不能解释。他虽然是村支部书记，到粮站卖粮也仍然要看他们的脸色，仍然要接受他们的低价。他心里同样不满，但又没有法。说到底，他还是一个农民，对国家出于安全和支持城市建设的考虑，从建国直到现在政府所采取的用强加型契约的办法来保障和支配粮食流通的政策，他同样不理解。不理解倒也罢了，可他还得帮着政府，在村里和农民签订土地承包协议的同时，不管农民愿意不愿意、高兴不高兴，也必须再签一纸协议，承诺按照国家规定的、低于市场数额若干的价格，将粮食出售给国家。这份协议，名称叫作《粮食定购合同》。农民只要种了地，就必须像贺世凤一样，明晓得市场上粮价比粮站高，可却不敢拉到市场上卖。对作为农民的贺世忠来说，他一样觉得这个政策有些不合理。但作为支部书记的他，又必须拥护和执行这个政策。这不仅因为他是干部，要听党和上面的话。更重要的，粮站可以直接把农民卖粮的条子交到他们村干部手里。村干部就不用再一家一户上门收钱了，而由他们和粮站结账，只有多了的才退给农户。可这些年，从来没有出现过给农户退钱的事。

现在，贺世忠听了贺世凤的话，就说："二哥，这有啥法？这是上面的政策，想不通也要想通！二哥你要向世龙大哥学习。世龙大哥种了那么多地，除了今年还欠三百来块钱外，过去不管税高税低、费多费少，从来都是搞利落了的，不欠一分！"说完这话，世忠觉得尿包胀了起来，于是就急急忙忙地走了。

贺世凤听了贺世忠的话，心里的疙瘩还是没有解开。加上大房和三房固有的矛盾，世海又是被贺世忠搞下来的，所以，不管贺世忠在世凤面前装得如何和气，世凤也不怎么领情。看见贺世忠拐过弯不见了，就愤愤地对毕玉玲说："收钱收钱，一天到晚都是收钱，啥子书记？乡政府的狗腿子还差不多！我们就是不缴，看他会不会把我拉去剖背？"说着，拉起板车走了。

贺世忠正在离贺世凤两三米远的一个背湾地里对着一棵树撒尿，树干上有几只蚂蚁在爬，被贺世忠散发着热气的尿液给冲下来了。同时，世凤的话也清晰地传进了他的耳朵里。他心里觉得十分委屈，也一下生起气来，想："我给你垫了那么多钱，你不但不感谢我，还骂我是狗腿子！我是狗腿子，那你就是白眼狼！"想出来再说世凤几句，但最后一想，算了，人家两口子说话，你去说啥子？但心里已对贺世凤有了很大的意见。

贺世忠来到乡上，径直去了李书记的办公室。李书记和张乡长已经在这个乡上干了好几年了，可也没见挪一下窝。如今县上干部动得十分频繁。有民谣说：要得富，动干部。可不管县上如何频繁地动干部，李书记和张乡长，还是稳稳地扎在这乡上。于是便有村组干部猜测，要么这两位上面没有人，要么是自己混得孬，或是请客送礼不到位，或是没去上面活动。李书记和张乡长听了这些也不置可否，只无奈地笑一笑了事。李书记一看见贺世忠，便首先叫了起来："贺书记，你来了，我还说要来找你！"

贺世忠一听，忙问："李书记，你找我有啥事？"

李书记说："还能有啥事？我也不哄你，都年终了，你们村上今年的农业税和乡、村两级的提留、统筹款，才完成60％多，离年初乡政府制定的95％的目标，还差很长一截，你看怎么办？"

世忠说："李书记，我也不想哄你，一年到头了，村上几个干部让我来问问，我们的工资和乡上应返还村上的钱，啥时能给我们？"

李书记听了，显得有些惊讶地叫道："你们还想要工资、要返还款呀？年初制定目标任务时，你又不是不晓得，农业税和乡、村两级的提留、统筹，完不成当年目标任务95％的，都莫得工资，也莫得返还款！"

世忠听了这话，有些不满地叫了起来："那怎么办？我们一年到头，鞋子都跑烂几双，还领不到一分钱呀？"

李书记说："你们想办法到群众中去收呀！把下欠的款项都收起来，工资不是就有了？"

世忠脸色冰冷地说："我们收不起来！"

李书记见世忠有些生气了，便把语气放轻了一点，说："实在收不起来，就想法去借。你是晓得的，当年的税费任务，完不成95％，不但村干部工资没指望，目标考核也要受影响！"

世忠一听这话，不但没消气，反而更生气了，说："还要去借钱？都欠一屁股的账了，哪辈子才还得出来？"

李书记听了，仍然慢条斯理、极有涵养地对世忠说："贺书记，欠就欠着嘛，反正也不是哪个私人欠！乡上还不是欠了一屁股的账！"

世忠说："乡上是乡上，乡上能到银行贷款，村上到哪儿贷？村上都是用我们几个干部私人名义借的钱。这样年年借，年年欠，我们每个人都欠好几万元的账了！如果我们不能从村民手中把他们的欠款收上来，我们垫上的钱就只好打了水漂。借的钱也得我们还，我们就是把婆娘娃儿卖了，也怕还不起！"

李书记听了，看着世忠，目光矍铄地说："所以，你们就得下大力气，把村民那些钱收上来！你们好几年都没有全额完成国家的税费和集体的提留了！"说完又说，"我们乡上也是靠铁打钉呀，兄弟！你是晓得的，自从实行分税制后，县上只给我们乡干部60％的人头工资，其他啥都没有了！我们不但要挣办公费、接待费，还要自己想办法，解决剩下的40％的人员工资。我们指望啥？就指望你们从农民那儿把钱收上来！你们收不上来，乡上每年的收支就不能保持平衡。不能保持平衡，乡政府就只能增加第二年的预算，来填补头年的财政亏空。年年这样下去，乡政府的收支也就更加不平衡。这样一年一年恶性循环，财政预算收入越来越大，同样，不平衡也越来越大！兄弟，不是我这个当书记的不关心你们，我们实在陷入了一个无止境的、恶性循环的怪圈之中。我唯一的救星就是你们，拜托了，兄弟！"李书记说着，像是动了感情，声音有些颤抖。说完，又对贺世忠拱了拱手。

可贺世忠却不大买他顶头上司的账，也同样苦大仇深地说："不管你怎么说，李书记，为收款，我们是人搞生疏了，狗搞亲热了！村民先不先是背到骂我们的先人，现在是当面骂了！我跟你说个实话，我宁愿不要这点工资，也不能再去借钱来填村里的亏空了！"

李书记听了这话，又恢复了原先那副死猪不怕开水烫的模样，甚至脸上还露出了微笑，看着世忠问："你连过去借的钱也不想要了？"

世忠忙说："要！为啥不要？又不是为我私人的事借的钱！"

李书记突然笑出了声，说："那好哇，兄弟，你如果不想让自己过去垫的钱，或借的钱成为死钱，还是我刚才那句话，你得赶紧向村民收钱！明白吗？"说完，把身子往椅子上一仰，继续不慌不忙地对世忠说，"你是明白的，那些村民欠的钱，名义上他们是欠国家和乡政府的，但实际上却与国家和乡上一点没有关系了！因为你们该国家和乡上的，通过你们自己的工资垫付，或借款来填平亏空，已经把任务完成了！剩在村民手里的，是你们自己的！这叫上清下不清！你们收上来了，得该自己得，收不上来，赔也该自己赔！是不是这个道理？"

贺世忠一听这话就不吭声了。他不能不在心里承认，他的这位上级说的全是大实话。其实，不用李书记这么说，贺世忠心里也非常明白：那书记、乡长，为了完成这日益上涨的税费任务，早就在村干部那点工资上做足了文章，把他们村干部也兜进了一个怪圈。首先是，如果你要想得到那点工资，就必须先得垫钱、或者借钱来完成乡上的任务。而为了不让自己垫上或借上的钱变成死钱，你就不得不努力去村民手里收钱。如果不努力向村民收钱，你垫上或借的钱必变成死钱无疑。这样，聪明的书记、乡长们就很巧妙地将国家的任务转化成村干部个人的利益。最后，村干部即使一千个、一万个不想和乡干部捆绑在一起，也就由不得你了。贺世忠眼下就陷入了这样一个怪圈之中。想当初，只为一口气和一点虚荣，把贺世海搞下去，自己当上了支部书记，面子和虚荣有了。可却没想到，自从当上以后，税费越来越高，种田越来越不划算，农民整家整家地外出，即使在家的，也拖着税费不缴！此时，这位农民大哥才晓得，自己接到的是一只烫手的山芋。想吃吃不下，想甩又甩不脱，这才悔不当初。眼下，他个人为完成上面的税费任务，垫的和借的都好几万了。这样大一笔钱，如果从村民手里收不回来，就只有自己来承担。几万块呀，还一辈子都还不清，想起都吓人。世忠越想越感到有一股寒气从脚底蹿上来了。于是对李书记说："李书记，我不干了，你们另找能人吧！"说完，停了一下，才继续看着李书记，像一个小孩面对大人倾诉委屈地说，"你说说看，我们一天到晚，在村里跑来跑去，又是催粮，又是催款，还要催性命，耗子钻风箱，两头受气！结果呢？爹不疼，娘不爱，一年到头几双草鞋钱都得不到，你叫哪个来干，能有积极性？人家打工稍微好一点的，一个月都有两三千！我们村里那个贺世凤，一个'气吼包'，红白喜事时，和婆娘两个出去给人办席，一天下来收入也是讲百数！我还跑得动，就是出去当挑夫，也不会像现在这个样子！我真的不想干了！"

李书记一听世忠这话，有些着急了。忙坐直了身子，脸上也流露出了一种歉意的表情。作为乡党委书记，他最怕的就是听到村干部这样的话。这又是为的啥？原来，包括李书记在内的乡干部，都是吃国家饭的。国家饭虽然旱涝保收，却又面临着巨大的体制压力。你端了国家的碗，就要好好给国家卖命，特别是他这个"一把手"。现在而今眼目下，国家交给李书记的有两大任务，即税费收取和计划生育。税费收取本是经济行为，可现在已上升到了"讲政治"的高度。而计划生育本身就是国策，更是不敢小觑。这两大政治任务，上面又将其分成若干小标准，完成了，叫"达标"；没有完成，叫"不达标"。其中，任何一项任务中的一项小标准没有完成，都叫不达标！只要一不达标，如李书记这类的"一把手"，就会面临"一票否决"，轻则挨领导批评，重则叫你先生下课。不但如此，那收取的税费和罚款，也牵涉到政府自身运转及乡干部工资的保障。还不说李书记们，时不时地用公款去喝点"革命小酒"。钱收不起来，拿啥子去喝？然而，作为贺世忠们，他们虽然在为乡政府当"狗腿子"，表面看来也是在帮国家发号施令，却没有端国家饭碗。没有端国家饭碗便没有体制压力。他们也很明白，这辈子不管怎么为国家卖力，这村支部书记就是自己最大的官了。乡上李书记的位置，可望而不可即！干得再好，都是猫爬坡甑子——替狗搞，莫球得意思！没有盼头，如果有好处可捞，那也还不错。可在这种高税费的情况下，农民连皇粮国税都可以不缴，村干部即使有点好处可捞，也是针上刮铁，蚊子腿上撕肉，有限得很。因此，体制的边缘和经济利益的有限，让村官们都处在一个相对超脱的位置。对于李书记们来说，税费收取、计划生育，都是必须坚决、彻底、按时、全面、不折不扣完成的政治任务。但对于贺世忠们来说，管你说得如何重要，却是可做、可不做的事情！做了又得不到啥好处，反而得罪了人，又何必去做？所以，李书记们心里十分清楚，眼下，大多数村干部并非心甘情愿地在配合乡上的工作。而更多的，是一种被套住了的无奈。不久前，沙湾村廖支书出于家庭经济的困难和巨大的工作压力，给李书记写下一封辞职信后，就南下打工了。当时正值计划生育大会战时期，廖支书这一撂挑子，顿时让李书记急得像是满缸子的泡萝卜——抓不到姜（缰）！他立即到沙湾村去，想找一个有能力且自己又愿意当村支书的人出来接替廖支书的职务。可找了几天也没找出来，只好派了一个乡干部下去兼任村支书了。村支书们久而久之也摸到了李书记们的软肋。于是一遇到工作极其困难，或乡上对自己不公的时候，就利用这根"软肋"，向李书记们提出一些条件，以达到自己的目的。这不，世忠的话刚完，李书记就急忙拱着手说："别别别，小弟在这儿求贺大哥了！你快莫对我说这样的话！工作中有啥困难，我们商量一下，共同找一个解决的办法嘛！"

贺世忠听了这话，便得寸进尺地说："有啥办法？我是巫士捉鬼——啥法都使尽了，可群众就是不缴！"

李书记又把头仰靠在椅子背上，想了半天这才又抬起头说："乡上也知道你们收款不容易！这样吧，为了帮助你们把村民中的欠款收起来，也让你们婆娘娃儿有两件新衣裳过年，乡上到你们村来开展一次'大会战'，帮你们拔两户'钉子'，杀一儆百，看哪个还敢欠皇粮国税！"

世忠说："欠款的大头，都是那些整家整家把地撂荒出去打工的人户，这些'钉子'你怎么去拔？"

李书记听了，却不以为然地说："我就不相信，那些在家里种地的人，就莫得欠钱的了？春节快到了，那些外出打工的人也都要回来，正好做个样子给他们看看！"

世忠听了这话，没吭声了。他先个说那话，是不想乡上到村里来开展"大会战"。所谓"大会战"，就是乡上组织若干个流氓、地痞、混混到村里来，营造一种高压态度，逼迫那些欠款户缴款。如果欠款户还不缴，就进屋抄家产，如挑谷子、扛柜子、牵猪羊、抱电视。总之，哪样值钱便捡哪样。然后把这些东西送回乡政府，让欠缴户拿钱来赎。但任何事情，都会应古人的一句话：有一利必有一弊！"大会战"之后收钱倒是容易了，却又是以牺牲干群关系、甚至是以暴力冲突为代价。尤其是对村干部来说，最是一件得罪人的事。即使是在大会战中，村干部一点都不出面，但在"大会战"过后，村干部的祖宗八代也是要被村民骂尽的。如果村干部还想在这个村生活下去，不想把事情做得太绝，一般是不愿意乡上用"大会战"的方式来帮自己"拔钉子"。可眼下，摆在贺世忠面前的却是一篮豇豆，一篮茄子——两篮（难）！如果不开展"大会战"，村民欠的钱就会收不起来。如果收不起来，他给垫上或借的钱就会变成死钱，最后的损失自己就得全兜着。到时候，李书记还会振振有词地说："我们要来帮你'拔钉子'，你自己不答应呢，能怪得了哪个？"贺世忠两面作难，没有立即表态。

李书记知道贺世忠的心思，便又说："你不要怕得罪人，唱黑脸的事，就交给乡上的突击队。你只做两件事就行了。一个是把那些欠款多的钉子户交一个名单给我们，另一个就是配合一下乡上的行动！"

世忠一听这话，又犹豫了半天，出于对自己经济利益的考虑，他先是接受了李书记的安排。但一听李书记叫他提供名单，心里却又迟疑起来。欠款最多的当数贺世凤无疑，且他又不是一个拿不出钱的主儿，纯粹有些耍赖。同时，贺世凤对他婆娘说的话又在他耳边响了起来，心里就有一股怨恨之气涌了上来。想到这儿，正想向李书记说，突然之间却又把嘴闭上了。贺世忠虽然当了支部书记，但到底还不是狠毒之辈，骨子里流的还是农人忠厚老实的血。一想起"大会战"时，乡上组织的地痞流氓要抄贺世凤的家产，又于心不忍。又想起过去自己和贺世海虽有些恩恩怨怨，但贺世龙和贺世凤一辈子老老实实。平时有些话虽然可气，但毕竟都不是刁蛮之人。且又一笔难写两个贺字，抬头不见低头见，何以把事情做绝？可一想到自己的利益，又不想失去这个可以收钱的机会。想了很久，才对李书记说："我是管行政的，村里哪个欠款最多，要会计才清楚！我回去叫贺劲松查一下，让他来给你汇报！"

李书记便说："那好，你们把名单报来了，我们马上便组织突击队，下来帮你们'拔钉子'！"说完，贺世忠便回家了。

二

　　过了几天，乡上分管农业和财税的赵副乡长，果然率领了二十多个人来到村上。那乡上来村里"拔钉子"，考虑到村干部以后的工作，一般不要求村干部在大会战中冲锋陷阵。但带路却是必须的。要不，全乡几千户人家，你晓得张三或李四是住在哪个湾、哪条沟或哪道梁子上？但大部分村干部是连这点事也不愿意做的。在他们看来，乡上干部或参加大会战的人，把人得罪后，屁股一拍就走了，可自己还有婆娘娃儿在村庄里生活。这天，赵副乡长带了人直奔贺世忠家里而来。但还没等到这些人走到世忠的院子里，世忠的女人便出来拦住了他们，对赵副乡长说："我屋里那个人，昨天不晓得吃了啥子，肚子泻，昨晚上起来屙了十几次，这阵还在床上躺着，起不来！"说完，也不等赵副乡长回答，便把一行人带到了村会计贺劲松家里。贺劲松自从听见世忠叫他全村欠款最多的人的名单报给李书记，心里便明白，乡上要来村里开展"大会战"了。他当然希望乡上来开展"大会战"，因为"大会战"也和他的利益直接相关。但他比贺世忠更不愿得罪人，他只是村里一个搞业务的，平时处事又十分圆滑。现在见世忠的女人已经把乡上的突击队带到家里来了，也不好说啥，便十分爽快地说："好，好，你们都跟我来！"说着，带了赵副乡长一行人就往外面走。可是，还没等他们走多远，贺劲松的左脚突然葳了一下。只听得贺劲松嘴里"哎哟"地喊了一声，便蹲在地上，双手捧着脚踝，做出万分痛苦状，"哎哟哟"地叫唤不得。突击队一看，也不晓得是真是假，只好叫他回去休息。贺劲松还不忘党的事业，把十三岁的孙子喊来，叫他带着乡上的叔叔往贺世凤家里去。那十三岁的孙子也果然听话，带着叔叔们就走了。走到要到世凤家时，旁边树林里突然出现一个和十三岁孙子一样大的小孩，对贺劲松的孙子一边神秘地打着手势，一边喊着："皮球，你过来！"

　　贺劲松的孙子一听，便回头对赵副乡长说："你们等一会儿，我过去了就回来！"说完，就像一只兔子般朝树林里奔了过去。

大家只好停下来等他。只见两个小孩儿聚在一起，也不晓得说了些啥子，便见他们手拉着手往林子里面走去。众人以为他们要去大解或者做啥，又等了一阵，却不见小孩儿回来了。赵副乡长叫人到林子里看一看，却早已没了小孩儿的影子。

　　众人见小孩儿也溜了，便非常不满，对赵副乡长说："算了哟，我们来跟他们唱黑脑壳，他们带个路，不是推肚子疼，就是耍把戏，弓硬弦不硬，还'拔'啥子'钉子'？回去哟！"

　　赵副乡长晓得这伙人说的不是真心话。他们其实最盼"拔钉子"，搞"大会战"。"拔"回去的粮食、家具，他们不仅可以贱价买，同时，拔一次"钉子"，又可以得到几十块工资。如果手痒了，遇到那等敢和突击队对峙或发生冲突的傻瓜，还可以打了人不负责任，又何乐而不为？所以赵副乡长听了，对大家说："来都来了，回去啥子？回去了，倒让那些钉子户把我们看白了！"说完又说，"他们不来带路算了，我们嘴巴长起，难道问不到路？走，我们边走边问！"说完一挥手，便带着一伙人继续往前走了。

　　又走过一段路，往左拐一个弯，便看见不远处一排房屋。刚好旁边地里有一个女人在弯着腰撇甜菜。赵副乡长便对女人问："喂，那位大嫂，请问贺世凤家在哪里？"

　　女人不知是没有听见，还是听见了故意了不答，还是继续撅着屁股干着自己的活计。另一个"大会战"队员见了，估计不高兴了，便冲着女人像是吼一般叫起来："喂，撇菜的，问你话，你听见没有？"

　　女人这才直起身，却是直直地看着这一队人，像是很奇怪的样子。这时，赵副乡长又问了一遍。在赵副乡长问时，女人偏过头，仄着耳朵，像是听得很仔细。也合该这日出事，那赵副乡长一行有所不知，女人五十多岁，姓徐，人们叫她徐嫂。这徐嫂为人很善良，但就是耳朵有些不好使，平时人们对她说话，都必须凑近了大声说她才能听得清。这时，赵副乡长的话是进入了她的耳朵，但她却把世凤听成了世龙，便把手一指，对了赵副乡长一行，说："那不是，那就是他们家的房子！"

　　赵副乡长不放心，还核实地问："是不是左边，还贴得有瓷砖那座？"

　　徐嫂并没有听清赵副乡长问的是啥子，只照平时人们跟她说话一样，一边点头一边"嗯啦"地应着，然后又低下头撇自己的菜去了。

赵副乡长听了徐嫂的话，便带着一干人奔贺世龙的房子去了。贺世龙的房子也即贺兴仁的楼房。先不先，贺世龙是想把老房子保留住，以后他们两个老家伙住，兴仁另找地方盖新房子。可农村的宅基地一下控制严了，新房子批不下来宅基地。加上贺兴仁觉得自己住楼房，父母却住在又潮湿又不透光的老房子里，别人说起来自己脸上也无光。在兴仁的一再要求和世凤、世海的劝说下，贺世龙答应了小儿子的要求，拆了老房子，在原地基上盖起了新房。兴仁和范春兰结婚后，又马上进城打工去了，自然谈不上、也莫得必要和父母分家，另立灶头。加上农村又有父母老了后和小儿子一起住的习惯。按贺家湾的传统，没有另立灶头，便是一家人。因此，这房子虽然是贺兴仁出钱为自己结婚盖的，因他又不在家里，这时只有贺世龙夫妇住在里面。所以，湾里人还是把这房子当成是贺世龙的看待了。乡里来"拔钉子"的突击队哪晓得这些？一到兴仁的新房前，赵副乡长大叫了几声贺世凤，没听见人答应。便有几个积极分子和敢死队员，不等赵副乡长吩咐，便从地下拾起几块砖头，过去"乒乒乓乓"地砸起锁来。没一时，那锁砸开了，一伙人便蜂拥而入。进屋一看，又傻眼了。原来，那兴仁结婚时，为了图排场，从城里买回了沙发、彩电、VCD、音箱等全套电器，此时全陈列在堂屋里。那伙人一看，便义愤填膺地骂着说："龟儿子，住洋楼，玩洋格，却欠着皇粮国税不缴，不是刁民是啥子？"因此，也不等赵副乡长发号施令，便打开谷仓，装的往麻袋里装谷子，搬的搬电视、VCD、音箱。有两个人到猪圈房看了一下，见圈里躺着两只肥滚滚的大肥猪，大喜过望。立即打开猪圈门，用猪圈旁的响壳，朝猪打了一下，想把那猪赶出来。那猪却只哼唧两声，像是非常不满的样子，动也没有动。两人火了："龟儿子，也想当刁猪了，看老子怎么收拾你？"说着爬进猪圈，抬起脚，往那圆嘟嘟的猪屁股上狠狠踹了一脚。那猪立即爬了起来，朝圈门走去了。两人等猪出来后，马上就用绳子拴住赶了出去。这时，那装粮的、搬电器的，早已把粮食和电器，装到了拉来的板车上。一伙人大获全胜，脸上挂着掩饰不住的喜色，满以为今天是饿狗儿滚粪凼——搞肥了，牵了猪，拉了板车就往村外走。

　　且说徐嫂等那伙人走后，又撕了一会儿菜，才感觉有些不对劲。他们拉着架子车，拿着扁担、杠子、麻袋和绳子，打听贺世龙的家做啥子？看样子分明是像抄家产的嘛！乡上到村里"拔钉子"的突击队，怎么还要自己拉板车、拿绳索杠子？原来，村民把乡上这样随便捡别人家产、扒别人房屋的行径当作是断子绝孙的事，早已深恶痛绝，哪个也不愿意把东西借给他们。有的村民，看见乡上的突击队来了，就把家里的扁担杠子、麻袋绳索等藏了起来。乡上的突击队也不能用衣服把捡来的东西包回去，便只好自己带上了。徐嫂平时和李春英最合得来，像是姐妹一般。她感觉不对劲，便跟过来看。果然发现这些人在抄世龙的家，也不晓得世龙犯了啥子罪？心里一急，转身就往外面跑，一面跑，一面喊："不好了，干部在抄世龙的家产了！不好了……"

却说这日，贺世龙和李春英正在土地庙背后的包产地边砍柴。砍柴也是农人冬闲里的一项重要活动，为的是在过年和正月间有足够的柴烧。正砍着，就见徐嫂上气不接下气地跑来了。人还在老远，就神色慌慌地喊："世龙，干部在抄你的家产了！"

贺世龙一听，差点从树上掉下来，急忙抱紧了树干，不相信地问："他们抄我家产干啥子？"

徐嫂继续慌里慌张地说："真的，把你家里的电视、肥猪，还有粮食，都拉走了，你快回去看看嘛！"

贺世龙还没等徐嫂说完，耳朵里轰了一声，头脑似乎都要炸了，急忙从树上下来，趿上鞋，撒腿就往屋里跑。李春英一见也跟着跑，可跑着跑着，双腿像被人抽了筋一样，越跑越软，最后跑不动了，突然跌坐在地上，双手扑打着大腿哭了起来。徐嫂急忙过去，一边劝慰一边把她扶了起来，架着她往屋里走去。贺世龙心里着急，只顾自己跑，并没有听见李春英的哭声，还以为她跟在后面了。跑着跑着，他也忽然觉得有些跑不动了，像是后面有人在拉他。他以为是李春英，连头也没回，就生气地说："你拉我做啥子？"说完又跑，还是觉得有人在拽着他。回头一看，却见李春英还在老远的地方，由徐嫂扶着在向前走。于是他又跑，可仍然如此。他于是十分气愤地说："有个鬼！"

话音刚落，有个声音忽然就在他耳边说："把弯刀放下！"

贺世龙一听，愣住了，低头一看，见手里真的还拿着砍柴的弯刀。于是就说："放下干啥？我就要拿起！"说完又走。可这时，他拿刀的手像是被人拧了一下，手臂一阵发麻，弯刀掉到了地上。他弯下腰，正要捡起来时，刀却跳了一下，"哐当"一声掉到岩下面去了。

贺世龙正觉奇怪，李春英和徐嫂赶到了。徐嫂问："你为啥不走了？"

贺世龙回过神来，想去寻刀，又怕家产被那伙人拉走，便不去管了，又撒腿往前跑去。

回到家一看，屋子里果然像被强盗抢劫了一般。电器没有了，猪圈空了，仓里的稻谷，三股少了一股，地下到处是谷子。李春英一见，又像是死了亲人一般，哇的一声大哭起来，伤心得拿头去撞墙壁，徐嫂抱也抱不住。贺世龙见了，顾不得去劝老伴，就又朝村外追去。"拔钉子"的突击队因为拉着板车，又牵着两只肥猪，乡间的土路又不好走，因此走得不快。贺世龙追到村外一口堰塘边，终于把赵副乡长一行给追上了。世龙一见自己的粮食、电器和肥猪，便怒不可遏，一下冲进人群抓住了板车，同时大声叫道："你们为啥子抄我的家？我犯了啥子罪？"

赵副乡长一见，便叫队伍停了下来，自己用一个胜利者的口气大声地对贺世龙叫道："贺世凤，你是不见棺材不落泪，终于来了！谅你躲得了初一，躲不过十五！"

世龙听赵副乡长叫贺世凤，便红了脸道："哪个是贺世凤？我叫贺世龙，你们码头都没有找到，就在挑水卖！"

"拔钉子"的突击队员一听，有些傻了，先互相瞅了瞅，接着就怔怔地看着赵副乡长。赵副乡长脸上也露出了惊诧的样子。可没过一会儿，赵副乡长回过了神，又盯着贺世龙厉声问："你真的不是贺世凤？"

贺世龙说："我都叫了几十年的贺世龙，怎么会变成了贺世凤？"

这时，一些听见徐嫂喊声和李春英哭声的村民也围过来了。每个人的眼里除了流露着对贺世龙的同情外，还闪着对这伙在光天白日下公开打劫的人的不满。听了世龙的话，也纷纷帮着说："他不是贺世龙是哪个？贺世凤是他的弟弟！"

到此，赵副乡长方才晓得，今天这事，自己连对象都弄错了，那脸上僵得更厉害了。其余的人也是一副傻样。但赵副乡长僵了一会儿，突然问贺世龙道："你还欠皇粮国税不？"

贺世龙是老实人，一听这话，便也老老实实地答道："我以往，年年都是搞清楚了的！今年还欠三百多元，我早就给贺世忠打了招呼的，等我小儿子过年回来，我就把钱给他！"说完又马上说，"不信你们去问贺世忠！"

赵副乡长听了，松了一口气，便说："欠一分也是欠，哪个晓得你会不会给？今天这家产是掂定了！"说完大手一挥，对突击队员命令地说："走！"

"拔钉子"的突击队员一听，果然拉起车就要走。贺世龙心疼自己的家产，一下扑到车上，一只手抱住电视，一只手抓住一根装稻谷的口袋。世龙想以这种方式阻止乡上的突击队把自己的家产拉走。但突击队本是由一些地痞流氓和混混组成，现在又得了乡上领导的命令，哪肯轻易放下到手的"战果"？不但没停下，反而拉起板车，走得更快。板车上粮食本来就码放得很高，又没有用绳子系紧，堰埂上这段土路又是全湾坑洼最多的一段路。突击队的痞子拉着板车，摇晃着往前跑的时候，车上的粮食、电器和趴在上面的贺世龙，便东一摇晃，西一摇晃，随时都要掉下来的样子。周围的村民见了，吓得一阵阵惊呼，叫道："要不得哟，看把人摔下来了哟！"乡上的突击队员们哪管这些，继续埋着头，用了力，拉着车往前跑。就在这时，只见那车在过一个小水函时，车轮一偏，贺世龙和他抓着的粮食口袋和电视、VCD，一齐滚到了下面的堰塘里。因是冬天，堰塘里虽只有半人深的颜色发黑的水，但节令已近小寒，正是一年里最冷的时候。贺世龙已是六十多岁的人，又如何熬得住？众人见贺世龙掉进水里了，一声惊呼，有人急忙下水去把他捞起来。更多的人则是愤愤不平，一下围过来堵住了突击队的路。贺世龙被人从水里捞起来，全身上下已湿得像只落汤鸡，嘴唇发青，身子哆嗦不止，连话也说不出来了。人们要把他送回去，但他却一边嘴里发出"呜呜"的声音，一边像打摆子似的，又来到板车前面，扑到粮食上。

正在这时，得到消息的兴成和他那几个常在一起打堆的兄弟，以及村里一伙年轻人赶来了。兴成一见父亲这副样子，眼睛就红了，要上去和赵副乡长拼命，被几个年纪大一些的村民拦腰抱住了，说："先把你爹抱回去，捂到铺盖窝窝里要紧！"说完又对兴成说，"这儿交给我们，他们别想就这样容易走了！"兴成听了，这才醒悟过来，急忙和善怀过去抱起父亲。那贺世龙此时身子已经冻僵，直挺挺地像个死人一般，任由儿子和贺善怀抬着走了。

兴成把父亲抱回屋子里，脱了他身上的湿衣服，连干净衣服也顾不得给他穿，就赤裸裸地放到床上，上面压着厚厚的三床棉被。李春英先还在屋子里哭哭啼啼的，现在一见丈夫这副模样，也不哭了，急忙和徐嫂一道，去给贺世龙烧姜开水。兴成把父亲安顿妥当，便和善怀一人拿了一根扁担又奔堰塘边来了。这时，那堰塘边已是里三层、外三层的村民，将乡上的突击队团团围住了。庄稼人虽说田地到了户，各家各户关起门来过日子，平时都不爱管闲事，可遇到这样的事，同一个宗族，那还是要互相帮助的。更何况村民对这帮人早已恨之入骨！心里的气已不知憋了多久，此时不爆发，更待何时？所以，当兴成重新赶到时，贺家湾的村民，不管平时对贺世龙好的还是有意见的，都对兴成喊了起来："兴成，不能便宜了这帮狗杂种！""兴成，把他们也赶到堰里，让他们也尝尝冷的味道！""对，兴成，让他们到堰里把谷子和电视机摸起来，赔世龙叔的医药费！"

兴成挤进人堆里，那一伙平时作威作福的地痞流氓此时已经是灰溜溜的，把自己的尾巴夹紧了。赵副乡长好汉不吃眼前亏，见了兴成便堆出满脸的笑，一边拱拳一边说："兄弟，对不起，这是误会，真的是误会！"

兴成把手里的扁担往地上一蹾，说："我不管你是不是误会，你说，现在怎么办？"

村民听了这话，又在旁边喊了起来："兴成，打这些狗杂种！要不，我们帮你打！"

赵副乡长听了，又急忙摇手，对兴成说："兄弟，有事好商量，你们千万不要乱来，啊！"

兴成说："商量，有啥子好商量的？我也不要求其他啥子，就像先不先群众说的，你们脱了衣服裤子，下水去把我爹的粮食、电视机和 VCD 捞起来，并且先赔到我爹一千元医疗费，我就放你们走！"

赵副乡长看了看堰塘里半塘发黑的水，眉毛皱了起来，看着兴成，嘴里嗫嚅着说："这……"

兴成还没答话，长军、兴禄、善怀等几个和兴成要得好的也挤了进来，盯了赵副乡长说："这啥子？人家六十多岁的老人都下得水，你们下不得水？"

几个年轻人的话刚完，周围的村民又举起拳头叫了起来："就是，下呀，你们哪里不同些！"

赵副乡长看了看周围的村民，又看了看面前眼睛里喷着怒火的年轻人，想了一想，就急忙对那些突击队员说："下，下，你们，都脱了裤子下去，把粮食和电视机、VCD 都捞起来！"

那些"拔钉子"的突击队员听了，却一个个互相看着，没一个想服从的样子。

兴成见了，便不客气地对了赵副乡长说："你是领导，你都不带头，他们怎么会自觉下去？"

长军、兴禄、善怀几个人听了，也突然有些恶作剧般叫喊起来，说："是呀，你带头下呀！"

周围村民一听，更是高呼起来："下！下！脱裤子！脱裤子！"

在村民的吼声中，赵副乡长的脸白了，只见他鼓突着腮帮，愤怒地扫了周围村民一眼，咬了一阵牙齿，突然冲那些躲闪着的突击队员大吼了一声："脱！"说罢，自己先带头脱下鞋子，袜子，然后脱掉长裤和上面的羽绒服、毛衣。衣服还没脱完，那身子已经开始抖动起来了。那些突击队员一看，也只好脱了起来。然后一边瑟瑟抖动着，一边下到堰塘里。捞了半天，方把掉到水里的粮食、电视机和 VCD 捞了上来。等他们穿好衣服以后，兴成又对赵副乡长说："还有一千块钱，我爹的医疗费！"

赵副乡长此时冻得牙齿咯咯响，话也说不出来，从上衣口袋里掏出皮夹子，手哆嗦了半天，才将一千元钱数好，交给了贺兴成。然后颤抖着，率领着一行同样害了痉挛症的突击队员，抖抖瑟瑟地走了。那情景煞是滑稽可笑。

兴成和一干村民看着这些人的狼狈相，觉得心头非常解恨。一边说着笑着一边帮着兴成扬眉吐气地将世龙的粮食、肥猪和进了水的电器给送了回去。

晚上，兴成又备了一些酒菜，把长军、兴禄、善怀几个要好的朋友请来，感谢他们在危难时刻挺身而出，给他助威。几个人谈起上午的事，眉飞色舞，甚是自豪，一个个仿佛都成了大英雄一样，酒也喝得十分热烈。喝完酒，照例又摆开了麻将桌。兴成、长军、兴禄、善怀四个人打，李红记账。搓到将近十二点时，李红正打算提醒他们收摊子时，却突然听得外面敲门声响。李红也没思索，一边问："哪个？"一边去开门。刚把门打开，忽然从外面拥进十多个汉子，打头的是派出所的警察，然后是乡上治安室的治安员和乡干部，还有上午突击队中两个落荒而逃的混混。这伙人拥进屋里后，派出所的警察先对兴成几个人喝了一声"不准动！"接着，上午两个落荒而逃的混混走到前面，对兴成几个看了一眼，马上就叫了起来："对，他们这几个，就是带头的！"

派出所的警察一听，马上走了过去，对几个人又大喝了一声："站起来！站好，老实点！"

兴成、长军、兴禄和善怀果然目瞪口呆地站了起来。治安室的人立即过去，将几个人用手铐铐住了。直到这时，兴成才明白过来，叫道："你们为啥子抓我们？我们犯了啥子罪？"

警察也不答话，乡上的治安员又拿出一条绳子，将几个上了手铐的人拴成一串，这才在后面推了贺兴成一把，凶爆爆地叫道："走！"

兴成还是不服气，挣扎着不愿往外面走，治安员就在他屁股上踢了一脚，将兴成踢了一个趔趄。因几个人都用绳子连着，兴成打了一个趔趄，长军、兴禄、善怀便同时打。李红一看，怕兴成挨打，就哭了起来，说："你跟他们走吧，你又没有犯法，他们不得把你怎么样的！"兴成听了这话，便乖乖地跟着他们走了。走到村小学旁边，见那黄葛树下已经拴了十几个人，全是上午起哄最凶的。兴成一见，心里自然明白了，便大叫道："你们这是在打击报复！"

话音未落，上午突击队中一个人走过来，扬手就在兴成脸上扇了一巴掌，骂道："日你妈，你还要叫，老子打击报复了，你又想怎么样？"说着还要打，被一个警察拦住了。

兴成脸上火辣辣的，这时他才明白，自己和贺家湾的村民高兴得太早了。他哪儿晓得，赵副乡长一行人回去，对李书记和张乡长又哭又诉。书记乡长听罢也是大怒。想如果不把这股歪风邪气杀下去，以后还怎样开展"大会战"？乡党委和乡政府的威严和脸面何在？于是，党委和政府便马上给派出所打了电话。派出所接了电话，全所干警立即行动，赶到乡上来了。然后，由上午参加"大会战"的突击队员一家一家地进屋去看，发现有上午起哄最凶的村民就带出来。那领导夜袭的赵副乡长，本来也是要把贺世龙带走的，但他进去时，见贺世龙在床上发着高烧，打着寒战，旁边村医贺万山正在给他打针。贺万山一听乡上的人要把贺世龙带走，便说："你们要把人带走，我一个医生也莫得办法！但我要跟你们说明白，他现在烧得非常厉害，如果再伤风，人死了你们要负责的！"赵副乡长听了这话，便不再坚持带贺世龙了。但他却把徐嫂给带走了。因为他认为，白天发生的事，说到底，那个给他们指房子的女人才是罪魁祸首。可怜那徐嫂，半夜里被乡上的人从被窝里拉出来，不由分说一根绳子捆上，人就吓昏过去了。

三

话说那贺兴仁，这日在城里心里老是有些不安，总好像有啥事缠在心里。细细想来，又想不起是啥事。吃中午饭时便对范春兰说："今天真是奇了怪了，我这心里慌慌的，像有啥事堵着，从来都没有像这样过！"

范春兰听了，立即担心地说："你到工地上，莫小心些嘛！"说完又说，"要过年了，腊月忌尾，正月忌头。这段日子，叫工人干活也要小心些！"

兴仁还是有些想不明白心里为啥这样堵得难受，便说："工地上会有啥事？"

范春兰说："我怎么晓得？我只是提醒你小心一些！"

晚上一点多钟，兴仁放在枕头边的手机急促地响了起来。兴仁拿过电话凑到耳边一听，听出了是大嫂的声音。大嫂在电话里只喊了一声，还没说话，就"嘤嘤"地哭了起来。兴仁一个鲤鱼打挺就坐了起来。在他的意识里，以为是父母出了啥意外，要不然大嫂为何深更半夜在电话里哭哭啼啼？听了半天，终于听清了事情的原委。原来，李红见丈夫被乡上的人带走了，不放心，连夜和长军、兴禄、善怀几个人的女人也跟了来。她们以为自己的丈夫会被带到派出所，但却没有。他们只把抓来的人都关进乡政府一间屋子里了，派出所的人坐着车连夜回去了。李红她们想进去看，却被乡政府的人关在了院子的大门外。李红见进不去，这才想起该给幺爸和兴仁打个电话。于是几个女人马上去敲那家叫"乡坝头"的餐馆的门，因为餐馆里有一部公用电话。餐馆老板披衣起来，听几个女人哭哭啼啼地说，他们的男人被乡政府抓起来了，也非常气愤。因为乡政府的人经常到他店里吃喝，却从来都是赊账，现在已欠下几万元了，每次去要都说莫得钱。所以，餐馆老板听了她们的话后，便很豪爽地说："来打，来打，看你们打好久，我也不要钱！"李红和几个女人便进去打了。她最初想先给世海打，可拿起话筒，因为心里着急，一下忘了世海的电话号码。幸好还记得兴仁的，便只好给兴仁打了。兴仁在电话里，听大嫂一边哭一边说了事情的经过，心里也着了急，放下电话便匆匆忙忙地往身上套着衣服。范春兰在兴仁身边已将事情听了个八九不离十，见兴仁起床穿衣服，也爬了起来，一边穿衣服一边问："你这样慌慌张张的，打算做啥子？"

兴仁也不晓得要做啥子？想了一阵，才说："到幺爸那儿去！"说完，也不等范春兰问，拉起她便出了门。

夫妻俩跑了一阵，到了世海的住处，敲了一阵门，周萍才出来开了门。一见是兴仁两口子，也惊住了。还没等她开口问出了啥事，兴仁便进了屋，连鞋也没来得及换就闯进了世海睡觉的屋子里。世海见兴仁这么大一晚上急急来见自己，猜一定发生了啥重大的事，马上披衣坐了起来。兴仁到底还嫩，喊了一声幺爸，喉咙里便有些哽咽，泪水又溢满了眼眶。忍了一阵，才把李红在电话里说的事原原本本对世海说了一遍。世海一边听一边咬着嘴唇，板着一张铁青色的面孔。兴仁说完，也没说话，只是那脸色更难看了。周萍听了，却也是既气愤又不能理解，说："乡上怎么能做这样的事？大哥平时树叶掉下来都怕把脑壳砸个包，他惹着政府什么了？"

兴仁也是愤愤地说："就算我们还欠三百多块钱的款，可乡上这些狗日的，也不至于又拉谷子，又牵肥猪，又抱我的电视和 VCD 呀？"

世海听了，仍是咬着嘴唇，两眼紧紧地看着地上，没有吭声。周萍想了一想，又说："是不是因为那年停电的事，你们两叔侄领头到乡政府闹，还把李书记围在会议室里，让他丢了面子？这么多年，李书记还记在心里，他把你们没办法，这次借大哥欠款的事，表面上是收拾大哥，实际上是做给你们看的？"

兴仁并不晓得这事背后的弯弯绕绕，唯一合理的解释，便是周萍说的理由。所以兴仁听了，也说："先个我在路上，也是这样想！没有搞清农业税和提留的，多的是，怎么就拿我们家开刀？"说完，就拿眼看着世海，等他说话。

世海腮帮鼓突一阵，眼里也渐渐闪出了怒火，却没有说啥，只看着兴仁问："你现在打算怎么办？"

兴仁眼里的泪水又溢出来了，说："我想马上赶回去看看……"

兴仁还没说完，世海便有些不满意地叫了起来："现在回去看啥子？"

兴仁说："听说爸爸病得那样厉害，我的电视机和 VCD 机也进了水，大哥也被抓走了，还不晓得妈会急成啥样子？"

世海说："你爸爸发烧，那是因为掉到堰塘里受了凉，有你万山叔这个村医，你放心，不会有大事情的！如果你万山叔治不好，他会叫人把你爸爸送到县上来的！电视机和 VCD 进了水，有啥来头？不要了就是！你大哥被抓到乡上去了，你回去了他们就能把他放出来？"

兴仁听了，觉得幺爸说得在理，便又看着世海问："幺爸，你吃的盐比我吃的米还多，你过的桥比我走的路还多！这事该怎么办，我听你的，反正不能便宜了狗日的乡上！"

世海又想了想，才十分平静地说："既然他们醉翁之意不在酒，那就由他们来吧！兵来将挡，水来土掩，他想敲山镇虎，我们难道就不能也来一个隔山打牛？不然，倒显得我们太懦弱了！"

兴仁听了，还是不晓得世海有啥子主意，于是又问："幺爸，怎么隔山打牛，你说给我听听？"

世海拿过手机，一边拨号一边回答兴仁说："你现在不懂就算了，等我给王律师打完电话，你就明白了！"说完，等了一阵，直到电话里响起了声音，世海才对着话筒，用了开玩笑的口吻说："王哥，睡得热热火火的，把你从兄弟妹身边吵醒，太对不起了！"说完，便把兴仁刚才讲的话，又对电话那端的王律师说了一遍。

世海讲完，王律师在电话那头也很气愤地对贺世海说："乱弹琴，乱弹琴！一群法盲，纯粹的法盲！"说完又才接着说，"贺总放心，现在讲依法治国，中央又在大力减轻农民负担。贺总如果要打官司，我来代理，我可以给贺总拍胸膛，这官司包赢不输！"

世海笑着说："王哥代理的官司，怎么会输呢？我当然相信你不会输！可眼下，我侄儿和一伙乡亲还被乡政府关着，我想要尽快把他们弄出来。"

王律师听了，沉吟了一会儿，然后在电话里答应世海说："我明白贺总的意思，那这样，明天我到乡政府去，以律师的身份先了解一下情况，看看他们的态度再说，行不？"

世海说："这样最好！条件是要求乡政府放人，认错。如果他们不认错，我们再说下一步。"

王律师说："人他们当然是会放的！根据你刚才说的情况来看，虽然是派出所和乡上一起抓的人，可派出所抓人后却并没有把人带回去，而是把人交给了乡政府。这说明抓人并不是派出所的本意！根据我们的办案经验来看，乡政府这样做，一是想杀一杀你侄儿他们的威风，挽回乡政府的面子。第二呢，才是主要的，安个罪名好罚农民的款！"接着又说，"那个派出所所长，有一次我招待他们局长，他也在一起，他不是不晓得我跟他们局长的关系。等一会儿我跟他打个电话，让他少来管这事，不然，我连他一起理抹！"

世海听了，说："那就更好，王哥，这事就全仰仗你了！我们明天就不陪你去了，我的要求就两条，一是放人，二是乡政府赔礼认错！"

王律师说："这两个要求，我想是应该容易达到！可要是他们不答应呢？"

世海说："那就按你说的，走司法解决的渠道，你做我们的代理人！"

王律师听了，说："行，就按贺总的意见办，到时你听我的电话。"

说完，王律师要挂电话，世海又急着说："明天要早一点去。我晓得乡上那几爷子，这段日子到下面刮钱，多早就出去了。去迟了恐怕找不到人。"

王律师说："我天亮就走！"

世海说："那好，到时我把车开过来，你就坐我的车去！"

电话里，王律师立即开起玩笑来，说："贺总，我哪里是坐宝马车的命？我只要一坐你的宝马车脑壳就晕。算了，我到法院要辆车就行！"

世海听了，也开玩笑说："我晓得了，王哥只有坐官车脑壳才不晕！像王哥这样的人，哪能坐私车哇？"开完玩笑，才正正经经地说，"不过，明天早上你还是稍等一下，我让兴仁过来，还有一点事让他亲自汇报，反正这次就拜托王哥了！"

王律师在电话里打着哈哈说："贺总，怎么这样说？能为你效劳，是我的荣幸！你放心，这个事情我一定给你处理好！"说完，两人挂了电话。

兴仁在一旁听了幺爸和王律师通电话，才明白幺爸的打算。原来王律师原是县里一个区法庭的庭长，几年前，全县撤区并乡，那个区法庭划归所在镇，王庭长便辞了职，到县城办起了一个律师事务所，生意极其好。为啥？因他的姐夫便是县法院的院长。凡是他代理的官司，几乎没有不赢的。也就是在他办律师事务所的同时，世海的老同学便聘请他做了公司的常年法律顾问，每年给他一大笔钱，把他养着。世海自然明白老同学这样做的目的。两年前，那同学又到重庆注册了一个公司，自己去那边发展，把家里的公司就全部交给了世海打整。那同学名义上还是公司老总，可实际上这儿全是世海当家了。世海一如既往，每年将法律顾问的酬金打在王律师的个人户头上。虽然贺世海并不指望靠他用法律解决公司的经济争端。因为贺世海深深地知道，即使公司真有了经济纠纷，与其靠打官司解决，还不如靠关系去摆平来得更直接、更省事。但世海为啥还要白花钱呢？原因非常简单，那就是世海看重的是法院院长这尊神。就像那些庙里一样，供着一尊大神，小鬼们便不敢来兴风作浪了。

兴仁听了幺爸和王律师的通话，终于松了一口气，说："对了，这么多年，他从没有为公司做过任何事，这下真的该出点力了！"

世海说："这力他也不会白出的！"说着，让周萍去包了一个一万块钱的大红包，交给兴仁，"明天一早，赶到姓王的家里去，把这交给他！"

兴仁又不明白了，说："我们给了他那么多的钱，还要给钱呀？"

世海说："我说你娃儿还是嫩了点！你给的钱是公司给他的酬金，这是我们家里的私事，要是不给，你看他会不会真心给你办？"又说，"你不要心疼那点钱，我们这次要争的是口气！你爹的事，我也要早做准备，万一真要打官司呢？要想赢，那还真得靠他！如果不打官司，这一万块钱就当被贼偷了，有啥子要紧？"

兴仁听了这话，便不吭声了，接过世海手里的红包，和范春兰一道回家了。这时已是夜晚三点多钟了，兴仁回到家里，躺在床上，心里一会儿牵着父亲，一会儿又想着兴成。人就是这样，在家里时，弟兄间总是磕磕碰碰的，可一旦到了危急时候，弟兄间又总是牵挂着。翻来覆去都睡不着，一直熬到天亮，爬起来就去了王律师家，把那红包交给了王律师。王律师推辞一会儿后，将钱放进了口袋里。兴仁又对他说了当年幺爸和他闹电的事，怀疑这次是乡政府故意杀鸡给猴看。王律师又说："放心，这事我一定处理得让贺总满意！"说完，又对兴仁说，"告诉你幺爸，昨晚上我已经跟那个派出所所长打了电话，他晓得了是这么回事，一个劲跟我赔礼，他们肯定不会再来管这事了！"

兴仁听了很高兴，说："那就太感谢王叔了，我幺爸知道了，一定也会非常高兴！"说完便离开了。王律师果真从法院要来了一辆车，开着往乡上去了。

到了乡政府，王律师问了李书记的办公室，径直走了进去。李书记见是法院的车，还以为是法院哪位领导，又是泡茶，又是敬烟，显得极为卑恭。这乡上工作，上面千条线，下面一根针，上面哪个部门来个小鬼，乡上也要像菩萨一般敬着。不然的话，那年终考核，某方面的工作，就可能不合格。王律师跷起二郎腿，慢悠悠地喝了茶，抽了烟，这才掏出律师证，给李书记看了。李书记马上减少了几分热情，问："哦，王律师是来办哪桩案子的呀？"说完，又接着说，"王律师，实在对不起，年终了，乡上的工作很多，我还要下乡去。你要办啥子案，我叫司法所来一个人给你带路！"

王律师等李书记说完，摆了摆了手，说："不用，我今天这案子，不需要人带路，我要找的就是李书记你！"

李书记一听，愣了半天才像是不相信地问："找我？"

王律师看着李书记，目光像过去当庭长一样，有些犀利。看了一会儿才说："李书记不明白，我也就不绕弯子了。听说，昨天乡政府到贺家湾收欠款，抄了一个农民的家，晚上十二点钟，你们还到村里去把二十多个农民带到乡政府，现在还没放人，有这事没有？"

李书记并没回避王律师的目光，也看着他，然后愤愤地说："是有这事。那些农民太刁蛮了！国家的税收不缴不说，还围攻我们乡政府的人，把我们一个副乡长和乡上去的人都逼到堰塘里去了！乡上不杀一杀这股风气，今后还怎么工作？"

王律师像是胜券在握，等李书记说完以后，才又不慌不忙地问："不过，我听说是你们乡上去的人，先把这位六十多岁的农民和他家的粮食、电器，给颠到堰塘里去的，是不是？"

李书记一听，脸色有些绷紧了，说："这……这个情况，我还不十分了解……"

王律师不等李书记往下说，有些气势凌厉地打断了他的话，说："我还听说，这位被抄家的农民，从没欠过国家和集体的款，只是今年欠了三百多元，而且是向村支书保证过的，春节就会给他。你们到一个并不欠多少钱的农民家里抄家产，是啥意思？是全乡就没有比他欠得更多的人了吗？"

李书记被王律师这番追问给问住了，脸上的肌肉抽搐着，过了半天，才说："对这个事情，我承认，我们的工作有失误！也不瞒王律师说，乡上的突击队并不是针对这个农民去的，可是遇到一个刁蛮的女人故意乱指路，让我们搞错了对象。结果该拔的钉子没拔，却把不该拔的给拔了。"

王律师听了这话，愣了一下，又继续穷追猛打地问："既然晓得搞错了，为啥不向人家赔礼道歉，还要晚上到村里抓人？这些人，你们是以啥名义抓的？"

李书记听了，急忙辩解道："我们没有抓，我们只是带路，人是派出所抓的。把他们带到乡上来，也只是想了解一些情况……"

王律师又没等李书记说完，继续咄咄逼人地看着他说："你不要把责任推到派出所！派出所那边，我已经了解了情况。他们说，是你们对他们隐瞒了上午发生的情况！他们是在完全不知情的情况下出的警。这一点，派出所也是要负责的！现在，我只是想看看乡上的态度，你们打算怎样处理这件事？"

李书记听了，过了一会儿，又变得倨傲起来，看着王律师，暗含机锋地反问："照王律师你的意思，觉得我们该怎么处理这事，才既合理，又合法？"

王律师笑了一下，说："这是你们的事，你们觉得怎样处理既合理又合法，就怎样处理！"

李书记听了，便说："真佛面前不烧假香，我也就对王律师实话实说了：一大早，乡上已经开过会了。人，肯定是要放的，但款，是要罚一点的！如果不处罚一下，不说别的，今后哪个乡干部还敢下乡工作？"

王律师冷笑了一声，又阴了脸，盯着李书记问："你们是以啥子名义罚款？"

李书记见王律师这副冷若冰霜的模样，心里也不高兴了，说："这个嘛，反正他们每个人都有承认错误的悔过书！罚款，也是他们心甘情愿的，我就不告诉你了！"

王律师说："你可以不告诉我，但我却要告诉你，整个事件你们全在违法操作，性质是很严重的！要获得受害人和亲属的谅解，你们只有彻底改正错误！第一，必须无条件放人；第二，不但不能罚款，还必须向受害人和亲属赔礼道歉！"

李书记听后，也笑了笑，又摊了摊手，然后才用一种挑衅的口气对王律师说："可惜，晚了，王律师！乡干部已经拿着处罚通知书，去通知他们的家属拿钱来领人了！"

王律师一听这话，像是自己受了侮辱似的，霍地站了起来，可想了一想，又坐下了，觉得是到了摊牌的时候了，便又沉了脸，对李书记问："李书记，你晓得你们乡的贺世海吗？"

李书记没有反应过来，听了王律师的话，马上说："你说的是受县上领导非常重视的民营企业家贺世海？如果是他，我怎么会不晓得？他原来就是贺家湾村的……"一说到这儿，李书记突然有些明白了，便停了话，接着用了一种疑惑的目光，看着王律师问："怎么，这事跟他有、有关？"

王律师见了，目光里飞出了一道得意的光彩，却又很快压下去了，继续阴沉着脸对李书记说："既然你知道，那我也就给你明说了。昨天被你们颠到堰塘里去的，就是贺总的亲大哥！昨晚上你们抓去的，也有他的亲侄儿！贺总的企业，是全县的纳税大户，也是县上挂牌保护的企业，县上主要领导都对他非常器重，这你是晓得的。另外一点你还不晓得，明年县政协换届，贺总是要进政协常委的，表都填了。在这个时候，你们在暗中对他亲人下手，究竟是啥子意思，连我都弄不懂！听说几年前，电管站不给贺总老家供电，贺总和他侄儿贺兴仁带村民到乡政府来抗议过一次，是不是因为这事，你们才有意这样做的？"

李书记一听，脸色变红了，马上着急地叫了起来："哎呀呀，这说到哪儿去了，我们怎么会……"

王律师沉着脸，又立即打断了李书记的话，说："不管是不是，给别人的印象，这是唯一合理的解释！我再告诉你，也是贺总宽宏大量，昨晚上晓得这件事后，虽然一夜没有睡着，却没有给任何领导反映。你是晓得的，凭贺总在县上的关系，随便给哪个领导打个电话，你都难得说清楚！哪头轻哪头重，你自己去掂量吧！"

李书记听后，又脸红筋胀地叫起来："误会，纯粹是一场误会，我刚才不是跟你说了吗，是有人给我们指错了路！"

王律师说："是不是误会，你不要跟我说，你跟贺总说！我现在就跟贺总打电话，打通了，你自己跟贺总解释！"

说着，王律师果真拿出手机，拨通了世海的电话，然后把电话交给了李书记。李书记一听电话里的声音，就十分委屈地叫了起来："误会，误会，世海兄弟，我们真不晓得是你的亲哥哥，哄你都不是人！如果你不相信，你随时都可以回来调查。那天，贺劲松来把名单给我就走了，也没给我提醒一句。我要是早晓得是你亲大哥，我还要去办这事，我都不是人！"说完，又把这事情的前后经过给世海说了一遍。

世海在电话那头把情况听得差不多了，便把李书记的话打断了，说："情况我都晓得了！县委和县政府的主要领导要来我们企业调研，车子快到门口了，我得去汇报。这事怎么处理，你和我的律师商量，就不多说了，啊！"说完，又对李书记说了一句，"你把电话给王律师，我还和他说两句！"

李书记没法，只好把电话给了王律师。王律师接了电话，走到门外走廊上和世海通了一阵话，便又走进屋子对李书记说："贺总指示我，代表他去看一看他的侄儿贺兴成！"说完，才看着李书记问："你看这事……"

刚才王律师和世海通话时，李书记也躲到里面屋子里给派出所所长打了一个电话，问这事该怎么处理？派出所所长昨天晚上已经接到王律师的电话，这时就两个字："放人！"并且把王律师和法院院长的关系也给李书记讲了。李书记一听，心里自然明白，此时虽说自己还是县委任命的一方百姓的父母官，头上顶着一顶红顶子，却明显处于弱势，不得不低头！听了王律师的话，便十分爽快地说："好的，好的，我去和张乡长商量一下，马上放人！"

王律师见了，又变得倨傲起来，故意说："我可没有说让你们放人，我只是说受贺总委托见见他的侄儿。至于放不放人，是你们的事！"

李书记听了，还是赔着笑说："放，放，我们马上就放！"

王律师听了，却并没有满足，又盯着李书记问："罚款还继续收吗？还有，贺总大哥家的损失，你们打算怎么办？"

李书记只一个劲地笑着说："我们研究，我们研究！"

王律师说："那好，我到院子里等着，给你十五分钟时间！"

说罢，王律师走出了李书记的屋子，到院子里自己的车旁等着了。李书记急忙打电话，把张乡长给喊了过来。两人商量一阵，一同走下来，又把王律师拉到一边汇报了研究结果。一是立即放人，二是罚款不收了，三是乡上赔贺世龙家里的损失五千元。汇报完，李书记才看着王律师问："王哥，你看这样处理，满意不满意？"

王律师说："我满意不满意，没啥关系，关键是要让贺总满意！你们自己给他打个电话，征求一下他的意见才是最重要的！"

李书记说："我们没贺总的电话。"

王律师说："我告诉你们。"说着，把贺世海的电话号码告诉了李书记。李书记果然给世海把电话打过去，却是关机，脸上露出了失望的神情。王律师见了，又说："许是正在给县上领导汇报工作！那我就帮贺总做一回主，就这样吧！要是贺总怪罪，我替你们担着！"原来，刚才王律师和贺世海通话时，世海已经明确告诉他，这事可能真是一场误会。只要乡政府不是有意针对自己而为，就得饶人处且饶人。因为他也在社会上混，今后说不定还会打交道。只要乡上能把人放出来，收回罚款决定，就息事宁人算了。现在，王律师听了两位乡领导的话，觉得还超出了预期目的，所以就大包大揽地帮世海做主了。

李书记和张乡长一听，十分高兴，立即一边对王律师拱手一边说："那就多谢王哥了！多谢！"说完要留王律师吃饭，被王律师拒绝了，说要赶回城给世海回话。说着，就钻进车里回县城去了。这儿李书记和张乡长，把关在屋子里的二十多个农民放出来，只字未提王律师来的事，只说乡政府宽大为怀，这次事件，见大家都认了错，就既往不咎，该罚的罚款也不用交了！要记住政府的恩情，回去搞好生产，带头完成国家和集体的税费，做一个遵纪守法的好公民，不要再遇到事情就起哄了！如此这般教育了一顿，便让村民各自回家了。

四

却说乡政府来贺家湾"拔钉子"那天，真正的"钉子"贺世凤和老婆毕玉玲正好又出去给人办宴席去了，没有在村子里。第二天回来才晓得头天发生的事，而且也明确晓得了这大会战是冲着他这颗"钉子"来的，一时心里就像压上了一块石板，十分气愤。贺世凤虽然懦弱，却把面子看得比命重。这回虽然老天爷阴差阳错让大哥背了一次黑锅，损了家产，还挨了冻，使自己侥幸逃过了这一劫，但这耳光却是实实在在扇在自己脸上的。当他听到这个消息时，就马上想到了贺世忠。他觉得在这件事情中，贺世忠虽然奸猾，始终没有出面，但明眼人都晓得，他无法脱清干系！如果不是贺世忠往乡上报，乡上怎么晓得他欠了多少税费？又怎么会把他当"钉子"拔？而且豌豆滚进磨眼里——遇缘的是，那天去给汤明富的妈八十大寿办席，在村口碰到贺世忠，他还催过他缴欠款，而且自己还说了怪话。隔了才两天，乡上的人就来拔他这颗"钉子"了，这不是秃子头上的虮子，明摆着是他干的吗？一想到这里，贺世凤对贺世忠就恨得咬牙切齿，巴不得一口把他吃了。晚上去看贺世龙时，恰逢兴成也在，世凤和世龙说了几句闲话后，突然说："大哥，这事不能就这样算了！贺世忠这么做，明显是欺负我们！虽然是你帮我顶了灾，但全湾的人，哪个不晓得乡上的人是冲我贺世凤来的？我再窝囊，这口气如果不出，我还有啥子脸面出去给人办席？"

世龙经过万山的治疗，不发烧了，但人却觉得疲软，时而又有些咳嗽。听了世凤的话，便说："胳膊拧不过大腿，你即使不服气，又能怎么办？"

世凤大声回答说："我要去告贺世忠！"

世龙一听，像是吓住了，说："告贺世忠？人家有乡政府撑腰，土地老爷坐石岩——臂膀子厚，你告得倒人家？"

世凤还没答话，忽听得兴成气呼呼地说了一句："那就连乡政府一起告！"

世凤听了，也马上说："对，乡政府要官官相护，我就一起告！"

世龙说："你们莫展牙巴劲了！告乡政府，你们告他们啥子？"

世凤说："大哥，你不晓得，这两年我和毕玉玲在外头给人办席，听到有人讲过，现在中央正在减轻农民负担，我就告他们加重农民负担，横行霸道！即使我告不赢，也要让他们晓得，我贺世凤这朝在外头跑，也不是那样好欺负的！"

世龙听了，咳了一阵嗽，兴成急忙在父亲背上拍打起来。咳完了后，世龙才一边摇头一边说："算了，我劝你别去告了！古人说得好，民不与官斗，能忍就忍了！"

世凤正要回答，却听见兴成又非常气愤地说："爹，不能忍！我觉得就要告！二爸，你去告，我支持你！"说完，撩起衣服裤子，对父亲和世凤说，"爹，我怕你怄气，回来一直没对你说！你看看我这身上是些啥子？你们看看，我身上有没有一块好凼位？龟儿子们，虽说把我放出来了，也没有罚款，但心里这口气还是咽不下去！"

贺世龙朝儿子身上看去，果然见兴成那皮肤上现在还青一块紫一块的。做父亲的柔情便一下涌了上来，说："是老汉连累了你！"

兴成放下衣服、裤子，说："又是哪个连累了你呢？要怪，就怪那些乌龟王八蛋！"说完，又对世凤说，"二爸，告，我去和所有挨了打的人说一声，和你一起去告！"

世凤听了，说："那好，你去问问他们愿不愿意参加？即使他们不参加，我一个人也要出这口气！"

世龙听了，想起儿子身上的伤，也觉得世凤说得对，不能让人家想拿捏就拿捏我们，于是不再劝世凤了，而是说："要告，也该去问问世海。他在外面跑，就晓得告不告得赢。你又莫得好点文化，又没有在社会上跑，晓得怎么告？"

世凤一听，立即说："大哥说得在理，明天我就进城去问问老三！"

兴成听了，也自告奋勇地说："二爸，明天我和你一起进城去！"

世龙听了，想了一想，也说："你去城里，跟幺爸和兴仁说一下家里的事也好！李红说她跟兴仁打过电话，可直到现在，也没有见他们回来过问一下！也不晓得是怎么回事，你去问一下他们，是不是我死了他们都不得管了？"直到此时，不管是贺世龙还是贺兴成，或是湾里任何人，都不晓得此事的顺利解决是靠了世海。还以为世海和兴仁在外面发了财，就对家里漠不关心了呢！

兴成听了父亲的话，立即说："行，爹，明天我和二爸一起去！"说完，兴成和世凤都告别了世龙，各自回去了。

第二日，兴成和世凤果然到了城里。兴成一见兴仁，就露出怒气冲冲的样子对兴仁说："爹问你是不是死到外头了？家里出了这样大的事，李红连夜赶晚给你打了电话，你连回复都莫得一个，你还对不对得起人？"

兴仁听了觉得十分委屈，说："我对不起人？我老实跟你说，要不是我和幺爸，你们现在都怕还关在乡政府的黑屋子里！"说着，便把接到李红电话，如何去找幺爸，幺爸如何去找人，如何求王律师到乡上逼迫放人和取消罚款的事，详详细细对大哥和二爸讲了一遍。兴成一听完，当着世海的面，突然哇的一声像小孩似的哭了起来。世海一见，说了一声："你这是做啥子？"不说则罢，他这一说，兴成干脆扑通一声，跪在世海脚下，重重地磕了一个响头，爬起来才呜呜咽咽地说："幺爸，你不晓得，侄儿差点见不着你了！"

世海一听，忙问："怎么回事？"

兴成急忙又撩起衣服、裤子，一边让贺世海和贺兴仁看他身上的伤，一边又流着泪把在乡政府挨打的事说了一遍。世海和世龙一样，一见侄儿身上的伤，不觉动了怒，说："狗日的些，便宜了他们！"说完才问他们进城来做啥子？世凤和兴成便把告状的事对世海和兴仁说了。

兴仁看见大哥身上的伤，也是义愤填膺，听了二爸和大哥的话，急忙说："对，写信告他们，不能就这样算了！"

世海抿着嘴唇想了一会儿，有些后悔地说："这事也怪我，不晓得他们这样打你们！要早晓得他们打了你们，我就叫王律师把你们带到县上检查伤情来了……"

贺兴成一听到这儿，立即打断世海的话，问："幺爸，我现在去检查，行不行？"

世海说："现在去检查，即使检查出有伤，可人家不认账，还反咬一口，说你是在外头和人打架留下的，你怎么说得清？"

兴成听了，有些不服气地说："难道就让他们白打了？"

世海说："你不是才说了要告状吗？"说完，又回头对贺世凤愤愤地说，"二哥你说得对，乡上来贺家湾拔钉子，不管贺世忠出没出面，都脱不了干系。你告他，是对的！不过，要告，不能单告他一个人，要把乡上下来拔钉子、抄大哥的家产、把大哥颠到堰塘里，以及兴成他们在乡上挨打的事都一起告。我原想息事宁人算了，可现在看来，这事还不能算。如果算了，兴成的打真的是白挨了！"说完，停了一会儿，又接着说，"还有，乡上姓李和姓张的，如果真的有诚意认错，就该亲自来看看大哥。可至今连脚印都没到贺家湾来踩一个，更别说对大哥说声对不起了！退一万步说，即使乡政府不来赔礼道歉，贺世忠一笔难写两个'贺'字，这事又与他有关，该不该来看看大哥？连他都没有，这说明他们根本没把我贺世海放到眼里！"

兴仁听了世海的话，也马上接着说："就是，一把胡椒顺口气，一颗胡椒也顺口气，他们哪怕做做样子，我们也想得通！这号人怎么不该告？我们如果不告，反而会以为我们怕了他们！"说完，又回头对贺世凤和兴成说，"你们要坚定信心，不要怕！自从我们家里出了这事后，我找了很多报纸来看。报纸上登了很多文章，和我们家里发生的事都差不多，乡长书记也有被撤了职的！"

世海听了这话，一下被提醒了，便对兴仁说："你不说看报纸，我还想不起来！你马上到王律师那儿把中央和省里有关农民负担的文件，特别是具体的条文规定，复印一份，拿回来给你二爸和大哥，他们回去好对着政策条文写上告信！"

兴仁一听，答应了一声，果然马上就去了。

这儿世海继续对世凤和兴成说："要想一告就准，首先是上访材料要写得具体。既要能够打动那些当官的，又能让他们一看就抓得到要害！你们打算找哪个写？"

兴成还没有考虑到这些，听了幺爸问，便看了一眼二爸。世凤似乎早想到了这一点，立即说："我打算叫志富写，你看行不行？"

世海想了一下，说："志富文化倒是有，又当过村民小组长，对乱收费的事应该是晓得一些。但这个人胆子有些小，他会不会写呢？"

世凤说："我想他应该会写！老幺你出来这样几年了，湾里有些情况你还不清楚。去年贺世忠请乡上的突击队也来志富家里拔了一次'钉子'。说志富新修的猪圈房多占了耕地。不合规定，可是当场丈量的结果是志富家实际的占地比他宅基证上写的面积还要少。那天志富虽然没有被抄家产，但一家人都感觉受了伤害。就是现在，贺志富只要一摆起当时的事，都要骂贺世忠！"

世海听了这话，说："还有这样的事？如果志富真的愿写，那就好！"

说了一会儿闲话，兴仁提着一大袋复印的资料，兴冲冲地回来了，一进屋子便大声说："二爸、大哥，这下好了！我原来还不晓得，上面对减轻农民负担还有这么多具体规定。该交啥子款，交多少，啥时交，都规定得清清楚楚。你们有了这些尚方宝剑，上告肯定成功!"

世海把那些文件和条款拿过来翻了一下，便对世凤和兴仁说:"回去对着这些文件，把事实写清楚，看哪笔款，他们加了多少?"

贺兴成和贺世凤接了资料，起身要回去，世海留他们吃了饭。临走时，贺兴仁拿了五百元钱，让兴成带回去交给父亲，让他买营养品吃。世海见兴仁拿钱给他父亲，也拿出五百元钱给了兴成，同样让他带给世龙，说他没时间回去看他，让他保重身体。兴成接了他们的钱，兴仁送他们出来，分别时，兴仁又对他们说:"二爸，大哥，你们把状子写好后，就交给我们。我们找那些当官的容易一些，省得你们天天往城里跑!"世凤和兴成听了，答应了一声，便兴冲冲地回去了。

回到家里，兴成立即去联络那二十多个被乡政府关押和被打的村民，贺世凤去找贺志富写上访材料。令贺世凤没想到的是，志富不想参与此事，更不想出这个头。贺世凤过去笨嘴拙舌，加上有气喘病，说话总是上气不接下气、结结巴巴，从他嘴里出来就没个囫囵话。没想到他现在病一好，和婆娘一道出外办席，与各色各样的人打交道多了，说话竟然也给锻炼出来了，你道怪不怪?听了贺志富的话，他既不慌张，也不着急，犹如政府里做思想工作的人，只慢慢对志富说:"哎呀，你看我们这湾里，有文化的年轻人都出去了，贺贵虽说也算有文化，但他那号人，叫我去找我也不得去!现在只有你配得上文曲星称号!你不出头也行，但你只给我们帮个忙，也不行吗?"说完这话后，又马上启发说，"你忘了自己受的气?你把他们当自己人，他们把你当自己人了吗?他们把你当人，又不得把你组长给换了，又不得带人来丈你的宅基地了!卖了娃儿买蒸笼，不蒸(争)馒头争口气，你写了，也算出了口气嘛!你一个大男人，就这样没出息?"说完又说，"再说，写了，你怕出头，就不要你签名，也不要你往外面送，你还怕啥子?未必我们还要出去说，材料是你写的?"贺志富被贺世凤几说几说，被说动了，想到自家所遭遇的事，也有些憋气，于是便答应了下来。世凤马上将兴仁复印的中央和省里的文件给了他。隔了两天，志富便写了一封告状信交给了贺世凤。贺兴成去联络的二十多个村民，一想起那晚在乡政府遭受的折磨，尽管过去了这么几天，但一个个都愤怒不已，都愿意在告状信上签名。兴成拿去让他们签了，便给兴仁和幺爸送来了。

贺世海接过材料一看，只见那标题用了几个大字写着："农民的救命呼声"，以下写着：

尊敬的青天大老爷：

我们是贺家湾村民，向你们反映我村农民负担的情况，望青天大老爷能为民申冤！我等子民将终生难忘。连年来，我们所种的承包地，刨去种子肥料款，所剩无几。但村干部下欺上骗，强逼我们卖粮，农民苦不堪言，只得把土地甩掉，成片荒芜。在家种地不够上缴，成群结队出门打工，在这种情况下，乡、村、组干部在"三提五统"上，层层加码收费，特别是村组两级。农民年年缴不起，村组干部嘴一张，乡政府就组织"大会战""拔钉子"，拉起大队人马多达几十人。前几天，村里就发生了一起"拔钉子"事件……但我们充分相信，县上领导是英明的，是为老百姓做主的青天大老爷！现将我村干部虚报农民收入、巧立名目乱集资、乱摊派、加重农民负担和乡上来村上"拔钉子"、差点闹出人命案的具体情况，向英明的县上领导汇报于下，望县上派出清官来我村调查。第一，农民负担收费情况……

贺世海一看，不觉在心里暗暗佩服起贺志富来。原来这上访信的写作，贺志富是煞费了一番苦心的。他将这部分内容制成了一张表，分成中央和省上的政策摘录、中央和省上规定的收费项目及标准、村上实际收取的标准和超收额度、民众呼声等几个栏目，一一列举了村里所有的加重农民负担的项目，让人一看就明，一看就懂，有理有据，无可辩驳。紧接着这张表后面，便写了那日乡上来村里开展大会战，如何抄贺世龙家产，如何将他颠到冰冷的堰塘里，又如何在半夜进村抓人，被抓去的人又如何挨打等等，也是极生动翔实。世海看完，连声说："好，好，真的表达了农民的心声！"说完，便对兴仁问，"这封信怎么才能送到领导手里呢？"

兴仁说："这还不容易？县委和县政府门口，都挂得有书记和县长信箱，直接把信投到里面，领导不就能读到了？"

世海说："说你娃儿嫩，你娃儿还真的有些嫩！你以为把信投到里面，书记和县长就真能看见？你去看看，信箱上的锁都在长铁锈了！即使没有长铁锈，去开信箱的也是信访办的人。那信访办的人看了信，又把信批给乡上姓李的处理，你这告了等于没告，人也得罪了！"

兴仁听了，说："原来是这样，我还以为那信箱，书记县长会亲自去取呢！"

世海又说："书记县长如果每封信都看，他们一天到晚就只看信，都恐怕看不过来！还有，这封信最好能有人亲自送到吴书记手里，其他副职领导看了，也不一定会有作用！"

兴成一听，也立即说："对，吴书记是一把手，就好比县里的真龙天子，只要他说一句话，哪个敢不听？"

说到这儿，兴仁忽然一下喊了起来："我有办法让人直接把信送给吴书记了！"说完，见幺爸和大哥盯着他，这才对世海说，"幺爸你晓得我们工地上煮饭的赵姐嘛？有一回，我看见一个女娃儿，穿戴得很时髦，人也很有气质，抱着个奶娃儿到她那里来耍。我看那女娃儿不一般，便问赵姐是她啥子人？赵姐说是她妹妹。我问那女娃儿在哪里上班？抱的娃儿是不是她的？她听了也不生气，还和我开玩笑说，她在吴书记家里上班！原来，她是吴书记女儿家的保姆，专门给吴书记女儿带孩子的。我们何不找她，把信直接给吴书记？"

世海听了，说："这办法你可以去试试！我不是不可以直接去找吴书记，并把有些情况当面跟他说一说。但县委统战部才找我谈过话，又填了表，明年换届时安排我做政协常委。这虽然不是啥子官，但可以看出领导把我还是放到眼睛角角里的。为这事去找吴书记，我怕他多心，怪我是狗咬耗子——多管闲事！所以这回我先不出面，如果你办不成，再把信给我。"

兴仁一听，立即很有信心地说："幺爸放心，我想肯定能够办成！"说完，拿着信就走了。

到了工地，兴仁找到赵姐，把要办的事情给她说了。赵姐原先在一家叫"很不同"的鱼庄剖鱼，一年四季身上都是一股鱼腥味。夏天还好一点，冬天一双手冻得全是疙瘩，还不能歇。辛苦不说，工资又低。到世海的工地上来做饭，工资高了两百多块，和那些民工又处得极好，不像在鱼庄里服侍那些有钱人，稍不如意便遭白眼，便有心要在这工地上长期做下去。兴仁是管工地的，在赵姐眼里便是老板无疑。如今见老板要她做这么一点事，觉得不难，于是大包大揽了下来。当下给妹子打了一个电话，约定吃过午饭后在县电影院门口见面。

吃过午饭，兴仁便和赵姐来到约定地点，稍等了一会儿，赵姐的妹妹便来了。赵姐把老板的事对妹子说了一遍。姑娘听后，却显出一些迟疑的样子，说：

"我每天晚上倒是要把吴书记女儿的孩子抱到她外婆外公家里，让吴书记和李奶奶看。说起来，吴书记和李奶奶对人倒是和气！可这事，我不晓得吴书记高兴不高兴，要是他不高兴，批评我怎么办？"

赵姐一心要帮老板把事情办成，便给妹子出主意说："你怎么那样傻？你就说被颠到堰塘里的是我们一个亲戚，让他帮我们伸下冤。就是看在他外孙女的分上，我想他也不会对你怎么的！"

那姑娘想了想，碍于姐姐的情面，终于把那封信收下了。到了晚上八点多钟，赵姐的妹子照往常一样抱了孩子到吴书记家。吴书记和夫人接了孩子，先在小脸蛋上亲了一阵，又抱着逗了一阵，充分享受了天伦之乐，然后正准备把孩子交给小保姆，让她抱了回去。可是此时，那小保姆看着吴书记，红着一张脸，一副胆怯却又想说啥子的模样。吴书记一见，便问："你是不是有事，啊？"

吴书记的夫人见了，也说："你有啥事，就给你吴爷爷说，不要怕！"

小保姆听了，这才迟迟疑疑地从怀里掏出姐姐给她的那封信，塞到吴书记手里，慌得连谎话都忘了说。

吴书记看了看信封，心里已经明白了大半，却故意问："这是啥？"

小保姆的一张脸紧张得像要淌血，稳了一下神，这才想起了姐姐教她的话，于是才对吴书记吞吞吐吐地说："我们家一、一个亲、亲戚，被乡、乡政府的人，颠、颠到堰塘里去了，求吴爷爷伸、伸冤……"虽然话说得不完整，却把基本的意思表达清楚了。

吴书记听了，看了一眼站在面前局促不安的小姑娘，沉吟了一会儿，便用不动声色的语气对赵姐的妹子说："我晓得了，你回去吧！"

小保姆听了，急忙抱了孩子匆匆跑出了吴书记的家。走到大门外，心还在扑通扑通地跳，像是做了贼一般。就这样，贺家湾村民"救命的呼声"，终于顺利到达了县上这位"真龙天子"的手里。

五

　　小保姆走后，县委书记并没有打算看这封信。夫人说："你还是看看吧！你看那小娃儿，怕兮兮的，也不晓得鼓了多大的劲，才把信给你！"又说："能不能办是一码事，但你看都不看，二天人家问你，你怎样回答？"县委书记这才从信封里抽出几页纸来，匆匆浏览了一遍，便知了信的内容。这些年，像这样的信，县委书记并没有少看；关于农民负担过重的反映，他也没有少听。他的心和耳膜，似乎都有些麻木了。这并不是说，我们这位父母官大人就不关心民间疾苦，相反，在他的办公室里，还挂了郑板桥"斋衙卧听萧萧竹，疑似民间疾苦声"的条幅，以警醒自己。只是因为面对这层出不穷的农民负担问题，不是他能够用一己之力去管得了的！农民负担过重，问题出在基层，可那根子究竟在哪儿，吴书记自然是心知肚明。往大处说，是国家长期实行的城乡二元体制造成的！往小一点说，自己管辖的这个县是个典型的农业大县，一百多万农业人口，没有工业，也没有其他特别的资源。好不容易通过解放过后几十年的努力，建立起了两个效益比较好的县办工业项目，可在财政分灶吃饭中，又被市上收走了全县靠财政供养的有两万多人，其中教师就占了一万多，光工资就差了好长一截。何况还要建设、要发展、要完成上级下达的各项达标任务呢！如果仅是这样，日子也还好熬一点。那上级下达的财税任务，又在年年增长，完不成，书记、县长，也是不好到上面交账的。无奈之下，县委只得下发一纸文件：全县无论党政还是事业机关，都只发60％的人员工资，其余40％的工资和福利，各单位去创收。可怜那乡镇，一无企业，二无资源，要去创收，谈何容易！乡镇要办事，要养人，要建设、要发展，可又没钱，于是办法只有一个，就是向农民要钱！由此观之，那农民负担过重的问题已如一团乱麻，剪不断，理还乱，要解决这个问题，唯有从体制上入手。可是，要从体制上入手，又不是他这个七品芝麻官能办到的了。当然，作为县委书记，他并不是不晓得，在收缴税费当中，确有一些乡村干部，利用职权搭车收费，或大吃大喝，或假公济私。可即使县委书记晓得在下面的税费收缴中，有些不正之风甚至出现过激和暴力的行为，他也同样处在两难之中。如果认真查处和纠正，那农民手里的欠款，就别想收上来。如果任其发展，听之任之，却又背离了共产党的理想和宗旨，后患无穷。于是我们这个父母官，便像走钢丝一样，一方面不能挫伤下面收款的积极性，一方面又要在各种会议上反复要求不能加重农民负担，并强调注意工作方式，不能粗暴行政。至于动真格，处分两个加重农民负担和粗暴行政的典型，起码到目前为止，还没有过，也还下不了这个狠心。

现在，县委书记看了这封贺家湾二十多个村民的"救命的呼声"，心里也同样充满了一种复杂的情绪。一方面，作为一个农民的儿子，他何尝不晓得农民眼下的困难和他们眼睁睁的期盼？从他的内心里，他真的想去做一个农民期盼的"青天大老爷"。大约二十年前，那时他还在一个乡上当办事员，曾经看过一个戏，戏里面有两句唱词："当官不为民做主，不如回家卖红薯！"他一直把这两句唱词作为座右铭，牢记在心头，以激励自己好好为人民办事。可另一方面，他要是给农民当了"青天大老爷"，谁又去给乡上李书记和村上那个叫贺世忠的村支书当"青天大老爷"呢？县委书记在心里权衡了半天，决定明天上班，叫办公室主任给乡上李书记打个电话，让他代表乡党委和乡政府去看一看那个被颠到堰塘里的农民，然后对小保姆说一下，让她也帮助劝说一下她的亲戚，事情他已经知道了。想到这里，吴书记把手里的信往旁边桌子上的书报堆里一放，便睡觉去了。谁知一个县委书记，全县有多少大事、要事，需要他操心过问？第二天一上班，还没进办公室的门，便有下面的部门负责人和乡镇来人拦住他汇报工作。那县委书记不听也不行。汇报还没听完，省上又来了一个检查团，县委书记不但得匆匆赶去汇报，接下来还得陪吃、陪喝、陪玩，忙了整整两天，早把处理贺家湾农民"救命的呼声"的事忘得干干净净了。

真应了"无巧不成书"那句古话，或者是那"救命的呼声"合该得到响应。刚送走省上的检查团，吴书记便得到通知，让他和县长一同到市上开紧急会议。会议的内容正是关于减轻农民负担的。原来，这一年的农民负担愈演愈烈，已达到了顶峰。外地不但一连发生了几起因为农民负担逼死人命的案件，而且还发生了农民因不堪重负，聚集起来围攻乡政府，甚至砸坏乡政府玻璃、桌椅，烧毁乡政府房屋、殴打乡政府工作人员的恶性事件。这些事件，一桩桩、一件件，通过媒体和内参，不断被送到党和国家领导人面前。高层震怒了，出于维护社会长治久安的考虑，中央痛下决心，治理"三乱"和农民负担。一时间，会议就层层召开了下来。那市委书记和市长，上午才从省上开会回来，下午便召开了各县一、二把手会议。会上传达了中央和省委的文件，通报了中央和省委对一些因农民负担逼死人命的地方官员责任追究的情况，然后市委书记讲话。市委书记讲话时，口气之严厉，措辞之强烈，皆是从来没有过的。市委书记要求各县回去要立即将中央和省上的文件迅速贯彻下去！要及时曝光和处理一批典型案件，坚决刹住加重农民负担之风！要站在讲政治的高度，各地先回去自查自纠。不久，省上和市里都将派出工作组到县上督查。对处理加重农民负担不力的领导，不论涉及谁，一律要追究领导责任，等等！

领导的讲话终于让我们的吴书记嗅出了一些火药味。当此之时，无论他有多少个理由，也大不过中央的理由。回到县上以后，一方面他马上召开会议，用了和市委书记同样的口气、同样的措辞，贯彻和传达了中央和省里的精神。一方面，我们这位父母官也想起市上领导自查自纠、抓典型案件的要求。这时，贺家湾农民"救命的呼声"从他脑海里浮现了出来。于是马上回家，把它从书报堆里找出来，又细细看了一遍。直到此时，尽管那"救命的呼声"上，把增加的农民负担每一桩每一项都写得清清楚楚。有的增加的程度也十分严重，都出乎人的意料之外了。可我们的县委书记却对上面的数字并不感到惊讶和愤怒。这又是为何？原来在"减负"之初，对于那些在基层工作的官员来说，他们大都还是站在自己的立场和处境来考虑自己的利益。对中央减轻农民负担和治理"三乱"的目的、意义哪能一时理解得了？只是迫于压力不得不执行罢了。所以，吴书记才对贺家湾村民写得明明白白的负担内容和增加程度，表现出见惯不惊的从容。但是，书记却对干部的作风感到不能容忍了！明明白天晓得弄错了对象，不但不赔礼道歉，晚上还反倒去抓人，如此暴力行政，到今天弄得民怨鼎沸，也是咎由自取！于是便在信上严厉地批了几行字，指示有关部门严查，并追究相关领导的责任。

于是第二天，贺家湾就来了一大帮县上的官员，还有扛着摄像机的县电视台的记者。这帮人一来，就找那信访信上签名的村民了解情况。本来，"大会战"已经过去这么久了，村民身上和心灵上的伤痕差不多都已经愈合。可此时一见自己"救命的呼声"有了回应，上面的"青天大老爷"果然来为自己做主，一时感动，又想起那晚在乡上受的折磨，于是便围着调查组和摄像机镜头，哭的哭，诉的诉，场面一时非常悲怆。事情的经过也不难调查明白，调查组回去没几天，处分决定便下来了。贺世忠被撤销村党支部书记的职务，并开除党籍。李书记和张乡长分别记党内严重警告，李书记调到县上，任一个二级局的局长，张乡长调另一个乡仍做他的乡长。最倒霉的是赵副乡长，因为他是直接责任人，被撤销了副乡长职务，行政上还被记了大过，少了一级工资。自此，贺家湾农民"救命的呼声"，因赶上了国家的大气候，算是有了圆满的结局。

但事情并没有尘埃落定。贺世忠从县上的调查组一到贺家湾，便晓得自己这个村支部书记已经当到头了。于是便在家里把这些年当村支书每年应该得的工资，又为村里垫出了多少，向信用社和村民借了多少，借的钱派了啥子用场等，一笔一笔地写了两份，准备一份交给村会计贺劲松，一份交给乡上。写完，像完成了一件重大任务似的，松了一口气。心想：不当这个劳什子干部也罢，省得顶起碓窝耍狮子——费力不好看！一想起从今以后可以安安生生过生活，不再两头受气，竟然有些高兴。可是，当上面来人召开村民大会，用了法官宣读判决书一样庄重、严肃的口吻宣布对他的处分决定以后，贺世忠又感到心里有一千个冤一万个屈！他想不通的是这些年来，他都在辛辛苦苦地为上级卖命，收的钱自己没落一分，反而还借下了一屁股的债，到头来还给他一个处分。当不当那个支书，他都不放在眼里，他在乎的是上面的人当着全村的老老少少、男男女女，宣读处分决定时的语气！是当着全湾的人，落下的那份羞辱！他觉得，这比扇他的耳光还要丢人！他真想躲到哪个没人的地方痛痛快快地去哭一场。或者找一个人，把心里的一千个冤一万个屈都说出来，总不能就这样算了！

晚上，贺世忠果然提了一瓶酒走了出来，径直朝贺世凤家去了。一走进贺世凤的院子里，便高喊："二哥，二哥，在屋里没有？"

贺世凤听见有人在外面喊，出来一看，见是贺世忠，便要去关门，但贺世忠已经几步跨上通向大门的石坎坎，对世凤说："二哥你不要怕，我不是来报复你的，我是来感谢你的！"说着，扬了扬手里的酒瓶，进了屋。

贺世凤一听贺世忠这话，脸立即红了，说："你莫说骚杂话了！男子汉做事敢做敢当，我也晓得你早就晓得了，不想为自己辩解！往上面告状的事，是我干的，可也不是我一个人，你要发气就发，我也不怕！"

贺世凤的话刚完，毕玉玲从灶屋里走出来，一见贺世忠手里提着一只酒瓶子，忙笑着说："他叔，你这是做啥？有啥子话坐下来说得，可不能乱来哟！"

贺世忠听了他们两口子的话，把酒瓶重重地往桌子一放，说："你们把我贺世忠当啥人了，啊？我贺世忠难道就是一个泼皮、赖时猴儿？你们放心，我贺世忠绝不会乱来！我真的是来找二哥喝酒的！"

毕玉玲一见世忠那样子也确实不像是来寻衅闹事的，便说："要喝酒好，我去跟你们弄两个下酒菜来！"说罢就又去了灶屋。没一时，果然端了两盘子菜到桌上，又去拿来了两只酒杯，摆在两人面前。

贺世忠瞥了一眼酒杯，有些不满地对毕玉玲说："二嫂，去换两只大杯子来！那杯子太小了，只是给秀才们喝的！"

毕玉玲说："少喝一点，莫喝醉了！"

贺世忠说："叫你换就换嘛，你还在给人办席，连大点的杯子都莫得？"

毕玉玲担心贺世忠喝醉了闹事，不想去换，便说："还真让你说着了，我们屋里真还莫得大杯子！"

贺世忠说："那就拿两只大碗来！"

毕玉玲还是迟疑着，贺世凤见了，便说："他要大杯子，就去拿嘛，怕啥子！"

毕玉玲这才去换了两只大杯子来。贺世忠这才满意了，一边拧瓶盖，一边说："这还差不多！"说完，又接着说："你们放心，就是喝得稀糊烂醉，我贺世忠也不会乱来！"说着，给两只杯子倒满了酒，自己先端起来，对贺世凤说，"来，二哥，我第一句话，是感谢你，让我丢了那讨口子职业，再也不会像耗子钻风箱——两头受气了！"

贺世凤稳稳地坐着，也没端酒杯，嘴里冷冷地说："你喝吧！你是晓得的，我喝不得酒，一喝酒就要犯病。"

贺世忠一听，变了脸说："我晓得下台干部，你看不起我！你不喝算了，我喝！"

毕玉玲一见，忙把贺世凤面前的酒端过来，对贺世忠说："他叔，他真的不能喝酒！这样，我来帮他喝！"

但贺世忠没有答话，将酒杯端到嘴边，一仰脖子，一杯酒就全部倒进了口中，顺着喉咙滚下肚子里去了。毕玉玲见了，也将整杯酒喝进了口里，却并没往下咽，装做咳嗽，背过身子将一口酒全吐在了地上。

贺世忠晓得毕玉玲没把酒喝进肚子里，却装作没看见，又拿过毕玉玲手里的杯子，往里面倒了很少一点，放到贺世凤面前，又给自己倒了满满一杯，端起来对贺世凤说："第二句话，二哥，我问你，我究竟是不是坏人？"

贺世凤粗声粗气地回答说："我没有说你是坏人。"

贺世忠听了，突然将贺世凤的杯子碰了一下，说："二哥你没把我当坏人就好，这点酒你就喝了！"

贺世凤想了一下，果然站起来，将杯子里的那点酒喝了。贺世忠见贺世凤喝了，自己又将杯里的酒一饮而尽。

这时，毕玉玲提醒他说："他叔，你吃点菜，莫喝寡酒，寡酒伤身呢！"

贺世忠说："怕啥子？阎王要你才要你，阎王不要你，莫说喝寡酒，就是喝毒药，你都不得死！"说着，先给自己的杯子又倒了满满一杯，接着还是像刚才一样，只给贺世凤的杯子象征性地倒了一点酒，然后又端起来说，"第三句话，二哥，你说我是不是做过那些挖坟掘墓、死儿绝女的事？"

贺世凤又想了一下，却偏着头对贺世忠问："你问我这些话，到底是啥子意思？"

贺世忠说："没有啥子意思，就是要问一下，我究竟做过那些事没有？"

贺世凤过了一会儿才憋着气说："你没有。"

贺世忠听了，又碰了贺世凤的杯子一下，说："二哥说没有就好，喝了！"说完，不等贺世凤喝，自己先喝了，然后把杯子倒过来给世凤看。

贺世凤没法，也端起喝了。毕玉玲见贺世忠一连喝了三大杯酒，一口菜没吃，便把菜推到他面前，说："他叔，你吃点菜再喝！"

世忠拿起筷子，拈了一片猪肝在嘴里，嚼了两下，还没咽进肚里，却哇的一声哭了起来，将口里的碎渣喷了一桌。世凤和毕玉玲都被贺世忠的举动给惊住了。毕玉玲急忙去拿过抹布擦了桌子，然后对贺世忠说："他叔，你醉了，莫喝了！"

谁知世忠听了这话，突然止住了哭声，瞪着一双红红的眼睛对毕玉玲说："哪个说我喝醉了，啊？我酒醉心明白，晓得不？"说着，突然俯过身去抓起贺世凤的手贴在自己的胸膛上，一边哭哭泣泣一边十分委屈地诉说起来，"二哥，也不瞒你说，我这里难受呀！你说我究竟做过啥子对不起大家的事呀？不管是收计划生育罚款还是收税费，乡里来开展大会战，'拔钉子'，我能阻挡得住吗？我敢说你们莫来吗？你看见过，他们哪一回来拔钉子，局面是由我们村上干部掌握的？你也晓得，那些来拔钉子的都是些啥子人？全是流氓、混混，加上又有乡政府撑腰，一个个气势汹汹，哪里容得下我们讲话？即使我们想给你们讲话，我们也是只有那份心，而没那份力，你说一句直道话，是不是这样一回事？你道我心里好受？如果我们为你们讲情，乡上会说我们工作不积极，说我包庇那些钉子户，屁股都坐到刁民一边了！轻则批评，重则以破坏大会战的名义对我们进行处理！如果我们完全站到乡上一边，你们又不晓得会怎么恨我们！你说我们有啥子办法？我们只好躲，不出场，看他们怎么做，眼不见，心不烦！可躲也躲不过，最终你们还是把仇记到我脑壳上了！二哥，你当到天老爷说句话，我冤不冤……"

　　世凤看见世忠哭兮兮的样子，又听了他一番诉说，心里突然酸楚起来。细细地在心里一想，贺世忠酒后吐真言，说的都是实话。先不先，乡里来湾里"拔钉子"，贺世忠虽然不积极，但还是会在现场。他通常会抢在乡干部之前，把欠款的村民批评几句，说："历朝历代，种田交皇粮国税，都是天经地义的，你怎么能不交？"如果村民强调理由，贺世忠又会这样说："不管这理那理，没有交清皇粮国税，就是没有理！你还在这里一直说啥子？还不快点出去借钱！"村民听了这话，像是和贺世忠配合好了似的，赶紧出去借钱。在湾里晃了一圈后，有时会拿回几十元钱，有时也会空手而归，甚至也会哭兮兮地对贺世忠说："贺书记，我全湾都跑遍了，腿胯胯骨现在还在痛，实在借不到了，求你们高抬贵手！"世忠听了这话，就会马上转身对乡干部说："他婆娘有病，他也是病病歪歪，娃儿又在读书，家里确实困难，我是晓得的。我看这回就算了，再宽限他几天，下回来再不缴，看你们怎么处理都行！"乡上"拔钉子"的人听了，先还买贺世忠的面子，可久而久之，乡上发现他们之间是在演戏，于是就再也不听贺世忠的了。只要问得到两句"拿不拿钱？"便会霸王硬上弓，该抄家产抄家产，该扒房子扒房子。世忠见乡上根本不买自己的账了，自己在场反而尴尬，于是便采取鸵鸟战术，能躲就躲，真的也没有做过啥太缺德的事。如今，世凤见世忠也是几十岁的人了，还对自己痛哭流涕，顿时觉得自己和兴成他们是不是把事情做得有些过头了？一时心里后悔起来，便说："兄弟，事情都过了，不要去想了，来，来，喝酒，我来给你倒！"

　　说着，世凤就去拿世忠面前的酒杯，世忠却突然抓住酒瓶子，说："要啥子

262

杯子？我就是这样喝了！"说着，也不等贺世凤说啥，果真把瓶口含进嘴里，仰起头，像喝冷水一样咕嘟咕嘟地把半瓶酒全喝了下去，然后抹了抹嘴，说："我心里好些了！"

世凤和毕玉玲在一旁看得呆了，急忙说："你怎么能这样喝急酒？来，吃点菜！"

世忠却把菜盘子一推，站起来就说："不吃了，我走了！"

毕玉玲说："他叔，你喝多没有？喝多了就在这儿歇！"

世忠一边往外走，一边说："笑话，这点酒喝多了？"

世凤听了，说："要不，我送你回去！"

世忠一边继续往外走着，一边往后面摇着手说："没事，没事，死不了，你们各人困瞌睡！"

世凤见世忠说话清楚，走路也不打踉跄，送到院子里便停住了，对世忠说："那我就不送你了，你慢点走！"说完，又看着贺世忠走了一段路，回到屋子里，关了门睡觉。

却说贺世忠，在半瓶烧酒下肚时就晓得自己喝多了。但那一刻他没有糊涂，他想起自己对贺世凤两口子说过的不会闹事的话，怕等会儿酒醉了以后控制不住自己，违反了自己的诺言。所以酒一下肚，就想趁现在还清醒，马上离开这儿，于是站起来就走了。才走出门的时候，他以为控制得住自己。确实，在最初的几分钟内，他控制住了自己，表现出没事的样子。可走着走着，晚风一吹，酒劲往上涌，就觉得头重脚轻，两只脚就在路上跳起芭蕾舞来。身子也是东一摇、西一晃，欲乘风飘去的样子。后来大脑像是成了糨糊，分不清啥子了，只凭着脚的本能，在那夜色下的村路上薅秧似的走着。回到家里，女人出来刚把门打开，贺世忠便倒在女人身上"哇"的一声大吐起来，吐得女人满身的脏物。女人又气又痛，等他吐完，才把他扶到椅子上坐下，说："你在哪个地方灌这样多的马尿水水？"一边说一边又打来水，给贺世忠洗了脸，把他扶到床上，和衣让他睡下了。然后，女人才又走出来，换了衣服，打扫了地上的脏物，进到里屋，在床边坐了下来，静静地看着床上的贺世忠。看着看着，眼角突然滚下一串泪珠来。

世忠酒醒了以后，第二天就离开了贺家湾，到广东打工去了。晓得内情的人都明白，贺世忠出去打工是假，躲债才是真。自此，那贺世忠一走好几年，都没有敢回贺家湾。不过，此是后话不提。

第九章

一

　　贺世忠被撤职以后，贺家湾一时物色不出合适的人来当村支书，这让新上任的乡党委伍书记非常着急。村里本来还有一个村主任叫贺国华，是贺世海任支书时给提起来的。那时和贺世海的配合非常默契。贺世忠和乡上的李书记借上面来的工作组的名义要将贺世海弄下台的时候，他还努力保过世海。贺世忠上台后，本想把贺世海原来的那套班子全部换掉。但李书记没有同意，说全部换掉了，你的对立面太多，对工作反而不利。这样，贺国华的村主任职务便保留了下来。但是，那工作上的配合便是七拱八翘，两人的屁股始终坐不到一条板凳上来。加上上面一味强调党支部的核心作用，那贺国华手里虽说有"村民自治"这张法律上的牌，却是自治不起来，一切都是乡上和贺世忠说了算。久而久之，贺国华在工作上便灰了心，泄了气，由先不先的管不住事，变为干脆不管事，自己只是一个木桩桩，立在那里就是了。乡上自然是十分不满意贺国华这副状态的，便要换了他。本来，乡上要换一个贺国华，那是不该成问题的。可偏偏又成了问题！这问题出在哪？原来村主任是民选的，要换他，也得通过村民大会来换。通过村民大会来换，也不是问题，问题又在哪里？原来就出在这压力型体制和农民负担过重的问题上。乡上为完成上面的任务和保持自身运转，就会要求村干部全力给他们收粮收款。而村干部也多是围着"催粮催款催性命"在运转。用村民的话来说，就是"现在的村干部，除了给乡上收钱以外，还能干啥子？"在这样的情况下，干事越多越积极的村干部，得罪的人就会越多！得罪的人越多，民愤也就会越大！可反过来说，如贺国华一般不干事或干事少、干事消极的干部，得罪人的风险便也越小！因此，当贺家湾村民得知乡上要把贺国华换掉，另选一个人当村主任时，便不干了。在贺家湾村民的意识里，那贺国华虽然占着茅坑没拉屎，但于他们却是安全的！假如另选的那个人跟着乡政府跑，把村里搞得鸡飞狗跳，他们晚上困瞌睡，岂不都要睁着一只眼了？所以，在村民大会上，村民坚决不投票，还一致喊了起来："不换！不换！贺国华当得好好的，为啥要换？"村民不答应换，乡上也没办法，主持会议的人只得悻悻而归。

贺世忠被撤职后，贺国华还是有心把贺世忠的职务接过来的，那几日村里的工作也安排得井井有条。不但如此，贺国华还一改以前从不主动登乡政府门的习惯，往乡政府跑了几次。贺国华的意思伍书记并不是没有看出来，通过两次交谈，伍书记还有些看好贺国华了。但除了他和新来的谢乡长之外，其他党委成员却是强烈反对把村支书职务交给贺国华。这又是为啥？原来这又是压力型体制和农民负担过重的情况下出现的一件怪事。那就是乡上看得上的人，老百姓不一定买账；老百姓喜欢的人，乡上又不一定通得过。乡上的老同志认为，贺国华当村主任都不太和乡上配合，要是当上一把手，更和乡上唱对台戏，怎么办？伍书记和新来的谢乡长立足未稳，一想到以后的工作都需要这些老同志配合与帮助，不敢一味凭自己的感觉行事，见大家都反对，也就罢了。这时，党委管组织的李委员一拍大腿，突然想起一个人，对伍书记说："有了，有一个人，我看挺合适！"

伍书记一听，忙问："谁？"

李委员回答说："贺春乾！"

伍书记自然不晓得贺春乾是谁，便把目光投向了向副书记。向副书记已经在这个乡工作了十多年，算是资历较深的老同志了。向副书记见伍书记把目光投向自己，便晓得伍书记是想听他的意见，翻着眼皮努力想了一会儿，终于想起来了，说："哦，这个人确实不错，我看可以！"

伍书记听了，立即说："李委员你把这个人的情况大致说一说！"

李委员想了一会儿，才说："具体情况我还要查一查档案。我估计他可能才四十岁，或者不到四十岁。上过初中，在部队入的党。文凭不是主要的，主要是这个人脑子活络，办法多，有能力，工作也肯干，不是像贺国华那样说半天，都是冷水烫猪——不来气的人！还当过两年村里的村副主任，情况也熟悉……"

伍书记听到这儿，高兴了，急忙说："你回去就发个通知，让他到乡上来一下，我找他谈谈！"

李委员听了，却摇着头说："现在恐怕不行！"

伍书记忙问："怎么了？"

李委员还没答话，向副书记接了伍书记的话说："这个人能是能干，李委员总结得很全面，就是有一个缺点，组织纪律性太差！那年他连招呼也没有打，就跑到广州打工去了！现在还不晓得他愿不愿意干呢？"

李委员听了，忙说："那年他到广州打工，也是有原因的，一是村里班子不团结，七拱八翘，前面又有个贺国华挡着，他一个村副主任有劲没处使！二的一个，娃娃读书也要钱，所以就出去了！这个人的事业心比较强，只要伍书记出面做工作，我估计他会答应的！"

伍书记等李委员说完，才说："他人都没在屋里，我怎么去做工作？未必我们还坐飞机到广州去呀？"

李委员说："伍书记你不要担心，眼看就要过年了，外出打工的人都像候鸟似的往家里赶。我留意着，只要他一回来，我们就去找他！"

伍书记听了这话，说："行，你就注意一点，到时我和谢乡长、向书记都去！"

李委员说："好的，我马上到贺家湾去一趟，问问他老婆便晓得了！"说完，便真的急急忙忙地走了。

李委员来到贺家湾，找到贺春乾的女人邓丽娟。邓丽娟果然回答说春乾几天后就会回来。李委员于是便找了人盯着，等贺春乾一回到家，就到乡上说一声。没几日，那贺春乾果然风尘仆仆地回来了。伍书记便叫李委员去买了两瓶小有名气却又不贵的白酒，一瓶调和油，一袋水果，提着和谢乡长、向副书记、李委员一道往贺春乾家里来了。

到了春乾家里，春乾正在家，向副书记和李委员因为和春乾是熟人了，忙过去拉了手，说了两句问候的话。向副书记便把伍书记、谢乡长介绍给了贺春乾。贺春乾一见乡上的书记、乡长、副书记和组织委员都来了，甚为得意，忙叫邓丽娟去烧火做饭，说这么多领导到了他这个破家里，是蓬荜生辉，无论如何也要吃顿饭的。邓丽娟听了，果然要去，却被伍书记拦住了。伍书记听见贺春乾叫女人的名字，便先开起了玩笑，对邓丽娟问："嫂子，你是邓丽君的姐姐，还是妹妹？"

邓丽娟一介村妇，哪晓得邓丽君是何方人氏，一下愣了。贺春乾见了，便笑着回答伍书记道："她要是邓丽君的姐姐或妹妹，还会嫁给我？"

伍书记说："那不一定，你哪儿差了？依我看，就是邓丽君本人嫁给我们的春乾大哥，也不得冤她！"

伍书记一副自来熟的样子，还没说到两句话，就已经和贺春乾称兄道弟了，让贺春乾心里感到十分舒服，觉得这个书记为人不错。见女人还站在那里听他们开玩笑，便又催了一遍："去做饭呀，你忘了？"

女人红了一下脸，又打算走，却又被伍书记拦住了，回过头对春乾说："贺大哥，吃饭的事，你别忙！我们乡上的几个领导，今天到你这儿来是有事要你帮忙。你要是答应了，我们在你这儿吃饭，要是不答应，你就是煮龙肉，我们也吃不下去！"

春乾心里已经隐隐晓得了是啥事，却装着不明白的样子说："伍书记，你们是啥子人，我贺春乾又是啥子人，我怎么帮得你们的忙？如果你们搬家，我贺春乾倒可以来给你们搬几张桌子。"

伍书记听了，拍了拍身边的板凳说："你到这里来，我告诉你！"

贺春乾听了，果然走了过来，在凳子上坐下来，伍书记又拍了一下旁边的凳子，对邓丽娟说："嫂子你也坐下！不过我有言在先，等会儿可不能拉大哥的后腿哟！"

女人大概是被伍书记的亲热劲感染了，一边不好意思地在凳子上坐下，一边笑盈盈地说："他想做啥子，我哪里拉得到他的后腿！"

伍书记听了，说了一声："那就好！"说着，就到贺春乾身边坐下，拉过贺春乾的一只手，亲切地拍了拍，这才正正经经地说，"春乾同志，今天我们下来，是代表乡党委、乡政府，特地来请你担任贺家湾村支部书记的……"一边说一边观察着贺春乾的表情，见贺春乾张开嘴要插话，便急忙接着说，"你先不要拒绝我，听我把话说完。你是晓得的，我过去并不认识你，你也不认识我，可为啥我要你出来担任这个村的支部书记呢？这是我们之间的缘分！我一来，你们村就有好多村民来找我，说这个村要搞好，非要贺春乾回来做这个当家人不可！向副书记、李委员也在我面前不断推荐你，说你脑子活，工作有魄力！你看，要我不重视你都不行！因此，党委经过慎重考虑，觉得这个村离不开你，所以，我们今天就下来了，现在，就看你给不给我们面子！"说完，伍书记的目光就紧紧落在贺春乾的脸上。

贺春乾听了伍书记的话，虽然并没有出乎他的意料，但心里还是非常感动了。他的目光也再次迅速地从伍书记身上掠过，见那伍书记，年纪虽然不大，不过三十六七岁左右，戴一副眼镜，一副白面书生的样子，可说话却是这样言辞恳切，态度也是这样和蔼可亲，全然没有一点架子。又看了桌上的礼物，虽说不值多少钱，却是礼轻情义重，可见这新书记是极会为人的。即使是那些奉承话，从他嘴里说出来也是恰到好处。贺春乾虽说年龄也才四十岁，却是经历了分田到户时期的谢书记和后来的王书记、李书记，可没有哪一个书记能像这个书记一样，让他一见面就觉得亲热，值得信赖。加上贺春乾心里本来也藏匿着一番雄心的。伍书记的话说完以后，他本想对他说一声："没问题，我答应你！"可又一想，如果急忙地说出来，反倒显出了自己想当官的样子，于是便故意皱紧了眉头，做出为难的样子说："伍书记，谢乡长，你们弄错了，我有啥子能力？要是其他的忙，我二话都不会说，可是这事，我怕真的不行！再说，现在农村工作难搞，你们也是晓得的！广州那边打工虽然苦一点，工资却不错，我也惯了……"

向副书记听了，没等春乾继续说下去，打断了他的话说："贺春乾，你别他妈的狗坐轿子——不识抬举了！我们晓得，单纯从经济的角度考虑，打工是比当这个支部书记强！可你也要算一下政治账。你挣再多的钱都是一个打工仔，可回来当支部书记，人家见了你，还是喊你书记，不得喊你打工仔，是不是？"

向副书记说完，李委员也接着说："向书记说得对！春乾，我们是老熟人了，那年你做村副主任，我还跟你谈过话。说句实在话，我那时就看出，你并不是一个没有理想的人！可那时，你前面有贺世忠、贺国华，即使你想干一番事业，也英雄无用武之地。所以你才出去打工！现在好了，你自己主一方的政，可以放开手脚，展露自己的才华！再说，你娃儿也大了，他们也都出去打工挣钱了，你眼光就看长一些！不说别的，你也可能看出来了，伍书记是一个非常务实的人，你跟着他干，保准没错的！"

谢乡长听了，也说："就是，春乾同志，我们衷心希望你不要让我们失望！"

在他们说话期间，伍书记也仍是笑眯眯地看着贺春乾，听了谢乡长的话，这才说："不要紧，春乾同志，你可以好好想一想，我们今天是一顾茅庐，如果你不答应，明天我们又来，像刘玄德请诸葛亮一样，直到你答应我们为止！"

贺春乾听了这话，觉得答应的时机差不多了，便说："哎呀，领导，你们这么看重我，如果我再不答应，让我这脸都不晓得往哪里放了！怎么说呢？我贺春乾再没见过世面，今天冲伍书记、谢乡长、向书记和李委员的面子，就是去死，也莫得怨言了！那好，我就答应下来嘛！"

谢乡长、向副书记和李委员一听，都松了一口气，说："这就好了！"

伍书记没有跟着谢乡长他们一起说，却又拍了拍贺春乾的手背，说了一句："我代表乡党委、乡政府感谢你，春乾同志！"

贺春乾听了，却说："不过，伍书记，谢乡长，如果真要我当，我还有一个要求，不晓得你们会不会答应我？"

伍书记说："什么条件，你先说出来！"

春乾便说："那村主任，我得换成贺国藩！"

伍书记一听，有些愣了，便把目光投向谢乡长三位。春乾见几位领导没有立即表态，便说："我也不是说国华不行，不过，领导要站在我的角度想一想。我过去是国华的下级，国华叫我干啥子我就干啥子。可现在，我一下成了国华的上级，他又是老革命，我要他干啥子，他会不会听我的，就难说了！到时候，如果他不听我的，又和我顶杠，你们说我这个书记，没人听我的号令，当起又有啥意思？"

伍书记一听，觉得有道理，便说："行，明年村委会就要换届，你是支部书记，你说了算，我答应你！"说完又说，"我来了后，也听到一些反映，说贺国华同志工作一直都消极被动，怕得罪人，换一换也是应该的！"

贺春乾听了，还没答话，向副书记也接了伍书记的话说："这个人，上一次村委会换届时，我们就要换他，可没换下来。这一次，你可要注意，别又出现上一次那样换不下来的事哟！"

春乾听了，立即说："领导放心，只要乡上同意换，没有换不下来的，这事就包在我身上好了！"

伍书记、谢乡长、向副书记听了这话，便说："既然你有这个决心，就这样办吧！"

贺春乾为啥有这个决心？原来贺春乾和贺世忠一样，都是大房的人。那贺家湾都是同一个祖宗下来的，虽无宗族的恩怨，但各个房份之间，从新中国成立前到现在却多有矛盾纠葛。大房最是发人，两三百年下来，大房的人差不多占了全湾人口的一半。加上大房和四房又走得近，两房人口加起来就占了全湾人口的一多半。贺国华是二房的人，二房和贺世龙、贺世忠、贺世海等三房的人虽说也走得近，但两房人口加起来也不足一半。其他有几个杂姓，人口更少。春乾准备提的贺国藩也是大房的人，只要稍在大房和四房的人里做点工作，把贺国华选下去，把贺国藩选上来，那是坛子里捉乌龟——十拿九稳的！后来的结果也充分证明了贺春乾确实料事如神。只是伍书记在第二年十月的村委会换届选举中，才晓得了贺家湾房份间存在的争斗。这时，他也才明白，那日贺春乾对他说的要换贺国华的理由并不是他真正的理由，他真实的目的是想贺家湾全部由大房当政。此时，伍书记想不答应，却已被贺春乾绑在了同一条船上，想抽身为时已晚。于是围绕选举，又演绎出了另一场争斗。

且说当日，大事定后，贺春乾又叫邓丽娟去做午饭，却又被伍书记再次拦住了。贺春乾见了，就做出生气的样子说："伍书记，这就是你的不对了！你先不先说了的，我只要答应了你们的要求，你们就在我家里吃饭的，总不能说话不算话吧？"

伍书记说："你放心，饭是要吃的，你不给我们吃，我们也要向你要饭吃！"说完，回头又对邓丽娟问，"嫂子，你们湾里有人开小百货店吧？"

邓丽娟说："有哇，就是他先不先说的贺国藩，就在村里原来的小学边开了一个店！"

伍书记立即一边从口袋里掏钱，一边对邓丽娟说："那好，你帮我跑趟路，去那店里，看有没有白糖、瓶装的蜂蜜、牛奶啥的，如果有，就尽这一百元钱买。实在没有，就是清油，买两瓶回来都行！"

贺春乾听了伍书记的话，不明白地问："伍书记，你买这些东西做啥？"

伍书记说："我们还要去看一个人！看完了人，再来你家里吃饭。"

贺春乾立即说："要看人，把刚才你们提来的东西提去就行了嘛，何必还要去买？"

伍书记说："那可不行，各是各！"说着，把一百元钱递到邓丽娟面前，又对她说，"对不起，嫂子，麻烦你了！"

邓丽娟正要接钱，忽然看见丈夫在对自己眨眼，女人一下就明白过来了，马上把手缩了回去，说："伍书记，我这儿有钱，我这就去买！"

说着，邓丽娟就要往外走，却被伍书记一把抓住了，把一百元钱硬塞到她的手里，说："你有是你有，这是两码事，啊！"说着，把女人推出了门外。

那女人红着脸又说了几句客气话，终于拿着钱走了。这儿贺春乾又问伍书记："伍书记，你要去看哪个人？"

伍书记卖关子地说："到时候你就晓得了！"

贺春乾见了，也就不再问，说起了在外面打工的事。按下这端不表，却说伍书记要去看的是谁？原来是贺世龙！这伍书记和原先的李书记全然不同。他来自县内另一个乡，是平级调动，别看他比李书记年轻好几岁，但在工作中却总结出了一套十分圆滑并又行之有效的策略。他原来那个乡和现在这个乡一样，也是一个纯农业乡，农民的负担也是同样沉重，可是那乡上农民欠国家和集体的钱却没有这个乡严重，乡上的日子也好过得多，官民也没有这么严重的对立。这又是为何？只因他的这套策略也！在那个乡上，伍书记被人称为"两面书记"。哪两面？第一面便是冷漠和坚硬！这一面，和那个时期所有乡镇干部一样，都是共同的。不如此，便不足以开展工作，把应收的钱、粮收上来。在那个乡，伍书记同样指挥人去抄过欠款户的家产，扒过"钉子"户的房子，其蛮横和坚决，丝毫不比任何一个乡党委书记逊色。既如此，他那个乡为何又没有发生像贺家湾这样的事件呢？这就在于他的第二面起了作用。这一面，便是他和其他乡党委书记的区别所在了。这一面，叫作温情！有村民被抄了家产以后，他会带上礼品，带着另一些人，及时地赶到遭遇了严重惩罚的对象家里，启动抚慰与赔礼道歉程序。他会坐下来慢慢和村民讲道理，指出他欠钱不对，指出乡上来抄他的家产也是迫于无奈。当然，对在抄家产当中，村民反映的一些人态度蛮横，他又表示回去一定严加追究！说话的当儿，会不失时机地掏出三两百块钱来，表示对他们家遭遇抄家产后的补助。又会表示他们今后有啥困难，乡里能帮助的，一定会给他们帮助，等等。这温情，尤其表现在他与村组干部私下交往的场合中。那乡上的村组干部，见了伍书记都有些像耗子见了猫的样子，最怕的是伍书记的批评。伍书记的批评，那是一点不留情面的，尤其是对工作拖拖拉拉、完不成任务的村组干部，训起来就像训儿子一样。可是在私下里，却又是如亲弟兄一般，从不见一点架子。村组干部家里如有啥事，大至红白喜事，小到小孩升学、老人头疼脑热，伍书记如若晓得，必定要去探望或庆贺一番。如此这般，那乡上农民负担虽同样过重，但农民欠款却不多；虽也有强行征收，却没有农民上告。村组干部心里虽也有怨气，却没有撂担子的！如今，伍书记又把他的这套策略用到这个乡来了。因而在贺春乾心中，一见面便觉得这书记与原来的书记有些不同，值得信赖。殊不知，伍书记这时展示给他看的，正是他温情的一面。另一面，伍书记不过是暂时掩藏起来了而已。

伍书记一来到乡上，就从乡干部嘴里了解到了李书记遭遇滑铁卢的详细经过，不禁冷笑一声，打心眼里瞧不起这位比他年长、却不晓得灵活处事的前任来。他想，如果是自己，绝不会犯这样低级的错误。坐在贺春乾的屋子里，他突然想起了前任的事，于是心里一动，便想起去看看贺世龙。一则，伍书记才来，需要充分展示自己爱民、亲民的形象，赢得民心。更重要的是，看望贺世龙，醉翁之意不在酒，是想通过贺世龙向贺家湾在外的成功人士贺世海示好。因此，便临时起意，让邓丽娟给他买礼物去了。

没一时，邓丽娟果然买了两大包东西回来。有吃的、喝的和用的，伍书记一见，马上站了起来，说："走吧，我们党委政府的同志，都去看看贺世龙！"谢乡长、向副书记和李委员，一听伍书记要去看的是贺世龙，心里一下明白了，便一起站起来，心悦诚服地说："哦，看贺世龙，应该！应该！"

贺春乾想了一会儿，也突然恍然大悟，不但也跟在领导后面说"应该"，而且十分佩服地说："伍书记，你想得真周到！我佩服你了！"

伍书记说："你别跟我说奉承话了，我是油黑人，不受粉！贺世龙的屋子，朝东朝西我们都不晓得，你还不在前头跟我们带路？"

贺春乾听了，果然帮几位领导提了礼物，在前面带了路，一行人便往贺世龙家来了。

二

且说贺世龙，自从发生了被"抄家产"的事后，一直快快不乐。开头两天，他躺在床上发烧，贺万山又是来给他打针，又是开了中药，让李春英煎了让他喝。一喝就是一大碗，像牛渴了饮水一样。贺世龙这辈子还很少凉寒感冒，乡上"拔钉子"的人终于让他晓得了感冒是啥味道。吃了贺万山两剂草草药，贺世龙觉得好多了。庄稼人一旦身子不发烧了，你让他躺在床上等于是让他活受罪。世龙更是这样，稍好一点以后便要起床。李春英告诉他，你的病才好，要多在床上休息两天，世龙便不满地对妻子说："要躺你来躺嘛，看看躺到是啥子滋味？"又说："我这骨节骨脑都躺松了，再躺下去，怕要散架了！"李春英没法，只好让他起来了。

一起来，贺世龙才觉得身子十分疲软，像是好多天都没吃过饭似的。慢慢走出歇屋来，却见堂屋里和外面的阶沿上，都晾满那天掉到堰塘里被水浸泡过的稻谷，一下子又勾起了伤心事。人活一张脸，贺世龙虽然一介村夫，但和贺世忠一样，都是把面子看得特别重的。一想起那天的事，老脸就发烧，就像有人在扇他的耳光，不由得重重地叹了一口气，在椅子上坐了下来，看着外头铅灰色一样的天空，似是想啥，又似是啥也没想。李春英出来。看见丈夫发呆的样子，便问："你在想啥子？"

过了半天，贺世龙才答非所问地说："你还晾这些谷子干啥子？这大冬天的，又没有太阳，你怎么晾得干？还不都打了让猪吃！"说完又慢慢说，"如果发霉烂了，连猪也不会吃了！"

李春英说："就是让猪吃，猪也吃不赢嘛！"

贺世龙听了，突然莫名其妙地生起气来，冲李春英吼着说："吃不赢就倒，倒进粪凼里，沤肥料，总要得吧？你反正赶快把它们弄起走，我不想看见它们了！"

李春英晓得丈夫心情不好，也不和他计较，只一个劲说："好，好，我等会儿就把它们撮走！"说着，果真去叫了李红过来，婆媳俩一齐把那些谷子撮到兴成的屋子里去摊着了。

又过了两日，贺世龙觉得身上有了一些力气，尽管贺万山过来，还是叫他再歇一两天。因为老年人元气不足，不比年轻人经磨，稍不注意，病便容易复发。贺世龙嘴上虽然答应，却又怎么闲得住？便想寻点事情做。想起外面的事情不能做，在家里做点事也是可以的，便想去砍根竹子回来编一只背篼。要说家里，倒不是缺背篼的，编背篼只为打发日子。可正找弯刀时，却找不着。李春英见他弓着身子，在屋子里四处寻找，连床底下都用竹竿去刨了一遍，便问："你找啥子？"

世龙听了，瓮声瓮气地答："我的弯刀呢，怎么不见了？"

李春英说："你还找弯刀？你忘了，那天你把弯刀丢到路上了，你捡回来没有？"

世龙这才一下记起来了，说："哦，老实的，是落到土地坪的岩下面了，我去把它捡回来！"说着，就急急地往外走了。李春英去喊他，也没喊住。看着贺世龙的背影，她这才发现丈夫的背竟然驼了。走路时，单薄的身子不但往前窜，头也是朝地下勾着，像是寻找地上的啥东西。那头上也是顶着一层寒霜了。李春英鼻子突然一酸，想起砍柴那天，丈夫的腰还是挺得很直的。这天杀的飞来横祸，一下就把丈夫击倒了。过去，尽管两口子也争争吵吵，打架角孽，但她一直认为，丈夫那高大、宽阔、强壮、挺拔和厚实的身子，一直是她和这个家庭挡风的墙。可现在，他还会为她、为这个家遮风挡雨吗？想到这些，李春英掉下了两行眼泪，却又很快用手背抹去了。

过了一会儿，贺世龙两手空空地回来了，满脸都是失望的神色，李春英见了，问："没找着？"

贺世龙没直接回答李春英的话，却只管喃喃自语地："这才日怪了，我明明看见滚到岩下的，可眼睛都寻绿了，就是没有寻到！"

李春英说："怕是被哪个捡起走了！"

世龙停了一下，才像不相信似的，回答李春英说："那样一把烂刀，哪个会要？"

李春英说："反正没见了，你也不要去想了，过两天逢场，重新买把就是！"

世龙听了这话，心里怅然若失，说："我现在用啥子做篾活呢？"

李春英说："没东西做篾活，哪个一定要你做？你就坐下来歇着吧！"

贺世龙果然像一个听话的孩子，在椅子上坐了下来，可眼睛却瞪着，望着天花板，像是在想啥子。果然，没过一会儿，又马上叫了起来，说："不对头！不对头！真的不对头！"

李春英一听丈夫这没头没脑的话，吓了一跳，急忙问："啥子不对头？"

贺世龙沉浸在了回忆中，说："那天我走到走到，忽然感觉有人在夺我手里的刀，我以为是你，还问你夺我刀做啥子？没听到你答应，我回头一看，你还没有来！我又走，还是那样，我就生气了，就说了一句：'有个鬼！'这时，真的有个声音叫我把刀放下！我没有放下，那刀就突然从我手里掉下去了。我弯腰要去捡，刀却又像皮球一样，跳了一下就跳到岩脚下去了！你说，我是不是真的遇到鬼了？"

李春英听了，头皮一阵发麻，急忙说："我的个妈呀，你说起莫把我吓倒了！怕是你当时心慌，刀没拿稳，落下去了，晶光白日，哪来的鬼？"

贺世龙没答李春英的话，却一下从椅子上站了起来，说："不行，我得找凤山去看看，是不是又有哪个小鬼在撩怪我！"

李春英见了，急忙拉住了他，说："外头风大，你就在屋里，我去把凤山叫来就是！"说着，不等贺世龙回答，就转身出门，急急忙忙地往外走了。

没多久，李春英果然就带了贺凤山来了。贺凤山一见世龙，就高兴地说："哦，病好了？好了就好，大难不死，必有后福！"

世龙说："你给我看一看，是不是哪个小鬼又在撩怪我，想从我这儿要点钱回去花？"说完，就把那天丢刀的事给贺凤山说了一遍。

贺凤山听完，也甚觉奇怪，于是便说："真有这事？如果真有这事，那撩怪你的也一定不是恶鬼，而是一个善良的鬼！这阳间的人总以为阴间的鬼很坏。把鬼的样子也画得十分狰狞恐怖，其实不是这样的！鬼里头就像这人里头一样，也是好鬼居多！"说完，才又对世龙说，"你把你的生辰八字报来，我先给你算一算！"

贺世龙听了，就马上报了自己生辰八字。贺凤山先在一张纸上排了世龙的八字，然后眯了眼，凝神静气，在指头上掐算起来。片刻工夫，睁开了眼，微笑着对世龙说："怪不得你会遭此一劫，原来是你八字和运程中有此一难，是没法躲开的！"

李春英听了，急忙问："他叔，你说说，他的这场劫难还完没完？"

凤山说："放心，他虽然命中有此一难，却是有贵人相助，大可放心无虑！"

世龙听了，突然插话问："你说的贵人是哪个？"

凤山说："贵人分阴阳两种！先说阴间的贵人。我先个说了，阴间的鬼各种各样，有善良之辈，也有宵小之徒！有一种鬼，来无影，去无踪，不知其形象，但冥冥之中确实存在。这种鬼神通也比较广大，会庇佑人间！这次在阴间助你的，就是这种鬼！要不是它在暗中助你，你这次恐怕有血光之灾。再说阳间，这阴间阳间本是一体，阴间有作恶的小鬼，阳间也有作恶的歹人。那来抄你家产的人，把你颠进堰塘里的人，便是作恶的歹人！但他们的头上也有神明罩着。只不过神明还没发威，一旦发了威，便会帮你出了心中这口气！"

世龙听了半天，还是有些不明白，便又问凤山："你说阴间阳间都有贵人在暗中助我，是些啥贵人?"

凤山说："天机不可泄露，你不必再问!"

世龙听了，果然不再往下追问，却说："你再给我算算，我那弯刀能不能找回来?"

凤山说："你再把丢刀的时辰和地点，跟我说一遍!"

世龙想了想，把丢刀的时间、地点、经过，又详详细细对凤山讲了一遍。凤山听完，又如先前一般，凝神闭目掐算了一通，然后对世龙十分肯定地说："能!你出门拐左，往上马坟方向走六七百步左右，就在那一带寻找，可能找得到你的刀!"

世龙一听，奇怪了，说："我的刀明明是掉到土地坪岩下的，怎么会在上马坟一带?"

凤山仍是说："天机不可泄露，到时你就明白了!"说完，贺凤山就起身回家了。

世龙听了凤山的话，果真马上出门拐左，往上马坟方向去了。一边走一边数着脚步，刚数到六百七十八步，就来到了父亲那座新坟的三角地里。一看，那把弯刀果然躺在一丛牛网刺下面。贺世龙一见，突然如醍醐灌顶，一下明白了：原来凤山说的那个在阴间暗中保护自己，来无踪去无影的鬼，才是爹!一想到这里，世龙又仔细回忆了一下那天听到的声音，确实有些像是爹生前的声音，遂深信不疑，急忙拿了刀回来，对李春英说了这事。又要李春英快去备香烛纸蜡，要去爹的坟前祭奠。李春英听后说："你忘了凤山说的话?你爹那坟是蜘蛛结网，不能烧纸祭拜的!"

世龙听了这话这才作罢，但还是在院子里用石灰画了一个圈，对着爹的坟墓方向烧了一通纸，一边磕头一边说："爹，感谢你使法力夺了儿子的刀!你死了这么多年，在阴间还爱惜着自己的儿子，儿子给你磕头了!"磕了三个头，爬起来，因晓得了爹还在阴间保护自己，心里一下好受些了。第二天，便又扛着锄头下地了。这期间，世事如变戏法一样，眨眼之间，那李书记、张乡长被调走了，赵副乡长和贺世忠被免了职。你方唱罢我登场，又听说新的书记乡长走马上任了。这一切，都应了凤山那日跟他算命时说的话。世龙心里也明白，那李书记、张乡长的离开，赵副乡长和世忠的免职，都与拔他这颗"钉子"有关。但是，他心里却是冷淡得很，仿佛这些事又都离他十万八千里，和他沾不上边。只是一如既往埋头打理着土地，好像只有那土地才和他亲一样。

话说这一日，李春英把下马坟旁边一块菜地里的青菜扯了，一背一背地往屋里背。贺世龙就在地里用冬瓜锄将那菜地翻过来，炕到开了年，还是打算育红苕苗。红苕是当地的传统作物，年辰好的时候，一亩要产八九千斤到一万多斤。价格好的时候，要卖四五毛钱一斤，价格不好的时候，也要卖个一两毛钱一斤。比种小麦，一亩地要多收入百来块现钱。可是，如今贺家湾的庄稼人却基本上放弃了种红苕。这又是为何？原来，种红苕虽然节约成本，产量又高，却是最耗时间、耗劳力的活儿！一打了春，就要翻地育苕种。如果气温过低，苕种遭了冻，便会烂在地里，育不出苕苗来。特别累人的是栽苕。因那栽苕，要赶在下雨的时候，先把苕苗从苗床上割来，一根根剪断，再一根根用右手的三根手指，刨开苕墒上的土，将苕苗插进土里，等到苕苗下地不久，苕藤就开始疯长，这时就须时时去翻动苕藤，以保证所有营养，都供给到根部。每一步，都特别耗时间，且不管是兴成的啥子机器，都一点帮不上忙，靠的全是人工。贺家湾的青壮劳力，都像雀鸟一样，飞到外面打工去了。留守在家的劳力，尽管平时还是有很多闲时间，可一到忙起来的时候，就显得不够用了。何况，大家本身就没有把庄稼当回事了。因此，虽然红苕的经济价值不错，如今城里人也很喜欢，可大多数贺家湾的庄稼人，还是只把小麦收了，就让地荒着，也不再去劳神费力地栽红苕了。过去种红苕，除了人的半年粮外，也是猪的天然饲料来源。既然养猪的人都少了，谁还稀罕这天然饲料？世龙也和湾里所有的人一样，家里虽然也养着猪，但并不靠红苕来养。他原想今年再不栽红苕了，可一看见那菜地空出来了，不晓得怎么回事，突然又想种了。因此，不待李春英把菜背完，便去翻起地来了。再说，他一不搓麻，二不打牌，三不赶耍场，叫他不到地里劳作又叫他干啥？其他农活都机械化了，耗不了他多少时间，那育苕苗、插苕苗、翻苕藤，再到把红苕从土里挖出来，正好让他那手脚有地方忙碌！可见贺世龙，天生的劳碌命也！

世龙正挖着地，忽见李春英急急忙忙地跑了过来，也没背背篼，只对他说："当家的，你快点回去，屋里来人了！"

贺世龙听了，忙停了锄头问："啥子人来了，你这样鬼打忙了的样子？"

李春英说："我也不晓得，是贺春乾带来的，好几个，像是当官的！贺春乾也没说，只是叫你快点回去！"

世龙听后，皱着眉头想了一下，说："好几个？当官的？未必我的劫难还没完，又是来找我啥麻烦的？"

春英说："我也不晓得，你看怎么办？要不然你躲一下！"

世龙说："躲？往哪里躲？躲脱不是祸，是祸躲不脱，我回去看看！"说完，把锄头挖到地里，便往家里去了。李春英一见，也紧紧跟在丈夫后面，像是要保护他一样。

走到院子里，果真见贺春乾迎了出来，大声说："世龙叔，你还在忙啥呀？你看是哪些人来了？"

世龙不冷不热地说："哪个来了？"

贺春乾说："你看了就晓得了！"说着，拉了贺世龙的手，和他一起走进了屋子里。贺世龙一看，屋子里果然坐着几个人，李春英说得不错，像是当官的。一看见他，几个人都站了起来。贺世龙正打算问，贺春乾忽然对他说："世龙叔，你好大的面子，今天乡上的领导全都来看你了！"说着把伍书记、谢乡长、向副书记和李委员，一一向世龙做了介绍。

贺世龙一听乡上的新书记、新乡长来看望自己，一下惊呆了，局促得不晓得该怎么办？见那伍书记伸出手来要和自己握手，忙把双手在裤子上擦了擦才伸过去，也不晓得该说啥，只张着嘴，像是傻笑似的。

贺春乾见了，又说："世龙叔，你不要紧张，伍书记和谢乡长都是自己人！你看，他们还给你买了礼物来！"说着，过去把那两袋东西提过来交给了贺世龙。贺世龙这才似乎找到了话说："来要就是了，还买啥东西？"说完，把东西交给李春英，又急忙叫李春英去烧火做饭，说是贵客来了！

伍书记一听，急忙把贺世龙拉到身边坐下，又像先不先拉着贺春乾的手一样，轻轻拍打着说："吃饭倒不必了，世龙大哥，我们主要就是来看看你！前次那事，让你受苦了，我代表党委、政府向你赔礼！世海老哥回来了，你也代我对他说一声对不起，改日我亲自到城里跟他赔礼！以后你有啥困难，就跟我们说一声，我们一定帮你解决！"说完，又夸了他们三兄弟以及兴成、兴仁一番。看来，这伍书记早就全面了解了世龙、世凤、世海家里的情况。如此这般，几个人和贺世龙拉呱了半个多小时。当然，在这半个小时里，是伍书记、谢乡长他们说得多，贺世龙只是咧着嘴，偶尔点点头，发两句"嗯"和"啊"之类的单音词。但在心里，贺世龙却是感激不已。想自己在湾里住了几十年，到他这屋子里踩过脚印的，也不过就是郑锋、贺世忠这样的支部书记。如今，也不晓得太阳为啥从西边出来了，乡上的书记、乡长和副书记全都来了，这可是做梦也没想到的，怎不叫他高兴？伍书记等走了以后，世龙还高兴了几天。湾里的人也都晓得了乡上新书记、新乡长看望过世龙。一些人还过来问，那新书记和新乡长对他说过些啥子？世龙就觉得，那日丢了的面子和今日得到的面子，终于两相抵消了！于是从那以后，便不再去想着那日的事了。而且李春英奇怪地发现，丈夫的背，也没有自己原先看见的那样驼了！可见农人真的是容易满足。

三

世上万事万物，都各有自己的运行轨迹，该生的生，该死的死；该长的长，该衰的衰，没人能挡得住。草木不晓人间的悲欢事，一开春，便争先恐后地，发芽的发芽，开花的开花。一时间，那大地便又是桃红柳绿，草长莺飞，一派生机盎然了！在那布谷鸟阵阵催促声中，就又到了农人播种的季节。这日下午，贺世龙在屋后的地里栽苞谷——此时的苞谷，已经不用种，而改为栽了。这栽，是事先在苗床上做好泥团，每个泥团里面放一粒苞谷种子，然后用塑料薄膜覆盖住，待苞谷种子在苗床里长成三到四片叶的时候，再移栽到地里。这又是政府推广的一项新技术，能使苞谷增产不少，且提高了成熟期。贺世龙正弯腰栽着，忽然听见有人喊："世龙叔，栽苞谷呀？"

贺世龙直起身子，见是贺春乾，胳肢窝里像过去世海一样，挟着一只公事包从前面路上过来，便说："是贺书记呀，天都打麻影了，你还挟个包包，还要到哪个地方去呀？"

春乾一边往世龙这儿走，一边说："哎呀，老叔，叫你就喊我的名字，你怎么还要书记书记的喊？二天直接叫我贺春乾就是，啊！"说完又说，"这个时候了，还到哪里去？才到乡上开完会，到上湾那边去看了看。"说着，就走到了贺世龙面前，从烟盒里抽出一支烟递给了世龙。

贺世龙现在年纪一大，也像世凤一样，稍不警觉就犯咳嗽病。李春英、世海、兴成和兴仁都叫他把叶子烟戒了，改抽香烟。可抽了几十年，哪儿容易戒？但抽又怕李春英和儿女们说，便只得像做贼一样，背到他们的面，时不时地抽一袋。这阵见贺春乾递了烟过来，便说了一声："劳慰！"把烟接了。

贺春乾又掏出打火机给世龙把烟点上，这才说："老叔，我告诉你一个好消息，你听了肯定高兴！"

世龙吐出了一口烟雾，瞪着怀疑的眼睛问："啥子好消息？"

春乾说："跟你说吧，中央为了减轻农民负担，从今年小春交粮起，在全国农村开展'一费制'。今天这个会，就是学习中央这个文件的！也就是说，从今以后，种庄稼不用交那么重的税费了！你就把全部武艺都施展出来，放心地种吧！"

世龙听了这话，突然停止了吸烟，看着贺春乾问："啥子叫'一费制'？"

春乾说："就是把农民所有的税费捆在一起，不超过上年人均纯收入的5%。超过了，农民就可以不缴！这样一来，就再不会出现原来'头税轻，二税重，摊派是个无底洞'这样的情况了！任何人想加码，门都莫得，那负担就可以减少很大一坨了！"说完，然后又补了一句："听说，中央正在酝酿取消农业税呢！到时候农民种田白种，就不用交税了！"

世龙一听，突然笑了，用了长辈的口吻说："你娃儿拿我涮啥坛子？历朝历代，哪有种田不交税的？"

春乾说："老叔，你要不信，就等着看吧！听说这话是温家宝总理说的。他们那号人，是随便就可以开金口的？"

贺世龙说："种地不交税，农人困着了都怕要笑醒！"说着，才记起去吸烟，却发现手里的烟不晓得啥时已经熄了。

贺春乾一见，急忙又掏出打火机来为贺世龙点上。然后又对他征询意见地问："老叔，这现在其他村都通公路了，只有我们村，还是大集体时代修的一条机耕道，路窄不说，还到处是坑坑凼凼！一遇到下雨，莫说汽车进来，就是人走，都是扑爬跟斗的！特别是细娃儿到乡上去上学，说实话，硬是造孽！你说，我们把路从乡上接下来修条水泥路，好不好？"

贺世龙一听这话，便说："好哇，走好路哪个不想？可修路要钱，钱从哪儿来呢？"

贺春乾说："钱嘛，我都想好了！我有个战友，阎王老爷给他的命好，生在城里。复员回来后安排到了县财政局，现在都做股长了！我找过他几回，他已经答应给我们十万元，手续都办好了，马上就拨下来！不够的，我们自己集一点，劳力也是我们自己的，只要大家一条心，就没有修不成的！"

世龙听了春乾这话，似乎也有了信心，说："你这话说得对，大家一条心，黄土变成金！"

春乾听了世龙的话，立即表扬说："还是老叔的觉悟高！要是大家都像老叔这样，那就好了！"说完又说，"今晚上我就开村民小组长和村民代表会议研究这事，要不，老叔你也来参加一下吧！"

世龙听了，说："我又不是组长，也不是村民代表，我来凑人多呀？你放心，到时候该怎么出钱，你跟我说一声，我出就是！"

春乾听了，说："那行，老叔，反正到时你要多支持才是！"说完，这才告别世龙，挟着公事包走了。

晚上，春乾果然召开各村民小组长和村民代表会议研究修路的事。春乾为啥要急着修路？一是春乾确是有事业心的，又才当上村支书不久，急着想办一些实事，既让村民受益，又让上级信任。当然，还有一个原因，春乾藏在心里没有说出来，那就是今天乡上会议传达的"一费制"——按照"一费制"的办法，农民负担肯定要比过去轻得多。负担一轻，农民种田的积极性就会高涨起来。不像现在，土地随便撂荒在那里，谁想种谁拿去种就是。更重要的，那"一费制"要求把农民的土地、面积和产量定死，写入《农民负担明白卡》上。一旦把农民的土地定死了，丁是丁，卯是卯，以后村里的公益事业要占点地，哪个愿意拿出来？不是由于春乾站得高，对未来能够高瞻远瞩，实在因为他也是农民！农民是啥心态他最了解，因此，他想抢在"一费制"的前头把村公路修了。春乾的心思，小组长和村民代表自然不太明白。但人人心里，却都是如贺世龙一样，盼望能够走好路的。尤其是有小孩在乡上上学的，更是巴望不得！因此，一听说修路，大家都非常赞同，又听说春乾已经争取了十万元资金，更是热情高涨。小组长们就首先表态说："那就好了！国家也不来走这路，都是我们自己走，还给我们十万，我们还有啥子说的？"

村民代表听了，也高兴地说："还是春乾能干，不像世海和世忠那样，干了好些年支书，干得村里要啥没啥！"

春乾听了这话，急忙说："话不能那么说！分田到户，把集体财产分得精光，是当时的政策，怪不得个人！世忠那阵，即使想给大家办事，可手里没有钱，怎么给大家办事？"

村民小组长中，有人和世海好，也有人和世忠亲，听了这话，便也说："就是，这不能怪他们！现在，我们都是沾春乾书记的光！春乾书记你说怎么修，我们就怎么修，保证不得和你扯五绊六！"

春乾听了这话，非常高兴，说："其他都好说，钱不够，大家再集点资，反正是为自己造福。只是这修路要占部分土地，涉及我们本村的，不管占到哪家的，各组要自行调整！"

参加会议的小组长和村民代表，自己的地都没有在路边上，听了春乾这话，便很干脆利落地说："这没有问题，该占就占！"又说，"舍不得娃儿，套不住狼！这修路，是子孙万代的事，占点地又有啥？"

春乾听了，就安排道："那就好，你们回去就做好宣传工作，免得到时候那些被占地的人又不干！"

春乾的话刚完，突然一个小组长对春乾问："我们自己村里的地好说，可修路还要占林家湾和张家湾一些人的地，怎么办？"

其他人听了这话，也纷纷说："是呀，我们总不能叫他们也调地吧？"

春乾听了这话，说："他们的地，我们自然只有出钱买，这没有办法。"

春乾的话音刚落，立即又有人担心地说："他们要是漫天要价，或是不答应，怎么办？"

春乾说："你们放心，我想他们也不会漫天要价的！第一，现在农民并没有把土地当回事，到处都有地荒着，给点钱总比荒着强！第二，我和林家湾的林支书、张家湾的张支书，不说是铁哥们，也还算合得来，不看僧面看佛面，看在我的面子上，总会帮我做点工作！第三，这是最重要的，路修好以后，受益的不光是贺家湾，他们也会受益，这道理是癞儿头上的虱子——明摆着的，是不是？"

众人一听贺春乾的分析，就一齐点头说："对！对！除非他们心甘情愿走烂路！"

春乾说："我明天就去找他们协商，大家就听我的好消息吧！"说完，会就散了。

第二天，贺春乾真的就挟着他的那只黑皮包，信心百倍地去了林家湾。林家湾的林支书听了贺春乾的话，果然如春乾所预料的，态度十分鲜明，说："你老弟真是干大事的，怪不得伍书记很赏识你！"说完，才接着说："这没问题，我们大力支持。我马上带你到那两个组去！"说完，带了春乾到了路边的两个组。林支书把两个组的组长和涉及要占地的村民找来，先把贺家湾村贺支书找他们的目的，以及贺家湾修路对大家的好处说了一遍，希望大家发扬风格，支持他们修路。两个组长和村民一听，也十分慷慨地说："没说的，我们一定支持！贺支书你先说说，怎么补偿我们的土地吧？"

春乾说："你们也是晓得的，我们是靠村民集资修路，不是国家搞建设！先个你林支书讲了，你们要从路修好了，自己也能受益这一点出发，支持我们！"

村民说："我们支持是支持，但总不能让我们白把地给你们哟！"

春乾说："我们也没想白要你们的地，大家合适就行了！"

村民说："啥子叫合适？你也没有跟我们喊个价钱！"

春乾说："你们觉得我们出个啥子价钱，你们才能接受？"

一个村民代表说："哎呀，贺书记，我们看你就不是一个爽快人，含含糊糊的啥？你要我们说，我们也就不客气了！乡上修农贸市场，占用场前村的地，每亩给的价格是一万五千块。人家前头定了个价在那儿，你就按这个价给吧！"

这人话一完，别的村民就一齐说了起来："就是，就是！别个前头作揖，你在后面弯腰就是！"

春乾一听，吃了一惊，忙站起来，一边抱拳打拱一边说："哎，各位，各位，你们听我说！你们说的这个价，把我都骇了一跳！乡上给的一万五是不假，可乡上庙子大，出高一点没啥！可我先个说了，我们是集资修路，靠大家口攒牙积，才凑起一点钱，实在不能像乡上补偿场前村那样，补偿你们的钱！"

村民听了，却说："乡上庙大是不假，可场前村那地，尽是些石骨子地！我们这地是啥地？你贺支书可以去看看，尽是好地！要是依我们说，一万五还少了！我们也是看到林支书的面子才答应的！"

春乾听了这话，用一种乞求的眼光看着林支书。林支书想了一下，对村民说："你们不要得了便宜又卖乖！要叫我说，和乡上补偿场前村的土地比起来，你们要一万五千块一亩，是不高。可是你们想过没有？先个贺支书说得再清楚不过了，路修起来，不单是贺家湾受益，你们也跟到享福！乡上的农贸市场修好了，场前村的人，能占到啥子便宜？可你们不同了！你们就在这路两边住，不说别的，走个路，也比现在好得多！这就好比是人家拿钱在为你们修路，还说是看

283

我的面子！依我说，你们一分钱都不该要！"

两个村民组长听了林支书的话，急忙说："这样，我们来调解一下，林书记的话讲得非常对，也不要一万五了，就给一万块钱一亩，要不要得？"

可是村民一听，不等春乾回答，马上说："一万不行，少了一万二千块钱，免谈！"

春乾听了，在心里算了一下，觉得这个价钱自己还是不能接受。虽然每户占的地不多，可路线这样长，一路下来，少说也要占两个村七八亩地。这样一来，好不容易换取来的十万元资金，路还没修，就花在土地上去了。春乾心里，原先是打算每亩地付个三到五千元。此时他们要这么高的价，大大出乎了他的意料。他想了一想，便对村民说："看来我们今天是说不拢了！生意不成仁义在，你们先回去想想，过两天我们继续商量！"说完，拉起林支书一道走了。走出来，才对林支书说："老哥，他们为啥要这样讲价？"

林支书笑了笑说："老弟，你是一直在外头打工，以为农民还像先不先那样，不懂市场经济！现在他们哪个没有做点生意？我跟你说，会讲价得很！"

春乾说："麻烦老兄还帮我做些工作，啊！"说完，春乾又到了张家湾来。依春乾的想法，林家湾的工作没有做通，不如先来张家湾把工作做通。只要张家湾人答应了他的要求，就等于给林家湾人，定了个标准在那里，他们再漫天要价，就没有理由了。没想到，张家湾的人要价比林家湾还高，每亩地非要一万五千块不可。春乾见和自己想象的差距太大，一时也无法说拢，便回来了。

第二天，贺春乾便到乡上跟伍书记说了自己修路的打算和遇到的困难。伍书记一听春乾主动提出修路，而且争取到了县上的一笔钱，心里自然高兴。和贺春乾一样，伍书记还年轻，也很想干出点政绩让领导看看。春乾干出了成绩，也是他的成绩，于是就说："土地的问题你放心，我来帮你协调！"

春乾听了这话，高兴地说："那就谢谢伍书记了！"

过了几天，伍书记果真到了两个村，先把村干部和小组长喊拢来开了一个会，指出贺家湾修路不仅是贺家湾村民的行为，也是乡党委、政府的行为，大家要和乡党委、乡政府保持一致，多做群众的工作。伍书记把贺家湾修路一上升到党委和政府工作的高度，两个村里的干部便不好说啥，一致答应做群众的思想工作。紧接着，伍书记就召开那些涉及占地的村民会议。在会上，伍书记一会儿给大家抱拳打拱，一会儿又是开玩笑，一会儿又是给村民敬烟，气氛甚是活跃。村组干部又在旁边，发的发烧，退的退凉，如演双簧一般。在伍书记、村组干部的几面夹击下，村民终于同意以四千元一亩的价格，把土地出让给贺家湾修路了！

贺春乾一听到这个消息，大喜过望，立即又召集了村民小组长和村民代表会议，向大家宣布了这一消息。可让贺春乾没有想到的是，过了两天，本村那些要被占用土地的人，也纷纷跑到他家里，要求村里按四千元一亩的价格，给他们补偿。春乾一听，不明白地问："你们这是怎么回事，啊？难道你们小组长没回来给你们说吗？凡是村里被占了土地的，一律在本小组内调整，都不给钱！"

村民说："说是说了的，可我们不同意调地！调些边边角角、别人不要的地给我们，哪个要？我们就要钱算了！"

春乾说："怎么会调些别人不要的地给你们呢？你们放心，这事我负责，保证不会调些边边角角给你们！"

村民说："现在说得好听，到时调些别人不要的地给我们，我们要也得要，不要也得要，我们找哪个鬼大爷？算了，我们多得不如少得，少得不如现得，就要钱！"

春乾有些生气了："我们这是在为自己办事，如果大家都要像这么计较，那还修啥子路？"

村民说："路也是大家的，为啥只叫我们不计较？如果家家的地都要占，我们就没啥说的！可现在是只占我们这些人的，为啥不该计较？"又说，"你做支书的，可要一碗水端平！人心打比是一样，如果你不是支书，占到你家的地，你也肯定要说话的！"

春乾耐下性子说："我还是那句话，这是在为我们自己办事，不能像别人那样斤斤计较！你们回去好好想一想，我们也开会研究一下，保证你们不吃亏！"把这些村民劝走了。

春乾没法，又召开村民组长和村民代表会，会议一开始，春乾便板着批评那些村民组长，说："你们当初答应得哦哦的，可现在是怎么做的那些村民的工作？土地调整不出来，还修个屁的路呀？"

几个村民组长一听，立即叫起屈来，说："怎么没有做工作？他们当初也答应得好好的，可后来就变卦了！"

春乾说："他们主要是担心修了路后，调些孬地给他们！那就采取先调地后修路的办法，把你们组里最好的地调给他们，看他们还有啥子话说！"

听了春乾的话，一个组长马上说："支书其实你弄错了！他们说担心以后会调些边边角角给他们，那只是扯草草、找借口的话！真实的想法是，听说给了别人四千元一亩，自己也便想要四千元一亩！"说完又说："哪个又不想钱？再说，现在种粮不划算，他一亩地卖到四千元是四千元，少得不如现得，钱拿到手里稳当！"

其他组长听了，也纷纷说："就是！就是！我们嘴皮都磨起泡了，他们就是要钱，我们有啥法？再说，你刚才说把全村最好的土地调给他们，可别人也不是傻瓜，为啥要把最好的地拿出来？别人不愿意把最好的地拿出来，又怎么办？"

春乾听了这话，把语气放轻了一些，说："我也晓得，如果有钱，直接满足他们的要求，这是最省事的！可我们哪来的钱？如果也按四千块一亩的价格给他们钱，我算了一下，财政局支持的十万，连买地都不够，还修啥子路？所以，不管怎么说，你们回去还要继续做工作！凡是本村的一律以地换地，各小组调整，别指望村里拿一分钱！"说罢，宣布散会了。

又隔了几天，春乾又亲自召开那些涉及占地村民的会议，问他们考虑得怎样了？那些村民一听，仍是坚持要四千元一亩的补偿。春乾一下火了，大声说："土地是国家的，不是你们自己的！村里要修路，要你们拿出来，你们就得拿出来，我看哪个敢不拿出来！"

村民一听，立即把贺春乾围住了，七嘴八舌地叫了起来，说："你说啥子？你说土地是国家的，可为啥子又把地给了我们种，还给我们发个《土地承包证》？"一些人还说："你说这样的话，我们就不拿出来，看你怎么办？我们也不是山上的麻雀，吓大的！"

春乾一听村民那些话，更火了，说："你们不是山上的麻雀，我也不是山上的麻雀！我还是那句话，修路是为全村好，哪个影响修路，哪个就是全村的罪人！到时我把推土机请来，把地通通铲了，看哪个敢拦阻！"

村民一听这话，自恃自己的理由比春乾更充分，便叫得更凶了，甚至指了春乾的鼻子，说："你敢！你信不信我们现在就到县上告你？你回去看看，你屋里的《土地承包证》上写的啥子字？三十年不变！你强收我们的地就是违法，让你猫儿抓糍粑——脱不了爪爪！"说罢，一哄而散，把春乾和几个村组干部，晾在了那里。

春乾没法，又到乡上找伍书记。可这时，落实"一费制"已成为全县工作的重中之重。上面要求，在农民小春粮食入库前，一定要把《农民负担明白卡》发到农民手里。而在此之前，确定"一费制"的几个硬指标，如各村的土地、面积、产量，以及前三年的人均纯收入，都得一一清理明白。工程之大、表格之繁杂，都是前所未有的，而且不容出任何差错。伍书记的脑袋已经被这些数字和表格给弄大了。听了春乾的话，特别是听到村民又要去告贺春乾时，伍书记的眉毛皱紧了。过了半天，伍书记才说："这件事嘛，我送你三句话，你自己把它处理好。第一句叫作要稳重处理！第二句叫作要慎重考虑！第三句话最重要，叫作前车之覆，后车之鉴，稳定压倒一切！"

春乾听了伍书记的三句话，觉得像是佛教里的偈语，有点懵懵懂懂，似懂非懂，正想进一步问，伍书记说："你不要多说了，这段日子我很忙，你也是一样，'一费制'必须在五月底以前完成，完不成是要问责的！先把重中之重的任务，完成好了再说吧！"

春乾听了只好走出来。在院子里，春乾看见了向副书记，便抓着向副书记，把伍书记的三句话给向副书记说，问他是啥子意思？向副书记一听，说："伍书记的意思非常明白，你还不懂吗？叫你稳重处理，是说在群众还不是自愿的情况下，或条件还不成熟的时候，你不要只凭热情冒进，显得自己不成熟、不稳重，激起矛盾！慎重考虑，是叫你想事情、做决策时，要顾及全面，想到事情的正面和反面，千万不可盲目！最后一句，不用我说，你也会明白的，就是无论如何都不能激化矛盾，让村民去上告！那样一来，贺世忠的教训就在等着你！三句话连起来的意思就是，宁可不修这路，你也不能去犯错误！"

春乾一听，叫了一声："妈呀，领导到底是领导，这水平太高了！"

向副书记说："伍书记怕直接叫你放弃修路，打击了你的积极性，所以说得委婉一些，可见伍书记是多爱护你！"

春乾说："我晓得了！"说罢便回去了。可怜那贺春乾，一腔热情从此便烟消云散，一头埋进"一费制"里。不久，财政局十万元资金下来了，春乾用它去还了村上过去的账，从此不再提修路的事。

且说贺世龙，自然也希望那从乡上到村里的公路修通，却不如他关心"一费制"厉害。拿到《农民负担明白卡》后，一看上面的数字，果然比往年少了许多，可那心里还是不踏实。这些年，政策都在干部的嘴巴里，今天说交多少就得交多少，明天说交多少还得交多少！这一回，不晓得是不是干部又来逗老百姓开心的？加上他也从电视里听说了要免除农民的农业税，心里更是觉得不靠谱，于是便想进城去找贺世普问问。贺世普也是自己一房的人，当年两个人一同发蒙进学校念书，坐一条板凳。后来，贺茂前老汉来拧着贺世龙的耳朵，把他从教室里拉回家里打改田的水沟。世普则继续读书，后来读出来了。先在贺家湾小学教书，然后一步步地从贺家湾到公社，从公社到区里文办，从区文办又到县教育局，然后做了县中校长。世龙晓得他是知识分子，又是县上的红人，听得多，见得多，肯定晓得这些政策是不是真的。接到《农民负担明白卡》后的第二天，贺世龙果然进城去了。他找到世普，说了自己心里的疑惑。世普告诉他："你放心，这回不是干部哄你们的了！这农民负担，中央三令五申，已经成了一条高压线！再给他们几个胆子，也莫得哪个敢再来碰这根高压线了！"世龙又问免除农业税，会不会也是真的？世普又说："温总理在全国人大会上都说了，中国在五年内要免除农业税，这是迟早的事！"说完又说，"免除农业税是大趋势！现在世界各国都没有收农业税了！不但不收，还要倒补贴农业！中国要和世界接轨，所以必须免除农业税！"

世龙听了，却忧心忡忡地说："农民都不交税了，公家人吃啥子？还有当兵的，到哪儿去吃粮？"

世普听了，扑哧一笑，说："你担心那些！跟你说，我们国家现在走工业化的道路，富得很，靠你们那点农业税来养活干部和当兵的，他们早就饿死了！"

世龙一听这话，虽然不懂得啥工业化道路，却一下放心了。世普要留他吃饭，他却推辞了，说要去看看兴仁。世普听了，便也不挽留他，把他送了出来。

来到兴仁住的地方，已是吃午饭时候。兴仁一看见他，有些惊讶地问："爸，你怎么来了？"

世龙说："我来问问你世普老伯政策！"

兴仁问："啥政策？"

世龙就掏出《农民负担明白卡》给兴仁看，又说了世普对他说的话。说完，高兴地说："这下农民种地有种头了。"

兴仁听了却不以为然，大声说："有多大种头？我说到前头，再怎么减、怎么免，农民种地都是一个背时的！"说完又对世龙说，"爸，我说过多次了叫你莫种那么多的地了，你偏不听。你看你嘛，头发都白得差不多了，背也驼了，还种那么多地干啥嘛？这回小春收了，坚决把地拿些出来。没人要，你就荒到那里。"

世龙见现在负担减轻了，又听说要免农业税，那种地的兴头正高，却猛地听到儿子又要他把地拿出来。见和儿子说不到一块儿，便岔开话题说："都中午了，范春兰怎么还没有回来烧火做饭？"

兴仁说："烧啥子火哟，我们一般都下馆子，在外头吃饭！"

世龙一惊，以为是听错了，忙说："啥子，你们一般都下馆子？"

兴仁说："就两个人，做饭也麻烦，不如到外头吃方便些！"说完又说，"爸，我给春兰打个电话，我们陪你到外面去吃饭！"

世龙一听，突然生起气来，大声吼着说："老子不去！你跟老子下碗面，吃了老子好回去！"

兴仁一惊，愣住了，说："爸，你怎么了？"

世龙见了儿子的样子，气稍为平静了一些，说："我和你妈要是像你们这么过日子，你们早就饿死，骨头都成灰了！"

兴仁一听这话，看着父亲喊了一声爸，想说啥子，却说不出来了。没办法，只好打电话把范春兰叫了回来，在自己家里做了一顿饭给世龙吃了。

吃了饭，世龙便要回去，兴仁送他出来。世龙想起兴仁结婚都这么多年了，可还没有一儿半女，心里就特别难受。他想直接问问兴仁，他们为啥还没有孩子？但作为一个父亲，又觉得不好开口。想了一会儿，便转弯抹角地说："人长起好快，你看大哥家的华斌都快成大人了！"

兴仁不懂得父亲的心思，还老老实实地回答："长是长得快，就是书读不得！前天他还来找我，说要来我们公司打工。我跟他说，你不把高中混毕业，休想来打工！"

世龙见小儿子并没有懂起他的意思，便干脆挑明了，说："你比你哥也小不了几岁，他的娃儿都快成大人了，你呢？"

兴仁一下懂了父亲的意思，便说："爸，你和妈各人把身体养好，少做点活路，你管我们这些小事啥子？"

世龙一听儿子把生儿育女的人生大事说成是小事，并且听他的口气，也真是不值得一谈的样子，心里便不由感慨，现在的年轻人，真是变了！想再劝儿子几句，却找不到啥话了，只是心里快快不乐，像儿子欠了他啥子似的。

四

　　这年，贺家湾的小春粮食刚刚收打、晾晒完毕，一日，村民还在吃早饭，两辆烟筒冒着烟的大型拖拉机，从机耕道上，摇摇晃晃地开到了贺家湾。拖拉机在那棵老黄葛树下停下后，从车上跳下三个三十来岁的汉子，其中一个手持了电喇叭，对着散落在四周的幢幢房屋高声喊道："收粮了！收小麦了！大家快把小麦拿来卖！有多少收多少！一手交粮，一手交钱，现过现哟！价钱高高的，不出门，不费力，划算得很哟！要卖的快点，收满为止，来迟了莫得后悔药卖哟！"另外两个人，也把手卷成喇叭状，跟着那人喊。一时，那黄葛树下的声音，如水波一样，一圈一圈被荡漾出去。

　　原来，这是几个下乡收粮的个体粮贩子。这个体粮贩子如今怎么这样大的胆子，敢大摇大摆地开着车，公开叫喊着来和国有粮站竞争，收农民的粮了？读者有所不知，也就是在这一年，随"一费制"实行的，还有国务院总理亲笔签署的第 407 号令，叫作《粮食流通管理条例》。这个条例，也是必将会被记入史册的！也就是说，从这一年起，国家鼓励多种所有制市场主体，从事粮食收购任务。啥叫多种所有制市场主体？这话农民听起来有点拗口，但稍有一点市场经济常识的人，一听就会明白：一句话，就是粮食收购市场完全对农民放开了。不管是国家、集体，还是个人，都可以来从事粮食的收购、储藏、加工和运输了。粮食的价格，也不再由哪个领导、哪个部门来拍脑袋确定，而是由市场这只手来拨弄高低和贵贱了！国家只设定了在粮食收购中几条原则性的杠杠。其中最重要的一条，叫作自愿公平，任何人不得强迫农民把粮食卖给某一方，不得压级压价。另一条叫作诚实信用，不得有市场欺诈行为，以此来保护农民的粮食生产积极性。那粮贩子过去也有一些，但却像是被压在石板底下的笋子，伸不起腰，抬不起头。又如那贼人，只能在地下偷偷摸摸地收一点粮，然后趁月黑风高悄悄往外运。一旦被逮到，不但前功尽弃，而且还可能遭到灭顶之灾！现在有了国务院的

290

条例撑腰，也终于可以不再躲躲闪闪，而是直接开着大卡车，大摇大摆、理直气壮地到那村中来，如今天来贺家湾的粮贩一样，或大声喊叫，或挨家走，逐户问，不再害怕围追堵截了！

听见粮贩的叫喊，离黄葛树近的几户，性急的就马上丢了碗跑过去。性子稍疲一点的，也把碗端在手上，一边继续往嘴里刨着饭，一边往黄葛树下走。没一时，那黄葛树下便围了许多人，像是看稀奇一般看着粮贩，然后像是不相信地问："你们真的是收粮的？"

拿电喇叭的汉子听了，马上说："我们不收粮，把拖拉机开到村里来做啥子？不信，你们看看！"说着，汉子从胸前吊着的一只黑提包里掏出一沓崭新的票子，挥舞着对大家继续说，"这是收粮的票子！一手交粮，一手交钱，有多少收多少！"

另一个汉子也说："就是，我们不骗你们！你们有粮就拿来卖！先不先你们卖粮，还要费力巴沙地拖到粮站，拿不到钱不说，还得看粮站那几爷子的脸色！现在我们到你们家门口来收了，你们也不用费力，又马上就能拿到现钱，这样的好事到哪儿去找？要卖的就快点，啊！"

有村民就问："啥子价钱？"

拿电喇叭的贩子回答："也不哄你们说，比卖给粮站的价格，每斤还要高两分！你们愿卖就卖，不愿卖也可以卖给粮站！"

先前问的那村民，似乎还有怀疑，便又问："粮站实行的是国家保护价，你们真的比他们每斤还要高两分？"

收粮的贩子似乎有些不耐烦了，说："你要不相信，等会儿看着我们付钱，就晓得了！"说完又对村民说："你们哪个回去把粮食扛来，我们歪嘴婆娘照镜子——当面见效，看是不是每斤比粮站还要高两分钱？"

村民听了这话，似乎相信了，就欣喜若狂地高呼了一声："好，我们卖！"说着，纷纷跑回去装粮了。

粮食收购市场完全放开了，农民为啥这样高兴？原来从土改后不久，农民卖粮都只有华山一条道，就是必须以很低的价格卖给国有粮站！几十年里，他们不晓得忍受了这个国有粮站多少白眼、欺负？如果仅这些也就罢了，农民还得忍受另一重压榨，那就是乡上和村上为了把农民的税费收到手而实行的"户卖村结"制度。可怜农民把辛辛苦苦种出的粮食，低价卖给国家不说，还见不到一分钱，一年的汗水全是白流！这也罢了，后来又不晓得是怎么回事，粮站又流行起了给卖粮农民打白条子！农民如果急需钱用，想把白条换成现金，你就要去和粮站"沟通"，将那白条，以八折、九折抵给粮站，换回自己急需的救命钱！可现在不同了，垄断已经打破，庄稼人卖粮，不是只有一条路，而是条条大道都通罗马，哪个价高就卖给哪个！或者我哪个都不卖，就囤在家里，待价而沽，也无人再上门做催命鬼了！又或者无论是卖给张三还是李四，均是粮钱两清，谁也别想欠农民一分半毫。到此时，种田人似乎才有了一点尊严，也似乎才明白，原来自古以来，种地、卖粮就是如此，也本该如此，回过头来看，倒不明白过去那几十年是怎么一回事了？你说，农民面对这一变化，怎么会不高兴？

且说这一日，贺世凤也在黄葛树下的人群里，见大家都回去装粮，也跟着往家里跑。回到屋里，便对正在洗碗的毕玉玲说："快快快，莫忙洗碗了，快来装小麦！"

毕玉玲听了，果然停下了活儿，一边撩起围裙擦着两只手，一边走过来问："啥子价？"

贺世凤一边卸仓门的板子一边说："比粮站的价格每斤还高两分钱！"说完，又指挥毕玉玲说："你去把家里的蛇皮口袋都找来！"

毕玉玲一转身，就从里面屋子里抱出一抱蛇皮口袋，一边在里面找那些没被耗子咬破的，一边又问："要得到好多根？"

贺世凤说："找个十来根吧！"

毕玉玲听了，突然惊叫起来："要那么多呀？你打算卖好多？"

世凤说："我们也没劳力往乡上拉，再说，即使拉到乡上去了，价钱还没人家下来收的高！"说完又说："过去卖粮，我们是求爹爹、告奶奶，还要受粮站那几爷子的气！现在人家到家门口来收了，粮食一过秤，钱就到手了，也不受哪个的气了！反正是卖，那就多卖点！"

毕玉玲听了这话，却有点担心地说："他爹，我看还是少卖点！要是二天粮价还要涨，我们一次卖这么多，那不亏了？"

世凤听了这话，停了一会儿，才像是思考地说："涨不涨，我们也马不实在！不过你也说得对，一次就不卖那么多，悠到点来，吃亏上当都不大！"说完，就叫毕玉玲在下面牵口袋，自己爬进仓里，往口袋里撮起麦子来。装了满满五大口袋，世凤才从仓里爬出来，一面喘着气一面叫毕玉玲去看看黄葛树下，那粮贩是不是按他们说的那样在收粮。

毕玉玲去了一趟，很快就回来了，喜滋滋地对世凤说："硬是比粮站每斤还要多两分呢！"

世凤一边扎口袋，一边催促毕玉玲说："那就快点去把绳子和扁担找来，我们早点抬去！"

毕玉玲却说："你不要这样忙七慌八的，卖粮的人现在打挤，我们等会儿抬去也不迟！"

世凤听了这话，真的也就不急了，突然说："你把我们家里那杆秤拿来，我们先称一下！"

毕玉玲说："称它做啥子？又不依你称的为准，人家有大秤呢！"

世凤说："虽然不依我们称的为准，但称一下，我们自己心里也有个数嘛！"

毕玉玲听了，果然去找来了自己家里那杆大秤，两口子用绳子兜住袋底，将每只口袋里的小麦都称了一遍。然后将每只口袋里的小麦重量写在口袋外面，这才和毕玉玲一起将小麦抬到了黄葛树下。世凤的病虽然好了一些，但并未痊愈。刚才在仓里撮麦时被麦灰一呛，喉咙里已经发起痒来。这阵抬着一袋小麦，走了一段路，到黄葛树下，脸色就又开始发红，喘起气来。

这当儿，兴成正站在黄葛树下看别人卖粮。看见二爸这副模样，便过来说："二爸，你这个样子还抬啥麦子？你就在这儿看着你的小麦，让我和二妈来！"

世凤听了，一边喘气，一边感激地对兴成问："兴成，你没有卖粮呀？"

兴成说："我不忙卖！县上的绿色面粉厂，租了乡中心小学两间旧教室，挂牌收购今年的新小麦，每斤比国家保护价高五分钱呢！过两天我拉到那儿去卖！"

周围的人一听，马上叫了起来："真的呀，兴成？"

兴成说："我哄你们啥子？我前天从那儿路过，还看了价钱呢！不信你们亲自去看看！"

兴成说的，也确是真的！原来，对于粮食收购放开的新政策，高兴的不只是种田的庄稼人和一些个体粮贩，还有那些县里县外、省内省外的粮食加工企业。这些企业大多数都是民营性质的，过去生产只能靠政府的计划划拨，常常是处在一种吃不饱、饿不死状态中。现在，国家一允许他们到市场上敞开收购粮食，一时，也如那挣脱了束缚的粮贩一样，恨不得把农民所有的粮食都拢入自己的口袋里，好赚个盆满钵盈。他们因为家大业大，粮贩走村串户似的小打小闹，为他们所不齿。他们一般都是在一个乡集中的地方，租好房子，和那"正规军"一样，公开打着旗号，坐堂收购。又因为他们财大气粗，出的价钱又比粮贩高，靠这个手段，就把农民手里的粮食都吸引到他们那儿了。县里的绿色面粉加工厂，就是这样一个企业。

众人听了兴成这话，就纷纷叫了起来，说："糟了，我们卖亏了！"

这时，粮贩听了兴成和众人的话，也不避讳，说："绿色面粉厂收购的价钱，的确每斤要比我们高三分钱！可是你们想过没有？一百斤小麦才高三块钱，一千斤才三十元，连力钱也不够！"又对兴成说，"你愿意卖给他们，你就去卖，看你豆腐不盘出肉价钱！"

众人听了，说："人家自己有拖拉机，半夜打摆架子，顺带就拉去卖了，养儿不算饭食钱，想把豆腐盘成肉价钱，都盘不出来！"

粮贩把兴成看了一眼，说："自己有拖拉机，那还差不多！"

世凤听了粮贩的话，也羡慕地说："那好，兴成，要是我也有拖拉机，也会拉到乡上去卖的！"

兴成听了，没有答话，转身和毕玉玲一道走了。没一时，将装好的麦子全抬到了黄葛树下。过了一会儿，收粮的贩子便走了过来，一个汉子手持一个电子计算器准备算账。另一个汉子，手里提了一杆大秤。先前用电喇叭喊话的汉子，一手按着胸前那只装钱的黑色提包，一手拿着一个本子和一支笔。提秤的汉子走到世凤装小麦的口袋前，将秤钩挂在绑扎好的口袋上，兴成和毕玉玲将口袋抬了起来。那汉子掌着秤，移动着秤砣，毕玉玲和兴成的眼睛，也都落到秤杆上。移动了一会儿，汉子叫了一声："八十七斤半！"汉子叫完，兴成正想放下口袋，忽听得世凤在旁边大声叫了起来："不对呀，我这口袋里的麦子，刚才我们在家里过了秤的，分明是九十八斤，怎么少了好几斤？"

掌秤的汉子一听，脸上立即现出了紧张的神色，对世凤说："老头，你莫乱说哟？肯定是你刚才看花了眼！"

世凤又看了毕玉玲一眼，说："我看了两遍的，怎么会花眼？这不是，过了秤我还写到口袋上的，是九十八斤，你再称一遍！"

那汉子却露出不想称的样子，说："再称也是这样多，如果你没看花眼，就是你的秤有问题！"

毕玉玲听了，没等贺世凤答话，就说："我屋里的秤，是大集体时候分粮食的秤，有啥问题？"说到这儿，毕玉玲有些明白过来了，盯着那汉子问："你的秤有没有问题哟？"

那汉子一听，急忙手托住秤砣，一边大声地对着毕玉玲叫："你莫乱说哟！我的秤称了这么多粮，都没有人说有问题，你倒怀疑有问题了！"手指一边在秤砣底下抠着，终于抠下了一块东西，正打算往裤子口袋里揣时，却不料被兴成看见了。说时迟，那时快，兴成伸出右手，一把抓住了那汉子的手腕，大叫了一声："你抠的是啥子，拿出来看看！"

汉子红了脸，却急忙说："没、没啥……"

兴成说："没啥你把手张开看看！"

汉子将手紧紧贴着大腿，松开手指，让手里东西顺着大腿掉到地上，用脚踩住了，这才张开手，让兴成看，说："你看嘛，有啥子嘛！"

这时，另两个汉子也走了过来，一边对兴成笑嘻嘻地说："嘿嘿，兄弟，没有啥，你肯定看错了！"一边站在先前那汉子身边，护住了他。

可兴成早已看见先前汉子的小动作，这时突然大声叫了起来："他们的秤砣上有鬼，大家都遭他们整秤了！我看见的，那东西被他们踩到脚底下的！"

众人听了这话，纷纷围了过来，推着三个汉子，一边推一边叫道："你们让开，让我们看看！"

三个粮贩起初还不愿意让开，可怎禁得住这么多人推的推，拉的拉？没一时，就被众人拽到了一边。这时，有人从刚才掌秤汉子站的地方找到一块磁铁。那些贺家湾卖粮的人一下愤怒了，立即把三个粮贩团团围住。有人要打他们，有人朝他们身上吐唾沫，扔泥块瓦片，叫喊声响成一片。还有的人爬到拖拉机的拖斗里，要将自己的粮食装回去。三个粮贩知道不是这么多人的对手，只得抱住头蹲在地上。那拎包的汉子双手紧紧护着胸前提包里的钱，生怕被愤怒的众人抢了去。现场秩序一片混乱，这时，兴成明白过来，站在拖拉机上对众人喊："大家静一静，不要乱来，乱来是犯法的！我去把贺春乾书记喊来！如果贺春乾书记来了不处理，我们再把他们送到乡上去！反正拖拉机和粮食都在这里，他们跑不掉！"

众人听了这话，这才静了下来，说："兴成你说得对，今天这事全靠了你！你去喊吧，我们在这儿看着他们！"

贺兴成听完，果然跳下拖拉机，朝春乾家里跑去了。没一时，春乾和兴成一前一后来到了现场。春乾从村民手里拿过那块磁铁和秤砣看了看，又叫毕玉玲回去把那把大集体时代分粮食的大秤给拿了来。春乾先用集体时代的大秤称了世凤那袋小麦，果然是九十八斤，一两也不少。又将那块磁铁，粘到粮贩那把秤的秤砣上，用粮贩的秤重称世凤那袋小麦，也仍是八十七斤半，一两也不多。春乾一下也愤怒了！春乾为啥要愤怒？除了这粮贩坑乡亲们外，更重要的，春乾和贺家湾的庄稼人一样，打心眼里欢迎国家这个粮改政策！虽然他接手村支书的时间还不长，一上任就遇到了中央大力减轻农民负担的好时机，还没为催粮催款和村民结下矛盾。可那催粮催款得罪人的事，原来也是经历过的。如今，却是不需要自己上门去催，出售粮食的事已成为农民一种自发的经济行为。他们想卖就卖，不想卖就囤，想卖给谁就卖给谁，再也不需要他这个做干部的去操心费力了！因此，这时春乾也和农民一样，才感到农民卖粮原本就是这么简单，一点也不复杂！可在这些年，又是为啥被人弄得这样复杂？他虽然找不到答案，却在心里有了一种被解放出来的感觉！可是没想到，这政策才开始执行，就果然有这等违法的商人往这好政策上抹黑，作为一个有正义感的基层干部，实在有些不能容忍。于是，他便走过去，把三个粮贩一一从地上抓起来，目光犀利地从他们脸上扫过，然后才咬着牙对他们一字一句地说："依得老子的蛮性，今天非让你们吃一顿拳头不可！龟儿子些，你们也不好好想一想，前些年你们收点粮，像做贼一般偷偷摸摸的！现在，国家让你们正大光明地赚钱，你们却他妈狗坐轿子——不识抬举，用这种手段来坑害农民！你们的良心遭狗吃了？"说完，突然如雷霆一般，大吼一声："说，这事怎么办？"

半天，那个胸前挂提包的汉子，才嗫嚅着说了一句："是我们在秤砣上做了手脚，一百斤小麦，要少十一斤，我们赔。"

春乾听了，又大声说："赔十一斤，美死了你们沙罐大爷，起码得翻倍赔！不赔，你们今天莫想走出贺家湾！"说完，才对众人喊道，"你们说要不要得！"

众人一听，也都一齐喊起来："行，翻倍赔！不赔就把拖拉机和粮食给扣下来！"

三个粮贩见了，只好答应了春乾的要求，当下就按照先前付款时登记的数字，一一赔了村民的损失，春乾这才让村民放三个粮贩走了。春乾等粮贩走远后，又对众人说了一番，说中央给农民出了好政策，大家也要珍惜，不要只为了那两分钱，就上了坏人的当！我们农民也要学会保护自己！今天要不是世凤叔无意之中先称了一下自己的粮食，大家都上当了！又如果不是兴成眼睛精灵，戳穿粮贩子的阴谋，也让这些黑心商人滑过去了！说得众人心服口服，一边点头，一边唏嘘着散开了。

众人走后，世凤望着自己几口袋粮食，却有些一筹莫展了。对兴成问："兴成，二爸有病，身子也不好，你说我的粮食该怎么办呢？"

兴成因为才做了一件露脸的事，此时心里正得意着，听了世凤的话，连想也没想一下，便说："明天我拉麦子到县里绿色面粉厂设到乡上的收购点卖。你这点粮食，侄儿顺便帮你拉去就是！"

世凤想的就是这事，一听便高兴地说："那我就谢谢兴成了！晚上，到二爸家里来吃消夜！"

兴成一听，便显得有几分不高兴的样子，说："二爸这么说，倒是看不起侄儿了！你放心，侄儿说话算话！"说着，又帮世凤把粮食抬了回去。

第二天吃过早饭，兴成果然把拖拉机开到世凤的院子里。世凤把几口袋粮食放到兴成的车上。兴成回去又装了自己的小麦，便和世凤一道拉着满满一车小麦往乡上去了。到了乡粮站门口，世凤朝里面一看，见院子里空空荡荡，一个卖粮的也没有，十分冷清。那曾经风光无限的国有粮站，又有国家粮食收购的保护价罩着，怎么会这般冷清？原来那粮站的保护价都比个体粮贩和民营粮食加工企业低，禁不住他们两面夹击。又加上粮站的工作人员在几十年间由那垄断体制给惯出来的惰性，既不能放下架子，像粮贩一样下乡"打游击"，又因为有上面的政策管着，不能像那些民营粮食加工企业一样靠提高价格吸引农民。所以，尽管他们是"正规军"，大门也始终朝农民大开着，却是门前冷落车马稀，有些可怜巴巴的味道了！贺世凤看了一眼，突然对兴成说："把车从粮站开过去！"

兴成听了，有些不理解，问："怎么要从粮站开过去？那可要绕些！"

世凤说："绕就绕一点，龟儿粮站那几爷子，过去收粮老是给我们脸色看！今天，我们也奚落他们一盘！"

兴成一听这话，也想起了过去卖粮受的气，果然就掉过车子驶进了粮站的大门。

到了粮站的坝子里，贺世凤突然亮着嗓子大声喊起来："卖粮哟！卖粮哟！收不收小麦？"

声音刚落，从粮库的门里立即跑出来两个小伙子，满面笑容地对世凤说："大爷，卖粮呀？收！收！快让我们看看！"

说着，小伙子跑到了车前，正要验车上的粮食，世凤突然扬眉吐气地对那两个小伙子说："你们忙啥子？我也没有说一定要把粮卖给你们！你们等着吧，哪天我高兴了，就把粮卖给你们！今天我心里不高兴，不想把粮卖给你们！"说完，就朝兴成喊了一声："走哟！"

　　兴成果然松了刹车，拖拉机就突突地朝前面跑去了，喷出的黑烟罩住了两个目瞪口呆的小伙子。拖拉机驶出去，世凤觉得十分开心，不觉哈哈大笑起来。不一时，拖拉机开到了乡小学外面的操场上。县上的绿色面粉厂租用的就是操场里边两间废弃的幼儿园旧教室。兴成将拖拉机停在收粮点门口，下去一看，却见墙上挂的牌子上，写的收购价比前天看见的每斤少了八分钱。兴成一下懵了，问："你们的价钱怎么少了？"

　　兴成的话刚完，一个工作人员对兴成说："对不起，大哥，前两天我们价高，很多人来卖粮，很快就把我们厂里的库房装满了！没办法，厂里便做出了这个决定……"

　　兴成没等他把话说完，便说："我前天才来看了的，你们的价比国家保护价要多五分钱！怎么说变就变了？"

　　工作人员说："我们昨天晚上接到厂里通知，今天才执行这个价的！"说完又说，"没办法，大哥，市场经济就是这个样子！"

　　兴成还是不甘心地说："我们拉都拉来了，怎么办？"

　　工作人员做出了一副无可奈何的表情，说："我也没办法，你们愿卖就卖，不愿卖就拉回去，或者拉去卖给粮站！"

　　兴成听了这话，又看了一眼世凤。世凤此时再也没有了刚才那种扬眉吐气的神情了，而是一脸的无奈。兴成想了一想，愤愤地说了一句："龟儿子，我们运气怎么这样孬？"说完，突然从嘴里蹦出了几个字，"走，卖粮站就卖粮站！"说完，也不等世凤回答，就朝拖拉机走去了。

　　世凤一见，也跟了过去，低声对兴成说："兴成，我们刚才奚落了他们，现在拉去，他们会不会不要我们的了？"

　　兴成又看了世凤，见二爸脸上已是一副后悔的神色，便说："先拉去再说！"说完又安慰世凤说，"现在不是原来了，他们要是敢刁难我们，我有办法收拾他们！"说完，发动起拖拉机，又突突地朝粮站开去了。到了粮站坝子里，兴成直接把拖拉机开到仓库的大门口，这才熄了火，跳下来，冲仓库里叫道："卖粮！

卖粮！"

两个小伙子又人从库里跑出来，一见是世凤和兴成，便懒洋洋地说："哦，原来是你们呀！你们心里不是不高兴吗？现在高兴了？可是对不起，我们现在不高兴了！你们拉走吧，等我们啥时高兴了，你们再拉来吧！"

兴成听了这话，便盯着他们问："你们真的不打算收？"

其中一个小伙子说："对不起，我们马上下班了！要卖，也要等我们吃了饭再来！"说着，就要去关大门。

兴成一看，便立即对着天空大喊起来："粮站的人听着，我们把粮食拉到你们坝子里来，是你们不收！我们这就把粮食拉到县上，告你们有粮不收……"

喊声还没完，粮站站长立即从办公室跑了出来，一边对兴成笑着说："收！收！再多的粮我们也收！"一边沉下了脸，对两个收粮的小伙子不客气地问，"怎么回事，啊？再三叫你们对卖粮的群众热情一点，你们当耳边风呀？"

两个收粮的小伙子嚅动着嘴唇，想说啥却没有说出来，急忙过来验粮了。站长也到了世凤和兴成面前，又是敬烟，又是赔礼地说："对不起，老乡，我们的工作没有做好，欢迎你们多批评！我们一定改正！"

世凤和兴成晓得自己不对在前，听了站长的话，也就不说啥了。过去将粮食抬到磅秤上，过了磅，拿了单据，去财务室领了钱，又坐着拖拉机回去了。走在路上，叔侄俩先是默默无语，过了一会儿，世凤才打破了沉默，对兴成说："兴成呀，还是国家粮站靠得住！"

兴成一边转动着方向盘，一边回头对世凤问："怎么呢？"

世凤说："我那粮食，在屋里称了的，硬是不差一两！价格虽然比粮贩要少两分，却是明码实价，没有遭整冤枉。那县里面粉厂，虽然不整秤，价也高，却莫得保证。所以我看还是粮站让人放心！再说，他们现在的态度也转变了！"

兴成听了这话，想了一会儿才说："二爸，要是莫得国家的政策，你看他们会不会像这样？那屁股都要翘到天上去了！要依我说，还是国家政策好！"说着，一踩油门，拖拉机就朝前面跑了起来。

贺世凤听了兴成的话，觉得有道理，于是便说："你说得是，风水轮流转，看起来，我们庄稼人的风水，怕是也要转了……"话没说完，拖拉机猛地颠了一下，贺世凤急忙住了嘴，一手去抓了车厢边沿，一手去捂了装钱的口袋，似乎怕那钱会跳出来一样。

五

令贺世凤没有想到的是，这好事来时，是一桩接着一桩，就像人交好运一样，挡都挡不住。"一费制"还没实行两年，庄稼人的风水硬是真的转了。中央原来计划在五年内全国免除农业税，可三年时间不到，全国就把农业税免除了。不但如此，种田人种一亩田，国家还给种田人几十块钱的补贴。自从盘古开天辟地，这可都是从没有听说过的事。一时间，农人把田地看得金贵起来。这一金贵，便又生出许多事来。

这一日，乡上的干部陪着信用社的人，来给贺家湾的种田人发放种田补贴。发的是啥？一个信用社的猪肝色存折本本！每个本本上都写着这家种田人户主的姓名和种田补贴的金额。这种田补贴，官方又有一个叫法，叫作粮食直补款。可庄稼人嫌这叫法拗口，便又给它取了一个小名，就叫种田补贴，既干脆，又容易懂。国家给农民发放种田补贴，怎么会发一个存折本本呢？读者诸君又有所不知。原来，国家在刚开始给种田人发补贴的时候，就有严格的政策规定，就是这补贴款必须直接发到种田人手里，任何人不得代扣，不得截留，不得挪作他用，所以它叫了直补！先不先是乡上的财务人员到村里来，在村组干部的协助下召开全组的群众大会，当众把钱逐一发给村民，并让领到钱的农户在名单上签字画押。那情景，有点像是乡下过年时，老祖父坐在堂屋的太师椅上，给身边的一大群子孙派发压岁钱一样，煞是让农民欢欣鼓舞！这样发了两年，上面又发现问题了：一是这钱不多，每家一两百元，一发到农户手上，就马上花了，不能积起来办大事！第二，也是最主要的，这种发放方式，增加了干部许多麻烦。农民初觉得新鲜，听说发钱，到的人还整齐。可时间一长，新鲜感消失了，又晓得了上面对这事要求很严，任何人也不敢贪污。我不在那表格上画押，干部回去就交不了差。因此，我不去领，他们送也得送到门上来！可怜乡上干部，不过区区二三十人，却要如此地去面对几万户农户，看来这做好事，并不比前几年催粮催款、做恶事强！上面晓得这些情况后，便又修改了发放方式，允许由村干部代发。那村

300

干部就住在村里，农民不愿来领，可以抽一早一晚的时间给送去。村干部很乐意做这个事儿，一则是因为免除农业税后，他们少了许多活儿，也有了农闲时间，二则过去他们扮演的向农民要钱的角色，被农民恨着；如今变成了向农民送钱，不管钱多钱少，有人主动把钱送上门来，当然是好事儿！因此村干部从给农民送钱中感受到了一种被上级信任、被农民欢迎和拥护的快乐。可是这办法实行没多长时间，不知哪个环节又出了问题，便从今年开始，国家不再让村干部给农民代发钱了，而是为每户农民在乡信用社设立一个专门账户，国家把补贴的钱直接给存到存折上，然后把那存折发给农户。农户需要用钱，随时可到信用社去领取。如果一时不需要花钱，还可以把钱存起来，二天好办大事，这便是国家给农民发存折本本的由来！

且说这日，贺世凤和毕玉玲又去给人办席去了。第二天回到家里，那世龙就踱了过来，问："老二，你领到了存折本本没有？"

世凤一听，忙对世龙反问："啥子存折本本，大哥？"

世龙说："你还不晓得呀？今年政府不再让村干部给大家发钱了，给每户发了一个存折本本，要用钱就到信用社去取！"

世凤一听，叫了起来："是这样呀？我还不晓得呢！啥时候发的？"

世龙说："昨个天，春乾带着乡上和信用社的人，挨家挨户发的，我还以为你领了呢！"

世凤说："我领啥？我又没在屋里！"

世龙说："看兴春帮你领了没有，你问问他就晓得了！"

世凤果然把儿子兴春喊了回来，一问，兴春说："爸，我帮你领啥？那本本必须要本人领，还要本人签字才行！你去问问贺春乾，看存折本本在不在他那儿？"

世凤一听，果然就往贺春乾家里跑，但春乾却没在家里。春乾的女人邓丽娟告诉世凤说："他城里一个战友今天生日，一大早，便进城吃生日酒去了！"

世凤一听，转身想走，可想了一想，又回头问："我的存折本本，是不是在你们家里？"

邓丽娟一听，先还不明白，说："啥存折本本，会在我们家里？"

世凤说："就是昨天乡上下来发的存折本本，我没领着，所以我来问问，是不是春乾带回来，放到你们家里了！"

邓丽娟一下明白了，马上叫了起来："不可能哟！你怎么会没有领着？"说完又说，"即使你没领着，他也不可能把你的存折本本拿回来放到家里嘛！"

世凤听了这话，有些着急了，说："你找一找看，万一他带回来了呢！"

邓丽娟听了这话，更坚定地说："凤叔，我说了是不可能的！我昨天亲自看见他回来的，啥也没带！再说，领存折必须要本人签字，签字的表在信用社的人手里，你没有签字，他怎么能把存折给你拿出来？"

世凤的性子有些急，听了这话，便冲邓丽娟叫了起来，说："那我的存折到哪儿去了呢？我又没有领！"

邓丽娟听了这话，也有些生气了，说："凤叔，不是我这个当侄媳妇的说你的话，你怎么有些冬瓜奈不何，扯藤藤，我怎么晓得你的存折到哪儿去了？"说完又说，"你怎么不到信用社去问问？我寻思，如果你没有领，存折肯定就在信用社那儿！"

世凤一听这话，觉得有道理，又马上往信用社跑。到了信用社，见信用社的人正忙着给其他村的村民填存折本本，一听世凤的话，也马上像邓丽娟一样叫了起来，说："不可能哟！昨天贺家湾的存折本本，我们全部带下去的，发得一本不剩，你为啥会没有领到？"

世凤一听，带着哭腔说："我就是没有领到嘛！如果我领到了，还会来向你们要？"说完又央求地说："你们再帮我找一找嘛，万一你们放忘到哪儿了呢！"

信用社的人一听，都扑哧笑了起来，说："不可能的，老大爷，我们怎么会放忘呢？"

世凤听到这里，突然愤怒了，立即大声说："那我的存折呢？大家都领到存折了，唯独我贺世凤没有，这是啥意思？"

信用社的人见世凤生气了，立即出来一个人，安慰他说："你别生气，老大爷！任何工作都会有失误！如果你确实没有领到存折，问题可能出在村里报表的时候，没把你报上来，你还是先回村里，看看是不是把你名字漏掉了！"说着，把世凤推了出来。

世凤跑了一个大圈，不但没有领到自己的存折，连没有领到的原因也没有找到，那心里的气直突突地往上冒。这可不是小事，存折就是钱，领不到存折，就领不到国家给自己的钱，他能不着急吗？想着想着，他突然怀疑起来：是不是有人在里面做了手脚，故意想吞自己的钱？要不，怎么一湾的人都领到了存折，独

302

独缺自己的呢？一想到这儿，觉得不是没有这种可能。那贺春乾和贺世忠是一房的人，当年自己把贺世忠告倒了，现在，贺春乾是不是借发存折，帮贺世忠出气来了？世凤越想越觉得是这么回事，加上心里生气，又加上有了上次告状成功的经验，就连家也没有回，直接从乡上搭车进了城。

世凤原想问一问世海，对这件事该怎么处理？可世海却不在，世凤只好对兴仁说了没领到存折的事。兴仁年轻气盛，一听说全湾的人都领到存折了，唯独二爸没领到，便像是自己受了不公正待遇一样，连想也没有想一下，便说："没领到去告他们哟！"

世凤听了这话，马上问："兴仁你说怎么告？需不需要像上回那样写材料？"

兴仁在外面混得久了，见识也更多了，也结识了一些朋友。听了二爸的话，就说："要啥子材料？你直接到县上的'直补办'去反映就行了！县上为了把农民的粮食直补政策落实好，专门成立了一个办公室。我有个朋友就在那办公室里，我带你去！"说完，果然就带了世凤直往政府部门去了。到了"直补办"，兴仁把朋友找来，让世凤把自己没领到存折的事对那朋友说了一遍。那朋友把世凤说的事记了下来，然后对世凤和兴仁说："这事你们放心！粮食直补，是党中央为了调动农民的种田积极性所采取的一项重要政策！就像当年的农民负担一样，也是一条不能踩踏的'高压线'，谁踩了谁负责！我立即打电话，叫乡上把这事查清楚！"

世凤和兴仁听了，这才满意而去。世凤和兴仁刚走，兴仁的朋友果然就给乡上伍书记打了一个电话，要求乡上立即把贺世凤没领到存折的事给查清楚。不但如此，还要乡上对全乡的粮食补贴是否按规定都在信用社开了户的情况，做一次全面检查，并将检查结果报到"直补办"。

伍书记接了电话，心里也生起气来。对这粮食直补，伍书记不是不晓得它的重要性，也不知强调了多少次，要大家把工作做细、做实，千万出不得啥子纰漏！可现在，纰漏不但出了，而且直接给捅到了县上！伍书记也不晓得到底是哪个环节出的错，操起电话，便想把贺春乾通知到乡上。可贺春乾此时在战友的生日宴会上，已喝得个稀糊大醉。伍书记打了半天电话都没人接听。到了半下午，终于将贺春乾的电话打通了，却听见春乾在电话里，结结巴巴地说："李太白你、你、你龟子打啥子电、电话呀？我这、这朝没、没在服、服务区……我日、日你妈，你、你以为是他妈个股、股长儿，就了、了不起呀……"

伍书记听到这儿，不觉大怒了，对着电话一声大吼："贺春乾，我日你先人板板，你在哪儿打胡乱说，快点给我滚回来？"

贺春乾听了这话，脑袋仍然没有清醒，又在电话里问："你、你不是李、李太白，是、是哪个呀？"

伍书记更火了，又大吼一声，说："我是伍和平，你爹！你耳朵遭毛塞到了？"

贺春乾终于听出了伍书记的声音，酒马上醒了一些，便说："哦，是伍、伍书记哦，我真、真还没有听、听出来！有、有啥、啥事，伍、伍书记？"

伍书记还是气咻咻地说："你给我马上到乡上来，我有重要的事找你！"

贺春乾一听是重要的事，酒又醒了一半，便对伍书记说："伍、伍书记，我战、战友生日，我现在还、还在城、城里，怕、怕要黑的时候，才赶、赶得回来！"

伍书记下命令地说："我给你两个小时，赶不回来拿你是问！"说着，便放下了电话。

没多久，春乾搭了一辆便车，回到了乡上。在工作上，伍书记对下级是十分严厉的，何况心里又憋了一股气。一见春乾，也不问青红皂白，便是一顿臭骂，说："你就晓得出去喝马尿水水！我还要怎么给你们说？叫你们把工作做细些，做实些，千万不能出纰漏！现在倒好，人家不但没领到存折本本，到处去问，还问不出原因！你说，是不是你没有把人家的名字报上来，啊？"

春乾的为人本来耿直，加上此时的酒还没完全醒，被伍书记劈头盖脸一顿训，心里就不舒服了。仗着几分酒劲，便说："你不要一见面，就训斥人好不好？哪个又不是你的大儿子，该给你训？你把我惹毛了，我不搞你这×，要不要得？"

伍书记听了这话，这才放低了声音，说："那你说说，到底是怎么回事？"

春乾还是梗着脖子说："我咋晓得是怎么一回事？反正我是把名单报到龟儿子信用社的！"

伍书记还是像不相信地说："你报到信用社的，可人家为啥没有领到存折？"

春乾红着眼睛说："你问我，我去问哪个？想问鬼大爷，又找不到地方！"说完，停了一会儿才说，"你要不相信，我们到信用社去把我报上去的原始名单翻出来看！"说完，拉了伍书记就走。两人来到信用社，信用社开先坚决否认是自己的错，说只要报上来了，一定就会有存折！最后翻出了原始名单，一看，果然上面有贺世凤的名字。原来，是信用社的录入员在往电脑里录入名单时，把世凤的名字录漏了，这才造成了没有世凤存折的事。伍书记当即指示信用社主任，明天把贺世凤的存折办好，亲自给他送去。信用社主任知是自己工作失误了，立即诺诺，答应今天晚上就把贺世凤的存折办好。倒是那春乾，不明不白挨了伍书记一顿批评，心里有气，便对伍书记没好气地说："伍书记，我不想干了！这鸡巴事不是人干的！"

伍书记本被叫作"双面书记"，先个没把情况弄明，就大声武气地给了贺春乾一顿，这阵见是错怪了人，私下温情的一面立刻展现了出来。听了春乾的话，也不生气，却是马上把了这位下级的肩，亲热地说："对不起，春乾，小弟错怪你了！你先不要跟我生气，来来，我请你去喝酒！"

贺春乾听了，一边想去把伍书记的手拿下来，一边却仍是摆架子地说："你别假巴意思地请我喝酒，以为两杯烧水水，就能把我软化了？我说的是心里话，不想干了！"

伍书记仍然把着贺春乾的肩不放，又故意噘起嘴，像是逗贺春乾笑一样，说："哎哟哟，多不得了了哟！你说我是假巴意思请你，那你又假巴意思请我嘛！"说完又说："我还没有见过，一个夹烧火棍的，这小器！"

春乾听了，这才说："我真的不喝了！中午喝了，酒还没有醒！"

伍书记说："你不喝也不要紧，就陪我坐一会儿，还不行吗？"

春乾听了伍书记这话，没话可说了，便随了伍书记而去。这时，天已打麻影，小场上一片冷清。伍书记把了贺春乾的肩，如兄弟俩一般，来到"乡坝头"餐馆里。店老板见了伍书记，也是一副爱理不理的样子。伍书记见了，先从口袋里掏出了一百元钱，往柜台上一放，说："今天晚上是我私人来杀馆子，你莫要做起我给不起钱的样子！"

店老板见了钱，马上绽开了一脸笑容，说："哪里哪里，伍书记和贺书记都是贵客，你们里面雅间请！"

伍书记说："空话少说，尽这一百块钱，有啥子好酒好菜，尽管上来！"说完，拉了春乾，径直便往里面雅间去了。

没一时，店主人便将一瓶酒，几样家常菜端到了桌子上。伍书记开了酒，说："今晚上莫得外人，我们两个也莫去分啥子上级下级，都当兄弟！这酒能喝便喝，也不劝！"

春乾听了，却说："为啥不喝？你是舍不得酒，是不是？老实跟你说，我给你当丘二，喝你的酒是应该的！"说着，也不等伍书记说啥子，拿过酒瓶，咕嘟咕嘟地，就把自己面前的杯子倒满了。

伍书记见状，也拿过酒瓶，一边往自己杯子里倒酒一边说："你给我当丘二，我又给哪个当丘二？"

春乾说："我管你给哪个当丘二，反正不是给我当丘二！你要想喝酒，去找你的老板要！"说着，端起酒杯，反客为主地对伍书记说，"来吧，你要说啥子话，尽管说！"

伍书记果然举起了杯子，对春乾说："那好吧，我先说一句对不起，错怪你了……"

伍书记的还没完，春乾就说："说些×话！跟你明说，我今天心里有气，不是冲你来的！"

伍书记"哦"了一声，然后审视地看着春乾问："那是冲哪个来的？"

春乾把酒杯放下了，过了一会儿，才委屈地说："妈的，今天战友过生，本来是欢欢喜喜去的，却没想到财政局那位给我们争取了十万元资金，让我们修路的李太白，当着那么多客人的面，沉起脸批评我。说我拿了专项资金不修路，是个骗子，害得他年终考核时先进都搞落了！你说，打人不打脸，当着那么多战友，他该不该那样批评我？退后一想，也确实是我连累了人家，就一个人喝了一瓶白酒！"

伍书记一听，明白了，急忙举起酒杯，对春乾说："你确实是受委屈了，来来来，想开些，我敬你一下！"

春乾却用手把杯子按住，说："莫忙，我心里的话还没说完，你让我说完了，我们再喝！"

伍书记听了，只好又放下酒杯，看着贺春乾说："那好，你说吧，我洗耳恭听！"

春乾于是又说："你是晓得的，我贺春乾不是一个不想干事的人！一当上这个支书，就想把村里的路修成水泥路。可最后没修成，能怪我吗？我想不通的是，上面制定政策的人，又要我们做事，又把我们的手脚捆住，叫我们怎么做事？"

伍书记听到这儿，有点不懂了，便问："上面怎么把你的手脚捆住了？"

春乾说："怎么没有捆住？我举个例子说，上面叫我们发展生产，要让群众生活幸福，有这个要求吧？"

伍书记说："有哇，这是建设新农村很重要的一条呀！"

春乾摇了摇手，继续有些愤愤地说："好！要发展生产，就要牵涉到方方面面，是不是？尤其是土地！一方面，土地承包政策，三十年不变，是这样规定的吧？这还不说，现在种地不上税，农民种田有了积极性，就把土地捂得比自己钱袋子还紧，这也是事实吧？所以，一方面上面要求发展，一方面农民是把土地死死捂住，还发展个屁呀？"说完，也不等伍书记说啥，突然端起酒杯，一饮而尽了。

伍书记见了，急忙说："你不要喝这样急，急酒伤身，慢慢喝！"

春乾说："死了算球了，反正人都是要死的！"说着，拿过酒瓶又给自己倒上了。

伍书记一边看着春乾往杯子里倒酒，一边说："你可不能死！你要死了，邓嫂子来向我要人，我可赔不出来！"

春乾说："赔个屁，让她嫁人就是！"说着，把杯子倒满了，放下酒瓶，这才又看着伍书记问："我说到哪儿了？"

伍书记说："你说到上面又要发展生产，又把你们的手脚捆住这个地方了！"

春乾听了，不好意思地拍了一下脑袋，说："还没有怎么喝，就糊里糊涂了！"说完，才又突然对伍书记问了一句，"你说，上面的人，是不是都把我们当贼一样防着的了？"

伍书记听了，说："春乾，你是不是真的喝多了？上面怎么会把我们当贼一样防？"

春乾突然冷笑了两声，说："没把我们当贼防，那我把这几年经历的事，背给你听听，看你怎么回答我？先不先上缴农业税时，村民都要把卖粮的条子交到村里，让村干部到粮站去结账，那叫作'户卖村结'，有这回事吧？但是，上面发现了，说'户卖村结'侵犯了农民利益，就下令取消了村上这个结算的权力，变成了啥？变成了'户卖户结'。上面为啥要实行'户卖户结'？不就是把我们当贼嘛……"说到这里，见伍书记要插话，春乾又急忙挥了一下手，急忙说，"你先莫打岔，听我说完你再说！又说发放粮食直补款吧，先不先让你们发，后来让我们代发。说实话，代发耽误我们很多时间，可我们想只要看到农民的笑脸，心里也高兴。可现在，我都甩开了，上面干脆以转账的形式，直接把钱发放到每户农民的存折上。这是因为啥？如果不是因为上面把我们当贼防，会连过手的权力都不给你吗？原来农民有句话，叫作上面的政策是好的，只是让下面的歪嘴和尚念歪了！"说着，春乾突然大笑起来，一边用手指指着伍书记比画，一边说，"哈哈，歪嘴和尚！你和我，都是歪嘴和尚，歪嘴和尚！"说完，猛地端起酒杯，又将一杯酒全部倒进了口中。

伍书记见了，急忙去按住了春乾的酒杯，不让他再斟酒了。同时对春乾说："春乾，你可不要乱说！从中央到省里，到县里，还是相信广大基层干部的！"

春乾把伍书记的手拿开，又冷笑一声说："相信个屁！"说完，两眼直视着伍书记，接着说，"其实你也和我一样，想干事却干不成事！是不是这样，你敢不敢说句真话？"

伍书记听了这话，却将头埋了下来，看着酒杯里的酒，有些发呆的样子。春乾的话，是一粒子弹，击中了他的软肋。春乾说得不错，他确实是一个雄心勃勃、想干一番事业的人！免除农业税，伍书记最初以为，这不过只是中央为化解三农危机所采取的一个措施。没想到的是，由这个措施引发出了当下农村社会一系列的基础性变革。首先，年轻而敏锐的伍书记，从他乡村治理的经验和角度来看，不得不承认刚才春乾的话完全是事实！那就是，国家制定和执行的许多惠农政策，是以降低他和贺春乾们威信和行动能力为代价的。显然，上面似乎把这些年造成"农民真苦，农村真穷，农业真危险"的社会现象都归咎于了乡、村两级组织，好像他们是罪魁祸首。要不是这样，上面怎么会采取许多对基层政权不信任的态度？说白了，上面采取的这些政策和规定，不是鼓励他们这些基层干部积极工作，而是有意识地来抑制他们的行动！一想起这些，伍书记突然也有了一种被母亲遗弃的感觉，也忽然端起酒杯，一饮而尽后才说："春乾，你问到这儿了，我也不想哄你！今晚上就我们两个在这里，哪儿说，哪儿丢，反正不准带话出去！免除农业税后，我们乡村干部的手脚，确实受到了极大的束缚，想干事却办不成事，我们也莫得办法！"说着，又低下了头。

春乾见了，忙去给伍春乾的酒杯里斟满酒，举了起来，说："不球去想这些了，喝酒喝酒！酒才是好东西！"

伍书记听了，也果然端起了杯子，和春乾碰了一下，两人同时都把杯子里的酒干了。然后春乾夹了两筷子菜在嘴里，一边咀嚼，一边含混地说："我们现在，说起来是干部，反而感到不如一些像贺世凤这样的'大社员'了！贺世凤过去不缴农业税和三提五统款，告状还一告就准！这回，信用社不小心没把他名字录上去，上去一说，县上又是立马就打电话！你说，我们是不是还不如村民？"

伍书记听了，又沉吟了一会儿，才说："不但你们没有优越感了，我们乡干部也是一样的，可有可无！为啥呢？因为农民现在的许多事情，国家一竿子插到底了！"

春乾冷冷地说："这样也好，我们不用再像那时，要去打'大会战'，'拔钉子'，催粮催款催性命了！"

伍书记听了，说："不打'大会战'，不催粮催款了，打个不恰当的比方说，我们和那些村民，就像两口子，过去虽然经常争嘴角孽，可到底还是有亲热的时候！现在可好，两个人互不相扰，虽然不再像原先那样经常吵架，可也不会有亲热的时候了！你说这时候，我们还有啥子作为？"伍书记说着，手握了杯子，眼睛里流露出一种迷茫的神色看着贺春乾，如一个迷路的孩子似的。

春乾听了这话，突然叫了起来，说："算了，我们不说这些了，喝酒喝酒，喝醉了我们好困瞌睡！"

伍书记听了，竟然也说："要得，喝酒，我们管这么多做啥子？"说着，举起杯子，还没等春乾来碰就先把一杯酒喝了下去。春乾一见，自然不甘落后，也一口把杯子里的酒喝了，然后把杯子倒过来给伍书记看。伍书记见了，说："你给我看啥子？我又不检查你的工作！"说着，又将两杯酒倒满了。两个人便在屋子里一边诉着衷肠，一边一杯连一杯地痛饮，全然不知外面天已黑尽。小场居民全都关门闭户，有的甚至上床躺下了。店主人一个人在外面坐着，等着里面的客人走后，好打烊关门。等到夜深了，却既不见父母官出来，又没听见他们喊添酒加菜，便跑过去一看，发现两人都趴在桌上睡着了。那一瓶烧酒已经见底，桌上的菜却没动多少，便晓得两人都喝醉了，就立即跑到乡政府喊人来把两人扶走了。

第十章

一

伍书记和贺春乾一起喝酒后，没过几天，便被通知到县上参加县委中心学习组的学习。伍书记接到通知后，心里便吃了一惊，以为国家的政策又有啥子大的变化。因为以前县委中心学习组的学习，最多扩大到县级部门负责人这一级，从没有通知乡上这一级的领导参加过。要不是国家政策有啥大变化，怎么会通知他们这些转田坎的干部参加呢？到了县上一问，才晓得压根儿不是啥政策变化。原来是县上从北京请了一个"三农问题"专家专门来给他们这些乡党委书记"洗脑"。据说这个"三农问题"专家是北京一所著名大学的教授，拥有一大串头衔，还曾参与了多个中央"一号文件"的起草工作。伍书记一听这话，便知道这次学习，县委看得很重，但就是不晓得这个专家肚子里是不是真的有货？或者说，他对免除农业税后的农村究竟了不了解？又了解得有多深？自己会不会从这次学习中得到启发，找到今后工作的方向？这一切，伍书记心里都存了怀疑。

第二天上午，当伍书记听完教授的报告后，心里的怀疑得到了证实。教授六十多岁的样子，满面红光，头顶上头发已经掉光，头皮像是才出生的小耗子一样，红亮红亮的。鼻梁上架了副镜片很厚的眼镜，看起来很有学问的样子。开讲以后，果然学识渊博，围绕着新农村建设的国际国内背景和历史意义，旁征博引，侃侃而谈，议论风生，显得很有造诣。可伍书记听了一会儿，却觉得小腹胀了起来。伍书记有这样一个习惯，只要一听到那些不着边际的大话、空话，便会尿急尿胀，想上厕所。正想去时，却见台上县委吴书记两道犀利的目光扫了过来，于是又马上装作记录的样子，把头埋到了桌子上。又过了一会儿，那小腹实在是胀得憋不住了，这才起来，匆匆往卫生间跑了去。

卫生间里已经有好多像他这样的乡官，有的在撒尿，有的躲在一边吸烟。伍书记撒完尿正要走，却碰以了在那次在"拔钉子"事件中被贺世风告倒调到另一个乡的张乡长，他现在也升为党委书记。张书记一见伍书记，便热情地问道："伍书记，你好哇！怎么样，听说老弟在那里的工作干得不错，啥时升了可要请客，啊！"

伍书记说："你还没请客，就要我请客了，茅坑边捡根帕子——怎么好开（揩）口？"说完又对张书记问："你对那个教授讲的感觉如何？"

张书记一边撒尿一边说："我感觉是飞机上挂暖壶——水平（瓶）高，可对我们来说，却是天狗吃月亮——不晓得从哪里下手！"

伍书记也说："就是！我们现在需要的，不是大道理，是有人告诉我们具体该怎样做！"

张书记接着说："鬼大爷才晓得该怎么做！"说着，和伍书记又一起走回了会议室。

伍书记刚在原来的座位上坐下，就见那教授在黑板上写了一行字：免除农业税后乡镇政府的作为与农民的关系。伍书记一见，精神立即为之一振，以为终于可以得到教授的指点了，急忙在本子上把那句话记了下来。可是等他记完，教授回转身，却又大谈起建设服务型政府的重要性和必要性来。伍书记一听，感觉小腹又胀了起来。于是便又往卫生间去了。

这天上午，伍书记一共上了五次厕所，终于熬到教授的报告结束了。伍书记随人群走下楼梯，到了院子里，正想从旁边小门回招待所去，却听见有人喊他。回头一看，却是他的前任李书记。李书记现在自然已经不是李书记了。经过在县上几年的卧薪尝胆，他已经从那个二级局局长，升任为县委新农村建设领导小组办公室主任，直接为吴书记和县委服务。伍书记一见，急忙过去握住了他前任的手，满脸是笑地说："哦，是李哥呀！好久不见，看你是越来越春风得意了！"

李主任客气地说："我啥春风得意？伍书记才是春风得意呢！"说完才问，"怎么样，工作还好吧？"

伍书记说："农村工作，李哥又不是不晓得，有啥好的？"

李主任说："走，跟我一块到'天然居'吃饭去！我请客，我们在一起好好聊聊！"

伍书记听了，急忙说："哪儿能让李哥请客？我请我请！乡上再穷，请一个客还是办得到的！"

李主任听后，一边笑一边说："算了，到了县城来，我请客，二天到了你的地盘，那当然该你请客！"说着，便拉了伍书记，住临河的"天然居"酒楼去了。

到了"天然居"酒楼，伍书记方才晓得，这酒楼是用一套四室两厅的住宅楼改装而成的，营业执照上写的是李主任小姨妹的名字，实际上是李主任开的。酒楼虽小，可酒好不怕巷子深，所有的屋子都坐满了客人。李主任见没位置了，便对小姨妹说："你给我们摆张小桌子，到外面阳台上，我们好摆龙门阵！"李主任的小姨妹听了，果然搬了一张小桌子和两条凳子到外面阳台上。李主任便拉了伍书记到阳台上，相对而坐了。楼下是一条大江在静静地流淌，此时水波不兴，清风徐来。河对面正在建一座新城，高高的吊塔，耸立在蓝天白云之下，也煞是壮观，比那屋子里倒是惬意得多。

不一时，服务员上了酒菜。李主任要先给伍书记斟酒，被伍书记夺过了酒瓶，说："那怎么行？竹子还分个上节下节，你是领导，怎么能给我倒酒？我来我来！"

李主任说："我是啥子领导？我们两个级别一样大，扁担挑水，平肩人！"

伍书记一边给他的前任倒酒，一面说："级别虽是一样大，可你是在县上衙门里，我在下面跑田坎，可是不能比的！"说着，放下酒瓶，端起了酒杯对李主任说，"李哥，我先敬你！小弟有一句话，想对你说！"

李主任听了，忙说："又不是外人，你客气啥？有啥话？"

伍书记说："县上如果有了新农村建设项目，李哥你可不要忘了我们乡，那可是你曾经战斗过的地方哟！"

李主任听了这话，便笑着说："伍书记是听了汤教授的报告，心情激动了，是不是？"伍书记说："我激动啥？说实话，那报告跟卖狗皮膏药差不多，说得天花乱坠，实际上一点用处也没有！要想建设新农村，还得依靠我们李哥！来，李哥，我敬你！"李书记忙用手一挡："你先不要敬我！你想得到新农村建设项目，就先把这杯酒喝了，我慢慢给你说！"

伍书记一听，高兴地说："真的？我就把它喝了！"说完，果然站起来，一口把杯里的酒喝了。然后坐下去，两眼期待地看着他的前任。

李主任见了，便说："现在新农村建设才刚刚开始，项目倒是有些，可都被省上安排到高速公路和国道、省道沿线去了！"说完，见伍书记有些失望的样子，又马上说："不过老伍你放心，今后肯定是有一些项目的！只要有项目，我一定要考虑到你们乡！你刚才说得对，我在那里工作了那么多年，说实话，还是有感情的！"说到这里，李主任语气很沉重，像是陷进了往事一样。

伍书记听了李主任这话，又连忙给自己倒了一杯酒，仍然站起来说："李哥，听你这样说，我实在太感动了！我一定要敬你一杯！"说着，不等李主任回答，先把自己杯子的酒喝干了。

李主任见状，也只好喝了自己杯里的酒，然后一边吃菜一边对伍书记说："老伍呀，教授的报告虽然不怎么样，但他说的现在乡镇一级干部，要想出政绩，必须抓住新农村建设的机会，改变村庄环境和基础设施。其中最主要的又是加强公共设施的建设，比如公路、改井改厕等，还是有道理的！"

伍书记说："道理是这样，可钱从哪里来，土地问题又如何解决，你是晓得的，要改变基础设施和加强公共设施建设，哪一样都离不开土地。可土地承包三十年不变，这就有些难了！因此，他说了也等于没有说！"

李主任听说，摇了摇头说："就看你敢不敢吃螃蟹了！只要你想建功立业，办法总比困难多！"

伍书记听了这话，急忙停了筷子，看着李主任问："李哥你有啥办法？"

李主任说："现在外面一些地方正在做一些土地流转的试验。没有流转的地方，有的也打破了土地承包三十年不变、增人不增地、减人不减地这些制约发展的瓶颈。在大稳定的前提下，试行了一些调整，用这种方法来保证发展公共事业所需的土地……"

伍书记听到这里，不等他的前任讲完，便插话说："这不是公然违背了中央的政策吗？难道他们不怕群众上访？"

李主任拿着筷子的手慢慢摇了摇，像是启发伍书记似的，说："这你就错了！你我都在做农村工作，晓得农民最希望的是啥子吗？就是公平！增人不增地、减人不减地的政策，虽然保证了农民对土地的投入，却会给那些增人没有增地的农民造成不公平，影响社会稳定！这些调地的地方，正是用维护社会稳定、保证公平正义的口号来推行这件事的！"说完，又夹了一筷子菜在嘴里，才接着对伍书记说，"事实上，老伍，社会发展到了今天，由人口变动所导致的土地占有不均而产生的矛盾越来越多，问题越来越突出。尤其是国家取消了农业税，又实行了粮食直补，且最近几年农产品涨价，农民更看重土地。调整土地已经势在必行！正是在这种情况下，那些地方开始了调地。调整后，不但没有出现农民上访，还得到了大多数农民的拥护呢！"

伍书记听到这里，像是一个天真的小孩样，叫出了声，说："真有这事？"

李主任说："当然，对于你们和村上的干部而言，调整土地还有另一层意思！这意思你晓得是啥子吗？"

伍书记摇了摇了头。

李主任见了，急忙就："哎，老弟才说了，怎么不明白了呢？就是你刚才说的，如果不能进行土地调整，发展就根本无法进行！这点我不多说了。我只给你举一个例子，前次我们到川西坝子一个村参观，那个村在新农村建设中，国家拿了一笔钱，在村里修一条五米宽的水泥村道。建成后，无论是村民的日常生活还是大棚蔬菜的运输都会更加方便。你说这是不是好事？当然是！可修路要占将近二十五亩地，如果按国家土地的标准补偿农户，至少要上百万元。你想，那村集体要出一百万元，怎么出得起？好在他们这个村，这些年都一直在坚持土地一年一微调，五年一大动。失地农户能指望在不久后的调整中获得补偿，为了这个有利于全村，也有益于自己的公益事业，他们说：'占了地就占了吧！'这样，村里占的二十五亩地，未出一分钱的补偿费，村民也没有啥子意见！修路如此，挖排水沟如此，建村蔬菜交易市场也是如此！可以说，由于土地能调整，村中的土地利益结构就没有完全刚性化。没有刚性化，村组干部便很快干成了一番事业，成了远近闻名的文明村、富裕村！"

伍书记像小学生一样认真地听着。听完后才问："什么是一年微调，五年大动？"

李主任说："一年一微调，就是每年都按照村里人口变动的情况，人口减少的农户，在当年农作结束后，退出所减人口的耕地。而人口增加的农户，则按顺序接下所退土地。五年一大动，即将所有的土地收回，重新洗牌，以户为单位抓阄，重新分地。"

伍书记听了这话，突然把头凑到李主任面前，压低声音对他的前任问："李哥，你给我透个实话，这是不是县委的意思？"

李主任听了，做出了高深莫测的样子，模棱两可地说："你呀，兄弟，还是没有弄明白县委把汤教授请来给大家'洗脑'的一番苦心！群众是真正的英雄，改革都是试出来的，兄弟！"说完又说，"我只能告诉你一句话，兄弟，就是我刚才说的那些，绝对不是我一个人的意思！这你明白了吧？"

伍书记一听这话，心里似乎有了底，马上说："明白了，谢谢李哥的指教！"

李主任听了，就端了酒杯站了起来，对伍书记说："那好，老弟，如果你真想干一番事业，老哥就祝愿你大胆地去吃回螃蟹！"

伍书记见了，也马上站起来，端起酒杯和他的前任响亮地碰了一下。因为用力，酒都顺着杯沿溢了出来。两人把酒喝干后，喊服务员煮了两碗清汤面，吃后便散开了。

二

伍书记和他的前任握手告别以后，便匆匆往乡上赶。如果说教授的报告还没打开他脑海里一些思路的话，那么，他前任的一番启发就如一盏明灯，把他前进的道路照得明明晃晃的了！伍书记凭着自己的几分聪明和这些年的摸爬滚打，也凭着在长期的官场生涯中锻炼出来的对领导意图的揣摩能力，已经意识到县委对免除农业税后的农村工作也和他一样陷入了困境。这困境便是土地。用李某人的话说，土地成了制约发展的瓶颈！县委现在要发展，就必须把这个瓶颈打破，否则便会和他一样，裤裆里打麻将——施展不开手脚！因此，伍书记便隐隐觉得，这也许是老天爷赐给自己的一个机会。他必须抓住这个机会，赶在别人前面，为自己，也为县委将这个"瓶颈"打破，为今后的发展闯出一条路来。

回到乡上，伍书记便把贺春乾通知到了乡上。贺春乾已经听说伍书记去参加县委中心组的会议了，所以一见面，便双手抱着拳，不断地对伍书记打着拱说："恭贺恭贺！"

伍书记说："你恭贺个啥？"

贺春乾说："恭贺你要高升了呀！"

伍书记说："我高升个啥？你莫拿话刺我了！"

春乾说："你都参加县委中心组会议了，不是癞子头上的虱子——明摆着，领导要提拔你了嘛。"

伍书记说："啥中心组会议？是县委中心学习组的集体学习，全县的乡党委书记都参加了学习的。县委要提拔，提拔得到那么多？"说完才接着说，"你坐下，我找你，是有重要的事和你商量。我先问问你，还想不想修路了？"

春乾说："只要有机会，怎么又不想？"说着，就在伍书记对面的椅子上坐了下来。

伍书记看着春乾，脸上带着笑容，说："现在就有机会了，就看你敢不敢去抓住这个机会。"说着，便把李主任对他讲的话，一五一十地对春乾也讲了一遍。讲完，才对春乾说："情况就是这样！为了打破这个制约发展的瓶颈，我想就在你们村先试一试调整土地，搞好了，再在全乡推广。现在，就看你有没有这个勇气来吃这只螃蟹？如果你没有这个勇气，我也不强迫你，你好好想一想。"

春乾一听说是调地，正求之不得。一则，自从上任之初修路被搁浅以后，他对三十年土地不变的政策，心里就有很大的意见了！此时一听伍书记说了在别的地方，那村里坚持调地，给农民修路、挖渠、建市场，做了千般好事，心里已经痒起来了。又听说调了地后，不但没有人上访，还得到了农民的拥护，有这等好事，又何乐而不为呢？再说，春乾又退后一步想，自己农民一个，即使有人去告，上面贬脱了讨口子，还能贬脱叫花子？一旦没有了国家干部那么多的顾虑，信心自然也就更足了。并且，春乾又已经从伍书记的话里听出了这调地并不光是乡上的意思，县上的意思也是这样的。这就又给了春乾很大的胆量。又退万步说，即使县上没这意思，这事是伍书记找自己做的，天塌下来，还有伍书记这个高个子顶着，他又怕个球呀！春乾把这些一想，便立即对伍书记说："伍书记，你放心，我贺春乾不是个前怕狼、后怕虎的人。这个事，我回去就搞。"说完又说，"伍书记，听了你刚才的话，我心里触动也很大。现在政策好，可政策好，农民并不感谢我们，而是感谢中央、省里、市里、县里，因为那'送钱送物送温暖'的好事，都是他们一竿子插到底，直接送到了农民手里。如果我们再不做点事，农民真会认为有我们无多，无我们不少！"

伍书记听了春乾的话，很高兴，立即说："你有这样的认识，说明我当初没有看错人，贺春乾同志确是一个想办事、敢办事、会办事的好同志！不过这事你也不要太急，回去先把方案想好，考虑成熟了，我们再碰一下头。总之，原则上，就是既要把事情办好，又不能影响稳定。"

春乾说："你放心，伍书记，有你的支持，我一定会把事情做好的！"说完，春乾便离开伍书记的办公室，信心百倍地回去了。

可是，春乾回去刚刚坐下，还没容他去想调地的方案，贺世龙和贺世文两个老头就互相扭着衣领，来找他评理了。春乾看见两个老头打架，十分不解。尤其是世文，一直住在城里，怎么回来和世龙犯抓扯了？春乾叫两个老头先松了对方的衣领，又叫他们坐下。两个老头一坐下，都唯恐落后似的对春乾诉说起来。说了半天，春乾才听明白了。

原来，世文在十多年前和老伴一起到城里照顾小孙子，将家里三口人的地撂荒在那里。后来上面见农村土地撂荒严重，要收土地撂荒费。世文听说了，便回到贺家湾来，把一家三口的地转包给世龙。世龙这一种便种了十来年。今天，世龙正在世文那两亩地里整地准备种小麦，世文却从城里回来了，对世龙说："世龙，你不要去整地了！"

世龙听了，有些不解地说："不整，未必就这样点麦子？"

世文犹豫了半天，这才把话说明了："我想从今年起，自己种那几亩地了！"

世龙一听，顿时瞪大了眼睛，有些生气地说："哦，你想把吐出来的口水又舔回去，是不是？"

世文听了这话，也有些不高兴了，说："你怎么这样说？啥吐出来的口水又舔回去，这地本来就是我的嘛！"

世龙说："地是你的不假，可你不是不种了嘛？"

世文说："不种是那时嘛！现在我要种了，所以我就回来种嘛！"

世龙听了，不服气地说："你是不是看现在种地有搞头了，就把地要回去了？那时种地不划算的时候，我就给你白种了？"

世文听了世龙这话，更不服气地说："你还好说是白种了！到底是哪个给哪个白种，你当到天老爷发个愿！我的地白给你种不说，还一年给你一百块的肥料钱，你还说是白给我种？"

世龙说："那一百块肥料钱，你只给了两年，何况也是你心甘情愿，我也没有向你要！现在你要要，我还你两百块钱就是！"

世文把脚往地上一跺，说："你还我两百块钱，我也要种我的地！"

两个人就在地里争执起来，互不相让。世文也是农人，种了大半辈子庄稼，骨子里已浸了庄稼的汁。先不先只是因为老伴进城去了以后，自己不会做饭、不会洗衣，才丢了锄头跟着进城去的。现在见种地不但不交皇粮国税，国家还给补贴，有这样的好处，他心里那种地的情结，自然也就冒了出来。两年前，他就想回来把给世龙的地要过来，自己再种些年，实在种不动了，到那时哪个愿种拿过去种便是。只是因为想到这种地一划算，便马上回去要，有些抹不过面子，所以才又让世龙多种了两年，算是给他一些补偿。除了这个原因外，世文还有一些说不出的缘由。主要是因为孙子大了，上学放学也不再需要他们老两口接送。儿媳妇见老两口是能吃不能做，或能吃无事做，派不上多大用场了，便成天拉了脸，不是摔碗，就是打瓢。无奈之下，世文两口子，便想起了乡下的天，乡下的地，乡下的空气，乡下的左邻右舍……乡下的一切是那般的自由和美好！既然自己还动得，何必又要留在城里，吃儿媳妇的受气饭？何况如今，种庄稼又不交税，自己不回去种，好处也是白给人家了。如此这般一想，世文便下了决心，回来向世龙要回自己的地了。

　　可世龙哪里晓得世文还有这般心思？只一味地以为世文见现在种地划算了，就回来和自己争地，便死活不愿还地。世文见世龙不答应还地，心里也火了，便对世龙说："管你答应不答应，反正这地我是种定了！"说着，便跑回去，从屋檐的挑枋上取下一把锈迹斑斑的锄头，也来地里整起地来。世龙见世文也来整地，便过去不让世文整，两个老头便这样抓扯起来了。

　　春乾听完两个老汉絮絮叨叨、又自恃有理的讲述，心里突然有些烦躁起来。原来，自从免除农业税后，春乾已经解决了十多起这样的纠纷。都是如这世文一样，在种地赔钱的时候，或进城经商，或外出打工，或进城帮子女做生意、带孩子，把地转包给自己的亲友或村里其他人。现在看见种庄稼值钱了，便又回来将地要回去。偏那原先接了地的人又不肯还地，这纠纷便发生了。原先转包土地时都是私下进行，也没经过村上。如今发生了纠纷，互不相让，自然首先是闹到他贺春乾这儿。如今上级对处理村民纠纷的要求，原则上是小事不出村，大事不出乡。这样的土地纠纷，范围不大，涉及人员不多，自然不能算是大事，得由村上解决。村上解决不了的才能交到乡上。可村上即使把纠纷解决不了，也不愿意把矛盾交到乡上。因为把矛盾上交，就意味着自己没能力，也会受到乡上的批评。因此，不管春乾愿意不愿意，都得去解决。遇到亲友间转包的，处理起来还相对容易些。春乾一般是先把双方都骂上一顿，说："都是喊亲叫戚的，为这么一点事，就把眼睛打瞎，以后还见不见人？"骂完，再好言相劝一通，然后叫双方去协商。双方听了春乾的话，一是碍于春乾的面子，二则也会想起血缘亲情，于是自然便会有人让步。或要土地的一方不要了，继续让那亲友种着，或者种地这一方，把地还给亲戚。于是，矛盾得以解决。

最让春乾头痛的，是双方都没有亲戚关系，却站在各自的立场上，一个要只整南瓜，一个要只整坛子的人。其实，在春乾心里，对在种地赔本时便抛下庄稼，种地有钱赚时又回来要土地的人，心里是十分不满的。春乾是党员、干部，怎么不晓得私下转包土地，是不合法的，那承包的人，也是不受法律保护的道理的呢？但那情感却是偏向接受土地的一方。为啥？因春乾虽是干部，却是村庄中人，遇到纠纷，首先也会像一般的农人那样，不是去想合法不合法？而是去想合理不合理、合情不合情！乡下人，几千年来讲究的是说话算数。尤其是男子汉大丈夫，那可是君子一言，驷马难追！可如今，你又出尔反尔，不讲信用，便是违了理。所以，春乾在处理这一类矛盾时，首先便会黑起一副雷公脸，毫不客气地把回家要地的人批评一顿，将那回家要地人的气焰压下一头，逼迫他做出一些让步。或是将一部分地继续给承包人种，或是给承包人一点经济补偿，让他"一把胡椒顺口气，一颗胡椒也顺口气"！如此这般，矛盾虽然解决了，可往往要耗春乾许多时间和许多精力，弄得春乾十分烦恼。

今天，春乾听了伍书记一番话，心里鼓荡着一股雄心壮志，正准备静下心想一想该如何开口去啃这只"螃蟹"的时候，却又遇到了世龙和世文这起土地纠纷。且看那两个老头都脸红脖子粗，说话不但絮絮叨叨，而且双方互相打岔、互相指责，唾沫星子都落到了春乾脸上。春乾虽然表面没有发气，可心里已经是不耐烦了。等到听完，春乾便和往常一样，首先用了批评的口吻对世文说了起来："文叔，也不是做晚辈的故意说你，这事首先是你不对！你都几十岁的人了，又不是三岁娃儿，当初你怎么不考虑清楚？种地赔钱的时候，你把地拿给龙叔种，种地有利的时候，你又想要回去，人心打比是一样，换成是你，你心里怎么想……"

世文听到这里，张了张嘴想说话，但被春乾制止了。春乾继续说："你等我把话说完再说。文叔，我也不晓得你心里是怎么想的？老都老了，你还回来种啥子地？在城里享清福，哪点不好？我看你是穷骨头发烧了，想自讨苦吃！你好几年都没有种过庄稼了，以为那庄稼是那么好种的？再说，你都这么大的岁数了，即使种，又种得到几年？"说完，还是不等世文插话，便挥了一下手，用了一锤定音的口气说："算了，文叔，你要我调解的话，我就是这句话：男子汉大丈夫，说话算话，那地，还是继续给龙叔种！你呢，也继续回城里享福……"

听到这里，世文的脸涨成了猪肝色，终于忍不住跳起来打断了春乾的话，大声叫着说："不，那地我要种！"

春乾听了这话，像是不相信地看着世文问："你硬是要种呀？"

世文说："地是我的，我为啥不种？"

春乾有些不高兴了，黑了脸说："人家给你种了这么多年，你怎么说？别个就是给你看管这么多年，也不能白看管嘛！那你赔他种地不划算这些年的税费吧……"

春乾的话没完，世文又脸红筋涨地叫起来，说："我的地白给他种，没有向他要租金，还想向我要税费，做梦去吧！"

春乾见世文一点不让步的样子，便说："你总要打点让手！"说着，看了世龙一眼，继续对世文说："要不这样，你年纪反正大了，就让一块地，给龙叔继续种，让人家多少也顺口气，这下总行了吧？"

世文一听，说："我的地，为啥要让一块给他？你说我年纪大了，他比我还要大几个月呢！"

春乾一见说了半天，世文也不进油盐，便一下火了，盯着世文大声说："啥子你的地？你哪来的地？地都是国家的！你自己抛荒不种，国家就有权把地收回来……"

世文听到这里，突然从口袋里掏出当年的《土地承包合同》，往桌上重重地拍了两下说："哪个说土地不是我的？你看看这是啥子？我倒要看看，哪个把我土地收得回去！"世文在城里生活了这么多年，也不是原来那个老实懦弱的世文了！

春乾见世文掏出了《土地承包合同》，便晓得靠几句大话是吓唬不住这个老头了，便说："算了，我解决不下来你们这个纠纷了！你有《土地承包合同》，自己去法院打官司吧！"

世文听了这话，便气鼓鼓地往外走，一边走一边说："我跟哪个打官司？我的地，我想种就种，看哪个敢把我打死？"说完又说，"就是打死，都这把年龄

320

了，死也死得了！"

世龙一直没说话，等待春乾解决。现在见春乾解决不了，又听了世文这话，便也站起来，一边往外走一边接了世文的话说："你死得了，我也死得了，我们就干脆鱼死网破吧！"

春乾听了两个倔老头这话，还真怕他们出啥子事情，想了一会儿，突然又对他们大喝一声："回来！"

两个老头站了一会儿，果然又回来了。春乾便对他们说："你们都给我听好：那地，你们两个现在都不能去整！等我到乡上去请示了，再来回答你们，你们听见没？"

两个老头犹豫了一会儿，便都回答说："只要他不种，我也不种，只要他要种，我也要种！"

春乾说："这就好了，如果你们哪个要先去种，出了事你们就哪个负责！"说罢，让两个老头各自回去了。春乾果然也就往乡上而去。

过去遇到同样的纠纷，春乾都没把矛盾上交过，可为啥这回要去请示乡上呢？原来，春乾是看到了这次纠纷的一方可不是一般人。那是贺世龙！春乾并不是怕贺世龙。世龙一辈子老实巴交，没啥子可怕的。他顾忌的是世龙背后的世海和兴仁！本来，他是想叫贺世文打点让手，像其他回来要地的人一样，给世龙一点补偿，或拿一块地让世龙继续种，如果这样，他在世海和兴仁面前也好交代。可没想到这世文一点不肯让步。他想让贺世龙把地交还给贺世文，又怕贺世龙想不通，在世海和儿子面前说他的坏话。左右为难，便只有到乡上来和伍书记商量了。

伍书记虽然经常说自己是跑田坎的，但和春乾处理问题又自是不同。春乾处理村里常见的纠纷，多是从是否合情合理出发，但伍书记考虑得更多的，却是国家的法律。在合法的前提下，才去考虑是否合情和合理。所以，他一听完春乾的话，便说："应当叫贺世龙把那地还给人家才是！"

春乾一听这话，便说："可是……"

伍书记挥手打断了春乾的话，说："同志，我们现在是法制社会，得讲法律！贺世文手里的《土地承包合同》是受法律保护的！"

春乾说："可是，他当初是自觉自愿给贺世龙种的！"

伍书记说："你说他是自愿的，可他们签订得有协议吗？口头上的许诺，打官司，法庭上都是不会采纳的！再退一步说，《土地承包合同》上明明写着，土地不能由个人转让、买卖！所以，即使他们之间订得有转包协议，从法律上来讲，也是无效的！"

春乾听到这里，便有些担心地看着伍书记，说："可这事，要是贺世海和贺兴仁晓得后，会说我们……"

伍书记听到这里，突然像是想起了似的，对贺春乾说："哦，你不说贺世海，我倒还忘了！这样吧，这件事情，你就交给我来处理。你回去只考虑调地的事！"

春乾听了，有些不解地望着伍书记，问："伍书记，你打算……"

伍书记没等春乾问完，便说："我打算进城找一下贺世海和贺兴仁，让他们回来劝一劝贺世龙，贺世龙也许会听他们的！"说完又对贺春乾赞扬地说，"春乾，你当时没下结论是对的！以后我们凡是处理村庄内的事情，都要想到村庄外的力量！那些从村庄走出去发了财的成功人士，虽说现在不住在村里，却是一支不可忽视的力量，一定要想法用好这支力量！"

春乾听了，也由衷地说："就是呀！那年湾里人告贺世忠，要不是贺世海和贺兴仁背后出主意，他们怎么告得准？"

伍书记说："你晓得这点就好，那就回去吧！"

春乾听了这话，果然就高兴地回贺家湾了。

第二天吃过早饭，伍书记果然夹了一只皮包，往县上去了。到了县城，伍书记便给贺世海打了一个电话，约他和兴仁中午在"古今香"吃饭。世海早已听大哥说了伍书记一上任，便带着乡上的领导去看他的事，心里就对这个姓伍的有了几分好感。后来，伍书记到城里办事，又去拜访了世海几次，中间还请世海吃过两次饭。吃饭期间，还对世海一口一句地说，不管是家里还是他自己，有啥困难尽管找他！还说世海是全乡人民的骄傲。如此等等，让世海觉得很受用。在县城里，尽管世海接触的部、局级领导，甚至县级领导都不少，按说来，他眼睛里是看不起乡官的。可伍书记毕竟是家乡的父母官，那又是不同。所以，一听伍书记请他吃饭，二话不说便答应了。吃饭时，推杯把盏之间，伍书记便把世龙和世文争地的事给世海和兴仁说了。世海一听说这事，便有些生气地说："我那个大哥也真是，越活越糊涂了！都那么大的年纪了，还种那么多的地做啥子嘛，哪儿把他饿死了？"

兴仁很早以前便不赞成父亲种那么多地的，现在一听幺爸的话，便也很气愤地说："就是，我那时就叫他把地拿些出去，他就是不听！"说完，又马上对伍书记说，"伍书记，你放心，我爸那个人，我是晓得他的个性的。你跟他好说，他不得听，这事你就交给我。下午我就回去，叫他把地拿出来！"

伍书记听了，急忙和世海、兴仁碰杯，感激地说："那就多谢世海大哥和兴仁侄儿了，我先饮为敬！"说着，把酒喝了，席也散了。

下午，兴仁果然回去了。晚上，兴仁也不等父亲吩咐，主动把兴成也叫了过来消夜。兴成虽然经常在父亲屋子里出出进进，可在今晚才突然发现，两弟兄在这屋子里一同出现，就像多了两座山，屋子骤然显得窄了。相比之下，过去威武挺拔的父亲，如今佝偻着腰，像是小了许多。不但父亲小了，连母亲也是一样，身材像一把手都能拿过来。不但父子间的身体倒过来了，连说话的语气和神情也都全倒过来了。兴仁一开口，语气便进出一种不可违抗的威严，而父亲却全不似过去那样，说一句话便可在地上砸出一个坑。而是在儿子们面前，眼光躲躲闪闪，答话也有些唯唯诺诺了。兴成如今也有人开始给他介绍儿媳妇了，心里也就多了一分人生的甘苦。看见父母如今的模样，心里便升起了无限的怜悯。

世龙晓得儿子不会无缘无故地回家，却不明白是啥事？兴仁一回家，就板着脸，一副十分严肃的神情。世龙想问，却又像勇气不足的样子，便又忍住了。直到吃饭时，一家人坐到桌子上，兴仁才终于看了一眼世龙，说话了，却是极埋怨的口气："爸，你做的好事！过了年，你就满七十岁了，你还在家里和人争地，你争啥子嘛，啊？"

世龙一听，终于明白儿子是为啥回来的了，也不敢看儿子的眼睛，便像犯了错误地说："我不是和他争，我只是觉得道理不合……"

可是，还没等父亲说完，兴仁便叭地放下筷子，做出十分生气的样子，大声说："啥子道理不合，啊？你还认为你有理了，是不是？我跟你说，人家有《土地承包合同》，受法律保护，你要不把地还给人家，人家往法院一告，输官司的就是你……"

听到这里，李春英小声地对儿子说："你轻点，那样大的声音干啥？"

兴仁听了，却仍然不服气地说："干啥？我就不明白，你们怎么就越活越糊涂了？到时候人家打官司，你们不但要还人家的地，还要付打官司的钱，并且把我们也弄得灰头土脸，让我们在县城都抬不起头，你们晓得不？"

兴成明白兴仁是吓唬父亲的，便说："不是还没有打官司嘛！"

兴仁又白了兴成一眼，说："等打起来了，又晚了！"说完又教训父亲说："你以为不交农业税了，国家又有了点补贴，种地就有多划算了？我告诉你，你就是把世文叔那几亩地全种起，一年赚到的钱，不如我们工地那些小工半个月的工资，你信不信？"

世龙老汉听了儿子的话，先还打算说点啥，可想来想去却不晓得该说啥好，便只低着头，呆呆地坐在那里，如过去挨批斗的坏人一样。兴仁说累了，停了一下，便又回头对兴成说："大哥，他一味要种，以后不管是犁地、挞谷子啥子，你都不要去帮他，让他一个人去种吧！"

兴成听了，便说："说筋就说筋，说绊就说绊，你扯到那些啥子？"说完，便回头对父亲说，"爹，兴仁是关心你！那地，你该还给世文叔就还人家嘛，还争到做啥？如果真像兴仁说的，世文叔与你打起官司来，你我的面子丢了不要紧，兴仁和幺爸是跑世面的，还要为人啊！"

兴仁听了这话，也跟着说："就是嘛！再说，有啥想不开的？不就是给他种了几年地嘛！你不是喜欢帮忙吗？就当帮了他几年忙那样想嘛！"说完，就像领导拍板地说，"就这样，明天就把地还给人家！"

李春英听了，朝丈夫看了一眼，说："还就还吧，他又不带到土里去！"

兴仁见母亲已经表了态，又盯着父亲说："爸，你说呢？"

世龙过了很久，才低低地说："我又没说不还。"

兴仁听了，这才高兴起来，急忙往世龙老汉的碗里挟了一筷子菜，说："这就对了，爸！少种点地，养好身子，才是最重要的！"说完又说，"你是不是怕饿到了嘛？如果你怕莫得粮食吃，二天我叫人拉一汽车回来，看你和妈在家里怎么吃！"

李春英听了这话，扑哧一声笑了，说："你爹和我又不是大肚罗汉，吃得到那么多粮食？"

兴仁也笑起来了，说："那就对了哟，何必还要种那么多的地呢？"说完，又马上转移了话题，对父亲问，"爸，明年你七十大寿，你说怎么办？"

世龙听了这话，这才抬起头看了看两个儿子，却是不能做主地说："看你们怎么办，都要得！"

兴仁说："要在城里办，我就去包一个酒店；要在家里办，那我就把东西买回来……"

兴仁话还没完，世龙老汉却断然地说："我不在城里办！在城里办，连潲水都收不到一瓢！"

兴仁一听，就急忙说："那就在家里办嘛！"说完就对兴成说："大哥，我们就说好，在家里办，所有的钱由我出！但家里跑路、借东借西，就由你负责了！"

兴成一听这话，自然高兴，立即说："要得，你怎么说，我照你的话做就是！"说完，又大声对世龙老汉说："爹，你放心，我们到时给你热热闹闹办堂生日酒！"

世龙老汉听了儿子们这话，心头一热，忽然就有眼泪想涌出来。不为别的，只是因儿子们的这份孝顺，觉得没有白养他们。却全然忘记了当初，自己和李春英是如何含辛茹苦才把他们一把屎、一把尿地养大成人的。

第二天，兴仁便去找了世文，让他去种自己的地，还向世文道了歉，要他不要和父亲一般见识。世文要回了地，自是欢喜，一场纠纷自此解决。只是世龙从此以后，见着世文再也没有说过一句话。

三

且说贺春乾听了伍书记的话后，回到家里，果然不再去考虑贺世龙和贺世文两个老汉的土地纠纷了，而一门心思地谋划起调地的事来。春乾还真是了得！他首先到贺劲松那儿把全村的人口花名册拿了过来，把上一轮土地承包，也就是村民称之为"三十年不变"政策后，娶进贺家湾来的媳妇和出生的娃儿，一一登记在自己的本子上。又把自那政策后，从湾里嫁出去的姑娘以及逝世的老人也做了清理登记。这一梳理，春乾便发现了一个有趣的现象，那就是这些年，从贺家湾嫁出去的姑娘和从外面娶进来的媳妇，大致可以相抵。但现在生活好了，老人活到七八十岁身体还十分硬朗。也就是说，这些年，湾里的坟山里没有垒到几座新坟，但出生的人却是成堆堆！因而，需要进地的人，远远超过了往外拿地的人，贺春乾心里一下有底了。接着，他又把需要进地的人户分成了两个层次：一个层次是这些年添人进口最多的；另一个层次是有人口增加但不如前面人家增加得多的人！减少了人口的人户，同样也分为两个层次。中间还有一等层次，就是在这些年里，人口既无增加、也无减少，或虽有娶进来，却又有嫁出去，因而两相抵消的人家。春乾分门别类把这些做一番清理后，心里便有了各个击破、一把钥匙开一把锁的主意。第二天一早，春乾便往贺世凤家里来了。

春乾来世凤家里做啥？原来世凤的儿子贺兴春，先前因家庭困难，没赶上"三十年不变"政策前把婆娘娶回来，所以那轮土地承包，贺世凤家里只承包到了四个人的土地。后来兴春讨了女人，自然没地。再后来，女人接连生了两个丫头，仍然是没地。女人生了两个"锅边转"后，世凤和毕玉玲自然是不甘心绝后的，一定要儿媳妇给他们生出个带把儿的来。后来，儿媳妇果然给他们老两口儿生出了一个长小鸡鸡的来。带把儿的虽然生出来了，可儿媳妇却没法生出土地来。幸好后来兴燕出嫁了，姑嫂两人的土地，可以相抵，可三个孩子，如今大孩子都上初中了，却是没有土地，更不用说两个小的了。所以，春乾把世凤列为最需要进土地的那个层次的人家中的一户。

春乾到世凤家的时候，世凤、毕玉玲和三个孩子正围着桌子吃早饭。自那次存折事件后，世凤见了春乾总觉得有些不好意思。这时见春乾去了，便急忙放下筷子，站起来说："书记来了？"说着，就要过来给春乾端凳子。

春乾见了，却一把按住了他，说："凤叔，你客啥子气嘛？我各人来。"说着，一边去端凳子，一边又说："我叫你们别书记书记地喊，就叫我名字，你们偏不听。"

世凤听了，还是嘿嘿地笑着说："喊名字，喊书记，反正都一样嘛。"说完又问："吃了没？"

春乾急忙说："吃了吃了！"

这儿说话时，那三个孩子瞪着大大的眼睛把春乾看着，像是十分好奇的样子。毕玉玲见了，忙吼了他们一声，说："还不快点吃饭！你们的春乾叔叔，没看见过吗？"

三个孩子听了，急忙又低下头，呼哧呼哧地往嘴里刨起饭来。

春乾看着三个孩子，个头一个比一个高，脸蛋圆圆的，身子胖乎乎的，像一个模子压出来似的，煞是可爱。春乾看着看着，都忍不住笑了起来，说："这三个小把戏，要是一样高，别人还会说是三胞胎！"说完又对那大孩子问，"莉莉，成绩好不好？"

女孩听了，红了脸却不答话。世凤见孙女不好意思的样子，便说："好，她父母都不在家里，我们又辅导不来她的作业，能好到哪里去！"

春乾听了这话，便又对世凤问："兴春两口子还在世海叔那里打工？"

世凤还没答话，毕玉玲说："不打工怎么办？五个人吃两个人的庄稼，不打工饿都要饿死！"

春乾听了，故意装作不晓得地说："啥？难道莉莉都没有分到土地？"

世凤说："莫说她，她妈都没有分到地！要不是我只有她老爹这样一个独生儿子，没有分家，否则硬是要把他们饿死！"

春乾听到这里，嘴里"喳"了一声，做出十分同情和不满意的样子，说："唉，现在有些事情呀，是不太合理！就说这土地吧，像凤叔你们，孙女都上中学了，还莫得土地。可有的人户呢，人已经不在了，却占着土地，这确实不公平……"

春乾的话还没完，毕玉玲便快嘴快舌地接了过去，说："哎呀，春乾大侄子，你这话硬是说到我心里去了！就是呀，人死了又不能吃粮食了，还占着地，这是不是占我们大家的便宜？"

毕玉玲的话刚完，世凤也接着说："是呀，春乾，我说句反动的话，都说共产党办事最公平，可在这事上，我觉得最不公平！人嫁的嫁了，死的死了，却还占着地，另一些人，娃儿都要讨婆娘了，却莫得地。这等不等于一些人端了很多饭碗，一些人却莫得饭碗？"

春乾说："凤叔，你这个比喻打得太巴适了！道理当然是这个道理！"

世凤听了，又盯着春乾不解地问："那上面怎么还要出个政策，'三十年不变'呢？所以我刚才说，共产党在这个事情上，不公平！"

春乾把手在世凤的膝盖上拍了拍，才十分含蓄地说："凤叔，不是共产党不公平！我也仔细研究了上面的政策，上面的政策说'三十年不变'，指的是党的农村土地承包经营权的制度，三十年不变，并不是说你种的那一块地，硬是死鱼的眼睛，上面也跟你定死了的！上面怎么晓得贺家湾哪块地，叫啥子名字？他只能规定一个原则嘛，这原则，就是我刚才说的土地承包制度……"

世凤听到这里，觉得春乾说的有道理。可他哪里想到，春乾为了实现自己的目的，在这儿已经偷换了一个概念，成了真正的"歪嘴和尚"。那"三十年不变"的政策，当然是包括了土地承包经营权的制度，同时也包括了农民具体承包的土地。可现在经过春乾一番似是而非的解释，倒极具迷惑性了。春乾为啥要这样解释？原来他是有准备的。因这解释似是而非，那农民的政策和理论水平又不高，如果能把他们迷惑住，那是最好。如果不能迷惑住，有上级追究起来，那他最多也是一个对政策的认识问题，而不是故意为之。你说春乾的心思有多么缜密？因而那世凤听完，高兴得叫了起来，说："这么说，也是可以变的？"

春乾说："我想是可以变的！"

世凤听了，马上问："那怎么就没人来变一下呢？"

春乾这时抬眼看了世凤一眼，突然说："凤叔，你跟我说句实话，你是不是真的很想要土地……"

春乾的话还没问完，毕玉玲又抢着说："哎呀，大侄子，你看我们屋里，还是说起耍的？"说完又说，"大侄子，要是这几个小东西有了土地，我们困着都要笑醒！"

春乾听了，便郑重其事地说："那好，凤叔，毕婶，我本来是不想管这事的。你们也晓得，管这事要得罪人！但看见这三个侄娃儿，一高一低，长得又这么逗人喜欢，总不能一辈子都莫得土地吧？莫得土地，以后吃啥子？人心打比是一样，我的心也是肉做的。所以，我想，我就来承这个头，把全村的土地调一下。那些人已经不在了的，该拿的就拿出来，像凤叔你们屋里，该进的就进！总之就是一句话，要有，大家都该有，不能饿的饿倒，胀的胀倒，是不是？"

春乾的话刚完，毕玉玲又叫了起来，一副恨不得给春乾叩头的样子，说："哎呀，大侄子，你真是阿弥陀佛哟！要是我屋里这三个小把戏有了土地，我天天都给你烧高香！"

春乾听了这话，急忙说："毕婶，话不能这样说？你以为我看见有的人家一个种几个人的地，有的人家几个人种一个的地，心里好受哟？我只不过想跟大家做点好事！"说完又对贺世凤说，"不过，凤叔，这地能不能调，还要看你们的态度！"

世凤听明白了春乾的话，便急忙问："春乾，你说，你要我们做啥子？"

春乾说："只要你们态度坚决，就好办了！那我就跟你说，你们等会就去联络世财、世彪、兴柏、兴章、万春等几户，他们和你一样，屋里也是好几个人莫得地。然后你们又分别去联络湾里其他要进地的人，你们抱成团，先在村里放出舆论！放啥舆论呢？就是我们先个说那些话，比如'人都不在了，还占着地，是占大家的便宜呀！''人都不在了，还不交地，是抢我们饭碗呀'等等！如果那些人拿'三十年不变'的政策压你们，你们就按我刚才说的，'三十年不变'，只是指的承包责任制不变，不是指地不变回答他们！如果有人和你们争，你们也不要怕，只要莫和人打架就行！你们的舆论造得越凶，那些该往外拿地的人，心里的压力就越大！到时我再开村民大会，你们在会上一闹，事情就准成！"

世凤一心只想把地拿到，听了这话，便十分感激地说："你放心，春乾，你凤叔再没出息，这点事情还是办得到！"

毕玉玲听了，也跟在丈夫后面说："就是，大侄子，我等会儿也跟你凤叔去！"

春乾又激他们说："单丝不成线，独木不成林，要是他们不愿意出头，凤叔就怪不得我了！"

世凤听了，说："他们又不是莽子，怎么看到银子不想要？"

春乾说："那好，你们就先去试试吧，我就等着看你们的效果！"说完又对世凤和毕玉玲说："哎，你们去跟他们说的时候，可以吹一点风，就说这主意是我出的！可是在外面造舆论的时候，千万不要把我说出来，啊！我们演的是双簧，别人晓得是我在给你们出主意，到上头一告，你们就搞不成了！"

世凤和毕玉玲听了，又急忙说："放心，大侄子，我们绝不把你说出来！"

春乾听了这话，这才满意地离开了世凤家。果然，才过一天，那贺家湾里，无论是在黄葛树下，还是在田间地头，抑或是在麻将桌上，到处都是对那些"减人却没减地"的人的声讨。这声讨，先还只是限于一般道德层面的批判，就像春乾曾经对世凤说过的话一般。可随着那些被声讨对象的还嘴与争吵的升级，便渐渐由道德批判的层面，上升到了强烈的人身攻击层面，诸如"不要脸"呀、"吃了屙血"呀、"便宜占多了，死儿绝女"呀……许多难听的话，便由庄稼人嘴里子弹般迸发出来。那要进地的人，比需要往外拿地的人多，一时，需要往外拿地的人便感受到强大的舆论压力。与此同时，春乾又发动"两委"干部和各村民小组长，开始了对那些既不会往外拿地也不会进地这部分人的工作，最后又做了少部分需要往外拿地的人的工作。春乾见时候已到，便决定召开村民大会了。

召开村民大会前，春乾又先去见了世凤等人，面授了一番机宜。春乾召开村民大会，打的牌子是宣传、动员大家参加农村新型合作医疗，与调整土地完全无关。可开着开着，贺世凤、贺世财、贺世彪、贺兴柏、贺兴章、贺万春等人，却突然向春乾发难，要春乾一碗水端平，调整土地，不能让有的人肥的肥了，有的人又瘦的瘦了。他们这一说，那些不愿退地的人自然反对，可怎奈此时，他们的声音竟淹没在那要求调地的强大的声音洪流里。没办法，他们把眼睛望着春乾，问他怎么说，却完全没想到这出戏正是春乾给导演出来的。春乾装模作样地让大家安静了下来，又把那"三十年不变"的政策按自己的理解解释了一番。当春乾作出这种有意识的曲解后，要求调地的人呼声更高了。春乾见了，又做出了无可奈何的样子，说："既然大多数人都要求调，我有啥子说的？大家就在这上面签字吧！"

说着，春乾让村文书兼会计贺劲松，拿出早已写好的决议让大家签字。世凤、世财、世彪、兴柏、兴章、万春等一干需要进地的人，首先便抢过去，刷刷地就在上面签了。然后由这些人拿着协议书，分别走到那些既没增人也没减人的家庭面前，眼睛看着他们。这部分人，春乾等人事先已经做过工作，此时不签，放不下脸面，于是便也在上面签了自己的名字。还有一些退地不多的人，在强大的压力下也被迫签了。最后剩下的，便是几户要往外拿地多的人，死活不愿签字，怒气冲冲地离开了会场。不过这不要紧，他们回到家里，板凳还没坐热，春乾等一干干部便带着一大群强烈要求调地的人，拿着协议找上门来了。春乾见了不愿签字的人，便说："你放心，我不是来劝你签字的！我看见这么多人都答应调地，就你不答应，怕你和这么多人作对会吃亏，所以跟过来看一看你！"

说完，又像是演双簧一样，那跟来的人立即七嘴八舌地叫了起来，说："你真的想和我们这么多人作对呀？作对就作对吧，我看你今天不求人，二天求不求人！""就是，一堆一块的，你今天一根眉毛扯下来，盖住了脸，二天飞蛾进了眼睛，你总要求人！"

还有人说得更难听了："你占了这么多年的便宜就算了嘛，还想永远多吃多占，让别人饿死！"

一些人甚至说："后颈窝摸得到，看不到，啥子事情都要讲个来回，要不以后自己家添了人，别人也不退地给你，你该怎样想？未必你家里就不添人进口了？不添人进口那就是断子绝孙！"

农人虽然道理讲不出多少条，却朴素地将耕地和吃饭、生存和饿死紧密联系在一起，就道出了那减了人口却不愿退地的人，是在侵犯别人的生存权，恰恰比那政策制定者给出的理由更大。那几个不愿退地的人，早已在村庄舆论中，觉得理屈。此时，又哪禁得住这么多人的轮番轰炸？即使想横下一条心坚持不签，可又没有胆量来和村里这么多人作对——毕竟还要在村里生活下去呀！于是，到了一定时候，自然会有人出来，悄悄把那人拉到一边，几句好言相劝，由那人在纸上签了自己的名字。

春乾出师告捷，不等小春粮食点下去，他就把湾里的土地给调了。因为这是十多年来第一次调整土地，为了稳定，春乾也没有敢大动。只将那地分为四等，那些该退的人户，既不要求他们退最好的地，但也不允许他们只退差地，只需拿出二、三等地，给那些需要进地的人户。但在往外拿时，那些退地的人一般都只往外拿三等地。进地的人虽然觉得吃了亏，可十多年里，这是第一次进地，能进就是好事，因此也就不说什么了。当然，因为退地的人少，需进地的人多，退出的地不够进。所以，家家户户实际上都拿出了一些地。春乾坚持按地块，一家移动一点的方法，也没引起大的混乱。整个调地竟是十分顺利。调地过后，春乾又观察了几天，果然没一个人去上告，春乾十分欣喜，这才把情况汇报给伍书记，伍书记自然也是十分高兴。

春乾是怀着做番事业的愿望而调地的。在调地时，把修公路需要占的地给留了出来。因那调地成功，春乾心里立马又鼓起了修路的风帆。于是，也不管不久前才受了一顿奚落，便又涎起脸皮去找财政局那战友李太白了。为了成功，春乾还特地提了两只准备过年宰杀的公鸡。他晓得如今城里人特别喜欢农村的土鸡。可他没想到，李太白上了一次当，这回说啥也不愿帮春乾的忙了。只对春乾说，现在的资金控制得严格了，要春乾去找交通局，要不，写报告让县长批也行。春乾晓得战友说的是推口话，却又毫无办法。那战友不愿帮春乾的忙，但两只鸡还是收下了，以示对春乾的尊重。春乾巧妇难为无米之炊，修公路一事，不得不再次搁浅。但因为土地已经调了出来，只要有了钱，随时都可以动工，因而春乾心里鼓动起来的理想依然十分坚定，暗暗等待着时机。

却说那世龙老汉，在春乾这次调地中只是按人口拿出了两分多地。范春兰娶进家时，也没分到土地，按说这次是要补一个人的。可是，兴琼出嫁后也没退地出去，所以也两相抵消了。虽然属于既不进地、也不退地的人家，可世龙看见世凤一下子进了三个人的地，心里还是有些羡慕。羡慕之后，便又生起范春兰的气来了。想她过门这么多年，也没为贺家生一男半女，也不晓得是怎么回事？他不好问得，却叫李春英进城去，悄悄问过范春兰。范春兰也像兴仁一样，只对李春英说："妈，忙啥子？趁现在年轻干点事业，多挣点钱，过几年再生孩子也不迟嘛！"李春英回来把这话对世龙讲了，世龙只以为幺儿媳妇说的是假话。世上有哪个女人，能生孩子的时候不盼着生孩子？只怕这兴仁是娶了一个中看不中用、不会下蛋的东西呢！可是这话只能闷在心里，又不好对儿子说。如今，见世凤家里进了地，自己家里本该进地却没有进成，因而对小儿媳妇就更加有气了。心里想："即使你哪天生了一男半女，可保不准又不调地了！到时没地，你们再能干，还能搬块石头打天呀？"为这事，老汉竟是生了好几天闷气，弄得李春英也不晓得说啥子好。可世龙老汉还不晓得：就在他生闷气的时间里，他的小儿子已经将种子种在了范春兰的肚子里。第二年夏天里，他的幺儿媳妇会为他生下一个大胖孙子来。

四

　　春乾调整土地成功，果然在社会上引起了很大震动。贺家湾周边的林家湾、张家湾、王家湾几个村里的人，见贺家湾把土地调了，那些家里这些年增人没增地的农户，便找到自己村的干部吵闹，要求也像贺家湾一样调整土地。村干部中有一等人，是属于这些年来，自己或自己子女增了人也没增地的，如果像贺家湾一样调地，自己也明显可以受益。如今见群众有这个要求，于是便顺水推舟，一口答应了。自然也有一等人，这些年来减了人，如果调地，便要往外退地。这等人态度便有些暧昧。但见那些需要进地的村民要求十分强烈，又见人家已经调了，如果一味顶着不调，又怕得罪那强烈要求调地的村民，于是便去请示伍书记。伍书记并不明确表态，只是大力表扬贺春乾，说他不仅具有敢闯敢干的开拓精神，而且能以人为本，民生优先，能从大多数村民的生存出发，办事公平！去请示的村干部一下子明白了伍书记是支持调地的。下有群众要求，上有领导支持，前面又有成功经验，这些人心里虽然有点不情愿，却又不愿成为众矢之的，于是便也同意调地。又有那等往外退地的村民，一是鉴于贺家湾和自己同样的人都往外拿了，二又看见自己村里，该退地的干部都答应调地，自己一条小泥鳅，还能掀起大浪？于是也就闷声罢了。只是鉴于已到了小春播种的关键时期，伍书记提醒他们，地可调，但千万不可误了农时。于是一些村的干部答应了群众调地，但须放在大春收获后进行，让村民先吃了定心丸。一些村却是急不可待，在小春作物点下后就把地调了，待以后粮食收割后，再各归各的地。就这样，在第二年大春作物收割不久，全乡都把土地调完了。有的村是以组为单位进行调整；有的村却又以村为单位进行调整；有的村是像贺家湾一样，只进行微调；有的村则又是大动，和重新分地差不多。但不管采取哪种方式，调地都进行得十分顺利。

调完地，伍书记就到县上去。这回是他宴请他的前任李主任吃饭。吃饭时，伍书记对他的前任汇报了调地的事。李主任一听喜不胜喜，重重地在伍书记肩膀上拍了一下，说："老弟呀，你干了一件了不起的大事，你晓不晓得？"

伍书记听了这话，晓得李主任指的是啥，却故意装糊涂地说："李哥，这是啥了不起的事，你莫讽刺兄弟了！"

李主任说："兄弟，我讽刺你做啥？我跟你说，你这回可帮了县委、帮了吴书记一个大忙！老弟建功立业的机会到了！"

伍书记说："李哥，你越说我越不明白了，我怎么帮了县委，帮了吴书记的忙？"

李主任说："老弟你真的不明白？老弟还记得昨年我给你说的那番话吧？那天，我不敢跟你把话说透，只是跟你透露了一点信息，不晓得老弟当时听明白没有？"

伍书记说："啥话？我记不得了！"

李主任说："我叫你回去打破土地这个制约发展的瓶颈，我说了一句，这不是我一个人的意思，你想起来了吧？"

伍书记拍了一下脑袋，急忙说："哦，我想起来了，对对对，你说过这话。可直到现在，我还以为只是一句随便的话！怎么，你这话当时有所指？"

李主任说："当然！现在我可以抖明了对你说，叫打破土地瓶颈的，不是别人，正是吴书记！"说完，见伍书记张口结舌地望着他，一副洗耳恭听的样子，便又接着说，"实话跟你说吧，县委在新农村建设试点中，经常因受土地的制约，无法开展一些惠民工程，领导们苦恼不已。吴书记就给我们这些部门的负责人出了一个作文题，名字就叫"在开展社会主义新农村建设中，怎样突破当下土地制约发展这个瓶颈？"你说这篇文章该怎么做？"

伍书记见他的前任问他，便又反问："你写了吗？"

李主任突然笑了起来，说："写啥？你以为吴书记真的要大家都去当秀才呀？吴书记的意思，就是让大家解放思想，敢于去打破土地这个瓶颈……"

听到这里，伍书记立即叫了起来："原来是这样，吴书记太了解农村的情况了！"

李主任说："开玩笑，吴书记是啥子人？"说完又对伍书记问，"吴书记的意思，你这下明白了吧？"

伍书记听了这话，却故意皱起眉头，摇了摇头说："不太明白！"

李主任说："这还不明白？吴书记的意思再明白不过了，就是允许你们去调整土地！调整土地是合乎情理的！"

伍书记听了，做出恍然大悟的样子，说："哦，是这个意思？那吴书记可以在大会上给我们明说呀！或者县委下个文件，我们执行就是。"

李主任听了这话，用筷子点了伍书记一下，说："你呀，老弟，到底还是嫩了点！这话吴书记怎么能在大会上对你们讲？又怎么能够下文件？你难道不晓得，国家规定了'三十年不变'，这调整土地，毕竟是违背国家政策法律的事，作为一个县委书记，怎么敢公开和国家政策、法律唱反调？"

伍书记一边听一边点头，他前任的话刚完，便马上说："那倒是，那倒是！我们在下面调地的时候，也遇到这样的事。在国家'三十年不变'的政策下，那些减人的家庭当然不希望把地拿出来的！"

李主任说："这就对了！如果吴书记在大会上讲，或者县委做一个调整土地的决定，弄不好会引火烧身！现在你明白了吧？"

伍书记听到这里，就急忙点头，然后心悦诚服地说："明白了，明白了！"

李主任听了，把头向伍书记俯过来，一边用筷子在桌子上指点着一边压低了声音，像是告诉机密似的，对伍书记说："所以，在这种情况下，你晓得吴书记最希望的是啥子？"问完，又不等伍书记回答，又马上接着说，"吴书记最希望的，是有人从下面做起。明白了吧！所以，老弟，我说你是做了一件令领导非常满意的事呢！"说完，就大声叫起来："来来来，喝酒喝酒！"

伍书记对他前任所讲的一切，心里其实非常清楚，只是故意在李主任面前装拙罢了。听了李主任的话，也做出十分高兴的样子，举起杯子说："对对对，喝酒喝酒，我还要感谢李哥你的指点呢！"

李主任也故意谦虚地说："我指点啥？是你老弟敢闯敢干敢为天下先！你等着好消息吧，下午我就去跟吴书记汇报！"

伍书记急忙说："谢谢！谢谢！那我这杯酒，就算作是敬李哥的，我先饮为敬了！"

伍书记正要喝，李主任也急忙说："老弟莫那样客气，来，同饮，同饮！"说着，将杯子递过去和伍书记碰了杯，然后庆祝胜利似的，一同将杯里的酒干了。

没过两天，李主任就给伍书记打来电话，故弄玄虚地说："怎么样，老弟，想不想听好消息？"

伍书记猜想可能是关于调地的事，却不动声色地问："啥好消息？"

李主任说："吴书记叫你把全乡调整土地的经验写一份报告来，让我们以工作简报的形式发出去。"

伍书记听了这话，便冷冷地问："就这事呀？"

李主任说："老弟，你可不要小看这个材料，这可是带有指导、推广性质的经验，它的重要性，你以后就晓得了！告诉你，吴书记非常重视你们的经验，指示你们一定要总结好！"

伍书记听了，这才重视起来，立即转换了口气问："哎，李哥，你说这材料怎么写？"

李主任说："我告诉你，吴书记特别强调了一点：就是在材料上要回避发展、新农村建设这些字眼，不要让人觉得，你们是为了发展，为了政绩才去调地的……"

伍书记听到这里，忽然有些不明白了，便打断了前任的话问："那究竟是为了啥才去调地的？"

李主任说："吴书记对你汇报中，说到的村庄生存伦理和地方性规范逻辑特别感兴趣！你明白没有？"

伍书记愣了一会儿，才说："啥村庄生存伦理和地方性规范逻辑，我说过没有，都想不起来了？"

李主任说："这两句话，是吴书记总结的！就是你前个天，跟我讲的农民在调地中，说过的那些'人都不在了，还占着地，就是抢别人饭碗'和'今天不求人，明天不求人，飞蛾飞到眼睛里，总要求人'这些朴素的话。吴书记就把它们提炼出来，总结成了前面的两句话！吴书记说可别小看了这两句话，它们反映了千百万农民强大的愿望和行动力量！"

伍书记听李主任这么一解释，心里就明白了，立即说："我晓得了，我亲自来写这个报告！"

李主任说："老弟亲自上阵，那就更好了！写好了，还要麻烦老弟亲自送来，我还有非常重要的事找你！"

伍书记一听这话，急忙对着电话问："啥重要事，李哥能不能先告诉一二？"

李主任像卖关子似的说："那可不行，天机不可泄露，你来了自然就晓得了！"

伍书记一听，不再问，又说了两句闲话，便结束了通话。

伍书记一放下电话，就坐到桌前开始构思起材料来。到了这时，伍书记才一下明白，县委吴书记这一着实在是高！明明调地是他和县委最希望的，可他和县委却不明说，只让下面去做，自己和县委最大限度地规避了其中的政治风险！这还不算，更巧妙的是还让他在写材料时，将"发展""建设新农村"这些政治术语也回避了，而只突出农民那些话语和要求。为啥要这么做？伍书记是官场中人，稍微一想，便明白吴书记的意思了。也就是说，这材料无论上面哪个领导看了，都不会想到这是因为县、乡、村领导为了创造政绩，甘冒风险，来违反国家政策的，而是顺应"村庄生存伦理"和"地方性规范逻辑"，才不得不这么做的！于是这短短的两句话，便把调地可能带来的风险都推到群众那儿去了！总之一句话，吴书记总结出的这两句话实在太厉害了！既隐去了自己的真实目的，让人抓不到一点把柄，又规避了任何责任，还保护了下级，一石三鸟。一想到这里，伍书记便有一种羞愧的感觉。过去在下面冲冲杀杀，磨砺出了一套"两面人"的策略，就自我感觉不错。可是和吴书记这一比较，这才觉出啥叫政治上的成熟，啥叫火候还嫩。

第二天，伍书记果然亲自揣了材料又进城去了。他把材料交给了自己的前任，然后说："李哥，你看看这材料，这样写行不行？不行，你大胆地改就是！"

李主任却笑了笑，说："老弟，我要是有资格改你这材料，那又对了哟！跟你说实话，这材料，吴书记是要亲自改的！"

伍书记听了这话，忙叫了起来，说："吴书记要亲自改？"

李主任说："这下你晓得这份材料的重要了吧？"说完就把伍书记叫到里面的

办公室里，然后继续对伍书记说，"老弟，我说过你建功立业的机会到了，这不，好事就来了！"

伍书记一听这话，就忙问："李哥，啥好事？"

李主任坐到椅子上，目光炯炯地看着伍书记，像故意吊他的胃口似的，过了一会儿，才对伍书记问："老弟，你晓得我们省九环制药有限公司吗？"

伍书记说："当然晓得，我一感冒，就喜欢买他们厂生产的药！我不但喜欢买他们的药，还晓得他们那九环的意思，是代表五大洲四大洋！"说完，又盯着他的前任问："怎么了，李哥？"

李主任说："他们这个公司下属的制药厂就有七八个。不久前，公司老总到我们县上来，吃饭的时候，他向吴书记表达了一个愿望，想到我们县上建立万亩比较稀缺和紧俏的中药材种植基地。这是天大的好事，吴书记哪里会不答应？当即就指示我们和公司谈判，一定要把这个项目抓到我们县上来！经过谈判，已达成了初步协议。九环公司分五年，在我们县建立万亩稀缺和紧俏药材种植基地。第一期就是今年，在我们县合适的地方，先租一千亩地做试验。如果成功了，明年、后年，逐步扩大租用土地的面积……"

伍书记听到这里，急忙打断了李主任的话，问："啥子条件？"

李主任说："租期五十年，租金按当年粮食产量的平均价，略高计算，等于是农民不用种地，就可以坐收其成。这是一方面，另一方面，农民为公司栽种、管理、收获药材，公司另外付给农民工资。也就是说，农民不用出门，就可以在地里打工，等于挣两份工资……"

伍书记还没听完，马上就抓了李主任的手，叫了起来："李哥，真有这样的好事，那就给我们乡，啊！"

李主任微笑着拍了拍伍书记的手，说："老弟，你不要着急，听我慢慢说来嘛！九环公司为啥只租一千亩？还不是担心我们县上把工作做不好，让人家的投入打了水漂！所以，这先期的一千亩种植任务，只能成功，不能失败，究竟放到哪个地方，吴书记也十分谨慎。前天我去跟他汇报工作，汇报到你们成功打破土地制约这个瓶颈时，他非常高兴，突然问我：'把那一千亩中药材种植的任务，就交给伍和平怎么样？'我一听，立即说：'行呀，吴书记！我在那个乡工作过，晓得那个乡很适合中药材生长！'吴书记问我：'你怎么晓得那个乡很适合中药材生长？'我说：'我给你举个例子吧，吴书记。那个乡的贺家湾有个村医叫贺万山，从办合作医疗时起，就一直靠自己种植中药材来解决治病所需。自己用不完，还卖给乡卫生院……"

伍书记听到这儿，又急忙点头说："对对对！我们那儿山上，到处都是野生药材！"

李主任说："吴书记听了，更坚定了信心，说：'那就这样定了，你回去立即落实这个事！'所以我才通知你，让你亲自到县上来！"说完，又笑着对伍书记问："怎么样，是不是好事？"

伍书记立即站了起来，对他的前任打着拱说："好事！好事！多谢李哥从中美言！"

李主任却谦虚地摇了摇右手，坐正了身子，说："你不要谢我！其实我心里很明白，我抽的几句后尾子，并没有帮到你的啥子大忙。吴书记看中的是你的工作魄力和能力，也是对你调地成功的奖励！这是我们县引进的第一个农业方面的项目，它非常合乎中央当前的政策，既实现了土地的规模经营，又没有改变土地性质。全县好多乡都想把这个项目争取过去，吴书记为啥要点名放到你们乡？吴书记也是在给老弟创造成绩的机会！土地调整，你老弟还只是算扫清了发展道路上的障碍，要出让领导看得见的更大成绩，所以，你需要紧紧抓住土地，做出实实在在的成绩，这便是吴书记把这个项目放到你们乡的原因！"说完，又对伍书记问，"老弟你想把这一千亩的项目，放到哪个村？"

伍书记想了想，说："我想放到贺家湾村，你看怎么样？"说完不等他的前任回答，便又马上说，"贺家湾的支书贺春乾，很有一番干事业的雄心壮志。从这次调整土地来看，既有魄力，也很有办法！还有，正如你刚才所说，贺家湾的村医贺万山，几十年来一直坚持种中药材，证明那儿的土地和气候也适合种植药材。但把项目放到那儿，又有一点不方便，就是从乡上到贺家湾的公路还只是一条机耕道，如果遇到下雨天，车子就不能开进去！"

李主任听了，也想了一会儿，然后却说："我晓得那条路，天晴的时候大车还是可以走，只是小车开不进去。这个我想不要紧，种药材不比搞大棚蔬菜，需要经常往外运输。人家公司看中的，一是那儿的土壤、气候，这是发展药材的首要条件。第二呢，看中的是那儿老百姓的配合程度和优惠条件。具体地说，就是能不能把土地迅速流转和集中起来！至于公路不通，等药材发展起来了，不用你说，县上和人家公司，自然晓得来修路了！"

伍书记听到这里，便说："那是那是！那就这样，我就初步定在贺家湾村！"随即又补充说，"我们当然能把土地的流转和集中工作做好！回去落实了，我就来给李哥汇报！"

李主任说："你给我汇报啥？你要给吴书记、给县委汇报！"说完站了起来，到外面办公室拿回了一叠材料交给伍书记，又嘱咐地说，"我们就这样说定了，你回去好好研究一下这些材料，抓紧落实土地流转和集中工作！我呢，也马上把我们今天谈话的情况向吴书记汇报。"

伍书记听了，也激动对他前任说："行，李哥，多谢你对我的鼓励！你告诉吴书记，完成不好这个任务，我伍和平自动辞职！"说完，和李主任握了握手，便精神抖擞地回乡上去了。

五

伍书记一回到乡上，便又像上次一样，信心百倍地把贺春乾通知到了乡上。接着，伍书记如小孩子似的，异常激动地向贺春乾做了一番讲述，且把未来的美好前景也向贺春乾勾勒了一遍。可是，贺春乾听完后，不但没有表现出和伍书记一样的兴奋，而且显得十分冷淡。贺春乾的态度为啥会这样？原来贺春乾自是和伍书记不同。不错，贺春乾确实是想干番事业，但他想干的事业，大抵也只限于为村里人办点看得见、摸得着，且像穿钉鞋、拄拐棍——把稳着实一类的事，如修路建桥、打井理沟、体孤恤寡、扶弱助贫等公益事业。去年的调地，他之所以会十分积极，也正是因为他希望调了地后，不受土地制约，他可以把那公路修起来。另一方面，身为农人的贺春乾，也正如吴书记所总结出的，是看见了"村庄生存伦理"和"地方性规范逻辑"，晓得调地虽然会得罪一部分人，却会得到更多人的拥护。两相权衡，收益远远会超出风险！如果不是因为这样，他还会积极地去调地吗？可这次就不同了，这次是整个村庄往外拿地呀，而且数量不少，一千亩，全村土地的一半！如果说还有"村庄生存伦理"和"地方性规范逻辑"的话，那不是村民共同反对，至少也是怀疑！弄不好，他将引火烧身，成为全村人的罪人！更重要的，春乾迅速在心里想了一遍，他如果这样做，能换来啥？假如他这样做了，换来的利益能与风险等同，那么，看在伍书记的面上，这事他也许还会考虑一下。当然，假如换来的利益，能大大高于风险，他自然会是会想方设法、毫不犹豫地去把事情做好！可现实而今眼目下，他春乾是没有任何利益可谈的！土地虽说是村上的，可是租多少亩，每亩租金多少，租多少年等等，都是县里和人家制药厂先谈好了，而今又通过乡上伍书记的手来具体落实。如果说有利益，已经被他们先盘剥了。而他这个将在协议书上签字的主体一方，却只能做一个被人牵线的木偶！他贺春乾在这儿挺起肋巴干，干成功了，于伍书记来说是天大的政绩。有了政绩，伍书记就可以得到升迁。可对于自己，即使再成功，升迁也落不到他的头上！因而春乾听了伍书记的话，就故意像小孩子没见过簸箕那么大的天一样，惊叫了起来："啥，一千亩呀？"

伍书记见春乾这副大惊小怪的神情，便说："一千亩就多呀？人家的目标，是一万亩！"说完又说，"啥叫集约化经营？这就叫集约化经营！只有土地集中起来使用，才能发挥规模化效益，也才能建设现代农业！这个道理，你难道不懂？"

春乾听了，急忙点头说："那是那是，领导说得对极了！"说完，却看着伍书记问，"可是我们全村，总共才两千多亩土地，拿了一千亩出去，村民吃饭怎么办？"

伍书记说："不是每年按粮食产量，要给予租金吗？再说大家帮人家种植、管理药材，人家还要付大家工资的呀！"

春乾既然晓得规避风险，当然也懂得不和领导公开顶撞的道理，听了这话，便做出十分高兴的样子，说："如果真的是这样，伍书记，我可以说，这是打起灯笼火把都难找的好事！"说完这话，才用了征询意见的口气，接着对伍书记说，"不过这事太重大了，是不是，伍书记？你容我回去找大家商量一下，再回你的话行不行？"

伍书记也并非等闲之辈，早就看出了他的这位下属在这件事上态度有些暧昧，至少那热情是装出来的。所以，听了春乾这话后，便沉了面孔，十分严肃地说："商量那是肯定需要的！不过，我喊明叫现说，这是县委给我们的一件光荣而重要的任务，你要站在建设社会主义新农村的战略高度来看待这件事情！因此，不管村民的态度如何，你首先得和县委、乡党委保持一致，完成要完成，不完成也要完成！如果你敢在这件事情上给我冷水烫猪——不来气，可别怪我翻脸不认人了！"

　　春乾一听，心里说："就算你翻脸不认人又怎样！我一个打赤脚板的，还怕你穿鞋的？"可嘴里却说："你放心，伍书记，莫说我贺春乾不是那种要两面三刀的人，就是，我也得看是在哪一个人面前？在你面前，打死我也不敢，我一定和乡党委保持一致！再说，还是我刚才说的话，这本来就是打起灯笼火把也难找的一件好事，我怎么敢不当回事？"

　　伍书记听了，便赞许地点了点头，又在春乾的肩上拍了两下，说："这就对了，回去抓紧落实吧！"

　　春乾说了一声："好！"便转过身，朝外面走去。但还没等他走出门，伍书记突然又喊住了他。春乾回过头，还没等他开口问，却见伍书记手里提了一包东西朝他走来。走到他面前，伍书记才说："这是昨天李主任送我的一盒茶叶，上等的雀舌，你拿回去喝吧！"

　　春乾一听，立即做出一副受宠若惊的样子，说："伍书记，这怎么要得？我一个玩泥巴的，哪配喝这么好的茶叶？还是你留下喝吧！"

　　伍书记说："你不要管我，我自然会有茶叶喝的！"说完，一边把茶叶往春乾手里塞，一边又说："我们两弟兄，谁是谁呀？拿着，啊！"

　　春乾听了，晓得这是伍书记惯常使用的策略，便也不再推辞，接过茶叶，说了一声"谢谢"，便回去了。

　　春乾刚走，伍书记桌上的电话机就响了。伍书记拿起话筒一听，又是他的前任李主任打来的。伍书记一听李主任的声音，先是打了一阵哈哈，接着问又有啥事？李主任便在电话里又高兴地说："无事不登三宝殿，没事怎敢打扰你老弟，啊？不但没事不敢打扰你，就是没好事，也不敢打扰你呢！"

　　伍书记忙问："又有啥好事呀？"

　　李主任却故意卖关子地说："老弟你先猜猜看！"

　　伍书记说："李哥，我哪猜得着呀？我要是有那本事，还会在乡下转田坎呀？"

　　李主任听了这话，这才说："那我就告诉你吧，老弟！我才去跟吴书记汇报了那一千亩药材基地的事，吴书记非常赞同你的意见！吴书记有两点重要指示，需要我转达给你……"

　　伍书记听到这里，忙说："你等一等，李哥，我拿支笔记一记！"

李主任说："不用记都可以！第一，吴书记希望你们尽快做好土地流转工作！吴书记说，公司方的意思，是下一个月就进场平整土地……"

听到这里，伍书记一下有些紧张了，忙打断了对方的话，问："下一个月就要进场呀，怎么来得及？"

李主任说："还有半个多月时间，怎么会来不及，老弟？"说完又说，"老弟呀，你也要站在药厂方的角度想一想，人家花了钱，当然想在秋季就能种上一批药材。这中间，人家要平整土地，开挖水池，搭建大棚等等，如果下个月不能进场，秋季就没法把第一批药材种下去了！"

伍书记听了这话，便说："那我们努力争取吧！"

李主任说："不是争取，吴书记说，是一定要保证人家秋季种上第一批药材，给人家一个好印象，人家还有九千亩的计划呢！"

伍书记听了这话，才大声回答说："好，我们一定按时完成土地流转任务！"

李主任听了，又马上说："第二，吴书记希望你们认真做好群众的思想政治工作！吴书记说，因为这是全县第一起土地流转，尽管是一件好事，可群众没见过，可能会有些顾虑！所以，吴书记希望你们既要按时完成任务，又要维护好社会稳定，必须要保证百分之百的群众在协议书上签字！"

伍书记听后，轻轻地说了一句："晓得了，我们一定注意工作方法，也请吴书记放心！"

李主任听了，这才说："这就好了！"说完才又对伍书记说，"老弟呀，还告诉你一个振奋人心的好消息：吴书记有一个很大的构想，就是等你们的一千亩药材种植面积落实后，县委以九环制药公司的药材种植基地为依托，把你们乡建设成为全县的现代农业科技示范园乡，同时也打造成社会主义新农村建设示范乡……"

伍书记听到这里，全身的血液似乎都沸腾起来了，立即说："真的呀，李哥？你转告吴书记，无论有多么大的困难，我们都坚决完成县委交给的任务！"再次表完态后，放下了电话。

这儿伍书记接了李主任的电话，仿佛注射了一支兴奋剂，心里激动不已。可贺春乾那儿，两天过去了，却是没有一点消息。伍书记坐不住了，便又把贺春乾通知到乡上来。贺春乾走进伍书记办公室里的时候，苦着脸，埋着头，手捂了腮，一副十分痛苦的样子。伍书记一见，忙问："怎么了？"

贺春乾也不答话，慢慢地在伍书记对面的椅子上坐了下来，咧开嘴，往嘴里深深吸了一口冷气，手仍然按着腮边，然后才痛苦地说："牙、牙疼！"说完，又把头低了下来，一边咝咝地吸冷气，一边哼哼唧唧地叫着。

伍书记两道犀利的目光，犹如两把刀子，迅速地从春乾的脸上掠了过去，然后不动声色地问："牙怎么疼了？"

贺春乾也没抬头，只捂着腮，然后含混不清地说："一、一言难尽……"说完又"哎哟"地叫了起来。

伍书记见了，停了一会儿，就转换了话题，突然问："回去商量得如何？"

春乾一边哼唧一边摇头，然后才抬起头，痛苦地看着伍书记，半天才说："商倒是商量过了，可是……"

伍书记没等春乾说完，便接了他的话，说："可是群众不答应，是不是？"

春乾急忙点了一下头，眉毛蹙在一起，像是尽最大努力忍受痛苦地说："没、没办法，伍书记，我把好话都说、说尽了，可大家都不答、答应，气、气得我……"

伍书记又不等春乾说完，便又打断他的话说："你就把牙痛病都气出来了，是不是？"

春乾又哼着，点了一下头。

伍书记见了，却突然大喝了一声："贺春乾，你究竟开村民大会没有？"

春乾一听，像是兜头被浇了一盆凉水般，不由自主地打了一个激灵，手也从腮边放下来了，瞪着眼睛，像是争辩一般对伍书记说："开了！怎么没有开？不开，我敢在你面前来扯谎卖白？"说着，像是意识到了啥，马上又把手捂在腮边继续哼唧起来。

春乾回到贺家湾，确实开了会，却没有开村民大会，只按照往常议事的程序，开了村民小组长和村民代表会议，把伍书记的话一一向大家说了。可还没等春乾说完，会场便如麻雀打破了蛋般，叽叽喳喳地吵了起来。村民祖祖辈辈以土为生，血液里淌着重土的情结。如今听说制药公司要来租那么多的地，而且一租就是几十年，也就是说，在长达半个世纪的时间里，那地都不属于自己，对农人来说，这便是比天还大的事情。尽管上面说每年都给租金，可哪个晓得是不是真的？会不会长久到时候那制药公司的人，说话不算数，我们咬他脑壳邦硬，咬他屁股邦臭，拿他有啥法？尤其是一些上年纪的中老年人，更是当场就激烈反对。

说春乾你敢做这断子孙饭碗的事，我们就拖你一起去跳岩！春乾又问几个小组长，小组长也如春乾一样，怕这事办得不好，日后落得村民埋怨。但晓得这是县委和乡上已经决定了的事，又不好公开反对，便对春乾说，这事好是好，只是自己小组的土地本来就少，可以放到其他地多的组去！可哪个组的地多？全村一共才两千来亩地！吵了半天，会议没有形成任何决议。这样的场面，自然没出春乾所料。春乾开会本也只为做做样子，好给伍书记一个回答。见参加会议的人员都不赞成做这事，也不做进一步的工作，会就散了。

现在，伍书记听春乾一边哼哼唧唧，一边断断续续地说了开会的事，突然着起急来，在屋子里像驴推磨一般，打着圈子走起来。一边走一边皱着眉头说："这怎么办？这怎么办？县委这样信任我们，我们连这点事都做不好，怎么对得起县委？"转了一会儿，这才停下来，像是乞求地看着春乾，继续说："那天你走后，李主任又给我打来了电话，传达了吴书记的指示。吴书记要求我们尽快把土地流转工作做下来，公司那方面下个月就要进场平整土地。我又给吴书记表了态，保证完成县委交给的任务。这下倒好，你们抽我的吊桥，就是抽县委的吊桥，抽吴书记的吊桥。我们怎么给县委交代，啊？"说着，伍书记也像牙痛般地，咝咝地吸起气来。

春乾埋着头，一边用手捂着腮哼唧，一边偷眼去看伍书记转圈。听到这儿，才稍微松开了一下捂腮的手掌，继续用了结巴的声音说："伍、伍书记，我、我是巫士日鬼，啥、啥法也使尽了！要不，我回、回去，把村民再召集起来，你、你亲自给、给大家讲一下吧……"说着，忽然大声呻吟了一声，又马上对伍书记说，"伍书记，你杯子里有没有水，我吃、吃颗药……痛、痛死我了！"说着，也不等伍书记答应，就从口袋里拿出一个玻璃小瓶，从里面倒出一颗白色药片，过去端起伍书记的杯子，将药片吞了下去。

伍书记看着春乾的表情，又看了看他手里的白色药片，没说啥，又在屋子里转起圈来。转着转着，像是突然下了决心似的，猛地站了下来，对春乾说："贺春乾，你这牙痛，光吃去痛片，解决不了多大问题。你跟我来，我这儿有一种专治你这种病的特效药，保管你一吃就好！"

春乾一听这话，马上坐直了问："啥子特效药？"

伍书记冷笑了一下，说："啥子药你不要管，反正能治得到你的病！"说着，就带头往里面屋子里走去了。春乾一见，果然也跟着进去。进了里面屋子，伍书记招呼春乾坐下，又过去将门关上，从抽屉里抽出几张装订好的印满字的纸，把头挨着春乾，一边用笔指着纸上的字，一边和春乾低声细语地说了起来。春乾听着听着，不知不觉地将那手从腮边放了下来，也不再哼哼唧唧了。不但如此，眉头也很快就舒展开来，到最后容光焕发，全然换了一个人一般。

六

这个上午，伍书记和贺春乾在密室里，究竟说了些啥？伍书记又是施了啥子手段，让贺春乾前后判若两人？这一切，当时都无人得知。只是在几年以后，这谜底才被人揭穿。原来，那九环制药公司是一家大型国有企业，家大业大，效益特好。公司为了调动农民的积极性，也为了今后能在这个县发展更大的药材种植基地，因此，公司在和县上谈判时，对这首期一千亩地的租金，是按照在当年本地粮食平均产量的基础上再增加 10％来支付给土地出租方的。伍书记给春乾看的，正是李主任给他的那份县上和那九环公司谈判的会议纪要。伍书记找到了那句话，用铅笔指着，一个字一个字地让春乾看。看完，伍书记忽然将那"再增加10％"的话，用铅笔圈住，然后猛地划掉了。划完，这才看着春乾，眼里闪着只可意会不可言传的神色。

贺春乾见了伍书记这一动作，心里自然明白如镜，却又装作茫然的样子，看着伍书记问："伍书记，啥意思？"

伍书记将身子退到椅子上坐下了，手里一边转着铅笔，一边看着贺春乾说："啥意思你还不明白？那好，我就明说了吧。别的老板到乡下来租地发展大棚蔬菜，或办养殖场、种植场，租金最多也就是按当年当地的平均产量计算。可我们这一千亩，人家明说了，除了按当年平均产量计算外，在这个基础上还要提高10％。这提高的 10％给谁呢？你看这句话，是给土地出租方！土地出租方又是哪个？不是村民，因为土地是集体的，只有村委会才是出租方。所以这10％可以给村上，这是说得过去的。可是，人家公司现在根本不想和村上打交道，一是和村上打交道，实在太麻烦，第二呢，村上有个啥子？一无资产，二无财政，连破房

345

子都没有几间，人家和你们打交道，不放心！因此，他们只认乡上！乡上是一级政府，有财政，有资产，和尚跑了有庙在，人家不怕你毁约！这样一来，乡上又成了不是出租方的出租……"说到这儿，伍书记见那贺春乾，一双眼睛瞪得像是灯笼，便停了话，又在桌子上敲了敲手里的铅笔，才接着说了下去，"贺春乾，你把眼睛瞪得像牛卵子那么大干啥子？你以为我要吃独食哟？不哄你说，最初我是想把这10％留到乡上的！你是晓得的，免除农业税后，乡上除了国家转移支付那点钱外，也没其他收入。加上今后如果村民与人家公司发生了纠纷，我们乡上也要出面解决。公司或上面来人了，乡上也要负责接待。当然，我这样说，并不是说我就想吃独食，没有考虑你们的利益，我实际上是考虑到了的，之所以没有告诉你，是想等到将来兑现了，给你们一个惊喜！今天，我就把话说明了，你们村上也很困难，工作又辛苦，把这个任务完成后，这提高的10％，我们两家一家一半，你看怎么样？"说到这儿，伍书记生怕贺春乾会和他讨价还价，又马上接着说，"你不要和我讲价钱了，我们乡上虽说拿了你们点钱，却是要替你们担风险的。这事，我还要去给吴书记解释。其实我们这样做，也是为了吴书记好。你想想，要是我们把这钱都发到村民手里去了，以后村民一攀比，再按当年的平均产量给租金，就搁不平了。反正我们这钱，也不是揣到哪个私人包里了。"

春乾听完伍书记的话，急速地在心里思忖了起来。首先，他迅速算了一下账：贺家湾的土地，一般年辰，大小春加起来，每亩也要产一千七百到一千八百斤粮食。在这个基础上提高10％，一亩就有一百七十至一百八十斤粮食，一千亩就该是十七八万斤粮食，每斤粮食就按照现在的中等价计算，也该有十多万元的收入。即使照伍书记刚才说的，每家一半，那村上也可以得五万元左右。这样一算，春乾心里立即乐开了花：那村上啥时有这么大一笔收入？而且是年年不断。这巨大的经济利益，立即让春乾重新思考起来。他觉得如果是这样，这风险投资，就千值万值。当然，贺春乾还想向伍书记多争取一点，因为他明白，土地是集体的，只有村上才是真正的出租方，乡上是没有资格和理由来占用集体财产的。可是又一想，伍书记能做到这一点，已经不容易了。要不是他陷入了困境，他会轻易地把嘴边的利益让出来吗？再说，以后真有啥风险，真还得要他去承担和化解呢！想到这里，贺春乾就十分果断地对伍书记说："伍书记，我听乡党委的，你怎么说，我就怎么做！"

伍书记听了这话，把那份《会议纪要》重新放进了抽屉里，这才对春乾说：

"我们暂时就说到这里。不过不能把这消息说出去，尤其不能让群众晓得了！对群众，我们仍然只能说按当年平均产量付租金！"

春乾听了，说："你放心，伍书记，我会注意保密的！"

伍书记听了春乾这话，这才长长地嘘出了一口气，将身子仰靠在椅背上转了一圈，然后才看着春乾，用了开玩笑的口吻说："怎么样？我说我这药是一副特效药，是不是？"

贺春乾听了这话，有些不好意思地笑了一下，正不晓得该怎么回答伍书记，却又听见伍书记用了公事公办的语气，像是替他解围地问："说吧，下一步你打算怎么办？要不，我组织一个工作组下来，配合你做一些宣传动员工作？"

此时，春乾已和伍书记结成了同盟体，也用不着在他的领导面前再哼哼唧唧地装病了。在那巨大的经济利益的召唤下，春乾已如一位伏在战壕里等待随时发起冲锋的勇士，浑身都充满了力量。听了伍书记的话，立即说："不用了，我自己能够完成任务！"

伍书记听了这话，立即用了不相信的眼光，看着春乾问："哦，你有啥子高招？"

春乾嘴角浮现出一丝高深莫测的微笑，然后才对伍书记说："伍书记，我有一个请求，你能不能让九环制药公司，先把第一年的土地租金现在就给我……"

伍书记一听这话，像是没听清似的，马上又盯着春乾问了一句："现在就给你？"

春乾见伍书记惊诧的样子，像将军一样成竹在胸地挥了一下手，然后才对伍书记说："你放心，伍书记，我贺春乾不会诈骗！要说三百五百一千两千，我贺春乾敢诈，可那是几百万元的资金，叫我贺春乾诈，我也莫得那个胆量！我诈了，颈项上吃饭这个家伙，就要搬家了！我只是这样跟你说，如果他们敢把第一年的土地租金现在给我，我保证半天时间，让全村所有的人都心甘情愿地在协议上签字！"

一听这话，伍书记马上坐直了，并且俯过身来，目光炯炯地看着贺春乾说："哦，真的？你倒要好好给我说说，这其中的道理是怎么回事？"

春乾先是犹豫了一下，像是不肯说的样子，可最后还是对伍书记竹筒倒豆子一般，说了出来："伍书记，你未必还不晓得农村人的秉性？那庄稼人，不是最喜欢看得见、摸得着的眼前利益吗？你把租地出去的好处，说得天花乱坠，他没有看见，都以为我们是在卖狗皮膏药，哄他们开心的！可是，你如果把那一沓沓票子摆在他们面前，他们立马就会相信了！那可不是一点小钱，我在心里算了一下，就按大小春两季，一亩一千六百斤计算，全村一千亩，就是一百六十万斤，按每斤稻谷中等价计算，就是一百四十多万块钱。那么多的钱码起来，就是一道用钱砌的墙了！我敢说，在那么多的真金白银面前，莫得哪个不会动心！再一个，农民也是会算账的。你想想，种一年庄稼，劳力不说，种子、化肥、农药该要钱吧？机器抽水、耕地、拢谷，该要钱吧？这些一除，落得到几个钱？如今见成本不花一分，汗水不流一滴，就可以拿到现当当的钞票，你说农民会不会喜欢？只要农民被现当当的真金白银动了心，我就有办法！我右边摆钱，左边搭张桌子摆协议书，签了协议书，就过去领钱，我保管农民会签！退一万步说，即使他们不签，只要领了钱，在领款花名册上摁了手印、画了押，我也就不怕了！那领款册，就是打官司，不一样也可以做法律依据吗？要是还有人耍横，我自然会叫他们规规矩矩的！"

伍书记听了春乾一番话，大喜过望，急忙在他肩头，重重地拍了一下，由衷地说："有道理！有道理！"然后重新坐回来，继续对春乾说道："这一着真的很高，春乾！"

春乾听了这话，像是受到了鼓舞，红了一下脸，又接着说："另外，小组长明晓得这是好事，可为啥也不赞成？他们是怕把项目放到他们组里，把土地全占了，日后要是搞得不好，他们就要遭全组人痛恨。他们的担心不是没有道理的！把这个项目放到两三个小组里，风险真的很大！如果搞砸了，这两三小个组的人，一人吐一口口水都会把你淹死。如果搞好了，其他小组的人眼红，一人吐一口口水，同样也会淹死你！我现在不放在某一个小组，而是全村共同来负担。全村两千多亩地，拿出一千亩后，剩下的地，按全村的总人口再来分。这样一来，就成了有地大家种，有钱大家分！农民不是最讲究公平么？只要一公平了，不管是好是坏，都不会有啥话说。再说，即使搞砸了，大家手里还都有几分地种，也会安心，不会出大事！"

伍书记一边听，一边连连点头。春乾的话一完，伍书记便感慨地说："春乾呀，你不该做一个小小支部书记，你该去坐吴书记那把交椅才是！"说到这里，伍书记突然想起吴书记总结出的那句"村庄生存伦理"和"地方性规范逻辑"的话来，不晓得贺春乾所讲的，属不属于这个范畴？

春乾听了伍书记的话，说："伍书记你莫讽我了，我哪有那个本事？我也是个农民，只不过是晓得农民的肚子里有几根蛔虫罢了！"

伍书记听了这话，急忙从椅子上站起来，双手撑在桌子上说："好，春乾，只要你晓得他们肠子里有几根蛔虫就好！我这就进城去，向李主任和吴书记谈一谈你的这个主意！"说完，便和贺春乾分开了。

伍书记赶到城里，把春乾的主意跟他的前任李主任谈了。李主任也是在农村滚过几水的，觉得这办法确实容易让农民转变态度，便又去向吴书记汇报了。吴书记听后，又让李主任立即和制药公司一方联系。那一百多万块钱，对制药公司来说本是算不了啥子的，何况迟早也是要给的，便一口应承了，答应马上把钱打过来，并亲自派人来参加发放。

这日，早两天就得到消息的贺春乾，带领村、组干部，早早地在村子中央的黄葛树下搭起了一个台子。台子前面，一幅横幅上写着："贺家湾村土地出租租金发放大会"。台子前面，几张桌子上都铺着红红的桌布。听说是发钱，村里凡是能走得动路的老老少少全都来了。那场面真是史无前例的。半晌午的时候，一辆运钞车顺着机耕道一路蹦蹦跳跳地开到了黄葛树下。这运钞车和车上的押钞员都是伍书记请的。人们还没等运钞车停稳，便呼地围了过去。可是，又很快被从车上下来的伍书记和制药公司的一男一女，以及两个荷枪实弹的押钞员给赶开了。接着，开车的司机下来打开了运钞车后面的车门，又打开保险箱，从里面提出几个银光闪闪的金属箱子。伍书记和制药厂的一男一女接过箱子，一一把它们放到盖了红布的桌子上。两个押钞员握着手中枪，紧紧护卫着箱子。全村的男男女女不敢近前，只好像鹅一样，努力向前伸长脖子，朝那箱子望着。只见制药厂的一男一女和伍书记，从箱子里拿出了一沓沓还没开封的、新崭崭的百元大钞来，往桌子上码着。片刻工夫，那桌子上便码成了一道高高的、由钱砌成的长城，阳光下闪着熠熠的光芒。贺家湾人一辈子也用了些钱，可从没见过由这么多的钱堆在一起的壮观场面，全都不由得"啊"地惊叹了一声。接着，眼睛便像绿了似的，盯着那钱墙一动也不动了。黄葛树下，静得像是没人似的。

紧接着，贺春乾便宣布开会了。首先，他让大家欢迎伍书记讲话。伍书记站起来，也便讲了。那内容，便是把土地流转的千万般好处再向贺家湾的村民说了一遍，祝愿贺家湾村民从此过上幸福美满的好日子！伍书记讲完，春乾又让制药公司来的代表讲。贺家湾的村民以为制药公司的代表一定会是那肥头胖耳的大男人，却没想到竟是那个穿裙子的、苗苗条条的年轻女人。年轻女人操了一口悦耳动听的普通话，首先代表领导，感谢了一通伍书记、贺家湾村的党支部和村委会，以及全村的老少爷们！接着说从今以后，大家就是一家人了，要互相支持，互相帮助！制药公司一定不会亏待大家，等等。制药公司代表讲完，春乾就接着讲。他也和那制药公司代表讲话一样，先感谢了伍书记和制药公司，说他们是看得起贺家湾的老少爷们，把种植中药材的基地放到贺家湾！从此以后，贺家湾人一定要像种自己庄稼一样，为制药公司种好中药材！然后，春乾却不讲如何发钱，而是宣布了这一千亩土地拿出去后，如何在全村，平均调整剩下的一千多亩土地的事。讲完，他才对人群问："这样行不行？"

人们听后，会场便响起一片叫声："行呀，行呀，又有地种，又有钱分，支书考虑得很周到，我们赞成！"

春乾听了，这才宣布领钱的规则，他先指了左边桌子说，大家先在这儿签协议，然后到中间桌子上的领款花名册上画押，最后到右边桌子上领钱！大家都不要慌，反正家家有份，喊到谁谁就来……

贺春乾说他晓得农民肚子里有几根蛔虫，可实际上，他还是有些看花了眼！不错，贺家湾农人的眼睛确实被这一堆山似的真金白银所吸引住了。也相信了那制药公司说话算话，不是空手套白狼。听了贺春乾调整土地的话，又觉得自己并没有失去土地，只是少种了一些地而已。虽然少种了一些地，却换回了比亲自种地更多的钱，这样的好事确实千年难遇一回！可又正因为被眼前这道由金光闪闪构成的真金白银所吸引，那农人内心的欲望之门便也訇然打开了。既然这好事已经碰上了一回，为啥不能多碰几回？何况他们和春乾一样，也是懂得风险意识的！所以，春乾还没有宣布完，人群中突然有人叫了起来："春乾，叫他们把五十年的钱，一下给我们吧！"

春乾听了这话，急忙去看人群中是谁说了这话。可是这时，人群却有些骚乱起来。好多人也像突然明白过来似的，都跟在那声音后面说："是呀是呀，一下给我们吧！"

春乾听完，突然有些生起气来，大声说："五十年的饭，我也要你们一下吃下去，你们吃不吃得完？"说完，见人们安静一些了，便接着说："你们不要人心不足蛇吞象，吃了五谷想六谷！人家地还没种，就把租金先给了你们一年的，你们还想怎么样？"

春乾的话音刚落，可人群中又响起了一个声音，说："要是他们以后不讲信用，怎么办？要不然，先付二十五年的也行！"

春乾说："白纸黑字写的合同，他们怎么会不讲信用？"

制药公司的代表也站出来说："不会的，乡亲们，我们一定会按合同办事的……"

制药公司代表的话还没完，便被下面的人打断了。那下面的人说："合同，合同又怎样嘛？法律还在不断地改过来改过去呢！到时候，合同执行不执行，还不是你们一句话！"说完，又讨价还价地说，"要不，预付到十年的也行！"

伍书记见了，也站到前面对会场里的村民说："按年给租金，主要是为了你们好！大家晓得，粮食在不断涨价，如果按今年这个标准把以后的都给了，以后粮食涨了，吃亏的是你们！"

可是村民却说："不怕，我们不怕吃亏，吃亏总比以后要不到强！"

制药公司那年轻女代表听了，斩钉截铁地说："不行！我们协议还没签，就先把第一年的租金给了你们，已经是破例了！别说十年，就是再多付一年，也不行！"

下面的村民听了这话，有许多人就喊了起来："你不答应预付十年，我们就不签协议！"

制药公司的女代表听说大家不签协议，便朝贺春乾和伍书记看了一眼，要把钱收回去。贺春乾毕竟棋高一着，马上过去按住那年轻女代表的手，附在她耳边说了几句，然后又对伍书记低声说了一阵。伍书记也过来附在女代表耳边说了几句，那女代表的手才从钱上放开了。这时，贺春乾才对众人说："大家不愿意签协议，我们也不强迫大家签！但今天这钱，你们愿意领的，喊到名字就来，不愿意领的，喊到名字时，就当着众人答应一声，说我不要！但我丑话说到前头，二天看到别人挣钱，再来说东道西，埋怨这个埋怨那个，就莫怪我不客气哟！"

在下面叫喊的人，看着那一沓沓票子，并不是不想要，只是想多要一点，听了春乾的话便都不吭声了。于是便开始发钱。由村文书贺劲松喊名字，被喊的人，先去花名册上签了字，接着去制药公司的代表手里，接过一沓沓人民币。那钱拿到手里，不管是先前喊没喊叫的人，都喜得咧开了嘴，像是熟透了的石榴不提。

到了晚上，贺春乾却带了村里的干部，手里拿了协议书，一家一家地敲开了村民的门。先敲开的，是那些老实的、胆小的、听话的、怕事的、家里没劳力和生活有些贫困的人家。进了门，春乾就带了不客气的口气问："上午你跟在那些人的臭勾子后面打和声没有？"

那人听了，红了脸，急忙为自己开脱说："没有，没有，我今天一句话也没有开腔！"

春乾听了，马上就放缓了语气，在那人肩上亲热地拍了一下，然后赞赏地说："我说嘛，你这么老实的人怎么会跟到他们喊？你想，这是多好的事情，别人做梦都想不到！好了，我们把协议书拿来了。人家制药公司的人说了，不签协议书，过两天就来把钱收回去！收回去就不是发多少收多少，要加百分之五十的违约金。也就是说，你今天领的一千元钱，人家要按一千伍佰元收……"

春乾说到这里，其他村干部会马上说："签吧，反正钱都领了！再说，这样的好事，如果你不签，把事情搞黄了，全村人不晓得要怎么恨你！"

那人听了，马上说："我签，我为啥不签呢？上午我就想签的，可看见别个都没来签，贺支书又说了不签算了，所以我才没有来签！把协议书给我，我马上就签！"

于是村文书贺劲松便马上把协议书递了过去。在春乾明亮的眼光注视下，那人在协议书后面找到自己签字的位置，歪歪扭扭地写上自己的名字。

遇到那等还有些犹豫的村民，村干部会补充说："你有婆娘娃儿，未必我们莫得婆娘娃儿？你要在贺家湾住一辈子，未必我们搬得走？我们都不怕，你怕啥子？"

那人一听，也觉得在理，天垮下来还有高个子顶着，你们干部都不怕，我怕个屁呀！何况干部的几双眼睛，都盯着自己，不签，明天还怎么见人？于是，便也拿过协议签了。

遇到那等家里有些贫困的人，春乾等他们在协议书上签了字以后，会对他们说："你们放心，等秋天开始种药材时，我跟制药厂那边说一声，让他们优先考虑你去干活，每个月也挣几百块钱，日子就会越过越松活！"那人一听，自是十分感动，把春乾等一行人送出好远才回。如此这般，两天时间不到，全湾百分之九十的家庭，都在协议书上签了字。最后剩下了二十多户人家，像是有意和春乾掰手腕似的，死活不愿意在协议书上写自己的名字。春乾见了，也不勉强，鸣锣收兵，忙着调整土地的事去了。

没两天，全村剩下的一千多亩地，按人口平均调整好了。春乾急忙到乡上给伍书记汇报了。又过了两日，制药公司方面请的施工队，在厂方人员的带领下，开着两台推土机到了贺家湾的村口。那二十多户没签字的人，自恃自己没在协议书上签字，便集合起来到村口拦住推土机，不让进村。厂方人员只得步行进村来，怒气冲冲地找到贺春乾，问他这是怎么回事？春乾拍拍厂方人员的肩，告诉他不要着急，安安心心地坐在他家里喝茶，不出一个小时，推土机自然会按照规划的线路开到指定的地点作业！说完，取出伍书记送给他的茶叶，给客人和自己都泡上。然后才走出门外，也不知对啥人打了一个电话，然后重新回到屋子里，陪客人喝起茶来。一边喝一边说些闲话。喝茶聊天的当儿，在那机耕道上，十多辆摩托车车后冒着白烟，突突地朝贺家湾驶了过来。到了村口推土机旁，"嘧"地停下后，就从车上跳下二十多个像是从阎王殿出来的年轻人，一个个背后都背着一把砍刀，全是穷凶极恶的样子。拦在车头的一看，才认出原来是一伙平时在乡场上估吃霸赊的小混混。一分钟前还闹闹嚷嚷的贺家湾村民，见小混混一跳下摩托车就横眉竖眼地瞪着自己，一个个突然呆了似的，不敢出声了。混混中一个头目，大声对众人说："这是国家建设，你们晓得不？你们敢阻挡国家建设，就是犯法！"说着，用刀尖一一指着众人。众人又是一阵身不由己地往后退去。头目见没人答应自己，便回头对坐在推土机上的司机说："兄弟你只管开起走，我看哪个敢来拦你！"说罢，头目对其余的小混混打了一个手势，小混混们便都整齐划一地从身后抽出刀，握在手里，站在两边对着众人。那拦车的村民一看这阵势，哪还敢说半个不字，又继续往后退。退到不能再退的时候，便撒开两条腿，四处逃散了。推土机便隆隆地发动起来，履带碾压着贺家湾这块古老的土地，朝前开去了。

　　且说那贺世凤，也是这次没有签字的人之一。世凤人本老实，怎么又会不签字呢？原来世凤正在筹划将眼下住的老房子扒了盖楼房。湾里像他这样还住在老房子里的人已经没几户了。可他手里还差两三万块钱。幸好这回能领到几千块土地租金，可还是黄瓜打大锣——差了老大一截！正在这时，那天在会场上，听见有人要求制药公司把五十年的土地租金一下付了。世凤一想，如果制药公司真能多付些年的土地租金，他的困难不就可以解决了？于是，便也跟着喊起来。过后，世凤见春乾拿了协议书，家家户户去签字，心里也犹豫了。想那春乾还是对得住自己的。如果不是贺春乾，兴春的三个孩子到现在都莫得土地呢！莫得土地，这回哪分得到土地租金？想签了算了。可另外那不愿签字的二十多户人，找了他说："不管贺春乾怎么对你说，世凤你都千万不要签！"

世凤说："我觉得不签，好像怪对不起春乾！"

那些人说："这关春乾啥事？又不是春乾拿钱！"说完又开导世凤说："其实春乾心里和我们心里一样，巴不得多要些钱呢！世界上哪个不想钱，连鬼都想钱，是不是？只不过春乾是干部，嘴上不好说的，心里巴不得我们不签，好逼迫制药公司多给几年的钱呢！"世凤一听这话，觉得是这个理，自己不签，说不定还在帮春乾呢！加之那天晚上，春乾拿了协议书来找他签，他支支吾吾地不愿签，春乾也没多说啥，只叫他再好好想想，就走了。世凤心里，就更以为那些人说得对。后来，春乾忙着调整土地，也没再来催过世凤，所以，世凤的协议书也就一直没签。

这一日，毕玉玲正在家里给兴春的三个孩子洗衣服，猛然听到外面有人喊，说："推土机开来了，快去拦推土机呀！"毕玉玲一听，将衣服往水里一丢，甩了甩手上的水珠，一边往外跑一边也扯旗放炮地喊了起来："快去拦推土机呀，谁不去拦阻，谁就断子绝孙呀！"喊着、跑着，突然又像想起啥子似的，又折回身跑回世龙院子里，冲里面正坐着抽烟的世龙说，"大哥，快去拦推土机呀！"

世龙像是没听见一样，从嘴里喷出一口烟雾，也没回答自己这位兄弟媳妇。毕玉玲见大哥这副冷淡的样子，便又问了一句："大哥，你不去拦推土机呀？"

世龙白了毕玉玲一眼，才像是十分好奇地问了一句："拦推土机干啥子？"

毕玉玲说："推土机来，要把你那窝窝地推了，那不是你的田吗？"

世龙又剜了毕玉玲一眼，觉得这个兄弟媳妇老都老了，却变得有些令人生厌起来，心里说："你拦都拦得住吗？"这样想着，又把头埋下去，一副不愿说话的样子。毕玉玲站了一阵，晓得说不动大哥，便又跑去叫其他的人了。

贺世龙在屋子里像泥塑一样，坐了许久。屋外去拦推土机和看热闹那些人的说话声、奔跑声、嘈杂声都一一传了进来，可他却充耳不闻，像是陷进自己的心事里，又像啥事也没想。过了半天，他才不慌不忙地站起来，佝偻着身子朝屋外走去。一走到院子里，阳光便晃得他睁不开眼。他只好把眼眯缝起来，朝前面看了一下路，顶着一头苍白的头发，像个爬行动物一样，慢慢吞吞地朝前移动着脚步。他顺着屋子旁边那条走了几十年的小路来到了枷档湾，在自己亲自扎起的河堰上站了下来。那河堰里的水清澈见底，半岩岩上的泉水像一条小瀑布样，飞落到河堰里，叮咚有声。飞溅的水花摇碎了池中那轮圆圆的太阳。贺世龙看了一阵，又像是木头人一般，沿着经过父子两代才修成的水渠往前走。渠里的水孩子似的跟着他，一路走一路欢歌。到了那块改成的田边，水无声地流进了田里，贺世龙也便在那田边坐了下来。田里的秧苗郁郁葱葱，一看便让人明白，会有一季好收成。可是贺世龙晓得，这田、这秧苗，已经不属于他的了！看见这田、这秧苗，许多往事，便如蛇一样爬上了贺世龙的心头。老父亲扭着他的耳朵把他从学堂拉回家打水渠的情景，贺老蹼逼迫老父亲入社的情景，土地才分到户时，他在这儿挖大翻身、后来又改田的情景……全都一一交替地出现在脑海里。他忽然想起了刚才毕玉玲对他说过的那句话："推土机来，要把你那窝窝地推了，那不是你的田吗？"想到这里时，贺世龙连自己也不晓得是怎么回事，突然莫名其妙地笑了起来。他想："我的田，我的田在哪儿？"此时，贺世龙突然有些糊涂了，在心里自个问着自己："这辈子，我究竟有没有田？若说没有，可我又种着地，收的粮食又归自己。若说有，可哪块田又是我的？我能主宰哪块田的命运？没有，确实没有一块田是我的！可那地不是我的又是哪个的？说是集体的，可集体又是听国家的，国家叫怎么种那地就怎么种。国家叫不种那地也便不种。可国家又说那地不是他的，还是集体的。集体明明把地分给了一家一户，可一家一户又不是那地的主人，还是国家想在地上干啥就干啥！"哎呀，这关系太复杂了，绕来绕去，世龙想不明白了，却又像想弄明白似的，努力地瞪着一对看事物已经有点模糊了的眼睛，看着地上。地面有几只大黑蚂蚁，像他这辈子一样，忙忙碌碌地爬来爬去，也不晓得在忙些啥。看了一会儿，贺世龙觉得眼睛有些花了起来，便又抬起头来，去想那村口拦推土机的情形，却想不甚清楚。又想起老二家的刚才喊他时那风风火火的样子，又觉得十分好笑。觉得毕玉玲孙子都抱几个了，还没活明白：政府要办的事，你能拦得住吗？走了几十年的路，经历了这么多的事，贺世龙觉得自己一下看透了人生……此时，贺世龙对土地的热情确实不如以前了。这自然是因为他已经老了，种那几亩庄稼对他和老婆子来说，是越来越吃力了。他即使心性再高，再要强，也种不了两年了，何必要去争呢？现在拿一半出去，自己坐在家里，得一份现存的，岂不是更好？另一方面，他确实是把人生看透了，有了一种人争闲气一场空的感觉。到时候，连自己也要变成上马坟里的一堆土，还争个啥？

贺世龙正这样想着的时候，忽然听见一阵"轰隆隆"声音中，伴随着嘈杂的人声，朝这里来了，便晓得是推土机开过来了。他不想让人们看见他坐在这儿，便急忙站了起来，继续朝前面走去。他明白，这块凝聚了两代人的希望和汗水才改成的田，马上就不复存在了！从此，贺家湾没有一块叫"窝窝地"的地了。这"窝窝地"三个字，只能存在于自己的记忆中。可过不了几年，那记忆也会湮没，一切便都不会存在。想到这里，贺世龙像是凭吊似的，回过头最后看了一眼那块田，便独自一个人默默地走开了。

这天上午，贺世龙避开人群，如孤魂一般，沿着贺家湾的小路，从上湾走到下湾，从新房子走到老房子，几乎把贺家湾走了一个遍，最后来到土地坪。在土地庙门口，朝庙里的祖宗菩萨看去，只见那祖宗菩萨一副千年不变的笑脸，心中仍然是无悲无喜，如枯井一般。从土地坪下来，便到了上马坟，他特地拐到父亲的坟前，见那墓地周围的野草、荆棘，如密密麻麻的蛛网，将墓地织了个密不透风。世龙便想："这墓地也真怪，难道这世界上，真有啥风水不成？"正这样想着，忽然听见一声婴儿的啼哭从头顶清晰地传来。世龙马上抬头一看，头顶只有湛蓝的天空，啥也没有。他怀疑是自己耳朵出了问题，没管它，可刚把头低下来，那婴儿清脆的哭声便又响起来了。他又抬头看去，仍是啥也没有。他便不再去理会它，离开父亲坟前朝下面走去。

最后，贺世龙来到村子中央那棵郁郁苍苍的黄葛树下，忽然觉得有些累了，便走过去，坐在一根虬龙般突出的树根上，将身子靠着树干歇息起来。那黄葛树的枝叶在头顶摇曳有声，地上金箔点点，也像是飘浮不定。有凉风送爽，世龙感到十分惬意。没一时，便眯了眼，打起盹来。刚迷迷糊糊要进入梦乡，忽听得兴成在远处一声声呼唤："爹，爹——"

世龙睁开了眼，见兴成一边喊一边朝这儿跑来了。世龙立即坐直了身子，看见儿子跑近了，才问："啥事？"

兴成擦了一把额头上的汗，说："到处找你，都找不着，你跑到这儿来干啥子嘛？"说完才说："范春兰生了！"

世龙像是没听明白似的，偏过头问："你说啥子？"

兴成以为父亲没听清楚，便提高了声音，说："范春兰生了！兴仁先个给我打的电话，说是生个大胖小子，八斤重！让我给你和妈说一声！"

世龙听了这话，张着嘴，眼里放出光来，看了兴成好一阵，才说："晓得了，你回去嘛！"说完又嘟哝地说，"狗日的，要生不早点生，早点生，也多分一个人的钱嘛!"说完,又将身子靠在树干上,想再迷糊一会儿,可是却没有睡意了。他看着眼前从树叶间透下一块块光斑,看着看着,那光斑慢慢游动、聚合,变成了一个通体透亮的婴儿,挥动着藕节似的小手,在朝他扑过来。世龙老汉便湿润着眼睛,甜甜地笑了!

2010 年 11 月—2011 年 3 月,初稿于渠县工作室